ANNE PÄTZOLD
Right Here (Stay With Me)

ANNE PÄTZOLD

RIGHT
STAY WITH ME
HERE

Roman

LYX

LYX in der Bastei Lübbe AG
Dieser Titel ist auch als E-Book und Hörbuch erschienen.

Originalausgabe

Copyright © 2021 by Anne Pätzold
Copyright Deutsche Originalausgabe © 2021 by Bastei Lübbe AG
Dieses Werk wurde vermittelt durch die Michael Meller
Literary Agency GmbH, München.

Textredaktion: Silvana Schmidt
Covergestaltung: Jeannine Schmelzer
Coverabbildung: © Shutterstock (RedGreen; tomertu; Park Wontae; ch123;
Bokeh Blur Background; Alexey Klijatov; Bobkov Evgeniy; ArtHaus)
Coverillustration: © Lorena Lammer
Satz: Greiner & Reichel, Köln
Gesetzt aus der Adobe Caslon
Druck und Einband: GGP Media GmbH, Pößneck

Printed in Germany
ISBN 978-3-7363-1585-3

1 3 5 7 6 4 2

Sie finden uns im Internet unter: lyx-verlag.de
Bitte beachten Sie auch: luebbe.de und lesejury.de

Liebe Leser:innen,

bitte beachtet, dass *Right Here* Elemente enthält, die triggern können. Diese sind:
Erwähnungen von Alkoholismus und Gewalt.

Wir wünschen uns für euch alle das bestmögliche Leseerlebnis.

Eure Anne und euer LYX-Verlag

*Für meine zwei liebsten Leas.
Ihr wisst schon, weshalb.*

PLAYLIST

CHVRCHES – Death Stranding
Day6 – 누군가 필요해 (I Need Somebody)
Eric Nam – Runaway
Hozier – Take Me To Church
Tomorrow X Together – Eternally
Royal & the Serpent – Overwhelmed
Troye Sivan – Easy
Post Malone – Circles
Bring Me The Horizon – Teardrops
MAX – Blueberry Eyes (feat. SUGA)
Joji – Will He
VIXX – Scientist
Billie Eilish – lovely (with Khalid)
NIve – 2easy (feat. Heize)
Sara Kays – Remember That Night?
Troye Sivan – Dance To This (feat. Ariana Grande)
Sam Smith – Another One
SYML – Mr. Sandman
Epik High – Can You Hear My Heart (feat. Lee Hi)

1. KAPITEL

Meine Finger waren Eiszapfen. Rot und so kalt, dass ich sie kaum noch spürte.

Fröstelnd umschloss ich meine Handwärmer, hielt erst die Finger meiner rechten, dann die meiner linken Hand daran. Von meinem Platz am Rand der Eisbahn aus sah ich, wie Sofia einen Doppelaxel landete, als hätte sie statt Sprunggelenken Federn in ihren Füßen, die sie in die Luft katapultierten.

Entschlossen warf ich meinen Handwärmer auf einen der freien Sitzplätze und stieß mich von der Bande ab. Schwarze Strähnen hatten sich aus meinem Pferdeschwanz gelöst und wehten mir ums Gesicht, als ich mich umsah. Die Fläche vor mir war frei, die anderen mit ihrem eigenen Training beschäftigt.

Ich glitt mit beiden Füßen über das Eis, kreuzte mein linkes vor mein rechtes Bein und sprang ab. Die erste Umdrehung gelang mir zwar, aber ich merkte innerhalb weniger Sekunden, dass mein dreifacher Rittberger – zum hundertsten Mal an diesem Tag – scheitern würde.

Ich stolperte aus dem Sprung und fing mich mit der Hand auf dem Eis ab. Die Hitze in meinen Wangen verriet mir, dass ich vor lauter Wut rot angelaufen sein musste. Natürlich gelang es mir nicht, das wäre auch zu schön gewesen. Zugegeben, ich hatte erst vor gut einem Monat angefangen, eine dritte Umdrehung zum Rittberger hinzuzufügen. Beim Toe Loop und Salchow war es kein Problem gewesen. Nach einiger Übung hatte es gut geklappt, und mittlerweile sprang ich sie sehr gern. Aber der dreifache Rittberger wollte einfach nicht funktionieren.

Ich kannte all meine Fehler, wusste genau, was ich besser machen musste. Aber bisher war es wahrscheinlicher, dass ich mit einer Seite meines Körpers statt mit den Kufen meiner Schlittschuhe auf dem Eis aufkam.

Ich brachte meine Füße unter mich und stand auf. Am liebsten hätte ich den Sprung drei, vier, fünf weitere Male trainiert, doch ich bemerkte, wie die anderen langsam das Eis verließen. Ich glitt zum Ausgang, wo meine Trainerin bereits auf mich wartete.

»Dein Absprung ist sauberer geworden«, kommentierte sie meine kläglich gescheiterten Versuche.

Ihre Aussage als positiven Fortschritt anzunehmen, fiel mir schwer. »Die Landung schaffe ich trotzdem noch nicht.«

»Es ist kein einfacher Sprung«, meinte sie. »Du weißt, dass der nicht über Nacht funktionieren wird.«

Ich wollte etwas erwidern – dagegenhalten, weil ich unendlich frustriert war. Aber ich wusste, dass sie recht hatte, und hielt mich daher zurück.

»Ruh dich heute Abend gut aus. Beim nächsten Mal feilen wir an deinen Pirouetten«, sagte sie.

Ich nickte als Antwort. Nachdem ich meine Handwärmer eingesammelt und mein türkisgrünes Paar Kufenschoner auf die Schlittschuhe geschoben hatte, verabschiedete ich mich und ging zur Umkleide.

Mehrere Dutzend Spinde füllten die rechte Hälfte des Raums aus. Im hinteren Bereich gingen zwei Türen zu den Duschen und Toiletten ab, und rechts von mir gab es eine große offene Fläche, in der sich einige Frauen bereits routiniert dehnten. Ich lief zur hintersten Reihe der Spinde, wo ich meinen aufschloss. Meine Füße protestierten schmerzhaft, als ich meine Schlittschuhe aufschnürte und auszog. Dann suchte ich mir einen freien Platz im offenen Teil des Raums und begann mich zu dehnen.

Auf dem Eis war ich nur auf das nächste Element, den nächsten Sprung konzentriert. Sobald ich die Bahn verließ, änderte sich das. Mein Körper fühlte sich dann schwerer an, ungeschickter. Wie bei einer Meerjungfrau, die lernen musste, sich mit zwei Beinen statt mit einer Schwanzflosse fortzubewegen. Die kleinen und großen Schmerzen, die Überbelastungen – das alles fiel mir erst dann auf, wenn ich nicht mehr auf dem Eis stand.

Um meine Fußgelenke kümmerte ich mich heute ausgiebiger als sonst. Die ganzen Sprungübungen hatten definitiv ihre Spuren hinterlassen. Mit halbem Ohr lauschte ich den Gesprächen der anderen. Sie rauschten wie Hintergrundgeräusche an mir vorbei, bis eine Aussage ganz in meiner Nähe mich aufhorchen ließ.

»Ich bewundere deine Resilienz, Lucy«, sagte Sofia. Sie stand direkt vor mir. Hätte ich sie nicht an der Stimme erkannt, dann vermutlich an den schwarzen Adidas-Turnschuhen, die sie seit Jahren immer wieder neu kaufte, weil sie schwor, dass ihr kein anderer Schuh so gut passte. »Weniger sture Leute hätten sich vermutlich längst damit abgefunden, dass sie nie die Besten sein werden.«

Was sie sagte, schoss wie ein Blitz durch meinen Körper. Wut sammelte sich in meinem Bauch.

»Das Kompliment wäre doch nicht nötig gewesen, Sofia«, erwiderte ich mit einem Lächeln, gegen das sich alles in mir sträubte.

Sie lächelte genauso gezwungen zurück. »Bestimmt schaffst du es bald.« Ich war mir nicht sicher, ob sie es ernst meinte oder sich innerlich über mich lustig machte, aber es war mir auch egal. Ich ging dazu über, mich wieder meinen Dehnungen zu widmen, und stieß ein leises, erleichtertes Seufzen aus, als sie mich endlich allein ließ.

Als hätte es nicht schon gereicht, dass sie den dreifachen Rittberger mit links geschafft hatte. Sofia und ich hatten ungefähr zur gleichen Zeit mit dem Eiskunstlaufen angefangen. Wir trainierten in derselben Eishalle, waren sogar für längere Zeit gemeinsam im Ballettkurs gewesen. Und trotzdem. Trotzdem schaffte ich es einfach nicht, sie zu übertreffen. Sie nicht – und auch sonst niemanden in meiner Kürklasse. Ich steckte fest und wusste nicht, wie ich mich vorwärtsbewegen sollte.

Es half nicht, dass ich mich nie sonderlich gut mit ihr verstanden hatte. Wir gerieten einfach immer aneinander. Sie mit mir, weil sie die Beste sein wollte und schon immer der Meinung war, dass ich ihr nicht das Wasser reichen konnte. Und ich mit ihr, weil ich schon von Anfang an Angst davor hatte, dass sie recht haben könnte.

Ich ballte meine Hände für ein paar Sekunden zu Fäusten und entspannte sie wieder, zwang mich, mehrmals ruhig ein- und auszuatmen. *Konzentrier dich auf den Wettkampf, Lu. Dort kannst du allen das Gegenteil beweisen,* redete ich mir gut zu. Innerlich schwang ich für mich selbst die Pompons.

Ich hielt direkt vor unserem Haus, stellte den Motor ab und stieg aus. Meine Sporttasche holte ich aus dem Kofferraum und hängte sie mir über die Schulter. Das Gewicht meiner Schlittschuhe und Klamotten darin war mir schon lange vertraut.

Die Treppe zur Veranda stieg ich so langsam hinauf, dass es vermutlich aussah, als würde ich in Zeitlupe laufen. Meine Hand glitt über das weiß gestrichene Geländer und fiel zurück an meine Seite, als die Treppe endete. Ich lief an der Bank voller Pflanzen vorbei, um die sich Mom jeden Tag kümmerte, bevor sie zur Arbeit fuhr. Vorbei an dem deckenhohen Fenster, das einen freien Blick ins Wohnzimmer bieten würde, stünden die Vorhänge noch offen.

Ich trat an die Haustür, mein Herz gestählt, mein Magen ein einziges Chaos. Und als würden höhere Kräfte über unser Haus wachen, begann die Lampe über mir in dem Moment zu flackern, als ich stehen blieb. Jeden Abend kostete es mich mehr Überwindung, die Tür zu öffnen und mich mitten in das Auge des Sturms zu stellen. Aber was blieb mir anderes übrig?

Leise schloss ich die Tür hinter mir, zog meine Schuhe noch im Eingangsbereich aus. In Socken ging ich in die Küche, füllte mir ein Glas mit Wasser, das ich in einem Zug leerte. Mir war nur allzu bewusst, dass ich damit lediglich Zeit schindete, konnte mich aber einfach nicht dazu überreden, in das angrenzende Esszimmer zu treten. Mehrere Male atmete ich tief durch. Dann stellte ich das Glas in den Geschirrspüler, strich meinen Pullover glatt und lief nach nebenan.

Wie immer verstummten die Stimmen meiner Eltern, als sie mich hörten. Zu gern hätte ich gewusst, worüber sie geredet hatten. Nur war die Wahrscheinlichkeit, dass sie es mir erzählen würden, verschwindend gering – genauso wie die, dass ich tatsächlich danach fragte.

Ich spürte das Vibrieren in der Luft, noch ehe Dad die Stimme erhob.

»Du bist zu spät, Lucy«, sagte er.

Kurz spielte ich mit dem Gedanken, nicht zu antworten und das Haus einfach wieder zu verlassen. Zurück aufs Eis zu flüchten, wo der Rest der Welt in den Hintergrund rückte.

Stattdessen stieß ich ein Seufzen aus. »Ich habe die Zeit vergessen.« Mit einer Hand zog ich den Stuhl an der rechten Seite des Tischs hervor, um mich zu setzen.

Ich tat mir etwas von dem Essen auf und hoffte, dass Dad es dabei belassen würde. Zwei Löffel Bohnen, drei Kartoffeln, etwas Soße. Je schneller wir aufaßen, desto eher würde der Abend zu einem Ende finden.

Dad nahm sein Besteck zur Hand. »Das Familienessen ist jeden Freitag zur gleichen Zeit.«

»Ich weiß.« Ich biss mir auf die Zunge, um keine Erklärung entkommen zu lassen. Keine Rechtfertigung, die ohnehin auf taube Ohren stoßen würde.

»Ich hoffe, du hast genügend Hunger mitgebracht«, sagte Mom nach einem Augenblick. Ich wollte ihr zulächeln, Dankbarkeit dafür zeigen, dass sie die Stimmung am Tisch etwas auflockern wollte. Aber dieser Gesichtsausdruck fühlte sich in Anwesenheit meiner Eltern so falsch an, dass das Lächeln sich auf halbem Weg verlor.

Ich nickte nur. Nahm einen Bissen von dem Essen, der mehr und mehr Geschmack verlor, je länger die daraufhin folgende Stille anhielt. So war es immer: Schweigen. Und wenn ein Gesprächsthema aufkam – wenn Fragen gestellt wurden, war es nie das Eiskunstlaufen. Als würde es in diesem Raum hier gar nicht existieren.

Meistens ignorierte ich es und tat so, als würde ich nicht mitbekommen, was für einen Bogen sie um das Thema schlugen. Allerdings überkam mich heute der Wunsch, ihnen trotzdem davon zu erzählen. Damit sie die Augen nicht weiter vor diesem riesigen Teil meines Lebens verschließen konnten.

»Coach Wilson und ich haben über die nächsten Wochen gesprochen«, sagte ich. »Welche Elemente wir verändern oder umstellen müssen, weil sie beim letzten Wettkampf nicht gut funktioniert haben.«

»Das klingt doch gut«, erwiderte Mom. Wieder keine Rückfrage. Kein »Wie ist es gelaufen?«. Kein »Wie geht es dir?« oder

»Hast du Sorgen, dass etwas nicht klappt?«. Ich seufzte leise.

»Ja«, sagte ich. Ich sparte es mir, ihr von dem dreifachen Rittberger zu erzählen, der mir immer noch unendlich schwerfiel.

Mom nickte nur. Sie sah betreten auf ihren Teller hinunter – vermutlich, weil sie nach meiner knappen Antwort nicht mehr wusste, wie sie das Gespräch weiterführen sollte.

Ich schluckte den bitteren Geschmack auf meiner Zunge hinunter und nahm einen Bissen meines Essens. Es war nicht so, als hätten sie sich in den letzten zwei Jahren gefreut, wenn ich Fortschritte gemacht hatte – geschweige denn dafür interessiert, wie es mir ging. Jedes Mal, wenn ich mit ihnen sprach, hatte ich das Gefühl, als wäre es nicht weiter wichtig, was in meinem Leben passierte. Beinahe bereute ich es, überhaupt etwas gesagt zu haben. Es fühlte sich weniger mies an, wenn wir einfach gar nicht sprachen, als halbherzige Reaktionen auf meine Aussagen zu bekommen.

Besteck kratzte auf Tellern. Unterbrochen wurde es nur von dem stetigen Ticken der großen Wanduhr, das unser Schweigen füllte. Es war ein vertrautes Geräusch – eins, das mir auch während des Essens zeigte, dass die Zeit nie stillstand. Ich konzentrierte mich darauf, auf den Takt, der auf eine Weise beruhigend war, die ich nicht erklären konnte.

Schließlich riss Dad mich aus meinen Gedanken. »Denkst du daran, dass nächste Woche das Praktikum in unserer Firma anfängt?«

Ich hielt mit der Gabel auf halbem Weg zum Mund inne. Meine freie Hand ballte ich in meinem Schoß zu einer Faust. Natürlich erinnerte ich mich daran. Wie konnte ich auch nicht? Die Tatsache, dass meine letzte Chance, das zu meinem Beruf zu machen, was ich liebte, an einem seidenen Faden hing?

»Ich habe es nicht vergessen.« Es klang schneidender, als ich beabsichtigt hatte. Aber wie sollte ich ihnen sagen, dass es mir den Hals zuschnürte, auch nur daran zu denken, mein Studium wieder aufnehmen zu müssen? Wenn es sie nicht zu interessieren schien, was *ich* mit meinem Leben anfangen wollte?

»Uns ist bewusst, dass es in deine Vorbereitungszeit für den Wettkampf fällt«, begann Mom. »Aber ...« Sie wirkte unsicher, zögerte offensichtlich auszusprechen, was ihr durch den Kopf ging.

»Die Abmachung ist eigentlich schon vorbei«, nahm Dad den Faden auf.

»Ihr müsst es mir nicht noch mal erklären«, sagte ich leise. »Ich weiß, dass ihr mir keinen weiteren Wettbewerb hättet zugestehen müssen.«

Unsere Abmachung war simpel gewesen. Ein Jahr Zeit, um endlich einen Platz unter den drei Besten in einem Wettkampf zu schaffen. Ich hatte mich in dem einen Jahr voll und ganz aufs Eislaufen konzentrieren können – kein Studium, keine unbeantworteten Zukunftsfragen, die mich ablenkten.

Schaffte ich es nicht, würde ich mein Marketingstudium wieder aufnehmen müssen. Etwas, das für andere wie eine Banalität klingen mochte. Mich hinderte es nachts am Schlafen.

Meine letzte Chance hatte ich vor zwei Monaten gehabt. Nicht ein einziges Mal hatte ich es geschafft, meinen Teil der Abmachung zu erfüllen. Trotzdem hatten meine Eltern mir noch für einen allerletzten Wettkampf ihr Okay gegeben. Mit der Bedingung, währenddessen das Praktikum in ihrer Firma absolvieren zu müssen.

Für meinen Lebenslauf, hatten sie gesagt. Damit ich zumindest irgendetwas in dieser Lücke vorweisen konnte, sobald ich einen Job suchte.

Ich verstand die Praktikabilität dahinter. An den Tagen, an

denen ich vergaß, wie wenig Vertrauen sie in mich hatten – wie wenig sie es mochten, dass ich nicht anders konnte, als mich völlig dem Eiskunstlaufen zu widmen –, konnte ich mir sogar einreden, dass sie recht hatten.

Nur war heute nicht so ein Tag. Der Frust, den Sprung wieder nicht geschafft zu haben, war zu groß. Genauso wie die Verzweiflung, weil die Zeit an mir vorbeizufliegen schien.

Das Praktikum war eine Ablenkung. Und gerade jetzt konnte ich mir keine erlauben.

Nach dem Abendessen ging ich auf direktem Weg in mein Zimmer. Es lag im hintersten Bereich der oberen Etage und hatte den Vorteil, dass ich hier im Normalfall ungestört blieb.

Erschöpft stellte ich meine Sporttasche neben dem Kleiderschrank ab, ging links um mein Bett herum und hockte mich vor das offene Gehege, das dort stand. Bunny starrte mir aus großen Augen entgegen, als hätte sie meine Ankunft bereits erwartet. Als ich ihr die Hand entgegenhielt und sie schnüffeln ließ, merkte ich, wie sich die Anspannung in mir löste.

Behutsam lockte ich sie aus ihrem Versteck. Sie folgte mir mit einem Sprung aufs Bett, wo sie sich neben mir ausstreckte. Ich streichelte gedankenverloren über ihr Fell und bemühte mich, das Abendessen mental dort zu verstauen, wo es hingehörte: im Papierkorb.

Nach einer Weile fing Bunny an zu zappeln und gab damit unmissverständlich zu verstehen, dass wir mit den Zuneigungen fürs Erste fertig waren. Sie hoppelte quer über das Bett, schnupperte mal an einem Kissen, mal in der Luft. Ich sah ihr dabei zu, spürte der willkommenen Leere nach, die mich ausfüllte, sobald ich Raum zwischen mich und meine Eltern brachte.

Nach einigen Minuten beschloss Bunny, vom Bett zu springen. Ich fing sie auf und hielt sie für wenige Sekunden in der Luft. »Das erste Flugkaninchen, das die Welt gesehen hat«, murmelte ich. Dann lachte ich über mich selbst und setzte sie auf dem Boden ab.

Beim Aufrichten fiel mir der violette Flyer ins Auge, den ich erst gestern an meinen Wandspiegel geheftet hatte. Der Regionalausscheid im Einzellaufen fand Mitte November statt und rückte mit riesigen Schritten näher.

Ich riss meinen Blick von dem Flyer los. Ließ ihn zu meinem Spiegelbild gleiten, das mich aus großen braunen Augen so frustriert ansah, wie ich mich innerlich fühlte. Meine glatten schwarzen Haare steckten in dem Pferdeschwanz, zu dem ich sie nach der Dusche in der Umkleide zusammengebunden hatte. Mein Strickpullover leuchtete in dem gleichen Rot wie der abblätternde Nagellack auf meinen Fingernägeln.

Ich zog mir die Ärmel des Pullis bis über die Finger und wandte mich vom Spiegel ab. Bunny hüpfte aufgeregt vor meinen Füßen hin und her, bis ich mich zu ihr runterbeugte und sie hinter den Ohren kraulte.

»An deiner emotionalen Festigkeit müssen wir noch arbeiten«, sagte ich. »Vor drei Sekunden konntest du es nicht erwarten, von mir wegzukommen.«

Ihre Antwort war ein Naserümpfen, das mein Herz ein klein wenig leichter werden ließ. Ich setzte mich neben sie auf den Boden und sah ihr dabei zu, wie sie von einer Ecke des Raums in die nächste sprang. Dabei hielt sie immer mal wieder vor mir an, um sich ihre Streicheleinheiten abzuholen. Am liebsten hätte ich sie so fest wie möglich an meine Brust gepresst und nicht mehr losgelassen. Bunnys Wärme linderte jegliche Kälte, die ich in mir spürte. Ihre Knopfaugen, das glatte weiße Fell, das an den Pfoten einem hellen Braun wich und aussah, als würde sie kleine Söckchen tragen. Ich hätte ihr stundenlang bei ihrer Erkundungstour zusehen können – als würde ich das seit zwei Jahren nicht ohnehin ständig tun. Die einzige Zeit, die ich nicht bei ihr verbrachte, war, wenn ich zum Training fuhr. Dann sahen meine Eltern nach ihr.

Ich brauchte einige Minuten, bis ich die Kraft aufbrachte, mich vom Boden aufzurappeln. Mein Blick blieb sehnsuchtsvoll an meinem riesigen Kingsize-Bett hängen, das gut ein Drittel meines Raumes einnahm. Ich ignorierte meinen inneren Drang, mich dort draufzulegen und die Decke anzustarren. Das nervöse Summen, das meine Glieder durchfuhr, war Hinweis genug, dass ich von dieser Unruhe, die mich jeden Abend überfiel, auch heute nicht verschont bleiben würde. Es war seit Monaten so. Sobald ich stehen blieb, überkam sie mich und brachte mich so lange um den Schlaf, bis meine Augen schließlich aus purer Müdigkeit zufielen. Am liebsten wäre ich joggen gegangen, aber der Gedanke, dafür an meinen Eltern vorbeizumüssen, die unten vermutlich im Wohnzimmer saßen, hielt mich ab.

Daher machte ich einen großen Schritt über Bunny hinweg und umrundete mein Bett, um die Doppeltüren aufzuschieben, die zu meinem eigenen kleinen Balkon führten. Rechter Hand stand ein Sofa aus Paletten und Sitzkissen, das, würde es nach meinen Eltern gehen, schon längst den Weg auf den Schrottplatz gefunden hätte. Es war ein Stilbruch, der nicht ganz zum restlichen Teil des Hauses passen wollte – und gerade deswegen liebte ich diesen Ort heiß und innig.

Ich ließ mich auf das Sofa fallen und hörte im nächsten Moment bereits, wie Bunny durch die Tür hüpfte. Den Kopf an die Wand hinter mir gelehnt, richtete ich meinen Blick auf den Himmel.

Meine Eltern hatten sich nie für das Stadtleben begeistern

können, daher lebten wir ein Stück außerhalb von Winnipeg. Eine Tatsache, die ich jeden Tag verfluchte, wenn ich in den Berufsverkehr geriet. Aber an Abenden wie diesem? Ich konnte mir keinen schöneren Anblick vorstellen als die Sterne am dunklen Himmel über mir.

Ich versuchte abzuschalten. Zu vergessen, dass ich noch nicht mal annähernd an dem Punkt war, wo ich sein wollte – wo ich sein *musste*, wenn ich mein Studium nicht wieder aufnehmen und langsam, aber sicher eingehen wollte.

Die verbliebene Zeit bis zum Wettkampf saß mir im Nacken ... und mit ihr die Panik, dass sie nicht ausreichen würde.

2. KAPITEL

Mein Wecker schlug Alarm, als ich gerade meine Turnschuhe zuband. Es war der zweite, der heute Morgen klingelte – für den Fall, dass ich den ersten überhörte oder beschließen sollte, noch ein paar Minuten im Bett liegen zu bleiben. Nicht dass ich ihn momentan brauchte. An den wenigsten Tagen schaffte ich es, mehr als sechs Stunden zu schlafen.

Ich zog den Knoten fest, stopfte die Schnürsenkel in den Schuh und begann noch im Aufstehen, meine Arme zu dehnen. Bunny sah mir zweifelnd von ihrem Platz auf meinem Bett aus zu – von uns beiden war sie die Langschläferin. Bevor ich mein Zimmer verließ, strich ich ihr noch einmal über den Kopf. »Mach keinen Unsinn, während ich weg bin«, sagte ich und begab mich dann auf den Weg nach draußen.

Ich nahm immer zwei Stufen auf einmal hinunter ins Erdgeschoss, schnappte mir meinen Schlüssel vom Sideboard neben der Tür und war kurz darauf schon an der frischen Luft. Es war fast halb sieben. Die Temperaturen waren bisher noch nicht so weit gefallen, dass mein Atem Wölkchen vor meinem Gesicht bildete, aber ich spürte, dass die Kälte bereits im Anmarsch war. Jedes Jahr beklagten sich alle darüber, wie wenig man die Wintermonate in Winnipeg aushalten konnte – und hier war ich, seit Juni schon bereit für die kalten Temperaturen.

Meine Beine schlugen wie von selbst die Strecke gen Osten ein. Ich umrundete unser Haus und lief geradewegs auf den langen Park zu, der sich in nicht allzu weiter Entfernung vor mir auftat. Kies knirschte unter meinen Füßen, mein Pferdeschwanz schlug mir gegen den Rücken. Je länger ich lief, desto wacher wurde ich – etwas, das bei mir selbst der stärkste Kaffee nicht schaffte.

Ich umrundete den Teich in der Mitte des Parks, wich einem anderen frühmorgendlichen Jogger aus und machte mich auf den Rückweg. Als unser Haus in meinem Blickfeld auftauchte, zwang ich mich zu einem Sprint, der jegliche Frustration von gestern Abend ausknockte.

Schwer atmend stolperte ich die Veranda hoch und ins Haus. Ich zog mir die Schuhe aus, schnappte mir Wechselsachen aus meinem Zimmer und schloss mich dann im Bad ein. Meine Klamotten landeten auf einer hölzernen Ablage direkt neben dem Waschbecken. Ich schälte mich aus meinem engen Sport-BH, der Leggings und zog den Haargummi aus meinem Pferdeschwanz. Dann stellte ich mich unter den heißen Wasserstrahl.

Durchatmen, Lucy.

Selbst unter dem warmen Wasser fiel es mir schwer, stillzuhalten. Ich wollte – *musste* mich bewegen, irgendetwas tun. Die Anspannung war direkt nach der Joggingrunde zurück in meinen Körper gewandert, und je heller es wurde, je mehr Leute aufwachten und in ihren Tag starteten, desto schlimmer wurde sie.

Noch zehn Sekunden, handelte ich mit mir selbst aus. *Neun … acht … sieben … sechs …* Ich kostete jede Sekunde aus und trat erst aus der Dusche, als ich bis eins heruntergezählt hatte, darauf bedacht, nicht auszurutschen und meine Eltern zu wecken, wie es schon viel zu häufig vorgekommen war.

Meine Haare trocknete ich innerhalb weniger Minuten und zog mir schließlich mein weißes Shirt über, das kurz oberhalb meines Bauchnabels endete, dazu meine schwarz-weiß karierte Hose. Ich rückte das dunkelblaue Armband, das ich nie ablegte, zurecht und verließ das Bad.

Bunny regte nicht einen Muskel, als ich in meinem Zimmer frische Sportsachen in meine Tasche räumte. Bei ihrem Anblick stritten in mir jedes Mal zwei Seiten: Die eine, die sich zu ihr gesellen, den Samstag genießen und absolut nichts tun wollte, außer im Bett zu liegen und hin und wieder den Weg in die Küche anzupeilen. Und diese lautere, die alles übertönte, weil sie unzufrieden war. Weil nichts, was ich je tat, genügte und meine Eltern genau das wissen würden, sollte ich in einem Monat mein Ziel nicht erreichen.

Mit einiger Mühe löste ich mich vom Anblick meines Haustiers, zog den Reißverschluss meiner Tasche zu und verließ nach einem kurzen Frühstück das Haus.

Ich brauchte eine halbe Stunde, bis ich an der Century Arena ankam. Sie lag etwa zwanzig Minuten von Downtown Winnipeg entfernt und war ein grauer Klotz von einem Gebäude neben einer großen Grünfläche, die hin und wieder als Austragungsort von Footballspielen genutzt wurde. Trat man aus dem Haupteingang der Eissporthalle, wurde man vom Anblick mehrerer Lagerhallen begrüßt, die vor einigen Jahren auf der anderen Seite der Straße gebaut worden waren. Die gesamte Umgebung war kahl und trostlos und brachte mich jedes Mal dazu, meinen Schritt zu beschleunigen, um möglichst schnell ins Innere zu gelangen.

Ich lief die breite Steintreppe hinauf, schob die Glastür auf – und sofort schwappte eine Welle der Vertrautheit über mich hinweg. Der Geruch, der mir in die Nase stieg, war eine merkwürdige Mischung aus Schweiß, dem Gummi vom Bodenbelag und fettigen Pommes, die ab zwölf in der Cafeteria

ausgegeben wurden. Ich atmete ihn seit meinem fünften Lebensjahr regelmäßig ein – und verband ihn mindestens genauso lange mit einem ganz bestimmten Gefühl.
Freiheit.
»Morgen, Susie«, begrüßte ich die derzeitige Kassenaushilfe, die rechts neben der Tür hinter einem Tresen saß. Sie schaute kurz von ihrem Handy auf und winkte mir zu, ehe sie den Kopf wieder senkte.

Ich bahnte mir meinen Weg zur Umkleide, steuerte meinen Spind an, um mir meine Sportsachen anzuziehen. Danach begann ich mit meinen Aufwärmübungen. Dehnen, Seilspringen, mehr dehnen, wieder und wieder, bis ich das Gefühl hatte, meinen Körper ausreichend auf die Belastung vorbereitet zu haben. Erst dann zog ich meine Schlittschuhe an.

Niemand kam mir auf dem Weg zur Eisbahn entgegen. Ich wollte mich bereits darüber freuen, dass ich sie wenigstens für einen kurzen Zeitraum ganz für mich allein haben würde – aber genau in dem Moment hörte ich in kurzen Abständen zweimal hintereinander das Geräusch von Kufen, die auf dem Eis aufkamen. Jemand hatte sich gerade an einer Sprungfolge versucht.

Dem darauf folgenden Fluchen nach zu urteilen allerdings weniger erfolgreich. Kaum war die Eisbahn in Sichtweite, wurde mir klar, um wen es sich handelte. Sofia lief in gleichmäßigen Achten über das Eis, mal rückwärts, mal vorwärts und weitaus schneller, als für das Training von präzisen Figuren gut war. Ihre schlanke Gestalt flog nur so von einer Seite zur anderen.

»Was ist denn mit ihr los?«, fragte ich Aaron, als ich neben ihm zum Stehen kam. Er hatte die Ellenbogen auf die Bande gestützt, die das Eis umschloss, und sah Sofia bei ihrem Training zu.

»Du meinst, außer dem Dämon, der von ihr Besitz ergriffen hat?«, antwortete er und zuckte dann mit den Schultern. »Keine Ahnung, ich bin auch erst seit zehn Minuten hier.« Er richtete sich aus seiner vorgebeugten Position auf. Kurz verschwand seine Hand in der Hosentasche, aus der er ein Haargummi beförderte. Mit wenigen Handgriffen hatte er sich die Haare aus dem Gesicht gebunden, die Augen weiterhin fest auf Sofia gerichtet.

»Hast du Angst, dass sie dich umfährt, wenn du jetzt aufs Eis gehst?«, zog ich ihn auf.

Er sah mich kurz an, zog die Augenbraue hoch. »Ich warte auf Emilia. Und ja, in der Zeit, die ich damit verbringe, auf meine Partnerin zu warten, haben andere bereits zweimal olympisches Gold einkassiert.« Er verschränkte die Arme vor der Brust. »Wir arbeiten daran.«

So, wie er es sagte, klang es eher, als würde er versuchen, einem Haustier schlechtes Benehmen abzutrainieren – eine Aussage, die ich mir lieber verkniff. Aaron und Emilia mochten hin und wieder wie ein altes Ehepaar streiten, aber sobald sie auf der Bahn waren, harmonierten sie auf eine Weise, die ich noch nie erlebt hatte.

Aaron war fast so lange im Verein wie Sofia und ich. Im Gegensatz zu meiner Beziehung mit Sofia, war es bei Aaron anders gewesen. Er war zugänglicher. Schenkte jeder Person ein Lächeln und verstand sich auch mit allen. Ich war sieben oder acht gewesen, als er das erste Mal bei einer Unterrichtsstunde dabei gewesen war. Damals hatte er als Einzelläufer angefangen, war aber zum Paarlauf gewechselt, kurz nachdem Emilia sich hier eingeschrieben hatte. Wir kannten uns seit mehr als zehn Jahren, und ich verstand mich ziemlich gut mit ihm. Aber irgendwie war unsere Freundschaft nie über die Wände der Eishalle hinausgewachsen. Als lebten wir nur hier, nur auf dem Eis, und würden ansonsten gar nicht wirklich existieren.

»Mein Partner verspätet sich auch immer. Es ist schrecklich«, sagte ich und legte meine Kufenschoner und eine Wasserflasche auf dem Sitz rechts von mir ab.

Aaron sah mir dabei zu, wie ich aufs Eis trat. »Du hast keinen Partner.«

»Korrekt«, meinte ich, grinste ihn über die Schulter hinweg an und glitt von der Bande weg. Meine Beine fanden ganz von selbst ihren Rhythmus. Mein Herzschlag beschleunigte sich, und je schneller ich lief, desto mehr Gegenwind fuhr mir durch die Haare. Würde ich die Augen schließen, könnte ich mir beinahe vorstellen, dass sich so fliegen anfühlen musste.

Ich lief einige Runden, um mich aufzuwärmen, darauf bedacht, Sofia bestmöglich aus dem Weg zu gehen. Ich war mir nicht mal sicher, ob sie überhaupt bemerkte, dass neben ihr mittlerweile noch jemand auf dem Eis war – sie schien sich völlig in ihrem Training verloren zu haben. Eine Fähigkeit, um die ich sie beneidete. So fertig es mich auch machte, nicht mit ihr mithalten zu können, ich wusste, dass sie für alles, was sie erreichte, Tag und Nacht trainierte.

Du auch, Lu, sagte ich mir. Wenn ich nicht auf dem Eis war, trainierte ich meine Ausdauer, meine Flexibilität. Ich machte Sprungübungen, nahm Ballettkurse, wenn die Zeit es zuließ. Ich liebte das Eis, seit ich vor vierzehn Jahren das erste Mal darauf gestanden hatte.

Ich erinnerte mich noch genau daran – der zugefrorene See, zu dem meine Eltern mich mitgenommen hatten. Nicht ahnend, dass dieser eine Nachmittag mein ganzes Leben bestimmen würde. Ohne die Hilfe meiner Eltern wäre ich alle zwei Sekunden hingefallen – aber ich spürte die Wärme ihrer Hände noch in meinen, als wäre es erst gestern gewesen. Meine

Gleitschuhe waren über das Eis geglitten und um uns herum hatten sich so viele Menschen aufgehalten, dass wir uns nur in kleinen Kreisen bewegen konnten. Ich hatte mir ausgemalt, was für Wesen sich unter der Eisdecke in den Tiefen des Sees befinden würden: Monster und märchenhafte Gestalten, die Teil meiner Gutenachtgeschichten waren.

Die Erinnerung hatte sich in meinen Kopf gebrannt – so tief und unnachgiebig, wie es nur Momente taten, die das gesamte Leben von Grund auf veränderten. Über die Jahre war das Eis meine Zuflucht geworden. Mein sicherer Hafen, auch nachdem die gemeinsame Zeit mit meinen Eltern in weite Ferne gerückt war. Abgelöst von Schweigen und Tausenden ungesagten Worten.

Ich wich einer Gruppe von Kindern aus, die nacheinander auf das Eis liefen, und zog mich auf die andere Seite der Fläche zurück. Ein Blick auf die Wanduhr bestätigte mir, dass die ungestörte Zeit sich langsam dem Ende zuneigte. Bevor die Eishalle ihre Pforten am Nachmittag für alle öffnete, bot unser Verein Trainingseinheiten für Interessierte an.

Ich sprang einen doppelten Toeloop, drückte mich dafür mit der Zacke meines linken Schlittschuhs vom Eis ab. Ich übte meine Pirouetten, die nie völlig sauber, nie ganz perfekt waren, und mehrere Schrittfolgen, die mir schon immer am meisten Spaß gemacht hatten. Ich verlor die Zeit aus den Augen.

Irgendwann hielt ich schwer atmend an der Bande. Ich stützte mich auf meinen Oberschenkeln ab, während mein Brustkorb sich bei dem Versuch hob und senkte, meine Lungen mit genügend Sauerstoff zu versorgen. Meine dünne Jacke hatte ich schon längst abgelegt, und der Schweiß rann mir über die Schläfen und den Nacken und Rücken hinunter.

Nach ein paar Sekunden richtete ich mich auf. Mein Blick fiel auf die Zuschauerränge auf der anderen Seite der Halle –

und dort auf ein Paar Augen, das mich betrachtete. Aus der Entfernung erkannte ich dunkelblonde Haare, die weit in die Stirn fielen und nach hinten hin länger wurden. Ein unauffälliges graues Shirt, das ein wenig zu weit war, um etwas über die Statur zu verraten.

Eine Gänsehaut überzog meine Arme. Sie hatte rein gar nichts mit der Kälte hier drin zu tun und alles mit der Intensität, mit der die Person mich betrachtete. Ich wollte mich abwenden, den Blickkontakt lösen, in dem ich plötzlich gefangen war. Es konnte nicht länger als ein paar Sekunden gedauert haben. Ein paar Sekunden, in denen mein Herzschlag in meinen Ohren dröhnte. In denen mein Atem unendlich laut klang. Ein paar Sekunden – bis er sich endlich abwandte und alle Geräusche in der Halle mit einem Mal wieder auf mich einprasselten.

Ich streckte meinen Arm hinter mir aus, tastete nach der Bande in meinem Rücken und lehnte mich dagegen. Ich mied den Blick auf die Zuschauerränge und bemühte mich, das leichte Zittern in meinen Beinen wieder unter Kontrolle zu bekommen. Ich hatte bisher zu wenig getrunken – natürlich würde mein Körper langsam anfangen zu streiken. Ich lief zum Ausgang, der sich nur wenige Meter neben mir befand, und griff nach der Wasserflasche, die ich vorhin hier abgestellt hatte. Mit jedem Schluck beruhigte ich mich weiter, bis ich mich schließlich wieder gut genug fühlte, um mein Training fortzusetzen.

Ich drehte ein paar Runden. Das Bedürfnis, einen Blick über die Schulter zu den Zuschauerrängen zu werfen, war übermächtig. Von jetzt auf gleich hatte meine Konzentration sich in Luft aufgelöst und war plötzlich nirgends mehr aufzufinden. Daher machte ich nur ein paar kleine Übungen. Einfache, unsauber ausgeführte Figuren, die ich so niemals vor einer Jury aufführen würde. Währenddessen beobachtete ich die anderen Leute auf dem Eis. Nur unweit von mir entfernt arbeiteten Aaron und Emilia an ihren Paarlaufpirouetten. Gerade befanden sie sich beide in der Hocke. Aaron hielt Emilia fest, die ein Bein nach hinten ausstreckte und ihre Arme nach rechts und links ausbreitete.

Für die Figur brauchten sie nur wenige Sekunden. Während des Aufrichtens grinsten sie sich gegenseitig an und ... ein unerwartet heftiges Stechen in meinem Brustkorb ließ mich zusammenzucken. Ich rieb mir über die Brust, um das Gefühl zu vertreiben, merkte aber, wie ich gleichzeitig ungewollt langsamer wurde und sie beobachtete.

Sie waren ein Team. Unterstützten sich. Lächelten zusammen, auch wenn das Training ihnen alles abverlangte. Ich wusste, dass Paarlaufen genügend Schwierigkeiten mit sich brachte und sie sich oft genug in den Haaren lagen. Aber so kindisch es auch sein mochte: Ich fragte mich, wie es sich anfühlte. Wie es war, jemanden an seiner Seite zu haben, der bedingungslos an einen glaubte. Auf dem Eis, aber auch fernab davon.

Ich wandte den Blick ab. Versuchte, die Gedanken abzuschütteln. Allerdings waren sie wesentlich hartnäckiger, als mir lieb war. Sie begleiteten mich die nächsten Minuten über das Eis, ganz gleich, wie sehr ich sie loszuwerden versuchte.

Es war ein Teufelskreis. Sie verschwanden nicht, nein. Stattdessen mischte sich Frustration darunter und ließ meine Gedanken noch schneller kreisen.

Das Praktikum.

Der Wettbewerb.

Diese verdammte Abmachung.

Sie geisterten in einer Endlosschleife durch meinen Kopf. Ich wollte es ausstellen, darauf vertrauen, dass alles irgendwie gut werden würde, auch wenn ich selbst nicht wusste, wie. Aber was, wenn ich es nicht schaffte? Was, wenn mein Herz für das Eiskunstlaufen gemacht war – aber der Rest von mir nicht?

Ich presste die Zähne aufeinander. Wischte die Zweifel beiseite. Nein. Ich wusste, dass ich es konnte. Dafür mussten meine Eltern nicht an mich glauben. Nur ich allein war für meine Zukunft verantwortlich. Ich würde es schaffen – angefangen hier und jetzt. Indem ich die Zeit nutzte, die mir bis zum Wettkampf noch blieb. Mich nicht ablenken ließ.

Entschlossen nahm ich Anlauf, verlagerte mein Gewicht auf den linken Fuß und sprang ab. Für einen kurzen Moment war es wunderbar still – dann hallte eine Stimme über das Eis.

»Mika, pass auf!«

Ich riss die Augen auf. Sah in Zeitlupe, wie ein Kind mir vor die Füße fuhr. Genau dorthin, wo ich im Bruchteil einer Sekunde landen würde. Ich reagierte, ohne darüber nachzudenken. Beendete die Drehung nicht, sondern kam knapp vor ihm auf und spürte – spürte plötzlich deutlich, dass etwas nicht stimmte. Mein Fuß gab unter mir nach, ich kam mit den Knien hart auf dem Eis auf und fing mich mit den Händen ab, verhinderte so, dass auch mein Gesicht noch auf den harten Untergrund prallte.

Ich brauchte einen Moment, um mich zu orientieren, einen klaren Gedanken fassen zu können und mich nach dem Kind umzusehen. Es stand einen halben Meter von mir entfernt, die Augen weit aufgerissen, die Hände immer noch vor dem Körper erhoben, als wollte es sich vor dem Aufprall schützen.

Erleichtert atmete ich aus und ließ den Kopf auf die Brust sinken. Ich wollte mich aufrecht hinsetzen und aufstehen, um zu fragen, ob alles in Ordnung war. Aber als ich mein Gewicht auf die Beine verlagerte, zuckte ein scharfer Schmerz durch meinen linken Knöchel.

Oh Gott.

Je mehr ich mich darauf konzentrierte, desto schlimmer wurde es. Und mit jedem Pochen ergriff die Panik mehr und mehr von mir Besitz.

Nicht jetzt, nicht jetzt, bitte nicht jetzt!

Meine Glieder erstarrten unter der Angst. Ich konnte mich nicht bewegen, obwohl meine Hände bereits eisig waren und die Kälte an meinen Beinen durch die Kleidung drang.

Ein Paar Kinderschlittschuhe schob sich in mein Blickfeld, gefolgt von einer kleinen behandschuhten Hand. Ich sah zu dem Jungen auf – er starrte mich mit riesigen Rehaugen an und wirkte mindestens genauso verschreckt wie ich.

»Tut es sehr weh?«, fragte er leise. Seine Stimme war hoch und zitterte fürchterlich – er konnte nicht älter als sieben oder acht Jahre sein. Er sah zu meinen Beinen, dann wieder in mein Gesicht und ließ die Hand schließlich sinken. »Kannst du aufstehen?«

»Es geht schon …«

»Alles okay?«, hörte ich Aaron von der Mitte der Eisbahn rufen. Ich sah auf, bemerkte, wie er sich schon langsam in meine Richtung schieben wollte, winkte aber ab.

»Ja, alles gut.« Hoffte ich. Ich spürte bis hierhin, dass Aaron nicht ganz überzeugt war. Aber ich presste die Kiefer aufeinander und richtete mich auf, um zu zeigen, dass es mir gut ging. Das Letzte, was ich wollte, war, die Aufmerksamkeit der gesamten Halle auf mich zu ziehen.

Ich tat so, als würde der Schmerz in meinem Fuß nicht existieren, und wartete, bis er sich wieder seinem eigenen Training zuwandte. Langsam schob ich mich über das Eis bis zum Ausgang, hangelte mich die letzten Meter an der Bande entlang und betete, dass es sich nur wegen des Schocks so schlimm anfühlte.

Der kleine Junge fuhr langsam hinter mir her – als wollte

er mich auffangen, sollte ich noch einmal hinfallen. Am liebsten hätte ich ihm gesagt, dass er sich wieder seinem Training zuwenden und mich allein lassen sollte, aber er wirkte so aufgelöst, dass ich es nicht übers Herz brachte.

All meine Konzentration war darauf gerichtet, bis zum Ausgang zu kommen, ohne der Panik nachzugeben, die sich in mir ausgebreitet hatte. Meine Finger umfassten die Ecke, ich hob meinen schmerzenden Fuß über die Stufe, die das Eis vom Boden außerhalb trennte, und im nächsten Moment legte sich eine warme Hand um meinen Unterarm und stützte mich.

Meine Augen schossen vom Boden zu der Hand. Ich wollte sie abschütteln, aber meine Worte lösten sich in Luft auf, als ich der Person ins Gesicht sah. Dunkelblonde Haare und Augen, die mich besorgt musterten. Ich fragte mich, wie seine Hand so warm sein konnte, wenn er nur ein Shirt trug und ich mich fühlte, als würde ich gleich zu Eis erstarren. Aber im nächsten Moment hatte er mir über die Stufe geholfen und ich schüttelte seinen Griff ab.

Er sah an mir herunter, dann hinter mich – zu dem kleinen Jungen, wie ich annahm.

»Es tut mir so leid«, beeilte der Mann sich zu sagen. Seine Hand war noch immer ein wenig in meine Richtung ausgestreckt – beinahe so, als wäre er noch nicht bereit gewesen, mich loszulassen, als ich ihn abgeschüttelt hatte. »Ich habe zu spät gesehen, dass Mika geträumt hat. Er war völlig abseits von dem Bereich, wo seine Gruppe trainiert.«

Seine Stimme ist genauso warm.

Ich schüttelte den Kopf, um ihn zu klären.

»Ist alles in Ordnung? Dein Sturz …« Er kam kurz ins Stocken, als wäre er unsicher, wie er den Satz beenden sollte.

Ich nickte kurz. »Ja. Alles gut.« Das Pochen in meinem Fuß strafte mich Lügen.

Etwas zupfte im Rücken an meinem Oberteil. Der Junge – Mika – hielt mit seiner kleinen Hand den Stoff meines Shirts umfasst. Seine Augen glänzten vor Tränen, die kurz davor waren überzulaufen. Das Schuldgefühl stand ihm ins Gesicht geschrieben.

»Ich wollte dir nicht in den Weg fahren«, erklärte er. Als könnte ich ihm in die Kulleraugen sehen und glauben, dass er es mit Absicht getan hatte.

»Schon gut«, beteuerte ich und versuchte mich an einem aufmunternden Lächeln, das ich selbst nicht ansatzweise spürte. Ich war erfüllt von Panik. Innerlich schrie jeder Teil von mir, dass ich nicht länger hier stehen bleiben konnte, sondern sichergehen musste, dass ... dass meine Träume gerade nicht dabei waren, vor meinen Augen zu zerplatzen.

Aus irgendeinem Grund wollte ich aber nicht, dass Mika das mitbekam. Ich wollte nicht, dass er sich noch schlechter fühlte, als er es offensichtlich schon tat. Ich überspielte also die Panik und tat so, als wäre alles in Ordnung.

Mika wirkte nicht so beruhigt, wie ich es mir erhofft hatte. Und der Mann neben mir schien das Gefühl zu teilen.

»Sicher?«, hakte er nach. Die Falte zwischen seinen Augenbrauen vertiefte sich, als er zu meinem linken Bein hinuntersah.

Ich hatte das Bedürfnis, es hinter dem anderen zu verstecken, wusste aber, dass ich damit nur das Offensichtliche bestätigen würde. Daher zwang ich mich, normal stehen zu bleiben und mein Gewicht nur leicht nach rechts zu verlagern.

Bevor ich antworten konnte, ertönte Mikas Stimme neben mir. »Ich glaube, mit ihrem Fuß stimmt etwas nicht.«

Der Mann löste seine hellen Augen nicht von mir. »Das Krankenhaus ist nicht weit von hier«, begann er. »Lass uns dich wenigstens dorthin fahren, um sicherzugehen, dass wirklich alles okay ist?«

»Müsst ihr nicht.« Ich versuchte, nachdrücklich und selbstbewusst zu klingen. »Ich gehe es im Sanitätsraum kühlen. Keine Sorge, es ist alles gut. Ehrlich. Das ist nicht das erste Mal, dass ich beim Training hingefallen bin.«

Keine Lüge – zumindest nicht völlig. Es war nicht das erste Mal, aber bisher hatten sich Verletzungen auf blaue Flecken, Kratzer und leichte Prellungen beschränkt.

»Danke trotzdem für das Angebot.« Ich machte einen Schritt nach vorne, wollte endlich gehen, um mich um mein Bein kümmern zu können. Allein den Fuß aufzusetzen, tat so weh, dass ich mir auf die Unterlippe beißen musste, um keinen Laut von mir zu geben.

Ich bemühte mich, normal zu laufen, bis ich aus der Halle war und bis zur Umkleide humpeln konnte. Dort warf ich mir meine Tasche über und verließ das Gebäude auf dem schnellsten Weg.

Die Erleichterung, als ich mich endlich auf den Fahrersitz meines Autos fallen lassen konnte, war riesig. Ich rollte meine Leggings ein Stück nach oben, drückte ganz sanft gegen meinen Knöchel und bereute es noch im gleichen Moment.

Keine Panik, Lucy. Du fährst jetzt zum Krankenhaus und lässt den Fuß untersuchen. Keine große Sache. Morgen hast du das alles vergessen und stehst wieder auf dem Eis.

Ich wollte meinen gezwungen positiven Gedanken Glauben schenken – aber beim Blick auf die Schwellung rund um meinen Knöchel löste sich jeglicher Mut in Luft auf.

Mit pochendem Herzen schloss ich die Autotür. Schob den Schlüssel ins Zündschloss. Ich stellte meinen Fuß auf die Kupplung und bemerkte, dass ich eine Sache nicht bedacht hatte: Die Pedale traten sich nicht von selbst.

Verärgert schlug ich auf das Lenkrad. Das konnte nicht wahr sein. Ich spürte Tränen in meine Augen schießen, weil ich nicht wusste, was ich tun sollte. Meine Hände zitterten. Der Bus wäre eine Möglichkeit. Die Haltestelle war nicht weit von hier und …

Ein Klopfen ließ mich zusammenzucken. Ich wischte mir über die Augenwinkel, bevor ich aus dem Fenster sah – und bemerkte, wie meine Wangen gleich noch heißer wurden.

Helle, freundliche Augen. Ich drückte die Tür vorsichtig auf, da es nicht so wirkte, als würde der Boden sich unter mir auftun und mich verschlucken. Ich wusste nicht mal, warum es mir peinlich war, dass der Mann mich hier so sah. Von meiner gerade vorgetäuschten Stärke war nichts mehr übrig.

Er hielt es mir nicht vor oder wies mich darauf hin, dass ich eigentlich meinen Fuß hatte kühlen wollen. Nein. Er ging in die Hocke, als hielte er es für das Normalste der Welt, eine Frau zitternd und mit roten Augen in ihrem eigenen Auto vorzufinden.

Er sagte nichts, sondern wartete ein paar Sekunden ab, bis ich mich beruhigt hatte. Bis ich alle Möglichkeiten in meinem Kopf durchgegangen war und immer zu dem gleichen Schluss kam.

»Könnt ihr mich mitnehmen?«, fragte ich leise. Es kostete mich mehr Überwindung, um Hilfe zu fragen, als ich bereit war zuzugeben. Vor allem, nachdem ich so deutlich gesagt hatte, dass ich sie nicht brauchte.

Er lächelte. »Natürlich. Wenn du möchtest.« Dann stand er auf. Reichte mir die Hand. Ich ergriff sie und ließ mir aus dem Auto helfen, bevor ich mich noch einmal umentscheiden konnte.

3. KAPITEL

Das Gewicht meiner Tasche lastete schwer auf meiner Schulter. Ein Schritt – schon schoss der Schmerz wieder durch meinen Fuß, und ich blieb wie angewurzelt stehen. Biss die Zähne aufeinander. Schluckte die Panik hinunter.

Ein Arm tauchte in meinem Blickfeld auf. Angewinkelt, damit ich mich daran festhalten konnte. Ich legte meine Hand zögerlich auf seinen Unterarm und lief im Schneckentempo neben ihm her.

»Ich heiße übrigens Jules«, sagte er nach kurzem Schweigen. »Und es tut mir ehrlich leid, dass mein Bruder nicht aufgepasst hat.«

»Lucy«, war meine knappe Antwort. Zu knapp. Ich überlegte, was ich noch hinzufügen konnte, aber bisher schien alles, was ich gesagt hatte, sein schlechtes Gewissen nur noch verstärkt zu haben. Daher nahm ich die Entschuldigung einfach wortlos an.

Wir überquerten den Parkplatz zu seinem Auto. Mika stand in der offenen Beifahrertür und wippte nervös von einem Bein auf das andere.

»Mika«, rief Jules, als wir noch gut zehn Meter entfernt waren. »Kannst du die Sachen von der Rückbank in den Kofferraum räumen?«

Der Junge nickte sofort und trug in zwei Gängen mehrere Taschen zum Kofferraum. Ich sah ihm dabei zu – und anscheinend schaffte mein Hirn es erst da, zu realisieren, was gerade passierte.

»Ich ... muss keine Angst haben, dass ich auch im Kofferraum lande, oder?« Meine Stimme klang bemüht locker, aber Jules würde sicher sofort heraushören, dass Schauspielen nicht zu meinen Stärken zählte.

»Vielleicht?«, sagte er in einem ebenfalls leichten Ton. Kaum hatte er es jedoch ausgesprochen, wurden seine Augen groß, und er schüttelte den Kopf. »Vergiss das. Für so einen Scherz ist das hier wirklich nicht der richtige Moment. Wenn du möchtest, gebe ich dir meinen Ausweis. Du kannst auf der Fahrt mit jemandem telefonieren, wenn du dich damit sicherer fühlst. Oder deinen Standort mit jemandem teilen. Ich glaube, zum St. Boniface Hospital kommen wir am schnellsten, deswegen würde ich dorthin fahren.«

Die Infos, die er mir gab, beruhigten mich – und die Art, wie er fast über seine eigenen Worte stolperte, um mir das alles mitzuteilen, ebenfalls.

Jules öffnete die hintere Beifahrertür und hielt sie für mich auf. Meine Finger kribbelten dort, wo sie Jules berührt hatten, und ich ballte meine Hand zu einer Faust, um das Gefühl zu vertreiben. Mika sprang mir fast ins Gesicht, als ich endlich saß. Er fuchtelte mit einer Flasche Wasser herum.

»Hast du Durst? Oder Hunger? Ich kann noch mal nach drinnen gehen und etwas zu essen holen. Magst du Pommes?« Die Fragen sprudelten nur so aus ihm heraus. Man konnte ihm sein schlechtes Gewissen immer noch deutlich ansehen.

»Ich brauche nichts, danke.«

Mika ließ die Schultern hängen.

»Außer ... wenn du mir die Wasserflasche geben magst ...« Ich hatte meinen Satz noch nicht mal ausgesprochen, da hatte er sie mir bereits überreicht.

Eine Hand landete auf Mikas Kopf. »Danke fürs Teilen. Setz dich schon mal vorne rein, damit wir losfahren können?«

Mika starrte mich an, aber sein Nicken galt Jules. Es war ein wenig beunruhigend, von einem Kind die ganze Zeit so intensiv angesehen zu werden. Er wandte den Blick erst ab, als er endlich auf den Beifahrersitz geklettert war und sich angeschnallt hatte.

»Sag Bescheid, wenn ich zu holprig fahre, ja?«, bat Jules. »Oder wenn du etwas brauchst.«

Ich nickte, und Jules schloss die Tür, ehe er den Wagen umrundete und zur Fahrerseite lief.

Sommer. Er riecht nach Sommer.

Der Gedanke verschwand, als Jules anfuhr und ich mich im Sitz zurücklehnen wollte. Dabei streckte ich meine Beine ein Stück aus und bewegte im gleichen Moment meinen Fuß. Ich ballte die Hände in meinem Schoß zu Fäusten und unterdrückte das Geräusch, das mir bei dem heißen Schmerz beinahe entwich.

Wenn ich jetzt für eine längere Zeit ausfiel ... Wie sollte ich das je aufholen? Ich würde es im November niemals unter die besten drei schaffen. Meine Chancen waren mit zwei gesunden Füßen schon nicht die besten.

Während der Fahrt redeten wir kaum miteinander – und auf gewisse Weise war ich froh darüber. Mehr Zeit, meinen Herzschlag zu beruhigen. Meine Panik wenigstens ein klein wenig zu besänftigen.

Jules schlug den Weg Richtung Downtown Winnipeg ein und überquerte in der Nähe des South Point Parks den Red River. Der Anblick des von Bäumen gesäumten Flussbetts und der reflektierenden Sonne im Wasser lenkte mich so lange ab, bis wir die Brücke hinter uns gelassen hatten und vor dem Eingang des St.-Boniface-Krankenhauses hielten.

»Möchtest du schon mal vorgehen? Mika und ich kommen nach, sobald ich einen Parkplatz habe«, schlug Jules vor.

»Ist gut«, sagte ich und griff nach meiner Tasche, ehe ich die Tür öffnete. Ich schob mich von der Rückbank, biss die Zähne zusammen, als ich mich aufrichtete, und machte mich langsam auf den Weg über den Parkplatz. Das Krankenhaus betrat ich humpelnd über den Südeingang. Es dauerte etwas, bis ich mich orientiert und den Empfang gefunden hatte. Den Rollstuhl redete ich der Pflegekraft vehement aus und setzte mich schließlich in den Wartebereich.

Es war ein großer offener Raum voller Stühle, die genauso unbequem waren, wie sie aussahen. Jules und Mika fanden mich dort, den Knöchel vor mir ausgestreckt, um ihn nicht zu belasten.

»Haben sie dir keinen Rollstuhl angeboten?«, fragte Jules, als er sich links neben mich setzte. Mika nahm auf dem freien Stuhl rechts von mir Platz.

»Ich wollte keinen«, erwiderte ich, abgelenkt von Mikas Beinen, die weit über dem Boden baumelten.

Jules nickte und lehnte sich in seinem Sitz zurück – als würde er sich auf eine lange Wartezeit einstellen.

»Ihr müsst wirklich nicht mit mir warten. Es dauert bestimmt eine Weile.«

Jules lehnte sich nach vorn, um nach einem Magazin auf dem Tisch zu greifen, und für den Bruchteil einer Sekunde blitzte der äußerste Teil eines Tattoos in seinem Nacken auf. Größtenteils war es von seinen Haaren verdeckt, aber der Teil, den ich erkannte, war ein Kunstwerk aus feinen schwarzen Linien. Es verschwand unter dem Kragen seines Shirts, als er sich mit der Zeitschrift in der Hand zurücklehnte.

Jules vermittelte nicht den Eindruck, als wollte er sich in nächster Zeit von dem Stuhl fortbewegen.

»Du hättest gar nicht hierher gemusst, wenn Mika dir nicht in den Weg gelaufen wäre.« Er strich über die geknickte Ecke des Covers. Seine Haare fielen ihm in die Stirn, als er sich mir zuwandte, er machte allerdings keine Anstalten, sie sich wieder aus dem Gesicht zu schieben.

Stattdessen lächelte er wieder, ganz leicht nur – und mir fiel auf, wie leicht ihm dieser Gesichtsausdruck zu fallen schien. Offen. Freundlich. Ich selbst verhielt mich Fremden gegenüber ganz anders.

»Ich finde, es ist das Mindeste, dich hier nicht allein sitzen zu lassen«, sagte er. Und dann etwas leiser: »Wenn es dir nichts ausmacht. Ich glaube, mein schlechtes Gewissen würde mich die nächsten Nächte nicht schlafen lassen, wenn ich jetzt einfach gehen würde.«

Ich runzelte die Stirn, unsicher, wie ernst er seine Aussage meinte. »Versuchst ... versuchst du, mir mit deinem schlechten Gewissen ein schlechtes Gewissen zu machen?«

Jules hob beide Schultern leicht an. Vielleicht täuschte ich mich, aber ich meinte zu sehen, wie seine Wangen etwas rot wurden. »Ich möchte dich nur wirklich ungern allein lassen.«

Im ersten Moment wusste ich nichts darauf zu erwidern. Im Gespräch wirkte er anders, als ich ihn zunächst eingeschätzt hatte. Ich war davon ausgegangen, dass er recht selbstbewusst war. Sein Auftreten, die Art, wie er sprach und uns sofort zum Krankenhaus brachte. Er wirkte sehr im Reinen mit sich – als wüsste er genau, wer er war. Als hätte er es nicht nötig, sich irgendwie zu verstellen.

Mein erster Eindruck von ihm war zwar nicht plötzlich verschwunden. Aber es mischte sich das Bild eines unbeholfeneren Jules darunter.

Ich versuchte nicht, ihn weiter davon zu überzeugen zu gehen. So sicher ich mir auch war, dass ich von hier aus allein klarkam: Es war nett, im Zweifelsfall zu wissen, dass noch jemand da war.

Eine leise Melodie zu meiner Rechten lenkte mich ab. Zwischen seinen Händen hielt Mika eine gelbe Switch-Konsole und war völlig darin vertieft. Jules hatte zwar gesagt, dass es ihm lieber war hierzubleiben, aber ich wollte mir nicht vorstellen, wie langweilig Mika sein musste.

Ich konnte mir auch eine angenehmere Nachmittagsbeschäftigung vorstellen, als im Krankenhaus zu sitzen und darauf zu warten, dass eine wildfremde Person endlich aufgerufen wurde.

Aus einem Impuls heraus sprach ich Mika darauf an. »Darf ich dich fragen, was du spielst?«

Stille. Ohrenbetäubende Stille. Ich hatte nicht das Gefühl, dass Mika mich ignorierte – eher realisierte er gar nicht, dass ich mit ihm gesprochen hatte. Allerdings spürte ich Jules' Aufmerksamkeit auf mir und mit jeder Sekunde, die verging, wünschte ich mir mehr, Mikas Schweigen einfach hingenommen zu haben.

Ein Lachen drang an meine Ohren. Leise und sanft, mehr ein Hauchen als alles andre. »Nimm es nicht persönlich. Wenn Mika sich für etwas interessiert, blendet er prinzipiell alles andere aus«, erklärte Jules. Er hielt seine Stimme gesenkt, um niemanden in dem Wartebereich mit unserem Gespräch zu stören. »Er spielt *Animal Crossing*. Und eine eigene Insel aufzubauen erfordert höchste Konzentration.«

»Ah«, machte ich. Ich suchte nach etwas, das ich darauf erwidern konnte – aber es war das Gleiche wie sonst auch: Bei jeglicher Art von Small Talk verknotete sich meine Zunge, und ich fand erst viel zu spät die passenden Worte. In den meisten Fällen war das Gespräch dann bereits an einem anderen Punkt, und ich schluckte sie ungesagt wieder hinunter.

Jules wandte sich in der Pause, die auf meinen kurzen Laut folgte, nicht ab. Er sagte gar nichts und wartete einfach, bis ich endlich eine Erwiderung gefunden hatte.

»Du sprichst wohl aus Erfahrung?«

»Sagen wir es so«, begann er langsam. »Ich habe ihm die Switch nicht ohne Hintergedanken zum Geburtstag geschenkt.«

Ich lachte leise. »Du spielst *Animal Crossing*?«

»Ich *lebe* für *Animal Crossing*.« Er grinste. »Es ist entspannender, als es vielleicht klingt. Ab und zu schalte ich einfach gerne damit ab.«

»Ich hab es noch nie gespielt«, gab ich zu.

Jules schwieg einen Moment. »Irgendwie bin ich immer davon ausgegangen, dass jeder es zumindest einmal gespielt hat.«

»Ausnahmen bestätigen die Regel?«

»Die Aussage erinnert mich ein wenig zu sehr an meinen ehemaligen Lateinlehrer«, antwortete Jules.

»Ihr hattet Latein in der Schule?«

»Ich hatte es freiwillig gewählt, weil ich dachte, ich könnte es mal brauchen.« Ganz kurz wirkte sein Lächeln etwas gedimmter. »Was bisher jedoch noch nicht der Fall war.« Sein Blick glitt zu meinem Fuß. »Bist du sicher, dass du keinen Rollstuhl möchtest? Dann könntest du dein Bein zumindest hochlegen …« Er brach ab, als er meinen Gesichtsausdruck sah. Auch wenn er es mit einem Räuspern zu überspielen versuchte, entging mir sein Lachen nicht. »Okay. Kein Rollstuhl.«

»Es ist nicht so schlimm.« *Hoffe ich.* Im besten Fall war die Schwellung morgen verschwunden, und ich konnte wieder aufs Eis. Den schlimmsten Fall versuchte ich mit aller Macht auszublenden.

Jules sah nicht völlig überzeugt aus, beharrte allerdings auch nicht auf dem Gegenteil. Stattdessen streckte er seine langen Beine vor sich aus. Das Magazin lag vorerst vergessen in seinem Schoß. »Wie lange lernst du schon Eiskunstlaufen?«

Er klang dabei ehrlich interessiert – und ganz und gar nicht wie jemand, der aufgrund seines kleinen Bruders in dieser Situation steckte. »Seit ich fünf bin«, sagte ich. »Gezielt für Wettkämpfe trainiere ich erst seit ein paar Jahren.«

»Und vorher?«, fragte er.

Ich zuckte mit den Schultern, unschlüssig, wie ich es ausdrücken sollte. »Vorher habe ich nur für mich trainiert.«

»Ich mag Wettkämpfe auch nicht«, warf Mika dazwischen. Seine Haare hatten eine dunklere Farbe als die von Jules, waren fast so braun wie seine Augen. Sie streiften bei jeder Bewegung über seine Schultern, und hin und wieder schüttelte er den Kopf wie eine Katze, die nass geworden war, um einzelne Strähnen aus seinem Gesicht zu bekommen.

Seine Beine baumelten hin und her und hin und her, und er stoppte sie nur für einen kurzen Augenblick, um sie nachdenklich zu betrachten. »Obwohl die Kostüme schöner sind als meine normalen Sachen.«

Wie recht du hast, stimmte ich ihm stumm zu. Vor einem Wettkampf waren meine Nerven meist zum Zerreißen gespannt – das Einzige, was mich dann beruhigen konnte, war es, mich auch äußerlich zu wappnen. Indem ich mich schminkte, meine Haare machte und mein Kostüm anzog. Es verwandelte mich selbst dann in eine Superheldin, wenn ich mich eher wie ein Sidekick fühlte.

»Wenn ich könnte, würde ich sie tagsüber auch lieber tragen statt derer hier«, meinte ich und zupfte an meinen schwarzen Leggings.

Mika nickte verstehend und widmete sich dann wieder seiner Insel.

»Es wäre vielleicht etwas unpraktisch, findest du nicht? Die meisten Kostüme sind relativ kurz und nicht dick genug, um darin einen kanadischen Winter zu überstehen«, nahm Jules dafür das Gespräch auf.

»Hm«, machte ich nachdenklich. »Ich glaube, es kommt darauf an, was dir wichtiger ist: gut auszusehen oder alle zehn Zehen zu behalten.«

»Meine Zehen«, sagte Jules sofort. »Mit Abstand.«

Mir entwich ein Lachen. »Eventuell sagt die Tatsache, für was man sich dabei entscheidet, mehr über uns aus als jedes Charakterquiz, das du in einer Zeitschrift finden würdest.« Ich deutete auf das Magazin in seinem Schoß.

»Für was würdest du dich entscheiden, wenn du müsstest?«

Vermutlich hätte ich länger über meine Antwort nachdenken sollen, aber … »Das Erste.«

»Gut aussehen?«, fragte er neugierig nach. »Warum?«

»An Tagen, an denen es mir schlecht geht, fühle ich mich irgendwie immer besser, wenn ich mir etwas Schönes anziehe, in dem ich mich gut fühle. Wenn meine Haare gut liegen und ich mir für mein Make-up Zeit genommen habe … Vielleicht klingt es oberflächlich, aber für mich ist es das, was für andere Yoga oder Lesen ist, nehme ich an.«

»Daran habe ich ehrlicherweise nicht gedacht, als ich mich für meine Zehen entschieden habe. Aber ja – ich weiß, was du meinst.« Jules schwieg einen kurzen Moment. »Nicht dass ich unbedingt viel Zeit damit verbringe, mir schöne Klamotten anzuziehen.« Als wollte er mich darauf aufmerksam machen, zupfte er am Kragen des Sweatshirts, das er vorhin im Auto übergezogen hatte.

»Es sieht gemütlich aus.«

»Ja, ich würde sagen, das beschreibt meinen Stil ganz gut«, gab er zu. »Solange ich mich gut darin bewegen kann, ist mir alles andere meistens egal.«

»In den Kostümen vom Eiskunstlauf kann man sich auch ganz gut bewegen«, merkte ich an.

Jules runzelte nachdenklich die Stirn, nickte dann aber.

»Apropos – nicht dass ich Mitspracherecht hätte, aber ich finde, du solltest dich für deine Zehen entscheiden.«

Die Aussage kam so unerwartet, dass ich einen Moment brauchte, bis ich darauf reagieren konnte. »Warum?«

»Vorhin auf dem Eis warst du ... Ich meine ...« Ein Schulterzucken. Jules wirkte auf einmal ein wenig verlegen. »Ich glaube, es wäre schade, wenn du nicht mehr eislaufen könntest.«

Die Tasche in meinem Schoß war auf einmal ziemlich interessant. Seine Verlegenheit gepaart mit der schüchternen Art, wie er ... was? Mir ein Kompliment machte? Es sorgte jedenfalls dafür, dass sich ein ähnliches Gefühl in mir ausbreitete.

Ich brauchte viel zu lange, um darauf zu reagieren. Zu sehr war ich damit beschäftigt, mit dem Reißverschluss meiner Tasche zu spielen und mich zu fragen, weshalb seine Worte dafür sorgten, dass mein Magen komische Umdrehungen machte.

Jules nahm mir die Antwort ab. »Glücklicherweise werden wir uns niemals entscheiden müssen ... hoffe ich.«

Der letzte Teil brachte mich zum Schmunzeln. Jules' Lippen zuckten ebenfalls, als er meinen Gesichtsausdruck sah. Mein Herz schien plötzlich aus einem ganz anderen Grund als der Panik von vorhin schneller zu schlagen.

Meine Hände hielten mitten in der Bewegung inne. Ich spürte in mich rein und suchte nach der schneidenden Angst, die mich nach meinem Sturz erfüllt hatte. Aber für die wenigen Minuten, die dieses Gespräch gedauert hatte, war sie gewichen.

Nicht verschwunden – ich merkte sie sehr deutlich, wenn ich meinen Fuß bewegte. Aber sie war kontrollierbarer.

Ich warf einen Blick auf die Uhranzeige meines Handys, damit es nicht aussah, als hätte ich grundlos in meiner Tasche gekramt, und betrachtete Jules verstohlen.

Er hatte in der Zwischenzeit das Magazin aufgeschlagen,

das er sich vorhin genommen hatte. Sein linker Ellenbogen lag auf der Armlehne des Stuhls, und er stützte seinen Kopf mit der Hand ab. Der andere Arm lag um seinen Bauch, während er überaus interessiert einen Artikel über »Herzogin Kate und ihr rotes Beulah-London-Kleid« las.

Jules suchte sich den Moment aus, um sich von der Zeitschrift zu lösen. Als er meinen Gesichtsausdruck bemerkte, wandte er kurz den Kopf ab, um das Lachen in seiner Hand zu ersticken, ehe er reagierte. »Sie hat das Kleid schon *zum zweiten Mal* getragen«, sagte er mit gespieltem Entsetzen.

In mir wechselten sich Verwirrung und Belustigung ab. »Ist es den Royals verboten, Kleidung mehr als einmal zu tragen?«

»Nein, aber es ist wohl immer noch interessanter, als von Prinz Williams ewiger Hemd-mit-Jeans-Kombination zu berichten.« Er klappte das Magazin zu und legte es zurück auf den Tisch. »Ich weiß nicht, mit welchem Hintergedanken man solche Zeitschriften hier auslegt.«

»Du hast freiwillig danach gegriffen«, merkte ich an.

Seine Augen funkelten amüsiert. »Eventuell habe ich ein ungesundes Interesse an dem Klatsch und Tratsch der Königshäuser.«

»Wirklich?«, hakte ich neugierig nach.

»Ja, wirklich.« Er deutete auf die Zeitschrift. »Es ist mein guilty pleasure, wenn nichts anderes mehr in meinen Kopf passt.«

»Das ist ... ein interessantes Hobby.«

Jules' lautes Lachen brach sehr abrupt ab, als alle anderen in dem Wartebereich uns böse Blicke zuwarfen. »Schon gut, ich kann jegliche Vorurteile nachvollziehen. Aber wenn es okay ist, zeige ich dir lieber nicht meine Zeitschriftensammlung.«

»Benutzt man in unserem Alter nicht Smartphones, um darüber auf dem Laufenden zu bleiben?«

Er zuckte mit den Schultern. »Nenn mich altmodisch, aber in den meisten Fällen würde ich mich für analoge Dinge entscheiden, wenn ich die Wahl hätte. Jetzt gerade habe ich mein Handy ohnehin nicht dabei, deswegen hätte ich so oder so zur Zeitschrift greifen müssen.«

»Ich weiß nicht, wann ich das letzte Mal ohne Handy aus dem Haus bin«, sagte ich. Es war eine ungesunde Abhängigkeit, doch ich hatte nicht das Bedürfnis, mich von ihr zu lösen.

»Ich hab es zu Hause liegen lassen. Es gibt nicht so viele Leute, die mich tagsüber erreichen müssen.«

»Das klingt traurig.« Ich hörte erst, wie unhöflich ich klang, als die Worte meinen Mund bereits verlassen hatten. Schnell ruderte ich zurück. »Ich meine, nicht traurig. Es ist ...« *Komm schon, Lu, jedes Wort, das nicht* traurig *ist, wäre im Moment besser.* »Es ist komisch.« *Okay. Jedes außer diesem.* »Anders«, rettete ich mich schließlich. »Es ist anders.«

Jules' Augenbrauen waren während der Vorstellung meiner sozialen Fähigkeiten immer weiter in die Höhe gewandert. Er hatte den Kopf wieder in seine Hand gestützt und sah mich mehrere Sekunden einfach nur an, statt mich zu erlösen.

»Anders«, wiederholte er schließlich nachdenklich. »Möchtest du das noch weiter ausführen?«

»Ich glaube, es wäre besser, wenn ich erst mal den Mund halte«, antwortete ich ehrlich.

»Dann müsste ich wieder anfangen, die Zeitschrift zu lesen«, sagte Jules. »Möchtest du mir das wirklich antun?«

Er sah mich mit solch einer theatralischen Verzweiflung an, dass ich mir das Lachen nicht verkneifen konnte. »Ich wollte damit eigentlich nur sagen, wie ungewöhnlich es ist, jemanden kennenzulernen, der nicht immer sein Handy dabeihat.«

»Und traurig«, wiederholte er meine Wortwahl.

Ich stöhnte, lachte dabei aber ein bisschen über mich selbst. »Ich wollte nicht ... Ich meinte nur ...«

»Dass es von mir traurig formuliert war, als ich sagte, dass mich nicht viele Leute erreichen müssen«, half er mir aus.

Erleichtert stieß ich den Atem aus. »Ja. Das.«

»Es ist nicht so schlimm, wie es klingt. Die meisten Leute, die ich kenne, arbeiten von früh bis spät in ihrem Job und sind danach mit ihrer Familie beschäftigt. Die Motivation, dazwischen online noch mehr Gespräche als nötig zu führen, ist vermutlich einfach nicht die größte.«

So, wie er es sagte ... Ich war mir nicht sicher, woran mein Hirn es festmachte, aber plötzlich war die Frage nach Jules' Alter in meinem Kopf sehr präsent. Auf den ersten Blick hatte ich ihn auf Anfang zwanzig geschätzt, allerdings schien das mit jedem Satz, den er sagte, weniger zu ihm zu passen.

Als hätte er meine stumme Frage gehört, legte er den Kopf leicht schief. Seine Haare rutschten ihm dabei in die Stirn und halb in die Augen, aber er brach den Blickkontakt nicht ab. Dieses merkwürdige Gefühl, das ich auf der Eisbahn schon hatte, überkam mich wieder – und wurde stärker, je länger ich ihm in die Augen sah. Mein Herz pochte übermäßig laut, und für einen winzig kleinen Moment blendete ich alles um mich herum aus.

»Jules, hast du was zu essen dabei?«, fragte Mika da. Ich wandte den Blick ab, senkte den Kopf. Dennoch meinte ich zu spüren, wie Jules mich noch einen Moment länger betrachtete, ehe er seinem Bruder antwortete.

»Ich hab deine Cookies eingepackt, aber ich bezweifle, dass sie dich satt machen«, sagte Jules, die Hand bereits nach dem Rucksack ausgestreckt, den er beim Hinsetzen unter seinen Stuhl geschoben hatte. Er reichte seinem Bruder eine Packung Chocolate Chip Cookies über mich hinweg.

»Ich weiß, ich wiederhole mich, aber ihr müsst wirklich nicht hierbleiben«, sagte ich mit einer Sekunde Verzögerung an Jules gerichtet. Die Cookies hatten mich kurzzeitig abgelenkt.

»Nein, schon gut, zur Not mache ich mich hier im Krankenhaus auf die Suche nach etwas Essbarem«, sagte er, ohne nachzudenken. Er beugte sich nach vorne, streckte den Arm an mir vorbei, um Mika auf den Oberschenkel zu tippen. »Gibst du uns von deinen Cookies etwas ab?«

Mika schaute erst Jules, dann mich an, bevor sein Blick wieder zu dem Keks in seiner Hand und schließlich wieder zu Jules wanderte. »Was sagt man da?«

Jules öffnete den Mund und schloss ihn gleich darauf wieder. Ich war mir nicht sicher, ob der Ausdruck auf seinem Gesicht Erheiterung oder Verzweiflung spiegelte. Vielleicht beides.

»Bitte«, sagte Jules schließlich und bekam gleich darauf einen Cookie in die Hand gedrückt. Dann richtete Mika seine Aufmerksamkeit auf mich.

»Danke, ich möchte keinen ...«, wollte ich ablehnen, stockte jedoch, als ich Mikas eindringlichen Blick bemerkte. »Ähm. Bitte?« Sekunden später hielt ich ebenfalls einen Cookie in der Hand. Leider erinnerte der süße Snack mich jedoch nur daran, wie lange meine letzte Mahlzeit bereits zurücklag. Um die Zeit hätte ich mir etwas für ein spätes Mittagessen gesucht – ich hoffte nur, dass mein Magen in dem vollen Wartebereich nicht zu knurren beginnen würde. Als ich den Keks aufgegessen hatte, rieb ich meine Hände aneinander, um die restlichen Krümel loszuwerden. Jules war bereits fertig und hatte die Arme wieder vor dem Bauch verschränkt.

»Bist du auch Eiskunstläufer?«, fragte ich ihn. Er hatte die schlanke, athletische Figur der meisten Eiskunstläufer, die bei Wettkämpfen antraten, und bewegte sich auch mit diesem

Körperbewusstsein, das ich sonst nur von Tänzern oder Athleten kannte.

Auf meine Frage folgten einige Sekunden Schweigen. Hatte ich zu leise gesprochen? Bevor ich mich jedoch wiederholen konnte, sagte Jules: »Nein. Nur Mika.«

Ich kam nicht dazu, ihn weiter darüber auszufragen. Ein Krankenpfleger suchte sich diesen Moment aus, um ein fragendes »Lucinda Lavoie?« in den Raum zu werfen. Ich zuckte zusammen, als ich es hörte – außer meinen Eltern nannte mich so gut wie niemand bei meinem vollen Namen – und beeilte mich aufzustehen. Aus dem Augenwinkel sah ich, wie Jules den Arm ausstreckte, als wollte er mir helfen oder aufpassen, dass ich nicht fiel. Er ließ ihn erst wieder sinken, als ich bei dem Pfleger angekommen war.

»Lucinda Lavoie?«, fragte Jules, als wir eine halbe Stunde später aus dem Krankenhaus traten. Mein Zeitgefühl sagte mir, dass es schon längst Abend sein sollte, nach allem, was heute passiert war. In Wahrheit war es aber erst früher Nachmittag – eine Zeit, zu der ich normalerweise noch auf dem Eis stehen würde.

Für die nächste Woche erst mal nicht, grummelte ich innerlich.

»Die Familie meines Vaters kommt eigentlich aus Montreal«, erklärte ich. Ich humpelte neben Jules und Mika her. Meinen linken Fuß zierte nun eine triste dunkelgraue Bandage, die mein verstauchtes Sprunggelenk entlasten sollte. Mir waren mehrere Steine vom Herzen gefallen, als die Ärztin mir versichert hatte, dass es sich nur um eine Verstauchung handelte. Ich wusste, dass ich damit mit etwas Glück nächste, spätestens übernächste Woche wieder richtig trainieren konnte.

Ich versuchte, mich an den Gedanken zu klammern, dass es auch wesentlich schlimmer hätte kommen können … Trotzdem lagen nun einige Tage vor mir, an denen ich nichts tun konnte, außer mein Bein hochzulegen, es zu kühlen und abzuwarten. Tage, die ich eigentlich dafür eingeplant hatte, mich auf dem Eis zu verbessern. Die Zeit bis zum Wettkampf war so knapp – eine mickrige Woche konnte für mich im Moment den Unterschied zwischen Gewinnen und Versagen bedeuten.

»Wie seid ihr in Winnipeg gelandet?«, fragte Jules und holte mich damit aus meinen düsteren Gedanken zurück zum Krankenhausparkplatz.

»Als ich zwei war, haben meine Eltern ihre Koffer gepackt und sind mit mir hierher gezogen«, sagte ich und band mir einen frischen Pferdeschwanz. »Sie hatten schon länger den Wunsch, eine eigene Firma zu gründen, und ein paar Bekannte, die hier lebten, wollten sie dabei unterstützten.«

Jules blieb neben seinem Wagen stehen, eine Hand am Türgriff der Beifahrerseite. »Ist das eine dieser ›Vom Tellerwäscher zum Millionär‹-Geschichten, die man hin und wieder hört?«, wollte er wissen. Er sah sich nach seinem kleinen Bruder um, der hinter ihm stand, die halb leere Kekspackung in der einen und seine Switch in der anderen Hand. »Schnell, Mika, tu so, als hättest du dich bei dem Unfall verletzt.«

Mika stieg wortlos hinten ein.

Ich verkniff mir nur mit sehr viel Mühe ein schallendes Lachen. »Meine Eltern sind nicht reich.« Ich stockte kurz. »Zumindest nicht *so* reich.«

»Beruhigend«, meinte Jules und öffnete die Beifahrertür. Er wartete, bis ich saß, schloss dann die Tür und lief um den Wagen herum, um neben mir einzusteigen. »Wohin sollen wir dich bringen?«

Kurz dachte ich darüber nach, ihn darum zu bitten, mich vor der Eishalle abzusetzen. Vom Krankenhaus war es nicht so weit entfernt wie mein Zuhause. Außerdem war mein Auto noch dort – es wäre die schlaueste Entscheidung gewesen, meine Eltern zu bitten, mich von dort abzuholen, damit wir den Wagen gleich mitnehmen konnten. Aber noch während ich das dachte, hörte ich mich meine Adresse sagen. Und hielt für eine Millisekunde den Atem an, als Jules mit einem Lächeln antwortete.

Wir fuhren vom Parkplatz und folgten dem Red River, statt vor dem Krankenhaus abzubiegen und ihn zu kreuzen. Jules lenkte sein Auto durch den Verkehr – seine ruhige Konzentration war etwas, das meinen Blick immer wieder zu ihm zog. Im Radio spielte ein Song von Hozier und erfüllte den Innenraum mit dieser Stimme, die mir jedes Mal eine Gänsehaut bereitete. Als hätte Jules meine Gedanken gehört, drehte er die Lautstärke höher und begann, kaum hörbar, dafür aber umso schiefer mitzusingen.

Ich machte es mir auf dem Sitz bequem, die Augen auf die Szenerie außerhalb gerichtet. Es war anders, als allein oder mit meinen Eltern hier entlangzufahren. Beinahe wie ein unerwarteter Roadtrip – als würde ich nicht bereits mein Leben lang in dieser Stadt wohnen.

Hin und wieder hörte ich Geräusche von der Rückbank, wo Mika mit seiner Insel beschäftigt zu sein schien. Wenn wir an einer Ampel hielten, warf Jules ihm durch den Rückspiegel einen Blick zu, einen sanften Ausdruck auf dem Gesicht. Manchmal sah ich zu spät weg – dann fing Jules meinen Blick auf, zwinkerte mir zu oder schenkte mir ein kleines Lächeln, ehe er sich wieder auf die Straße konzentrierte. Das waren die Momente, in denen ich betreten den Kopf abwandte. Wie er sich nach Mika umsah, wie er sich vergewisserte, dass es seinem kleinen Bruder gut ging ... Das waren kleine, kaum wahrnehmbare Gesten, die zeigten, wie nahe sie sich standen. Ich fühlte mich merkwürdig verlegen, dabei erwischt zu werden, wie ich diese Momente beobachtete.

Viel zu früh bogen wir in die Straße unserer Wohngegend ein. Jules hielt am Bürgersteig, von dem ein von Büschen gesäumter Weg zur Veranda führte. Er nahm das weiße, frei stehende Familienhaus kurz in Augenschein, dann wandte er sich mir zu. Ein paar Herzschläge lang sahen wir uns schweigend an, beide unschlüssig, wie diese Verabschiedung ablaufen sollte.

»Ich hoffe, deine Eltern machen sich nicht zu große Sorgen, wenn du mit einer Bandage nach Hause kommst«, sagte Jules.

Vermutlich freuen sie sich eher darüber, dass ich mich in den nächsten Tagen voll und ganz auf das Praktikum konzentrieren kann, dachte ich bitter. »Nein, schon gut. Es ist ja nur eine leichte Verstauchung.«

Jules wirkte nicht vollständig überzeugt. Er drehte sich in seinem Sitz um und griff mit einem Arm nach hinten zu seinem Rucksack. Er zog den Reißverschluss auf und wühlte darin, bis er einen Stift und einen Zettel herausfischte. Das Lenkrad nutzte er als Unterlage, um sorgfältig etwas auf das kleine Stück Papier zu schreiben. Dann reichte er es mir. Ich zog beide Augenbrauen in die Höhe, nahm den Zettel aber wortlos an.

»Meine Handynummer«, erklärte er nach einem Moment. »Falls dein Fuß sich nicht bessert oder die Schmerzen schlimmer werden. Wenn ich dir irgendwie helfen kann oder Kosten tragen soll, schreib mir einfach oder ruf mich an.«

Ich rieb den Daumen über das raue Papier. Es knirschte leise, als ich es in der Mitte faltete. »Okay.« Und weil ich wusste, dass hiernach nur ein weiteres Mal ein Schweigen folgen würde, schickte ich ein Lächeln hinterher, packte meine Sporttasche und stieß die Tür auf, um auszusteigen. Ich hielt sie fest, damit sie hinter mir nicht sofort wieder zufallen konnte. »Na dann …«

Jules lehnte sich in seinem Sitz etwas nach vorne, um mich besser sehen zu können. Er blinzelte mehrere Male, als die Sonne ihm dabei direkt ins Gesicht schien – seine Augen leuchteten in dem Licht, das auf sie traf. »Gute Besserung, Lucy.«

Meine Hand packte den Türrahmen fester, als er meinen Namen aussprach. Ich nickte. »Bis dann.« Damit schlug ich die Tür zu. Ich hob die Hand, winkte zum Abschied und sah durch mein Spiegelbild in dem Glas, wie Jules etwas sagte. Mika löste sich daraufhin von seiner Spielekonsole. Er klopfte gegen die Fensterscheibe, um meine Aufmerksamkeit zu bekommen, und formte übertrieben stark »Tut mir leid« mit den Lippen.

Es war ziemlich süß. Und sein kleines Winken, als sie losfuhren, noch viel mehr.

Ein kühler Windstoß wehte mir Haarsträhnen ins Gesicht. Mit einer unwirschen Handbewegung schob ich sie mir hinters Ohr und humpelte mehr schlecht als recht den Weg zum Haus entlang und die Stufen der Veranda nach oben. Die Haustür knarzte kaum hörbar, als ich sie aufstieß und direkt auf die Treppe zulief.

Ich war nicht sonderlich leise, weshalb es mich nicht überraschte, als Dad mit einem Geschirrtuch über der Schulter aus der Küche kam. Allerdings hatte ich gehofft, es schon weit genug die Treppe hinauf geschafft zu haben, um zu verhindern, dass er auf meine Verletzung aufmerksam wurde.

Wie sich herausstellte, sollte mein Wunsch nicht erhört werden.

Dad hatte kaum ein »Hallo« hervorgebracht, als sein Blick schon auf die Bandage an meinem Fußgelenk fiel. Eine Falte bildete sich zwischen seinen Augenbrauen. »Was ist passiert? Ist alles okay?« Ein Hauch Sorge schwang in seiner Stimme mit. Sie rüttelte mich aus meiner defensiven Haltung, die mich nur eine kurze Antwort hatte geben lassen wollen.

»Ich bin beim Training mit jemandem zusammengestoßen und gestürzt«, erklärte ich. »Dabei hab ich mir den Knöchel verstaucht.«

Er nickte, trocknete sich die Hände an dem Geschirrtuch ab. »Wirst du am Montag trotzdem das Praktikum antreten können?«

Nicht: *Schaffst du dein Training trotzdem?*

Nicht: *Wie geht es dir damit?*

Ich hätte es erwarten sollen, aber ... war es falsch, zu hoffen, dass ihm meine Leidenschaft und meine Gesundheit wichtiger waren als die Abmachung? Der kleine Stich, der meinen Brustkorb durchfuhr, gab mir meine Antwort.

Ich umklammerte das Geländer fester und nickte sachte.

»Natürlich«, sagte ich noch – und ging dann langsam nach oben. Ich wollte nicht zeigen, wie sehr mich seine Reaktion verletzte.

Bunny kam mir auf der Hälfte des Flurs entgegengehoppelt. Normalerweise traute sie sich allein nicht mal in die Nähe der Treppe, sondern blieb den ganzen Tag in meinem Zimmer, wenn ich nicht zu Hause war. Und selbst das war schon ein Fortschritt. Als ich sie vor zwei Jahren aus dem Tierheim adoptiert hatte, war sie wochenlang nicht aus ihrem Gehege herausgekommen. Ich wusste nicht, woher sie kam oder was mit ihr passiert war, das sie so ängstlich machte. Es brach mir das Herz, darüber nachzudenken.

Ich hob sie vom Boden auf, drückte sie an meine Brust, weil ich ihre Nähe gerade brauchte, und trug sie in mein Zimmer. Meine Sporttasche ließ ich mitten im Raum fallen und setzte mich mit Bunny auf dem Schoß auf die Bettkante.

Ein stetiges Pochen zog durch meinen Fuß, während ich überlegte, was ich mit dem Rest des Wochenendes anfangen sollte. Das Training hielt mich normalerweise so lange von zu

Hause fern, dass ich abends nicht viel Zeit hatte, bevor ich ins Bett fiel und aus purer Erschöpfung einschlief.

Ich betrachtete den gefalteten Zettel in meiner Hand, öffnete ihn und brachte damit sauber aufgeschriebene Ziffern zum Vorschein. Mein Körper bewegte sich ganz von selbst. Ich kramte mein Handy aus meiner Tasche, öffnete meine Kontakte und klickte auf das kleine Plus, um einen neuen hinzuzufügen. Wenige Sekunden später hatte ich die Nummer abgetippt und öffnete den Chat im Messenger.

Mein Finger schwebte über dem kleinen Profilbild, und noch bevor ich mich davon abbringen konnte, hatte ich es vergrößert. Es zeigte Jules, breit grinsend, wie er Mika auf den Schultern trug. Mika hatte eine riesige Portion Zuckerwatte in der Hand und war gerade dabei, Jules etwas davon in den Mund zu schieben. Im Hintergrund war ein Riesenrad zu sehen, mehrere Essensstände, und hier und da hingen Plakate, die auf Achterbahnen und andere Fahrgeschäfte des Freizeitparks hinwiesen. Ich blieb bei dem Bild hängen. Es war schon eine ganze Weile her, seit ich das letzte Mal so etwas unternommen hatte. Meistens blieb mir dafür einfach nicht die Zeit – ich wusste nicht mal, mit wem ich hätte gehen sollen.

Zurück im Chat, tippte ich ein paar Worte in das Nachrichtenfeld:

Hallo, Jules, hier ist Lucy. Ich wollte

Ja – was wollte ich eigentlich? *Ich wollte mich nur dafür bedanken, dass ihr mich ins Krankenhaus begleitet habt?* Ich schnaubte und legte mein Handy und den Zettel neben das leere Wasserglas auf meiner Kommode. Ich hatte mich vorhin bereits bei ihm bedankt, was für einen Sinn hätte es, ihm das Gleiche noch einmal zu schreiben?

Entschlossen setzte ich Bunny neben mir ab und stand auf. Ich nahm einen Stift zur Hand, machte für den heutigen Tag ein großes schwarzes Kreuz im Kalender und warf den Marker zurück auf mein Bett.

Ich wollte nicht nachzählen, wie viele Tage mir noch blieben.

4. KAPITEL

Als ich am Montag die Augen aufschlug, verspürte ich Erleichterung. Der Sonntag hatte sich bis ins Unendliche gezogen. Ohne die Möglichkeit, das Haus für das Training zu verlassen, war mir nicht viel anderes übrig geblieben, als wütend meinen Fuß anzustarren. Nachdem sich das auch nach der Hälfte des Tages nicht als sonderlich hilfreich erwiesen hatte und die Decke mir bereits auf den Kopf zu fallen drohte, hatte ich mich auf meinem Balkon mit einer dicken Decke eingekuschelt und eine Doku nach der anderen geschaut.

Je wacher ich nun wurde, desto mehr verblasste das erleichterte Gefühl und wich einem ganz bestimmten Gedanken: Heute war der erste Praktikumstag.

Mit einem Stöhnen fiel ich zurück in meine Kissen. Ich hatte den Gedanken an das Praktikum gestern einfach in den hintersten Winkel meines Kopfes geschoben und so getan, als würde die anstehende Woche nicht anders als die letzte werden.

Das Verdrängen des Praktikums versetzte mich jetzt in Hektik. Meine Tasche war ungepackt, ich war unvorbereitet und hätte mich am liebsten unter meiner Decke versteckt, bis meine Eltern das Haus verließen. Für einen Moment schloss ich die Augen. Atmete tief durch und zählte bis zehn. Wenn ich nicht ging, wäre meine letzte Chance, eine Medaille zu gewinnen, hinfällig. Und so verlockend es auch war, einfach liegen zu bleiben: Das Eiskunstlaufen war mir wichtiger. Daher schob ich mich aus dem Bett und machte mich fertig.

Der Geruch von Kaffee umfing mich, als ich die Treppe nach unten stieg. Ich zupfte an der Schleife meiner hellblauen Bluse, und ging sicher, dass ich sie richtig in den breiten, taillierten Bund meiner Marlenehose gesteckt hatte. Meine schwarzen Haare trug ich offen – sie fielen mir glatt über den Rücken, wo sie kurz unterhalb meiner Schulterblätter endeten. Eine silberne Spange hielt sie aus meinem Gesicht und fing den Farbton der dekorativen Knöpfe an meiner Hose auf. Davon abgesehen war mein Armband der einzige Schmuck, den ich trug.

Ich hatte mich extra für ein Outfit entschieden, das etwas eleganter war. Meine Eltern hatten keinen Dresscode in ihrer Firma eingeführt, verließen das Haus aber selbst stets in Anzug und Krawatte oder Bleistiftrock und Bluse. Ich war lange nicht mehr dort gewesen, aber die meisten Leute kannten mich als Tochter meiner Eltern – als die Person, die vielleicht irgendwann die Firma übernehmen würde. Es war leichter, das Bild, das sie von mir hatten, zu unterstützen, statt es aufzubrechen. Niemand dort interessierte sich dafür, wer Lucinda Lavoie außerhalb des Unternehmens war.

Dad saß in seinem üblichen grauen Anzug in der Küche, das Jackett über die Stuhllehne gelegt, und las in einer Zeitung. Von Mom war weit und breit nichts zu sehen.

Ich verharrte kurz am Türrahmen. Erinnerte mich an die Enttäuschung, die mich nach unserem letzten Gespräch begleitet hatte. Nach ein paar Sekunden gab ich mir jedoch einen Ruck und warf ein »Guten Morgen« in den Raum. Meine Füße trugen mich zur Kaffeemaschine, noch bevor Dad antwortete.

»Ich habe auf dich gewartet«, überging Dad meine Begrüßung. Meine Hand fror Zentimeter von der Kaffeemaschine entfernt ein. »Deine Mom ist vor einer halben Stunde zu einem Meeting mit ihrer Marketingabteilung los.« Er machte eine kleine Pause, in der ich nach der Kanne griff. »Dein Auto steht noch vor der Eishalle, richtig? Die Busverbindungen von hier sind schrecklich; falls du damit hättest fahren wollen, hättest du schon vor einer halben Stunde das Haus verlassen müssen.«

Ich goss den Kaffee in eine Tasse. »Daran habe ich nicht gedacht«, sagte ich leise. Dad saß mit dem Rücken zu mir, und ich sah, wie er nickte, als hätte er das erwartet. Ich umklammerte die Tasse mit beiden Händen – noch etwas fester, und sie würde unter dem Druck meiner Finger zerbrechen.

Dad blätterte eine Seite um, das Rascheln das einzige Geräusch im Raum. Kurz blitzte ein Bild vor meinen Augen auf: Meine Eltern und ich an einem Sonntagmorgen. Wie wir zusammen am Küchentisch saßen, frühstückten und lachten. Ich hörte Radiomusik, zu der Dad immer dann mitsummte, wenn er sich und Mom Kaffee nachschenkte.

Ein Blinzeln, und das Bild war verschwunden. Genauso wie die Zeiten, in denen diese Erinnerungen entstanden waren.

»Kannst du dein Auto nachher selbst holen? Ich glaube nicht, dass ich oder deine Mom es schaffen werden, schon zum Ende deines Praktikumtags Feierabend zu machen, aber ich kann dir jemanden mitschicken«, sagte Dad.

»Keine Sorge, das krieg ich schon hin«, versicherte ich ihm. Hoffte ich. Falls mein Knöchel mir zu viele Probleme machen würde, würde ich lieber jemanden vom Verein fragen, bevor ich einen Mitarbeiter meiner Eltern um Hilfe bat.

Dad trank seinen letzten Schluck Kaffee, faltete die Zeitung zusammen und schob dann seinen Stuhl zurück. Ich leerte meine Tasse in Rekordgeschwindigkeit, stellte sie in den Geschirrspüler und beeilte mich, zum Eingangsbereich zu humpeln, um meine Schuhe anzuziehen. Wäre mein verstauchtes Sprunggelenk nicht gewesen, hätte ich mir das dunkelblaue Paar mit leichten Absätzen gegriffen. Da allerdings schon der

Gedanke daran mir Schmerzen bereitete, wich ich auf weiße Turnschuhe aus.

Ich hängte mir meine Tasche um, in der sich ein Notizheft, mehrere Stifte und andere Kleinigkeiten befanden, und ließ meinen Schlüsselbund ebenfalls darin verschwinden, bevor ich das Haus verließ. Ich lief die Stufen der Veranda hinunter, bog nach links zum Carport ab und blieb neben der weißen E-Klasse stehen, dem ganzen Stolz meines Vaters. Mit einem Piepen entriegelte sich der Wagen, und wir stiegen ein.

Die Fahrt dauerte nur zwanzig Minuten. Zwanzig Minuten, die mir gestern neben Jules wie Sekunden vorgekommen waren – und sich heute wie Kaugummi zogen. Ich starrte die ganze Zeit aus dem Fenster, die Hände im Schoß verschränkt. Hin und wieder hörte ich Dad Luft holen, als wollte er etwas sagen, vielleicht ein Gespräch anfangen. Aber kein Wort verließ seinen Mund, bis wir auf den Parkplatz der Firma fuhren.

»Ihr werdet heute vermutlich noch nicht viel machen«, sagte er, als er das Auto in seine Parklücke lenkte. »Nora Brown wird eine kurze Eröffnungsrede halten, erzählen, was die nächsten Wochen ansteht, und euch dann das Gebäude zeigen. Normalerweise enden eure Praktikumstage um vier, aber ich nehme an, dass sie euch heute schon früher entlassen werden.« Der Motor erstarb. »Wenn du etwas brauchst, weißt du, wo du mich und deine Mom findest.«

Ich nickte. Oberste Etage, die zwei hintersten Büros. Als Kind war ich oft genug hier gewesen, um den Weg verinnerlicht zu haben.

»Okay«, sagte Dad – ein wenig unschlüssig und mindestens genauso überfordert mit meiner Nähe wie ich mit seiner. »Dann viel Spaß.«

»Danke.« Ich zwang mich zu einem flüchtigen Lächeln, bevor ich ausstieg. Ich wusste, dass er im Auto zuerst noch einmal durch seinen Terminplan gucken würde, so wie er es immer tat. Daher wartete ich nicht auf ihn, sondern ging auf den gläsernen Eingang zu. Den gesamten Weg über ärgerte ich mich, wegen der Schmerzen in meinem Fuß nicht schneller laufen zu können. Direkt über der Tür war der Name der Firma angebracht: Lavoie & Hill. Die Nachnamen meiner Eltern in einem einfachen dunklen Schriftzug.

Ich atmete tief durch, verlangsamte meinen Schritt aber nicht. Das Gebäude sah von außen hell und einladend aus – fünf Stockwerke erhoben sich über mir. Die Glastüren glitten zur Seite und gaben den Blick auf eine durch deckenhohe Fenster lichtdurchflutete Empfangshalle frei. Beigefarbene Wände, ein heller Boden und nur hier und da einzelne Parfümflakons, die in Glasvitrinen ausgestellt waren. Sie wurden regelmäßig ausgetauscht, je nachdem, welches Produkt gerade am beliebtesten war.

Ich wusste, dass sich in der zweiten Etage gerade die Marketingabteilung versammelt hatte und meiner Mom lauschte. Ich wusste, dass Dad sofort den Aufzug in den fünften Stock nehmen und dort von seinem Assistenten die ersten Nachrichten des Tages entgegennehmen würde. Ich war seit über einem Jahr nicht mehr hier gewesen, und doch fühlte es sich an, als wäre seit meinem letzten Besuch kein Tag vergangen. Selbst die Person am Empfang war noch die gleiche.

Ich setzte mein freundlichstes Lächeln auf und lief auf den älteren Herrn zu. »Hallo, Mr Hamilton«, begrüßte ich ihn.

»Miss Lavoie, wie schön, Sie mal wieder zu sehen. Es ist schon eine Weile her«, erwiderte er. Mr Hamilton arbeitete bereits so lange hier, wie ich zurückdenken konnte – und hatte sich seit dem ersten Tag kaum verändert. Immer lächelnd und ein paar Zentimeter kleiner als ich. Nur seine Haare waren mit der Zeit immer grauer geworden.

»Ja, es gab … einiges zu tun«, sagte ich, während ich die Finger hinter dem Rücken kreuzte. Es war keine wirkliche Lüge – vor etwas mehr als einem Jahr hatte ich die Abmachung mit meinen Eltern getroffen. Meine Besuche hier waren vorher schon seltener geworden, aber danach hatte ich es nicht mehr zugelassen, irgendetwas meinem Training vorzuziehen.

Mr Hamilton sah mich verständnisvoll an. »Umso schöner, dass Sie die Zeit gefunden haben, hierherzukommen.«

»Zeit gefunden« war vielleicht der falsche Begriff, aber das behielt ich für mich. »Ich bin wegen des Praktikums hier«, erklärte ich stattdessen. »Dad sagte, dass es erst mal eine Ansprache geben wird. Können Sie mir sagen, wo die stattfindet?«

Mr Hamilton senkte den Blick kurz auf den Computerbildschirm, der neben ihm stand. »Raum zwei wurde von Mrs Brown den Vormittag über für die Einführung blockiert.« Er sah auf. Kleine Falten zierten seine Augenwinkel unter der Brille. »Sie finden ihn in der Nähe der Kantine.«

»Ja, ich erinnere mich«, sagte ich. Ich kannte jede Ecke und jeden Winkel dieses Gebäudes so gut wie unser Zuhause. Vermutlich würde das auch noch in zwanzig Jahren so sein – egal, wie lange ich nicht hierherkam.

Ich winkte Mr Hamilton zum Abschied zu, ging am Empfang vorbei, einen Gang entlang, bis ich bei dem Raum mit der Aufschrift 002 ankam. Die Tür stand offen, leise Gespräche drangen zu mir und brachten mich dazu, kurz innezuhalten.

In diesem Gebäude zu sein, fühlte sich an, als hätte jemand zusätzliche Gewichte auf meinen Schultern gestapelt. Mit jeder Sekunde, die ich hier war, merkte ich mehr, wie es mich erdrückte. Meine Eltern waren mehrere Stockwerke von mir entfernt, trotzdem schrie alles hier nach ihnen.

Es war einer der Gründe, weswegen ich so lange nicht mehr hier gewesen war. Neben unserer Abmachung und dem ständigen Gefühl, nicht genug Zeit zu haben, engte mich ein Besuch hier jedes Mal ein. Meine Eltern hatten es nie ausgesprochen, aber ich ahnte auch so, dass sie hofften, ich würde die Firma übernehmen. Etwas, in das sie seit über zehn Jahren so viel Zeit, jegliches Geld und all ihre Leidenschaft gesteckt hatten.

Immer, wenn ich hier war, wollte ich nichts sehnlicher, als aufs Eis zu fliehen. Ich wollte darüber fliegen, springen, tanzen und alles ablegen, was von mir erwartet wurde ... und sobald ich auf dem Eis stand, hatte ich mittlerweile den gleichen Wunsch. Nur ohne eine Ahnung, wo ich die Schwerelosigkeit finden würde, wenn nicht dort.

Ich löste meine verkrampften Hände vom Riemen meiner Tasche, schüttelte meine Finger aus. Dann trat ich in den Raum. Bisher waren nur drei Leute da. Zwei davon saßen weit vom Eingang entfernt, unterhielten sich leise und stoppten nicht einmal ihr Gespräch, als ich mir einen Platz suchte.

Lavoie & Hill war kein Multimillionen-Dollar-Unternehmen – vermutlich wussten die wenigsten hier, dass ich die Tochter der Geschäftsführer war. Trotzdem waren meine Muskeln angespannt, als würden sie sich darauf vorbereiten zu fliehen, sobald mich jemand auch nur wissend ansah.

Der ganze Druck ist in deinem Kopf, Lucy. Es ist nur ein Praktikum, das in ein paar Wochen wieder vorbei ist.

Mit dem Gedanken setzte ich mich in den mittleren Teil des Raumes, legte meine Tasche auf dem Sitz neben mir ab und beobachtete, wie eine Person nach der anderen zu uns stieß. Es waren nicht viele – gerade mal zehn Leute. Und alle Blicke richteten sich auf die Leiterin unseres Praktikums, als sie um Punkt halb neun die Tür hinter sich schloss. Die Gespräche um mich herum verstummten nach und nach, und die allgemeine Aufmerksamkeit richtete sich auf die Frau in Jeans und Bluse.

»Schön, dass ihr alle da seid«, begrüßte diese uns mit einem warmen Lächeln. Sie war jung, vielleicht Mitte dreißig, und machte auf den ersten Blick einen sympathischen Eindruck. »Ich hoffe, ihr habt gut hergefunden. Ihr habt es bei den Bewerbungsverfahren bestimmt schon mitbekommen, aber ich wollte trotzdem noch einmal anmerken, dass die meisten von uns sich hier gegenseitig beim Vornamen nennen. Wenn ihr das nicht möchtet, sagt es auf jeden Fall, ansonsten spreche ich euch einfach genauso an.«

Sie hielt einen kurzen Moment inne, wartete anscheinend ab, ob jemand Einwände hatte. Als dies nicht der Fall war, nickte sie und fuhr fort. »Ich möchte euch gar nicht allzu lange hier festhalten. Für heute steht eine Führung durch das Gebäude an, aber ich dachte, es wäre gut, wenn ich mich euch zumindest kurz vorstelle. Mein Name ist Nora Brown, und ich bin seit drei Jahren Chief Marketing Officer in der Firma. Es ist erst das zweite Mal, dass wir diese Art von Praktikum hier anbieten, aber ich hoffe, ihr könnt genauso viel daraus mitnehmen wie ich.«

Sie verschränkte die Hände vor dem Körper. »Wir werden in den nächsten Wochen mehrere Bereiche des Unternehmens durchgehen. Hauptaugenmerk ist dabei die Marketingabteilung, weshalb ich heute vor euch stehe. Aber es wird auch einige Wochen in der Entwicklung geben, sowie einen Abstecher zum Vertrieb. Gibt es dazu irgendwelche Fragen?« Ihr Blick glitt einmal durch den Raum. Niemand hob die Hand. »Alles klar. Dann lasst uns erst mal mit dem Rundgang anfangen, damit ihr euch einen Eindruck vom Gebäude verschaffen könnt. Danach langweile ich euch dann mit dem organisatorischen Kram.«

Ich wartete, bis alle an mir vorbeigegangen waren, und begab mich dann ebenfalls zu der Gruppe in der Mitte des Raumes.

Ein Student in meinem Alter hatte Mrs Brown – Nora – in ein Gespräch verwickelt, daher standen wir für einen Augenblick nur unschlüssig herum. Rechts von mir flüsterten zwei Mädels miteinander, und schräg vor mir standen noch drei andere Personen in einer Gruppe zusammen.

Wie hatten diese Leute so schnell Anschluss gefunden? Wenn ich darüber nachdachte, jemanden in meiner Nähe einfach anzusprechen, war mein Kopf plötzlich wie leer gefegt. Wie begann man ein Gespräch in so einer Situation? Stellte man sich einfach vor und hoffte, dass der Gegenüber positiv reagierte? In meinen Ohren klang das wie ein Glücksspiel, auf das ich mein Geld ganz sicher nicht setzen wollte.

Glücklicherweise erlöste Nora mich aus meiner plötzlichen Starre, als sie uns aufforderte, ihr zu folgen. Sie führte uns den Gang entlang, gab uns rechts einen kleinen Einblick in die Labore, links waren weitere Meetingräume und mehrere Büros. Am Ende des Gangs öffnete sich eine Doppeltür zur Kantine, in der ein paar Angestellte saßen und ihre morgendliche Portion Koffein zu sich nahmen. Wir fuhren mit dem Aufzug in den zweiten Stock, wo neben einem offenen Workspace mit einem halben Dutzend Schreibtischen und einem großen Meetingraum, in dem sich Mom gerade befand, auch Noras Büro zu finden war. Ähnlich sah es im Vertrieb im dritten und beim Finanz- und Rechnungswesen im vierten Stock aus.

Das Gebäude war an sich nicht unglaublich groß, aber wir hielten alle paar Meter für Erklärungen und Fragen an. Ich bemühte mich zuzuhören, driftete in Gedanken aber immer wieder zu Erinnerungen ab, die in diesem Gebäude unweigerlich aufkamen. Ich sah eine jüngere Version von mir die Tasten des Aufzugs drücken, die andere Hand in der meiner Mom liegend. Als ich noch klein war, hatten meine Eltern mich hin und wieder mit hierher genommen, wenn niemand sonst auf mich aufpassen konnte.

Dann hatte ich mit dem Eiskunstlaufen angefangen, mich in diese Sportart verliebt. Lavoie & Hill war zur selben Zeit größer geworden, hatte mehr Zeit meiner Eltern gefordert. Ich wusste nicht mal genau, wann wir aufgehört hatten, gemeinsam Dinge zu unternehmen. Wann es so schwer geworden war, mit meinen Eltern zu reden.

Ohne nachzudenken, verlagerte ich mein Gewicht auf den linken Fuß – und zog scharf die Luft ein, als mein verstauchter Knöchel sich meldete. Das ganze Umherlaufen hatte das schmerzhafte Pochen wieder stärker werden lassen. Ich hoffte inständig, dass die Führung nicht mehr allzu lange dauern würde.

Das Geräusch musste lauter gewesen sein, als ich dachte. Jemand berührte mich am Oberarm und ließ mich zusammenzucken. Ich trat einen Schritt zur Seite – diesmal darauf bedacht, auf den gesunden Fuß auszuweichen.

Neben mir hielt ein Mädchen beide Hände in die Höhe, als hätte meine Reaktion sie genauso erschreckt wie mich ihre Berührung.

»Sorry«, sagte sie mit heller Stimme. Mein Gegenüber war einige Zentimeter kleiner als ich und blickte mich nun aus großen Augen an. »Du hast ausgesehen, als würde es dir nicht gut gehen, deswegen wollte ich sichergehen, dass bei dir alles okay ist.«

»Ja.« Ich räusperte mich. »Alles okay, ich war nur in Gedanken.«

»Das kenn ich«, sagte sie. »Ist ganz schön viel, oder?«

»Viel?«

»Viel zu sehen.« Sie grinste. »Und zu hören. Ich kann noch gar nicht glauben, dass ich einen Platz in dem Programm bekommen habe. *Lonely* ist mein Lieblingsparfüm, weißt du? Ich trage es ständig. Ich würde darin baden, wenn ich könnte, aber vermutlich würde ich mir selbst und jedem in einem Radius von zehn Kilometern höllische Kopfschmerzen bereiten, weil es so ein starker Geruch ist.«

Einmal angefangen, hörte sie nicht mal zum Luftholen auf zu reden. Ein Hauch Nervosität klang in ihrer Stimme mit. Nach ein paar Sätzen stockte sie plötzlich. »Ich bin übrigens Hannah«, sagte sie und streckte mir dann ihre Hand hin.

Ich ergriff sie. »Lucy.«

»Nett, dich kennenzulernen, Lucy.« Sie lächelte breit und offenbarte damit eine kleine Lücke zwischen ihren Schneidezähnen. Sie wirkte um einiges jünger als ich, auch wenn ich wusste, dass bei dem Programm niemand mitmachen durfte, der unter achtzehn war. Die meisten Leute hier mussten Studierende sein. Auf den ersten Blick hätte Hannah aber auch als Highschool-Schülerin durchgehen können.

Nora führte uns wieder zu dem Raum, in dem wir uns anfangs versammelt hatten. Der Rundgang hatte anderthalb Stunden gedauert. Nach einigen Minuten kehrte wieder Ruhe unter den Anwesenden ein, sodass sie mit dem organisatorischen Teil fortfahren konnte.

»Heute ist der kürzeste Tag, daher darf ich euch in ein paar Minuten schon wieder entlassen. Vorher gibt es allerdings noch zwei Dinge.« Sie legte vor jedem von uns einen Papierbogen ab. »Wir würden euch gern ein wenig besser kennenlernen, daher wäre es schön, wenn ihr diese Fragebögen ausfüllen könntet.« Von schräg hinter mir erklang ein leises Stöhnen. Nora lachte. »Ja, ich weiß. Ihr müsst auch ehrlich keinen Steckbrief mit eurer Lieblingsfarbe verfassen. Es sind nur ein paar allgemeine Fragen und die Bitte um ein bis zwei Sätze darüber, wer ihr seid. Das macht es etwas leichter, sich Personen zu merken.«

Ich blätterte kurz durch den Papierbogen. Oben auf der ersten Seite war genügend Platz für ein Foto, darunter die Frage nach meinem Namen, meinem Alter, meinen Hobbys ... Nora sagte zwar, dass es kein Steckbrief sein sollte, aber für mich sah es sehr danach aus.

Ich wollte ihn gerade wieder zuklappen, als mir ganz hinten eine Überschrift ins Auge sprang: *Besichtigung der Fabrik.*

Der Fabrik? Soweit ich wusste, hatte Lavoie & Hill keine in Winnipeg. Sekunde ...

»Das Zweite, was ich euch mitteilen wollte, ist, dass wir in ungefähr zwei Wochen einen Tagesauflug in eine unserer Produktionsstätten hier geplant haben. Statt euch den Teil umständlich zu erklären, haben wir entschieden, euch lieber zu zeigen, wie es dort aussieht.«

Wie bitte? Einen Ausflug hatte Dad bisher nicht erwähnt. Es würde einen weiteren Tag von meiner Trainingszeit rauben. Wütend starrte ich meinen verstauchten Knöchel an. Einen weiteren Tag, den ich nicht hatte.

Ein Monat noch. Mein Magen verkrampfte sich. *Nicht mal annähernd genug.*

Nora entließ uns kurz darauf. Ich legte den Fragebogen zwischen die Seiten meines Notizheftes und folgte den anderen aus dem Raum, ein Kloß hatte sich in meinem Hals gebildet.

Manche Personen blieben in der Eingangshalle stehen, unterhielten sich in kleinen Gruppen und tauschten sich über die vergangenen Stunden aus. Ich trat an ihnen vorbei nach draußen, zog meinen Mantel fester um mich und humpelte auf die Haltestelle wenige Meter entfernt zu. Der Bus ließ nicht lange auf sich warten – und erst als ich endlich darin saß und wir uns von dem Gelände entfernten, entspannte ich mich. Der Weg zur Eishalle war vertraut. Beruhigend. So stressig und anstrengend das Training auch gerade war.

Mein Auto stand nach wie vor auf dem kleinen Parkplatz und würde noch ein paar Minuten auf mich warten müssen. Ich konnte mit meinem verstauchten Gelenk zwar nicht aufs Eis, aber den anderen beim Training zuzusehen war immer noch besser, als nach Hause zu fahren und an meine Zimmerdecke zu starren.

Kurz vor dem Eingang zur Eishalle wurde ich von einer Horde Kinder zur Seite gedrängt, die gerade ihr Training beendet hatten. Sie grinsten breit, hatten rote Nasen und erinnerten mich viel zu sehr an mich selbst und meine ersten Stunden auf dem Eis. Als sie an mir vorbei waren, drückte ich mich von der Wand ab und wurde von Musik begrüßt, die durch die Lautsprecher schallte.

Die trockene Kälte in der Halle kroch unter meinen Mantel, trieb eine Gänsehaut auf meine Arme und ließ mein Herz gleichzeitig leichter und schwerer werden. Und genauso ging es mir auf dem Eis. Ich liebte es, aber je verzweifelter ich versuchte, besser zu werden, desto weniger schien es mir zu gelingen.

Ich lief bis zur Bande, um eine bessere Sicht zu haben. Verschränkte meine Arme darauf und stützte mein Kinn mit einer Hand ab. Es fühlte sich verkehrt an, von außen zusehen zu müssen. Ein Teil von mir zog und zog und zog, weil er so dringend aufs Eis wollte. Weil er sich verlieren und vergessen wollte zwischen dem Kratzen des Eises, dem Gefühl der Schwerelosigkeit beim Springen.

Mein Blick glitt über die Fläche, die vielen Köpfe, die gerade hier trainierten und schließlich bis zu einem unserer Trainer, der einige Meter entfernt ebenfalls außerhalb stand und sich mit jemandem unterhielt.

Es dauerte ein paar Sekunden, bis ich die dunkelblonden Haare erkannte. Bis ich das Profil seines Gesichts Jules zuordnen konnte. Ich richtete mich langsam auf, unsicher, ob ich »Hallo« sagen oder einfach so tun sollte, als hätte ich ihn nicht gesehen. Hatte er mitbekommen, dass ich hier stand? So vertieft, wie er und Coach Smith in ihr Gespräch zu sein schienen, kam es mir unwahrscheinlich vor.

Und selbst wenn, sagte ich mir. *Deinem Fuß geht's gut, Lu. Welchen Grund hättest du, mit ihm zu sprechen?*

Unschlüssig strich ich mit dem Daumen über eine Kerbe in der Bande. Mein Blick wanderte zu den Leuten auf dem Eis, dann zu Jules und wieder zurück zum Eis. Innerlich schüttelte ich über mich selbst den Kopf und versuchte, mich davon zu überzeugen, einfach zu gehen.

Der Gedanke verschwand spurlos, als ich zum wiederholten Mal in Jules' Richtung schaute und er meinen Blick auffing. Ich sah Überraschung darin aufflackern, und ein Lächeln hob seine Mundwinkel. Die Art Lächeln, die intim wirkte. Vertrauter, als wir uns eigentlich waren.

Mein Daumen hörte mitten in der Bewegung auf, und für einen kurzen Moment starrte ich Jules einfach nur an und fragte mich, was es zu bedeuten hatte, dass mein Herz einen kleinen Hüpfer machte. Dann riss ich mich zusammen und erwiderte das Lächeln. Als Jules es sah, sagte er etwas zu Coach Smith. Was auch immer er erwiderte: Jules verabschiedete sich kurz darauf mit einem Lächeln. Meine Hände rutschten von der Bande, als ich bemerkte, dass er auf mich zukam. Ich hielt sie erst vor dem Bauch. Dann hinter dem Rücken. Als er schließlich vor mir stehen blieb, hatte ich mich gerade dafür entschieden, sie vor der Brust zu verschränken.

»Du wolltest mit deinem verletzten Fuß aber nicht aufs Eis, oder?«, fragte er.

»Nein«, sagte ich ehrlich. Sosehr ich es mir auch wünschte. »Mein Auto steht noch hier, weil ihr mich vor der Haustür ab-

gesetzt habt. Ich wollte es endlich holen, damit ich morgen ...«
... nicht bei meinem Dad mitfahren muss, beendete ich den Satz innerlich. Ich sprach es nicht aus. Es kam mir zu persönlich vor – ein Thema, das ich nicht in diesen merkwürdig warmen Raum bringen wollte, der Jules und mein Gespräch war. »Weswegen bist du hier?«, fragte ich stattdessen.

»Mika hatte heute Training.« Er deutete über die Schulter in Richtung der Umkleiden. »Samstags und montags. Alle zwei Wochen auch am Mittwoch. Ich hab kurz mit seinem Coach gesprochen, weil ich wissen wollte, ob alles gut ist.«

»Klingt anstrengend.«

Seine Augenbrauen wanderten in die Höhe. »Für Mika oder für mich?«

»Oh«, machte ich, einen unschuldigen Ausdruck auf dem Gesicht. »Für dich natürlich. Es muss schrecklich sein, die ganze Zeit auf den Rängen zu sitzen und anderen dabei zuzusehen, wie sie sich einen blauen Fleck nach dem anderen zulegen.«

»Wir treffen uns gerade zum zweiten Mal, und du machst dich schon über mich lustig.«

»Zu meiner Verteidigung«, sagte ich – und suchte fieberhaft nach etwas, das mich tatsächlich verteidigen würde.

Jules grinste. »Ja?«

Ich ließ die Arme an meine Seite fallen. »... ja.«

Sein Grinsen wurde breiter. Nicht auf eine Weise, die mir das Gefühl gab, er würde sich über mich lustig machen. Es war ein Grinsen, bei dem er die Nase krauszog und sich kleine Fältchen in seinen Augenwinkeln bildeten, weil sein ganzes Gesicht mitlächelte. Mein Mund verzog sich bei dem Anblick ebenfalls.

Jules' Blick glitt für einen Moment zu meinen Lippen, ehe er sich leise räusperte und einen Punkt hinter mir fixierte. »Mika und ich gehen nach seinem Training immer ins Diner auf der anderen Straßenseite«, sagte er plötzlich. Seine Augen trafen wieder auf meine. »Möchtest du mitkommen?«

»Mit euch beiden?« Jules' Frage war unmissverständlich gewesen, aber es gab mir ein paar Sekunden Zeit, um über meine Antwort nachzudenken.

»Wenn du Lust hast?« Bildete ich es mir ein, oder hörte ich Unsicherheit in seinen Worten mitklingen?

»Worauf?«, fragte eine junge Stimme links von mir. Mika hielt neben Jules und reichte seinem Bruder kommentarlos seine Sporttasche.

Der schwang sie sich über die Schulter, ließ sich dadurch aber nicht vom Thema abbringen. »Mit uns zum Diner zu kommen.«

Mikas Augen fingen an zu leuchten. Ich erstarrte, als er sie plötzlich auf mich richtete. »Du kommst mit uns essen? Geht es deinem Fuß schon wieder gut?«

Oh Gott. So hoffnungsvoll, wie Mika mich ansah, fiel es mir viel zu schwer, ihm die Wahrheit zu sagen. »Noch nicht ganz.« Er machte ein Gesicht, als wäre eine Welt für ihn zusammengebrochen – weshalb ich es nicht übers Herz brachte, die erste Frage auch noch zu verneinen. »Ich ... Ja. Ich komme gerne mit, warum nicht? Ich habe heute nichts weiter vor.«

Mehr wollte Mika gar nicht hören. Er packte meine Hand, als wäre es das Normalste der Welt und zog mich mit einer Kraft und einem Tempo aus der Halle, die mich auflachen ließen.

»Denk an ihren Fuß!«, rief Jules uns hinterher. Mika wurde daraufhin etwas langsamer und warf mir ein schüchternes Grübchenlächeln über die Schulter zu.

5. KAPITEL

Zehn Minuten später saßen wir im Diner. Direkt am Fenster mit mir auf der einen Seite und Jules und Mika gegenüber. Die beiden hatten sich schon auf dem Weg darüber ausgetauscht, ob sie Pancakes bestellen sollten – so wie sie es offenbar meistens taten – oder ausnahmsweise ganz waghalsig die Crêpes probieren wollten. Die Diskussion führten sie auch noch fort, als wir bereits saßen und ich die Menükarte studierte. Ich behielt für mich, dass Waffeln auch noch eine Variante gewesen wären. Vermutlich hätten sie sich mit einer dritten Option nie entschieden.

»Wenn du wie letztes Mal zwei Portionen bestellst, hast du am Ende nur wieder Bauchschmerzen«, sagte Jules zu Mika.

Der sah kurz von der Karte auf, die die beiden sich teilten. »Du hattest die Bauchschmerzen. Ich wollte noch einen Schokomilchshake.«

Jules starrte ihn ausdruckslos an, dann seufzte er tief. »Es waren wirklich gute Pancakes.«

Ich versteckte mein Grinsen hinter der Karte.

Jules' Aufmerksamkeit richtete sich nun auf mich. »Was nimmst du, Lucy?«

»Ein Sandwich?« Meine Antwort klang wie eine Frage – Entscheidungen zu treffen war nicht meine Stärke. »Oder das Omelett?«

»Der Eistee ist der beste hier. Sie machen ihn sogar frisch«, warf Mika ein.

Entschlossen legte ich die Karte zur Seite. »Dann ein Sandwich mit einem großen Eistee.«

Mika nickte, als würde er meine Bestellung absegnen, und runzelte im nächsten Moment die Stirn. »Kann ich auch beides bestellen?«

Jules stützte seinen Kopf mit der Hand ab. Er saß leicht nach vorne gebeugt, als wollte er auf einem Level mit seinem Bruder sein, und strich ihm die langen Haare aus den Augen. »Was hältst du davon: Ich nehme die Crêpes, du die Pancakes, und wir teilen sie auf.« Er wartete Mikas zustimmendes Nicken ab, dann legte er den Arm auf die Rückenlehne der Sitzbank und sah sich nach einer Bedienung um. Ein junger Mann wurde auf ihn aufmerksam und kam zu unserem Tisch geeilt. Er nahm die Bestellung auf. Während Mika seine Pancakes mit Obst und Ahornsirup wollte, bestellte Jules für sich selbst Crêpes mit Schokosoße.

»Also, Lucy«, sagte Jules, als wir wieder allein waren. »Deine Eltern haben ihre eigene Firma, ja?«

Mika stöhnte auf. »Ist das ein Job-Interview?«

»Woher weißt du, was Job-Interviews sind?«, wollte Jules überrascht wissen.

»Sie haben letztens im Fernsehen darüber geredet.«

»Ah«, machte Jules. »In dem Fall ist meine Antwort: Ich sehe dich nicht den Gesprächsteil übernehmen. Irgendwer muss es ja tun. Sei lieber dankbar, dass ich mich ritterlich dazu bereit erklärt habe.«

Mika verdrehte die Augen, starrte mich dann aber neugierig an, als würde ihn die Antwort tatsächlich interessieren.

»Lavoie & Hill«, sagte ich. »Sie stellen hauptsächlich Parfüm her, aber es gibt auch Körperpflegeprodukte und Duftöle und so was.«

Jules runzelte die Stirn. »Der Name kommt mir bekannt vor.«

»Dad hat ein Parfüm von dort im Badezimmerschrank stehen«, sagte Mika – und bemerkte gar nicht, wie Jules sich bei der Erwähnung ihres Dads neben ihm verspannte. Ein Muskel zuckte in seinem Kiefer. Alles an ihm wurde ... härter. Düsterer. Kaum blinzelte ich, war es verschwunden. Er setzte wieder ein lockeres Lächeln auf und spekulierte mit Mika darüber, wie das Parfüm hieß. Nur seine Augen verrieten ihn weiterhin: Es lag eine Kälte darin, die bis eben nicht zu sehen gewesen war.

Die Bedienung brachte kurz darauf das Essen und wir verfielen in genüssliches Schweigen. Nur das gelegentliche Kratzen unseres Bestecks auf den Tellern, die leise Hintergrundmusik und einzelne Gesprächsfetzen waren zu hören.

Ich kannte Stille beim Essen. Jeden Freitag, wenn ich mit meinen Eltern zusammen am Tisch saß, fühlte sie sich so erdrückend an, dass es mir den Atem nahm. Aber hier? Das hier war anders. Trotz der Anspannung in Jules, trotz der Tatsache, dass er und Mika für mich fast Fremde waren. Mein Sandwich war knusprig, aber nicht zu knusprig, mein Eistee süß, aber nicht zu süß. Ich hatte mich so lange mit niemandem mehr getroffen, in dessen Nähe ich mich wohlfühlte, dass ich völlig vergessen hatte, wie viel besser Essen schmecken konnte, wenn man nicht allein war.

Nachdem ich gut die Hälfte meines Sandwiches gegessen hatte, lehnte ich mich mit meinem Glas Eistee zurück. Jules war mit seinen Crêpes und den Pancakes, die er von Mika bekommen hatte, schon so gut wie fertig, während sein Bruder gerade seinen zweiten Pancake anschnitt. Er hatte das Obst auf seinem Teller sortiert: links die Erdbeeren, Heidelbeeren und Bananenscheiben, rechts die Pfirsichstücke. Jules spießte eins nach dem anderen davon mit der Gabel auf und führte es zu seinem Mund. Meine Augen folgten wie von allein der Bewegung bis zu seinen Lippen.

»Ich kann verstehen, weswegen ihr so oft hierherkommt«, sagte ich, um mich selbst abzulenken. »Der Eistee ist wirklich gut.«

»Und vor allem ist es nicht weit von der Halle entfernt. Ich komme direkt nach der Arbeit her, um ihn abzuholen. Mika ist ohnehin nach jedem Training am Verhungern«, erklärte Jules.

Ich nahm einen Schluck von meinem Eistee. »Wo arbeitest du?«

»Hier in der Nähe. Am Empfang bei einem Tierarzt.«

»Wirklich?«

Jules zog eine Augenbraue in die Höhe. »Du klingst überrascht.«

»Positiv überrascht«, versuchte ich, mich zu retten. »Weil du Tiere magst.« *Weil du Tiere magst? Oh Gott, Lu, komm schon.*

»Mir war nicht klar, dass ich bisher den Anschein gemacht habe, ich würde sie nicht mögen.« Ihm war anzusehen, dass ihn mein Sprung ins Fettnäpfchen nicht störte – mich ärgerte er dafür umso mehr.

»Nein, ich meinte ...« Ich verzog das Gesicht. »Also. Du magst Tiere, ja?«

Jules lächelte amüsiert. »Ziemlich, ja.«

Ich nickte einmal, zweimal. »Das ist gut. Ich mag Tiere auch.« Die nächsten drei Jahre lang würde mich nachts dieses Gespräch überfallen, wenn ich zu schlafen versuchte, da war ich mir sicher. Ich wagte einen Blick in Jules' Gesicht, und mein Herz machte noch mal diesen Hüpfer, als ich den sanften Ausdruck in seinen Augen sah.

Er lehnte sich über den Tisch, fast so, als wollte er mir näher sein. Als wollte er ... als wollte er sich ebenfalls einbilden, es wären nur wir beide in dem Diner. Er legte den Kopf nachdenklich schief, wobei dunkelblonde Haarsträhnen in seine Stirn rutschten.

»Katzen«, sagte er plötzlich und riss mich damit aus meiner Trance.

»Wie bitte?«

»Du wirkst wie ein Katzenmensch.«

»Oh.« Ich schüttelte den Kopf. »Nein, ich konnte mit Katzen noch nie etwas anfangen. Aber ich habe ein Kaninchen zu Hause. Bunny.«

»Dein Kaninchen heißt Bunny?«, fragte Mika. Es war das erste Mal seit zehn Minuten, dass er von seinem Essen aufsah.

»Ich fand es süß«, meinte ich schulterzuckend. Dass ich bei jeglicher Art von Namensfindung in Panik ausbrach, behielt ich für mich. Es ging Hand in Hand mit dem Problem, nur schlecht Entscheidungen treffen zu können. »Habt ihr keine Haustiere mit merkwürdigen Namen?«

»Mika kommt nicht gut mit Tieren klar«, sagte Jules. »Und ich habe manchmal ein paar Pflegetiere, um die ich mich kümmere.«

»Pflegetiere?«

»Kitten meistens. Wenn sie kein Zuhause mehr haben oder mehr Zuwendung brauchen, als in den Tierheimen gewährleistet werden kann«, erklärte er. »Viele von denen, um die ich mich bisher gekümmert habe, wurden vorher auf der Straße ausgesetzt. Und ich kümmere mich dann so lange um sie, bis sie adoptiert werden.«

»Das machst du noch neben deinem Job beim Tierarzt?«

Mit dem Zeigefinger fuhr er den Rand seines Glases entlang. »Sie brauchen jemanden, bis sie ihr Für-immer-Zuhause finden. Pflegestellen gibt es nicht gerade im Überfluss.«

»Das ist sicher sehr anstrengend, oder?«

Nun war es an ihm, mit den Schultern zu zucken. »Hast du schon mal mehrere Katzenbabys auf einem Haufen schlafen sehen?« Seine Mundwinkel zuckten. »Solche Momente sind den Stress wert.«

Auf gewisse Weise konnte ich das sogar nachvollziehen. Egal, wie oft ich mich über Bunny ärgerte oder mir Sorgen um sie machte – wenn ich auf meinem Bett lag und sie es sich auf meiner Brust bequem machte, rückte alles andere in weite Ferne. Trotzdem fiel es mir schwer, mir vorzustellen, wie viel es einem abverlangen musste, Katzenbabys anzunehmen, sie großzuziehen und dann abgeben zu müssen, sobald sich jemand entschied, ihnen ein endgültiges Zuhause zu schenken.

»Und was machst du?«, wollte Jules wissen. »Wenn du nicht gerade auf dem Eis bist?«

Ich zögerte. Wischte einen Tropfen Kondenswasser von meinem Glas. Was *tat* ich, wenn ich nicht auf dem Eis stand? »Ich gehe joggen, ins Fitnessstudio oder nehme Ballettkurse. Oder ich bin zu Hause und spiele mit Bunny.«

An den meisten Abenden war ich zufrieden damit, wie ich meinen Tag gestaltet hatte. Mir genügte es, zu trainieren, in der Halle zu sein und mich zu verbessern. Es laut auszusprechen hinterließ jedoch einen bitteren Beigeschmack. Meinen ganzen Tag widmete ich dem Eiskunstlaufen – hatte ich trotzdem kaum Medaillen oder Pokale vorzuweisen, die meine harte Arbeit unterstrichen.

»Und ich bin für die nächsten Wochen in einem Programm in der Firma meiner Eltern«, fügte ich nach einer zu langen Pause hinzu. Warum wusste ich selbst nicht. So wenig ich an dem Praktikum teilnehmen wollte – es fühlte sich wie die einzige Errungenschaft an, die ich im Augenblick vorweisen konnte. Und selbst die hatte ich mir nicht mit eigenen Kräften erarbeitet.

»Du klingst nicht sehr begeistert davon«, sagte Jules.

»Meine Eltern und ich ...« Ich stockte. Dachte darüber nach, was ich ihm von meiner Familie erzählen wollte und was nicht. »Wir verstehen uns nicht sonderlich gut. Nicht, weil etwas Schlimmes passiert ist oder so. Ich schätze, wir sind einfach auseinandergewachsen.«

»Und du wolltest ursprünglich nicht bei dem Programm mitmachen«, schlussfolgerte er.

Ich nickte. Hob unschlüssig eine Schulter an. »Es ist kompliziert. In einem Monat findet ein wichtiger Wettkampf stand, deswegen trainiere ich mehr als sonst. Das Programm nimmt mir mehr Zeit weg, als mir lieb ist.«

Er nickte verstehend, hakte aber nicht weiter nach. Vielleicht weil ihm – wie mir – gerade bewusst wurde, dass wir uns kaum kannten. Und trotzdem konnte ich den Wunsch nicht abschütteln, noch viel länger mit ihm zu reden.

Jules lehnte sich auf der Bank zurück, und der Rest des Diners drang wieder in mein Bewusstsein. Mika schob sich gerade den letzten Bissen Pancake in den Mund und fragte Jules kaum verständlich mit vollem Mund: »Krieg ich einen Milchshake?«

Sein Bruder lachte schnaubend, reichte ihm eine Serviette, mit der Mika sich den Ahornsirup vom Gesicht wischte, und bestellte kurzerhand eine Runde Milchshakes für uns alle. Ich fühlte mich ruhiger, sobald ich das kalte Glas in der Hand hielt. Es gab mir etwas zu tun, das nicht daraus bestand, über meine Eltern nachzudenken. Oder darüber, wie aufmerksam Jules mir zugehört hatte.

Mein Milchshake war süß, kalt und schokoladig. Mika verzog jedes Mal das Gesicht, wenn er eine zu große Menge Eis schluckte und dadurch einen Hirnfrost bekam. Jules ermahnte ihn zwar, langsamer zu trinken, unterdrückte dabei aber jedes Mal ein amüsiertes Grinsen. Es versteckte sich in seinen

Mundwinkeln. In der Art, wie er die Lippen aufeinanderpresste und seine Augenbrauen sich kaum merklich hoben.

Ich sah immer wieder zwischen den beiden hin und her, während ich meinen Milchshake trank. Wie ähnlich sie sich waren und dann auch wieder gar nicht. Mikas Grinsen war Jules' zum Verwechseln ähnlich und umgekehrt. Beide zogen die Nase dabei etwas kraus und die Augenbrauen in die Höhe, als würde es sie überraschen, Spaß zu haben. Mikas Gesichtsausdruck wirkte nur etwas ... gedimmter. Wo man Jules seine Stimmung deutlich von der Nasenspitze ablesen konnte, musste man bei Mika ein zweites Mal hinsehen, um sie genau zu erkennen.

Viel zu schnell hatte ich mein Glas geleert und schob es in die Mitte. Jules tat es mir nach einem Augenblick nach, und als auch Mika fertig war, drehte sein großer Bruder sich nach unserem Kellner um.

»Zahlt ihr zusammen oder getrennt?«, fragte dieser, als er an unseren Tisch trat.

Ich öffnete den Mund, aber Jules kam mir zuvor. »Alles zusammen bitte.« Unser Kellner nickte und verschwand hinter dem Tresen, um unsere Rechnung fertig zu machen.

»Ich habe Geld dabei«, sagte ich, als es nur noch wir drei waren. »Du musst wirklich nicht für mich mitbezahlen.«

Er mied meinen Blick, damit beschäftigt, seinen Geldbeutel aus dem Rucksack zu kramen. »Sieh es als Entschuldigung für deinen Fuß.«

Ich wollte widersprechen, aber ein Blick auf Jules – wie er konzentriert in dem Rucksack wühlte, als wäre es Mary Poppins' bodenlose Tasche –, und ich zögerte. Eine leichte Röte überzog seine Wangen und ließ ihn beinahe schüchtern wirken. Und seine Schüchternheit erweckte wiederum meine zum Leben. Ich lehnte mich auf meinem Platz zurück und sah stumm dabei zu, wie er unserem Kellner Geld überreichte und schließlich Mika vor sich her von der Sitzbank scheuchte.

Ich folgte den beiden nach draußen und schlüpfte im Laufen in meinen Mantel. Mika stürmte im Zickzack vor uns hin und her, aufgeputscht durch den ganzen Zucker im Essen. Ich fühlte mich ähnlich unruhig. Weil es mich danach verlangte, auf dem Eis zu laufen und nicht mehr anzuhalten, bis die Erschöpfung mich einholte. Und weil ich nicht aufhören konnte, Jules immer wieder aus den Augenwinkeln anzusehen.

Er wirkte entspannt – soweit ich das einschätzen konnte. Er ließ Mika nie völlig aus den Augen, aber ich wurde das Gefühl nicht los, dass er sich meiner Nähe trotzdem sehr bewusst war. Er hatte die Hände in den Jackentaschen vergraben und lief schweigend neben mir her. Hin und wieder streifte sein Arm meine Schulter. Und jedes Mal wurden seine Wangen ein klitzekleines bisschen röter.

Ich war so damit beschäftigt, sicherzustellen, dass ich es mir nicht nur einbildete, dass ich nicht bemerkte, wie ich den beiden bis zu Jules' Auto folgte.

»Brauchst du eine Mitfahrgelegenheit?«, fragte er mich. Mika kletterte auf der anderen Seite bereits auf den Beifahrersitz.

»Oh«, machte ich, verwirrt über meine mentale Abwesenheit und trat einen Schritt zurück. »Nein, mein Wagen steht dort drüben.« Ich deutete grob in die Richtung, aus der wir eben gekommen waren.

Jules' Blick folgte meinem ausgestreckten Arm, ehe er wieder mich ansah, die Stirn leicht gerunzelt. »Kannst du mit deinem Fuß denn richtig fahren?«

Ich überging das Flattern, das bei der leichten Sorge, die aus seinen Worten klang, meinen Magen erfüllte, und nickte. »Ich denke schon. Wenn nicht, kann ich immer noch jemanden vom Verein um Hilfe bitten.«

Er sah zu meinen Beinen. »Es macht mir keine Umstände, wenn es das ist, weshalb du ablehnst.« Als ich nicht sofort antwortete, fügte er hinzu: »Und Mika sicher auch nicht.«

Ich lächelte. Jules machte es mir so einfach, mich in seiner Gegenwart wohlzufühlen. Die Aufmerksamkeit, die er mir schenkte, war … schön. Ein wenig unerwartet vielleicht, aber deswegen nicht weniger angenehm.

»Ich komme klar – ehrlich«, sagte ich etwas nachdrücklicher.

Völlig überzeugt wirkte er noch nicht. Er drehte den Autoschlüssel zögernd zwischen seinen Händen hin und her, beließ es aber dabei. »Ist gut. Dann komm gut nach Hause.«

»Ihr auch«, sagte ich. Statt danach allerdings zu meinem Auto zu gehen, blieb ich festgefroren auf der Stelle stehen und sah Jules dabei zu, wie er sich auf die Fahrerseite setzte und seinem Bruder bedeutete, sich anzuschnallen. Der Motor startete brummend, und ich machte Platz, um nicht im Weg zu stehen. Das Auto fuhr einen Meter, ehe es abrupt stehen blieb. Dann ging das Fahrerfenster herunter.

»Alles in Ordnung?«, fragte ich, als Jules den Kopf aus dem Fenster streckte.

Einen Moment schaute er mich stumm an. Dann biss er sich auf die Unterlippe und sagte leise: »Vielleicht sind es beim dritten Mal ja nur wir zwei.« Er hielt meinen Blick fest, wartete kurz. Es dauerte, bis ich seine Worte registriert hatte – und als es so weit war, konnte ich nichts anderes tun, als den Mund zu öffnen und ihn sprachlos anzustarren.

Anscheinend war das genau die Reaktion, die er sich erhofft hatte. Er grinste ein wenig schief, fuhr das Fenster wieder nach oben und den Wagen vom Parkplatz.

Verdutzt starrte ich ihm hinterher, bis er vor der Eishalle rechts abbog und verschwand. Es dauerte ein paar Sekunden, bis ich meine Füße vom Boden lösen konnte. Ich lief zu meinem eigenen Auto und spürte mit jedem Schritt, wie meine Wangen heißer, wie mein Lächeln größer wurde, während Jules' Worte sich in meinem Kopf wiederholten. *Beim dritten Mal ... nur wir zwei ...*

Kaum saß ich in meinem Auto, presste ich mir meine kalten Finger gegen die Stirn, gegen die Wangen und die Augen. Mein Handy drückte mir in die Hüfte, und ich zog es aus meiner Hosentasche, sobald ich das Gefühl hatte, nicht mehr wie ein Glühwürmchen zu leuchten. Meine Daumen schwebten unschlüssig über der Tastatur, bis ich mich überzeugen konnte, die Nachricht tatsächlich abzuschicken.

Ich: Nur wir zwei klingt gut.

Danach warf ich das Handy auf den Beifahrersitz und fuhr mit einem dämlichen Grinsen auf dem Gesicht nach Hause. Ich traute mich erst am Abend wieder, daraufzuschauen. Als ich schließlich im Bett lag und mich nicht mehr mit Bunny ablenken konnte, sah ich meine Benachrichtigungen durch.

Jules: Ich freue mich schon darauf.

6. KAPITEL

»Und du willst sicher schon wieder aufs Eis?« Aaron schaute mir skeptisch dabei zu, wie ich die Schnürung meiner Schlittschuhe checkte. Ein dumpfes Stechen zog hin und wieder durch meinen Knöchel, aber es war nichts mehr im Vergleich zu den Schmerzen, die ich am Tag nach dem Unfall hatte.

»Meine Ärztin sagte, es sei in Ordnung, und Coach Wilson hat nichts dagegen einzuwenden, solange ich genügend Pausen mache und aufhöre, wenn es wieder schlimmer wird«, erklärte ich.

Aaron verschränkte die Arme vor der Brust. Er stand auf der anderen Seite bereits auf dem Eis an die Bande gelehnt und behielt Emilia und ihren Coach im Auge, die sich wenige Meter entfernt angeregt miteinander unterhielten.

Ich deutete in die Richtung seiner Partnerin. »Ehekrise?«

Er seufzte tief. »Die letzten Hebungen sind schiefgelaufen, Emilia ist frustriert, und wir sind beide zu dickköpfig, um zuzugeben, dass wir selbst daran schuld sind, weil wir uns nicht genügend konzentrieren.«

»Du hast es gerade zugegeben.«

Er zwinkerte mir über die Schulter zu. »Erzähl ihr nicht, dass unter der harten Schale ein weicher Kern steckt.«

Lachend trat ich neben ihn aufs Eis. Sieben Tage war es mittlerweile her, seit ich das letzte Mal hier gestanden hatte. In den Wochen und Monaten davor hatte ich kaum länger als einen Tag pausiert. Die letzte Woche hatte sich unvollständig angefühlt – als hätte jemand einen wichtigen Teil aus meinem Leben gerissen.

Dass mein Tag statt mit Training mit dem Praktikum bei Lavoie & Hill gefüllt war, hatte die Frustration noch exponentiell wachsen lassen. Am Dienstag hatte man uns eine Kurzfassung der Unternehmensgeschichte erzählt, die ich im Schlaf hätte mitsprechen können. Danach durften wir live mit dabei sein, als mehrere Personen neue Ideen für Düfte brainstormten, und hatten den heutigen Tag damit verbracht, alles über die Herstellung und Komposition eines Parfüms zu lernen. Kopfnote, Herznote, Basisnote – Wissen, das mir meine Eltern bereits eingetrichtert hatten, als ich noch ein kleines Kind gewesen war. Ich war froh, dass ich keine Sonderbehandlung bekam, wünschte mir aber gleichzeitig nichts mehr, als einfach gehen zu können.

Dabei war das Programm an sich nicht schlecht. Ich konnte mir vorstellen, dass es den anderen Teilnehmenden wertvolle Einblicke vermittelte. Für mich fühlte es sich hingegen wie die Zeit während meines Studiums an: langweilig. Es füllte mich nicht aus. Es berührte mich nicht im Geringsten. Und jeder Tag, den ich dort verbrachte, vervielfachte diese Empfindung.

Dazu kam, dass ich dadurch nicht mal wirklich Zeit gefunden hatte, Jules zu schreiben. Und wenn ich von seinen kurzen, weit auseinanderliegenden Antworten ausging, schien es bei ihm gerade ähnlich zu sein.

»Meinst du nicht, Emilia wüsste als Erste etwas von diesem potenziellen weichen Kern?«, antwortete ich Aaron schließlich. »Ihr verbringt die meiste Zeit zusammen. Wenn es den wirklich gibt, hätte sie es doch sicher schon herausgefunden.«

Aaron blinzelte mehrere Male. »Wow. Deine Herzlichkeit rührt mich zu Tränen.«

Ich schenkte ihm ein Grinsen. »Du weißt, dass ich nur Spaß mache, richtig?«

Einen Augenblick sah er mich noch skeptisch an, dann brach die Sonne auch über seinem Gesicht aus. »Natürlich weiß ich das.« Er stieß mir den Ellenbogen in die Seite. »Du magst es vielleicht nicht glauben, aber in den ganzen Jahren, die wir schon im Verein sind, hab ich schließlich gelernt, wann du etwas ernst meinst und wann nicht.«

»Oh nein. Sag nicht, du kannst mein Pokerface durchschauen?«, scherzte ich.

Aaron schüttelte verwirrt den Kopf. »Lucy. Du hast absolut kein Pokerface – hat dir das noch nie jemand gesagt?«

Tatsächlich war mir die Info neu.

»Siehst du«, sagte er und deutete auf mein Gesicht. »Da steht groß und breit ›Skepsis‹ geschrieben. Du bist ein offenes Buch. Was denkst du, weswegen es Sofia so leichtfällt, dich zu ärgern?«

»Weil sie genau weiß, was mich wütend macht?«

»Richtig«, nickte Aaron. »Weil du kein Pokerface hast.«

Bisher war ich davon ausgegangen zumindest den größten Teil meiner Emotionen ganz gut unter Kontrolle zu haben. Ich konnte nur hoffen, dass Aaron nur deswegen so empfand, weil wir uns bereits so lange kannten.

»Ich glaube, ich hätte sehr gut ohne diese Information weiterleben können«, murmelte ich.

Aaron legte seine Hand kurz auf meine Schulter, als wollte er mich beruhigen. »Nimm es dir nicht so zu Herzen. Für mich macht es das leichter – meine Fähigkeit, Gefühle von Leuten zu verstehen, war noch nie sonderlich ausgeprägt.«

Ich schlug seine Hand beiseite. »Das macht es nicht besser.«

Sein Lachen wurde nur lauter, woraufhin ich dazu überging, ihm böse Blicke zuzuwerfen.

»Trainierst du heute allein?«, wollte Aaron wissen.

»Gezwungenermaßen, ja«, erwiderte ich. »Ich hab erst übermorgen wieder Training mit Coach Wilson. Ich glaube zwar nicht, dass innerhalb der letzten Woche plötzlich alle Fortschritte, die ich seit Anfang der Saison gemacht habe, verschwunden sind, aber ... na ja.« Ich zuckte mit den Schultern, wohl wissend, dass ich es Aaron nicht ausführlicher erklären musste. Eine Woche mochte sich nach keiner langen Zeitspanne anhören, aber dadurch, dass ich auch kein Off-Ice-Training hatte machen können, würde ich erst einmal ein paar Stunden brauchen, um in meinen gewohnten Rhythmus zurückzufinden.

Aaron hob verstehend das Kinn. Im selben Moment rief Emilia ihn zu sich. »Ah, die Kür ruft«, sagte er, als er sich abstieß und zu ihr lief. »Ich drücke die Daumen, dass du schnell wieder reinkommst.«

Mein »Danke« hörte er vermutlich gar nicht mehr. Er sprach kurz mit Emilia, ehe sie weiter in die Mitte der Eisbahn fuhren. Sie begannen mit ein paar einfachen Schrittfolgen und hielten sich dabei an den Händen, als würden sie gerade bei einem Wettkampf einlaufen. Ich sah, wie Emilias Mund sich bewegte und Aarons Gesichtsausdruck sich daraufhin verdüsterte. Er erwiderte etwas, und Emilia verdrehte die Augen, aber aus der Ferne war ein kleines Grinsen auf ihren Lippen zu erkennen.

Ich wandte mich von den beiden ab, machte einen Schritt. Vorsichtig nur, um auszutesten, wie mein Knöchel darauf reagierte. Dann noch einen und noch einen, bis ich langsam über das Eis glitt.

Die letzten Tage über hatte ich meine Nervosität gut unterdrücken können, indem ich mir verboten hatte, ans Training zu denken. Aber jetzt? Hier? Sie kam mit voller Wucht zurück und drückte gegen meinen Brustkorb, meine Arme und Beine. Mein Nacken kribbelte, meine Finger ebenfalls, und ich schüttelte mehrmals meine Hände aus, um das Gefühl loszuwerden.

Ich hatte Sorge, Sprünge und Figuren, die ich mir hart erarbeitet hatte, plötzlich nicht mehr hinzubekommen. Angst, dass meine Muskeln die Bewegungen, die mir eigentlich so vertraut waren, einfach vergessen haben könnten. Ich legte nicht häufig Trainingspausen ein, und das war einer der Gründe dafür. Jedes Mal, wenn ich danach zurück aufs Eis trat, musste ich diese Zweifel neu überwinden, die sich in der Zwischenzeit in meinem Kopf festgesetzt hatten. Was, wenn Coach Wilson endlich bemerkte, dass ich nicht gut genug für diesen Sport war? Was, wenn ich einen Fehler machte und der Unfall nicht so glimpflich verlaufen würde wie mein letzter?

Ich nahm mir Zeit, Runde um Runde die Bahn abzulaufen. Mal schneller, mal langsamer. Meistens vorwärts, aber als die Sorge endlich abflaute, auch rückwärts und abwechselnd mit einfachen Standpirouetten. Ich spürte das Selbstvertrauen allmählich in meine Glieder zurückkehren und genoss, wie mir aufgrund der Anstrengung mit jeder Minute wärmer wurde. Der Übergang zu den Sprüngen, die mir leichtfielen, kam ganz von selbst. Ein einfacher Toeloop, bei dem mir mein langer Zopf leicht gegen die Wange schlug, gefolgt von einem Spreizsprung.

Der angestaute Stress der letzten Woche fiel von mir ab, je mehr Zeit ich auf dem Eis verbrachte. Zwischendurch nahm ich mir nur kurzzeitig Pausen, um einen Schluck zu trinken, ehe ich mich wieder ins Training stürzte. Ich war vollkommen versunken – in meine eigene Welt, in meine Bewegungen, in die klassische Musik, die aus den Lautsprechern schallte und von Minute zu Minute weiter anschwoll. Ich bemerkte die anderen kaum, wich ihnen genauso aus wie sie mir.

Bis ein Aufschrei meine Konzentration durchschnitt.

Plötzlich blieben alle stehen. Die Musik verstummte, holte mich zurück aufs Eis. Ich drehte mich um, sah eine Traube von Leuten, die sich unweit von mir gebildet hatte. Eine Gänsehaut überzog meine Arme, als ich zu ihnen lief. Mich in eine Lücke drängte, um zu sehen, was passiert war. Mir entkam ein ersticktes Keuchen.

Emilia saß am Boden, die Hände vor sich in der Luft schwebend, als wollte sie sie ausstrecken, wüsste aber mit einem Mal nicht mehr, wie man sich bewegte. Ihr angsterfüllter Blick hing an Aaron, der vor ihr auf dem Boden lag. Seine Augenlider flatterten, und er stieß ein schmerzerfülltes Stöhnen aus, das mir durch Mark und Bein ging. Seine Haare waren blutverklebt. Auch die Fläche war voller Blutflecken, die sich grell von dem hellen Eis abhoben.

»Nicht bewegen«, sagte Coach Roy. Ich war mir nicht sicher, ob Aaron ihn wirklich verstand, aber in dem Moment schaute der Trainer auf. »Hat jemand einen Notarzt gerufen?«, donnerte seine Stimme durch die Halle. Alle verfielen in eine Schockstarre, bis ein jüngerer Eisläufer sich aus der Gruppe löste und quer über das Eis zum Ausgang schoss.

Meine Hände zitterten. Aaron war so unendlich blass – und der Anblick sorgte dafür, dass meine Beine mir plötzlich nicht mehr gehorchen wollten. Mein Hirn wollte das Bild vor mir nicht verarbeiten.

Der einzige Grund, weshalb ich mich schließlich doch bewegte, war Coach Roy. Er sah von Aaron auf, zu Emilia, die ihren Partner so schockiert und angsterfüllt anstarrte, wie ich mich fühlte, und dann in die Menge, die um die drei im Kreis stand.

»Lucy«, rief er. Ich zuckte zusammen, als ich meinen Namen hörte. Brauchte mehrere Sekunden, um meinen Blick von Aaron zu lösen und Coach Roy anzusehen. »Kannst du Emilia nach draußen bringen?«

Ich nickte, noch bevor ich den Inhalt seiner Worte überhaupt registriert hatte. Meine Beine bewegten sich wie auf Autopilot – und auch nur deshalb, weil ich bemerkte, weshalb Coach Roy Emilia hier rausschaffen wollte: Sie sah aus, als könnte sie jeden Moment selbst zusammenbrechen.

Ich musste mich dazu zwingen, Aaron nicht anzustarren, während ich zu Emilia fuhr, aber meine Augen zuckten immer wieder zu ihm. Jedes Mal drehte sich mir der Magen aufs Neue um. Ich versuchte, das Zittern unter Kontrolle zu halten, als ich meine Hand nach Emilia ausstreckte. Sie bemerkte nicht mal wirklich, dass ich ihren Oberarm umfasste und sie auf die Beine zog. Es war, als würde ich ihr ganzes Gewicht stützen.

Coach Roy nickte mir dankbar zu, und ich führte Emilia vom Eis. Half ihr, als sie mehrere Anläufe brauchte, um ihre Schoner über die Kufen zu ziehen. Dann ging ich mit ihr zur Umkleide. Sie setzte sich auf eine freie Bank, und ich brachte ihr eine Flasche Wasser, die sie stumm annahm.

Ich wollte zurückgehen. Mich versichern, dass es Aaron gut ging ... gleichzeitig sträubte sich alles in mir dagegen. Nicht nur, weil ich Emilia nicht allein lassen wollte, sondern weil ich genau wusste, dass dieser Unfall mich in meinen Albträumen heimsuchen würde.

»Es sah nur schlimmer aus, als es war, oder?«, fragte Emilia mit leiser Stimme. »Wenn ich morgen zum Training komme ... dann steht er wieder in der Halle und wartet darauf, dass ich auftauche, oder?«

Ich erstarrte. Unsicher, weil ich keine Ahnung hatte, was

ich antworten sollte. Es sah nicht aus wie eine kleine Verletzung. Nicht wie mein verstauchter Knöchel, den ich nach einer Woche kaum noch spürte. Aber vielleicht malte meine Fantasie das Bild düsterer, als es war? Vielleicht hatte Emilia recht und ...

Die Hoffnung zersprang, als Sirenen die Stille durchschnitten. Sie kamen mit jeder Sekunde näher. Das Blaulicht drang gerade so durch die hohen Fenster vom Parkplatz zu uns.

Emilia sprang auf, bevor ich reagieren konnte. Mein Herz trommelte mir in den Ohren, als ich ihr aus der Umkleide folgte. Im ersten Moment, um sie aufzuhalten – sie wirkte so zittrig, als könnte der kleinste Windstoß sie umwerfen. Aber dann sah ich die Sanitäter mit einer Trage in die Eishalle laufen.

Die besorgten Gesichter.

Das leise Wispern.

Und Emilia, die neben mir wie festgefroren war.

Mir rutschte das Herz in die Hose. Ich machte einen Schritt auf die Halle zu, sah aber, wie an der Doppeltür eine Trainerin stand und alle davon abhielt, nach drinnen zu gehen. Die Leute, die bis eben noch auf dem Eis gestanden hatten, kamen ebenfalls nach draußen. Nach kurzer Zeit hatte sich eine Menschenansammlung im Eingangsbereich gebildet.

Gemurmelte Gespräche drangen an mein Ohr. *Untersuchen ihn, viel Blut, beim Sturz das Bein verletzt ...* Ich wusste nicht, wie viel davon Mutmaßungen waren und wie viel der Realität entsprach. Aber die Zeit, die die Sanitäter in der Halle verbrachten, zog sich wie Kaugummi.

Die leisen Stimmen verstummten abrupt, als Aaron auf einer Trage aus der Eishalle gebracht wurde, Coach Roy an seiner Seite. Wir standen ein paar Meter entfernt, aber es reichte, um die helle Halskrause zu erkennen, die seinen Nacken stabil hielt. Ich versuchte zu verstehen, was sie sagten – zu verstehen, wie es Aaron ging und ob die Sorge, die mich den Atem anhalten ließ, berechtigt oder übertrieben war. Aber sie waren so schnell draußen, dass die Worte keinen Sinn ergaben.

»Oh Gott«, erklang Emilias gepresste Stimme neben mir. Sie drängelte sich an mir vorbei, lief hinter den Sanitätern und Aaron her.

Ich wollte ihr folgen, aber … wieso bewegten meine Beine sich nicht? Sekunden vergingen, in denen ich mit mir selbst rang. Panik kämpfte mit Sorge, und keines der Gefühle wollte aufgeben, bis ich schließlich beide wegdrückte und mich zwang, die Eingangshalle zu durchqueren.

Ich bekam nur noch mit, wie Emilia mit den Sanitätern diskutierte, weil sie Aaron nicht allein lassen wollte – und wie Coach Roy ihr bedeutete einzusteigen. Die Sanitäter schienen nichts einzuwenden zu haben, denn die Türen wurden zugeschlagen, als ich gerade am Ende der Treppe angekommen war. Keine Minute später war der Parkplatz leer.

Fast, als wäre gar nichts passiert.

Coach Roy überquerte den Parkplatz und kam damit direkt auf mich zu. Er wirkte wesentlich gefasster, als ich mich fühlte. Unweigerlich fragte ich mich, ob er solche Unfälle in seiner Zeit als Trainer bereits öfter mitbekommen hatte. Er war erst ein paar Jahre in unserem Verein tätig. Ehrlich gesagt war ich mir nicht sicher, ob ich es überhaupt wissen wollte.

Wir hatten nie sonderlich viel miteinander zu tun gehabt, aber vermutlich musste man mich auch nicht kennen, um meinen besorgten Blick zu interpretieren. Die Panik stand mir sicher groß und breit auf die Stirn geschrieben.

Er hielt kurz neben mir an. »Geh für heute nach Hause«, riet er mir. »Wir werden das Training heute sicher für die meisten früher beenden.«

»Haben die Sanitäter gar nichts gesagt?«, platzte es aus mir heraus. Wie sollte ich einfach nach Hause gehen, wenn ich keine Ahnung hatte, wie es Aaron ging?

»Er schwebt nicht in Lebensgefahr«, erklärte Coach Roy. Sein Blick glitt über den Parkplatz bis zur Ausfahrt, hinter der der Krankenwagen vor wenigen Minuten verschwunden war. »Alles Weitere erfahren wir, sobald er komplett durchgecheckt wurde.«

Seine Aussage machte mich noch nervöser. »Meinen Sie, er kann wieder …« … *zum Training kommen?*, war es, was ich fragen wollte. Ich hielt mich gerade so davon ab, es auszusprechen. Ich wusste, wie pragmatisch und kühl es klingen würde, danach zu fragen. Als wäre das das einzig Wichtige in dieser Situation.

Der Gedanke selbst kam allerdings von ganz woanders. Von dem Wissen, dass Aaron und ich uns ähnlich waren. Dass das Eiskunstlaufen für uns wie Luft zum Atmen war und ein Leben ohne das Eis, ohne die Freiheit, die es mit sich brachte, schmerzhafter als alles andere.

Ich schaffte es nicht, diesen Gedanken in Worte zu fassen, und behielt ihn deswegen für mich. Coach Roy überging den Anfang meiner Frage einfach – vermutlich hätte er ohnehin keine Antwort darauf gehabt. Ich folgte ihm nach drinnen. Es zog mich in die Halle – als würde ich dort herausfinden, wie es Aaron ging … was von hier an passieren würde. Aber bevor ich auch nur einen Schritt machen konnte, vibrierte mein Handy in der Tasche meiner Trainingsjacke.

Ich angelte es daraus hervor und wünschte mir im nächsten Moment, es einfach ignoriert zu haben.

Mom: Lucy, wo bist du denn? Hast du unser Abendessen vergessen?

»Verdammt«, fluchte ich leise. Das hatte mir noch gefehlt. Unser gemeinsames Essen zu verpassen würde mir Ärger einbringen. Meinen Eltern war dieses Abendessen heilig – und sosehr ich mir auch wünschte, Aarons Unfall als Erklärung erwähnen zu können, so genau wusste ich auch, dass ich die Fragen, die daraufhin folgen würden, nicht beantworten wollte.

Bist du dir sicher, dass du so einem gefährlichen Sport weiterhin nachgehen möchtest?

Vielleicht solltest du dir doch ein ungefährlicheres Hobby suchen?

Der Hauch Sorge in dieser Aussage wurde von allem übertönt, was bei meinen Eltern zwischen den Zeilen mitschwang: ihrer Überzeugung, dass das Eiskunstlaufen nicht meine Zukunft sein würde.

Ich wischte über den Bildschirm meines Handys, als es langsam dunkel wurde. Mom wurde mir gerade als online angezeigt. Vermutlich saß sie neben Dad am Esstisch und wartete auf meine Antwort. Ich seufzte. Tippte ein kurzes »Bin unterwegs« und beeilte mich dann, meine Tasche aus der Umkleide zu holen.

Auf dem Weg nach draußen stand eine Traube junger Eiskunstläuferinnen. Sie unterhielten sich flüsternd – trotzdem konnte ich sie verstehen.

»Hast du gesehen, wie blass er auf der Liege aussah?«

»Die Notärzte haben sich ziemlich beeilt ...«

»War er überhaupt bei Bewusstsein?«

Jedes Wort ließ mich ein wenig mehr zögern. Wäre es nicht doch besser, ins Krankenhaus zu fahren und ... ja. Was und? Dort zu sitzen, bis es irgendeine Info gab, mit der ich beruhigt nach Hause gehen konnte? Ich war mir sicher, dass Aaron genügend Leute um sich hatte, die er im Moment dringender an seiner Seite brauchte als mich.

Das war es letztlich auch, was mich dazu brachte, ins Auto zu steigen und nach Hause zu fahren. Aaron war sicher in guten Händen, und Emilia würde Bescheid geben, sobald sie Infos hatte.

Ich öffnete die Haustür so leise wie möglich – als könnte ich, wenn ich nur keine Geräusche machte, darüber hinwegtäuschen, dass ich nicht pünktlich nach Hause gekommen war.

Wie erwartet saßen meine Eltern an ihren gewohnten Plätzen im Esszimmer. Normalerweise war das Abendessen wie ein einstudiertes Theaterstück. Jeder von uns hatte eine Rolle, die gespielt werden musste, und einen Platz, an dem er zu einem bestimmten Zeitpunkt zu sein hatte.

Sobald wir am Tisch saßen, war es an Mom, mich zu fragen, wie meine Woche gewesen war. Ich antwortete pflichtbewusst mit einem »Gut« und versuchte mich an einem befangenen Lächeln, das sie erwiderte.

Heute war es ein wenig anders. Angefangen damit, dass ich so tun musste, als würde ich die fragenden Blicke meiner Eltern nicht bemerken. Sie brauchten es nicht einmal aussprechen – meine Trainingsklamotten verrieten ihnen alles, was sie wissen wollten.

Was auch immer sie dachten: Sie übergingen es einfach und taten uns das Essen wie jeden Freitag auf. Ich rieb mir unauffällig über den Brustkorb, in dem ich plötzlich ein leichtes Zwicken spürte.

Normalerweise hätte Dad hier angefangen, über die Firma zu reden. Wie gut sie mit der Entwicklung ihrer neuen Produkte vorankamen und welchen bisher unbekannten Vertriebsweg sie sich neuerdings erschlossen hatten. Aber zu unserem Stück war eine neue Szene dazugeschrieben worden, für die mir vorab niemand meinen Text überreicht hatte.

»Nora sagte mir, dass alle im Programm noch ziemlich zurückhaltend sind«, meinte Dad.

Ich schob die Kartoffeln auf meinem Teller von einer Ecke in die andere. Es fiel mir schwer, Dad zuzuhören. Aarons Unfall ging mir nicht aus dem Kopf. Wenn ich auf dem Eis war, erlaubte ich mir nie, daran zu denken, was schiefgehen könnte. Eiskunstlauf war ein Sport, der ein großes Selbstbewusstsein verlangte. Ich konnte einen Sprung in der Theorie noch so gut beherrschen – wenn ich nicht an mich selbst glaubte, würde ich ihn auf dem Eis auch nach unzähligen Übungsstunden nicht hinbekommen.

Mit Aaron vor Augen drängte sich die Sorge in den Vordergrund. Eiskunstlaufen war keine besonders gefährliche Sportart, aber was, wenn doch mal etwas passierte? Aaron hatte vermutlich heute Morgen auch nicht erwartet, am Ende des Tages im Krankenhaus zu landen.

Dad brauchte nur ein paar Worte, um mich aus diesem Gedankenkarussell zu holen: »Sogar du. Dabei dürftest du von allen doch am meisten wissen.«

Ich brauchte einen kurzen Moment, bis ich seine Aussage mit der vorherigen in Verbindung brachte. Das Praktikum. Natürlich. »Ich wollte mich nicht schon in der ersten Woche unbeliebt machen, weil ich einen unfairen Vorteil den anderen gegenüber habe.« Jeder würde wissen wollen, woher ich so viel von Lavoie & Hill wusste – mehr, als öffentlich bekannt war. Und ich hatte keine sonderlich große Lust, mich auf diese Weise in den Mittelpunkt zu stellen.

Dad wirkte nicht glücklich mit meiner Antwort. Er gab nur ein brummendes »Hm« von sich und wandte sich dann wieder seinem Teller zu.

Wie jeden Freitag versuchte ich, das Essen so schnell wie möglich hinter mich zu bringen. Heute schien es sich ganz besonders in die Länge zu ziehen, und ich war mir nicht sicher, ob es daran lag, dass ich immer wieder an Aaron dachte oder dass selbst Mom und Dad unser Schweigen heute nicht mit Gesprächen füllten.

Als wir endlich fertig waren, verschwanden meine Eltern ins Wohnzimmer, und ich zog mich in meinen Raum zurück. Ich stand kaum in der Tür, als mich ein Blick auf mein Bett frustriert aufstöhnen ließ. Mein Handyladekabel lag in zwei Stücke zerteilt darauf. Bunny sah mich für eine halbe Sekunde an, nahm meinen anklagenden Blick wahr und flüchtete sofort in die hinterste Ecke ihres Geheges.

»Das ist das zweite Kabel innerhalb von zwei Wochen, Bunny!«, rief ich. »Ich gebe dir die schönsten Zweige zum Annagen, und du suchst dir trotzdem mein Ladekabel aus.« Ich sammelte die zwei Teile von meiner Bettdecke auf und warf sie in den Mülleimer, ehe ich Bunny frisches Wasser, Gemüse und etwas Heu gab. Sie wartete zögernd, aber ich hörte, wie sie sich über das Gemüse hermachte, sobald ich ihr den Rücken zukehrte. Meistens schlief sie nach einer Weile einfach auf dem Heu ein, statt es zu essen, aber für den Moment wirkte sie aktiv genug.

Ich setzte mich auf meine Bettkante und sah ihr für einen Moment einfach nur zu. Es war das erste Mal seit dem Aufstehen, dass ich mir etwas Ruhe gönnte. Mein Körper summte vor angestauter Energie, mein Bein wippte auf und ab. Vor meinem inneren Auge spielte sich die Szene wieder und wieder ab: Aaron auf dem Eis. Das Blut auf der Fläche. Sein entsetzter Blick. Noch jetzt klang sein schmerzerfülltes Stöhnen in meinen Ohren nach.

Es half nicht, dass sich immer wieder Einblicke aus meinem eigenen Training darunterschlichen und mich zusätzlich nervös machten. Sprünge, die nicht ganz sauber waren, Landungen, die zu wackelig waren, obwohl die Zeit so drängte.

Das Summen wurde stärker, das Wippen meines Beins schneller. Meine Handflächen strichen über meine Oberschenkel, hinauf und hinunter, in einem Rhythmus, auf den ich all meine Konzentration richtete. Ich war so damit beschäftigt, mich selbst zusammenzuhalten, dass ich das Vibrieren meines Handys nicht sofort bemerkte. Erst nach einigen Augenblicken wurde mir bewusst, dass ich gerade eine Nachricht bekommen hatte.

Ich streckte mich umständlich quer über das Bett, um es aus meiner Tasche zu fischen.

Emilia: Ein Update zu Aaron: Er hat ein paar Prellungen, einen Muskelfaserriss und eine Gehirnerschütterung. Die Ärzte sagen, dass er in sechs bis acht Wochen wieder auf dem Eis stehen kann. Ich dachte, du würdest das vielleicht wissen wollen.

Es war keine sehr persönliche Nachricht – vermutlich schickte sie unterschiedliche Versionen davon gerade an mehrere Leute. Ich dachte mehrere Minuten darüber nach, wie ich ihr antworten konnte. Ob ich sie fragen sollte, wie es ihr damit ging. Aber es fühlte sich komisch an. Zu vertraut für jemanden, den ich außerhalb der Eishalle kaum kannte. Daher beließ ich es bei einem »Danke«.

Das gleiche Gefühl hatte ich auch, als ich Aarons Namen aufrief. In dem Chat befanden sich nur wenige Nachrichten. Absprachen zu Veranstaltungen des Vereins oder hin und wieder Fragen zum Training. Unsere wenigen Gespräche ließen mich zögern, ihm jetzt eine Nachricht zu schicken. Sie wäre ein merkwürdiger Bruch in der Art, wie unsere Freundschaft bisher funktioniert hatte.

Ich dachte so lange darüber nach, dass ich irgendwann selbst die Nase voll hatte. Es war kein Weltuntergang, ihm eine gute Besserung zu wünschen – daher tat ich genau das und schickte nach kurzem Zögern noch ein »Meld dich, wenn du etwas brauchst« hinterher.

Ich hatte die Nachricht kaum abgeschickt, als mein Handy klingelte. Für einen Moment dachte ich, dass Aaron so schnell angerufen hatte, um sich zu bedanken. Doch dann sah ich Jules' Namen auf meinem Display.

Wie festgefroren starrte ich mein Handy an und wusste vor Schreck nicht, was ich tun sollte. Den Anruf annehmen wäre die logischste Schlussfolgerung gewesen. Aber meine Muskeln empfanden die Lösung als nicht umsetzbar. Das Klingeln verstummte und stattdessen kam wenig später eine Nachricht von Jules bei mir an.

> **Jules:** Sorry, ich hätte dich vielleicht vorwarnen sollen, dass ich dich anrufe.
> **Jules:** Und bedenken sollen, dass du nicht zu jeder Tages- und Nachtzeit an deinem Handy bist.

Ich stieß ein leises Lachen aus, merkwürdig glücklich darüber, dass er mir geschrieben hatte. Ausgerechnet in diesem Moment.

> **Ich:** Tut mir leid, ich habe es zu spät gehört. Ist alles in Ordnung?
> **Jules:** Ich wollte dich eigentlich nur fragen, ob du Lust hättest, dich mit mir zu treffen.
> **Jules:** Wie im Diner. Nur ohne meinen Bruder. Du sagtest, dass es schön klingt, deswegen dachte ich, ich frage dich einfach.
> **Jules:** Falls die ganze Aktion allerdings etwas unheimlich sein sollte, ignorier mich bitte einfach.

Danach schrieb einige Sekunden lang niemand etwas, bis er eine weitere Nachricht schickte.

Jules: In jeder Version dieses Gesprächs, die ich mir bisher ausgemalt habe, habe ich mich sehr viel besser angestellt.
Ich: Du hast dir schon öfter vorgestellt, mich auf ein Date einzuladen?
Jules: Nur ungefähr jede Sekunde im Diner. Und in den letzten Tagen konnte ich auch an kaum etwas anderes denken. Ich hatte schon die ganze Zeit vor, dich zu fragen, aber auf der Arbeit war plötzlich so viel los. Entschuldige, dass ich mich kaum gemeldet habe.

Bunny hüpfte auf mein Bett, vergrub ihr kleines Gesicht zwischen meinem Arm und meinem Oberschenkel.

»Hast du das gehört? Er hat im Diner die ganze Zeit darüber nachgedacht«, sagte ich laut. So als könnte ich eine Antwort erwarten. Als könnte sie mir das warme Gefühl erklären, das sich in meinem Magen ausbreitete.

Es verschwand, als ich den Flyer an meinem Spiegel sah. Das Datum für den Wettkampf war schwarz und fett gedruckt. Ich hatte es mir bereits vor Wochen eingeprägt und erschrak dennoch jedes Mal, wenn ich sah, wie wenig Zeit mir bis dahin noch blieb.

Ich strich über die Kanten meines Handys, las Jules' Nachrichten noch einmal, während ich innerlich mit mir selbst rang. Ich wollte so gern Ja sagen, aber ich kam mir dabei vor, als würde ich mir selbst in den Rücken fallen. Wenn alles, was mir auch nur ein bisschen Trainingszeit nahm, Panik in mir auslöste – wie konnte ich Jules' Einladung dann einfach annehmen?

Und trotzdem ...

Vorsichtig spürte ich der Wärme nach, die mich bei seinen

Nachrichten durchzogen hatte. Sie war ganz schwach, saß mitten in meinem Bauch und wäre vermutlich bei dem leisesten Windzug wieder verschwunden.

Jules musste so lange auf meine Antwort warten, dass er letztlich selbst eine weitere Nachricht hinterherschickte.

Jules: Ich bin mir nicht sicher, ob die Stille mich nervöser machen oder beruhigen sollte.

Mein Vorhaben, ihm abzusagen, bekam Risse. Feine Linien, die sich durch meine Mauern zogen und sie zum Bröckeln brachten.

Jules: Okay, ja. Definitiv nervöser.

Ich lächelte. Zögerte nur eine halbe Sekunde, weil ich es einfach nicht über mich brachte, ihm abzusagen und mir hinterher ständig über das »Was wäre, wenn …?« Gedanken machen zu müssen.

Ich: Okay.
Jules: Wirklich?
Ich: Warum klingst du so ungläubig?
Jules: Ich befürchte, weil ich es bin. Auf eine gute Weise, meine ich. Erfreut ungläubig.
Ich: Es ist nur ein Date …
Jules: Oje. Wenn du mir als Nächstes sagst, dass du nur aus Mitleid zugesagt hast, muss ich meinen freudigen Unglauben noch mal überdenken.

Mir fiel beinahe das Handy aus der Hand, so schnell tippte ich meine Antwort.

Ich: Nein! Nein, das meinte ich nicht. Ich hab eher Sorge, dass deine Erwartungen etwas zu hoch sind.
Jules: Das ist das Schöne an Dates, Lucy. So was lässt sich dabei gut herausfinden. Und wer weiß – vielleicht ist es diesmal ja die richtige Person.

Ich spürte wieder die Wärme in meinem Bauch. Diesmal war sie noch ein klein wenig heißer. »Die richtige Person, hm?« Bunny spitzte neben mir die Ohren, als sie meine Stimme hörte.

Ich: Ja, vielleicht.

7. KAPITEL

Jules fragte, ob ein Kinobesuch in Ordnung wäre.
 Ich sagte Ja.
 Er fragte, ob ich diesen bestimmten Film sehen wollen würde.
 Ja.
 Ob wir uns morgen schon treffen könnten.
 Ja. Ja. Ja.
 Meine Antworten kamen, ohne dass ich groß darüber nachdachte. Ich erlaubte es mir nicht – weil ich mir sicher war, dass ich sonst zur Vernunft kommen würde. Dass dieser andere Teil Überhand gewinnen würde, der weiter an mir zog und zerrte und sich weigerte, auch nur eine Minute meiner freien Zeit außerhalb der Eishalle zu verbringen.
 Zum ersten Mal ignorierte ich ihn. Ich sagte ihm, dass der Vormittag zum Trainieren reichen würde. Verhandelte mit ihm, dass ich die nächsten Tage einfach eine Stunde dranhängen würde. Und irgendwann schaffte ich es, ihn damit zum Schweigen zu bringen.

> **Jules:** Soll ich dich abholen, oder möchtest du mich abholen? Oder wollen wir uns vor dem Kino treffen?
> **Ich:** Wie demotivierend wäre es, wenn ich die praktischste Variante wähle?
> **Jules:** Überhaupt nicht. Hättest du mir die Frage gestellt, hätte ich sicher auch gesagt, dass wir uns vor dem Kino treffen.
> **Ich:** Haha ☺

Mehrere Sekunden vergingen, in denen ich nur auf den Bildschirm starrte und überlegte, was ich noch schreiben könnte. Obwohl ich das Gespräch mit Jules in die Länge ziehen wollte, fiel es mir schwer, ein Thema zu finden, über das ich mit ihm sprechen konnte.

Tolle Aussichten also für unser Date. Aber ich kannte mich selbst gut genug, um zu wissen, dass ich gerade nur zu verzweifelt versuchte, eine Konversation zu erzwingen.

Ich konnte mich gut mit Jules unterhalten. Die Zeit im Krankenhaus und im Diner hatte das eindeutig gezeigt. Aber jetzt, wo dieses Date im Raum stand, wollte ich doppelt sichergehen, dass ich bis morgen nichts sagte, das ihn irgendwie ... verschrecken könnte.

Mein Kopf war ein sehr merkwürdiger Ort.

Glücklicherweise schien es Jules nicht so zu gehen – oder er konnte sich besser um diesen Eisberg herumnavigieren.

Jules: Wie war denn dein Tag heute? Wenn du darüber reden möchtest.

Die Tatsache, dass er das Gespräch nicht einfach beendete, sondern es ihm wie mir zu gehen schien, ließ mein Herz merkwürdig flattern.

Ich: Anstrengend und lang. Aber dafür ist ja jetzt Wochenende.
Ich: Und deiner?
Jules: Anstrengend und lang. Aber dafür habe ich jetzt etwas, auf das ich mich freuen kann.

Ich grinste. Eine zweite Nachricht von ihm kam wenige Sekunden später hinterher.

Jules: Klang das zu ... schmierig? Ich schwöre, ich bin nicht immer so. Beim Schreiben tendiere ich ein bisschen zu häufig dazu, einfach zu tippen, was mir durch den Kopf geht ... leider bemerke ich das dann auch erst in der Sekunde, in der ich die Nachricht abgeschickt habe.
Jules: Oh, und kurzfassen kann ich mich auch nicht.
Ich: Dafür musst du dich nicht rechtfertigen. Ich antworte dafür unglaublich langsam, und manchmal vergesse ich es komplett ...
Jules: Dann ergänzen wir uns wohl sehr gut.

Mir gefiel der Gedanke. Das Wissen, dass es ihn nicht störte, wenn ich die Lucy war, die ich zu Hause in meinen eigenen vier Wänden sein konnte, wenn niemand zusah. Gerade deswegen griff ich viel schneller zu meinem Handy, sobald ich den Benachrichtigungston hörte – ich wollte weiter mit ihm sprechen. Herausfinden, ob er auch meine anderen Seiten einfach so akzeptieren würde.

Bunny blieb die ganze Zeit über ruhig neben meinem Oberschenkel liegen. Sie bewegte sich erst, als ich mein Handy für einen Moment zur Seite legte, vom Bett aufstand und sie damit weckte – und dann auch nur, um mich vorwurfsvoll anzuschauen und es sich letztlich auf der anderen Seite der Decke wieder bequem zu machen.

Ich lief vor meinem Kleiderschrank auf und ab, öffnete nach einigem Hin und Her die Türen und starrte auf die Kleidungsstücke darin. Hosen und Röcke in den unterschiedlichsten Varianten, Blusen, Kleider, einfache T-Shirts – alles nach Farben sortiert.

Ich griff auf die dunklere Seite: ein moosgrünes schulterfreies Kleid mit Herzausschnitt und einer Knopfleiste als Verschluss, die den vorderen Teil des Kleides zierte. Bis zur Taille lag es eng an und ging dann in einen ausgestellten Rock über, der mir viel Beinfreiheit gab. Es war ein bequemes Kleid – eins von der Sorte, das nicht nach viel aussah und trotzdem stilvoll war.

Das Kleid vor den Körper haltend drehte ich mich zum Bett um. »Was sagst du?« Bunny hob kurz den Kopf, senkte ihn aber gleich darauf wieder.

Ich wandte mich dem Spiegel zu, betrachtete mich selbst darin, sehr darauf bedacht, den Flyer rechts in der Ecke zu ignorieren. Mein Blick glitt über meine schwarzen Haare zu meinem Gesicht: die dunklen Augen, die ein Stück zu weit auseinanderstanden. Die lange gerade Nase, meine Unterlippe, die voller war als die obere. Meine blasse Haut, die ab dem Hals unter meinem Rollkragenpullover versteckt war.

Das dunkelgrüne Kleid in meiner Hand bildete einen starken Kontrast dazu. Ich versuchte mir vorzustellen, welchen Eindruck ich in genau diesem Kleid auf Jules machen würde.

Ich wachte erst aus meiner Tagträumerei auf, als ich das Laminat im Flur knarzen hörte. Der Schwere der Schritte nach zu urteilen, war Dad nach oben gekommen. Ich hielt die Luft an, als könnte ich so verhindern, dass er in mein Zimmer kam – und stieß sie erleichtert aus, als ich hörte, wie die Tür der Kammer schräg gegenüber geöffnet wurde.

Vorsichtig legte ich das Kleid auf den Hocker rechts neben meinem Kleiderschrank und setzte mich leise im Schneidersitz auf mein Bett. Ich wartete ab, bis ich Dad die Treppe wieder nach unten gehen hörte, und schnappte mir dann eine dicke Decke, mein Handy und Kopfhörer, mit denen ich mich auf meinen Balkon verzog.

Ein klassisches Stück erklang. Eins, zu dem ich schon unendlich oft auf dem Eis aufgetreten war. Diesmal war es der Soundtrack, zu dem ich Jules eine weitere Nachricht schickte.

Ich: Kann ich dich etwas fragen?
Jules: Natürlich.
Ich: Oh. Die Antwort kam sehr schnell.
Jules: Haha, was hast du erwartet? Dass ich Nein sage?
Ich: Na ja, ich könnte jetzt jede mögliche Frage stellen.
Jules: Ich hab ja nie behauptet, dass ich sie auch beantworte.
Ich: … wie gemein.
Jules: Darauf werde ich nur ausweichen, wenn du mich fragst, was ich in meinem Keller habe.
Ich: Jules.
Jules: Ja?
Ich: Was hast du in deinem Keller?
Jules: Tut mir leid, das kann ich dir nicht beantworten.
Ich: Aber du kannst so etwas doch nicht anteasern und dann erwarten, dass ich diese Frage nicht stellen werde!
Jules: Ich hab es angeteasert, weil ich es erwartet habe. Jetzt hab ich die Oberhand über das Gespräch bekommen und kann stattdessen dir eine Frage stellen.
Ich: Ich bin mir nicht sicher, ob ich weiß, was gerade passiert ist.
Jules: Schon gut. Mein übermüdetes Hirn auch nicht.
Ich: Wieso bist du übermüdet?
Jules: Ich dachte, ich wäre mit dem Fragen dran?
Ich: Ich habe meine ursprüngliche Frage noch nicht mal gestellt!
Jules: Entschuldige. Na dann: Was wolltest du wissen?

Ich wollte sofort lostippen, aber …

Ich: Ich hab es vergessen.

Daraufhin kam fünf Minuten lang nichts von ihm.

Ich: Du lachst gerade ziemlich, oder?
Jules: Tut mir leid. Ich habe mir nur vorgestellt, wie du dein Handy wütend anstarrst, weil du so darum gekämpft hast, diese Frage stellen zu können, und sie dann einfach vergisst. Es war ein sehr süßes Bild, das ich vor Augen hatte.
Ich: Ich wiederhole mich, aber: Wie gemein.

Er musste nicht wissen, dass meine Wangen bei seinen Worten warm geworden waren.

Jules: Schreib sie mir einfach, sobald sie dir wieder einfällt. Bis dahin kannst du ja meine beantworten: Weshalb war dein Tag heute anstrengend?
Ich: Ah. Darauf gibt es mehrere Antworten. Aber die Kurzversion ist, dass heute einfach sehr viel passiert ist.
Ich: Eigentlich ist in letzter Zeit jeder Tag ziemlich anstrengend. Ich kann mich gar nicht daran erinnern, wie es sich anfühlt, entspannt und ausgeruht zu sein.
Jules: Das kommt mir bekannt vor. Ich bin mir nicht sicher, ob ich in diesem Leben tatsächlich schon mal einen Tag hatte, an dem ich mich richtig ausgeschlafen gefühlt habe.
Ich: Hast du so viel um die Ohren?
Jules: Kann man so sagen. In letzter Zeit häuft es sich, und irgendwie bleiben solche ... hm, »negativen« Dinge ja eher im Kopf hängen als alles Positive, das drum herum noch passiert.
Ich: Ja, das kenne ich.
Ich: Was für blöde Gehirne wir haben.
Jules: Haha, ja. Meistens ist es okay, und ich denke nicht aktiv darüber nach, wie erschöpft oder müde ich bin. Aber als du mich gefragt hast, wie mein Tag war, ist mir nur das eingefallen.

Jules: Im Nachhinein hätte ich eventuell nicht ganz so ehrlich mit der Antwort sein müssen.
Ich: Ich hab mit der Antwort angefangen – du hast sie kopiert.
Jules: Touché.
Ich: Außerdem bin ich froh, dass du ehrlich geantwortet hast. Sonst hätte ich mich wie ein Trampel gefühlt, der nicht versteht, wie soziale Interaktionen funktionieren.
Ich: Ab wann darf man komplett ehrlich sein? Bis wohin muss ich mein Leben rosarot präsentieren, damit es andere Leute nicht verschreckt?
Ich: Das ist so anstrengend. Lass uns den Teil bitte einfach überspringen und direkt zur Ehrlichkeit übergehen.
Jules: Ich bin auch dafür.
Ich: Dann ist das ein Versprechen.
Jules: [.jpeg]

Ich tippte das Foto an, um es zu vergrößern – und stieß ein kleines Lachen aus, als ich es in voller Größe sah. Es zeigte seine Hand, die er zur Faust geschlossen hatte. Nur der kleine Finger war ausgestreckt. Eine Nachricht folgte direkt darauf:

Jules: Pinky promise.

Aus meinen Kopfhörern spielte immer noch das Lied in Dauerschleife, das ich vorhin angestellt hatte. Wenn ich es hörte, tauchten vor meinem inneren Auge normalerweise einzelne Bilder auf: Wie der Chiffonstoff meines Kostüms um meine Beine wehte. Wie ich über das Eis flog und mich vom Takt der Musik führen ließ.

Ich bemerkte kaum, wie es von vorne anfing. Es rückte in den Hintergrund, als ich mir Jules' Nachrichten noch einmal durchlas.

Als ich am Samstagmorgen aufwachte, war der gestrige Abend für einen kleinen Moment das Einzige, an das ich mich erinnerte. Beim Gedanken an Jules' Nachrichten breitete sich ein warmes, wohliges Gefühl in mir aus – und verschwand in der Sekunde, in der ich die Augen öffnete. Es wurde abgelöst von der Realität, vor der ich mich am liebsten versteckt hätte. Sie war das genaue Gegenteil von dem, was ich gestern Abend auf meinem kleinen Balkon empfunden hatte.

Ich blieb länger als sonst im Bett liegen. Checkte mein Handy – Aaron hatte noch nicht auf meine Nachricht reagiert.

Nicht dass er es musste. Aber die Nachricht, die Emilia geschickt hatte, konnte meine Sorge nicht vollständig dimmen. Mit einem Seufzen legte ich mein Handy beiseite und versuchte, nicht weiter darüber nachzudenken. Stattdessen sammelte ich die Kraft, um in den Tag zu starten. Als ich aufstand, spielte ich sogar mit dem Gedanken, meine Joggingrunde heute ausfallen zu lassen – obwohl ich genau wusste, dass ich diese Verausgabung brauchte, um den Kopf freizubekommen.

Und ich behielt recht: Als ich mich endlich dazu aufraffte, meine Sportsachen anzuziehen, spürte ich einen Anflug von Motivation in mir aufsteigen. Ich verließ das Haus, und meine Muskeln wurden mit jedem Schritt wacher. Ich verfiel in den vertrauten Rythmus und stellte erleichtert fest, dass mein Knöchel mir kaum Probleme bereitete.

Nach einer guten Stunde kam ich wieder zu Hause an und hörte meine Eltern auf dem Weg nach oben in der Küche rumoren. Bunny döste noch in ihrem Gehege vor sich hin. Ich runzelte die Stirn. Normalerweise wäre sie spätestens zu meiner Rückkehr aufgewacht und hätte mich fröhlich schnüffelnd begrüßt.

Ich hockte mich vorsichtig vor mein Bett, um sie nicht zu stören, und beobachtete einige Sekunden still, wie sie schlief, ehe ich mich für den Tag fertig machte und in die Eishalle fuhr.

Nachdem ich mich aufgewärmt hatte, trat ich aufs Eis und hielt dabei Ausschau nach Emilia. Auch nach einer halben Stunde konnte ich sie nirgends sehen. Wahrscheinlich hatte der Coach ihr einen freien Tag verordnet, damit sie sich von dem Schock erholen konnte.

Es war merkwürdig, auf dem Eis zu stehen mit dem Wissen, was gestern passiert war. Und es schien nicht nur mir so zu gehen. Ein Echo des Unfalls hing noch immer im Raum – Trainierende, die sich doppelt absicherten, bevor sie Elemente übten, die sie sonst im Schlaf beherrschten. Coaches, die genau auf die Haltung achteten, auf Handplatzierungen bei Hebungen und ausreichend Abstand zur Bande. Mich davon nicht verunsichern zu lassen forderte einiges an Konzentration und machte das Training anstrengender als sonst.

Mir fiel erst später auf, dass das nicht der einzige Grund war, weswegen mein Blick häufiger als sonst über die Köpfe der anderen glitt. Mitten im Sprung wurde mir bewusst, dass ich nach einem ganz bestimmten Augenpaar Ausschau hielt, das mir von den Zuschauerrängen aus entgegenblickte. Nach einem kleinen Jungen, der in seiner Gruppe gerade die Grundelemente übte. Aber in der ganzen Zeit sah ich weder Mika noch Jules und musste mich irgendwann selbst ermahnen, mich nicht ständig davon ablenken zu lassen.

Ich zog meine Handschuhe zurecht, glitt im Takt der Musik über das Eis und schließlich in eine Himmelspirouette, die mir jahrelang schwergefallen und mittlerweile eines meiner liebsten Elemente war. Ich spürte, wie die Muskeln in meinem Bauch sich anspannten, wie die in meinem unteren Rücken sich dehnten, als ich den Oberkörper zurückneigte. Alles um mich herum verschwamm. Hier und jetzt gab es nur mich.

Die Musik. Das Eis. Ich wünschte, es hätte ewig so bleiben können.

Nach dem Training beeilte ich mich mehr als sonst, um nach Hause zu kommen, in Gedanken bereits bei der Verabredung mit Jules. Mein Auto hatte mir noch nie große Probleme gemacht, aber ausgerechnet heute ruckelte es auf der Fahrt mehrere Male, als ich es ein- oder zweimal über die Geschwindigkeitsbegrenzung trieb. Als wollte es mir sagen: *Ich weiß, du bist aufgeregt. Aber du hast noch genügend Zeit.*
Dabei kam es mir vor, als würden die Minuten wie Sand durch meine Finger rinnen. Jedes Mal, wenn ich auf die Uhr sah, waren zehn weitere Minuten vergangen, die ich einfangen wollte, um auch ja genügend Zeit zu haben, mich für den Abend fertig zu machen – und dieses Kribbeln in meinen Gliedern auszukosten.

Ich konnte den Wagen nicht schnell genug parken, aussteigen und ins Haus eilen. Mom sah mir verdutzt hinterher, als ich an ihr vorbeifegte.

»Warum hast du es so eilig?«, rief sie mir hinterher.

Mit einer Hand am Treppengeländer blieb ich stehen – ähnlich wie während des Gesprächs, das ich vor wenigen Tagen mit Dad geführt hatte. Und gleichzeitig ganz und gar nicht so. Unsicher biss ich mir auf die Lippe, suchte nach einer Ausrede, die glaubhaft war, bis mir einfiel, dass keine es je sein würde.

Es war Ewigkeiten her, seit ich abends etwas unternommen hatte. Bevor ich angefangen hatte, speziell für Wettkämpfe zu trainieren, war es anders gewesen. Ich hatte nie einen besonders großen Freundeskreis gehabt, aber einige Personen, mit denen ich das Wochenende verbrachte, essen ging oder Unsinn auf dem Eis trieb.

Mir kam es vor, als wäre es erst gestern gewesen, dass meine Freundinnen aus der Highschool ungeduldig vor der Tür gestanden und darauf gewartet hatten, dass ich mich von meinen Eltern verabschiedete und zu ihnen gesellte. Gleichzeitig war es ein ganz anderes Leben gewesen. Eins, bevor die Schule geendet hatte und uns wie Blätter im Wind in alle Himmelsrichtungen davongeweht hatte.

Ich schüttelte den Kopf. So lange hatte ich nicht darüber nachgedacht. Ich wollte jetzt nicht damit anfangen. »Nur so«, sagte ich an meine Mom gerichtet, ein geheimes Lächeln auf den Lippen.

Sie erwiderte es verwirrt und sah mir nach, als ich, zwei Stufen auf einmal nehmend, in mein Zimmer stürmte. In der Zeit, die ich beim Training gewesen war, hatte Bunny ihr Gehege verlassen und sich auf meinem Bett breitgemacht. Kurz kraulte ich sie, gab ihr frisches Heu und Gemüse, dann warf ich all meine Sachen von mir und widmete mich der Vorbereitung für den Abend.

Ich zog eine dicke Strumpfhose an, weil Winnipeg an einem herbstlichen Abend nicht gerade für seine milden Temperaturen bekannt war. Dann das moosgrüne Kleid darüber, das sich weich und komfortabel an meine Haut schmiegte. Ich öffnete meinen Pferdeschwanz und drehte meine schwarzen Haare mit meinem Lockenstab zu sanften Wellen, die mein Gesicht einrahmten und knapp unter meinen Schultern endeten. Dann schminkte ich mich, betonte meine Augen stärker, als ich es normalerweise tun würde, hatte aber solchen Spaß dabei, dass es mich nicht störte.

Als ich mich schließlich ein paar Schritte vom Spiegel entfernte, um mich darin betrachten zu können, zupfte ein Grinsen an meinen Mundwinkeln. Meine Wangen waren gerötet – nicht nur von dem Rouge auf meiner Haut. Ich wollte beide Hände vor mein Gesicht heben, mich vor meinem eigenen Spiegelbild verstecken, weil ich mir merkwürdig dabei vorkam, mir selbst beim Lächeln zuzusehen. Ich konnte mich gerade so davon abhalten. Mein Make-up dankte es mir.

Meine kleine Handtasche füllte ich mit den wichtigsten Dingen, ehe ich sie mir umhing. Darüber zog ich einen dicken Mantel, der mir an den kalten Tagen in Winnipeg bereits seit Jahren gute Dienste leistete, und warf einen schnellen Blick auf meine Uhr. Fünfzehn nach sieben. Wenn ich um acht beim Kino sein wollte, musste ich langsam gehen.

Ich küsste Bunny zum Abschied direkt zwischen ihre flauschigen Ohren. Sie rümpfte ein wenig die Nase und sah mich verschlafen an. Kurz darauf befand ich mich im Eingangsbereich, zog meine Schuhe an – und war genauso schnell wieder aus dem Haus, wie ich hergekommen war.

Dieses Gefühl der Vorfreude, das mich den gesamten Weg zum Kino über begleitete, war gleichermaßen aufregend und erschreckend. Mein Herzschlag übertönte die Musik, die aus dem Radio drang, und ich konnte nicht anders, als über mich selbst zu lachen. Was war nur los mit mir? Es war bei Weitem nicht das erste Date, zu dem ich mich je verabredet hatte – nur schien mein Körper dieses Memo nicht erhalten zu haben.

Bis in die Innenstadt brauchte ich eine halbe Stunde. Zehn weitere Minuten vergingen, während ich auf der Suche nach einem Parkplatz mehrfach um den Block fuhr. Glücklicherweise stellte ich am Kino fest, dass Jules noch nicht auf mich wartete, und nahm mir die Zeit, einige Male tief durchzuatmen, um meine Nerven zu beruhigen. Mein Blick wanderte den Bürgersteig entlang, blieb kurz an jeder Person hängen, die auch nur die kleinste Ähnlichkeit mit Jules aufwies.

Ich schob die Hände in die Taschen meines Mantels und trat von einem Bein auf das andere – aus purer Ungeduld und weil mein Kleid wirklich nicht warm genug war, um abends draußen zu warten. Meine Finger streiften über das kühle Gehäuse meines Handys. Ich zog es aus der tiefen Manteltasche und schrieb Jules.

20:13
Bist du schon hier? Ich warte vor dem Eingang.

20:21
Ich habe die Karten zur Sicherheit schon mal gekauft. Dann können wir einfach reingehen, sobald du da bist.

20:27
Es ist ein bisschen kalt draußen, deswegen bin ich reingegangen, falls du mich suchst.

20:30
Die Türen zum Saal sind gerade zugegangen, aber die Werbung läuft vermutlich ohnehin noch eine Weile. Ich warte direkt neben dem Eingang vom Kino, damit wir uns nicht verpassen, okay?

20:44
Ich glaube, der Film hat gerade angefangen.

20:50
Hey … schaffst du es ins Kino?

21:01
Jules?

Langsam ließ ich meine Hand sinken. Zum hundertsten Mal an diesem Abend sah ich mich im Kino um – aber es war kaum noch jemand hier. Die Leute, die für eine Vorstellung gekommen waren, saßen bereits in den Sälen. Hinter der Snacktheke stand eine gelangweilte Mitarbeiterin, während eine andere die Barhocker an den hohen Tischen gerade rückte. Hin und wieder eilte jemand aus den Gängen, von denen die Säle abzweigten, zur Toilette und zurück.

Ich hatte es mir auf einem der freien Hocker bequem gemacht, von dem aus ich den Eingangsbereich im Blick hatte, und ließ meine Beine einige Zentimeter über dem Boden baumeln. Ich gab mir Mühe, die mitleidigen Blicke der zwei Mitarbeiterinnen zu ignorieren.

Noch einmal schaute ich auf mein Handy. Ich merkte einen kleinen Stich im Brustkorb. Weiterhin keine Nachricht von Jules.

Ich gab mir noch fünf Minuten, bis ich meinen Mantel packen und gehen würde. In meinem Leben hatte ich mich bereits so häufig verspätet – es passierte schnell, dass man die Zeit aus den Augen verlor. Ich wollte Jules einen Vertrauensvorschuss geben – wollte es wirklich. Nur fühlte sich die Vorfreude von vorhin plötzlich so albern an; die Zeit, in der ich mich fertig gemacht hatte, verschwendet. Ich spürte, wie meine Stimmung umschlug – und entschied, das Kino zu verlassen.

Draußen war es in der vergangenen Stunde stockfinster geworden. Die Straßenlaternen malten gelbe Lichtkegel auf den Gehweg vor mir und tauchten mich in regelmäßigen Abständen in Licht und Schatten. Im Auto warf ich ein weiteres Mal einen Blick auf mein Handy und verbannte es schließlich ins Handschuhfach.

Meine Eltern waren noch wach, als ich zu Hause ankam – die Wohnzimmerbeleuchtung strahlte hell auf die Veranda. Bis vor ein paar Jahren hätte mich dieser Anblick beruhigt. Das Wissen, dass daheim jemand auf mich wartete, hatte mir immer eine Menge Halt gegeben.

Jetzt sorgte es dafür, dass ich nicht schnell genug aus dem Erdgeschoss in mein Zimmer fliehen konnte. Ich rief nur ein knappes »Bin wieder da« in den Flur und hoffte, dass man mir meine Scham nicht anmerkte.

Ich sank vor meinem Bett auf die Knie. Bunny lag direkt an der Kante, und ich schloss meine Arme um sie und drückte mein Gesicht in ihre Seite.

»Bin wieder da«, wiederholte ich leiser für sie. Mein kleines Kaninchen ließ es einfach über sich ergehen – und irgendetwas ... irgendetwas daran erschien mir sonderbar. Sie schnüffelte nicht an meiner Hand, kitzelte mich nicht mit ihren Härchen an der Nase, machte keine Anstalten, sich aus meiner Umarmung zu winden.

Ich löste meine Arme aus dem Kreis, den ich um ihren Körper herum gebildet hatte, und sank zurück auf meine Fersen. »Alles in Ordnung?« Ich legte eine Hand auf ihren Rücken. Sie hatte sich klein gemacht und wirkte wie damals, als ich sie mit nach Hause gebracht hatte. Erstarrt. Als wollte sie sich winzig genug machen, um übersehen zu werden.

Mein Herz machte einen schmerzhaften Sprung. Es brachte mich auf die Beine, zu ihrem Gehege, in dem ihr Heu lag und ihre Schüssel mit frischem Gemüse stand. Die Gurkenscheiben waren sonst das Erste, was sie anknabberte, aber heute lagen sie vollkommen unberührt über der Paprika. Ich schnappte mir eine Scheibe, hockte mich wieder vor Bunny und hielt sie ihr vor den Mund. Ihre Nase zuckte kurz, sonst rührte sie sich nicht.

Wie lange hatte sie schon nichts gegessen? Ich versuchte mich daran zu erinnern, konnte aber keinen klaren Gedanken fassen, weil in mir immer mehr Angst aufstieg.

Ich wusste, dass es bei Kaninchen wesentlich problematischer als bei Hunden war, wenn sie längere Zeit nichts aßen. Ihre Mägen blähten sich auf, und im schlimmsten Fall hatten sie solche Schmerzen, dass sie in eine Schockstarre verfielen. Dieses Wissen ließ meine Panik noch größer werden.

Ich bot ihr die Gurkenscheibe erneut an, holte dann ein Stück Paprika, um zu sehen, ob ihr das eher gefallen würde. Beides ohne Erfolg.

Ich stand vor meinem Bett. Starrte Bunny an. Mein Herz trommelte in meiner Brust, als ich jede ihrer Regungen beobachtete und mit mir haderte, was ich tun sollte.

Mit jeder Sekunde, die ich sie so apathisch auf dem Bett liegen sah, wurde es schlimmer – wurde ich ängstlicher. Bis ich schließlich ihre Transportbox aus dem hintersten Winkel meines Kleiderschranks hervorkramte und sie vorsichtig dort hineinsetzte.

Ich hob die kleine Box vorsichtig an, darauf bedacht, auf dem Weg nach draußen nicht gegen eine Wand oder Kante zu stoßen und Bunny so durchzurütteln. Mir fiel gerade noch ein, meine Handtasche über die Schulter zu werfen, dann war ich bereits aus meinem Zimmer heraus.

Ich wollte so schnell wie möglich das Haus verlassen, eine Tierarztpraxis aufsuchen und sichergehen, dass mit Bunny alles in Ordnung war, aber ... aus irgendeinem Grund hielt ich auf dem Flur an.

»Mom?«, rief ich laut. Meine Stimme zitterte.

Sie musste die Dringlichkeit in diesem einen Wort gehört haben. Mom kam aus der Küche geeilt, sah die Transportbox und vermutlich auch meinen Gesichtsausdruck, den ich nur notdürftig unter Kontrolle hielt.

Ein paar Schritte von mir entfernt blieb sie stehen. Sie wirkte unsicher. »Was ist los?«

»Bunny ist …« Ich schüttelte den Kopf. Zuckte die Schulter. »Ich weiß nicht, was los ist, aber sie verhält sich so komisch.«

»Möchtest du, dass ich mitkomme?«

Ich zögerte mit meiner Antwort – und fragte mich im nächsten Moment, weshalb.

Weil du mit dieser Sorge um Bunny nicht allein sein möchtest, flüsterte eine leise Stimme in mein Ohr. Sie war viel zu leicht zu überhören. Ich schüttelte den Kopf, weil allein der Gedanke, Ja zu sagen – Hilfe von meinen Eltern anzunehmen –, sich mittlerweile so falsch anfühlte.

»Nein, ich wollte nur … Damit ihr wisst, wo ich bin …« Die Ausrede war fadenscheinig. Es war Monate her, dass ich ihnen das letzte Mal erzählt hatte, wann ich wohin ging.

Mom ließ die Hand sinken, mit der sie ihre Bluse glatt gestrichen hatte. »Ist gut. Dann schreib oder ruf an, wenn du etwas brauchst, ja?« Ihre Worte klangen ehrlich, aber deswegen nicht weniger umständlich. Nicht weniger ungewohnt.

Ich nickte, griff nach meinem Mantel und hatte das Haus im nächsten Moment verlassen.

8. KAPITEL

Bevor ich losfuhr, googelte ich, welche Praxis heute in unserer Nähe den Notfalldienst hatte, und rief dort an. Die Dame, die abgenommen hatte, konnte meinen panischen Tonfall vermutlich nicht überhören – sie versicherte mir mehrmals, dass sich im Augenblick kaum Notfälle in der Praxis befanden und der Arzt Bunny sofort helfen könne.

Die Strecke zur Praxis führte mich in Richtung Innenstadt. Ich war froh, dass zumindest die Straßen leer waren und ich mein Ziel schnell erreichte. Auf dem Parkplatz vor der Praxis angekommen, parkte ich mein Auto in der Nähe des Eingangs. Ich warf einen Blick in Bunnys Box, als ich sie vom Beifahrersitz nahm. Ging sicher, dass sie atmete. »Alles gut, wir sind gleich da«, flüsterte ich und trug sie so vorsichtig wie möglich zum Gebäude und in den ersten Stock hinauf.

Die Tierarztpraxis war nicht sonderlich groß. Hinter der gläsernen Tür breitete sich ein Wartebereich mit hellen Wänden und dunklem Laminat aus. Kühles Licht erhellte den Raum und wurde von den glänzenden Bilderrahmen, die überall hingen, reflektiert. Ein Dutzend Stühle säumten die Wand rechter Hand und waren dabei auf den Empfangstresen ausgerichtet, hinter dem eine Frau stand.

Sie wirkte nicht älter als Ende zwanzig. Ihr dunkles Haar war in einem dicken Pferdeschwanz zusammengefasst und fiel ihr über die Schulter. Sie war ein paar Zentimeter größer als ich und schaute auf, als ich durch die Tür kam, ein freundliches, professionelles Lächeln auf den Lippen, das meine Anspannung sofort etwas linderte.

»Es geht um mein Kaninchen«, sagte ich sofort. »Ich habe vor einer Viertelstunde angerufen. Sie möchte nichts essen und hat auch von dem Gemüse, das ich ihr vor drei oder vier Stunden frisch gegeben habe, nichts angerührt. Sie liegt bewegungslos herum und verhält sich komisch, aber ich weiß nicht, was los ist. Zu Hause habe ich kein Päppelfutter, und ich wusste nicht ... ich war mir nicht sicher ...« Ich holte tief Luft, versuchte, die Ruhe zu bewahren. »Können Sie ihr helfen?«

Das Lächeln der Frau verrutschte nicht eine Sekunde. »Dafür sind wir da. Hat sie schon einmal Probleme mit den Zähnen gehabt?«

»Nicht, seit ich sie habe.«

»Irgendetwas Falsches gegessen?«

Ich begann den Kopf zu schütteln, hielt dann aber inne. »Sie hat sich durch mein Ladekabel geknabbert. Das war gestern Abend ...«

»Okay. Das Futter haben Sie in letzter Zeit auch nicht gewechselt?«

»Nein. Nein, habe ich nicht.«

Sie kam um den Tresen herum und bedeutete mir, ihr zu folgen. Ich umklammerte den Griff von Bunnys Box fester und ging hinter ihr her. Sie führte mich in eines der zwei Behandlungszimmer, wo ich Bunnys Box auf dem Tisch mitten im Raum abstellte und unschlüssig direkt neben ihr stehen blieb.

»Der Arzt kommt sofort«, sagte sie mit ruhiger Stimme. Ob es daran lag oder weil ich wusste, dass Bunny hier in guten Händen war – ich spürte, wie ich mich noch etwas mehr beruhigte. »Ist es okay, wenn ich sie schon mal aus der Box hole?«

Ich nickte, ließ den Griff aber nur widerstrebend los. Meine

Hände ballte ich sofort zu Fäusten, als ich nichts mehr hatte, um das ich meine Finger klammern konnte. Schweigend sah ich dabei zu, wie sie die Box öffnete und Bunny vorsichtig heraushob, um sie auf den Behandlungstisch zu legen.

Meine Hände begannen zu zittern, als ich mein winziges Haustier dort liegen sah. Ich strich ihr über das Fell. Kraulte Bunny zwischen den Ohren und hörte auch dann nicht auf, als die Tür aufging. Ein Schwall kühler Luft drang in den Raum und ließ mich frösteln.

Ich sah mit einigen Sekunden Verspätung auf – bemerkte, wie die Augenbrauen der Frau in die Höhe wanderten.

»Tut mir leid, Mariam, ich bin sofort wieder weg. Ich muss meine Schlüssel vorhin hier vergessen haben«, sagte eine vertraute Stimme leise hinter mir. Und plötzlich war da Jules und drängelte sich an mir vorbei zum Schreibtisch in der hinteren Ecke des Raums. Er nickte leicht in meine Richtung, ohne mich anzusehen. »Ignoriert mich einfach. Dave hat gesagt, er ist sofort bei euch, er muss nur noch die Medikamente für den Kater im anderen Zimmer aufschreiben.«

Mein Mund öffnete sich, eine Auswahl an Worten auf meiner Zunge, die mir bereits den gesamten Abend über durch den Kopf gingen. Aber dann sah ich den kleinen Jungen auf seinem Rücken. Die langen Haare verdeckten Mikas Gesicht beinahe völlig, ließen nur erkennen, dass seine Augen geschlossen waren. Zierliche Arme waren um Jules' Hals geschlungen, Jules selbst hatte seine an der Seite angewinkelt, um Mikas Gewicht auf den Unterarmen tragen zu können.

Er beugte sich über den Schreibtisch. Ein Schlüsselbund klimperte, als er ihn vom Tisch nahm.

»Jules«, ermahnte Mariam ihn leise. »Klopf wenigstens an, bevor du in einen Behandlungsraum kommst.« Sie wandte sich an mich. »Entschuldigen Sie.«

Jules' Erscheinen hatte mich so aus der Bahn geworfen, dass es meine Panik für eine Sekunde verdrängte – bis sie mit voller Wucht zurückkam.

»Schon gut«, sagte ich leise und unendlich verunsichert.

Jules richtete sich beim Klang meiner Stimme wieder auf, und ich konnte ihm zum ersten Mal richtig ins Gesicht sehen. Er wirkte ... ernster ... als die letzten Male, die ich ihn gesehen hatte. Sein Mund war angespannt – genauso wie seine gesamte Körperhaltung. Der schwarze Kapuzenpullover war bis zu den Ellenbogen hochgekrempelt und wollte nicht ganz zu der tiefblauen, eleganter wirkenden Anzughose passen, die er trug.

Er öffnete den Mund, vermutlich, um sich ebenfalls zu entschuldigen. Aber die Worte verloren sich im Nichts, als er mich endlich ansah. Auf seinem Gesicht gaben sich innerhalb kürzester Zeit die unterschiedlichsten Emotionen die Hand: Überraschung folgte auf Sorge, dann Schock und Schmerz.

Mein Herzschlag zählte die Sekunden, die vergingen. Die Stille dröhnte mir in den Ohren.

»Lucy?« Seine Ungläubigkeit erreichte mich in Wellen. Er sah zu Bunny, dann wieder zu mir. »Ist alles in Ordnung? Ist Bunny ...« Er stockte. Erstarrte beinahe, als ihm das Offensichtlichste endlich wieder einzufallen schien. »Unser Date ...«

»Sie isst nichts«, unterbrach ich ihn rau. Ich wollte gerade wirklich nicht darüber sprechen. »Ich weiß nicht, was mit ihr los ist.«

Sein Blick glitt über mein Gesicht, das Make-up, das ich nach wie vor trug. Über meine offenen Haare, die ihre Wellen noch leicht hielten, und zu dem dunkelgrünen Kleid, das sichtbar wurde, wo der Mantel zur Seite fiel. Überall, wo sein Blick mich streifte, hinterließ er ein Kribbeln, das ich zu ignorieren versuchte.

Dann sah er noch einmal zu Bunny und zu Mariam, die verwirrt zwischen uns beiden hin- und herschaute. Er räusperte sich. »Ich sage Dave, dass er sich beeilen soll.«

Er durchquerte langsam den Raum, den schlafenden Mika immer noch auf dem Rücken. Beinahe so, als wartete er darauf, dass ich etwas sagte. Und die Sache war: Ich hatte die gleiche Hoffnung. Dass er mir hier und jetzt eine Erklärung gab, weshalb er nicht aufgetaucht war. Aber genauso froh war ich, als er den Raum verließ und ich mich für den Augenblick nur auf Bunny konzentrieren konnte.

Mariam war anzusehen, dass ihr mehrere Fragen auf der Zunge lagen. Aber sie schluckte sie hinunter und setzte wieder ihr professionelles Gesicht auf. Glücklicherweise tauchte der Tierarzt kurze Zeit später endlich auf.

Er horchte Bunny ab, tastete ihr den Bauch ab und kam zu einem ähnlichen Schluss wie ich: dass ihre Verdauung wieder angekurbelt werden musste. Er sagte mir, dass ich gerne im Wartezimmer Platz nehmen könne, während er Bunny mit dem Päppelfutter versorgen würde.

Zu sagen, dass ich Bunny ungern allein ließ, wäre eine Untertreibung gewesen. Die volle Kontrolle aus der Hand zu geben fiel mir schwer. Ich zwang mich dazu, mir mehrere Male selbst zu sagen, dass sie hier in guten Händen war.

Als ich ins Wartezimmer ging, knetete ich meine Hände unruhig vor dem Körper – am liebsten hätte ich sofort umgedreht, als ich Jules dort sitzen sah. Von Mika war weit und breit nichts zu sehen.

Jules sah mich an, als würde mein Anblick ihm Schmerzen bereiten. Als könnte er es nicht ertragen, mich gerade zu sehen. Er stand von seinem Platz auf, kam näher, zögerte aber, als ich die Arme vor der Brust verschränkte. »Lucy, es tut mir so ...«

Ich schüttelte den Kopf, bevor er den Satz beenden konnte.

»Schon gut.« *Ist es das, Lu?* Dass er nicht aufgetaucht war, sollte mich nicht so sehr beschäftigen, wo wir uns doch erst zweimal gesehen hatten. Die Enttäuschung, die ich spürte, sagte allerdings etwas anderes. Ich war mir nicht sicher, ob ich erschrocken darüber sein sollte, wie intensiv sie sich anfühlte.

»Ist es nicht«, beharrte Jules. »Ich weiß, es klingt wie die schwächste Ausrede, aber wenn du möchtest, erkläre ich dir alles.«

»Du musst nicht ...«

»Ich will.«

Ich verstummte.

Bevor Jules ansetzen konnte, etwas zu sagen, kam der Arzt aus dem Behandlungszimmer zu uns. Meine Muskeln spannten sich an.

»Gute Neuigkeiten«, sagte er – und die zwei Worte ließen mich bereits erleichtert aufatmen. »Sie nimmt das Päppelfutter sehr gut an und scheint schon wieder ein bisschen munterer zu sein.«

Meine Knie waren plötzlich ganz zittrig. Am liebsten hätte ich mich auf einen der Stühle fallen lassen, bemühte mich aber, es mir nicht anmerken zu lassen. Jules schwieg an meiner Seite.

»Dann kann ich sie wieder mit nach Hause nehmen?«

Er lächelte freundlich und nickte. »Es liegt keine Vergiftung vor, daher sollte sie bald wieder komplett gesund sein. Ich gebe ihr noch etwas mehr von dem Futter, und dann warten wir ein wenig ab, wie sie sich macht. Aber ich sehe keinen Grund, sie hierzubehalten.«

Ich nickte wieder und wieder, als wäre ich eine Puppe mit Wackelkopf. »Danke.«

Der Arzt lächelte noch einmal, warf Jules einen genauso fragenden Blick zu wie Mariam vorhin und begab sich dann wieder ins Behandlungszimmer.

Als wir wieder allein waren, erhob Jules die Stimme. »Das sind wirklich gute Neuigkeiten.« Ich reagierte nicht sofort, und er beugte sich ein wenig in meine Richtung, um mir ins Gesicht sehen zu können. »Lucy?«

Ich erwiderte seinen Blick nur kurz. Meine Augen tanzten über sein Gesicht. Er wirkte ehrlich besorgt, was die Enttäuschung, von ihm versetzt worden zu sein, ein wenig abschwächte.

»Ja«, sagte ich knapp. *Es geht ihr gut. Es geht ihr gut.* Ich wiederholte die Worte so lange, bis ich sie selbst glaubte.

Jules stieß ein sanftes Seufzen aus und verfiel danach in Schweigen. Ich wusste beim besten Willen nicht, wie ich den offensichtlichen Elefanten im Raum ansprechen sollte, und starrte daher auf meine Füße, bis mir eine andere Frage in den Sinn kam.

»Du arbeitest hier?«

Ein schwaches Lächeln erhellte Jules' Gesicht, als er nickte. »Kleine Welt.«

»Ja, allerdings.«

Stille. Ich sah ihn nicht an, hielt meinen Blick gesenkt, weil es mir die sicherste Option zu sein schien. Trotzdem bemerkte ich, wie Jules neben mir unruhiger wurde. Ich konnte fast körperlich spüren, wie die Worte auf seiner Zunge Gestalt annahmen. Wie er an sich halten musste, nicht sofort mit ihnen herauszuplatzen, weil er mir die Chance geben wollte, zu sagen, was ich zu sagen hatte.

Wie gern hätte ich es getan. Meiner Enttäuschung Luft gemacht und ihm gesagt, wie es mir im Kino ergangen war, als ich eine Stunde lang auf ihn gewartet hatte. Nur wusste ich nicht, wie ich es ausdrücken sollte. Ich hatte keine Worte für das ernüchternde, beinahe schon frustrierte Gefühl in meinem Magen. Für die Art, wie sich mein Brustkorb zusammenzog, jedes Mal, wenn ich an die Freude dachte, die ich mir erlaubt hatte zu fühlen.

»Mika hat mich angerufen, als ich mich nach der Arbeit gerade für unsere Verabredung fertig gemacht habe«, sagte Jules da. Ich spürte seinen Blick auf mir – wie sanfte Berührungen, die meinen Atem stocken ließen. »Er wohnt noch bei unserem Vater zu Hause. Es passiert nicht ständig, aber manchmal ...« Er stockte und setzte an einer anderen Stelle wieder an. »Wir hatten schon immer ein sehr enges Verhältnis, und als ich vor ein paar Monaten ausgezogen bin, habe ich ihm versprochen, immer sofort für ihn da zu sein, wenn er mich braucht.« Er wartete auf eine Reaktion von mir. Als keine kam, sprach er weiter. »Heute hat er mich gebraucht. Ich habe nicht nachgedacht. Und vor allem nicht mehr daran gedacht, dass du auf mich wartest, bis ich dich eben hier gesehen habe.«

Ich wusste nicht, ob seine Erklärung mich erleichterte oder verärgerte. Ein bisschen von beidem, wenn ich ehrlich mit mir selbst war. Ich war erleichtert, weil es einen Grund gab, dass er nicht aufgetaucht war. Aber auch verärgert, weil er nicht einmal daran gedacht hatte, mir eine Nachricht zu schicken. Weil ich so weit aus seinen Gedanken gerutscht war, dass er mich bis vor wenigen Minuten völlig vergessen hatte.

Vielleicht ist verärgert das falsche Wort, dachte ich still. Verletzt traf es eher.

»Es tut mir wirklich leid, Lucy.«

»Ich bin nicht sauer«, meinte ich nach einem Moment. »Falls du das denkst.«

Jules nickte langsam. Unsicher. Offensichtlich spürte er das »Aber« in der Luft, bevor ich es aussprechen konnte.

»Aber ich hatte mich darauf gefreut«, gab ich zu – und wollte danach am liebsten sofort Bunny schnappen und verschwinden. Es fühlte sich ungewohnt an, so ehrlich zu sein. Jules' schwaches Lächeln hielt mich allerdings fest.

»Ich mich auch«, sagte er und fügte noch hinzu: »Dein Kleid ist sehr hübsch.« Dabei sah er mich auf eine Weise an, die mein Herz zum Stolpern brachte.

Ich strich den Stoff über meinen Beinen glatt, unsicher, wie ich auf das Kompliment reagieren sollte. »Danke. Ich habe es schon viel zu lange nicht mehr getragen.«

»Warum nicht?«

Ich zuckte mit den Schultern, spürte, wie meine Wangen warm wurden. »Es ist für besondere Anlässe gedacht.«

Sein Gesicht war ein offenes Buch. Wie seine Augen vor Überraschung ein Stück größer und wärmer wurden. Wie seine Mundwinkel leicht zuckten, als wollten sie sich unbedingt zu einem breiten Lächeln ausweiten. Jeder Gedanke, der ihm durch den Kopf ging, war durch diese kleinen Regungen lesbar.

Daher war es für mich nicht schlimm, dass Mariam genau in dem Moment mit Bunny in ihrer Transportbox wieder zu uns kam und Jules so die Chance nahm, zu antworten. Jules brauchte es nicht aussprechen, damit ich wusste, dass er sich über meine Aussage freute.

Mühsam wandte ich meinen Blick von seinem Gesicht ab und nahm Bunny entgegen. Sie hatte sich in die hinterste Ecke der Box verzogen und starrte mich ängstlich an.

»Hey, Maus«, begrüßte ich sie. Ihre Ohren zuckten leicht. Vermutlich würde sie sich zu Hause erst einmal in eine ruhige Ecke verkriechen.

Ich bezahlte die Behandlung, dankte Miriam mehrfach und versuchte dabei die ganze Zeit vergeblich, Jules' Blick in meinem Rücken zu ignorieren. Er wartete an der Tür auf mich, hielt sie mir auf, als ich die Praxis verließ, und trat hinter mich auf den Gang. Wortlos folgte er mir die Treppenstufen hinunter ins Erdgeschoss und nach draußen.

»Hast du Mika im Auto gelassen?«, fragte ich Jules, als ich mich nach seinem Wagen umsah. Er hatte die Hände in seine Hosentaschen geschoben. »Geht es ihm gut?« Ich schob die Frage noch hinterher, als mir wieder einfiel, was für eine Anspannung vorhin von ihm ausgegangen war, nachdem er erzählt hatte, dass Mika ihn angerufen hatte.

»Ja, er ist...« Er stockte. Schüttelte ganz leicht den Kopf, als wollte er einen Gedanken loswerden. »Er ist okay.«

Okay. Ich war mir nicht sicher, ob das in dem Fall eine wirklich beruhigende Antwort war. Jules schien jedoch beschlossen zu haben, hier und jetzt nicht weiter darauf einzugehen. Stattdessen beantwortete er meine erste Frage: »Er ist oben in der Wohnung.«

Ich legte den Kopf in den Nacken, sah überrascht an der Hausfassade hoch. Von den Stockwerken, die hell erleuchtet waren, zu denen, die in völliger Dunkelheit versanken. »Ihr wohnt hier?«

»Ich wohne hier.« Jules deutete auf ein Fenster in der dritten Etage. »Da ist die Küche. Mika übernachtet manchmal hier.«

»Der kurze Weg zur Arbeit muss ziemlich praktisch sein.«

»Manchmal, ja. Und manchmal ist es stressig, weil ich das Gefühl habe, immer auf der Arbeit zu sein. Selbst wenn ich abends auf der Couch sitze und schon lange Feierabend habe.«

Ich verzog das Gesicht, und Jules grinste schief. »Keine Sorge«, meinte er. »Die Wohnung ist hübsch genug, dass ich darüber hinwegsehen kann.«

»Ah.« Ich umfasste den Griff von Bunnys Box mit beiden Händen, lockerte meine Finger darum und packte dann wieder fester zu. Sollte ich noch etwas sagen? *Wollte* ich noch etwas sagen? Ich hatte das Bedürfnis, unser Gespräch in die Länge zu ziehen, nur um seine Stimme ein paar Sekunden länger hören zu können.

»Darf ich es wiedergutmachen?«, fragte Jules in mein Schweigen. »Das mit unserem Date, meine ich.«

Er ließ mich nicht aus den Augen, während er auf meine Antwort wartete, und mir fiel es von Sekunde zu Sekunde schwerer, nicht sofort »Ja!« zu rufen.

»Das kommt ganz darauf an.«

»Worauf denn?«

»Wohin es diesmal geht. Und ob du auch dort sein wirst.«

Er fuhr sich mit der Hand über den Nacken, ein schüchternes Grinsen auf den Lippen. »Das habe ich verdient. Über einen Ort habe ich mir noch gar keine Gedanken gemacht, aber ...« Seine Augen wurden groß, als ihm eine Idee kam. »Warst du in letzter Zeit zufällig im Freizeitpark?«

»Im Freizeitpark?«, wiederholte ich überrascht. Mir kam sein Profilbild im Messenger in den Sinn – Jules und Mika im Freizeitpark, beide mit einem fröhlichen Grinsen im Gesicht.

»Mit Mika fahre ich häufiger in einen außerhalb der Stadt, weil er die gebrannten Mandeln dort so liebt.« Er stockte kurz. »Vielleicht ist der Freizeitpark auch eine schlechte Idee für ein erstes Date. Manchmal vergesse ich, dass ich fünfundzwanzig bin und meine Freizeitgestaltung an einen achtjährigen Jungen angepasst ist.«

Im kühlen Licht der Laternen, die den Parkplatz erhellten, meinte ich eine leichte Röte auf seinen Wangen zu erkennen. Ich musste mir auf die Unterlippe beißen, um mein Lächeln zu kaschieren. Diese Kleinigkeit reichte bereits aus, damit sich der Abend nicht mehr wie eine völlige Katastrophe anfühlte.

»Das klingt perfekt.«

Jules' Augen leuchteten auf. Er grinste so breit, dass es aussah, als würde die Sonne zwischen den Wolken hervorbrechen.

»Am Mittwoch habe ich frei. Wenn du willst, kann ich dich abholen, oder wir treffen uns dort. Wann auch immer es dir passt.«

Mit seiner Aussage rückten das Praktikum und mein Training plötzlich wieder in den Vordergrund meiner Gedanken. Sie erlaubten mir nicht, von meiner Freizeit zu träumen, ohne dabei ein schlechtes Gewissen zu haben. Wenn ich dann nicht auf dem Eis stand, drängte etwas in mir so stark und unnachgiebig, dass ich es selten dazu kommen ließ, mein Training ausfallen zu lassen.

Und dennoch verspürte ich hier und jetzt das Bedürfnis, Jules zu fragen, ob er den gesamten Tag mit mir verbringen wollen würde. Ich war mir nur nicht sicher, ob diese Idee von dem Teufelchen oder dem Engelchen auf meiner Schulter kam.

»Das Praktikumsprogramm, von dem ich dir erzählt habe – ich glaube, wir werden erst spät am Nachmittag aus der Firma kommen, und normalerweise trainiere ich danach noch ein paar Stunden …« Ich verzog das Gesicht. Es klang wie eine Ausrede. Als suchte ich nach einem Grund, das Date nicht wahrnehmen zu müssen, dabei war das hier nur der Versuch, meinen inneren Zwiespalt auszudrücken. Meinen Drang, jeden Tag auf dem Eis zu sein, gepaart mit dem Wunsch, mehr Zeit mit Jules zu verbringen.

Als könnte er spüren, was in mir vorging, berührte Jules mit seiner Hand sanft meinen Oberarm. Nur eine Millisekunde – aber sie reichte aus, damit mir selbst in der Kälte des späten Abends unendlich warm wurde.

»Du hast heute auf mich gewartet, oder?«, fragte er unvermittelt. Und so leise, dass seine Stimme fast nur ein Flüstern war.

Ich nickte.

»Du musst dein Training nicht wegen mir ausfallen lassen. Wenn es spät wird, müssen wir zu keinem Freizeitpark fahren. Diesmal warte ich auf dich – selbst wenn es nur für einen schnellen Kaffee ist.«

Ich zögerte. So gut sein Grund auch sein mochte – ich wollte mich nicht noch einmal so wie heute fühlen. Jules konnte mir das offensichtlich von der Nasenspitze ablesen, denn er sah sich auf dem Parkplatz um, als würde hier irgendwo die Lösung liegen, wie er mir die Sorge nehmen konnte.

Als er nichts fand, runzelte er die Stirn. Hob eine Hand an, betrachtete sie kurz und ballte sie dann bis auf den kleinen Finger zur Faust. Er streckte sie mir entgegen, biss sich auf die Unterlippe, als ich ihn fragend ansah. »Pinky promise?«

Kurz spielte ich mit dem Gedanken, nicht darauf einzugehen. Mein angeknackstes Ego vorzuschieben und zu warten, was er sonst machen würde. Aber er betrachtete mich so hoffnungsvoll, so süß, dass ich es nicht über mich brachte.

Ich hakte meinen kleinen Finger in seinen ein – und wurde dafür mit einem Lächeln von Jules belohnt, das mich beinahe blendete. Schmetterlinge regten sich in meinem Bauch, und obwohl es nur unsere kleinen Finger waren, die sich berührten, wünschte ich mir, den Moment einfrieren zu können.

Der Ausdruck in Jules' Augen veränderte sich – kaum merklich, aber weil ich so dicht neben ihm stand, fiel es mir auf. Er wirkte erleichtert, so als hätte er in den vergangenen Minuten die ganze Zeit die Luft anhalten müssen und könnte gerade das erste Mal wieder richtig durchatmen.

»Dann sehen wir uns am Mittwoch.«

»Vergiss es nicht«, neckte ich ihn und hoffte, dass er meine Unsicherheit nicht heraushörte.

Er nickte langsam. Hielt meinen Blick fest. »Werde ich nicht.«

9. KAPITEL

Mein Herz war um einiges leichter, als ich am nächsten Tag aufwachte und Bunny vor meiner Nase sitzen sah. Sie war noch immer etwas schlapp, aber als ich in der Nacht kurz aufgestanden war, um nach ihr zu schauen, hatte ich sie vor ihrer Schüssel voller Gemüse sitzen sehen.

Ich atmete erleichtert aus, kämpfte meinen Arm unter der weichen Decke hervor und streichelte Bunny. Meine Augen brannten vor Erschöpfung. Hatte mich die Sorge um Bunny nicht wach gehalten, war es der Gedanke an Jules gewesen. Jedes Mal, wenn ich in diese Traumwelt fiel, die sich irgendwo zwischen Tiefschlaf und Wachsein befand, hatten sich Vorstellungen von unserem bevorstehenden Date angeschlichen. Wünsche und Hoffnungen, die ich mir niemals zugestanden hätte, wäre ich bei vollem Bewusstsein gewesen.

Ich wartete, bis Bunny zurück in ihr Gehege gehüpft war, und stand dann auf. Schnell schlüpfte ich in meine Sportklamotten, um meine morgendliche Runde zu joggen. Im Anschluss wusch ich unter der heißen Dusche die gestrige Angst und die Sorgen von meiner Haut. Ich legte in meinem Zimmer mein Make-up auf, drehte meine langen Haare zu einem Dutt zusammen und war eine halbe Stunde später auf dem Weg zu Lavoie & Hill.

Winnipeg erwachte unter einer grauen Wolkendecke zum Leben. Für den Nachmittag war Regen angekündigt, und ich wusste, dass sich die Sonne heute nicht mehr zeigen würde, wenn der Morgen bereits so trist war. Das Radio verstummte abrupt, als ich den Motor des Autos auf dem Parkplatz abstellte. Ich nahm mir einen Augenblick, um in der darauf folgenden Stille die Leute zu beobachten, die durch die Kälte zum Eingang der Firma eilten.

Sowohl fest Mitarbeitende als auch andere Praktikumsteilnehmer liefen an meinem Fenster vorbei. Manche in dicke Mäntel gehüllt, andere mit offenen Jacken. Haare wurden vom Wind zerzaust, und hin und wieder schallte ein Lachen durch die geschlossene Autotür zu mir. Ein paar Parkplätze weiter stieg Hannah aus der Beifahrerseite eines Autos. Gemeinsam mit der Fahrerin gesellte sie sich zu einer kleinen Gruppe von Leuten, die sie fröhlich begrüßten, ehe sie gemeinsam die Firma betraten.

Als außer mir nur noch wenige Personen auf dem Parkplatz waren, stieg ich aus und beeilte mich, pünktlich in die zweite Etage zu kommen. Die Marketing- und Presseabteilung arbeitete von hier aus und würde für die nächsten drei oder vier Wochen den Schwerpunkt für das Programm bilden. Im Meetingraum waren die Tische und Stühle so umgestellt worden, dass es wirkte, als wären wir zurück in der Highschool.

Ich setzte mich auf einen Platz im mittleren Teil des Raumes und wartete ungeduldig darauf, dass Nora den Praktikumstag beginnen und meine Aufmerksamkeit fordern würde. Ich merkte, dass ich genau das brauchte, wenn ich nicht ständig an den gestrigen Abend denken wollte.

Wenn ich nicht ständig an Jules denken wollte, korrigierte ich mich. Immer wieder drängte er sich zwischen meine Gedanken – und sosehr ich es auch versuchte, ich schaffte es nicht, ihn daraus fernzuhalten. Im Gegenteil. Je mehr ich es versuchte, desto klarer sah ich sein Lächeln vor Augen. Die Röte, die seine Wangen zierte, wenn er etwas sagte, das ihm im Nachhinein peinlich war. Desto deutlicher hörte ich seine Stimme in meinem Ohr, die jeden gefrorenen Zentimeter in mir auftaute.

Ich schüttelte den Kopf über mich selbst, strich mir meine Haare hinters Ohr. Was an ihm war es, das mich so faszinierte? Das mich in seine Richtung gravitieren ließ, sobald er mir nahe kam? Ich suchte, aber fand keine passenden Worte, keine Erklärungen, die mir halfen, es einzuordnen.

Ihn einzuordnen.

Ich ballte die Hände unter meinem Tisch zu Fäusten.

Keine Ablenkungen, Lucy.

Aber was, wenn Jules das längst war? Die Tatsache, dass ich ihn bereits nach drei zufälligen Treffen nicht mehr aus dem Kopf bekam ... Vielleicht hatte ich mit dem Date einer Sache zugestimmt, die ohnehin niemals einen Platz in meinem Leben finden würde. Aber sosehr ich mir auch den Kopf darüber zerbrach: Nicht ein einziges Mal kam mir dabei in den Sinn, mein Handy zu zücken und unsere Verabredung für Mittwoch abzusagen.

Erst als neben mir ein genervtes Stöhnen erklang, tauchte ich aus meinen Gedanken auf. Nora stand im vorderen Teil des Raums und sah uns erwartungsvoll an.

Um mich herum wurden Stühle gerückt, mehrere Leute standen auf und sahen sich suchend um. Ich gab mein Bestes, mir nicht anmerken zu lassen, dass ich keine Ahnung hatte, was Nora in den letzten zehn Minuten gesagt hatte, verfiel allerdings etwas in Panik, als ich bemerkte, dass sich immer mehr Leute um mich herum in Dreiergruppen zusammenfanden. Meine Rettung kam in Form einer Person, die sich direkt vor meinen Platz stellte.

»Du siehst aus, als könntest du eine Partnerin brauchen«, sagte Hannah grinsend. Überrascht wandte ich mich ihr zu.

Nachdem sie mich an unserem ersten Tag angesprochen hatte, hatten wir uns zwar hin und wieder miteinander unterhalten. Dass sie im Falle einer Gruppenarbeit direkt auf mich zukommen würde, hätte ich aber nicht erwartet.

»Könnte ich tatsächlich«, gab ich zu.

Hannah umrundete den Tisch, ihr Notizbuch an die Brust gepresst, und setzte sich, ohne zu zögern, neben mich. Sie breitete sich aus, als säßen wir bereits die ganze Zeit nebeneinander, und hängte ihren Rucksack über die Stuhllehne. Ihr Pony war so lang, dass sich mit jedem Blinzeln einzelne Haarsträhnen bewegten, während der Rest ihrer rötlich blonden Haare in einer Flechtfrisur verschwand und wie eine Krone flach an ihrem Kopf festgesteckt war. Selbst im Sitzen war sie einige Zentimeter kleiner als ich, und die rote Latzhose aus Cord gepaart mit der babyblauen Bluse betonte ihre zierliche Statur noch.

Sie ließ sich von meiner mangelnden Begeisterung nicht beirren, sondern erklärte direkt: »Wir sollen Dreiergruppen bilden, um in den nächsten Tagen und Wochen eine Marketingstrategie zu dem neuen Parfüm zu entwickeln.«

»Ah«, machte ich peinlich berührt. So viel zum Thema, dass Jules eine Ablenkung war.

Hannah drehte sich in ihrem Stuhl um, einen Arm auf der Rückenlehne. »Ich finde Gruppenprojekte ja normalerweise schrecklich, vor allem, wenn man sich noch nicht mal richtig kennt. Alle verhalten sich merkwürdig, man weiß noch nicht, welche Scherze man machen kann – und vor allem sagt niemand geradeheraus, was für eine Art Gruppenarbeitsmensch er ist.«

»Gruppenarbeitsmensch?«, fragte ich verwirrt.

»Na ja, du weißt schon.« Sie hielt ihre Hand zwischen uns in die Höhe und zählte an den Fingern ab. »Die Person, die organisatorisch super ist, die, die gute Ideen hat. Dann noch die, die relativ still ist, aber alles pünktlich fertig macht, und die, die absolut gar nichts beiträgt und jegliche Arbeit auf die anderen schiebt. Sag mir bitte, dass du nicht diese Art Person bist.«

»Ich ... glaube nicht?« Ich konnte mich nicht daran erinnern, wann ich das letzte Mal mit jemandem an einem Gruppenprojekt zusammengearbeitet hatte. Die wenigen Monate meines Studiums zählten nicht wirklich. Ich hatte es in den stickigen Vorlesungssälen nicht lange genug ausgehalten, um mit Hannah über ihre Theorie diskutieren zu können.

»Dann sollten wir wunderbar miteinander klarkommen«, sagte Hannah, und drehte sich bereits wieder von mir weg. Offensichtlich hielt sie Ausschau nach einer dritten Person, die unsere Gruppe vervollständigen würde.

Ich folgte ihrem Blick durch den Raum, sah, wie sich die meisten schon zusammengefunden hatten. Auf Hannahs Gesicht erschien plötzlich ein breites Grinsen, das ihre Zahnlücke offenbarte, und sie rief quer durch den Raum: »Eiza!«

Der Kopf eines Mädchens schoss in die Höhe. Sie saß ein paar Reihen weiter hinten und schien bisher noch ohne Gruppe zu sein. Hannah winkte sie aufgeregt zu uns und bedeutete ihr, einen der Stühle an unseren Tisch zu schieben. Als sie saß, begrüßte sie mich mit einem zurückhaltenden Lächeln und einem »Hallo«, das ich erwiderte. Eine breite Brille mit goldenem Rand dominierte ihr Gesicht und lenkte den Blick auf ihre beinahe schwarz wirkenden Augen. Die Spitzen ihres kurzen Bobs streiften kaum ihre Schultern, und gerade zog sie die Ärmel ihres zu großen grauen Strickpullovers über ihre Hände.

»Ich dachte, du wolltest neue Bekanntschaften schließen«, sagte Eiza an Hannah gewandt.

Diese deutete mit einem Nicken auf mich. »Tu ich doch. Eiza, das ist Lucy. Lucy, Eiza.«

»Ihr kennt euch?«, fragte ich etwas verspätet.

Hannah antwortete mit einem breiten Grinsen. »Seit der Grundschule.«

»Sie wollte das Programm nicht allein machen, falls sie genommen wird, deswegen haben wir uns beide beworben«, fügte Eiza hinzu.

Hannah warf ihr einen gespielt bösen Blick zu. »Tu nicht so, als hättest du dich nicht ohnehin beworben.«

Eiza zuckte nur mit den Schultern, aber ihr amüsierter Blick gab Hannah recht.

»Ich hab den Aushang für das Programm vor ein paar Wochen in der Uni gesehen und wäre fast aus allen Wolken gefallen, weil die Bewerbung an keinen Studiengang gebunden war«, sagte Hannah. »Ich studiere zwar Chemie im Bachelor, aber Eiza hätte sich ihre Bewerbung vermutlich sonst sparen können.«

»Warum erzählst du ihr nicht gleich unsere ganze Lebensgeschichte?«, fragte Eiza. Sie wirkte nicht aufgebracht wegen dem, was Hannah erzählte. Es schien ihr rein gar nichts auszumachen – wenn die beiden sich wirklich schon seit der Grundschule kannten, war sie Hannahs Art vermutlich längst gewohnt.

Ich hingegen musste mich bemühen, mich von dem Schwall an Worten und Sätzen nicht erdrücken zu lassen. Nicht, weil ich den beiden nicht zuhören wollte. Im Gegenteil. Die Vertrautheit zwischen Hannah und Eiza machte es mir leichter, meine verknotete Zunge zu lösen. Es war nur … ungewohnt. Dass ich neue Leute kennenlernte, passierte nicht allzu häufig. Dafür bewegte ich mich zu sehr in den immer gleichen Kreisen.

»Was studierst du denn?«, fragte ich Eiza nach einer zu langen Pause.

»Im Moment nichts«, erwiderte sie. »Ich setze die nächsten zwei Semester aus.«

»Sie hilft in der Schneiderei ihrer Mom aus«, warf Hannah ein. »Hauptsächlich arbeiten sie an Hochzeitskleidern – du müsstest sehen, was Mrs García aus einem Stück Stoff zaubert –, aber Eiza hat auch schon mal ihr Kleid für den Prom selbst genäht. Alle waren neidisch.«

»Dich eingeschlossen«, sagte Eiza.

»Du sahst aus wie eine *Königin*. Natürlich war ich neidisch.«

Eiza duckte den Kopf, eine leichte Röte zierte ihre Wangen. »Es war nur ein Kleid.«

»Es war fabelhaft.« Damit drehte Hannah sich wieder zu mir um. Sie schien nicht zu bemerken, wie Eiza sich dank ihrer Worte wand. »Nächstes Mal bringe ich ein Bild davon mit, damit du dich selbst davon überzeugen kannst, dass ich nicht übertreibe.«

Eiza stöhnte verzweifelt auf, kam aber nicht dazu, etwas zu erwidern. Nora bat um Ruhe, als sich alle in Gruppen zusammengefunden hatten, und teilte an jeden von uns einen Stapel Blätter aus. »Auf den Blättern findet ihr eine Erklärung zum Gedanken hinter *Lovely*, das nächstes Jahr auf den Markt kommen soll«, erklärte sie. »Eure Aufgabe ist es, ein umfangreiches Offline-Marketingkonzept zu entwickeln, das mit etwas Glück am Ende vielleicht sogar zum Einsatz kommt.« Ein aufgeregtes Raunen ging durch den Raum. Nora wartete, bis sich alle wieder beruhigt hatten, ehe sie fortfuhr. »Bis Ende der Woche sollt ihr erst einmal ein grobes Konzept entwickeln, das ihr mir präsentiert. Wenn es gut ist, dürft ihr damit weitermachen – ansonsten müsst ihr noch einmal zurück zum Anfang.«

Ich unterdrückte ein Stöhnen. Mir war, als hätte man mich in meine Schulzeit zurückversetzt. Ich wusste, dass dieses gesamte Programm eine einmalige Chance für viele hier war. Hannahs Augen glänzten vor Aufregung, und auch Eiza wirkte, als wäre ihr Ehrgeiz durch Noras Worte geweckt worden. Und zwischen alldem saß ich – unwillig, überhaupt hier zu sein. Unwillig, für meine Eltern zu arbeiten oder so viel Zeit hier zu verbringen, wenn die Tage wie Sand durch meine Hände rannen.

»Oh, und bevor ich es vergesse«, meldete Nora sich plötzlich zu Wort, was die Gespräche der einzelnen Gruppen verstummen ließ. »Von dem geplanten Ausflug in unsere Produktionsstätte hatte ich euch ja bereits erzählt. Wir haben diesen nun für Freitag angesetzt. Wir hoffen, dass euch der Einblick hinter die Kulissen ein wenig helfen wird, die Marketingstrategie für unser Unternehmen authentisch zu gestalten.«

Bei dem Wort »Ausflug« hatte sich Hannah so aufrecht hingesetzt, als wollte sie jeden Moment von ihrem Stuhl aufspringen und Nora für die Möglichkeit dankend um den Hals fallen. Sie wirkte so aufgeregt, dass ich mich dabei erwischte, mich ebenfalls ein bisschen auf den Tag zu freuen.

»Wir haben einen Bus organisiert, der uns morgens zu der Fabrik außerhalb der Stadt bringt – wir starten hier zur gleichen Zeit wie sonst auch – und abends wieder zurückfährt.«

»Wie ein Schulausflug«, flüsterte Eiza amüsiert.

»Viel besser als ein Schulausflug«, gab Hannah leise zurück.

Nora erklärte noch ein paar Einzelheiten, beantwortete einige Fragen, die größtenteils an mir vorbeiflogen. Hannah vibrierte beinahe vor Vorfreude – als könnte sie es gar nicht erwarten, einen Blick hinter die Kulissen zu werfen, wie Nora es genannt hatte.

Als schließlich alles geklärt war, griff Eiza nach dem obersten Blatt von unserem Stapel und las die Überschrift laut vor:

»*Lovely* empfindet den unwiderstehlichen Duft der Jugend nach. Die Rosa Damascena als Herznote verkörpert die Ungezwungenheit und Frische und wird durch einige Spritzer Zitrus verfeinert. Die Komposition erinnert an liebliche Tage, an die Zeit zwischen Tag und Nacht, in der alles möglich erscheint.«

»Es klingt wundervoll«, sagte Hannah. »Wie ein Traum in einem Glasflakon.«

»Du würdest es kaufen?«, fragte ich verwundert. Vielleicht lag es an dem, was ich mit meinen Eltern und dadurch auch ihrem Unternehmen verband. Aber jedes Mal, wenn ich einen der Texte für ihre Dürfte las, bekam ich ein Gefühl von Falschheit. Es war ein perfektes Bild, das vermittelt wurde – von Leuten, die weit von jeglicher Perfektion entfernt zu sein schienen.

Hannah nickte jedoch. »Ohne zu zögern.«

Ich überflog den Text, den Eiza zwischen uns gelegt hatte, noch einmal. »Es klingt so ... gewollt. Kein bisschen ehrlich.«

»Wenn ich mir ein Parfüm kaufe, möchte ich auch keine Ehrlichkeit«, erwiderte Hannah. Ihre Augen glänzten voller Leidenschaft. »Ich möchte jemand sein, der ich sonst nicht bin, einen Traum leben, der nur für ein paar Stunden anhält. Ich weiß, viele Leute mögen es nicht, irgendeine Art von Duft zu tragen, der zu sehr auffällt, zu penetrant oder blumig oder fruchtig ist. Das finde ich so merkwürdig. Wenn ich ein Parfüm auftrage, möchte ich in eine Rolle schlüpfen. Eine voller Selbstbewusstsein, die sagt: Hier bin ich, und hier gehöre ich hin.«

Einen Moment war es still. Eiza hatte ein amüsiertes Lächeln auf den Lippen, während ich nach passenden Worten suchte.

»Das Programm hier bedeutet dir wirklich viel, oder?«, fragte ich schließlich.

Hannahs Wangen liefen rot an, aber sie nickte. »Ich liebe Parfüms.«

»Sie stellt bei sich zu Hause selbst welche her. Meistens sieht es aus, als würde sie in einem Chemielabor leben«, warf Eiza ein.

»So schlimm ist es auch wieder nicht«, murmelte Hannah.

»Du machst deine eigenen Parfüms?«, fragte ich, woraufhin sie schüchtern den Kopf senkte.

»Nur als Hobby. Mein Dad hat früher in einer Parfümerie gearbeitet. Er war noch viel verliebter darin als ich.«

Ihre Wortwahl ließ mich zögern. Ich wusste nicht, ob ihre Formulierung bewusst gewählt war, und noch viel weniger, wie ich es ansprechen sollte. »War?«

Hannah legte den Kopf schief, als würde sie meine Frage nicht verstehen. Ihre eigene Wortwahl schien erst nach ein paar Sekunden zu ihr durchzudringen, denn ich sah, wie ihre großen Augen noch größer wurden. »Oh. Ja, er ist ...« Sie brach kurz ab. Als sie weitersprach, war ihre Stimme viel leiser. »Er ist letztes Jahr gestorben.« Sie warf Eiza einen kurzen Blick zu, strich sich nervös eine Haarsträhne hinters Ohr und wirkte allgemein, als fühlte sie sich auf einmal unglaublich unwohl in ihrer Haut.

Die Art und Weise, wie sie sich das Blatt mit der Parfüm-Beschreibung schnappte und höchst konzentriert durchlas, sprach Bände. Mir entging nicht, wie Eiza ihr dabei einen langen Blick zuwarf. Wie betont gleichgültig Hannah nach außen hin wirken wollte – obwohl ihre Körperhaltung ein wenig zu steif, ein wenig zu abweisend war.

Eiza überspielte die gekippte Stimmung so gut wie möglich. Sie fing an, erste Ideen für das Marketingkonzept zu brainstormen, und brachte unsere Unterhaltung damit wieder ein wenig in Gang. Die Leidenschaft, die Hannah noch vor wenigen

Sekunden an den Tag gelegt hatte, schien mit einem Mal verraucht zu sein. Es war offensichtlich, dass es mit unserem Gespräch zu tun hatte.

Es fiel mir schwerer als erwartet, mir nicht weiter Gedanken darüber zu machen. Hannah hatte diese fröhliche, ehrliche Art, bei der es sofort auffiel, wenn sie sich verstellte. Davon abgesehen schien Eizas Stimmung zusammen mit Hannahs gesunken zu sein – und ich saß dazwischen, den Kopf gesenkt, und machte mir Notizen von Dingen, die niemals Teil unseres Konzepts sein würden.

Als wir schließlich entlassen wurden, verabschiedete Hannah sich mit einem strahlenden Lächeln und verließ den Raum noch vor allen anderen durch die Tür. Eizas leises Seufzen drang an mein Ohr, während wir unsere Sachen zusammenpackten.

Ich zögerte, eine Hand auf mein Notizbuch gepresst, und suchte nach Worten, die das Schweigen brechen konnten, das wie eine Wolke über uns hing. »Ich ...« Unsicher räusperte ich mich. »Ich wollte nichts Falsches sagen ...«

Eiza hielt in ihrer Bewegung inne. Ihr dunkler Bob war leicht zerzaust – in den vergangenen Stunden war sie sich mehrere Male mit den Händen durch die Haare gefahren – und ihr Gesichtsausdruck wirkte gleichermaßen zurückhaltend wie nachdenklich.

»Du hast nichts Falsches gesagt«, meinte sie und hob eine Schulter an, als wäre sie sich selbst nicht sicher, wie sie mir darauf antworten sollte. »Es ist nur ... noch nicht so lange her, und sie standen sich sehr nahe. Es ist gerade noch ihr Päckchen, das sie immer mit sich herumträgt, weißt du?«

Ich nickte langsam. Lächelte verstehend. Zwar kannte ich Hannah noch nicht sehr gut und konnte auch nicht sagen, dass ich verstand, wie sie sich fühlen musste – aber ja. Ich hatte selbst mehr Gewicht als nötig mit mir herumzutragen. Manchmal vergaß ich dabei, dass ich nicht die Einzige war, der es so ging.

Wir sagten nichts weiter, packten unsere Sachen und machten uns dann ebenfalls auf den Weg nach draußen. Mr Hamilton saß, wie gewohnt, am Empfang, und ich winkte ihm kurz zu. Er kommentierte es mit einem freundlichen Lächeln und einem Nicken, von dem Eiza nichts mitbekam. Sie hatte Hannahs zierliche Gestalt draußen vor den Glastüren anvisiert und steuerte direkt auf sie zu.

Als wir zu ihr stießen, hatte Hannah die Schultern beinahe bis zu den Ohren angezogen und schaute mir nicht ein einziges Mal in die Augen. Stattdessen musterte sie ausgiebig ihre Schuhe und machte insgesamt den Eindruck, als wünschte sie sich, der Erdboden würde sich unter ihr auftun.

»Ich habe vergessen, dass Eiza uns hergefahren hat«, murmelte sie nach einem Moment zurückhaltend – von ihrem Strahlen war nichts mehr zu sehen.

»Wir können sofort los«, sagte Eiza und klimperte mit den Autoschlüsseln in ihrer Hand.

Hannah sah sie dankbar an und wandte sich dann mir zu. »Entschuldige, dass ich gerade einfach ... ähm ...« Sie zögerte, sah für eine Sekunde zu mir auf, ehe sie den Blick wieder auf ihre Schuhe heftete. »Gegangen bin«, beendete sie den Satz schließlich. »Das war nicht sehr freundlich von mir.«

»Schon gut«, sagte ich sofort. »Mir ist nach dem Programm auch oft zum Weglaufen zumute.« Ein Scherz, der der Wahrheit viel zu nahe kam.

Eiza schmunzelte, und auch Hannah löste die Augen endlich von ihren Schuhen und sah mich an, die Lippen zu einem schwachen Abbild eines Grinsens verzogen. »Vielleicht nicht ganz so dramatisch.«

Wenn du wüsstest.

»Wir sollten trotzdem los, Hannah. Ich hab Mom versprochen, heute früher auszuhelfen«, warf Eiza ein.

Hannah runzelte die Stirn. »Ich wollte dir doch als Dankeschön fürs Mitnehmen einen Kaffee ausgeben.«

»Den kannst du mir morgen früh mitbringen.« Eiza winkte mir zum Abschied und wartete ab, bis auch Hannah sich verabschiedet hatte, ehe sie im Weggehen mit ihr in eine Diskussion über den Gratiskaffee verfiel.

Ich blieb direkt vor dem Gebäude stehen, bis Eizas Auto vom Parkplatz fuhr, dann setzte ich mich selbst in Bewegung. Meine Sporttasche wartete bereits im Kofferraum des Autos auf mich – es wurde Zeit fürs Training.

10. KAPITEL

»Du bist heute nicht ganz bei der Sache«, stellte Coach Wilson fest. Sie hatte die Arme vor dem Körper verschränkt und tippte mit dem Zeigefinger rhythmisch gegen ihren Oberarm, während sie auf meine Antwort wartete.

Innerlich verzog ich das Gesicht über ihren tadelnden Blick. Wenn Coach Wilson mich auf diese Weise ansah, fühlte ich mich jedes Mal wie das Kind, das vor so vielen Jahren bei ihr angefangen hatte, das Eiskunstlaufen zu lernen.

»Es war ein langer Tag. Ich habe nicht gut geschlafen.« *Ausreden, Ausreden, Ausreden.*

Coach Wilson betrachtete mich skeptisch – eine ihrer Augenbrauen wanderte dabei in die Höhe. »Du hast vergessen, deine Kufenschoner abzunehmen, bevor du auf das Eis gegangen bist. Der Absprung deines Toeloops war unsauber. Du hättest mehrmals fast einen Unfall mit anderen Läufern gebaut. Soll ich fortfahren?«

Niedergeschlagen ließ ich den Kopf hängen. »Nein, nicht nötig.« Mir war nur allzu bewusst, dass ich mit dem Kopf nicht dort war, wo ich sein sollte: hier. Auf dem Eis. Bei meinen Sprüngen, meinen Figuren und meinem Rhythmusgefühl. Stattdessen machte ich mir Gedanken über Hannahs traurigen Gesichtsausdruck von vorhin. Darüber, dass ich weiterhin nichts von Aaron gehört hatte oder dass ich Jules noch heute sehen würde.

Coach Wilson wirkte nicht, als würde sie all das hinter meiner Aussage vermuten. Warum sollte sie auch? Bisher hatte es nie etwas gegeben, das mich beim Training auf diese Weise den Fokus verlieren ließ. Ich war immer gut darin gewesen, alles andere in der Umkleide mit meiner Straßenkleidung abzulegen – was für eine andere Wahl hatte ich, wenn ich die Abmachung mit meinen Eltern einhalten und das Eiskunstlaufen wirklich zu meinem Beruf machen wollte?

Ich versuchte, diese Konzentration für die letzte halbe Stunde wiederzufinden, und es funktionierte sogar. Ich nahm die Kälte deutlicher wahr, die leichten Kopfschmerzen, die wegen des festen Pferdeschwanzes hinter meinen Schläfen pochten, das Ziehen meiner strapazierten Muskeln. Das Laufen wurde leichter, je mehr ich alles andere hinter mir ließ. Ich spürte die Motivation in mir anschwellen, das Selbstbewusstsein, und ich wusste – *wusste* genau, dass ich den dreifachen Rittberger probieren würde, bevor ich meinem Körper überhaupt das Signal dafür gab.

Ich atmete ruhig, sprang vorwärts ab – und landete Sekunden später auf meinen Händen.

»Schwacher Absprung. Nicht genügend Körperspannung«, hörte ich Coach Wilsons Stimme an mein Ohr dringen.

Wut ließ mich die Hände zu Fäusten ballen. Ich drückte mich vom Eis hoch, spürte den Schweiß meinen Rücken hinunterlaufen, als ich zum Ausgang an der Bande fuhr.

»Es war einen Versuch wert«, murmelte ich und war im nächsten Moment froh, dass Coach Wilson mich von hier aus nicht hören konnte. Sie wusste von meiner Frustration – wie sollte sie auch nicht, wenn sie mein Training mehrmals wöchentlich überwachte? Aber sie war bereits lange genug meine Trainerin, dass ich mir ausmalen konnte, was sie zu meiner Dickköpfigkeit zu sagen hätte.

»Wie viel trainierst du außerhalb des Eises?«, fragte sie mich.

Ich schnappte mir meine Wasserflasche und ließ mir mit

der Antwort Zeit. *Nicht genügend*, wäre die Wahrheit gewesen. Ich öffnete den Mund, um ihr genau das zu sagen, aber meine Worte blieben aus. Hitze kroch meinen Nacken hinauf, und mit einiger Verspätung wurde mir bewusst, was ich fühlte.
Scham.
Ich schämte mich, nicht genügend trainiert zu haben. Nicht die Anforderungen zu erfüllen, die meine Coaches an mich hatten – die ich selbst an mich hatte. Immer wieder zu fallen, wenn ich doch eigentlich fliegen wollte. Es war ein schweres Gefühl mitten in meiner Magengrube, das drückte und drückte und mir sagte, dass ich die Zeit anderer Leute verschwendete.
Ich blieb ihr die Antwort schuldig – und fühlte mich dadurch sogar noch mieser.
»Lass uns für heute das Training beenden«, sagte sie. »Vielleicht sollten wir den Rittberger noch mal off ice durchgehen. Letztes Mal war deine Landung dort auch nicht sicher. Es wird auf dem Eis leichter, wenn du die Bewegung außerhalb der Fläche beherrschst.«
Ich nickte stumm, gab meine Zustimmung, auch wenn alles in mir schrie, dass ich keine Zeit für die Grundlagen hatte. Nicht, wenn die Uhr immer weitertickte und mich in großen Schritten näher zum Wettkampf brachte. Aber das Lächeln, mit dem ich Coach Wilson verabschiedete, verrutschte nicht. Es lag nicht an ihr, dass ich für die Elemente mehr Zeit brauchte als die meisten in meiner Altersklasse.
Ich unterdrückte ein Seufzen, drehte den Deckel auf die Wasserflasche und trat vom Eis. Als ich mich bückte, um meine Kufenschoner aufzuheben, sah ich Sofia einige Sitze weiter auf den unteren Rängen. Sie atmete schwer vom Training – im Gegensatz zu mir, packte sie ihre Sachen allerdings nicht zusammen.

Als sie meinen Blick kreuzte, schien ihr ein ähnlicher Gedanke durch den Kopf zu gehen. Ihre Augenbrauen zuckten überrascht in die Höhe. »Du gehst schon? Vor Mitternacht?«

Es war nicht der ironische Tonfall, der mich innehalten ließ – er war uns im Laufe der letzten Jahre zu einem sicheren Kommunikationsmittel geworden. Ich hatte keine Ahnung, wie ich anders mit ihr sprechen sollte.

Nein. Was mich zum Zögern brachte, waren ihre Worte selbst. Die Tatsache, dass sie den Vorwurf, der mir die ganze Zeit durch den Kopf ging, laut aussprach. *Siehst du, Lucy? Es fängt schon an. Du vernachlässigst dein Training.*

Statt den Zweifeln einen Raum zu geben, antwortete ich Sofia wahrheitsgemäß. »Ich bin heute noch verabredet.« Dabei zuckte ich möglichst beiläufig mit den Schultern.

Ihre Augenbrauen wanderten noch ein Stück höher. Unter die Überraschung mischte sich eine leichte Skepsis. Nur ein paar Sekunden lang, bis sie wieder durch die kühle Neutralität ersetzt wurde, die ich bereits sehr gut kannte. Wir sagten beide nichts weiter, und nach einigen Sekunden unangenehmen Schweigens verließ ich die Halle.

Die Umkleide war fast vollständig leer, nur hier und da drang ein Gespräch oder Kichern bis zu meinem Spind in der hintersten Ecke. Ich löste meinen Pferdeschwanz, verzog den Mund bei dem starken Kribbeln meiner Kopfhaut, das folgte. Die Haare fielen mir um die Schultern, und ich fuhr mehrmals mit meiner Hand hindurch, während ich mit der anderen Jules schrieb.

Ich: Es ist spät – tut mir leid. Wenn du noch Zeit (und Lust) hast, wäre ich jetzt bereit für den Kaffee.

Seine Antwort kam, als ich bereits in meinem Auto saß. Die Heizung lief und pustete mir warme Luft ins Gesicht. Draußen beugten sich die Bäume unter einem unnachgiebigen Wind, das letzte Tageslicht war bereits dabei zu verschwinden, und ich hatte das plötzliche Bedürfnis nach einer heißen Schokolade.

> **Jules:** Ich habe nur auf deine Nachricht gewartet.
> **Jules:** Was hältst du vom Café Postal und einem Spaziergang am Red River?

Ich warf einen skeptischen Blick nach draußen – die grauen Wolken wirkten nicht sonderlich einladend.

> **Jules:** Nachdem ich gerade das erste Mal seit Stunden nach draußen geguckt habe, würde ich sagen, der Spaziergang ist hinfällig. Ist das Café Postal trotzdem in Ordnung?
> **Ich:** Bin in 20 Minuten da.

Das Café Postal befand sich im French Quarter, östlich des Red Rivers und nur wenige Minuten von dem Krankenhaus entfernt, in das Jules und Mika mich nach meinem Unfall gebracht hatten. St. Boniface war das Zentrum der französischen Gemeinde – ein Ort, der dazu einlud, die Zeit dort zu genießen. Zu entschleunigen und die Stimmung einfach auf sich wirken zu lassen. Er pulsierte vor Leben: Livemusik erfüllte Tag und Nacht die Straßen, aus Cafés und Restaurants schallten Gesprächsfetzen von Leuten, die sich das beste Coq au Vin, die luftigsten Croissants der Stadt gönnten. Vor dem Red River erhob sich die imposante Kalksteinfassade der Cathédral de Saint-Boniface, und nicht weit von dort strömten Studierende in Trauben aus der Université de Saint-Boniface.

Ich war noch vor Jules im Café und setzte mich an einen freien Tisch neben der Fensterfront. Dort schälte ich mich aus meiner Jacke – mein Blick sprang dabei zwischen der Tafel hinter der Bestelltheke und der Eingangstür hin und her. Ich wollte nicht misstrauisch sein, ob er kommen würde oder nicht, und trotzdem spürte ich, wie mich Erleichterung durchströmte, als er den Laden betrat.

Sein dunkelgrauer Mantel endete eine Handbreit unter seinen Knien. Eine hellbraune Hose kam darunter zum Vorschein, gefolgt von nackten Knöcheln und schwarzen Turnschuhen. Mein Blick wanderte seinen Körper hinauf zu den Haaren, die ihm ins Gesicht fielen. Er sah von einer Ecke des Cafés in die andere, als würde er Ausschau halten nach … mir. Eine ältere Barista, die einen Tisch in Jules' Nähe abräumte, bemerkte seinen suchenden Blick.

»Puis-je vous aider?«

Sie hatte das letzte Wort noch nicht ganz ausgesprochen, als Jules den Oberkörper leicht in meine Richtung drehte und mich entdeckte. Ich winkte, und seine Augen leuchteten auf.

»Non, merci«, antwortete er mit einem freundlichen Lächeln und bahnte sich einen Weg zu mir. Er nahm seine Hände aus den Manteltaschen, als er vor mir zum Stehen kam, und rieb sich über die rötlichen Fingerspitzen, um sie aufzuwärmen.

»Ist hier noch ein Platz frei?«

Ich setzte mich aufrechter hin, war mir seiner Nähe viel zu bewusst, obwohl noch ein ganzer Tisch zwischen uns Platz fand. Auf mein Nicken hin legte er den Mantel ab und setzte sich mir gegenüber. Meine Augen verfolgten jede seiner Bewegungen fasziniert – ich kam mir vor, als wäre ich noch nie einem Menschen begegnet.

Ein Lächeln erhellte sein Gesicht, als er meinen Blick bemerkte.

»Tu parles français?«, fragte ich, bevor er etwas dazu sagen konnte.

Überrascht zog er eine Augenbraue in die Höhe. »Oui. J'ai fait mes études à l'Université de Saint-Boniface.«

»Du hast im French Quarter studiert?« Ich wusste nicht, warum mich die Information überraschte. Weil es mich daran erinnerte, dass er einige Jahre älter war als ich? Ich wollte mehr und mehr über ihn erfahren und hatte gleichzeitig immer dieses komische Gefühl – als müsste ich schon längst alles über ihn wissen, obwohl wir uns kaum zwei Wochen kannten. Es war wie die Realisierung, dass er fünfundzwanzig Jahre voller Erinnerungen hinter sich hatte, von denen ich nichts wusste. Und dass es ihm mit mir genauso gehen musste.

»Ja, und zusätzlich dazu Französischkurse genommen«, erklärte Jules.

»Ehrlich?«

Er nickte.

»Weshalb die Französischkurse? Was hast du studiert?«

Er stützte seinen Ellenbogen auf dem Tisch ab, die Fingerspitzen nachdenklich an den Mund gelegt. »Veterinärmedizin, zehn Semester lang. Den Französischkurs habe ich eigentlich nur belegt, weil ich Interesse daran hatte.«

Sprachlos starrte ich ihn an und brauchte ein paar Sekunden, um meinen Mund wieder zuzuklappen.

Jules' Lippen zuckten und verrieten seine Belustigung über meinen Gesichtsausdruck. »Du wirkst überrascht.«

»Das bin ich auch«, gab ich zu. »Bist du in der Praxis, in der du arbeitest, als Tierarzt angestellt?« Ich war mir so sicher, dass er während unseres Gesprächs im Diner gesagt hatte, dass er dort am Empfang tätig sei.

»Nein.« Er zuckte mit den Schultern, aber man konnte sehen, dass die Geste bemüht locker war. »Ich hab das Studium nie abgeschlossen. Mir fehlt noch ein Semester und die Tierärztliche Prüfung, um eine Zulassung als Tierarzt zu bekommen.«

Seine Antwort löste nur noch mehr Fragen aus. »Warum ...?« Ich zögerte, unsicher, ob ich ihm mit dem, was ich fragen wollte, zu nahe treten würde, so wie es mir bei Hannah passiert war. Letztlich siegte allerdings die Neugier. »Darf ich dich fragen, warum du es nicht beendet hast? War es nichts für dich?« Ich konnte mir nicht vorstellen, dass das der Fall war, wenn er zehn Semester durchgezogen hatte – an dem Punkt musste er den schwierigsten Teil bereits hinter sich haben.

Er öffnete den Mund, aber es dauerte einige Herzschläge lang, bis er antwortete. »Ich habe es geliebt.« Seine Stimme war leise, deswegen aber nicht weniger leidenschaftlich.

Ich runzelte die Stirn. »Aber warum ...?«

»Es sind ein paar Dinge dazwischengekommen«, erklärte er, bevor ich meinen Satz beenden konnte. »Familiär. Ich hatte nicht mehr genug Zeit, um mich auf das Studium zu konzentrieren, und brauchte das Geld, das der Job in der Tierarztpraxis mir einbringt.«

Ich wollte weiter nachhaken – irgendetwas an seinen Erklärungen wirkte nicht ganz rund. Es stieß mir merkwürdig auf, dass er so viel Liebe für den Studiengang empfand und kurz vor dem Ziel aufhörte. Unwillkürlich fragte ich mich, ob es etwas damit zu tun hatte, was er mir über seinen Bruder erzählt hatte. Dass Mika ihn hin und wieder anrief, weil er Jules brauchte.

Allerdings war Jules gedanklich bereits einen Schritt weiter. Entweder weil das Thema für ihn abgeschlossen war oder weil er nicht weiter darüber reden wollte. Keine der Erklärungen ließ mich wirklich zufrieden zurück. Aber ich hatte das Gefühl, das Fenster, um weitere Fragen zu stellen, hatte sich geschlossen. Und wenn ich mir vorstellte, an seiner Stelle zu sein und nicht weiter über ein Thema sprechen zu wollen, hätte ich mir gewünscht, dass er es respektierte.

Sein Blick streifte kurz die Tafel mit den Getränke-Optionen, ehe er ihn wieder auf mich richtete. »Hast du schon etwas bestellt?«

»Nein. Ich hab auf dich gewartet«, sagte ich mit einiger Verspätung. Ich versuchte, aus seinem Gesichtsausdruck schlau zu werden. Aus dem, was er sagte, und dem, was er tat, aber es fiel mir schwer.

»Jetzt, wo ich hier bin … Was möchtest du?«

»Kann ich den Kaffee gegen eine heiße Schokolade eintauschen?« Ich hatte schon den ganzen Tag das Verlangen nach etwas Süßem.

»Natürlich.« Er erhob sich, durchquerte das Café und gab unsere Bestellung vorne an der Theke auf. Während er mit der Barista sprach, beugte er sich mehrmals zur Seite, und ich sah, wie die Dame zwei Croissants aus der Gebäckauslage nahm. Kurz darauf begann sie, unsere Getränke vorzubereiten.

Jules trat einen Schritt nach rechts, um die nächsten Kunden vorzulassen, und warf einen kurzen Blick auf sein Handy, ehe er es mit einem Stirnrunzeln zurück in seine Hosentasche schob. Er blickte sich nach mir um, lächelte ganz leicht, als er sah, dass ich ihn beobachtete … Ich erwiderte es, nur kurz, ehe ich mich dazu zwang, den Blick aus dem Fenster zu richten. Mein Herz schlug viel zu schnell.

Jules kam mit dem Tablett, auf dem sich die Getränke und Croissants befanden, zurück und stellte es mittig auf dem Tisch ab. Er setzte sich hin und schob die Tasse mit der heißen Schokolade direkt vor mich. Der süße, volle Duft stieg mir sofort in die Nase.

Ich legte meine Hände um die heiße Tasse, wärmte sie daran auf und bemerkte, wie Jules' Blick fragend zu meinen Fingern glitt. Vermutlich, weil das Café so gut beheizt war, dass die meisten Leute selbst in einem T-Shirt nicht gefroren hätten.

»Meine Hände sind prinzipiell immer kalt«, erklärte ich. »Mittlerweile glaube ich, dass ich so viel Zeit in der Kälte verbracht habe, dass mein Körper sich einfach angepasst hat.«

Jules schmunzelte. »Kein Wunder, wenn du seit deinem fünften Lebensjahr Eiskunstlaufen lernst.«

Ich nahm einen Schluck von der heißen Schokolade. Der zuckrige Geschmack war tröstend – genau das, was ich nach diesem Tag gebraucht hatte.

»Mika ist noch nicht so lange dabei. Er meint nach jedem Training immer, dass er sich sicher ist, seine Zehen seien gefroren, und besteht darauf, ein heißes Bad zu nehmen, um sich wieder aufzutauen«, meinte Jules.

»Das wird sich vermutlich in den nächsten zehn Jahren nicht ändern.« Meiner Erfahrung nach zumindest nicht. »Der schlimmste Teil am Eissport sind einfach die kalten Füße.«

Jules lachte auf, nahm sich ein Croissant von dem Teller zwischen uns und riss ein Stück davon ab. »Nicht die Verletzungen und Unfälle?«

»Man lernt mit der Zeit, wie man richtig fällt.« Als ich meine Tasse ein weiteres Mal anhob, um einen Schluck daraus zu nehmen, waren Jules' Augen fest auf meinen Mund gerichtet. Verlegen hielt ich in der Bewegung inne. »Möchtest du kosten?«

Jules blinzelte mehrmals hintereinander, antwortete aber nicht sofort. Stattdessen betrachtete er seinen Kaffee mit neuer Aufmerksamkeit. »Nein, ich war nur … Ich habe nur …« Eine feine Röte überzog seine Wangen.

Ich hielt ihm meine Tasse entgegen. »Es ist wirklich gut.«

Jules unterbrach sich in seinem stammelnden Versuch, sich aus der Situation zu reden. Halb lachend, halb seufzend gab er sich geschlagen und nahm mir die Tasse ab. Nachdem er davon gekostet hatte, reichte er sie mir zurück. »Süßer als erwartet.«

So wie du. Ich biss mir auf die Unterlippe, um es nicht laut auszusprechen. »Was Mikas gefrorene Zehen angeht: Es hilft, wenn er dafür sorgt, dass seine Schlittschuhe und Füße von Anfang an warm sind. Wenn es sehr kalt ist, lege ich ein paar Stunden vorher Handwärmer in die Schuhe. Stulpen helfen auch sehr, falls er das noch nicht ausprobiert hat?«

»Die Stulpen noch nicht, soweit ich mich erinnere«, sagte Jules. »Er hat welche, aber er meint, sie sehen zu sehr nach Mode aus den Achtzigern aus – bei dem Argument konnte ich ihm leider nicht widersprechen.«

»Er wird sie sehr schnell zu schätzen lernen.«

»Ich werde es ihm ausrichten.« Er drehte die Kaffeetasse zwischen seinen Händen hin und her. »Er redet häufig von dir.«

»Mika?«

Jules nickte. »Seit eurem Unfall erzählt er jedes Mal davon, wenn du während seiner Trainingszeit auch auf dem Eis bist. Ich glaube, er hat in dir sein neues Vorbild gefunden.« Ein schiefes Grinsen folgte der Aussage – es verschwand jedoch, als er meinen Gesichtsausdruck sah. »Was ist los?«

Ich bemühte mich, meine Stirn zu entspannen. Den verkrampften Zug um meinen Mund loszuwerden. Die wohlige Wärme, die sich in meinem Körper eingenistet hatte, war mit seinen Worten verschwunden. »Nichts, schon gut.«

Vorbild? Ich wusste rein rational, dass es nichts zu bedeuten hatte. Aber wie konnte ich jemandem ein Vorbild sein, wenn ich die ganze Zeit um jeden noch so kleinen Fortschritt kämpfen musste? Ich war mir so sicher, dass man mir an der Nasenspitze ablesen konnte, wie sehr ich mit mir selbst rang. Und ausgerechnet Jules' Bruder hielt mich für jemanden, zu dem man aufschauen konnte?

»Sicher? Du siehst aus, als hättest du einen Geist gesehen«, sagte Jules. Die Stimme hatte er dabei so sehr gesenkt, dass sie in einem Flüstern an mein Ohr drang.

»Vielleicht nicht ganz so dramatisch«, sagte ich und zwang mich zu einem Lächeln. »Ich bin mir nur nicht sicher ... Wie soll ich sagen? Ob Mika sich das beste Vorbild ausgesucht hat.«

Eine Falte erschien zwischen seinen Augenbrauen, als er sich zurücklehnte. Von jetzt auf gleich hatte seine Körpersprache von offen zu ernst gewechselt. »Wie kommst du darauf?«

»Die Preise, die ich bisher gewonnen hab, lassen sich an einer Hand abzählen. An manchen Tagen mache ich bei den einfachsten Elementen Anfängerfehler. Ich habe rein gar nichts vorzuweisen, obwohl ich so stolz davon rede, seit vierzehn Jahren auf dem Eis zu sein.«

Schweigen senkte sich nach meiner Aufzählung über uns. Ich wollte aufsehen, es mit einem Lachen abtun und das Thema wechseln. Aber ich hatte soeben meine tiefsten Sorgen offengelegt. Vor einem Menschen, den ich noch keine zwei Wochen kannte.

»Aber du gehst trotzdem jeden Tag aufs Eis, oder?«, fragte Jules da.

Ich nickte zögernd.

»Und du übst die Elemente trotzdem so lange, bis du sie beherrschst.«

Ich hob eine Schulter an. Es war kein Ja, kein Nein, auch wenn wir beide die Antwort kannten.

»Dann wüsste ich ehrlich gesagt nicht, welches bessere Vorbild Mika sich aussuchen könnte.«

Auf einmal ... auf einmal wurde es um mich herum still. Nein – nicht um mich herum. In mir drin.

Mein Daumen hörte auf, über die Kerbe im Tisch zu streichen. Das Wippen meines Beins stoppte, ohne dass ich darüber nachgedacht hatte. Ein Kloß machte sich in meinem Hals breit, und ich wusste, wenn ich jetzt aufschaute, würde Jules sehen, wie meine Augen ganz leicht glänzten. Was für eine Macht hatten seine Worte, dass ich mich nach einer halben Stunde bereits so entblößt fühlte?

Ich nutzte meine Haare wie einen Vorhang, versteckte mich und meine Gefühle dahinter, bis ich sicher sein konnte, dass wieder ich es war, die die Kontrolle über sie hatte – und nicht sie über mich. Als ich schließlich den Kopf hob, begegnete mir ein warmes Lächeln. Verständnisvolle Augen, die mehr sagten, als tausend Worte es je hätten tun können.

Jules schob den Teller mit dem zweiten Croissant vor mich und bedeutete mir, es zu essen. Es war luftig. Weich. Und duftete ganz himmlisch. Ich aß es in wenigen Bissen auf und schob die Krümel auf dem Tisch zu einem kleinen Haufen zusammen, auf der Suche nach einem Gesprächsthema, das ihn meine Reaktion vergessen lassen würde.

»Wo hast du Mika heute gelassen, während wir uns treffen?«, fragte ich.

Jules schien eine Weile über seine Worte nachzudenken. Sie mit Bedacht zu wählen. »Er ist zu Hause bei unserem Vater.«

Vielleicht bildete ich es mir ein, aber ... »Du wirkst nicht sehr glücklich darüber.«

»Gut beobachtet.« Seine Stimme war bemüht neutral – ähnlich wie vorhin, als wir über sein Studium gesprochen hatten. Trotzdem hörte ich etwas heraus: Den vorsichtigen Versuch, aus etwas Ernstem einen Scherz zu machen. Warum?

»Ist der Grund dafür ein ähnlicher wie der, weswegen du dein Studium abgebrochen hast?« Es war mir rausgerutscht, bevor ich richtig über meine Worte hatte nachdenken können. »Sorry. Darauf musst du nicht antworten.«

Jules wurde auf seinem Platz plötzlich sehr still. Er mied meinen Blick nicht direkt, sah mir aber auch nicht wirklich ins Gesicht. »Ist es so offensichtlich?«, fragte er – als wollte er damit Zeit schinden, um nicht sofort reagieren zu müssen.

»Es geht«, sagte ich. »Du bist ziemlich offen. Das macht es mir leichter, eins und eins zusammenzuzählen.«

Ein paar Minuten vergingen, in denen Jules sich mit seinem Kaffee und unserer Umgebung beschäftigte. Eine ganze Zeit lang betrachtete er die Leute, die das Café belebten. Die zwei Personen am Nebentisch führten ein angeregtes Gespräch – ich hörte nicht genau genug zu, um zu wissen, worum es ging. Ich wartete geduldig. Darauf, dass Jules das Wort ergriff, das Thema wechselte oder von allein weiter darüber sprach.

Er tat es mit einem Seufzen. »Mein Vater und ich – wir haben nicht gerade die beste Beziehung zueinander.«

Ich legte den Kopf leicht schief, zeigte ihm damit, dass ich zuhörte.

»Bist du sicher, dass wir nicht über etwas Leichteres reden wollen? Für unser erstes Date sollte ich dich vielleicht nach deiner Lieblingsfarbe und deinen Morgenritualen fragen.«

»Unser drittes Date«, korrigierte ich.

»Das dritte?«, wiederholte er. »Welche zufälligen Treffen zählst du mit – das Krankenhaus und das Diner? Ich weiß nicht, ob man so etwas als Date bezeichnen kann.«

»Kann man.« Ich stützte mein Kinn auf der Handfläche ab. »Vielleicht könnte das unser Ding werden. Unkonventionelle Dates.«

Überraschung ließ seine Augen größer werden. *Unser Ding.*

Hörte er auch die Vertrautheit, die in den Worten mitschwang? Sorgten sie bei ihm auch für dieses flatternde Gefühl im Magen? Falls es ihm wie mir ging, überspielte er es gut.

Er lehnte sich etwas zurück, mit einem leichten Lächeln auf den Lippen. »Mir gefällt die Idee.«

Mir auch. Mehr, als vielleicht gut war. »Also ist das hier unser drittes Date. Das heißt, wir dürfen über schwerere Dinge sprechen.«

Das Lächeln verblasste, wurde von einem inneren Kampf abgelöst, den er mit sich selbst bestritt. In seinen Augen tobte ein Sturm, von dessen Tiefen ich keine Ahnung hatte.

»Der Wettkampf, von dem ich erzählt habe«, begann ich. »Erinnerst du dich daran?«

Jules nickte verwirrt, tauchte aber aus seinen eigenen Gedanken auf, um mir zuzuhören.

»Meine Eltern und ich haben einen Deal. Wenn ich es schaffe, bei dem Wettkampf einen Podiumsplatz zu erreichen, unterstützen sie mich bedingungslos bei meiner sportlichen Karriere. Wenn nicht …« *Denk nicht daran, Lu.* »Wenn nicht, wartet ein staubiger Büroplatz in ihrer Firma darauf, dass ich mein Studium wieder aufnehme.«

»Was hast du studiert?«

»Marketing, zwei Semester lang.«

»Oh«, machte Jules.

»Nicht das, was du erwartet hast?«

Er schüttelte den Kopf. »Nicht mal annähernd. Wie bist du in den Studiengang gerutscht?«

Ich seufzte leicht – über mich selbst, weil die Erklärung, die ich ihm gleich geben würde, selbst in meinen Ohren ein wenig dürftig klang. »Außer dem Eiskunstlaufen gab es nie viel in meinem Leben, für das ich mich wirklich begeistern konnte. Ich hab nie gewusst, was ich nach der Schule mit mir anfangen sollte, und als sie vorbei war, bin ich einfach den Weg gegangen, der am sinnvollsten klang: Studium, Abschluss, Job. Ein Bachelor in Marketing lag da am nächsten, weil ich ziemlich einfach eine Stelle in der Firma meiner Eltern bekommen könnte.«

»Aber?«

»Aber …« Ich zog das Wort lang – versuchte, mir in Erinnerung zu rufen, wie ich mich während dieser zwei Semester gefühlt hatte. »Es war schrecklich. Sterbenslangweilig. Und dass die Dozierenden genauso wenig motiviert waren, hat auch nicht gerade geholfen.«

Jules verzog mitfühlend das Gesicht. »Dann hast du deswegen nach einem Jahr aufgehört?«

»Ja, genau. Ich hab mir vorgestellt, noch mindestens zwei Jahre dort zu sitzen und mit jedem Tag weniger Lust gehabt, bei den Vorlesungen aufzutauchen.« Ich verknotete meine Hände vor mir auf dem Tisch. »Ich kann nicht behaupten, dass es eine meiner Stärken ist, Dinge durchzuziehen, die mich nicht interessieren.«

»Warum auch? Wenn du etwas hast, wofür du brennst, warum solltest du die Zeit mit etwas ganz anderem verschwenden?«, sagte Jules. »Ich hätte keine fünf Jahre in meinem Studiengang durchgehalten, wenn ich es nicht von ganzem Herzen gewollt hätte.«

»Dann war es schon immer dein Traum, Tierarzt zu werden?«, wollte ich wissen.

»Zumindest kann ich mich an keinen anderen erinnern.« Er lächelte. »Ich hab einfach eine große Schwäche für jegliche Art von Tieren.«

»Das würde ich nicht unbedingt als Schwäche bezeichnen«, murmelte ich vor mich hin, schüttelte auf seinen fragenden Blick hin aber den Kopf.

»Die Abmachung, die du mit deinen Eltern getroffen hast – kam es dazu, weil sie das Eiskunstlaufen nicht mögen?«

Ich dachte einen Moment über seine Frage nach. »Sie haben nichts gegen das Eiskunstlaufen an sich, glaube ich. Aber es ist nicht der konservative, sichere Weg, den sie sich für mich vorgestellt haben. Wie gesagt: Studium, Abschluss, Job. Und im besten Fall hätte der mich direkt in ihre Firma geführt, damit ich sie irgendwann übernehmen kann. ›Wenn Lucy erst mal ihr Studium fertig hat.‹ – ›Wenn Lucy endlich eine Position bei uns einnimmt.‹ – ›Wenn Lucy endlich erwachsen wird.‹ In ihrem Köpfen ist es eine Tatsache, dass das passieren könnte. Bei mir ist es kaum eine Möglichkeit.«

»Hast du ihnen schon mal gesagt, wie es dir damit geht?«

Ich stieß ein freudloses Lachen aus. »Ungefähr jedes Mal, wenn ich sie früher auf der Arbeit besucht habe. Wir haben so oft darüber geredet, dass die Gespräche irgendwann zu Streitereien geworden sind. Und nach jedem Streit kam ein bisschen mehr Schweigen und ein bisschen mehr Stille.« *Bis wir nicht mehr wussten, wie wir miteinander reden können.* Ich rieb mir übers Gesicht, wischte die Erinnerungen an andere Zeiten fort. »Ziemlich kindisch, oder?«

Jules betrachtete mich einen Moment. Mein Kinn, meine Lippen, meine Wangen. Meine Nase, und schließlich traf sein Blick auf meinen. »Ich glaube, ›kindisch‹ ist das falsche Wort. Mikas und meine Eltern haben sich vor zig Jahren getrennt, und nachdem unsere Mom ans andere Ende von Kanada gezogen ist, habe ich mich ständig mit meinem Vater gestritten. Er wollte mir nicht zuhören und ich ihm nicht. Und irgendwann haben wir aufgehört, miteinander zu reden. Es war leichter, nebeneinander zu existieren, statt geradezubiegen, was zwischen uns verbogen war.« Er stockte plötzlich. Grinste dann schwach. »Du bist echt gut darin, mich zum Reden zu bringen.«

»Gern geschehen«, gab ich zurück, während ich seine Worte verdaute. Ich wusste nicht, ob mir die stundenlangen Diskussionen mit meinen Eltern oder die eisige Kälte, die jetzt herrschte, lieber war. Mittlerweile war es leichter, alles, was falsch war, zu ignorieren. Aber es gab Tage, an denen ich mir nichts sehnlicher wünschte, als mit ihnen zu reden – selbst wenn es in Streit ausartete. Immerhin hätte das bedeutet, dass noch keiner von uns aufgegeben hatte. »Das mit deiner Mom tut mir leid.«

»Danke«, sagte er. »Aber es ist schon eine Weile her – Mika war damals knapp zwei Jahre alt. Das ist mehr als genug Zeit, sich daran zu gewöhnen, sie nicht jeden Tag zu sehen.«

»Habt ihr noch Kontakt zueinander?« Er klang nicht, als würde der Gedanke an seine Mom ihm Schmerzen bereiten. Aber wenn es bereits so lange her war, wollte ich nicht ausschließen, dass es vielleicht täuschte.

»Hin und wieder«, erklärte Jules. »An Weihnachten und Geburtstagen. Sonst nicht wirklich viel.« Er stockte kurz. Zögerte, bevor er leise hinzufügte: »Sie hat Eiskunstlaufen auch geliebt, weißt du?«

»Ehrlich? Hat sie hier in Winnipeg trainiert? Kenne ich sie vielleicht?« Es lag zumindest im Bereich des Möglichen, wenn Mika zwei war, als sie fortzog.

»Wenn du ihr nicht zufällig irgendwo über den Weg gelaufen bist, vermutlich nicht. Sie ist in einer kleinen Stadt in der Nähe von Winnipeg aufgewachsen und bei dem Verein geblieben, auch nachdem sie hierher gezogen ist. Ich glaube, Mika hat ihr Talent geerbt.«

»Ja, das kann ich mir vorstellen.« Meistens war ich zu sehr in mein eigenes Training vertieft, um viel um mich herum mitzubekommen. Aber hin und wieder, wenn ich auftauchte und Pausen machte oder nach warmen hellbraunen Augen auf den Zuschauerrängen suchte, fiel mein Blick durch Zufall auf Mika. Es war offensichtlich, wie viel Spaß er bei jeder Stunde hatte. »Kleine Welt«, sagte ich leise.

»Wie bitte?«

»Oh, ich meinte nur ... Ich hab darüber nachgedacht, wie klein die Welt sein muss, dass deine Mom Eiskunstläuferin war und ich es auch bin und wir übereinander gestolpert sind ...« Ich brach ab. »Vergiss das. In meinem Kopf hat es sich sinnvoller angehört.«

Jules lachte kurz auf. »Du erinnerst mich nicht an sie, wenn du dir darüber Gedanken machen solltest. Sie hat jede freie Sekunde genutzt, um eiszulaufen, hatte aber nie die Ambitionen, damit bekannt zu werden, irgendwelche Preise abzuräumen oder damit Geld zu verdienen.« Sein Blick wurde für einen Moment unscharf, als würde er sich an etwas erinnern. »Umso trauriger, dass es zwischen meinen Eltern ständig ein Streitthema war.«

Ich zögerte damit, nachzufragen. Unser Gespräch war sehr persönlich, sehr intim geworden – und obwohl es mich nicht störte, mit ihm darüber zu reden, war ich mir nicht sicher, ob er auch so empfand.

Ich entschied mich, das Gespräch in eine andere Richtung zu lenken. Eine ähnliche, aber nicht ganz so steinige Abzweigung. »Stört es dich, dass Mika so viel Spaß dabei hat? Wenn es bei euch zu Hause häufiger Streit wegen des Eiskunstlaufens gab?«

Jules schüttelte sofort den Kopf. »Nein, nicht wirklich. Mika hat davon so wenig mitbekommen – für ihn ist der Sport einfach etwas, das ihn seiner Mom näher sein lässt. Zu was für einer Person würde es mich machen, wenn ich es ihm übel nähme?«

Ich nickte verstehend. »Es wäre auch schade, würde er es nicht machen. Er ist ziemlich gut.«

»Wenn ich ihm erzähle, dass du das gesagt hast, wirst du ihn nie wieder los«, scherzte Jules und ließ damit das Gespräch über unsere Familien hinter uns.

»Ich hätte nicht mal ein Problem damit. Er ist wirklich süß.«

»Ah«, machte Jules und seufzte tief. »Und wieder punktet mein kleiner Bruder bei dir.«

Ich zog verwirrt die Augenbrauen zusammen. »Wieder?«

»Als ihr auf dem Eis den Unfall hattet«, erklärte Jules. »Das ist doch die höchste Form der Romantik, nicht? Mit einem Kaffee in der Hand ineinanderlaufen, auf dem Eis zusammenprallen. Mika bemüht sich nicht mal und lebt anscheinend trotzdem schon in einer romantischen Komödie. Da kann ich nicht mithalten.«

Seine Augen funkelten amüsiert, luden mich ein, den Scherz fortzuführen und ihn ein wenig zu ärgern. »Jetzt, wo du es sagst ... Was kannst du mir denn dann bieten?«

Ich spürte seinen Blick beinahe körperlich. Wie er mich betrachtete, als würde die Antwort in der Handvoll Sommersprossen auf meiner Nase, im Bogen meiner Oberlippe versteckt liegen.

»Meine Zeit. Wenn du möchtest.« Er senkte den Kopf leicht, nickte zu der leeren Tasse vor mir. »Eine heiße Schokolade, wenn du vom Training durchgefroren bist.« Ein Grinsen. »Einen Ausflug auf meine Insel bei *Animal Crossing* oder den aktuellen Klatsch und Tratsch aus den Königs- und Adelshäusern. Liebesfilme oder Blockbuster, wenn dir nach Nichtstun ist.« Er zuckte mit den Schultern. »Also vielleicht keine romantische Komödie, aber zumindest eine Geschichte zum Wohlfühlen.«

»Du verkaufst dich unter Wert«, sagte ich leise. »Wer würde sich für eine romantische Komödie entscheiden, wenn man eine Wohlfühlgeschichte haben kann?« Ich konnte das Gefühl nicht richtig beschreiben, das mich überkam. Es war süßer als die heiße Schokolade.

»Dann darf ich dich auf ein viertes Date einladen?«

»Und ein fünftes und sechstes …«

Auf Jules' Gesicht breitete sich ein Lächeln aus, das strahlender war als all die anderen zuvor.

Unsere Getränke waren leer, die Croissants schon lange aufgegessen. Trotzdem machten wir keine Anstalten aufzustehen, bis eine Mitarbeiterin des Cafés uns mitteilte, dass sie bald schließen würden. Wir erhoben uns sofort aus unseren Sitzen, zogen unsere dicken Jacken an und verließen den gemütlichen Laden. Jules bestand darauf, mich bis zu meinem Auto zu begleiten – und ganz heimlich freute ich mich darüber, dass er für die wenigen Sekunden, die wir bis zum Parkplatz brauchten, noch in meiner Nähe blieb.

Autoscheinwerfer durchschnitten die Dunkelheit des Abends. Meine Hände steckten tief in meinen Jackentaschen, und als Jules sich einen Moment unbeobachtet fühlte, holte er sein Handy aus der Jackentasche hervor. Ich stolperte darüber, weil er noch im Krankenhaus gesagt hatte, dass er sein Handy selten dabeihatte und jetzt immer wieder einen Blick darauf warf. Er tippte keine Nachricht und schien auch nicht auf die Uhr zu sehen – aber wie vorhin schon erschien eine Falte zwischen seinen Augenbrauen.

»Alles in Ordnung?«, fragte ich. Er zuckte ein wenig zusammen und ließ das Smartphone sofort wieder in seiner Jackentasche verschwinden.

»Ja, entschuldige«, sagte er, mit den Gedanken offensichtlich ganz woanders.

Er machte nicht den Anschein, als würde er von selbst weiterreden. »Wartest du auf einen Anruf?«

Jules seufzte. Angespannter, als ich ihn den Abend über erlebt hatte. »Auf einen Anruf, eine Nachricht – irgendwas, um ehrlich zu sein. Ein guter Freund von mir hatte einen Unfall.« Er zögerte. »Du könntest ihn vielleicht kennen? Ich glaube, er trainiert häufig zur gleichen Zeit wie du.«

»Aaron?«, sagte ich überrascht. »Ihr seid befreundet?«

»Schon ewig.«

»Und er antwortet dir auch nicht?«

Jules hob eine Augenbraue an. »Auch?«

»Seine Partnerin hat mir nach dem Unfall geschrieben, was los ist. Dass die Verletzungen zumindest nicht seine Karriere auf dem Eis bedrohen. Ich hatte ihm danach geschrieben und gefragt, ob er etwas braucht, aber ich hab keine Ahnung, ob er es überhaupt gelesen hat. Emilia hat erzählt, dass es bei ihr ähnlich ist.«

Jules nickte. »Es ist nicht ungewöhnlich, dass er auf Nachrichten und Anrufe nicht reagiert. So war er schon immer. Er hat mir erklärt, was passiert ist, aber das war so ziemlich das Letzte, was noch von ihm kam, als ich ihn besuchen war. Danach? Größtenteils Funkstille.«

Ich hatte angenommen, in letzter Zeit nur deshalb nicht viel von Aaron mitzubekommen, weil ich nicht eng genug mit ihm befreundet war. Zu hören, dass es Jules genauso ging, obwohl sie sich anscheinend gut kannten, gepaart mit dem Wissen, dass Emilia verzweifelt versuchte, ihn zu erreichen ... es weckte wieder die Sorge in mir.

»Vielleicht ... braucht er einfach etwas Zeit?« Es klang selbst in meinen Ohren sehr fadenscheinig.

»Vielleicht.« Jules seufzte noch einmal. »Vielleicht mache ich mir auch zu viele Sorgen, aber er tendiert dazu, mit niemandem zu sprechen, wenn er es eigentlich am meisten bräuchte.«

»Woher kennt ihr euch denn? Du und Aaron?«, fragte ich ihn.

»Seine und meine Mom haben früher zusammen studiert«, erklärte er. »Als Aaron und ich noch klein waren, haben sie uns oft zusammengesteckt, wenn sie sich getroffen haben. Sie dachten, sie hätten damit ein bisschen Ruhe. Allerdings haben sie unterschätzt, wie sehr wir uns gegenseitig zu Unsinn anstacheln würden.« Er lachte leise. »Wir haben die zwei ständig in den Wahnsinn getrieben. Und auch nachdem meine Eltern sich getrennt haben und meine Mom weggezogen ist, hat Aarons Mutter für eine Weile öfter nach uns geschaut. Nachdem sie damit aufgehört hat, war es fast immer Aaron, der mir geholfen hat, wenn ich etwas brauchte. Er ist ein bisschen wie ein zweiter kleiner Bruder, um ehrlich zu sein. Manchmal ist er dabei sogar anstrengender als Mika.«

»Warum das?«

Ein leichtes Schulterzucken. »Genau aus dem gleichen Grund, weswegen ich mir jetzt Sorgen mache: Weil er allen hilft, aber an sich selbst erst denkt, wenn es schon fast zu spät ist.«

»Ich hoffe, er meldet sich bald bei dir«, sagte ich.

Jules antwortete mit einem Nicken und einem leisen »Danke«. Er hatte einen nachdenklichen Ausdruck auf dem Gesicht. Nur zu gern hätte ich gewusst, woran genau er gerade dachte. Aber ich hielt mich zurück. Lief schweigend neben ihm her.

Mein Oberarm stieß gegen seinen. Meine Hand war seiner so nah, dass ich gar nicht wirklich darüber nachdachte, als ich meinen kleinen Finger ausstreckte und um seinen schlang. Es war eine stumme Aufmunterung, weil ich nicht wusste, wie ich sie mit Worten formulieren sollte.

Jules schenkte mir daraufhin ein kleines, dankbares Lächeln, aber es brauchte den gesamten Weg bis zu meinem Auto, damit er es schaffte, sich aus seinen Gedanken zu befreien.

Wir blieben vor dem Wagen stehen. Ich holte den Schlüssel aus meiner Tasche und schloss das Auto auf, bevor ich mich zu Jules umdrehte, um mich zu verabschieden. Uns trennte nur ein Schritt – ein Schritt, der mir schrecklich weit entfernt vorkam. Er öffnete den Mund, und ich hörte die Verabschiedung bereits in der Luft zwischen uns vibrieren. Nur aussprechen tat er sie nicht. Stattdessen hob er seinen Arm ein Stück und ließ ihn kurz darauf wieder an seine Seite fallen.

Dann räusperte er sich und schob die Hände tief in seine Manteltaschen. »Schreib mir, wenn du zu Hause angekommen bist, ja?«

Ich nickte, bewegte mich jedoch nicht vom Fleck. Etwas hielt mich an meinem Platz fest, als hätten meine Füße plötzlich Wurzeln geschlagen. Es dauerte einen Moment, bis ich verstand, was es war: der Wunsch, noch länger bei Jules zu sein. Der Widerwille, seine Wärme hinter mir zu lassen und mich wieder der Kälte zu stellen, die nur darauf wartete, mir in die Knochen zu kriechen.

Meine Füße bewegten sich ohne mein Zutun. Sie überbrückten die Distanz zwischen Jules und mir, trugen mich zu ihm, als hätte ich keine Kontrolle über sie. Und hier, in diesem Moment? Ich wollte sie nicht zurück. Ich ließ zu, dass mein Körper die Zügel in die Hand nahm, legte meine Hand auf dem rauen Stoff des Mantels über seiner Brust ab. Mein Mund strich über seinen Kiefer, und obwohl die Berührung nur hauchzart war, fühlte es sich an, als würden kleine Blitze meine Lippen zum Kribbeln bringen.

In den wenigen Sekunden, die es brauchte, bis ich auf meine Fersen sank, bewegte Jules sich keinen Millimeter. Er stand wie festgefroren vor mir, als meine Hand langsam von seiner

Brust rutschte. Erst da gewann mein Verstand die Kontrolle zurück, ließ Hitze in meine Wangen schießen und mich so schnell einen Schritt zurücktreten, dass ich beinahe über meine Füße stolperte. Jules' Augen folgten meinen Bewegungen, waren groß und ungläubig.

»Tut mir leid«, sagte ich heiser, sah überallhin, nur nicht in sein Gesicht. »Das Date war so schön, und ich wollte … Also, ich dachte, es wäre okay, wenn ich …«

Seine Hand berührte meine Wange.

Sein Daumen mein Kinn.

Seine Fingerspitzen glitten bis zu meinem Nacken.

Und ich hielt unwillkürlich die Luft an.

Jules' Schuhe stießen gegen meine, er beugte sich zu mir herunter, und meine Augen schlossen sich flatternd. Um mich herum wurde es dunkel und leise, ich war angespannt und erwartungsvoll und zitterte bei dem Schauer, der durch meinen Körper fuhr, als Jules über meine Unterlippe strich. Ich wusste auch mit geschlossenen Augen, dass sein Gesicht direkt vor meinem sein musste. Mein Herzschlag zählte die Sekunden, in denen wir in dieser Position verharrten. Und kaum drängte sich das Verlangen in den Vordergrund, seine Lippen auf meinen zu spüren, nahm ich wahr, wie er mich auf die Wange küsste.

Er ließ mich so schnell los, dass ich mehrere Sekunden brauchte, um zu verstehen, was passiert war. Ich öffnete die Augen, eine Frage auf den Lippen, die sofort verrauchte, als ich sah, dass er errötet war. Jules sah sich um, wich meinem Blick aus. Ich legte mir die Hand auf die Wange, die sich plötzlich unendlich heiß anfühlte, und spürte, wie sich Jules' Verlegenheit mit jeder Sekunde, die verging, auf mich übertrug.

Er räusperte sich in der Stille, die daraufhin folgte, mehrmals und schien zu versuchen, den Mut zu finden, mich wieder anzusehen. Als er es schließlich tat, sprachen wir beide gleichzeitig.

»Ich wollte nur ...«

»Ich dachte ...«

Jules grinste – mit roten Wangen und noch röteren Ohren. »Fang du an.«

»Ich dachte nur ...« Ich deutete auf ihn, auf mich, als würde es irgendeinen Sinn ergeben. »Ich dachte gerade, du wolltest ... du weißt schon.«

»Ja«, half Jules mir aus. »Wollte ich. Aber ich befürchte, dass mein Herz dann einfach seinen Dienst versagt hätte.« Er legte sich die Hand auf die Brust. »Ich bin nicht hundertprozentig sicher, dass das nicht trotzdem passiert ist.«

Ich lachte. Weil ich nicht anders konnte und weil er so süß war, dass mein eigenes Herz sich gar nicht mehr beruhigen wollte. Daher überraschte es mich auch nicht, zu hören, was als Nächstes aus meinem Mund kam: »Wann hast du Zeit für ein viertes Date?«

Jules lachte laut auf – und presste dann eine Hand auf den Mund, um das Geräusch zu dämpfen. »Du kannst es wohl kaum erwarten, mir einen Herzinfarkt zu bescheren.«

Ich nickte ernst und legte dann nachdenklich den Kopf schief. »Also, nein, eigentlich nicht. Klingt es gemein, wenn ich sage, dass ich es mag, wenn du rot wirst?«

»Ziemlich«, antwortete er sofort. »Aber nicht so sehr, dass ich mich daran stören würde. Was sagst du zu Samstag? Wir könnten nach deinem Training etwas unternehmen und ...« Mein Aufstöhnen ließ ihn im Satz innehalten. »Was?«

»Mein Eissportverein veranstaltet dieses Wochenende eine Eisdisco. Wir haben uns alle bereit erklärt, am Samstag beim Aufbau mitzuhelfen. Ich glaube, damit werden wir nicht sonderlich früh fertig werden.«

»Ah«, machte Jules. »Sekunde, ich erinnere mich – Mika hat davon erzählt, dass er mich als freiwilligen Helfer eingetragen hat.« Er schien kurz nachzudenken. »Dann sehen wir uns dort? Ich kann mir zwar bessere Orte für Dates vorstellen, aber ich nehme, was ich kriegen kann.«

Ich schüttelte amüsiert den Kopf. »Ich sagte doch: unkonventionelle Dates. Das spielt da nur mit rein.«

Ich entlockte ihm damit ein Lächeln, das meine Knie ganz weich werden ließ. Es begann mit seinen Lippen, die er aufeinanderpresste, als wollte er der Welt verheimlichen, wie sehr ihn meine Antwort freute. Stahl sich zu dem kleinen Grübchen, das in seiner Wange erschien, und bis zu den Fältchen in seinen Augenwinkeln.

»Gut zu wissen.« Jules hob die Hand, nahm eine meiner Haarsträhnen, die über meine Schultern fielen, zwischen Daumen und Zeigefinger. »Ich mag es, wenn du sie offen trägst.« Als er diesmal die Distanz zwischen uns vergrößerte, tat er es mit einem Nicken zu meinem Auto. »Komm gut nach Hause. Wir sehen uns am Samstag.« Damit wandte er sich ab und schlug den Weg zurück in die Richtung des Cafés ein.

»Bis Samstag«, brachte ich einige Sekunden zu spät hervor. Ich musste mich dazu zwingen, mich von seiner kleiner werdenden Gestalt loszureißen – vermutlich hätte ich ihm sonst hinterhergesehen, bis er von der Dunkelheit verschluckt worden wäre.

Ich öffnete die Fahrertür und ließ mich auf den Sitz fallen. Ich lehnte meine Stirn gegen das kühle Material des Lenkrads und konnte vermutlich von Glück reden, dabei nicht aus Versehen die Hupe betätigt zu haben. Jules. Jules machte mich vollkommen fertig. Ich konnte mich gerade so davon abhalten, mit den Füßen auf den Boden des Autos zu stampfen, als das Bild von seinem verlegenen Gesicht wieder vor meinem inneren Auge auftauchte.

Und wenn er bisher schon einen so großen Teil meiner Gedanken eingenommen hatte – was würde nach dem Date heute passieren? Wenn ich die Augen schloss, konnte ich seine Berührung immer noch an meiner Unterlippe spüren. An meinem Hals, in meinem Nacken. Mir wurde heiß, wenn ich daran dachte, aber nicht daran zu denken war unmöglich.

»Du bist so erledigt, Lucy«, murmelte ich und startete den Motor.

11. KAPITEL

Als ich am Freitag auf dem Parkplatz von Lavoie & Hill hielt, hatte sich vor dem Gebäude mittlerweile eine kleine Traube von Leuten vor einem Bus versammelt. Hinter mir lag bereits die zweite schlaflose Nacht – immer wieder war Jules vor mir aufgetaucht. Unser Treffen lief wie ein Kinofilm ohne Unterbrechung vor meinen geschlossenen Lidern ab. Wieder und wieder. Jedes Mal schlug mein Magen Saltos, wenn ich an ihn dachte. Dann schoss Wärme durch meinen gesamten Körper und ließ den Gedanken an Schlaf in noch weitere Ferne rücken. Es war mitten in der Nacht gewesen, als die pure Erschöpfung mich endlich hatte einschlafen lassen.

Ich verkroch mich tiefer in meinem Schal, versteckte mich vor den eisigen Winden, die in Winnipeg mit jedem Tag ein bisschen kälter wurden. Aber selbst die konnten die Schmetterlinge nicht aus meinem Bauch vertreiben. Oder das Lächeln von meinem Gesicht wischen.

Mom und Dad mussten bereits irgendwo in den oberen Etagen des Gebäudes sein und arbeiten – ihre Autos standen dem Eingang am nächsten. Mein Spiegelbild lächelte mir aus dem polierten Lack entgegen, bevor ich mich abwandte und zu der wartenden Gruppe gesellte. Ich wollte nicht gefragt werden, weshalb ich so gute Laune hatte. Dieses Treffen mit Jules ... Im Augenblick gehörte es mir ganz allein – und ich wollte dieses Gefühl so lange wie möglich auskosten.

Alle führten leise Gespräche miteinander, Augen glänzten

vor Aufregung. Hannah und Eiza winkten mir zu, beide mit ebenso dicken Schals ausgestattet wie ich. Hannah trug sogar schon ein Stirnband.

»Man könnte meinen, wir haben schon tiefsten Winter«, kommentierte Hannah unsere Outfits. Sie hatte nicht unrecht.

»Ich kann noch so lange in Kanada leben und werde mich trotzdem nie an das kalte Wetter gewöhnen«, sagte ich.

Eiza nickte verstehend. »Geht mir auch so. Ich bin dafür gemacht, den ganzen Tag am Strand in der Sonne zu liegen. Nicht dafür, mir in der Kälte den Hintern abzufrieren.«

Hannah kicherte. »Und trotzdem bist du die Erste, die nach draußen rennt, wenn es schneit.«

Eiza zog die Schultern an und ihre Kapuze über den Kopf, als ein Windstoß durch unsere kleine Gruppe fuhr. »Das ist was anderes. Kaltes Wetter ist nur mit Schnee zu ertragen.«

Ich konnte ihr nicht widersprechen. Sobald der erste Schnee fiel, wirkte alles ein bisschen erträglicher. Ein bisschen ruhiger und die Menschen selbst weniger gehetzt.

Nora klatschte in die Hände, um unsere Aufmerksamkeit auf sich zu ziehen. Die Gespräche um uns herum verstummten. »Wir sollten mit dem Bus eine gute Stunde bis zur Fabrik brauchen. Vor Ort sammeln wir uns erst mal, danach folgt eine Tour durch die Produktionsstätte und dann noch eine kleine Runde mit einer Kollegin von dort. Stellt bitte, bitte alle Fragen, die euch auf der Seele brennen, egal, wie trivial sie euch erscheinen, okay?«

Gemurmelte Zustimmungen folgten. Nora lächelte. »Alles klar, dann ab in den Bus mit euch.«

Die Türen des Busses öffneten sich, und die ersten Leute stiegen ein. Hannah und Eiza fragten mich beide, ob ich neben einer von ihnen sitzen möchte, aber ich lehnte ab. Wenn wir den ganzen Tag in der großen Gruppe unterwegs sein würden, war ich froh, wenigstens die Busfahrt nur für mich zu haben.

Ich ließ mich hinter ihnen auf einen Zweiersitzplatz fallen, holte meine Kopfhörer heraus und schob sie mir in die Ohren. Das Letzte, was ich hörte, bevor ich die Musik anschaltete, war Eizas Lachen, nachdem Hannah beim Niesen beinahe aus ihrem Sitz gefallen wäre.

Ich scrollte durch meine Playlists, suchte das Lied aus, zu dem ich meine Choreografie beim Wettkampf laufen würde. Dann schloss ich die Augen und stellte mir vor, ich wäre weit von hier entfernt – mitten auf dem Eis, in einem Kostüm, das unter der blendenden Beleuchtung in der Halle glitzerte und funkelte.

Ich war so in das Bild vertieft, dass ich den größten Teil der Fahrt nicht mitbekam. Hin und wieder schlummerte ich ein – die letzten Nächte und das Schaukeln des Busses trugen ihren Teil dazu bei.

Als der Bus anderthalb Stunden später auf einem Parkplatz hielt, wachte ich schließlich auf. Durch den Spalt zwischen den zwei Sitzen vor mir sah ich, dass Eiza ihren Kopf auf Hannahs Schulter abgelegt hatte. Ich schloss den Reißverschluss meiner Jacke und hängte mir meine Tasche über, ehe ich beide wecken wollte. Aber kaum hatte ich mich an den Sitzen vorbeigebeugt, sah ich, dass Hannahs Augen geöffnet waren. Sie war wach und saß ganz still auf ihrem Platz, als wollte sie unbedingt verhindern, dass Eiza aufwachte.

Ich zog mich zurück, bevor sie mich sehen konnte. Seit wir zusammen in einer Gruppe arbeiteten, fiel mir immer wieder auf, wie vorsichtig die beiden hin und wieder miteinander umgingen. Als würden sie sich auf Zehenspitzen bewegen. Es wirkte so vertraut. Eizas sehnsüchtige Blicke, wenn sie das Gefühl hatte, niemand würde sie beobachten. Wie Hannah das

Gleiche tat, kaum dass Eiza in eine andere Richtung sah. Sie schienen sich gegenseitig anzuziehen, egal, ob sie sich an unterschiedlichen Enden eines Raums befanden oder direkt nebeneinandersaßen. Es erinnerte mich daran, wie es mir mit Jules ging. Diese Chemie zwischen ihm und mir, die ich nicht verstand und im Moment auch gar nicht hinterfragen wollte. Sie war einfach da – von Anfang an da gewesen.

Ich wartete, bis Eiza sich endlich rührte, stand dann ebenfalls auf und verließ den warmen Bus, um mich mit den anderen in der Kälte zu versammeln.

Vor uns ragte ein dreistöckiges Haus in die Höhe. Von außen betrachtet wirkte es nicht wirklich wie eine Fabrik. Die Hausfassade war modern und voller Fenster – ähnlich wie das Bürogebäude von Lavoie & Hill in Winnipeg. Ich wusste, dass meine Eltern beim Umbau viel Wert darauf gelegt hatten, es so ansprechend wie möglich zu gestalten und es nicht wie eine x-beliebige Fabrik aussehen zu lassen. Den staunenden Blicken der anderen nach zu urteilen, war ihnen das definitiv gelungen.

Nora führte uns in das Gebäude, das bis auf die Mitarbeiterräume und einzelne Büros hier und da nur große offene Stockwerke für uns zur Erkundung bereithielt. Vermutlich hätte ich sie im Schlaf mitsprechen können, so oft hatte ich den Ausführungen während des Rundgangs in meinem Leben schon gelauscht.

Dementsprechend demotiviert lief ich auch hinter Hannah und Eiza her, als wir unsere Jacken in einem Raum deponierten und eine Mitarbeiterin uns in Empfang nahm. Nora und sie tauschten ein paar organisatorische Informationen aus, dann waren wir bereits unterwegs.

Eigentlich war die Führung wirklich interessant. Es wurde erklärt, woher die Inhaltsstoffe für sämtliche Parfüms kamen. Welche Glasflakons für welche Parfüms verwendet wurden, wie sie von hier zu unseren Verkaufsstellen gelangten und von dort aus bis zu den Kunden.

Es war interessant, ja – das erste Mal. Das zweite und dritte vielleicht noch. Aber irgendwann hatte ich genügend über jegliche Distributionswege gehört.

Hannah und Eiza waren noch lange nicht an diesem Punkt angekommen. Vor allem Hannah schien jede Information wie ein Schwamm aufzusaugen. Jedes Mal, wenn sie ihren Kopf in meine Richtung drehte, waren ihre Augen so groß wie die eines Kindes zu Weihnachten.

Ich gab mich damit zufrieden, die anderen zu beobachten. Wäre es eine Möglichkeit gewesen, hätte ich den gesamten Tag ausgesetzt, um zu trainieren – es war nicht wirklich so, als würde ich etwas verpassen. Aber ich wusste genau, dass Mom und Dad das anders sehen würden. Meine Lust, mit ihnen darüber zu diskutieren, hatte sich in Grenzen gehalten.

Wir blieben neben einer Maschine stehen, deren Fließband sich durch die halbe Halle erstreckte. Die Mitarbeiterin erzählte etwas von sich selbst, was für Aufgaben täglich bei ihr anfielen. Ich hörte mit halbem Ohr zu – und dann gar nicht mehr, als mein Handy in der Hosentasche vibrierte.

Jules: Ich versuche, es mit all meiner Würde zu sagen und nicht weinerlich zu klingen.
Jules: Aber drei Tage haben sich noch nie so lang angefühlt.

Ich unterdrückte ein Lachen und wandte mich ein wenig von der Gruppe ab, um meine Antwort zu tippen.

Ich: Eigentlich sind es nur zwei Tage und drei Nächte.
Jules: Das macht es wirklich nicht besser. Die Zeit vergeht einfach nicht.

Ich: Du könntest mehr arbeiten. Wenn man was zu tun hat, vergeht sie doch schneller.
Jules: Warte nur, bis du in mein Alter kommst. Dann verstehst du, warum Pausen überlebenswichtig sind.
Ich: Wie lange arbeitest du denn schon?
Jules: Seit acht. Aber Mika hat bei mir übernachtet, ich habe vorher noch mit ihm gefrühstückt und ihn zur Schule gebracht.
Ich: Ah, also hattest du auch eine kurze Nacht.
Jules: Auch? Was hat dich wach gehalten?

Die Erinnerungen an unser Date kamen mir in den Sinn. Die Vorstellung, was passiert wäre, hätte er mich doch geküsst. Mich noch etwas länger mit seinen sanften Händen berührt. Ich war froh, dass im Moment niemand auf mich achtete – mein Kopf war vermutlich hochrot.

Ich: Kein bestimmter Grund. Ich hatte nur Probleme einzuschlafen.
Jules: Das kenne ich gut.
Ich: Dann hast du vermutlich keine geheimen Tipps, die mir helfen könnten, oder?
Jules: Abgesehen von viel Geduld und einer heißen Tasse Tee?
Ich: Ja, abgesehen davon.
Jules: Noch mehr Geduld und eine heiße Tasse Milch mit Honig?
Jules: Nein, wirklich, wenn ich solche Tage hab, hilft mir nur, aufzustehen und irgendetwas anderes, Langweiliges zu machen, bis ich müde werde. Wäsche aufhängen oder so.
Ich: Das ist dein Tipp? Mitten in der Nacht Wäsche aufhängen, bis ich müde werde?
Jules: Ich habe nie behauptet, dass es ein guter ist.

»Mit wem schreibst du denn heimlich?«, fragte Hannahs leise Stimme direkt an meinem Ohr.

Ich zuckte zusammen und ließ dabei beinahe mein Handy fallen. Hannah sah mich mit großen, neugierigen Augen an, machte aber keine Anstalten, ihre Frage noch einmal zu stellen.

»Nur ... einem Freund.« Das klang mehr als verdächtig.

Hannah zog die Augenbrauen in die Höhe und schaute kurz über meine Schulter – zu Eiza, wie ich feststellte, als ich mich zu ihr umdrehte.

Statt auf Hannahs zweideutigen Ton einzugehen, legte sie aber nur den Kopf schief und wartete, bis Hannah sich mit einem Schmollmund geschlagen gab. »Lasst uns weitergehen, bevor sie uns suchen müssen.«

Hannah eilte an Eizas Seite. Kaum war sie dort angekommen, knuffte ihre Freundin sie in den Arm. »Schon mal was von Privatsphäre gehört?«

Hannah rieb sich über die Stelle an ihrem Oberarm und erwiderte flüsternd: »Ich wollte nur ein Gespräch anfangen.«

»Dafür musst du nicht auf die Handys von Leuten starren, die du kaum kennst.«

Hannah streckte ihr daraufhin nur kurz die Zunge raus und beeilte sich dann, mit dem Rest der Gruppe aufzuschließen. Ich tippte Jules noch schnell eine Nachricht, dass ich mein Handy erst einmal wieder einstecken würde und ich mich auf morgen freute, dann folgte ich den beiden.

Eiza und ich bildeten das Schlusslicht. Es gab mir die Möglichkeit, kurz ungestört mit ihr zu reden, während Hannah bereits die Mitarbeiterin, die uns die Führung gab, in ein Gespräch verwickelte.

Ich lief ein paar Schritte neben ihr her, während ich darüber nachdachte, wie ich aussprechen könnte, was mir durch den

Kopf ging. Letztlich entschloss ich mich einfach dazu, es genau so zu sagen, wie ich es dachte.

»Es stört mich nicht«, begann ich. »Dass sie die Frage gestellt und auf mein Handy geguckt hat, meine ich.«

Eiza wirkte für einen Moment verwirrt. Dann begriff sie anscheinend, dass ich die Situation von eben noch einmal aufgegriffen hatte. »Du musst das wirklich nicht sagen. Hannah weiß selbst am besten, dass sie öfter über unsichtbare Grenzen hinausschießt. Meistens allerdings erst hinterher.«

»Sie meint es ja nicht böse.« Zumindest konnte ich es mir nicht vorstellen – nicht bei der Person, als die ich Hannah bisher kennengelernt hatte. Und ich meinte es auch ernst. Ich hatte nichts zu verstecken und fühlte mich bei Hannah und Eiza wohl, so kurz wir uns auch erst kannten.

»Ja, da hast du recht.«

Eine Weile liefen wir schweigend hinter der Gruppe her. Hin und wieder blieben wir stehen, Abläufe wurden erklärt. Eiza gab sich, ähnlich wie ich, damit zufrieden, im Hintergrund zu bleiben und zuzuhören. Wenn einzelne Fragen gestellt wurden, deren Antworten sie nicht weiter zu interessieren schienen, fing sie hin und wieder damit an, ein Lied zu summen. Die Melodie kam mir vage bekannt vor.

»Was ist das für ein Song?«, fragte ich, nachdem sie zum fünften Mal den gleichen Chorus begonnen hatte.

Das Summen verstummte abrupt. Eiza zog die Stirn kraus, als versuchte sie sich selbst daran zu erinnern, woher die Melodie kam. »Ich glaube, es ist von einer K-Pop-Band? NXT? Mein Bruder ist ziemlich verliebt in sie, und wir haben dünne Wände zu Hause. Ich bin seinem Musikgeschmack hilflos ausgesetzt.«

Ich lachte und stellte mir das komplette Gegenteil zu dem allgegenwärtigen Schweigen in unserem Haus vor. »Es klang nicht schlecht.«

Eiza setzte zu einer Antwort an, verstummte allerdings, als Hannah auftauchte und das Kinn auf ihrer Schulter ablegte. »Worum geht es? Lasst mich mitreden, die anderen haben zum dritten Mal die gleiche Frage gestellt, und ich habe solchen Hunger, dass ich alle auffresse, wenn wir nicht bald eine Mittagspause machen.«

»Die Führung sollte nicht mehr allzu lange dauern«, sagte ich. »Vielleicht noch eine halbe Stunde.«

»Woher weißt du das?«, fragte Hannah neugierig.

Eiza stöhnte verzweifelt auf. »Nora hat vorhin erzählt, wie lange es dauern wird.«

»Oh.« Ihre Wangen röteten sich ein wenig. »Da muss ich mit was anderem beschäftigt gewesen sein.« Ihre Verlegenheit war Sekunden später wieder in Vergessenheit geraten, als sie mich fragte: »Interessierst du dich nicht so sehr für die Tour, Lucy?«

Ertappt hielt ich inne. »Wie kommst du darauf?«

Sie zuckte mit den Schultern. »Nur so ein Gefühl.«

»Doch, es ist interessant«, erklärte ich. »Ich bin nur heute nicht ganz da.«

Hannah verzog mitfühlend das Gesicht. »Sollen wir Nora fragen, ob wir jetzt schon eine Pause machen können? Oder brauchst du irgendwas?«

»Oh – nein, alles gut.« Ich fühlte mich mit ihrer Freundlichkeit beinahe etwas überfordert. »Ich bleibe einfach etwas im Hintergrund, dann geht es schon.«

»Sicher?«

Ich nickte. »Geht ruhig vor. Ich schreie laut, wenn ich etwas brauche.«

Hannah sah nicht völlig überzeugt aus, aber letztlich siegte der Drang, alles zu erfahren, was es über Lavoie & Hill zu wissen gab. Sie und Eiza schlossen schnell wieder zu den anderen auf. Und obwohl ich ihnen selbst gesagt hatte, dass es okay für mich war, allein als Nachhut zu laufen, zögerte ich, als ich sah, wie sie sofort mit den anderen ins Gespräch kamen.

Ich ließ meinen Blick über die Gruppe wandern. Mehrere Leute standen zusammen und unterhielten sich, lachten oder tauschten sich gemeinsam über das Gehörte aus. Zwei meiner Mitpraktikantinnen standen neben Nora und redeten angeregt mit ihr.

Ein ungewohntes Gefühl setzte sich in meinem Brustkorb fest. Ich hatte keinen Namen dafür, aber es war, als würde ich beobachten, wie der Rest der Welt sich an mir vorbei- und vorwärtsbewegte. Es war nichts Konkretes, nichts, das ich hätte greifen können. Aber es ließ mich wünschen, Hannah und Eiza nicht einfach so fortgeschickt zu haben.

Unbeholfen blieb ich am Rand des Geschehens stehen, hörte zu, ob es ein Thema gab, zu dem ich etwas sagen konnte, aber ich hatte den Beginn des Gesprächs vollkommen verpasst und kam mir komisch dabei vor, mich jetzt einzuklinken. Also wartete ich darauf, dass die Zeit verging und die Führung beendet wurde.

Ich schob meine Hände in die Hosentaschen, versuchte, möglichst unbekümmert auszusehen, und streifte dabei mit den Fingerspitzen mein Handy. Jules und mein Chat leuchteten mir entgegen, als ich es entsperrte. Mein Finger rieb über das Gehäuse, während ich darüber nachdachte, was ich schreiben konnte.

Ich: Was machst du gerade?

Ich klickte auf Senden – und hätte mein Handy am liebsten sofort ausgeschaltet. »Ehrlich, Lu«, murmelte ich. »Was Interessanteres fällt dir nicht ein?« Mal ganz davon abgesehen, dass er vorhin erst erzählt hatte, dass er arbeiten war. Allerdings war mir der Gedanke kaum gekommen, als auch schon mein Handy vibrierte.

Jules: Ich hab gerade die Wohnungstür hinter mir zugemacht und debattiere jetzt mit mir selbst, ob ich einfach ins Bett falle oder erst etwas zu essen mache und dann ins Bett falle.
Ich: Beides klingt sehr verlockend.
Jules: Ja, der Meinung bin ich auch.
Jules: Und du? Machst du gerade Pause?
Ich: Nein, nicht so richtig. Wir sind heute auf einem Ausflug in die Produktionsstätte von Lavoie & Hill und kriegen alles erklärt.
Jules: Aber?
Ich: Nichts aber. Ich habe kein Aber geschrieben.
Jules: Das stimmt. Es klang nur ein bisschen, als würde in deinem Kopf danach eins folgen.

»Erwischt«, sagte ich leise.

Jules: Du kannst das Aber auch für dich behalten.
Jules: Nur für den Fall, dass du es teilen möchtest, hab ich gerade meine Kaffeemaschine angeworfen und bin dabei, mir Essen zu machen.
Ich: Möchtest du nicht lieber in Ruhe essen?
Jules: Ich kann mein Sandwich kauen und trotzdem deine Nachrichten lesen. Schieß los!
Ich: Ich weiß nicht mal, wie ich es erklären soll.
Jules: Versuch es einfach.
Ich: Ich glaube, ich habe irgendwie den Anschluss verpasst und kriege jetzt keinen Fuß mehr in die Tür.
Jules: Wie meinst du das?
Ich: Das Praktikum läuft jetzt seit, was? Zwei Wochen? Und

abgesehen von zwei Leuten kenne ich noch nicht mal die Namen der anderen. Dabei scheinen sie untereinander Spaß zu haben und ganz einfach miteinander ins Gespräch zu kommen. Ich wüsste nicht mal, wie ich einen Schritt auf sie zu machen sollte.
Jules: Weil du das Gefühl hast, es ist zu spät dafür?
Ich: Kennst du das nicht? Dieses Gefühl, nicht reinzupassen, wenn sich erst einmal Gruppen gefunden haben? Ich wüsste nicht mal, was ich sagen sollte.
Jules: Du könntest dich danebenstellen und warten, dass dich jemand anspricht.
Ich: Aber ... das sieht doch komisch aus. Wenn ich einfach stumm mitlaufe und nicht mal versuche, mich am Gespräch zu beteiligen.
Jules: Dann hast du doch deine Lösung schon gefunden. Versuch, dich an dem Gespräch zu beteiligen. Erste Kontakte sind immer holprig, es ist normal, wenn du dich dabei ein bisschen unbeholfen fühlst.
Ich: Sprichst du aus Erfahrung?
Jules: Ist das Ende unseres letzten Dates nicht Antwort genug?

Ich grinste in mich hinein. Sah wieder seine roten Wangen vor mir, beruhigt, weil er mir mit keinem seiner Worte das Gefühl gab, mich mehr als nötig anzustellen.

Jules: Geh zu den anderen, Lucy. Ich wette, sie würden sich gern mit dir unterhalten.
Ich: Danke, Jules.
Jules: ☺
Jules: Du schaffst das.
Ich: Ich werde mein Bestes geben.
Ich: Genieß dein Sandwich.

Natürlich wusste ich, dass es nicht von jetzt auf gleich funktionieren würde. Ich steckte mein Handy wieder ein und trat ein paar Schritte näher an die anderen heran, hörte ein bisschen genauer zu, als wir uns in den Raum begaben, in dem wir unsere Sachen vorhin gelassen hatten.

Wir aßen unsere mitgebrachten Brote, während die Gespräche leise fortgeführt wurden. Alle machten einen entspannten Eindruck, und als wir schließlich mit der Fragerunde begannen, bemerkte ich, dass es mich etwas weniger störte, hier zu sein.

Nicht, weil ich die Zeit nicht trotzdem gut zum Trainieren hätte brauchen können oder weil es Fragen waren, die ich noch nie gehört hatte. Eher lag es daran, dass ich zaghaft versuchte, mich weniger außerhalb und mehr als Teil der Gruppe zu betrachten. Ich hatte Jules' Stimme im Ohr, wie er mir sagte, dass es okay war, wenn der erste Schritt ein wenig wackelig war.

Er war nicht mal hier, und trotzdem hatte ich das Bedürfnis, ihm zu zeigen, was mir seine Ratschläge bedeuteten. Dass ich sie mir zu Herzen nahm, weil ich irgendwo tief in mir wusste, dass er mit dem, was er geschrieben hatte, nicht völlig falschlag.

Es war offensichtlich, weshalb es mir so wichtig war, dass er das wusste. Weshalb ich in seiner Nähe so aufgeregt und ruhig zugleich war. Aber hier und jetzt schaffte ich es noch nicht, es mir einzugestehen.

12. KAPITEL

Letztendlich gab ich mir selbst einen Schubs. Auf der Rückfahrt suchte ich mir einen Zweiersitzplatz neben Hannah und Eiza. Letztere saß dabei am Gang und schwenkte ein Bein die ganze Zeit zu einem Rhythmus vor und zurück, den nur sie kannte.

Hannah hatte sich die Schuhe ausgezogen, die Beine auf ihrem Platz vor dem Körper angewinkelt und recherchierte gerade an ihrem Handy, wie man den Toffee Nut Latte von Starbucks zubereitete, nachdem Eiza sie darauf hingewiesen hatte, dass sie den auch ganz leicht selbst daheim machen konnte.

»In dem Video heißt es, dass selbst der Sirup nur aus drei Zutaten besteht. Ich wette, Mom hat die zu Hause.« Sie steckte ihr Handy weg und klatschte aufgeregt in die Hände. »Das heißt dann wohl, dass ich nie wieder Geld für überteuerte Getränke ausgeben muss.«

»Als ob«, meinte Eiza. »Du wirst es sicher trotzdem tun, weil du zu faul bist, die selbst zu machen, gib's zu.«

Hannah schaute ihre Freundin böse an, widersprach ihr allerdings nicht.

Und statt mich damit zufriedenzugeben, weiterhin stumm zuzuhören, beugte ich mich in meinem Sitz etwas nach vorne, um Hannah richtig sehen zu können. »Ich kenne einen Laden, in dem sie das ganze Jahr über Toffee Nut Latte verkaufen.«

Überraschte Blicke. Ich merkte, wie meine Entschlossenheit darunter zerschmolz.

»Sie sind aber nicht haargenau so wie die von Starbucks«, fügte ich noch vorsichtig hinzu, als beide mich nur weiter anstarrten. Mich überkam das Bedürfnis, in einen Spiegel zu sehen, um sicherzugehen, dass ich nichts im Gesicht hatte, was nicht dorthin gehörte.

Hannah war die Erste, die sich wieder fing. »Geht es dir etwas besser?«

Nun war es an mir, sie überrascht anzusehen. »Ja, ich ... ich hatte heute nur einen kleinen Durchhänger.« Mir war nicht bewusst gewesen, dass man mir meine fehlende Motivation so deutlich hatte ansehen können.

»Das kenn ich«, meinte Hannah. »Ich hab solche Tage ständig. Dann möchte ich eigentlich so wenig wie möglich mit Menschen zu tun haben und nur in meinem Bett liegen und nichts tun.«

»Ehrlich, wer hat solche Tage nicht?«, warf Eiza ein. »Mir hilft dann das genaue Gegenteil: unter Leuten sein und mich ablenken. Gute Gespräche, viel Lachen und noch besseres Essen.«

»Oder Getränke«, sagte Hannah. »So was wie ein Toffee Nut Latte zu einer Zeit, zu der es den eigentlich noch gar nicht geben sollte.« Sie beugte sich um Eiza herum. »Was meinst du, Lucy? Hast du Lust, mit uns einen Kaffee trinken zu gehen? Würde dir das helfen?«

Ich versuchte, mich wirklich auf diesen Vorschlag einzulassen – und nicht einfach die erstbeste Ausrede zu nutzen, die mir in den Sinn kam. Mein Gehirn war mittlerweile so gepolt, dass es mir viel leichterfiel, Verabredungen abzusagen, als zuzusagen. Keine Ahnung, wann das passiert war, aber ich konnte nicht behaupten, dass ich mich damit sonderlich wohlfühlte.

Letztlich war es einfach.

»Das klingt ziemlich gut«, sagte ich und freute mich über Hannahs glückliches Lächeln. Als hätte sie ehrlich gehofft, etwas tun zu können, um mich aus meinem Stimmungstief zu holen. Ihre ehrliche Reaktion fühlte sich wie eine Belohnung für den Versuch an, mit ihnen ins Gespräch zu kommen.

Kurz verfielen wir in einvernehmliches Schweigen. Es war entspannt. Weniger einsam als noch vor ein paar Minuten. Ich sah aus dem Fenster, sah den wenigen Wolken dabei zu, wie sie träge durch den Himmel zogen. Die Sonne war gerade dabei, hinter dem Horizont zu verschwinden – nur ein feuerroter Streifen deutete an, dass sie noch nicht völlig untergegangen war. Die Farbe spiegelte sich in den Wolken, die wirkten, als wären sie erst nachträglich mit einem Pinsel in den Himmel gemalt worden.

Ich zückte mein Handy, ohne den Blick von der Aussicht abzuwenden, und schoss ein Foto davon, bevor ich groß darüber nachdenken konnte. Ich stellte es in Jules' und meinen Chat und tippte eine kurze Nachricht dazu.

Ich: Du hattest recht.

Eiza holte mich aus meinen Gedanken zurück in den Bus. »Lass Lucy auch was übrig!«, rief sie.

Ich brauchte einen Moment, bis ich die Situation verstand – Hannah und Eiza, wie sie sich um eine Brotdose voller Brownies stritten. Sie zerrten beide daran und lachten so laut, dass es vermutlich noch die Leute ganz hinten im Bus hörten. Eiza fiel bei dem Versuch, die Brownies für sich zu gewinnen, fast in den Gang. Sie nutzte die Gelegenheit, um mir zu bedeuten, ans Fenster zu rutschen. Als sie sich mit der Dose neben mich in den Sitz fallen ließ, streckte sie Hannah noch die Zunge raus, wie um ihr ihren Sieg unter die Nase zu reiben.

Hannah warf ihr böse Blicke zu, die Eiza zuerst gekonnt ignorierte. Je länger sie jedoch anhielten, desto schwerer schien es ihr zu fallen – bis sie nachgab und ihrer Freundin die Dose über den Gang hinweg entgegenhielt. Hannah nahm sich zwei Brownies daraus und fing fröhlich an, sie zu essen. Danach bot Eiza mir welche an. »Iss so viele, wie du kannst. Meine Mom hat ungefähr zehn Bleche voll gebacken.«

Ich lachte über Hannahs glückliches Seufzen, als sie das hörte. Über Eizas Schmunzeln – und darüber, wie einfach die beiden es mir machten, Zeit mit ihnen zu verbringen. Ich fühlte mich unerwartet geborgen in diesem Moment. Leichter. Vielleicht lag es daran, dass ich normalerweise so wenig Zeit mit anderen Leuten verbrachte. Aber ich genoss diese Busfahrt viel mehr, als ich mir am Anfang des Tages hatte vorstellen können.

Als ich endlich zu Hause ankam, war es bereits stockfinster. Ich hatte Hannah und Eiza das Café gezeigt – und vor allem Hannah war aus dem Staunen nicht mehr rausgekommen, als sie tatsächlich einen Toffee Nut Latte in der Hand gehalten hatte. Wir hatten über den Tag geredet, darüber, was uns gefallen hatte und was nicht, hatten gelacht und einen so schönen Abend gehabt, dass ich mich mehrmals in den Arm kneifen musste, um sicherzugehen, dass ich nicht gerade träumte.

Ich merkte erst, dass ich bei den Songs, die der Radiosender spielte, mitsummte, als das aktuelle Lied zusammen mit dem Motor verstummte und meine Stimme das Einzige war, das den kleinen Raum erfüllte. Ich sammelte meine Tasche ein, stieg aus dem Auto und nahm zwei Stufen auf einmal, um die Treppe zur Veranda hochzulaufen. Dabei fühlte ich mich auf eine Weise leicht und unbeschwert, die mich an meine ersten Schritte auf dem Eis erinnerte, meine ersten eigenen Schlittschuhe, meinen ersten gemeisterten Sprung. Als könnte ich in diesem Zustand alles schaffen.

Die Haustür ging mit einem Quietschen auf, meine Schuhe schob ich unachtsam in eine Ecke des Eingangsbereichs, ehe ich stockte und sie doch sauber nebeneinander aufstellte. Statt sofort nach oben zu laufen und es mir in meinem Zimmer gemütlich zu machen, lief ich links an der Treppe vorbei und machte mich auf die Suche nach meinen Eltern.

Es war der Wunsch, dieses warme Gefühl, das sich über den Tag hinweg in mir aufgebaut hatte, mit ihnen zu teilen. Ich wollte ihnen davon erzählen, wie der Ausflug war, vielleicht sogar ein paar Dinge über die letzten Tage vom Praktikum. Ich konnte mich nicht erinnern, wann ich das letzte Mal das Verlangen gespürt hatte, ihnen von meinem Alltag zu erzählen. Aber es war schön. Als hätte sich ein Teil von mir geöffnet, den ich die ganze Zeit mühselig unter Verschluss gehalten hatte.

Sie waren nicht im Wohnzimmer, nicht in der Küche. Beide Räume waren nur schwach beleuchtet – im Gegensatz zum Esszimmer. Und kaum trat ich durch den Türrahmen, wurden meine Schritte langsamer. Mein angesammelter Mut etwas kleiner, weil meine Eltern dort saßen wie jede Woche und darauf warteten, das ganze Schauspiel von vorne aufzuziehen. Weil sich hier nicht plötzlich alles verändert hatte, nur weil ich mich heute anders fühlte als sonst.

Sie verstummten beide, als sie mich sahen. »Ähm ... Tut mir leid, dass ich zu spät bin.«

Dad wollte ansetzen, etwas zu sagen, aber Mom kam ihm zuvor. »Heute war euer Ausflug in unsere Fabrik, nicht wahr?«

Ich räusperte mich kurz. Versuchte, das Gefühl von vor wenigen Sekunden wieder zu greifen zu bekommen. »Ja, genau.«

Mom setzte sich etwas aufrechter hin. »Oh, Schatz. Du bist schon ewig nicht mehr da gewesen. Wie war es? Hattest du viel Spaß?« Sie wirkte ... aufrichtig neugierig. Und sogar Dads Haltung war entspannter, als ich es von ihm gewohnt war.

Es dauerte ein paar Sekunden. Ein paar Sekunden, in denen mein Blick von Mom zu Dad und wieder zurückwanderte. In denen mein Gehirn zu verarbeiten versuchte, weshalb mich diese Szene so störte. Vor wenigen Sekunden hatte ich ihnen selbst davon erzählen wollen – warum zögerte ich jetzt? Warum blieben mir die Worte im Hals stecken?

Und dann wurde es mir beinahe schmerzlich bewusst.

Jeder Freitag war gleich. Wir aßen zusammen. Dad redete von der Firma. Sie fragten mich so selten nach meinem Training, dass ich irgendwann aufgehört hatte, von selbst davon zu erzählen. Das hier war plötzlich das genaue Gegenteil davon. Weil es absolut nichts mit dem Eiskunstlaufen zu tun hatte.

Meine Antwort kam viel zu spät. Viel zu schwach dafür, dass ich bis eben noch voller Motivation gewesen war. »Es war okay«, sagte ich leise.

Mom sah mich an, als wartete sie darauf, dass ich noch etwas hinzufügte und ausführlicher von meinem Tag berichtete. Allerdings war ich mit einem Mal so entsetzlich erschöpft, dass ich nicht einmal wusste, wie ich das Essen durchstehen sollte.

»Ich bin ein bisschen müde von dem langen Tag. Esst ruhig ohne mich.« Ich wartete ihre Reaktionen nicht ab und verließ das Esszimmer. In meinem Zimmer legte ich meine Tasche und Jacke vorsichtig auf dem Bett ab, ehe ich mich davor fallen ließ. Ich war mir der Handvoll Medaillen an meiner Wand beinahe körperlich bewusst. Als würden sie mich verspotten und dafür auslachen, dass es nur so wenige waren.

Ich zog meine Beine an die Brust, umschlang sie mit den Armen und verfluchte mich selbst dafür, wie sehr ich es mir zu Herzen nahm, dass meine Eltern an einem Praktikum, das ich nur wegen ihnen und dieser Abmachung angefangen hatte, mehr Interesse zeigten als an dem, was mir wirklich wichtig war.

Ich wollte eine Mauer um mein Herz ziehen, den Teil beschützen, der heute so hell geleuchtet hatte und noch unendlich verletzlich war. Aber es war so schwer. Egal, wie oft ich mir sagte, dass die Meinung meiner Eltern nichts zählte – es blieb ein winzig kleiner Part, der immer hoffte, dass sie dieses Brennen in mir verstehen würden.

Keine einzige Träne verließ meine Augen, aber als ich Minuten oder Stunden später den Kopf anhob, fühlte ich mich, als hätte ich hemmungslos geweint. Nicht auf die befreiende Art, die alle Ängste davonschwemmte. Es war eher so, dass die Schwere, die bisher in meinen Knochen gesessen hatte, aus ihnen hinaus – und in den Rest meines Körpers geflossen war.

Minutenlang konnte ich mich nicht dazu bringen aufzustehen. Und selbst als ich es schließlich tat, war es nur, um in mein Bett zu kriechen und Bunny in meinen Armen zu halten. Ich drehte mich auf die Seite, den Blick auf die Wand mit meinen Auszeichnungen gerichtet. In den letzten Tagen war die Abmachung mit meinen Eltern ein wenig in den Hintergrund gerückt – und das rächte sich nun. Ich zählte die Tage nach, die mir bis zum Wettkampf noch blieben. Einmal, zweimal, ein drittes Mal, um wirklich sicherzugehen, dass ich richtiglag. Dass sich kein Tag plötzlich in Luft aufgelöst hatte.

Achtundzwanzig Tage.

Es machte die Schwere in meinem Körper noch unerträglicher.

13. KAPITEL

Als ich am Samstagmorgen aufwachte, fühlte ich mich so erschöpft, dass ich alles getan hätte, um liegen bleiben zu können. Aber ich musste nur daran zurückdenken, mit welchem Gefühl ich gestern ins Bett gegangen war – wie viel Mühe es mich gekostet hatte einzuschlafen, weil die verbliebenen Tage wie wütende Tiere durch meinen Kopf jagten. Selbst als die Nacht immer weiter vorangeschritten war und sich dem Tag genähert hatte.

Ich gab mir zehn Minuten, um mit Bunny zu kuscheln, mich mental auf die nächsten Stunden vorzubereiten, ehe ich aufstand und meine gewöhnliche Routine durchlief. Es kam mir so ironisch vor, wie sehr mir die gewohnten Abläufe halfen, mich aus meiner Lethargie zu kämpfen. Und das, obwohl direkt nach dem Aufwachen alles für mich besser geklungen hatte, als aufzustehen.

Die Haustür fiel hinter mir zu, noch bevor meine Eltern einen Fuß aus ihrem Schlafzimmer taten. Mir war bewusst, dass es eine Vermeidungstaktik war, um sie nach dem gestrigen Abend nicht sehen zu müssen – wahrscheinlich war ihnen nicht mal bewusst, dass mich ihr Interesse an dem Praktikum statt an meinem Eiskunstlaufen mehr getroffen hatte, als ich zugeben wollte. Für den Moment war es mir egal. Ich war froh, dass mein Eissportverein mit den Aufbauarbeiten für die anstehende Eisdisco bereits so früh begann. Die Ausrede kam mir heute sehr gelegen.

Der Parkplatz vor der Eishalle war trotz der Uhrzeit bereits zur Hälfte belegt. Ich suchte mir einen freien Platz in der Nähe des Eingangs aus und lehnte mich für einen kurzen Augenblick im Sitz zurück. Meine Augen brannten leicht, als ich mit meinem Zeige- und Mittelfinger gegen die geschlossenen Lider drückte. In der Eile hatte ich nicht daran gedacht, mir Augentropfen einzupacken, um der Müdigkeit zumindest auf diese Weise entgegenzuwirken. Eine große Tasse Kaffee würde es richten müssen.

Ich bildete mir ein, den Geruch bereits in der Nase zu haben, die Wirkungen des Koffeins zu spüren. Letztlich war es das, was mich dazu bewegte, endlich aus dem Auto auszusteigen. Der Wind griff sofort nach meinen Haaren, ließ sie in der Luft und um mein Gesicht tanzen. Ich nahm den gröbsten Teil und steckte ihn unter den Kragen meines schwarzen Rollkragenpullovers. Das war auch der Moment, in dem ich bemerkte, dass ich bei meiner überstürzten Flucht aus dem Haus nicht einmal an einen Schal gedacht hatte.

Was für ein wundervoller Start in den Tag.

Die Halle war voller Menschen – von Coaches bis Elternteilen waren so viele Personen da, dass es vermutlich nicht einmal aufgefallen wäre, hätte ich einfach auf dem Absatz kehrtgemacht. Der Hausmeister musste gestern nach Schließung der Halle die Zuschauerränge eingefahren haben: Um die Eisbahn herum standen lange Tische – dort, wo normalerweise die Tribünen den Raum füllten.

Eine schwere warme Hand landete auf meiner Schulter und erschreckte mich beinahe zu Tode. »Lucy! Wunderbar, gut, dass du schon da bist. Wir können jede Person brauchen.« Coach Wilson trat in mein Sichtfeld, die kurzen Haare aus dem Gesicht gekämmt und mit Jeans und dickem Pullover bekleidet.

»Es sieht aus, als hättet ihr alles unter Kontrolle«, erwiderte ich anstelle einer Begrüßung. Ich hatte schnell gelernt, dass Coach Wilson diese Art von Höflichkeiten ohnehin liebend gern überging.

Sie ließ den Blick durch die Halle schweifen und nickte zufrieden. Ein kleines Lächeln schlich sich auf ihr Gesicht. »Es ist schön zu sehen, dass so viele zum Helfen gekommen sind, nachdem wir im letzten Jahr alles mit einer Handvoll Leuten erledigen mussten.«

»Ja, allerdings.« Ich hatte mich bereits darauf eingestellt, wieder bis spät in die Nacht alle Lichtanlagen austesten zu müssen – immerhin dürfte mir das dieses Jahr erspart bleiben.

»Frag einfach rum, wo du jemandem unter die Arme greifen kannst. Du kennst das Chaos ja schon«, meinte Coach Wilson. »Eins der Kinder aus der neuen Gruppe hat übrigens nach dir gefragt. Mika, wenn ich mich nicht täusche.« Sie drückte noch einmal kurz meine Schulter und ließ mich stehen, bevor ich die Möglichkeit hatte, weiter nachzufragen.

Ich drehte mich einmal langsam um die eigene Achse, hielt Ausschau nach Mika – und fand ihn schließlich einige Meter von mir entfernt auf dem Boden sitzen. Mit seinen kleinen Händen hielt er die zwei Enden einer bunten Girlande an der Bande der Eisbahn fest, während Jules neben ihm mit dem Klebeband kämpfte.

Oh.

Mein Hirn verarbeitete noch, was ich sah, als bereits ein aufgeregtes Summen durch den Rest meines Körpers fuhr. Für einen kurzen Augenblick hatte ich vergessen, dass Jules heute ebenfalls mithelfen wollte. Und noch im gleichen Moment fragte ich mich, wie es mir überhaupt hatte entfallen können. Ich sah nur sein Profil, die blonden Haare, die sein Gesicht verbargen, als er sich konzentriert über das Klebeband beugte. Er trug einen dieser schwarzen Hoodies, die in seinem Kleiderschrank allgegenwärtig zu sein schienen, und hatte mich noch nicht bemerkt.

Zum Glück – es gab mir genügend Zeit, meine Haare aus dem Rollkragen zu befreien, die Ärmel meiner zu großen gelben Jeansjacke hochzukrempeln, mich kurz darauf anders zu entscheiden und sie wieder zu öffnen, nur um sie direkt danach wieder umzuschlagen.

Ich brachte meine Beine dazu, mich zu Mika und Jules zu tragen, blieb hinter ihnen stehen und räusperte mich. Allerdings so leise, dass keiner der beiden es bemerkte. Ich spürte, wie meine Wangen warm wurden, während ich nach Worten suchte.

Ich tippte Mika auf die Schulter. In seiner Eile, den Kopf wie eine Eule nach hinten zu drehen, um mich sehen zu können, ließ er die Girlande los. Sie landete in einem bunten Haufen auf dem Boden.

»Coach Wilson sagte, dass du nach mir gefragt hast?«, begrüßte ich ihn.

Mika sah an mir hoch, die Augen so groß, als wäre ich ein Geist. Dann brach ein Grinsen über sein Gesicht herein – und damit kleine Fältchen auf seinem Nasenrücken, die mich sofort an Jules erinnerten. Dessen Blick spürte ich die ganze Zeit über wie eine Berührung auf meiner Haut. Ich war mir nur allzu bewusst, dass ich seine volle Aufmerksamkeit hatte. Vorerst konzentrierte ich mich allerdings auf Mika, in der Hoffnung, in der Zwischenzeit herauszufinden, was ich zu Jules sagen wollte.

Vielleicht ein normales »Hallo«.

»Eigentlich hat Jules mich nur vorgeschickt, weil er sich nicht getraut hat nachzufragen«, sagte Mika, als hätte er meine stumme Verzweiflung wahrgenommen. Aus den Augenwinkeln sah ich, wie Jules sich versteifte.

»Ich hatte dir auch gesagt, dass du Lucy davon nichts erzählen sollst«, meinte er zu Mika.

Mika riss die Augen wieder weit auf. »Ups.«

Jules seufzte. Fuhr sich über das Gesicht, als wollte er die leichte Röte von seinen Wangen wischen. »Ich sollte mir wirklich einen neuen Wingman suchen.«

»Du könntest mich auch einfach selbst ansprechen«, sagte ich und hockte mich neben die beiden. Dass ich vor drei Sekunden selbst noch ein Problem damit gehabt hatte, behielt ich für mich. »Ich beiße nicht.«

Jules' Augen funkelten amüsiert. »Schade.«

Einige Herzschläge lang hielt ich seinem Blick stand – genoss die Hitze darin, so wenig es zu der Unsicherheit passen wollte, von der ich gerade noch erfüllt gewesen war. Dann deutete ich mit einem Nicken auf die Girlande. »Seid ihr die Deko-Beauftragten?«

Jules reichte mir das Klebeband, hob die Girlande auf und gab Mika eines der Enden. »Wir haben uns freiwillig gemeldet. Und du bist nun offizielles Mitglied des Teams.«

»Und als neuestes Mitglied darf ich mein Können unter Beweis stellen, indem ich das tue, was bisher niemand geschafft hat?«, fragte ich und fuhr mit meinem Fingernagel die Klebebandrolle entlang, bis ich den Anfang fand.

Mika schob mir mit einem Fuß die Schere zu. Ich schnitt zwei Streifen von dem Klebeband ab und befestigte damit die beiden Seiten der Girlande, die Mika und Jules festhielten.

Jules nickte. »Und wer weiß, wie lange wir ohne dich noch hier gesessen hätten.«

»Ist das alles an Deko?«

»Der Rest liegt wohl noch in einer Kammer.«

»Wir haben nur noch nicht herausgefunden, in welcher«, ergänzte Mika Jules' Aussage.

»Und was war euer Plan, wenn ich nicht aufgetaucht wäre?«
Die beiden tauschten einen Blick aus. Jules zuckte mit den Schultern. »Ich hätte Mika wieder vorgeschickt, um jemanden zu fragen.«

Ich war mir nicht sicher, ob er es als Scherz oder bitterernst meinte – sein Gesichtsausdruck verriet absolut nichts. Und es half auch nicht, dass seine Augen hinter seinem Pony versteckt lagen. Er fuhr sich zwar immer wieder mit beiden Händen durch die Haare, um sie aus dem Gesicht zu bekommen, wenn überhaupt sorgte das allerdings nur dafür, dass es aussah, als hätte er heute Morgen seinen Kamm nicht gefunden. Der Pony fiel ihm sofort wieder in die Augen, sobald er den Kopf auch nur ansatzweise bewegte.

Ich bemerkte kaum, dass ich schmunzelte. Viel zu sehr war ich damit beschäftigt, jedes Detail, jede noch so kleine Bewegung von Jules wahrzunehmen. Er schob die Ärmel seines Hoodies bis unter die Ellenbogen, obwohl es in der Eishalle so kalt war, dass ich selbst unter meinen vielen Schichten fror. Dann winkelte er ein Bein vor dem Körper an – und mir fiel der Riss im Knie seiner Jeans auf, der ungewollt wirkte. Nicht, als hätte er sie in diesem Stil gekauft.

Es waren kleine Puzzleteile, die sich in meinem Kopf langsam zu einem Bild zusammensetzten. Bisher war es noch voller Lücken, voller Fragezeichen. Was war seine Lieblingsfarbe? Was sein Lieblingsessen? Mochte er lieber Kaffee oder Tee? War ihm Sommer oder Winter lieber – oder gefielen ihm die Zeiten dazwischen am besten, so wie mir?

Die Fragen liefen in einer Endlosschleife durch meinen Kopf, wollten mir aus dem Mund springen und beantwortet werden. Aber für den Moment hielt ich sie zurück. Ich hoffte, dass es noch mehr Gelegenheiten geben würde, die Lücken zu füllen. Mehr Dates. Mehr Gespräche. Mehr von allem.

Ich tauchte aus meinen Gedanken auf, als ich bemerkte, dass Mika und Jules verstummt waren. Sie sahen mich beide an – Mika fragend, Jules, als hätte er nichts lieber getan, als in meinen Kopf zu blicken, um zu sehen, was gerade darin vorging.

Unter den Blicken der beiden räusperte ich mich und wandte mich dann an Jules. »Ich war letztes Jahr nicht am Abbau beteiligt, also müsstest du tatsächlich nachfragen, wohin sie die Deko geräumt haben.« Er öffnete den Mund, aber ich kam ihm zuvor. »Und wehe, du schickst jetzt wirklich Mika vor.«

Sofort klappte er ihn wieder zu. »Natürlich nicht.« Er drückte sich vom Boden hoch und wischte den Staub von seiner Hose. »Ich bin fünfundzwanzig – ich kann sehr gut mit Erwachsenen umgehen«, fügte er überzeugt hinzu, ehe er sich in der Halle umsah und dann zielstrebig eine Person ansteuerte, die mir nicht bekannt vorkam. Bei seinem Glück war es jemand, der das erste Mal hier aushalf und keine Ahnung hatte, wo sich was befand. Bei dem Gedanken lachte ich in mich hinein.

»Ist man mit fünfundzwanzig nicht schon selbst erwachsen?«, ertönte Mikas Stimme von links.

»Verrate es ihm nicht.« Als Kind hatte ich selbst geglaubt, mit neunzehn bereits unglaublich erwachsen zu sein. Heute konnte ich darüber nur mehr oder weniger hysterisch lachen.

Er machte eine Bewegung, als wollte er sich den Mund wie einen Reißverschluss zuziehen.

»Perfekt.«

Wir beobachteten Jules auf seiner Suche nach jemandem, der ihm helfen konnte. Die meisten Leute schüttelten die Köpfe, nachdem er sie angesprochen hatte, und verwiesen ihn an eine andere Person. Es tat mir beinahe ein wenig leid – immerhin hätte ich einfach Coach Wilson fragen können. Ich amüsierte mich allerdings zu sehr, als dass ich Jules zur Hilfe eilen wollte.

Er brauchte sicher eine gute Viertelstunde, bis er mit einer Antwort zu uns zurückkehrte. »Nachdem ich ungefähr jeden hier gefragt habe, weiß ich jetzt, wo wir die restliche Deko finden.«

»In der Abstellkammer bei den Umkleiden?«, fragte ich.

Jules begann zu nicken, hielt dann allerdings in der Bewegung inne und sah mich mit zusammengekniffenen Augen an. »Woher weißt du das?«

»Dort haben wir sie letztes Jahr beim Aufbau gefunden.«

Vor Empörung klappte ihm der Mund auf. »Und statt dass wir dort zuerst nachgucken, schickst du mich quer durch die Eishalle?«

»Theoretisch hast du mich nie explizit gefragt, ob ich eine Idee habe, wo sie liegen könnte …«

»Wow.« Er zog den Ausdruck in die Länge, ungläubig, dass ich ihn wirklich auf diese Weise hintergangen hatte. »Dafür wirst du mir tragen helfen müssen«, sagte er und hielt mir seine Hand entgegen.

Ich betrachtete sie einen winzigen Augenblick – diese kleine Geste, die mir Schmetterlinge im Bauch bescherte. Dann ergriff ich sie, legte meine Finger auf seine Handfläche. Es kam mir vor, als würde er sie in Zeitlupe umschließen, dabei verging nur der Bruchteil einer Sekunde, bis er mir auf die Beine geholfen hatte.

Bildete ich es mir nur ein, oder zögerte er einen Herzschlag lang, bevor er mich losließ? Spürte er auch das Kribbeln, das zurückblieb – oder wanderte es nur meinen Arm langsam hinauf?

Ich bekam nur nebenbei mit, dass Jules Mika wegschickte, damit er woanders helfen konnte. Meine Wahrnehmung war auf diese kleine Berührung geschrumpft, in meinem Blickfeld sah ich nur noch, wie nah seine Hand meiner war. Wie einfach es gewesen wäre, sie wieder zu ergreifen. Schon im nächsten Moment hatte er sie allerdings in seine Hosentasche geschoben. Die Bewegung riss mich aus meiner Trance, und er bedeutete mir, ihm den Weg zu weisen.

»Hast du deinen Bruder gerade absichtlich woandershin geschickt, damit wir allein sein können?«, fragte ich ihn, als wir die Halle verließen und ich meine Stimme endlich wiedergefunden hatte.

Jules hob eine Schulter an und senkte den Kopf mit einem schiefen Grinsen auf den Lippen, das ihn so viel jünger wirken ließ, als er war. »War es so offensichtlich?«

Eine ironische Antwort lag mir auf der Zunge. Es war leicht, mit ihm in diese Neckereien zu verfallen. Leichter noch, weil er nicht davor zurückschreckte, auf die gleiche Art zu reagieren. Jules hatte eine ausgelassene, beinahe spielerische Seite, die er oft an den Tag legte. Ich fragte mich, ob es zum Teil daran lag, dass er so viel Zeit mit Mika verbrachte – und versuchte ganz automatisch, ihn mir mit seinen Freunden vorzustellen. Veränderte sein Auftreten sich bei Leuten in seinem Alter? Wurde er ernster, erwachsener?

Ich konnte ihn beim besten Willen nicht so vor mir sehen. Wenn ich an das Wort »erwachsen« dachte, sah ich sofort meine Eltern vor meinem inneren Auge. Jules wirkte zu offen, zu liebevoll, wenn er mit seinem Bruder sprach, als dass er jemals wie sie werden könnte ... hoffte ich. Bis vor ein paar Jahren hatte ich meinen Eltern auch noch wesentlich nähergestanden. Bis zu dem Zeitpunkt, als Eiskunstlaufen für mich zu mehr als einem Hobby geworden und der Wunsch, es hauptberuflich zu machen, aufgekommen war.

Ich schüttelte leicht den Kopf. Nach gestern Abend war das nichts, woran ich heute denken wollte. Es würde mich ohnehin nicht weiterbringen.

Ich ging gedanklich ein paar Schritte zurück. »Hast du eigentlich einen großen Freundeskreis?«

Jules sah mich überrascht an – vermutlich, weil er meinen inneren Monolog, der zu dieser Frage geführt hatte, nicht mitgehört hatte. Er beantwortete sie trotzdem, ohne zu zögern. »Definiere groß.« Er hob seinen Arm vor sich, zählte seine Freunde an einer Hand ab. »Aaron, Dave und Mariam – die beiden von der Tierarztpraxis –, ein paar alte Freunde vom College. Für mich ist er groß genug, aber ich bin mir sicher, dass es genügend Leute gibt, die damit nicht zufrieden wären.«

Unbewusst begann ich, seinen mit meinem Kreis zu vergleichen. Aber kaum dachte ich darüber nach, wen ich zu meinen engsten Freunden zählen würde, leerte mein Hirn sich. Bunny, wenn man Tiere zählen konnte. Eiza und Hannah tauchten in meinen Gedanken auf – und obwohl wir uns noch nicht lange kannten, erfüllte die Vorstellung, sie mit zu meinem Freundeskreis zählen zu können, mich mit einem warmen Gefühl.

»Ich finde, das klingt nach mehr als genug«, sagte ich.

»Und du? Würdest du deinen als groß bezeichnen?«

Ich ballte meine Hände zu Fäusten, zwang mich dazu, sie kurz darauf wieder zu lösen. »Nein, ich glaube nicht«, war alles, was ich dazu sagte. Ich war mir nicht sicher, wie ich meine Gedanken dazu ausdrücken konnte – selbst in meinen Ohren klang es irgendwie … traurig. Nicht, weil ich ein Problem damit hatte, allein zu sein. Eher, weil sich tief in meinem Bauch seit einigen Tagen immer wieder der Wunsch regte, es verändern zu wollen.

»Das müsste sie sein«, sagte ich und deutete auf die Tür rechts von uns. Sie war nicht abgeschlossen – Jules zog sie auf und ließ mich als Erstes in den schmalen Raum treten. Er ähnelte mehr einem länglichen Gang; an den Wänden standen auf beiden Seiten mehrere Metallregale, die sich einige Meter in den Raum hinein erstreckten. Auf der gegenüberliegenden Seite war ein Fenster mit Milchglas eingelassen, das auf den Parkplatz zeigen musste.

Jules schob einen Holzkeil unter die Tür, damit sie nicht zufiel, und schaltete die Glühbirne ein, die von der Decke hing und mit einem Flackern zum Leben erwachte.

»Gemütlich«, sagte Jules und trat tiefer in den Raum. Er streckte sich, um die Beschriftungen auf den Kartons ganz oben auf den Regalen zu lesen. Ich nahm mir die auf der anderen Seite vor.

Mit der Hand wischte ich den Staub von einem Karton und hustete, als er mir in die Nase stieg. »Unsere Vorstellungen von gemütlich scheinen ziemlich weit auseinanderzuliegen.«

»Habt ihr in der Schule nie Sieben Minuten im Himmel gespielt?«

Ich warf ihm einen Blick über die Schulter zu, aber er war völlig auf die Kartons im untersten Regalbrett konzentriert. »Nicht in staubigen Kammern.«

Das brachte ihn nun doch dazu, sich aufzurichten. Ich spürte sein Grinsen, noch bevor er sich umdrehte. »Aber du hast es auch gespielt?«

»Einmal«, sagte ich. »Wir haben beide sieben Minuten lang gekichert und uns danach nie wieder unterhalten.«

Sein Lachen war rau und leise. Es strich über mich hinweg, sorgte für eine Gänsehaut auf meinen Armen. Jules drehte sich vollständig zu mir um und ließ mich nicht aus den Augen. »Du hast den wichtigsten Teil ausgelassen.«

Ich hielt seinem Blick einige Sekunden stand – das helle Braun seiner Augen wirkte plötzlich wärmer. Schien zu flimmern. Weil er amüsiert war oder …

»Ich habe schon einige Leute geküsst«, erwiderte ich. »Wenn es das ist, worauf du hinauswillst.«

Er stieß sich von dem Regal ab. Kam näher und näher, bis seine Brust meine Schulter berührte, weil ich mich bisher nicht getraut hatte, ihm meinen vollen Oberkörper zuzuwenden. »War es nicht«, sagte er leise. »Es hat mich nur daran erinnert, dass ich mich seit zwei Tagen durchgehend frage, aus welchem Grund ich dich nicht geküsst habe, als ich die Gelegenheit dazu hatte.«

Jules' Augen sprachen eine deutliche Sprache. Der Wunsch, mich zu berühren, schrie mir daraus entgegen. Er hob langsam die Hand an, einen fragenden Ausdruck auf dem Gesicht. Als würde er mir Zeit geben, mich von ihm wegzudrehen, etwas zu sagen oder zu gehen, wenn es mir zuwider war.

Ich nickte, und er lächelte kurz, legte seine Hand auf meine Schulter. Drückte dagegen, damit ich nicht mehr länger seitlich vor ihm stand. Ich unterdrückte das Verlangen, meine Arme vor der Brust zu verschränken – sie wären ohnehin in dem Moment wieder an meine Seite gefallen, in dem er sich zu mir beugte. Er drückte seine Wange an meine, und ein Zittern rauschte durch meinen Körper.

»Ich denke, ich sollte es jetzt nachholen«, raunte er an meiner Haut.

14. KAPITEL

Mein Herz war kurz davor, zu platzen. Vor allem, als er sich noch einmal zurückzog und so schüchtern lächelte, dass meine Knie ganz weich wurden.

»Du machst mich wirklich fertig«, sagte ich ehrlich und entlockte ihm damit ein Lachen. Es verstummte ganz schnell, als ich meine Hand auf seine Schulter legte. Seine Augen wurden größer, als ich seinem Gesicht näher kam.

Diesmal hatte ich wirklich vor, ihn richtig zu küssen – nur verpuffte im letzten Moment mein Mut und ich drehte den Kopf nach links, um mit den Lippen seine Wange zu streifen, wie ich es bei unserem letzten Date getan hatte. Aber Jules ... Er drehte den Kopf zur Seite, kurz bevor mein Mund seine Wange berühren konnte.

Eine Hand hielt mein Gesicht fest – und mein Magen schlug unzählige Purzelbäume, als er seine Lippen sanft auf meine legte.

Mehr tat er nicht. Er lehnte sich wenige Zentimeter zurück, um mir ins Gesicht zu sehen. Ich brauchte einige Sekunden, um meine Lungen dazu zu überreden, wieder Luft zu holen. Um meinem Herzen zu sagen, dass es nicht sofort aus meiner Brust springen musste.

Jules legte den Kopf schief. »Ich würde dich wirklich gerne noch mal küssen«, sagte er leise – trotzdem hatte ich das Gefühl, als würde jedes Wort durch meinen Körper vibrieren. »Ist das okay?«

Ein kleines Lachen entkam mir. »Das fragst du, nachdem du es schon getan hast?«

Er biss sich auf die Unterlippe. Hob eine Schulter an. »Sorry.« Er wirkte kein bisschen, als würde es ihm leidtun. Im Gegenteil. Er betrachtete mich abwartend, als würde nur meine Antwort ihn davon abhalten, mir noch einmal näher zu kommen. Er musste nicht lange darauf warten. Meine Finger umschlossen den Stoff seines Oberteils an seiner Schulter, und ich zog ihn zu mir, bis kaum ein Blatt mehr zwischen uns passte.

Es war ihm Antwort genug. Er kam noch näher, bis seine Brust gegen meine drückte. Bis ich die Finger in den Haaren in seinem Nacken vergrub.

Bis seine Lippen meine berührten.

Mein Herz setzte aus und stolperte dann vor sich hin. Seine Lippen waren so weich, der Kuss so zart, dass ich spürte, wie eine Gänsehaut sich auf meinem gesamten Körper ausbreitete. Er legte den Arm um meine Taille, fuhr mit dem Daumen immer wieder über meine Hüfte.

Ich zitterte. Ich zitterte in seinen Armen und erkannte mich fast nicht wieder. In mir kämpfte der Wunsch, ihn näher an mich heranzulassen, mit dem Unglauben über das drängende Verlangen, das ich spürte. Noch nie hatte ich eine Person so sehr bei mir haben wollen wie in diesem Moment. Noch nie hatte ich jemanden so an mich heranlassen wollen, wenn auch der logische Teil meines Hirns mir immer wieder sagte, dass wir vor drei Wochen noch Fremde füreinander gewesen waren.

Dabei ... dabei spielte Zeit keine Rolle. Ich fiel in den Kuss, als würden wir uns schon monatelang kennen. Als wäre er einer von vielen und wir bereits gewohnt, auf diese Weise ineinanderzufallen. Das Gefühl war nicht unangenehm. Auf eine unerwartete Weise sogar eher beruhigend. Ich war mir nur nicht sicher, ob es Jules genauso ging.

Erst bemerkte ich es gar nicht – viel zu sehr war ich von seinen Berührungen, seinen Küssen, seiner puren Nähe abgelenkt. Aber als ich die Hände aus seinen Haaren löste und auf seine Schultern legte, fiel mir die Anspannung auf, die sich in ihn geschlichen hatte. Ich war mir nicht mal sicher, ob es ihm selbst bewusst war, denn als ich den Kuss beenden wollte, folgten seine Lippen mir. So als könnte er es nicht ertragen, mich nicht mehr zu küssen.

»Jules«, murmelte ich leise. »Was ist los?«

Eine Falte erschien zwischen seinen Augenbrauen. Er öffnete die Augen, sah mich mehrere Sekunden stumm an. Ich meinte zu sehen, wie ihm ein Gedanke nach dem anderen durch den Kopf ging.

Ich strich mit dem Daumen die Haut zwischen seinen Brauen glatt – und wartete dann einfach ab.

Er seufzte leise. »Ich habe ... Angst.«

»Wovor?«

Ein Kopfschütteln. »Dass du siehst, was in meinem Leben los ist, und wegläufst, bevor ich die Chance habe, etwas zu verändern.«

Er sagte es, als wäre es eine Notwendigkeit, dass das passieren würde, wenn wir einander näherkamen. Und die Tatsache, dass ihn das wirklich beschäftigte, ließ mich stocken. Ließ mich darüber nachdenken, wie ich ihm diese Sorge nehmen konnte, wenn ich noch nicht einmal wusste, was es wirklich war, das ihm Sorgen bereitete.

Ich nahm meine Hand von seiner Schulter. Umfasste seine Finger, die auf meiner Hüfte lagen, und hob unsere Hände in den Raum zwischen uns. Dann hakte ich meinen kleinen Finger in seinen ein.

Jules verfolgte meine Bewegungen aufmerksam. Ein kleines Lächeln schlich sich auf seine Lippen, als ihm bewusst wurde, was ich tat. Und obwohl ich kein Wort sagte, schien die Geste für ihn laut genug zu sprechen.

Er ließ meinen kleinen Finger los, nahm meine Hand in seine und drückte einen Kuss auf die Knöchel. Dann lehnte er seine Stirn gegen meine.

Mein Brustkorb lief vor lauter Emotionen über. Eine bunte Palette aller möglichen Gefühle, für die ich keine Namen hatte. Ich fragte mich, ob es Jules genauso ging. Ob sich für ihn unter die hellen auch ein paar dunkle Farben mischten. Und ich dachte: Vielleicht muss es so sein. Vielleicht war es nicht möglich, diese unzähligen Gefühle voneinander zu trennen, weil das eine zu dem anderen gehörte wie der Schatten zu einer Person.

Der Gedanke war befreiend. Mir war bewusst, dass Jules' Sorgen nicht einfach verschwinden würden. Aber zumindest konnte ich von mir selbst sagen, dass ich mir sicher war, nicht einfach ohne eine Erklärung zu gehen, wenn mir etwas nicht gefiel, das in seinem Leben passierte.

Meine Hände fuhren wie von allein seine Schultern hinauf und in seinen Nacken. Einzelne Strähnen kitzelten mich an den Händen, als ich meine Finger wieder in seinen Haaren vergrub. Er schloss die Augen, schien meine Berührung genauso zu benötigen wie ich seine. Und ich nutzte den Moment, um seine Nähe einfach nur zu genießen. Um seine Atemzüge zu zählen und zuzusehen, wie sein Brustkorb sich hob und senkte.

Kurz darauf erwiderten seine warmen Augen meinen Blick. Er blinzelte mehrmals träge, als wäre er kurz davor einzuschlafen, und wenn es nach mir gegangen wäre, hätten wir noch ewig in dieser Umarmung verharren können. Allerdings war mir nur allzu bewusst, dass die Zeit außerhalb dieses Raums nicht einfach stehen blieb.

»Wir sollten wieder zu den anderen gehen, oder?«, fragte ich leise. »Bevor sie sich fragen, wo wir bleiben.«

»Noch fünf Minuten«, meinte er und klang dabei beinahe ein wenig ... weinerlich? Ich lachte leise. Noch eine neue Seite von ihm, die ich bisher nicht gekannt hatte.

»Ich bin nicht dein Wecker. Du kannst mich nicht einfach fünf Minuten lang auf Snooze stellen, nur weil du keine Lust zum Arbeiten hast.«

»Ich habe keine Lust, dich loszulassen, wenn du so warm bist und so gut riechst. Das ist ein Unterschied.«

»Du bist unmöglich«, sagte ich, gab mir dann aber selbst eine, zwei, drei Minuten, in denen ich die Welt Welt sein ließ und den Moment genoss.

Bis sie in Form von Mika wieder über uns hereinbrach. Man hörte ihn schon aus einigen Metern Entfernung Jules' Namen rufen, der sich, kaum dass er die Stimme seines kleinen Bruders wahrnahm, von mir löste. Im nächsten Moment stieß Mika bereits zu uns.

Er tauchte in der offen stehenden Tür auf, sein Oberkörper verschwand beinahe vollständig hinter einem Berg aus Papptellern, den er in den Händen trug. Er schwankte gefährlich hin und her, vor allem, als Mika über seine eigenen Füße stolperte. Jules war sofort an seiner Seite und fing ihn auf, bevor er die Teller über dem Boden verstreuen konnte. Er nahm Mika einen Großteil davon ab und legte damit das Gesicht seines Bruders frei.

Sein neugieriger Blick wanderte zwischen mir und Jules hin und her. »Habt ihr die Boxen mit der Deko gefunden?«

Oh Gott. Ich hielt den Atem an und starrte angestrengt in eine andere Richtung. *Überhaupt nicht auffällig, Lucy.*

»Wir wollten sie gerade in die Halle bringen«, sagte Jules und klang dabei nicht im Mindesten, als würde er Mika eine Lüge auftischen. Er deutete sogar mit einem Nicken hinter mich, und als ich mich umdrehte, sah ich die Boxen mit der Aufschrift *Dekokram* direkt auf Augenhöhe in dem Regal stehen.

Mika nickte. »Coach Johnson hat gefragt, ob du eine von den großen Girlanden weiter oben aufhängen kannst. Die anderen sind alle zu klein, und ich glaube, er hat Höhenangst und traut sich nicht auf die Leiter.«

»Ich komme sofort«, sagte Jules. Er verlagerte das Gewicht der Pappteller auf einen Arm und griff mit der frei gewordenen Hand an meinem Kopf vorbei, um sich einen der Kartons zu schnappen. Dabei warf er mir ein Lächeln zu, das nur für mich bestimmt war und die Schmetterlinge in meinem Bauch erneut ausbrechen ließ.

Dann klemmte er sich die Box unter den Arm, wandte sich ab und folgte seinem kleinen Bruder aus der Kammer und den Gang hinunter. Ich hörte noch, wie er zu Mika sagte: »Sag ihm nicht, dass du von seiner Höhenangst weißt.« Und Mikas verwirrtes »Warum?« danach. Als er jedoch darauf antwortete, waren sie bereits zu weit entfernt.

Sobald sie weg waren, sackte ich in mich zusammen und stieß einen tiefen Atemzug aus. Ich war froh um den kurzen Moment Ruhe. Er war mehr als nötig, um die letzten Minuten zu verarbeiten. Mein Herz schlug immer noch aufgeregt, mein gesamter Körper fühlte sich unter den vielen Schichten, die ich trug, warm – beinahe heiß an. Ich hatte gleichzeitig das Bedürfnis, Jules sofort zu folgen, ihm nicht von der Seite zu weichen und mein Gesicht in den Händen zu vergraben.

Meine Wangen glühten, als ich sie mit meinen kalten Fingern berührte. *Komm schon, Lu. Ein Kuss wird dich doch nicht so aus der Fassung bringen.*

Aber doch. Doch, das tat er. Er füllte jeden meiner Gedanken aus und machte es mir unmöglich, etwas anderes zu denken, als: *Warum jetzt? Warum* er? Warum war es ausgerechnet Jules, der es schaffte, sich in mein Herz zu schleichen, wenn es mir doch bisher so gut gelungen war, alle daraus fernzuhalten? Weil er es mir so einfach machte, mich an seiner Seite wohlzufühlen? Weil ich meine Sorge in ihm gespiegelt sah?

Ich seufzte. Fuhr mir über das Gesicht, um die letzten Minuten daraus zu vertreiben. Es fehlte nur, dass ich auf dem Weg nach draußen auf jemanden traf und man mir die Emotionen von der Nasenspitze ablesen konnte.

Als ich mich endlich zurück in die Halle traute, waren alle viel zu sehr mit dem Aufbau beschäftigt. Niemand bemerkte, dass ich die letzte halbe Stunde nicht geholfen hatte. Nur Jules' Augen leuchteten auf, als er den Kopf von seiner Arbeit hob und mich auf sich zukommen sah. Er half Mika gerade dabei, einen der langen Tische mit den Tellern und den Plastikbechern zu dekorieren.

Kaum war ich zum Stehen gekommen, hob er eine aufgerollte Luftschlange an und pustete sie über meinen Kopf.

»Im Ernst?«, fragte ich. Ich zog die Luftschlange von meinen Haaren und legte sie mir um den Hals. »Und ich dachte, du wärst der Ältere von euch beiden.«

Jules und Mika sahen sich an. »Er tut nur so«, antwortete Mika kurz darauf.

»Ah, ich tue also nur so?« Jules runzelte die Stirn, als würde er über die Aussage nachdenken, und nickte dann. »Ich werde daran denken, wenn ich dir das nächste Mal ein Spiel für die Switch kaufen soll.«

Mika schloss sofort den Mund.

»Das dachte ich mir.«

Ich machte einen Schritt um den Tisch herum und nahm ihm eine der aufgerollten Luftschlangen aus der Hand, um sie über den Tisch zu pusten. »Sei nicht so gemein, nur weil du erwachsen bist und Geld hast.« Seine Finger berührten für einen kurzen Augenblick meinen Arm, als ich ihn wieder sinken ließ. Die Gänsehaut war sofort wieder da.

»Ich habe Geld, weil ich hart arbeite, nicht, weil ich erwachsen bin«, erwiderte er.

Ich verkniff mir das Grinsen bei der Steilvorlage, die er mir lieferte, und verschränkte die Arme vor der Brust. »Dann arbeite ich nicht hart?«

Mika wandte uns den Rücken zu und tarnte sein Kichern als Husten. Jules sah mich an, als versuchte er, den weiteren Verlauf des Gesprächs abzuschätzen.

»Ich habe das Gefühl«, sagte er vorsichtig. »Was auch immer ich jetzt sagen würde, ich würde mein Loch damit nur tiefer graben.«

Ich legte meine Hand kurz auf seinen Oberarm und reichte ihm dann eine Packung Konfetti. »Weniger reden, mehr arbeiten. Sonst wird das mit dem Geld nichts mehr.«

»Wir werden für unsere Hilfe nicht bezahlt«, murmelte er, riss die Tüte aber auf.

Wir waren noch bis spät in den Nachmittag hinein beschäftigt, bis wir die gesamte Halle in eine Disco umgewandelt hatten. Das bunte Licht flackerte bereits seit einer halben Stunde über der Bahn, die Stimmung war ausgelassen, und alle freuten sich auf den morgigen Tag. Wir bestellten Pizza und fielen so ausgehungert darüber her, als hätten wir tagelang nichts gegessen.

Jules schnappte sich eine komplette Salami-Pizza für sich, Mika und mich. Wir setzten uns um den Karton herum auf den Boden und verputzten ein Stück nach dem anderen.

»Wer hätte gedacht, dass selbst die Vorbereitungen einer

Eisdisco solchen Spaß machen?«, sagte Jules zwischen zwei Bissen.

»Geht es hier um die Pizza, oder hattest du ehrlich Spaß?«, fragte ich – und bereute es sofort, als er den Kopf schief legte und mich auf eine Weise musterte, die mir verriet, dass er in Gedanken gerade zu unserem Kuss gewandert war. »Schon gut, vergiss es.«

Er stieß ein fröhliches Lachen aus, das ich einfangen und direkt neben meinem Herzen verstauen wollte. »Nicht nur wegen der Pizza«, antwortete er trotzdem.

»Heißt das, du wirst morgen auch kommen?«, fragte Mika, ahnungslos, worauf sein Bruder anspielte.

»Wenn ich eingeladen bin?«, fragte Jules und sah mich abwartend an.

Ich zuckte mit den Schultern. »Es ist ein offenes Event. Jeder, der sich ein Ticket kauft, darf dabei sein.«

Sein Blick ruhte einige Sekunden auf mir, und ich bildete mir ein, einen Hauch Enttäuschung in seinem Gesicht zu entdecken. Aber er richtete seine Aufmerksamkeit auf den halb leeren Pizzakarton, ehe ich es genau erkennen konnte. »Richtig. Wenn ich es einrichten kann, komme ich bestimmt vorbei – immerhin ist es für einen guten Zweck.«

Die Art, wie er es sagte … Es zog an meinem Herzen und ließ mich leise vorschlagen: »Ich könnte dir zeigen, wie man eisläuft.«

Jules schmunzelte das Stück Pizza in seiner Hand an, und auch Mika wirkte von meiner Aussage merkwürdig amüsiert. »Das würdest du tun?«

»Wenn du möchtest.«

Er stützte seine Ellenbogen auf den Oberschenkeln ab und sah mich nach weiteren unzähligen Sekunden endlich an. »Wenn du glaubst, dass du gut darin bist, es mir beizubringen.«

»Bin ich«, meinte ich überzeugt. »Und selbst wenn nicht: Anfangs ist es normal, viel hinzufallen. Das gehört zur Lernkurve dazu.«

Das reichte, um auch die restliche Enttäuschung aus seinem Gesicht zu vertreiben – beinahe so, als wäre sie nie da gewesen. »Na gut, Lu. Morgen bist du meine Lehrerin.«

Lu.

Es war nur ein Wort – nur ein Spitzname. Aber darin lag eine Vertrautheit, die ich schon lange nicht mehr gespürt und … schmerzlich vermisst hatte, wenn ich wirklich ehrlich mit mir war. Ich liebte das Eislaufen, fühlte mich am besten, wenn ich jeden Tag ein wenig Zeit auf dem Eis verbrachte. Aber der ständige Wunsch, mehr erreichen zu wollen, der Druck, besser werden zu müssen – besser als alle anderen – und keine Sekunde verschwenden zu dürfen … Es hatte mich einsam gemacht. Und bis zu dem Moment, in dem Jules etwas so Banales tat, wie einen Spitznamen für mich zu verwenden, war es mir nicht einmal aufgefallen.

Ich senkte den Kopf, betrachtete die wenigen Zentimeter, die Jules zwischen uns gelassen hatte. Spürte der Wärme nach, die selbst jetzt im späten Herbst von ihm ausging.

Es war mir nicht aufgefallen.

Wie kalt ich mich jeden Tag fühlte. Nicht nur körperlich. Mein Herz war so sehr zu dem Eis gefroren, auf dem ich Stunde um Stunde verbrachte, dass es sich nach all der Zeit normal angefühlt hatte. Ich hatte es nicht hinterfragt – viel zu sehr war ich damit beschäftigt, nach den Sternen zu greifen, die sich immer weiter von mir entfernten. Und je weiter ich davon entfernt war, sie zu greifen zu bekommen, desto mehr sank mein Mut. Ich wollte nichts mehr, als mich endlich auszuruhen. Nichts mehr aufgeben zu müssen für etwas, von dem ich mir immer sicherer war, dass ich es in diesem Leben nicht erreichen würde.

»Lucy?« Jules' Stimme holte mich aus meinen Gedanken zurück. Ich blinzelte einige Male, vertrieb die Finsternis, die sich über mich gelegt hatte. Jules betrachtete mich eingehend, so als könnte er mir genau ansehen, dass mich etwas beschäftigte. Er hob fragend eine Augenbraue an, um Mika nicht darauf aufmerksam zu machen, der völlig auf seine Pizza fixiert war.

Was sollte ich auf seine stumme Frage antworten? Zu gern hätte ich ihm gesagt, was mir durch den Kopf ging, aber die Angst schnürte mir die Kehle zu. Wenn diese Worte meinen Mund verließen, würden sie wahr werden. Ich würde ihnen Raum geben, mich mit ihnen auseinandersetzen müssen – und jetzt, in diesem Augenblick, wusste ich nicht, wie ich das aushalten sollte. Ich konnte es nicht. Ich wollte noch ein wenig so tun, als könnte ich es schaffen. Nur ein kleines bisschen länger, bis ich stark genug war, der Wahrheit ins Gesicht zu blicken.

Also setzte ich ein Lächeln auf. Nahm mir ein weiteres Stück Pizza.

Und tat so, als wäre alles in Ordnung.

15. KAPITEL

Mein Blick wanderte alle zwei Minuten abwechselnd zwischen dem Eingang der Eishalle und der Uhr an meinem Handgelenk hin und her, während ich nach Jules und Mika Ausschau hielt. Es war noch früh am Abend, kaum achtzehn Uhr, aber die Eisdisco war bereits in vollem Gange. Die bunten blinkenden Lichter über uns belasteten meine Augen, ich spürte meine Füße kaum, weil ich mich so gut wie gar nicht von der Stelle an der Bande der Eisbahn fortbewegte, um ja nicht zu verpassen, wenn Jules kam. Das Stimmengewirr um mich herum war zu einem Hintergrundrauschen geworden, das ich den größten Teil der Zeit ausblendete.

Gestern Abend war ich so zeitig wie lange nicht mehr ins Bett gegangen. Ich hatte meinen Eltern flüchtig von der Veranstaltung erzählt, an ihrem halbherzigen Lächeln aber ablesen können, dass sie heute nicht hier auftauchen würden. Als ich sie das erste und zugleich letzte Mal auf dem Eis hatte stehen sehen, war ich fünf Jahre alt gewesen – allein der Gedanke, sie könnten in der Eishalle auftauchen, fühlte sich merkwürdig an.

Zumindest redete ich mir das ein. Manchmal vergaß ich, wie viel Distanz die vergangenen Jahre zwischen uns hatten entstehen lassen. Das waren die Momente, in denen ich nicht anders konnte, als mir zu wünschen, ihre Gesichter einmal – ein einziges Mal – in den Zuschauerrängen zu erkennen.

Ich seufzte. Bewegte meine Zehen in den Schlittschuhen, um sie aufzuwecken, und wünschte mir sehnlichst meine

Handwärmer herbei. Mein Blick schweifte über die Kinder und Eltern, Freundesgruppen und Paare, die kreuz und quer über das Eis liefen. Es grenzte an ein Wunder, dass noch kein Unfall passiert war. Die wenigsten von ihnen hatten Kenntnisse im Eiskunstlauf – alle vom Verein hatten eine Aufgabe für den Abend zugeteilt bekommen und daher keine Zeit, sich auf dem Eis zu vergnügen. Meine Füße kribbelten jedoch vor Ungeduld.

Meine Aufgabe, ein Auge auf die Leute auf dem Eis zu haben und aufzupassen, dass sie sich nicht gegenseitig über den Haufen fuhren, war nicht gerade die ereignisreichste. Zum Glück. Aarons Unfall beschäftigte mich immer noch und schlich sich immer wieder in mein Bewusstsein.

Ich streckte mich kurz an meinem Platz, drückte meinen Rücken und die Beine durch, die mir das lange Stehen nicht gerade dankten. Noch ehe ich mich wieder normal hinstellen konnte, tauchte etwas in meinem Sichtfeld auf. Ich zuckte erschrocken zusammen, als sich Hände auf meine Augen legten, und stieß einen überraschten Laut aus.

»Rate, wer ich bin«, erklang eine warme Stimme direkt an meinem Ohr.

Ein Lächeln trat auf meine Lippen. Ich entspannte mich, als ich ihn erkannte. »Du hast Glück, oder dein Timing ist ziemlich gut. Meine Schicht ist gerade vorbei.«

Jules' Finger glitten von meinen Augen zu meinen Schultern, bevor er mich losließ. Ich schaute über die Schulter zu ihm, sah gerade noch, wie er einen Schritt nach links tat, um die Eisbahn sehen zu können. Er stützte die Ellenbogen auf der Bande ab.

»Mika hat mich sofort mir selbst überlassen, als wir angekommen sind – er hat gerade noch so ein ›Bis später‹ rausbekommen, bevor seine Freunde ihn entführt haben.« Er machte eine kurze Pause. »Ich hoffe, ihm geht es gut.«

Lachend drehte ich mich zu ihm um. »Du klingst nicht unbedingt besorgt.«

»Er weiß, dass er mich bei dir findet«, sagte Jules. Dann räusperte er sich und schob sich die Haare so über die Ohren, dass ich sie nicht mehr sehen konnte. Ich verriet ihm nicht, dass mir ihre Röte bereits aufgefallen war. »Also – du hattest mir Trainingsstunden versprochen?«

Ich deutete auf den Eingang, einen Meter von uns entfernt. »Schritt eins: Zu mir aufs Eis kommen.«

Jules nickte verstehend. Er richtete sich auf, ließ ein Pärchen vor sich auf die Eisfläche treten und setzte erst einen, dann den anderen Fuß auf die glatte Oberfläche. Seine Schlittschuhe fielen mir sofort ins Auge – sie wirkten zu teuer. Zu perfekt auf seine Füße abgestimmt.

Ich kniff die Augen zusammen. »Wie oft, hast du gesagt, warst du schon Eislaufen?«

»Nicht oft.« Er legte eine Hand auf die Bande und schob sich über das Eis zu mir. Es war nur eine kurze Strecke – viel zu kurz, um erkennen zu können, ob er die Wahrheit sagte.

Normalerweise war es nicht schwer, Anfänger als solche zu erkennen. Sie bewegten sich, als würden sie gerade erst laufen lernen: vorsichtig, langsam, mit gekrümmten Rücken, um die Distanz zum Boden zu verringern. Jules tat all das nicht. Er stand aufrecht, als er zu mir glitt, die Hand an der Bande nur eine Täuschung – er hätte sie nicht gebraucht.

»Du Lügner!«, rief ich empört, als er endlich vor mir stand.

Jules grinste, gab sein Schauspiel aber noch nicht auf. »Ich weiß nicht, was du meinst.«

Reflexartig streckte ich einen Arm nach ihm aus, die Hand zur Faust geballt, weil ich ihm gegen die Schulter boxen wollte. Allerdings traf sie ins Leere. Jules hatte sich rückwärts von mir entfernt und strauchelte dabei nicht einmal.

Ich stemmte die Hände in die Hüften. »Du bist unglaublich. Weißt du, wie lange ich überlegt habe, wie ich dir das Eislaufen näherbringen könnte?«

Jetzt brach das Lachen doch aus ihm hervor. Es wurde von der lauten Musik geschluckt, bevor es durch den Raum hallen konnte, aber ich hörte es deutlich.

»Unglaublich«, sagte ich noch einmal und lenkte den Blick stur auf die Leute vor uns.

Jules überwand die Distanz zwischen uns und stellte sich nah genug neben mich, dass meine komplette linke Seite zu kribbeln begann. »Tut mir leid. Als du mir vorgeschlagen hast, mich zu unterrichten, hast du so stolz ausgesehen, dass ich es nicht über mich gebracht habe, etwas zu sagen.«

»Du hättest wenigstens versuchen können, glaubhaft darzustellen, dass du es nicht kannst«, meinte ich. »Stattdessen tauchst du hier mit einem Paar, was« – ich warf einen kurzen Blick auf seine Füße – »Zweihundert-, Dreihundert-Euro-Schlittschuhen von Riedell auf und tust so, als wäre es völlig normal, die als Anfänger zu haben.«

Seine einzige Antwort war ein Schulterzucken, das deutlich sagte, dass er sich keiner Schuld bewusst war. Er fuhr ein paar Achten vor mir auf und ab – ohne dass auch nur eine Spur von Unsicherheit in seinen Bewegungen lag. Im Gegenteil. Manchen Leuten sah man ihr natürliches Talent einfach an. Jules war so jemand – ihm dabei zuzusehen, vermittelte ein Gefühl von Leichtigkeit und Spaß, und mich überkam dieses unerwartete Bedürfnis, mich von der Bande abzustoßen und ein paar Runden mit ihm zu laufen. Ich kreuzte die Füße, um nicht direkt loszulaufen, hielt mich aber mit beiden Händen an dieser Empfindung fest. In letzter Zeit fiel es mir immer schwerer, meine Motivation – meinen Spaß und die pure Freude, die ich noch so gut in Erinnerung hatte –, heraufzubeschwören.

»Warum hast du mir nie erzählt, dass du eislaufen kannst?«, fragte ich, nachdem Jules vor mir zum Stehen gekommen war. Seine Wangen waren von der Kälte leicht gerötet, und er schob die Hände in die Taschen seiner dunkelgrünen weiten Jacke. Sie stand größtenteils offen und zeigte den schwarzen Rollkragenpullover und die braune Strickjacke, die er darunter trug. Es amüsierte mich, dass er so viele Schichten angezogen hatte – und trotzdem zu frieren schien.

Er fuhr sich mit der Hand durch die Haare. Ein nervöser Tick. »Meine Mom hat es mir beigebracht, bevor sie und mein Vater sich getrennt haben.«

»Ehrlich?« Erstaunt hob ich die Augenbrauen an. »Wieso hast du nicht weitergemacht, so wie Mika?«

Jules zuckte mit den Schultern. »Ich hatte nie Ambitionen in die Richtung. Ab und zu, ja – für Veranstaltungen wie die hier oder Dates oder um mit Mika ein paar Runden zu laufen. Aber davon abgesehen? Die Liebe zum Eis hat mich übersprungen und Mika dafür voll erwischt.«

»Hat dein Vater auch einen Bezug zum Eislaufen?«

»Nein, nicht wirklich. Außer du willst die Ehe mit einer leidenschaftlichen Eisläuferin als Bezug sehen. Davon abgesehen hat er sich nie groß dafür interessiert.« Täuschte ich mich, oder schwang eine gewisse Bitterkeit in seinen Worten mit?

»Ich glaube, für mich wäre das schon Grund genug, mich mit dem Thema auseinanderzusetzen.« Denn so funktionierte doch eine Ehe, oder nicht? Man beschäftigte sich mit Dingen, die einen normalerweise nicht allzu stark interessieren würden, weil man die andere Person besser verstehen wollte.

»Ja, für mich auch«, erwiderte Jules kurz angebunden. Sein Blick glitt über meine Schulter, schien etwas in meinem Rücken zu fixieren.

Ich drehte mich um, suchte, was Jules' Aufmerksamkeit auf

sich gezogen hatte, und sah Mika ein paar Schritte von der Eingangstür entfernt bei einer Gruppe von Kindern stehen. Sie unterhielten sich und lachten, gestikulierten wild. Mika trug nicht viel zum Gespräch bei – er stand nur still daneben und hörte zu. Aber selbst aus der Entfernung fiel mir das kleine Lächeln auf seinem Gesicht auf.

Ich merkte im ersten Moment nicht, wie die Tür aufging, während ich die Ähnlichkeiten zu seinem Bruder in Mikas Gesicht studierte. Erst als Jules an meine Seite trat, löste ich den Blick von ihm.

»Ich wusste nicht, dass er heute kommt«, murmelte Jules rechts von mir.

Er? Es dauerte nicht lang, bis ich erkannte, wen er meinte. Als die Tür aufgegangen war, hatten sich ein paar Krücken hindurchgeschoben. Aaron versuchte mühselig, sich durch den geöffneten Spalt zu manövrieren – und als hätten auch alle anderen seinen Kampf bemerkt, wurden die Gespräche in der Halle leiser. Die Musik spielte weiterhin ohrenbetäubend laut, aber der Rest? Verstummte einfach.

Seit seinem Unfall war Aaron nicht mehr beim Training gewesen, hatte sich nicht gemeldet, und selbst Emilia bekam nur hin und wieder eine Nachricht von ihm. Niemand wusste so richtig, wie es ihm ging, auch wenn die wildesten Spekulationen die Runde machten.

Ein harter Zug lag um seinen Mund, den ich an ihm noch nie gesehen hatte. Seine Schultern – sein ganzer Körper wirkte zum Zerreißen gespannt, als er sich den Gang entlang zu einer Bank schob. Ich konnte seine Augen aus der Entfernung nicht erkennen – aber es war, als hätte jemand Aarons Äußeres genommen und ihm einen völlig anderen Charakter verpasst.

Selbst seine Haare, die, seit ich denken konnte, immer so

lang gewesen waren, dass er sie zum Training zusammengebunden hatte, waren kurz rasiert.

Ich merkte, wie mir der Mund offen stand, und klappte ihn schnell wieder zu. Was war seit seinem Unfall passiert? Ich versuchte, irgendwelche Kleinigkeiten wahrzunehmen – irgendetwas, das darauf hindeutete, dass seine Verletzungen doch schlimmer waren, als das, was uns mitgeteilt worden war. Aber ich fand nichts.

Nachdem die meisten die anfängliche Überraschung überwunden hatten, begrüßten unzählige Vereinsmitglieder, Coaches und Freunde ihn. Eine kleine Traube bildete sich um Aaron und verdeckte fast vollständig die Sicht auf ihn.

Ich wandte mich Jules zu – er sah weiterhin zu Aaron. »Er ... hat sich immer noch nicht bei dir gemeldet, oder?«

Jules schüttelte den Kopf. »Er geht nicht an sein Handy. Er hat sich seit unserem letzten Treffen nirgends mehr blicken lassen. Ich dachte, er bräuchte etwas Zeit, um wieder auf die Beine zu kommen, aber ...« Ihn schien Aarons Anblick und sein plötzliches Auftauchen ebenso zu verwirren wie alle anderen. Er machte einen Schritt zum Ausgang rechts von uns. »Ich sollte kurz ...«, begann er, stockte aber, als er Emilia auf Aaron zusteuern sah.

»Vielleicht später«, meinte ich gutmütig. In Emilias Gesicht zeigte sich kaum unterdrückte Wut, gemischt mit unendlicher Sorge.

Ich wandte den Blick von den beiden ab. So gern ich es den anderen auch gleichgetan hätte und zu Aaron gegangen wäre – so, wie alle ihn belagerten, wollte ich es für ihn nicht noch schlimmer machen.

Jules nickte, auch wenn sein Blick einen Moment länger auf ihnen verweilte. »Es ist frustrierend. Nett ausgedrückt. Ich verstehe einfach nicht, wieso er so dickköpfig ist.«

Ich runzelte die Stirn. *Aaron?* Bisher hatte er auf mich noch nie diesen Eindruck gemacht. Im Gegenteil. Er hatte offen gewirkt. Hilfsbereit.

Hatte ich in den vergangenen Jahren so starke Scheuklappen getragen, dass ich keine Ahnung davon hatte, was um mich herum passierte? Ich war so auf mich selbst fokussiert gewesen – so an meinem Erfolg interessiert und an nichts anderem –, dass mein gesamtes Umfeld in den Hintergrund gerückt war.

Hätte mich irgendwer nach besonderen Erinnerungen an diese Zeit gefragt, ich hätte keine aufzählen können. Mir war, als hätte ich mich im Nebel befunden … und wäre in dem Moment aufgewacht, als ich über Mika gestolpert war. Bis dahin war jeder Tag gleich gewesen.

Ich betrachtete Jules, der noch mal über die Schulter zu Aaron sah – und für den Bruchteil einer Sekunde überkam mich ein Gefühl, das jedes Wort, jeden Gedanken aus meinem Kopf verschwinden ließ. Es wurde stärker, als Jules sich mir zuwandte. Mein Bauch kribbelte, und vor meinen Augen spielte sich in Zeitlupe unser Kuss ab. Jedes Detail, jede seiner Bewegungen stach mir ins Auge und bescherte mir eine Gänsehaut, die nicht der Kälte geschuldet war.

Ich verschränkte die Arme vor der Brust, richtete meine Aufmerksamkeit auf die Leute auf dem Eis, um mich abzulenken. Aber sosehr ich mir wünschte, es überspielen zu können: Jules entging mein Stimmungswandel nicht.

»Du siehst wütend aus«, kommentierte er meine Körpersprache.

Ich lachte kurz auf. Wütend war so fernab von dem, was ich fühlte, dass ich nicht anders konnte. »Ich bin nicht wütend. Ich würde dich gerade nur gerne noch einmal küssen.«

Jules nickte, ein verwirrtes Runzeln auf der Stirn – und hielt dann mitten in der Bewegung inne. Seine Augen wurden ganz groß, seine Mund klappte ein kleines Stück auf, und er blinzelte mich mehrere Male sprachlos an, ehe er sich wieder unter Kontrolle hatte. Ich sah die Röte langsam seinen Hals hinauf in seine Wangen kriechen.

Er räusperte sich. »Ich ... Ja. Okay.« Unsicher rieb er sich über den Nacken. »Gut, dass du so offen darüber sprechen kannst.«

»Hätte ich es nicht sagen sollen?«, fragte ich gespielt unschuldig. Ich wusste, dass meine Augen meine Belustigung verrieten.

»Nein. Ich meine, doch.« Er schüttelte den Kopf. »Du kannst mir immer sagen, was dir durch den Kopf geht. Ich habe nur nicht damit gerechnet, dass du ... dass ...« Er räusperte sich noch einmal und lachte dann über sich selbst. »Können wir vielleicht vergessen, dass ich auf deine Aussage hin angefangen habe zu stammeln, als hätte ich noch nie eine Frau geküsst?«

Ich löste meine verschränkten Arme und schob mich über das Eis zu ihm. Bis meine Schulter an seine streifte und kaum noch Platz zwischen uns beiden war. »Ich fand es süß.« *Süß und anziehend. Wie so vieles, das du tust.*

Daraufhin entspannte er sich ein wenig. Ich sah ein Lächeln um seine Lippen spielen, spürte, wie sich auch auf meinem Gesicht eins ausbreitete, als könnten meine Muskeln nicht anders, als es ihm gleichzutun. Ein angenehmes Schweigen breitete sich zwischen uns aus, während ich überdeutlich jede Regung wahrnahm, die von Jules ausging.

Er veränderte seine Position.

Ich veränderte meine Position.

Er stieß sich von der Bande ab.

Ich stieß mich von der Bande ab.

Er glitt ein paar Schritte über das Eis.

Und ich folgte ihm – ein paar Meter entfernt, weil ich nicht anders konnte, als ihm dabei zuzusehen, wie er einen Fuß vor den anderen setzte. Er bewegte sich so unbeschwert über das Eis. Mit einer Eleganz, die mich in ihren Bann zog.

Als er sich zu mir umdrehte und mir im Rückwärtslaufen die Hand entgegenstreckte, war ich so gefangen von seinem Anblick, dass ich einen Moment nicht aufpasste. Ich stolperte über meine eigenen Füße – und wäre mit dem Gesicht voran auf dem Eis gelandet, hätte Jules mich nicht aufgefangen.

Er half mir dabei, mich aufrecht hinzustellen, ließ mich erst los, als ich wieder festen Boden unter den Füßen hatte, und biss sich dabei die ganze Zeit auf die Unterlippe, als wollte er verhindern, in schallendes Gelächter auszubrechen.

»Wehe, du lachst«, sagte ich. Natürlich musste mir so etwas passieren. Mein Leben war eine Aneinanderreihung klischeehafter Szenen, die sich irgendwer ausgedacht hatte, um mich in so viele peinliche Situationen wie möglich zu bringen. Als hätte es nicht gereicht, dass ich Jules kennengelernt hatte, weil ich über seinen Bruder gestolpert war.

»Würde mir nie in den Sinn kommen«, sagte Jules. Kurz darauf hörte ich, wie er tief ausatmete und wenig später ein amüsiertes Schnauben ausstieß.

Ich ignorierte es – und lief vor ihm entlang, damit er mein Grinsen nicht sah.

Wir drehten einige Runden auf dem Eis. Manchmal war Jules hinter mir, manchmal ich hinter ihm. Meistens passte er seine Schritte meinen an und lief neben mir her. Wir sahen den anderen dabei zu, wie sie unbeholfen über das Eis rutschten, und fielen einige Male selbst beinahe hin. Es war ein unbeschwertes Laufen, das mich in eine Zeit zurückversetzte, in der ich beim Training nichts als pure Freude empfunden hatte. Mein gesamter Körper war erfüllt von diesem kindlichen Staunen.

Eine, vielleicht zwei Stunden später verließen wir die Bahn, um uns etwas zu trinken zu holen. Sofia stand mittlerweile an meinem Platz – sie war nach mir für die Aufsicht eingeteilt und wirkte genauso begeistert, wie ich die zwei Stunden gewesen war. Sie nickte mir zu, als wir an ihr vorbeiliefen, machte aber sonst keinen sehr zugänglichen Eindruck. Alles an ihr schrie danach, dass man sie für den Verbleib ihrer Schicht einfach in Ruhe lassen sollte.

Ich schob Jules vor mir von der Bahn und tauschte meine Schlittschuhe kurzerhand gegen meine Sneakers aus, die ich direkt an der Bande platziert hatte.

Jules war schneller fertig als ich, daher fiel mir auch erst viel zu spät auf, dass seine Aufmerksamkeit nicht mehr länger mir galt. Ich band mir gerade die Schnürsenkel zu und sah auf, als er Aaron auf die Schulter tippte. Er stand, auf eine Krücke gestützt, vor dem Tisch und hielt ein Getränk in der Hand. Von Emilia war nirgends etwas zu sehen, und auch alle anderen, die ihn vor kurzer Zeit noch belagert hatten, waren inzwischen wieder verschwunden.

Ich beeilte mich, die zweite Schleife zu binden und an Jules' Seite zu kommen. Aaron hob den Blick nicht von seinem Becher – er tat nicht mal so, als hätte er Interesse daran, mit uns zu sprechen. Jules warf mir einen kurzen Blick zu, als wollte er sichergehen, dass er sich Aarons Reaktion nicht einfach einbildete.

»Aaron?«, versuchte Jules es. »Alles okay? Brauchst du irgendwas?«

Eine Zeit lang kam gar nichts von Aaron zurück. Keine Antwort, keine Regung – genauso gut hätten wir einfach nicht existieren können. Kurz darauf drang ein leises Lachen über die Musik an mein Ohr. Es klang so unglücklich und abweisend, dass eine Gänsehaut meine Arme überzog.

»Alles bestens«, sagte Aaron schließlich. »Offensichtlich. Man kann mir doch ansehen, wie gut es mir geht, oder nicht?« Der Sarkasmus troff förmlich von seinen Lippen.

Jules runzelte die Stirn, und ich wusste, dass ich einen ähnlichen Gesichtsausdruck aufgesetzt haben musste. Das hier – das war nicht Aaron, wie ich ihn in den vergangenen Jahren kennengelernt hatte. Das war nicht die Person, die vor dem Training mit mir scherzte und danach mit mir durchging, welche Fehler ich gemacht hatte. Und egal, wie sehr ich darüber nachdachte: Mein Hirn wollte keine Erklärung dafür finden, weshalb sein Auftreten sich in den wenigen Wochen seit seinem Unfall so verändert hatte.

»Aaron«, begann Jules noch einmal, wurde aber von seinem Freund unterbrochen.

»Hey, keine Sorge. Meine Zukunft steht auf so wackeligen Krücken wie ich, aber immerhin habe ich etwas Gutes zu trinken.« Daraufhin hob er den Becher in seiner Hand an und nahm einen großen Schluck. Ich konnte mir gut vorstellen, dass es sich dabei nicht nur um Kinderpunsch handelte.

Jules versteifte sich kaum merklich neben mir, hielt den Blick aber starr auf seinen Freund gerichtet. »Wenn du drüber reden möchtest ...«

»Möchte ich nicht«, sagte Aaron. »Ich möchte Spaß haben und für einen halben Tag alles vergessen. Vorzugsweise mit Alkohol. Das Konzept müsstest du eigentlich am besten von uns kennen.«

Jules zuckte zusammen. Ballte die Hände zu Fäusten, presste die Kiefer aufeinander, als würde er sich für einen Schlag wappnen.

Für einen Gegenangriff, wurde mir bewusst. Ich konnte Aarons Stimme anhören, dass er es gesagt hatte, um Jules zu verletzen – präzise gewählte Worte, die das bewirken sollten, was sein Schweigen nicht geschafft hatte: dass wir verschwanden. Aaron den Rücken zudrehten und ihn einfach sich selbst überließen. Nur wollten seine Worte kein vollständiges Bild in meinem Kopf ergeben, sosehr ich es auch drehte und wendete.

Gedanklich ging ich all die Dinge durch, die ich hätte sagen können, um die Situation zu retten. Einen Scherz, etwas Ernstes. Vielleicht hätte ich Jules am Arm packen und ihn wegziehen sollen, denn so angespannt, wie er im Moment wirkte, hatte ich das Gefühl, er könnte jeden Augenblick platzen. Etwas sagen, das er in ein paar Stunden eventuell bereuen würde.

Aber kein Ton verließ meinen Mund. Und die Stille schien auch an Aaron nicht vorbeizugehen. Zögernd blickte er von seinem Becher auf. Mit Augen, in denen so viel Zerbrechlichkeit lag, dass ich Angst hatte, er könnte jede Sekunde in tausend Teile zerspringen.

Und mir wurde bewusst ... Das hier. Dieses ganze Gespräch. Es war nicht das Ergebnis einer plötzlichen Veränderung, die Aaron durchgemacht hatte. Es war ein Schutzmechanismus, mit dem er uns auf Distanz hielt. Wie ein Kind, das laut schrie, um darauf aufmerksam zu machen, dass etwas nicht stimmte.

Dass es Schmerzen hat.

Jules schien noch im gleichen Moment zu einer ähnlichen Erkenntnis zu gelangen. Seine Stimme verlor nichts von der Sanftheit, die er zu Beginn des Gesprächs angeschlagen hatte – auch wenn die Worte schneidender waren.

»Wag es nicht«, begann er, »meine Familie mit in einen Streit zu ziehen, weil du gerade sauer bist. *Ich* bin an nichts von dem schuld, was passiert ist. Wenn du es rauslassen möchtest, geh nach Hause und schrei das Haus zusammen. Oder rede mit mir, mit deinem Coach, mit Emilia – wem auch immer.«

Aaron ballte die Hände zu Fäusten und lockerte sie kurz darauf wieder. Er senkte den Kopf, die Schultern und nickte einmal kurz. Jules verharrte noch einen Moment an der Stelle. Mir kam es so vor, als hoffte er, dass Aaron doch noch zu einer Antwort ansetzen würde. Als jedoch kein Ton dessen Mund verließ, berührte er sanft meinen Arm.

»Das wird vermutlich allem widersprechen, was du gerade zu hören bekommen hast, aber wenn es dir nichts ausmacht, würde ich Aaron gerne nach Hause bringen«, flüsterte er mir zu.

»Sicher?«

Jules nickte sacht. »Es bringt nichts, mit ihm zu reden, wenn er so drauf ist. Aber ich möchte ihn auch nicht allein hierlassen.«

Ich dachte über meine nächsten Worte nicht einmal nach. »Soll ich mitkommen?« Dass er Aaron helfen wollte, war für mich kein Widerspruch. Sie waren seit Jahren Freunde – das verschwand nicht einfach, nur weil man sich für einige Zeit nicht verstand oder eine schwere Phase durchmachte.

Jules' Augen suchten in meinem Gesicht nach einer Antwort. Zu welcher Frage, wusste ich nicht, aber nach ein paar Herzschlägen schien er sie zu finden. Er nickte und wandte sich dann Aaron zu. »Komm. Wir bringen dich nach Hause.«

Alle Kraft war nach Jules' Worten aus Aaron gewichen. Äußerlich reagierte er nicht, ließ es aber zu, dass Jules ihm den Becher abnahm und mit sich aus der Eishalle zog.

Ich hielt Ausschau nach Mika, der sich bereitwillig von seinen Freunden verabschiedete, und wir folgten Jules und Aaron bis nach draußen zum Auto. Jules hatte seinen Freund bereits auf die Rückbank gesetzt und angeschnallt. Ich war mir nicht sicher, ob Aaron überhaupt mitbekam, was um ihn herum passierte – dabei wirkte er nicht völlig betrunken. Eher so, als hätte er sich aus der Realität zurückgezogen, um sich ihr nicht länger stellen zu müssen.

Ich setzte mich neben ihn, Mika stieg auf der Beifahrerseite ein. Er machte nicht den Anschein, als wäre er böse darüber, früher gehen zu müssen – von meinem Platz hinter Jules sah ich, wie seine Beine ein paar Zentimeter über dem Boden baumelten. Er schwang sie im Takt des Liedes hin und her, das gerade im Radio gespielt wurde, und sah dabei neugierig aus dem Fenster.

Der Anblick bildete einen Kontrast zu der angespannten Stimmung, die im Auto herrschte. Er war so ... *ruhig*. So gelassen, als wäre er eine Situation wie diese bereits gewohnt.

Vorzugsweise mit Alkohol. Das Konzept müsstest du eigentlich am besten von uns kennen.

Aarons Worte hallten durch meinen Kopf, Fragen sammelten sich auf meiner Zunge. Ich wusste, dass ich sie Jules hier und jetzt nicht stellen konnte – nicht, während Mika dabei war und Jules selbst so angespannt wirkte, als könnten seine Nähte jeden Moment reißen und die ganze Wut offenbaren, die sich in ihm angestaut hatte.

Ich biss mir auf die Zunge und sah aus dem Fenster in die Dunkelheit, die mit der späten Uhrzeit hereingebrochen war. Ich versuchte mich damit abzulenken, aber meine Augen nahmen die Umgebung erst gar nicht richtig wahr. Erst als wir vor einem Eisentor zwischen unendlich vielen Grünflächen hielten, sah ich mich genauer um. Die Häuser hier standen weit auseinander – versteckt hinter hohen Bäumen.

Jules schaute nur kurz in den Rückspiegel. Zu Aaron, dann zu mir. »Ich bin gleich wieder da«, sagte er und stieg aus. Ich sah ihm durch das Fenster dabei zu, wie er zum Tor lief und einen Code links an der Schaltfläche eingab. Das Tor öffnete sich automatisch. Mika spielte währenddessen an dem Radio herum – zappte von einem Sender zum nächsten, mit keinem Programm wirklich zufrieden. Jules stieg wieder ein. Drei Sekunden später klappte mir der Mund so weit auf, dass mein Kiefer schmerzte.

Wir fuhren einen Weg entlang, der durch einen kleinen privaten Wald führte. Die Bäume lichteten sich nach einigen Hundert Metern und entblößten ein Haus ... eine ... eine Villa, dass es mir die Sprache verschlug.

Sie war riesig, und Jules parkte sein Auto davor, als würde sie ihm nicht einmal auffallen. Er umrundete den Wagen und half Aaron von der Rückbank, während ich noch damit beschäftigt war, den Kopf staunend in den Nacken zu legen und die steinerne Fassade des Gebäudes anzustarren. Klare Linien bestimmten das Äußere, Laternen erhellten die Fassade, und Säulen stützen das Dach links und rechts vom Eingang, der sich auf einer Schwelle befand, die wir über drei Marmorstufen erklommen. Jules stieß eine gläserne Doppeltür auf, als würde er jeden Tag hier ein und aus spazieren, und half Aaron nach drinnen.

Ich traute mich kaum, einen Schritt in die Villa zu tun. Der Boden des Eingangsbereichs bestand aus purem glänzenden Marmor, die Decke erstreckte sich hoch über uns. Im hinteren Bereich schlängelte sich eine edle hölzerne Wendeltreppe an der Wand entlang nach oben. Ich folgte Jules, Mika und Aaron stolpernd in den ersten Stock hinauf und konnte nur an eine Sache denken:

Aaron war reich.
Nicht nur ein bisschen.
Wirklich, wirklich reich.

Es war ein Gebäude, wie man es sonst nur in Filmen sah: Gemälde schmückten die Wände, meine Sneakers machten leise Geräusche auf dem rötlich dunklen Parkett, und allein im rechten Flügel der ersten Etage zählte ich drei Bade- und zwei Schlafzimmer, in die mein eigenes doppelt gepasst hätte. Jeder Raum, an dem wir auf unserem Weg vorbeikamen, wirkte teurer als das gesamte Haus meiner Eltern.

Und obwohl der Boden vermutlich handverlegt war – obwohl jedes Detail und jedes Teil der Einrichtung für seinen ganz speziellen Platz in diesem Haus gefertigt worden sein musste, wirkte es unendlich leer auf mich. Als würde außer Aaron niemand hier leben.

Ich merkte erst, dass ich langsamer geworden war, als Mika auf dem Flur direkt neben einem Kamin anhielt und sich neugierig zu mir umdrehte. Jules und Aaron waren uns bereits einige Meter voraus, und ich beeilte mich, zu ihnen aufzuschließen.

»Hast du Angst?«, fragte Mika mich, als ich auf seiner Höhe angekommen war.

Verwirrt hielt ich inne. »Angst?«

»Das Haus ist so groß.« Er flüsterte es, als hätte er Sorge, von jemandem gehört zu werden, der sich in den Ecken und Winkeln des Gebäudes versteckte. »Ich glaube, ich könnte nicht einschlafen, wenn ich allein hier wäre.«

Ich auch nicht, wollte ich sagen. Aber noch bevor ich es aussprechen konnte, wand sich eine kleine Hand um meine eigene. Mika sah mich mit großen, bittenden Augen an, und ich konnte nicht anders, als sie fest zu umfassen. Mit einem Mal überkam mich das Bedürfnis, ihn vor den Monstern unter seinem Bett zu beschützen.

Mika führte mich wortlos den Flur entlang hinter Jules her.

»Bist du schon oft hier gewesen?«, fragte ich.

»Nur dreimal. Jules ist ganz oft hier gewesen, bevor Dad ihn rausgeworfen hat. Aber er sagt, dass er wegen der Arbeit beim Tierarzt keine Zeit mehr dafür hat.«

Rausgeworfen? Es war die zweite Aussage an diesem Abend, die mir merkwürdig aufstieß. Ein ungutes Gefühl breitete sich in meiner Magengegend aus.

Mika hielt vor einem der Zimmer an. Die Tür stand offen und lenkte meinen Blick direkt zum Bett. Aaron lag darauf, die Augen geschlossen. In einem angrenzenden Raum rauschte Wasser, und im nächsten Moment erschien Jules an der Seite seines Freundes. Er stellte ein volles Glas Wasser auf den Nachttisch, legte zwei Tabletten daneben und platzierte einen Eimer vor dem Bett.

Die einzige Lichtquelle war eine Leselampe, die in das Kopfteil des Boxspringbettes eingelassen war. Sie reichte aus, um mir zu zeigen, wie steif Jules sich bewegte. Er schob sich die Haare mit ruckartigen Bewegungen aus dem Gesicht, hatte die Lippen fest aufeinandergepresst, als wollte er all die Dinge zurückhalten, die ihm auf der Zunge brannten.

Mir fiel seine Angespanntheit ins Auge – wie konnte sie auch nicht? Aber gleichzeitig war da diese routinierte Art, mit der er alles bereitstellte, was Aaron brauchen könnte, sollte er aufwachen. Mit der er seinem Freund die Schuhe auszog und ihn auf die Seite rollte.

Ich wusste genau, dass mir meine Fragen und die Skepsis ins Gesicht geschrieben standen. Jules musste sie einfach sehen, als er aus dem Zimmer zu mir und Mika kam. Aber statt mir Antworten zu liefern oder irgendetwas anderes zu sagen, wandte er den Blick ab und ging den Gang zurück in die Richtung, aus der wir gekommen waren.

Mika verharrte einen Moment an meiner Seite, ehe er seinem großen Bruder folgte. Ein tiefes Seufzen aus Aarons

Zimmer weckte mich aus meiner nachdenklichen Starre. Ich schloss die Tür bis auf einen kleinen Spalt und machte mich dann auf den Weg aus dieser riesigen verlassenen Villa.

16. KAPITEL

In der Eingangshalle traf ich wieder auf die anderen. Mika winkte mir zu, als ich die Treppen nach unten kam, und Jules hielt uns bereits die Tür auf. Auf meinem Weg nach draußen versuchte ich, einen Blick auf sein Gesicht zu erhaschen, aber er war so auf seinen Bruder konzentriert, dass er es nicht bemerkte.

Mika sah zu Jules auf, als der ihm die Hand auf die Schulter legte. »Alles okay?«, fragte Jules leise.

Mika nickte. Legte den Kopf schief. »Aaron ist viel leiser als Papa, wenn er getrunken hat.« Die Art, wie er es sagte, wirkte so unschuldig – dabei waren die Worte alles andere als das.

Ich verlangsamte meine Schritte, als ich fast direkt hinter ihnen stand. Jules richtete sich auf, warf mir einen Blick zu, der gequält wirkte – vielleicht weil er nicht gewollt hatte, dass ich es höre, oder weil ihm Mikas Aussage wie mir auf den Magen schlug. Ich sprach ihn nicht darauf an. Noch nicht. Mittlerweile war ich mir zu hundert Prozent sicher, dass das kein Gespräch war, das Mika mithören sollte.

Jules ging neben seinem Bruder zum Auto. Er half ihm beim Einsteigen, beim Anschnallen und gab ihm seine Spielekonsole, die Sekunden später Mikas Gesicht in der Dunkelheit erhellte. Die Beifahrertür ging zu, und Jules ... Er sah mich immer noch nicht richtig an, wirkte unsicher und ratlos.

»Soll ich dich zurück zur Eishalle fahren, oder ...« Seine

Stimme brach ab. Er überließ es mir damit, zu entscheiden, ob ich eine andere Möglichkeit in Betracht ziehen wollte.

»Wenn du allein sein möchtest«, sagte ich.

Einige Sekunden vergingen, in denen er über seine Antwort nachdachte. Ein Blick in sein Gesicht verriet mir mehr, als ich wissen musste. Ihm war klar, dass ich meine Fragen nicht einfach unbeantwortet herunterschlucken konnte. Ich war nicht die Art Person, die Ungewissheit lange auf sich sitzen ließ.

Schließlich schüttelte er den Kopf. »Ich würde gern mit dir reden. Über alles.«

Ich nickte, noch bevor er ausgesprochen hatte. »Dann komme ich mit zu dir.«

Die Erleichterung ließ ihn ein wenig in sich zusammensacken. Er öffnete die Tür zur Rückbank, legte eine Hand auf den Rahmen, damit ich mir den Kopf nicht stieß und schlug sie hinter mir zu. Er saß auf dem Fahrersitz, noch bevor ich angeschnallt war.

Im Auto war es beinahe erdrückend still. Ich fragte mich, ob Mika die Stimmung bemerkte – er machte nicht den Eindruck, als wäre es so. Er war die ganze Zeit über entweder mit seinem Spiel beschäftigt oder schaute aus dem Fenster.

Den größten Teil der Zeit tat ich es ihm gleich. Ich stützte mein Kinn auf der Hand ab, den Ellenbogen auf dem Türrahmen, und sah dabei zu, wie die Stadt im Dunkeln an mir vorbeirauschte. Straßenlaternen warfen regelmäßige Lichtkegel in das Auto. Ich konnte nicht anders, als Jules immer wieder im Rückspiegel zu betrachten.

Seine Aufmerksamkeit war auf die Straße gerichtet. Nicht ein einziges Mal sagte er ein Wort zu Mika oder mir. Wie gern hätte ich ihm in den Kopf gesehen, um herauszufinden, was in ihm vorging. Ich hatte so viele Fragen, dass ich nicht einmal wusste, wo ich anfangen sollte, sobald wir die Gelegenheit hatten, in Ruhe miteinander zu reden.

Ich war nicht sauer, auch wenn ich das Gefühl nicht loswurde, dass Jules das dachte. Eher ... zurückhaltend. Der Abend hatte mir deutlich gezeigt, dass er und ich noch nicht viel voneinander wussten. Seine Äußerung schoss mir durch den Kopf – die Sorge, ich könnte gehen wollen, wenn ich mehr von seinem Leben erfuhr. Ich hatte keine Ahnung, welche Art Gespräch mich erwarten würde, und das machte mich unruhiger, als mir lieb war.

Mir fiel erst nach der Hälfte der Strecke auf, in welche Richtung wir fuhren. Nach zehn, fünfzehn Minuten hielt Jules auf dem Parkplatz der Tierarztpraxis – und ich erinnerte mich im gleichen Moment daran, wie er mir davon erzählt hatte, dass er direkt darüber wohnte.

Mika lief mit den Schlüsseln, die Jules ihm reichte, vor und hielt uns auf dem Weg nach oben alle Türen auf. Erst im Treppenhaus fiel mir der schwere Rucksack ins Auge, den er auf dem Rücken trug.

Jules' Wohnung war nicht sonderlich groß. Nach der Villa, in der Aaron lebte, wirkte sie wie ein Schuhkarton, in dem eine einzelne Person gerade so bequem leben konnte. Vom Eingangsbereich aus öffnete sich ein kleiner Raum vor uns. Statt in einem Flur stand man sofort mitten im Wohnzimmer. Rechts von mir befand sich eine schlichte weiße Küchenzeile, an der hier und da die Lackierung abblätterte. Direkt davor stand ein Tisch mit zwei Stühlen und nur wenige Schritte entfernt eine Couch mitten im Raum. Sie war mit der Rückenlehne zur Küche aufgestellt und auf den Fernseher an der gegenüberliegenden Wand ausgerichtet worden.

Links von mir war eine Tür, hinter der ich das Bad vermutete, und Mika kam gerade aus einer anderen, die sich neben dem Fernseher befand. Ich erhaschte einen kurzen Blick auf ein ungemachtes Bett mit dunkelblauer Bettwäsche und Mikas Rucksack darauf, dann ging die Tür wieder zu.

»Hast du noch Hunger?«, fragte Jules seinen kleinen Bruder, der gerade die Wohnung durchquerte. Mika hielt eine Waschtasche und einen Schlafanzug an die Brust gedrückt. Als Antwort schüttelte er nur kurz den Kopf, bevor er im Bad verschwand.

Jules schlüpfte aus seiner Jacke und warf sie über die Rückenlehne eines Stuhls. Er wusch ein Glas in der Spüle ab, füllte es mit Leitungswasser und reichte es mir, ohne mich richtig anzusehen.

Meine Finger berührten ganz sacht seine, als ich es entgegennahm. »Ist es vergiftet?«

Die Frage schien ihn so sehr zu verwirren, dass er den Kopf ruckartig in meine Richtung drehte. »Wie bitte?«

»Du meidest meinen Blick und starrst auf deine Füße, als hättest du etwas verbrochen«, meinte ich und nahm einen Schluck Wasser. »Ich wollte nur sichergehen, dass ich nicht demnächst in der Zeitung stehe.«

Jules öffnete den Mund, aber kein Ton kam hervor. Schließlich schüttelte er nur den Kopf und ließ Wasser in ein zweites Glas laufen.

Ich hielt mich an meinem Glas fest, weil ich nicht wusste, was ich sonst mit meinen Händen hätte tun sollen. Wenn ich Jules ansah, kribbelten meine Finger. Ich verspürte das Verlangen, ihn zu berühren. Die Falten von seiner Stirn zu wischen, die die letzte Stunde dort hinterlassen hatte. Doch ich hielt mich zurück. Seine Nervosität erfüllte den Raum zwischen uns, schuf einen kleinen Riss, wo bisher keiner gewesen war. Ich war mir nur nicht sicher, ob er sich zu einem Abgrund ausbreiten oder mich und Jules näher zusammenbringen würde.

Die Badezimmertür knallte gegen die Wand. Mika tapste im Schlafanzug zu Jules, der ihm sein Glas reichte und ihm mit den Fingern die Haare aus dem Gesicht kämmte, während er es in einem Zug austrank.

Als er fertig war, gab er es seinem großen Bruder zurück. »Kann ich noch eine Serie gucken?«

Jules nickte. »Mein Laptop liegt im Schlafzimmer, nimmst du bitte den? Ich komme in einer halben Stunde und sage dir Gute Nacht.«

»Okay«, meinte Mika und verzog sich ins Schlafzimmer. Die Tür ließ er dabei einen Spaltbreit offen, und wenige Minuten später konnte man Stimmen aus dem Laptoplautsprecher kommen hören.

Jules wusch die Gläser ab und stützte sich dann mit beiden Händen auf der Küchenzeile ab. Irgendwann hatte er die Ärmel seiner Strickjacke nach oben gekrempelt, und als er den Kopf auf die Brust sinken ließ, erkannte ich den Rand des Tattoos in seinem Nacken, das mir bereits bei unserer ersten Begegnung aufgefallen war.

Ich rieb eine Hand unsicher über die Naht meiner Hose. »Jules?«

Er warf mir über seine Schulter hinweg einen Blick zu, eine Augenbraue in einer stummen Frage leicht angehoben.

»Ist es okay, wenn ich dich berühre?«

Seine Augen glitten über mein Gesicht. Ganz kurz nur, dann wandte er sich wieder nach vorne. Das Nicken sah ich trotzdem ganz deutlich.

Ich überbrückte die Distanz, die Jules zwischen uns gebracht hatte. Meine Finger strichen vorsichtig über seinen Nacken, damit er sich nicht erschreckte. Als er keine Anstalten machte, sich von mir fortzubewegen, schob ich seine Haare langsam beiseite, überrascht, zu fühlen, wie weich sie waren.

Ich mochte es, ihn zu berühren. Er strahlte eine Wärme aus, die ich aufsaugen und für mich beanspruchen wollte. Und jedes Mal, wenn meine Fingerkuppen über seine Haut streiften, zuckten kleine Blitze meinen Arm hinauf.

Das Tattoo verschwand unter dem Kragen seiner Strickjacke. Ich konnte gerade so die Krone eines verworrenen Baumes erkennen, der seinen Nacken hinaufreichte. Die Äste und Blätter bestanden aus so feinen Linien, dass ich mich etwas strecken musste, um sie besser erkennen zu können.

Jules schwieg währenddessen, sein Atem ging ruhig. Er senkte den Kopf auf die Brust, als wollte er mir die Möglichkeit geben, das Tattoo ganz genau zu betrachten.

»Was bedeutet es?«, fragte ich leise. Mir war beinahe körperlich bewusst, dass die Tür zum Schlafzimmer nicht ganz geschlossen war. Ich konnte mir nicht vorstellen, dass die Wände auch nur ansatzweise dick genug waren, um unsere Stimmen zu dämmen. Und obwohl es keine Frage war, die Mika nicht hören sollte, überkam mich dieses unerwartete Bedürfnis, das Gespräch mit niemand anderem zu teilen.

Jules reagierte mit ein paar Sekunden Verspätung. Er drehte sich nicht um, ließ die Strickjacke aber von seinen Schultern gleiten. Ich hakte meinen Finger in seinen T-Shirt-Kragen und schob ihn so weit nach unten wie es ging, ohne ihn auszuleiern.

Die Äste breiteten sich zu seinen Schulterblättern hin aus und gingen in einen Baumstamm über, dessen Wurzeln seinen Rücken hinunterreichten. Ich konnte gerade noch so erkennen, wie glatt die abgerundeten Kanten waren, an denen sie endeten. Allerdings reichten sie dabei mindestens bis zur Mitte seines Rückens – und auch wenn meine Neugier größer war als mein Verstand und ich gerne alles davon gesehen hätte, sank ich zurück auf die Füße und ließ sein T-Shirt los.

Jules zog seine Strickjacke wieder richtig an. Er drehte sich zu mir um und legte den rechten Arm über seinen Bauch. Als wollte er sich verstecken oder irgendwo festhalten.

Er richtete sich aus der Position auf, als ein Rascheln aus dem Schlafzimmer zu vernehmen war, und stieß sich von der Küchenzeile ab. »Ich geh kurz nach Mika gucken.« Damit schob er sich an mir vorbei und verschwand in dem anderen Zimmer.

Mir entwich ein kleiner Seufzer. Leises Murmeln drang an meine Ohren. Ich hörte nicht genau genug zu, um zu verstehen, worüber Jules und Mika redeten. Stattdessen umrundete ich die Couch und ließ mich drauffallen. Die weichen Polster schienen immer weiter unter mir nachzugeben; als wollten sie mich nie wieder loslassen.

Ich rutschte nach unten, um meinen Kopf an den Rücken der Couch zu lehnen. Im Fernseher erschien ein schwaches Spiegelbild von mir – verzerrt und unscharf, aber dennoch genau zu erkennen. Mehrere Strähnen hatten sich aus meinem lockeren tief sitzenden Dutt gelöst und umspielten mein Gesicht.

Es war die gleiche Person, der ich jeden Morgen in die Augen sah, wenn ich mich fertig machte. Nur fühlte sie sich diesmal entfernter an als sonst. Als würde sie nicht so recht zu dem passen, wie ich mich selbst sah.

Mit einem Kopfschütteln wandte ich den Blick ab. Rieb mir über die Augen und versuchte, das Gefühl zu vertreiben. Ein Blick zum Fenster, das ich von meinem Sitzplatz aus mit ausgestrecktem Arm hätte berühren können, offenbarte mir nicht mehr als ein Abbild von Jules' hell erleuchteter Wohnung.

Mein Blick wanderte über die verschwommenen Details, die ich im Fenster ausmachen konnte. Über einzelne Bilderrahmen an den Wänden und die unordentliche Garderobe direkt hinter dem Eingangsbereich. Zu der Decke, die ordentlich gefaltet neben mir lag, dem Kissen, das darauf Platz fand und den Zeitschriften über die Königshäuser, die auf seinem Couchtisch lagen.

Als Jules zurückkam, beobachtete ich auch ihn ein paar Herzschläge lang auf diese Weise. Nachdem er die Schlafzimmertür geschlossen hatte, verharrte er mehrere Sekunden lang dort. Er strich sich die Haare in seinem Nacken glatt und schien sich innerlich auf unser Gespräch einzustellen.

Erst dann kam er auf mich zu. Er nahm die Decke samt dem Kissen und legte beides achtlos auf dem Boden ab. Die Couch war nur ein Zweisitzer – so klein, dass wir uns beinahe berührten, als Jules sich hinsetzte. Und gleichzeitig groß genug, dass er sich an den Rand drücken konnte, damit genau das nicht passierte.

Ich löste mich von dem Spiegelbild und sah stattdessen auf meine weißen Socken. Wie sollte ich ansprechen, was mir in der vergangenen Stunde durch den Kopf gegangen war? Meine Zunge verknotete sich mit jedem Wort mehr, das seinen Weg bis dorthin fand.

»Zugehörigkeit«, sagte Jules da. Ich runzelte die Stirn, unsicher, was ich mit dem Wort anfangen sollte. Seine Erklärung kam wenig später. »Du hattest nach der Bedeutung des Tattoos gefragt.«

Nun schob ich mir doch die losen Haarsträhnen hinters Ohr, um ihn ansehen zu können. Sein Blick war auf einen Punkt auf dem Boden gerichtet – ich war mir nicht sicher, ob er das Muster dort tatsächlich betrachtete oder in Gedanken weit entfernt war.

»Was sagt ein Baum über Zugehörigkeit aus?«, entkam es mir, bevor ich mich bremsen konnte. Ich biss mir auf die Unterlippe. Manchmal sprangen Wörter und Sätze aus meinem

Mund, die ich nie in diesem Ton, dieser Formulierung hatte aussprechen wollen.

Falls Jules sich an meiner Frage störte, überging er es einfach.

»Die Wurzeln verästeln sich zu einem Abbild der Erdkugel, auf dem der Baum steht. Es ist eine etwas kitschige Art, mich daran zu erinnern, dass ich auf der Welt einen Platz habe, auch wenn es mir nicht immer so vorkommen mag.«

Einen Platz auf der Welt ... Es war beinahe, als hätte er die Worte aus meinen Gedanken gezupft und laut ausgesprochen, was mir tief im Inneren Angst bereitete.

Wie oft hatte ich das Gefühl, nicht gut genug zu sein, weder als Tochter noch als Freundin oder Eiskunstläuferin. Dieses Bewusstsein hatte sich so tief in mich gegraben, dass ich an den meisten Tagen nicht mal mitbekam, wie es mein Handeln bestimmte.

Dass Jules dieses Gefühl auch kannte ... Vielleicht war es das, was mich vom ersten Moment an zu ihm hingezogen hatte. Ein kleiner, kaum wahrnehmbarer Ausdruck in seinen Augen, der mich an mich selbst erinnerte.

»Wie lange hast du es schon? Das Tattoo?«, wollte ich wissen.

Jules streckte die Beine vor sich aus. »Ein paar Monate«, erklärte er. »Ich habe es mir stechen lassen, nachdem mein Vater mich rausgeschmissen hat.«

Meine Fingerkuppen rieben nervös übereinander, als ich die nächste Frage stellte. »Warum hat er das getan?«

Die Frage hing zwischen uns im Raum, war so geladen, dass ich sie beinahe knistern hörte.

»Weil ich ihm gesagt habe, was er nicht hören wollte.«

Die Aussage war so vage, dass sie alles hätte bedeuten können.

Das wurde Jules wohl in diesem Moment auch bewusst. Er

rieb sich über die Stirn, als hätte er Kopfschmerzen, ehe er die Hand wieder senkte. »Mein Dad ist Alkoholiker.«

Ich versuchte, meine unruhigen Finger stillzuhalten. Vor meinem inneren Auge tauchten all die Dinge auf, die mir aufgefallen waren, seit wir uns kannten. Die Momente, in denen Jules sich verspannte – immer dann, wenn das Gespräch zu seiner Familie führte. Seine Reaktion auf Aarons Aussage in der Eishalle.

Wie routiniert Jules sich um ihn gekümmert hatte.

»Wir hatten nie das beste Verhältnis«, fuhr er fort. »Aber nachdem Mom weggezogen ist, ist es zunehmend schlimmer geworden. Er hat einen Job nach dem anderen verloren und lieber zur Flasche gegriffen, als sich um Mika zu kümmern.« Ein ironisches Lächeln erschien auf seinen Lippen. Es erreichte seine Augen nicht mal annähernd. »Ausgesprochen klingt es wie der klischeehafte Inhalt eines Hollywoodfilms.«

Für mich klang es vor allem nach der Realität – Eltern, die nicht da waren, wenn man sie brauchte, kamen mir sehr bekannt vor.

»Also hast du dich um ihn gekümmert.« Es war nicht wirklich eine Frage. Die Antwort lag auf der Hand.

»Seit ich achtzehn bin«, bestätigte er trocken. »Manchmal fühlt es sich eher an, als wäre er mein Sohn. Nicht mein kleiner Bruder.«

Es lag kein Groll in seiner Stimme. Nichts, was sich gegen Mika richtete. Trotzdem spürte ich Wut in meinem Bauch aufflammen. Weil Jules es sagte, als wäre es das Normalste der Welt, dass man den Platz seiner Eltern einnehmen musste. Weil manche Leute Kinder in die Welt setzten, wenn sie nicht mal mit sich selbst klarkamen, und jede Verantwortung von sich wiesen.

Jules war fünfundzwanzig. Das waren sieben Jahre, in denen er den Job seiner Eltern übernommen hatte. Er war damals ungefähr so alt gewesen wie ich jetzt. Wenn ich darüber nachdachte, mich um ein Kleinkind kümmern zu müssen ... Mir wurde ganz anders bei der Vorstellung – ich war ja selbst eine dieser Personen, die nicht mit sich klarkamen.

»Der Tag, an dem mein Vater mich rausgeschmissen hat, war Mikas Geburtstag. Er hat es nicht mal geschafft, ihm zu gratulieren«, sagte Jules, und unterbrach damit meine Gedankengänge. »Er hat es nicht verdient, aber Mika sucht nach seiner Anerkennung, seit ich denken kann. Das Eiskunstlaufen ist nur eine von vielen Arten, mit denen mein Bruder versucht, ein bisschen Anerkennung von unserem Vater zu bekommen.« Er seufzte kurz. Lehnte den Kopf ähnlich wie ich vorhin gegen den Rücken der Couch und blickte an die Decke. »Manchmal frage ich mich, ob ich Mika davon abhalten sollte. Vom Eiskunstlauf, meine ich. Ich weiß, dass er es liebt – aber passiert es aus den richtigen Gründen? Keine Ahnung.«

Er klang so bitter. Älter, wenn er auf diese Weise sprach. Ich stellte mir vor, dass es ihm früher wie Mika gegangen sein musste. Vielleicht hatte er auch mal versucht, die Anerkennung seines Vaters zu bekommen, bevor sich dieser Wunsch langsam in Wut verwandelt hatte. Wie aus dem Jungen, der sich mit seinem Vater verbunden fühlen wollte, ein Mann geworden war, der dessen Nähe nicht ertrug.

Ich rieb mir über den Hals, als könnte ich den Kloß, der sich dort festgesetzt hatte, einfach wegmassieren. Es waren ganz andere Umstände, aber ich konnte nicht anders, als festzustellen, wie bekannt mir seine Gefühle vorkamen. Ich war es leid, mit meinen Eltern zu reden, aber das war nicht immer so gewesen. Und wenn ich ehrlich war, dann erfüllte mich das mit einer Angst, die für mich völlig neu war. Der Angst, dass das Verhältnis zwischen mir und meinen Eltern so bleiben könnte. Sich eventuell sogar verschlimmern würde.

Mir war nicht klar gewesen, dass mir das – neben all den anderen Dingen – Sorgen bereitete.

»Und an dem Tag ... an Mikas Geburtstag, habt ihr euch so arg gestritten, dass er dich rausgeworfen hat?«, hakte ich nach.

»Mika würde nie etwas sagen«, erklärte er – so leise, dass ich ihn beinahe nicht hörte. »Aber ich *weiß*, dass es ihn verletzt. Jedes Mal, wenn er von der Schule kommt und nicht mehr Aufmerksamkeit kriegt als ein Möbelstück. Wenn er ein Bild malt und es unserem Vater mit einem riesigen Strahlen im Gesicht zeigt, weil er so stolz ist, aber nur einen abwertenden Blick bekommt. Und ich *hasse* es ...« Seine Stimme brach am Ende des Satzes – und mein Herz gleich mit. »Es ist mir egal, ob mein Vater mich ignoriert oder nicht. Wirklich. Aber Mika ist ein *Kind*. Und ich bin einfach so wütend geworden.«

Wie könntest du auch nicht?, wollte ich fragen.

»Mein Dad tendiert dazu, ein noch schlimmeres Verhalten an den Tag zu legen, wenn er zu viel trinkt.« Er schwieg. Zögerte, als würde er nicht aussprechen wollen, was ihm durch den Kopf ging.

Ich traute mich auch nur, die Frage zu stellen, weil die Ungewissheit schlimmer zu ertragen war. »Hat er ... euch geschlagen?« Allein bei dem Gedanken drehte sich mir der Magen um.

Jules' Antwort dauerte länger, als mir lieb war. Er starrte auf den Fußboden – einen Herzschlag lang, noch einen und noch einen ... Mein Brustkorb zog sich in der Zeit schmerzhaft zusammen. Als wüsste mein Körper bereits genau, was kommen würde, obwohl noch niemand von uns es ausgesprochen hatte.

Trotzdem war ich nicht darauf vorbereitet, als er endlich den Mund öffnete.

»Es war das erste Mal.« Die Worte schwebten zwischen uns, hässlich und kalt. Ich fragte mich, ob sie auch für Jules so aussahen – seine Stimme war so emotionslos wie der Ausdruck auf seinem Gesicht.

Er ballte eine Hand zur Faust, aber es war keine wütende Geste. Sie wirkte auf mich, als wollte er die Worte einfangen, sie dorthin zurückverbannen, wo sie bis eben gelebt hatten, und so tun, als würden sie nicht wirklich existieren. Als er bemerkte, dass sie sich, einmal ausgesprochen, nicht zurücknehmen lassen würden, lösten seine Finger sich nach und nach wieder. Er legte die Hand auf dem Polster zwischen uns ab.

Wir waren beide auf unseren Seiten festgefroren. Jules, weil er ganz offensichtlich die Erinnerung noch einmal durchlebte. Und ich, weil ich nicht glauben konnte, was er gesagt hatte. Es kam nicht unerwartet. Nicht nach der Art, wie er über seinen Vater geredet hatte. Nur minderte das nicht im Geringsten die Härte, mit der die Worte mich trafen.

»An dem Tag … Im Nachhinein denke ich immer wieder, dass ich einfach den Mund hätte halten sollen.« Er klang so müde. »Mika war in seinem Zimmer, aber das Haus ist nicht groß genug, als dass er es nicht hätte mitbekommen können. Ich hätte es einfach über mich ergehen lassen und den Geburtstag mit Mika nachfeiern können …« Mit einem kraftlosen Schulterzucken ließ er die Aussage so stehen.

Alles in mir drängte danach, ihm zu widersprechen. Ihm, obwohl ich nicht dabei gewesen war, zu versichern, dass es nicht besser gewesen wäre, dass er sich nicht schuldig fühlen musste. Es kam mir so falsch vor. Und ich wusste noch im gleichen Moment, dass es nicht die Worte waren, die Jules gerade hören musste.

»Es tut mir so leid«, sagte ich stattdessen leise. »Dass dir das passiert ist. Dass du so eine Entscheidung überhaupt treffen musstest. Danke, dass du mir davon erzählt hast. Ich bin froh, dass du …« Ich stockte. *Dass du hier bist? Dass du nicht*

mehr bei deinem Vater leben musst, auch wenn Mika noch dort ist?
Die Worte klangen selbst in meinen Gedanken wie leere Hüllen. Daher behielt ich sie für mich. Sie kreiselten mir durch den Kopf, drängten gegen meine Lippen, aber ich schloss den Mund so fest, dass kein einziges von ihnen nach draußen entkommen konnte.

In der Wohnung über uns fiel etwas zu Boden, zerbrach in Scherben und zerriss die Stille, in die mein plötzliches Verstummen uns getaucht hatte. Jules hatte seinen Blick seit Minuten nicht vom Fußboden gehoben. Seine Augen wirkten leer, sein Gesicht auf den ersten Blick ausdruckslos, bis ich noch einmal hinsah und Jules' Emotionen und Gefühle, in jedem Winkel seines Körpers versteckt, entdeckte.

In der Hand, die nur wenige Zentimeter von meiner entfernt war, als hätte er sie in einem Hilfeschrei nach mir ausgestreckt.

In dem Muskel, der kaum merklich in seinem Kiefer zuckte.

Er saß direkt neben mir und wirkte dennoch so weit entfernt, als befänden wir uns in unterschiedlichen Räumen. Jules wirkte ... er wirkte so einsam auf mich. Ich dachte nicht wirklich darüber nach, was ich tat, als ich mich über die Couch zu ihm schob. Meinen kleinen Finger mit seinem verschränkte und wartete. Wartete. Wartete.

Irgendwann bewegte er sich. Sein Kopf landete auf meiner Schulter, seine Haare kitzelten mich am Nacken. Und ich schwor mir, mich so lange nicht zu bewegen, bis er die Kraft fand, sich wieder aufzurichten.

Ich hatte keine Ahnung, wie lange wir da so saßen. Es konnten Minuten sein, vielleicht auch Stunden, in denen meine Augen immer schwerer wurden. Jules atmete regelmäßig ein und aus – ich spürte seinen Brustkorb mit jedem Einatmen an meinem Arm. Das Geräusch zog mich immer weiter hinab, bis ich schließlich einschlief.

Es war Jules, der mich unbeabsichtigt mit einer Berührung weckte. Wir mussten uns irgendwann bewegt haben, denn ich wachte mit seinem Arm um meine Schultern auf, mein Kopf an seiner Halsbeuge. Ich zwang meine Augen, sich zu öffnen, auch wenn jede Zelle meines Körpers danach verlangte, mich umzudrehen und weiterzuschlafen.

Das Erste, was ich sah, waren Jules' Hände. Er spielte mit meinen Fingern, verschränkte seine und meine miteinander, nur um sie kurz darauf wieder zu lösen. Sein Daumen bewegte sich sanft über die kleine Narbe auf meinem Handrücken, wieder und wieder. Sie war so alt, dass ich mich nicht einmal daran erinnerte, woher ich sie hatte.

»Du bist wach«, sagte er in die Stille. Er räusperte sich – seine Stimme war so rau, als hätte er bis vor wenigen Minuten ebenfalls geschlafen.

Ich nickte an seiner Brust, und Jules' Finger hielten in ihrer Bewegung inne.

Seine Frage kam ein wenig unsicher. »Möchtest du, dass ich dich nach Hause fahre?«

Ich zögerte. Schüttelte den Kopf. Und hörte ihn tief ausatmen. Beinahe, als wäre er erleichtert.

»Okay.«

Wir schwiegen eine ganze Weile. Meine Gedanken waren noch zu träge, um wirklich Sinn zu ergeben – etwas, worüber ich im Moment mehr als dankbar war. All die Dinge, die Jules vorhin erzählt hatte, waren nicht einfach verschwunden. Sie hatten sich für den Moment nur zurückgezogen und warteten darauf, dass sie zusammen mit der Sonne wieder in den Vordergrund rücken konnten.

»Die Wohnung ist nicht sehr groß«, erklärte Jules, als er sich aufrichtete. »Mika schläft, wenn er hier ist, immer in meinem Zimmer, und ich ziehe das Sofa aus und …« Seine Stimme verlor sich. Er rieb sich über den Nacken und räusperte sich. »Es ist nicht wirklich groß oder bequem – bist du sicher, dass ich dich nicht nach Hause bringen soll?«

Er schaffte es nicht einmal, mir in die Augen zu sehen, während er das sagte. Schämte er sich dafür, dass seine Wohnung klein war? Dass er sie selbst zahlte, auf eigenen Beinen stand und sich keine Villa leisten konnte wie Aaron und seine Familie? Der Gedanke gefiel mir nicht – ich wollte nicht, dass er das Gefühl hatte, sich in meiner Gegenwart kleinreden zu müssen.

Ich griff nach der Hand, die er immer noch im Nacken liegen hatte, und umfasste sie mit meinen. »Hast du eine extra Zahnbürste für mich?«

Jules nickte.

Ich lächelte. »Dann lass uns das Sofa ausziehen, damit ich nicht gleich wieder im Sitzen einschlafe.«

Die Anspannung schien von ihm abzufallen. Er drückte sich von dem Sofa hoch, reichte mir eine Hand, um mir beim Aufstehen zu helfen, und machte sich dann daran, das Sofa in ein Bett umzuwandeln. Ich wollte ihm dabei helfen, aber jeder Handgriff war so geübt, dass er fertig war, bevor ich überhaupt dazu kam, mit anzupacken.

Ich folgte ihm ins Bad, wo er mir eine Zahnbürste, Zahnpasta und ein Handtuch auf den Rand des Waschbeckens legte. Er wollte sich gerade umdrehen und mich allein lassen, als sein Blick auf meine Kleidung fiel.

»Ich hol dir noch etwas, worin du schlafen kannst«, sagte er leise – kurz darauf war ich allein.

Die Badezimmertür war nur angelehnt. Ich hörte, wie Jules eine andere Tür beinahe geräuschlos aufzog. Der Boden knarzte unter seinen vorsichtigen Schritten.

Ich drehte den Wasserhahn auf, ließ mir das heiße Wasser einen Augenblick lang über die Hände laufen und überlegte gerade, wie ich das Make-up von meinem Gesicht bekommen sollte, als ein Klopfen an der Tür mich zusammenzucken ließ. Ich drehte den Wasserhahn schnell ab und trocknete meine Hände an dem Handtuch ab. Jules trat in den kleinen Raum, ein Shirt und eine Jogginghose in der Hand.

»Ich kann nicht versprechen, dass es passt«, sagte er und reichte mir beides. »Aber es ist sicher bequemer, als in einer Jeans zu schlafen.«

»Danke.« Ich drückte die Sachen an meine Brust. Jules' Nähe ließ Unsicherheit in meinem Körper aufsteigen. Das Bad war so klein, dass ich einen Schritt nach hinten getreten war, um Platz für ihn zu machen. Er griff an mir vorbei zum Spiegelschrank, der über dem Waschbecken hing.

Zwischen Zahnpastatuben, Deo und Pflastern kramte er eine kleine Packung mit Feuchttüchern hervor. Seine Schulter stieß dabei gegen meine, und für einen kurzen Augenblick war er so nahe, dass mir der Geruch seines Shampoos in die Nase stieg.

Kokos. Ein wenig ... Lavendel? Ganz schwach nur, weil ich mich nicht traute, tiefer einzuatmen, aus Angst, er könnte es mitbekommen.

Der Moment war innerhalb von Sekunden wieder vorbei. »Falls du dich abschminken möchtest ...« Seine Stimme verlor sich, als er den Blick von dem Label der Packung hob. Ich hielt die Luft an, als würde ich auf diese Weise unsichtbar werden. Wartete, dass er etwas sagen oder einen Schritt zurück machen würde.

Nichts von beidem passierte.

Ich wusste nicht, was er in meinem Gesicht las, aber seine Augen wurden mit einem Mal ganz sanft. Sie glitten über meine Haare, meine Stirn und die Wangenknochen und hinterließen überall ein Prickeln. Ich spürte meine Wangen rot werden – nicht, weil ich mich schämte. Es machte mir nichts aus, dass er mich so genau betrachtete. Aber alles, was ihm durch den Kopf ging, war ihm auf dem Gesicht abzulesen.

Amüsiertheit, als er bemerkte, wie fest ich die Sachen in den Armen hielt.

Leidenschaft, als sein Blick über meine Lippen streifte.

Zuneigung, als er in meine Augen sah.

Er versuchte nicht mal, irgendetwas von dem, das ihm durch den Kopf ging, vor mir zu verbergen. In diesem Moment konnte ich ihn lesen wie ein offenes Buch – und die Geschichten, die darin standen, ließen mein Herz höherschlagen.

Mein Körper bewegte sich, ohne dass ich es verhindern konnte. Ich musste keinen Schritt tun, musste mich nur ein bisschen strecken, damit meine Nase gegen die warme Haut an seinem Hals stieß. Den Kopf ein wenig heben, damit meine Lippen seinen Kiefer berührten.

Jules hielt dabei ganz still – als hätte es ihm durch meine überraschende Nähe die Sprache verschlagen. Ich spürte, wie Jules die Arme hob und seine Hände an meine Ellenbogen legte, um mich festzuhalten. Er senkte den Kopf, ein Dutzend Fragen in den Augen.

Und alles, was ich tun konnte, war sie mit einem Kuss zu beantworten.

Seine Lippen waren warm und weich. Sie öffneten sich leicht unter meinen, sorgten dafür, dass ein Schauer meinen Rücken hinunterjagte. Meine Lider schlossen sich wie von allein, und ein merkwürdig atemloser Laut entkam mir, als ich seine Zunge über meine Unterlippe streichen spürte. Ganz sacht, nur für einen knappen Herzschlag. Es war lang genug, um meinen Körper vergessen zu lassen, dass er Knie hatte. Hätte Jules mich nicht festgehalten – ich war mir sicher, dass ich einfach auf dem Boden gelandet wäre.

Ich löste mich widerwillig von ihm, lehnte mich nur kurz zurück, um einmal durchzuatmen – und musste grinsen, als ich bemerkte, wie er meiner Bewegung folgte. Unsere Lippen berührten sich ein weiteres Mal, dann wurden seine Küsse kürzer, und er verteilte sie über mein Kinn, meine Wangen und meine Nase, ehe er seine Stirn an meine lehnte.

»Du lachst«, sagte er leise. Fragend. Seine Stimme war ganz rau.

Weil mein Herz mir aus der Brust springt, wenn ich es nicht tue.

Jules' Augen fingen an zu leuchten – und meine Wangen wurden noch heißer, als sie es ohnehin schon waren.

»Das wolltest du nicht laut sagen, oder?«, fragte er.

Ich schüttelte den Kopf.

Seine Hände lösten sich von meinen Ellenbogen. Glitten meine Arme hinauf, über meine Schultern und meinen Hals, bis seine Daumen meine Mundwinkel berührten. Er strich über sie, als überlegte er, wie er das Lächeln einfangen könnte.

Der Moment war so kurz. Ein Blick, ein Kuss, ein Lächeln, und ich wünschte mir nichts sehnlicher, als diese Erinnerung zusammenzufalten und in meiner Hosentasche mit mir herumtragen zu können.

Viel zu schnell nahm er die Hände von meinem Gesicht und trat einen Schritt zurück. Dann noch einen und noch einen, bis er mit dem Rücken gegen den Türrahmen stieß, nur weil er den Blick nicht von mir lösen konnte.

Er verzog das Gesicht und rieb sich kurz über den Hinterkopf. »Ich bin mir so sicher, dass die Tür vor fünf Minuten noch weiter rechts war.« Ein schüchternes Lächeln zierte sein Gesicht. »Kannst du das einfach aus deinen Erinnerungen löschen?«

»Schon passiert«, erwiderte ich mit einem Schmunzeln. Jules nickte dankbar und ließ mich dann im Badezimmer allein.

Ich fuhr mir mit einer Hand durch die Haare, fing meinen eigenen Blick im Spiegel auf. Meine Wangen waren gerötet, meine Augen glänzten, als hätte ich Fieber. Das gleiche Gefühl wie vorhin überkam mich – diese Entrücktheit von mir selbst. Ich hatte keine Ahnung, wer diese Person im Spiegel war und wann ich mich so sehr von ihr entfremdet hatte, dass es mich erschreckte, sie zu sehen.

Ich wandte den Blick nach einigen Sekunden wieder ab, aber ein Echo davon blieb zurück, während ich mich abschminkte, meine Zähne putzte und meine Kleidung gegen die von Jules tauschte. Ich musste den Bund der Hose so eng schnüren, dass ich Angst hatte, das Gummi könnte reißen.

Meine eigenen Sachen legte ich auf den Wäschekorb neben der Dusche und verließ dann das Bad. Jules hatte in der Zwischenzeit noch ein zweites Kissen und eine weitere Decke auf dem Sofa ausgebreitet und stand nun ein wenig hilflos daneben.

Ich setzte mich auf das Bett und schob meine Beine unter die Decke. »Bist du nicht müde?«

»Doch«, erwiderte Jules sofort. »Ich weiß nur nicht, ob ich schlafen kann, wenn du neben mir liegst.«

»Ich verspreche, mich zu benehmen.«

Ich hörte noch sein raues Lachen, als er bereits im Bad verschwunden war. Ohne meine Kleidung, mein Make-up und meine gewohnte Umgebung fühlte ich mich seltsam schutzlos. Ich zog mir die Decke daher bis zum Kinn. Ich schloss meine Augen, zwang mein Herz dazu, in einen normalen Rhythmus zurückzufallen und nicht aus meiner Brust zu galoppieren.

Jules kam fünf oder zehn Minuten später aus dem Badezimmer. Er schaltete das Licht aus und durchquerte seine Wohnung im Dunkeln, bis er vor der freien Seite des Sofabetts stehen blieb.

Der Vorteil daran, dass ich die Augen geschlossen hatte, war, dass ich ihn nicht anstarren konnte – ich war mir nämlich sicher, dass ich genau das getan hätte, hätte ich auch nur einmal in seine Richtung geschaut.

Der Nachteil war, dass ich alles andere umso stärker wahrnahm. Wie das Polster auf seiner Seite nach unten sackte, als er sich ebenfalls hinlegte. Das Rascheln, als er es sich unter der Decke bequem machte. Das deutliche Wissen, dass er mir gerade unglaublich nah sein musste, auch wenn ich ihn nicht sah. Die Stille, die er nur hin und wieder mit einem tiefen Atemzug durchbrach. Eine Gänsehaut überzog meinen ganzen Körper.

Ich drückte mein Gesicht in das Kissen, bemerkte aber schnell, dass das ein Fehler war. Jules' Geruch war überall – er hing an dem Shirt, das ich trug, am Kissen, an der Decke und schien intensiver zu werden, je länger ich ruhig dalag und einzuschlafen versuchte. Über das Pochen meines eigenen Herzens konnte ich kaum etwas anderes hören – ich hatte keine Ahnung, ob Jules bereits schlief oder genauso wach war wie ich.

Ich lag ganz still da, als könnte ich die Müdigkeit auf diese Weise erzwingen, und fragte mich, warum ich mich nicht nervös fühlte. Es war so einfach gewesen, Nein zu sagen, als Jules gefragt hatte, ob ich nach Hause möchte. Die Vorstellung von meinem Zuhause, meinem Zimmer ... meinen Eltern. Das alles war hier so weit entfernt. Ich konnte meine Sorgen für eine Weile vor der Haustür warten lassen und nutzte diese Gelegenheit schamlos aus.

»Deine Gedanken sind lauter als meine«, erklang Jules' Stimme in der Dunkelheit. »Und das soll nach dem Abend schon etwas heißen.«

Ich gab es auf, zu tun, als würde ich schlafen, und rollte mich auf die linke Seite. Winkelte meine Beine an und schob meine Hand unter das Kissen. »Ich weiß nicht, wie ich sie leiser stellen kann.«

»Du könntest versuchen zu schlafen.«

Ich schnaubte, amüsiert über seine Aussage. »Du schläfst auch nicht.«

Die wenigen Laternen auf dem Parkplatz draußen waren das einzige Licht, das ins Zimmer fiel – aber sie reichten, damit ich Jules erkannte. Er lag auf dem Rücken, einen Arm hinter dem Kopf angewinkelt. Der andere befand sich auf seinem Bauch, den Blick hatte er zur Decke gerichtet.

»Ich bin nicht wirklich müde«, meinte er.

»Ich auch nicht.«

Seine Decke raschelte sacht, als er ein Bein anwinkelte. »Was ich dir vorhin erzählt habe ...« Er stockte kurz. »Ich habe dich überrumpelt, oder? Möchtest du darüber reden?«

Ich brauchte einen Moment, bis ich reagierte. Der Abend fühlte sich an, als wären mehrere Wochen in ein paar Stunden gepresst worden. Ein ungläubiges Lachen entkam mir, als seine Worte völlig zu mir durchdrangen. »Ich? Du fragst mich, ob ich darüber reden möchte? Meinst du nicht, dass das eine Frage ist, die ich besser dir stellen sollte?«

Er wandte mir sein Gesicht zu, und obwohl ich keinen genauen Ausdruck darauf erkannte, spürte ich seinen Blick auf mir.

»Selbst wenn du mich das fragst, ich wüsste nicht, was ich sagen sollte«, meinte er. »Nicht, weil ich nicht darüber reden möchte. Ich glaube, in den letzten Jahren, in denen ich zu Hause gelebt habe, habe ich mich einfach so sehr an den Zustand gewöhnt, dass es mir kaum noch in den Sinn kam, dass es bei anderen Familien anders sein könnte.«

Wenn er über seine Familie redete ... Es traf einen wunden Punkt in meinem Herzen. Jedes Mal schmerzte es, als würde jemand mit einer Nadel kleine Löcher hineinstechen.

»Die letzten Monate ... Seit ich nicht mehr zu Hause wohne, ist es anders. Ich habe ständig ...« Er stockte. Sprach nicht weiter.

»Angst«, beendete ich seinen Satz. Er hatte es nicht aussprechen müssen, damit ich verstand. Das Zittern in seiner Stimme war deutlich genug gewesen.

»Angst«, bestätigte er. »Ich habe Angst, dass ich nicht da bin, wenn meinem Vater noch mal die Hand ausrutscht. Ich habe Angst, dass Mika Dinge erlebt, die ein Kind in seinem Alter niemals mitbekommen sollte. Und vor allem habe ich Angst, dass ich ihn nicht beschützen kann, obwohl ich es versprochen habe.« Er zog den Arm unter seinem Kopf hervor und legte ihn über seine Augen. »Ich weiß, dass mein Vater ihn noch nie angefasst hat. Aber jedes Mal, wenn ich meinen Bruder angucke, frage ich mich, ob ich nicht mehr tun könnte – mehr tun müsste. Zu was für einer Person macht es mich, es nicht zu tun, weil ich Angst habe, dass Mika mir weggenommen werden könnte?«

Ich streckte die Hand aus, griff nach dem Ärmel seines Shirts und zupfte daran, bis sein Arm seine Augen nicht länger verdeckte. Ich rückte näher an ihn heran und stützte mich auf meinem Ellenbogen auf, um ihm ins Gesicht sehen zu können. Seine Augen schimmerten glasig im schwachen Licht, aber es wirkte nicht, als würde er weinen.

»Es macht dich zu einem ganz normalen Menschen. Mit Ängsten und Sorgen. Aber du wirst ihn beschützen«, sagte ich eindringlich. »Du tust es schon, so gut du kannst.«

Jules' Augen trafen meine. Der Schmerz, die Verzweiflung darin nahmen mir für eine Sekunde die Luft zum Atmen. »Das heißt nicht, dass ich ihn niemals enttäuschen werde.«

»Solange du dein Bestes gibst und dich bemühst, wirst du ihn nicht enttäuschen.« Ein Schnauben entkam ihm, auf das ich sofort mit einem Kopfschütteln reagierte. »Ich meine das ernst. Vielleicht werden die Leute, die dir am Herzen liegen, verletzt, ja. Aber das heißt nicht, dass du irgendwen enttäuscht hast, sondern, dass wir nicht über alles die Kontrolle haben und manchmal nicht mehr tun können, als zuzusehen und die Scherben aufzuheben, wenn etwas Schlimmes passiert.«

Er schloss die Augenlider mit einem Seufzen. »Es wäre mir lieber, es würde nichts Schlimmes passieren.«

Ich dachte an die wenigen Tage, die mir noch bis zum Wettkampf blieben. An die Abmachung mit meinen Eltern. An Aarons Unfall und das, was Jules in den vergangenen Jahren durchmachen musste. Würden unsere Schritte irgendwann leichter werden – oder würde immer wieder etwas passieren, das uns stolpern ließ?

Sosehr ich es mir wünschte, ich hatte keine Antwort darauf, keine motivierenden Worte, keine positiven Sprüche.

Ich konnte nur das sagen, was mir durch den Kopf ging.

»Mir auch.«

Und hoffen, dass jemand meinen stillen Wunsch hörte.

Jules erwiderte darauf nichts mehr. Was hätte er auch sagen sollen? Keiner von uns beiden konnte in die Zukunft sehen, um schlimme Situationen zu verhindern. Wir konnten nur abwarten – und wenn es ihm dabei auch nur ansatzweise so ging wie mir, war das der schwerste Teil.

Ich hörte, wie Jules' Atem langsamer wurde, tiefer, und schloss meine Augen. Versuchte, zurück zu der Leere zu finden, die meinen Kopf vorhin kurz nach dem Aufwachen erfüllt hatte. Kurz bevor ich in den Schlaf sank, kribbelten meine Hände. Jules schob seine Finger vorsichtig zwischen meine. Drückte sie leicht.

Das Gefühl begleitete mich bis in meine Träume.

17. KAPITEL

Am Morgen wachte ich vor Jules auf. Es war noch nicht einmal richtig hell – und damit viel zu früh, um nach dieser Nacht wach zu sein. Mein Körper war schwer. Träge. Aber ich fühlte mich nicht so erschöpft, wie ich es erwartet hätte.

Ich blinzelte und zog mir im gleichen Atemzug die Decke fester um die Schultern. Am liebsten wäre ich noch einmal in meiner Traumwelt versunken. Ich hätte das Gesicht in das Kissen gegraben und für ein paar weitere Minuten, vielleicht Stunden, Jules' Duft eingeatmet und alles andere vergessen. Aber ich war völlig wach – kein Hauch von Schläfrigkeit in greifbarer Nähe.

Vorsichtig drehte ich mich auf den Rücken. Meine Muskeln protestierten, als hätte ich mich während der ganzen Nacht nicht einmal aus dieser Position bewegt. Und als ich den Kopf in Jules' Richtung wandte, ahnte ich, weshalb.

Er lag auf dem Rücken, einen Arm über dem Kopf angewinkelt, der andere lag auf seinem Bauch. Die Beine hatte er wie ein Seestern von sich gestreckt und nahm damit den meisten Platz des ohnehin viel zu kleinen Sofabetts ein.

So leise wie möglich rollte ich mich vom Rücken auf die Seite, um Jules besser ansehen zu können. War es ... war es merkwürdig, ihn anzusehen, wenn er keine Möglichkeit hatte, mich daran zu hindern? Es kam mir zu intim vor – zu beobachten, wie sein Brustkorb sich gleichmäßig hob und senkte. Hin und wieder zuckte sein kleiner Finger, und ich hielt die Luft an, als könnte ich ihn auf diese Weise dazu bewegen, noch ein paar Minuten länger zu schlafen.

Mir noch ein paar Minuten mehr Zeit zu geben, meine Gedanken zu sortieren.

All die Dinge, die er gestern erzählt hatte – ich konnte mir nicht mal ansatzweise vorstellen, wie schwer die Last auf seinen Schultern sein musste. Das Päckchen wirkte so groß, dass ich keine Ahnung hatte, wie er es schaffte, es allein zu tragen.

Und trotzdem ... trotzdem war ihm an normalen Tagen nichts davon anzusehen. Unwillkürlich fragte ich mich, wie tief er das alles vergraben hatte. Ob es so weit unten versteckt war, dass er es tagsüber nicht einmal bemerkte. Lag er nachts wach, wenn der Rest der Welt still war? Wenn diese ganz bestimmte Dunkelheit sich durch die Fenster schob und all das hervorholte, von dem man sich tagsüber abzulenken versuchte?

Die Fragen schwirrten mir durch den Kopf, seit er mir gestern Abend davon erzählt hatte. Keine davon hatte es aus meinem Mund geschafft. Sie erstarrten auf halbem Weg, wenn ich mir die Verantwortung vorstellte, die auf ihm lastete. Zwar war Jules sechs Jahre älter als ich ... aber es waren auch *nur* sechs Jahre.

Meine Augen glitten über sein Gesicht. Die Haare, die ihm völlig wirr um den Kopf standen. Die langen Wimpern. Seine Lippen, die leicht geöffnet waren. Ich wollte mit den Fingerkuppen über sie streichen, spüren, ob sie wirklich so weich waren oder ob auf meinen Erinnerungen ein rosaroter Schleier lag.

Ich war so in seinem Anblick gefangen, dass ich nicht sofort bemerkte, wie er aufwachte. Es wurde mir erst bewusst, als seine Mundwinkel sich leicht hoben.

»Wie lange schaust du mich schon an, als wäre ich ein Gemälde im Louvre?«, erklang seine Stimme, vom Schlaf noch ganz heiser. Sie ließ meinen Magen einen kleinen Salto schlagen.

Ich räusperte mich. Zwang die Hitze, die meinen Nacken hinaufkroch, sich nicht in meinen Wangen auszubreiten. »Ich hab nicht auf die Uhr geguckt.«

Jules lachte leise, und ich konnte nicht anders, als ihm dabei zuzusehen. Er lachte, und die Sonne ging auf.

Was für ein merkwürdig passender Vergleich, dachte ich. *Er ist wie meine ganz eigene, private kleine Sonne.*

Ein Schmunzeln breitete sich bei dem Gedanken auf meinem Gesicht aus – etwas, das Jules natürlich nicht entging.

Sein Lachen wandelte sich zu einem Lächeln. Ein paar Sekunden lang betrachtete Jules mich eingehend, dann hob er die Decke leicht an und drehte sich ebenfalls auf die Seite. Er spiegelte meine Position – und war mir damit plötzlich unfassbar nah.

»Verrätst du mir, woran du gerade gedacht hast?«, wollte er leise wissen.

Ich schüttelte den Kopf, biss mir auf die Unterlippe. Niemals. Niemals würde ich diese Art von Gedanken aussprechen können.

Jules schien sich über die Antwort nicht sonderlich zu freuen. Er runzelte die Stirn und rückte noch etwas näher an mich heran. »Warum nicht? War es etwa …« Seine Augenbrauen schossen plötzlich in die Höhe – ein übertriebener geschockter Gesichtsausdruck, der mich mehr amüsierte, als ich zugeben wollte. »War es etwa ein unsittlicher Gedanke?«

»Unsittlich?«, wiederholte ich. »Wer bist du, eine Jungfrau aus dem achtzehnten Jahrhundert?«

Sein Lachen war so laut, dass ich mir Sorgen machte, es könnte Mika wecken. Er schlug sich eine Hand vor den Mund, die Augen groß vor Überraschung. »So früh am Morgen, und du machst mich schon nieder«, sagte er, als er sich wieder gefangen hatte.

Ich gab dem Kribbeln in meinen Fingern nach. Streckte die Hand aus und strich eine Haarsträhne aus seinen Augen, die ihm bei seinem Schauspiel in die Stirn gefallen war.

Ehe ich etwas antworten konnte, fing Jules meine Hand auf. »Schon wieder eiskalt«, murmelte er. Er schloss seine Finger um meine und hob unsere Hände an seinen Mund, um sie mit seinem Atem aufzuwärmen. Dabei war es nicht einmal sonderlich kalt in dem Raum.

Mein Herz stolperte, während Jules einen nachdenklichen Laut von sich gab und langsame Kreise über meinen Handrücken und die Finger rieb. Einen Moment sah ich ihm dabei zu und genoss das Gefühl. Er blieb dabei stumm, aber es kam mir vor, als würde er mit der unerwarteten Geste seine Zuneigung ausdrücken – auf eine Art, die viel lauter sprach, als jeder Satz es hätte tun können.

Mir war nicht bewusst, welche Worte meinen Mund verlassen würden, als ich ihn öffnete. Sie drangen erst in dem Moment zu mir durch, in dem ich sie aussprach.

»Manchmal frage ich mich, ob ich so viel Zeit in der Kälte verbracht habe, dass sie ein Teil von mir geworden ist«, begann ich leise. Hielt kurz inne, um mir sicher zu sein, dass ich wirklich weitersprechen wollte. »Wie im Märchen ›Die Schneekönigin‹. Ein Splitter hat mich, als ich klein war, im Herzen getroffen und es zu Eis gefrieren lassen.«

Jules' Hände stoppten mitten in der Bewegung. Seine Augenbrauen schoben sich zusammen und bildeten eine kleine Falte auf seiner Stirn. Ich konnte ihm beinahe ansehen, wie meine Worte ihm durch den Kopf gingen. Wie er sie hin und her wendete, um jede Seite zu betrachten und wirklich verstehen zu können, was ich hatte ausdrücken wollen.

Schließlich legte er meine Hand an seine Wange und sah mich mit sanften Augen an. »Nichts an dir ist kalt – von deinen Händen einmal abgesehen.« Ein winziges Lächeln schlich sich auf seine Lippen. »Deine Stimme ist wie warme Milch mit Honig, wenn ich nicht schlafen kann. Jede Berührung wie ein Feuer, das mich aufwärmt.«

Ich konnte den Blick nicht von ihm abwenden, selbst wenn ich es gewollt hätte.

»Rein gar nichts an dir ist kalt«, wiederholte er noch einmal mit Nachdruck.

Ich nickte. Löste meine Augen von seinen, weil sein Blick so ernst war und ich mich schämte und nicht zugeben wollte, wie sehr mich seine Worte freuten. Meine Hand glitt von seiner Wange. Über seinen Hals und die Schulter zu seiner Hüfte. Ich legte meinen Arm um ihn, schob mich so nah an ihn heran, wie ich konnte, und lehnte meine Stirn gegen den weichen Stoff seines Shirts.

Das bist du, wollte ich sagen. *Deinetwegen taut jeder eingefrorene Zentimeter in mir langsam wieder auf.*

Ich behielt es für mich. Drückte mich stattdessen fester an ihn und spürte, wie seine Arme sich um mich schlossen. Wie er mich festhielt.

Auf diese Weise lagen wir eine ganze Zeit still da. Jules' Herzschlag vibrierte an meinem Ohr, sein Atem strich über meinen Kopf. Und ich fragte mich, was ich tun – wen ich bestechen musste, um diesen Ort nie wieder verlassen zu müssen.

Mika war es schließlich, der uns dazu brachte aufzustehen. In dem einen Moment war es noch ruhig, im nächsten ging ein Poltern durch Jules' Wohnung. Es war so laut, als würde jemand direkt neben uns die Wohnung renovieren, aber Jules versicherte mir, dass das nur sein kleiner Bruder war, der kurz nach dem Aufstehen die Augen noch nicht richtig aufbekam.

Ich gab mich mit der Antwort zufrieden, löste mich von ihm, bevor Mika aus dem Schlafzimmer kam und uns sah. Jules tat es mir nach und stand auf. Sein erster Weg führte ihn zur Küchenzeile, wo er eine Kanne Kaffee aufsetzte – Minuten später war der gesamte Raum bereits von dem Geruch erfüllt.

Jules holte zwei Tassen aus dem obersten Schrank, während ich aufstand und zu ihm ging. Ich nahm sie ihm ab, befüllte beide und setzte mich mit meiner an den kleinen runden Esstisch, der nur ein paar Meter vom Sofa entfernt war. Jules blieb an der Küchenzeile stehen, die Hüfte dagegengelehnt, nahm er einen Schluck Kaffee und schien darauf zu warten, dass Mika endlich sein Zimmer verließ.

Ein paar Minuten später stolperte er in den Raum, die schulterlangen Haare ein einziges Nest, die Augen noch nicht ganz geöffnet, und ließ sich mir gegenüber auf einen Stuhl fallen. Sein Blick streifte mich kurz, aber er war offenbar noch im Halbschlaf und schien es nicht sofort zu registrieren. Ich sah ihm amüsiert dabei zu, wie er ausgiebig gähnte und sich streckte.

»Morgen«, begrüßte Jules ihn. »Du siehst aus, als hättest du eine harte Nacht gehabt.«

Mika blinzelte verschlafen. Runzelte die Stirn verwirrt, als wäre Englisch auf einmal eine Fremdsprache für ihn, und nickte dann. Seine Beine baumelten dabei ein paar Zentimeter über dem Boden.

»Möchtest du etwas frühstücken?«

Mika schüttelte den Kopf.

Jules stellte seine Tasse neben der Spüle ab, nahm ein Glas aus einem weiteren Schrank und füllte es mit Wasser, bevor er es vor seinem Bruder auf dem Tisch platzierte. »Trink wenigstens etwas.«

Ich war mir fast sicher, dass Mika im Sitzen wieder eingeschlafen war, bis er das Glas in die Hand nahm und es in einem Zug leer trank. Das Klacken, mit dem er es wieder abstellte, hallte durch den sonst leisen Raum. Es schien ihn einen Hauch wacher zu machen – zumindest so weit, dass er begriff, dass ich vor ihm saß.

Mika warf Jules einen Blick zu – schnell, überrascht und alles andere als heimlich. Ich konnte die Fragen darin deutlich lesen, tat aber so, als hätte ich nichts bemerkt, als Mika mich wieder ansah. Ich lächelte. Er lächelte zurück. Dann sah er wieder fragend zu Jules.

»Lucy hat hier übernachtet, weil es gestern Abend ziemlich spät wurde«, erklärte Jules. Er stellte sich neben Mika und bändigte die wirren Haare auf dessen Kopf notdürftig mit der Hand. »Tut mir leid, dass wir dich damit gerade überfallen.«

Mika senkte die Augen in seinen Schoß. Wog den Kopf hin und her, ehe er uns wieder ansah. »Dann seid ihr jetzt ein Paar?«

Ich verschluckte mich an meinem Kaffee und brach in einen Hustenanfall aus. Meine Wangen mussten unendlich rot sein, so sehr glühten sie.

Aus den Augenwinkeln sah ich, wie Jules den Mund öffnete, ihn aber vor Sprachlosigkeit kurz darauf wieder schloss. Er wirkte von der Frage so aus der Bahn geworfen, dass er ein paar Sekunden brauchte, um sich wieder zu fangen.

»Mika, vielleicht … solltest du solche Fragen nicht einfach in den Raum werfen«, sagte er vorsichtig – und wurde dafür mit einem fragenden Stirnrunzeln von seinem Bruder bedacht.

»Warum nicht?«

Jules verfiel daraufhin in ziemliche Erklärungsnot. Er warf mir einen verzweifelten Blick zu, als hoffte er, dass ich ihn aus der Situation retten würde. Aber obwohl sie mir mindestens genauso unangenehm war wie ihm, amüsierte es mich auch ein wenig, zuzusehen, wie er versuchte, sich aus der Sache wieder herauszureden.

Ich bemühte mich, es zu unterdrücken, aber Jules konnte das leichte Lächeln um meine Lippen trotzdem erkennen. Er kniff die Augen zusammen, als hätte ich Hochverrat begangen, und wandte sich dann mit einem leisen Seufzen wieder an Mika.

»Das erkläre ich dir, wenn du älter bist«, redete Jules sich raus. Ich musste wirklich an mich halten, um nicht laut aufzulachen.

Mika sah daraufhin nur noch verwirrter aus, nickte nach einem Moment aber gedankenverloren. »Ich dachte, man ist ein Paar, wenn man sich mag«, sagte er ein paar Sekunden später. »Und ich weiß, dass du Lucy magst.« Mika sah mich daraufhin an – die Unschuld in Person. »Jules redet ständig von dir, weißt du?«

Stille.

Meine Lippen zuckten, und ich kicherte in mich hinein. »Tut er das?«

»Immer wenn wir zur Eishalle fahren. Oder von der Eishalle nach Hause. Oder nach dem Training im Diner. Oder wenn du ihm schreibst. Oder ...«

»OKAY«, fuhr Jules dazwischen. »Danke, Mika, ich glaube, sie hat es verstanden.«

Vielleicht bildete ich es mir ein, aber seine Wangen wirkten noch röter, als sie zuvor gewesen waren. Ich versteckte mein Grinsen hinter der Kaffeetasse und kreuzte Jules' schüchternen Blick für einen Moment.

Er hob die Schultern an, als wollte er Mikas Worte damit beiseitewischen. Dabei hatte ich sie bereits mit beiden Händen aus der Luft gegriffen und direkt neben meinem Herzen sicher verstaut.

Mika merkte nichts von unserem stummen Austausch. Er saß noch ein paar Minuten an dem Tisch, ehe er sich dazu aufraffen konnte, aufzustehen und ins Bad zu schlurfen. Jules sah ihm hinterher, und ich wusste nicht genau, ob er erleichtert oder unsicherer war, jetzt, wo sein Bruder uns kurz allein gelassen hatte.

»Also ...« Ich zog das Wort ein wenig unnatürlich in die Länge. »Du redest viel über mich, ja?« Jules stöhnte verzweifelt, und diesmal konnte ich nicht anders, als wirklich laut aufzulachen. »Tut mir leid.«

Er wischte meine Entschuldigung beiseite und setzte sich auf den gerade frei gewordenen Stuhl. »Schon gut. Das hab ich davon, wenn ich vor meinem kleinen Bruder den Mund nicht halten kann.«

»Unser Morgen wäre definitiv langweiliger gewesen.«

»Ich bin froh, dass ich zur allgemeinen Unterhaltung beitragen konnte.«

»Eigentlich fand ich es sogar ganz süß«, gab ich zu. »Nur deine Reaktion hat mich zum Lachen gebracht.«

Jules senkte den Kopf und studierte seine Hände sehr genau. Mir entging das Grübchen in seiner Wange trotzdem nicht.

»Sollten wir darüber reden?«, schob ich nach einem Moment hinterher.

»Worüber?«

»Die Frage, die Mika gestellt hat.«

An sich hatte sie mich nicht einmal gestört. Das, was mich am meisten hatte stocken lassen, war, dass ich darauf keine Antwort hatte. Dass ich gar keine Antwort haben wollte – zumindest jetzt noch nicht. Jules und ich verstanden uns gut, ja. Sehr gut sogar. Ich wollte mehr Zeit mit ihm verbringen, auch nach allem, was ich gestern über ihn und seine Familie erfahren hatte. Aber dem Ganzen einen Namen geben? Ich hatte nicht das Verlangen, das hier und jetzt zu tun.

»Auf die Gefahr hin, dass unsere Meinungen dahingehend völlig auseinandergehen ...«, begann Jules vorsichtig. »Aber ich weiß nicht, ob wir schon so weit sind?« Er verzog das Gesicht – als würde er damit rechnen, dass ich ihm widersprach.

Erleichterung durchströmte mich. »Nein. Ich sehe das wie du.«

Jules nickte mehrere Male. Zögerte dann. »Ich wäre aber froh, wenn du es nicht komplett ausschließt. Für die Zukunft. Uns beide, meine ich.«

Ich schmunzelte über seine stolpernde Bitte. Sie machte mich unerwartet glücklich. »Das hatte ich nicht vor.«

Jules teilte mein Lächeln – bis zu dem Moment, als aus dem Badezimmer ein Rumpeln erklang. Ein kurzer, gedämpfter Aufschrei, dann rief Mika: »Alles gut! Ich hab nur was umgeworfen.«

Jules und ich sahen uns an. Seine Lippen zuckten. Kurz darauf brachen wir beide in Lachen aus. Mikas Timing war wirklich das beste.

Ich verließ Jules' Wohnung eine halbe Stunde später. In meiner knittrigen Kleidung von gestern, die mit Falten übersät war. Jules hatte mir angeboten, mich mit dem Auto nach Hause zu fahren – oder wenigstens bis zur Eishalle, wo mein eigenes noch stand. Aber ich lehnte mit einem Blick auf die Uhr ab. Es war so früh am Morgen, dass ich bequem den Bus nehmen konnte, um nach Hause zu kommen. Und da ich heute Abend ohnehin zum Training musste, würde ich mein Auto dann abholen.

Jules fragte mehrmals nach, ob ich mir auch wirklich sicher war, verabschiedete mich aber schließlich mit einem gestohlenen Kuss an der Haustür, als Mika sich gerade umzog. Das Lächeln hatte mein Gesicht seitdem nicht verlassen.

Der Bus war leer, außer mir nur der Fahrer und zwei weitere Personen darin, die so frühmorgens bereits unterwegs waren. Die Sonne stand tief und blendete mich, wenn sie hier und da zwischen den Häusern oder Bäumen hervorblitzte. Ich schloss die Augen, lehnte den Kopf an die kühle Fensterscheibe und sah den gestrigen Abend wie einen Film vor mir abspielen.

Müdigkeit machte sich in meinen Knochen breit, je länger ich in dem Bus saß. Das stetige Wackeln und Hintergrundrauschen hüllten mich ein. Ich wusste, dass ich in anderthalb Stunden wieder vor der Firma meiner Eltern stehen würde. Dass ich den gesamten Tag dort überstehen musste, was nur halb so schlimm wirkte, wenn ich daran dachte, dass Hannah und Eiza auch dort waren.

In meinem halb schlafenden, halb wachen Zustand träumte ich davon, nach dem Praktikum in mein Bett zu fallen. Mich an Bunny zu kuscheln und den Schlaf nachzuholen, der mir fehlte.

Es fiel mir erst später auf. Erst als ich mich zu Hause bereits umgezogen und gefrühstückt hatte. Als ich über den Parkplatz von Lavoie & Hill lief und die kühle Luft mir durch die Haare wehte.

Ich hatte kaum an das Eiskunstlaufen gedacht. Nur ein einziges Mal war das Training in meinen Gedanken aufgetaucht, als ich den heutigen Tag geplant hatte. Als würde es plötzlich auf der Rückbank sitzen – dort, wo ich es kaum noch zu Gesicht bekam, wenn ich nicht in den Spiegel sah.

Die Tatsache brachte mich so durcheinander, dass meine Schritte sich verlangsamten. Solange ich denken konnte, war das Eiskunstlaufen immer ganz vorn in meinen Gedanken gewesen. Es war das, woran ich dachte, wenn es mir schlecht ging. Wenn es mir gut ging. Das, was ich tun wollte, wenn mir langweilig war – und selbst dann, wenn ich so viel anderes um die Ohren hatte.

Aber jetzt? Ich wollte mit Jules reden und ihn sehen, mich mit Hannah und Eiza über das Wochenende austauschen. Ich wollte mit Bunny kuscheln und vergessen, dass die Welt sich drehte. Und irgendwo dahinter, mit einigem Abstand und fast ein wenig verschwommen, kam der Wunsch, auf dem Eis zu stehen. Nein ... es war nicht der Wunsch, auf dem Eis zu stehen, der verschwommen war. Sondern der Wunsch, für den Wettkampf zu trainieren.

Wann hatte er an Dringlichkeit verloren? Ich konnte mich nicht daran erinnern – und ich war mir nicht sicher, ob es mir vielleicht Angst bereiten sollte. An diesem letzten Wettkampf hielt ich bereits so lange, so verzweifelt fest, dass ich keine Ahnung hatte, was passieren würde, sollte ich ihn jemals loslassen. Mein Herz schlug nervös, wenn ich nur daran dachte.

Die Kälte drang unter meine Kleidung, als wäre die Temperatur innerhalb weniger Minuten um mehrere Grad gesunken. Ich schob die Hände in meine Jackentaschen, zog die Schultern an und verdrängte diese Gedanken. Ich wollte nicht, dass sie meine Stimmung trübten, wollte mich nicht mit ihnen auseinandersetzen, weil ich keine Ahnung hatte, wo ich überhaupt anfangen konnte, sie zu entwirren.

Als hätte der Kosmos gehört, was ich dachte, landete ein Gewicht auf meinen Schultern und zog mich seitlich nach unten.

»Guten Morgen«, erklang eine fröhliche Stimme an meinem Ohr. Hannahs grinsendes Gesicht tauchte vor mir auf, als sie mich losließ. Eiza stand einen Schritt hinter ihr und winkte mir zur Begrüßung, ehe sie die Ärmel ihrer Jacke wieder über die Hände zog.

»Morgen«, erwiderte ich. »Was muss ich nehmen, um morgens auch so gut gelaunt zu sein?«

Hannah legte den Kopf schief und betrachtete mich eingehend. Ihre Augen verengten sich mit jeder Sekunde, die sie schwieg, ein bisschen mehr. »Ich würde behaupten, die Frage muss ich an dich zurückgeben. Wir haben dreimal deinen Namen gerufen, und du hast nicht ein einziges Mal reagiert. Außerdem hast du ...« Sie wedelte mit der Hand vor meinem Gesicht herum. »So ein Glitzern in den Augen, das entweder heißt, du hattest ein ziemlich schönes Wochenende und solltest uns schnellstens davon erzählen. Oder du wirst gleich dein Küchenmesser auspacken, und Eiza und ich sollten die Beine in die Hand nehmen und weglaufen.«

»Ähm«, machte ich überfordert.

Hannahs Augen wurden groß. »Oh! Oh, ich wusste es. Das ist ein ›Ich hatte ein großartiges Wochenende mit einer speziellen Person‹-Augenglitzern.«

»Das ist ziemlich spezifisch«, sagte ich ausweichend.

»Das ist die Wahrheit, und ich werde nicht ruhen, bis du uns jedes Detail erzählt hast.«

»Vielleicht nicht jedes Detail«, warf Eiza ein. Meine Wangen wurden sofort wieder rot.

Hannah lachte. »Jedes. Detail.«

Um das gesamte Wochenende wiederzugeben, hätte ich den Rest des Tages gebraucht. »Ich hab nur einen ... meinen ... einen Freund getroffen.«

Hannah hakte sich bei mir unter, nahm Eiza an der Hand und fing an, in Richtung des Gebäudes zu laufen. »Einen-deinen-einen Freund? Klingt nach einer frischen Beziehung.«

»Es ist noch nicht wirklich eine Beziehung«, erwiderte ich. »Aber es ist auch nicht keine? Wir kennen uns noch nicht allzu lange, aber es ist ... nett.« Nett. *Lucy, komm schon. Ein Bagel zum Frühstück ist nett.*

Nur wollte mir keine bessere Beschreibung einfallen. Es war

nett – so wenig dieses Wort auch ausdrücken mochte, wie es sich wirklich anfühlte. Nett. Leicht. Anders als die anderen Beziehungen, die ich bisher gehabt hatte. Für mich hatten sie sich bisher immer einengend angefühlt. Als würden die Erwartungen meiner Partner ständig über mir schweben und mich daran erinnern, wie ich zu sein hatte, um gemocht zu werden. Was ich sagen sollte und wie ich mich bewegen und verhalten müsste, damit die andere Person zufrieden war.

Es war nichts, was ich mir neben dem Druck, der von meinen Eltern ausging, auch noch für längere Zeit aufbürden wollte. Die wenigen Beziehungen, in denen ich gewesen war, hatten geendet, bevor sie richtig anfangen konnten.

Bei Jules hatte ich nicht das Gefühl, mich verstellen zu müssen. Ich hatte nicht das Bedürfnis, ihn von mir zu schieben, wenn er sich mir näherte – weder emotional noch physisch.

Hannahs wissendes »Hm« holte mich aus meinen Gedanken zurück. »Eiza, was ist die Definition von ›nett‹?«

Statt Hannah so verwirrt anzugucken wie ich, sagte Eiza sofort: »Freundlich und liebenswert. Im Wesen angenehm.«

»Synonyme: ausgezeichnet; außergewöhnlich; attraktiv, wenn wir vom Äußeren reden«, fügte Hannah hinzu.

Wie viele Fragezeichen mir wohl gerade auf die Stirn geschrieben standen?

Eiza lachte. »Ich hab einmal den Fehler gemacht und die Beziehung zu meiner letzten Freundin meiner Mom gegenüber als ›nett‹ bezeichnet. Sie fragte mich daraufhin, warum ich mit jemandem zusammen bin, den ich nur nett finde.«

»Als wäre es ein Verbrechen, dass etwas nett ist!«, meinte Hannah lautstark. »Dinge können einfach nett sein. Oder schön. Oder cool. Sie müssen nicht immer einzigartig und märchenhaft und einmalig sein, damit ich sie in meinem Leben haben möchte.« Sie verschränkte die Arme vor der Brust.

»Lasst uns diese ganzen extravaganten Adjektive boykottieren. Nett ist gut. Nett ist wundervoll.«

»Sie hat eine sehr starke Meinung zu dem Thema«, flüsterte Eiza mir zu, während Hannah im Hintergrund weiterredete. »Sie hätte für meine Mom eine PowerPoint-Präsentation dazu erstellt, hätte ich sie nicht davon abgehalten.«

»Kann man das schon als ungesunde Obsession bezeichnen?«, fragte ich in einem ebenso gedämpften Ton. Hannah schien nicht einmal aufzufallen, dass wir ihr nur noch mit einem halben Ohr zuhörten.

»Definitiv. Wenn du vor Langeweile mal nichts Besseres zu tun hast, frag sie nach ihrem Lieblingsship. Sie wird dir ein zweistündiges Referat halten.«

»Ihrem Ship?«, fragte ich – aber Hannah unterbrach unser Gespräch, bevor ich eine Antwort bekam.

Direkt vor der Eingangstür blieb sie stehen und wandte sich mit gerunzelter Stirn zu uns um. »Wie heißt dein Freund eigentlich?«

»Oje«, machte Eiza.

Ihr Tonfall ließ mich stocken. Ich wusste nicht, ob es mir Sorgen bereiten sollte, ignorierte es aber für den Moment. »Jules. Warum?«

»Jules?«, wiederholte sie fragend. Ihre Augen bekamen einen merkwürdig abwesenden Ausdruck.

Ich wandte mich an Eiza. »Ich bin mir nicht sicher, ob ich verstehe, was gerade passiert.«

»Hannah ist ein heimlicher Nerd«, erklärte Eiza. »Ich bin mir zu neunundneunzig Prozent sicher, dass sie gerade über einen Shipnamen von dir und Jules nachdenkt.«

»Einen ... einen was?«

Eiza amüsierte sich über den Verlauf des Gesprächs viel zu sehr. »Ein Shipname. So was wie Johnlock – der Shipname für Sherlock und Watson aus der neueren Serie. Manche Fans wünschen sich, dass sie am Ende zusammenkommen und shippen sie. Ergibt das Sinn?«

»Nicht wirklich«, meinte ich mit einem entschuldigenden Lächeln. »Aber was hat das mit ...?«

»Jucy«, meinte Hannah da. »Das ergeben eure beiden Namen. Ich bin mir nicht sicher, ob es gut oder schlecht ist, dass dabei fast ein tatsächlich existierendes Wort rauskommt, aber na ja.« Ein Schulterzucken.

Jucy? Ich verzog das Gesicht. »Mein Bauchgefühl tippt auf schlecht.«

»Du bist zu pessimistisch«, meinte Hannah. »Das ist viel besser als das, was die meisten Leute bekommen. Stell dir vor, Eiza und mich würde jemand shippen wollen.« Sie verstummte abrupt. Warf Eiza einen Blick zu, der fast schon panisch wirkte. Sie lachte unbeholfen und viel zu gekünstelt und fuhr wesentlich leiser fort. »Ähm. Ich meine ... was wären das für Möglichkeiten? Eizannah? Hanneiza? Dagegen hast du das große Los gezogen.« Sie schickte noch ein halbes Lächeln hinterher, als wollte sie die letzte halbe Minute damit ungeschehen machen.

Eiza war in der Zeit plötzlich unglaublich still geworden. Ich warf ihr einen kleinen Blick zu, sah, wie sie den Kopf leicht senkte und den Boden betrachtete. Es war so auffällig – das, was sie beide füreinander empfanden. Ich fragte mich, ob es ihnen deswegen nicht auffiel. Weil es manchmal so viel einfacher war, zu übersehen, was sich direkt vor der eigenen Nase befand.

Hannah überging die merkwürdige Stimmung. Sie tat so, als würde sie gar nicht existieren, und trat vor uns durch die gläserne Doppeltür in das Innere des Gebäudes. Ich nutzte den kurzen Moment und stieß mit meiner Schulter leicht gegen Eizas. Als sie den Blick hob, lächelte ich ihr zu. Hoffte, dass es aufmunternd wirkte, merkte aber, dass es das Gegenteil bewirkte, als ihre Augen sich panisch weiteten.

»Erzähl ihr nichts davon«, flüsterte Eiza eindringlich. »*Bitte.*«

»Werde ich nicht«, versprach ich sofort. Auch wenn ich nichts lieber getan hätte, als ihnen beiden zu sagen, dass sie sich keine Sorgen machen mussten. Aber es war nicht meine Beziehung, um die es hier ging. Also hielt ich den Mund und schob noch ein »Wirklich nicht« hinterher, da Eiza nicht ganz überzeugt wirkte.

Sie nickte angespannt. Ich wollte sie fragen, ob sie darüber reden wollte, ob sie jemanden brauchte, mit dem sie ihr Geheimnis teilen konnte. Aber bevor ich dazu kam, waren wir bereits im Gebäude und Hannah wieder neben uns. Wir liefen am Empfang vorbei, den langen Gang entlang nach hinten zu dem Raum, der viel zu viel Ähnlichkeit mit dem Klassenzimmer in meiner Highschool hatte.

Hannah saß neben mir, Eiza direkt vor uns beiden. Statt dass wir uns die wenigen Minuten, bis Nora auftauchte, unterhielten, beschäftigten beide sich mit sich selbst. Eiza, indem sie ihr Notizbuch aufschlug und darin schrieb oder zeichnete – und Hannah mit ihrem Handy. Irgendwann legte sie es beiseite und wandte sich mir zu.

»Wie habt ihr euch kennengelernt?«

»Wie bitte?«

»Jules und du«, erklärte Hannah. Lächelte entschuldigend. »Fragt man Freundinnen so was? Eiza und ich sind schon so lange miteinander befreundet ... Manchmal vergesse ich, wie man mit Leuten kommuniziert, die man noch nicht sein halbes Leben lang kennt.«

Das Problem kam mir bekannt vor. »Das geht mir ähnlich. Sein kleiner Bruder und ich hatten beim Training einen Unfall.«

»Beim Training?«

»Eiskunstlauf«, erklärte ich kurz. In diesem Moment betrat Nora den Raum.

Ich sah aus den Augenwinkeln, wie Hannah verblüfft den Mund öffnete, die Augen geweitet. Doch Nora begrüßte uns, bevor sie dazu kam, ihre Fragen auf mich abzufeuern.

18. KAPITEL

Hannah warf ihre Tasche neben den Tisch. Den Stuhl zog sie lautstark darunter hervor und ließ sich mit einem schnaubenden Ausatmen drauffallen, die Arme vor dem Körper verschränkt.

Eiza und ich setzten uns wesentlich leiser hin. In den letzten zwei Stunden waren wir so mit dem letzten Feinschliff unserer Marketingstrategie beschäftigt gewesen, dass wir nicht dazu gekommen waren, über mein Training zu sprechen. Anscheinend war Hannah deswegen kurz davor zu platzen. Ich kam nicht mal dazu, die Lunchbox, die ich heute Morgen noch schnell zusammengeworfen hatte, aus meiner Tasche zu kramen, als sie bereits loslegte.

»Du bist Eiskunstläuferin?«, war ihre erste Frage – eine rhetorische, aber ich nickte trotzdem. »Wieso hast du das nie erzählt?«

Ich öffnete den Mund. Schloss ihn ratlos wieder. »Es hat sich bisher einfach nicht ergeben.«

»Und wie lange machst du das schon? Bist du in einem Verein? Machst du gern Pirouetten und Sprünge? Ich hab mal gelesen, dass alle da ihre ganz eigenen Vorlieben haben.« Sie hüpfte beinahe auf ihrem Stuhl auf und ab. »Dann trittst du bestimmt auch in solchen wunderschönen Kostümen auf, richtig?«

»Auch?«, wiederholte ich ihre Wortwahl. »Das klingt, als würdest du viele Leute kennen, die eislaufen.«

»Eiza und ich schauen manchmal Wettkämpfe im Fernsehen«, erklärte sie. »Eiza, weil sie die Kostüme toll findet, und ich, weil ich davon fasziniert bin, wie ein Sport so anmutig sein kann. Wenn ich Sport mache, sehe ich aus wie eine Kartoffel mit roten Wangen.«

Eiza verschluckte sich bei Hannahs Wortwahl an ihrem Getränk und unterbrach unser Gespräch damit für einen Moment. Als sie sich wieder erholt hatte, schüttelte sie den Kopf. »Sprich doch nicht immer so schlecht über dich selbst.«

»Tu ich gar nicht«, erwiderte Hannah. Je länger sie allerdings Eizas Blick ausgesetzt war, desto unwohler schien sie sich mit ihrer Aussage zu fühlen.

»Du bist perfekt so, wie du bist.« Eiza sagte es, als wäre es das Normalste der Welt. Sie bemerkte nicht mal, wie Hannah bei diesen Worten ganz still wurde, sondern widmete sich sofort wieder ihrem Essen.

Hannah räusperte sich mehrere Male. Sie schüttelte den Kopf, als wollte sie den Moment auf diese Weise vertreiben, und wandte sich dann mir zu. Ich hatte in der Zwischenzeit mein Sandwich ausgepackt und davon abgebissen.

»Ich hab den Auftritt von Tessa Virtue und Scott Moir bei den letzten olympischen Spielen gesehen und mich ein bisschen in die beiden verliebt«, fuhr Hannah fort, als hätte es keine Unterbrechung gegeben. »Mein Wissen beim Eiskunstlauf reicht zwar nicht weiter als bis zu ihren Namen, aber ich sehe mir ihren Auftritt zu *Moulin Rouge* jede Woche mindestens einmal an und träume dann davon, auch so gut und graziös eislaufen und dabei so viele Emotionen rüberbringen zu können.«

»Ja, ich auch.« Ich sagte es leise genug, dass sie mich nicht verstanden. »Aber Tessa Virtue und Scott Moir sind ein völlig anderes Level – mit Personen, die olympisches Gold bekommen haben, kann ich wirklich nicht mithalten. Vor allem auch deswegen nicht, weil sie im Eistanz angetreten sind. Ich mache Einzellauf – ohne Partner.«

»Oh, dann so wie Kim Yuna?«

Meine Augen wurden groß. »Ähm. Ja, aber nein. Nicht mal annähernd so gut wie sie. In dem Vergleich wäre ich dann die rotwangige Kartoffel. Wie gesagt: Olympisches Gold ist weit von dem entfernt, was ich zustande bringe.«

Hannah sah nicht überzeugt aus – eher so, als wollte sie das Gegenteil behaupten. Es war goldig, wenn man bedachte, dass sie mich bisher nicht ein einziges Mal hatte laufen sehen.

»Kim Yuna hat zwei olympische Medaillen«, sagte ich, um den Unterschied zwischen ihrem Können und meinem zu verdeutlichen. »Ich will damit nicht sagen, dass ich schlecht bin – dafür mache ich es schon viel zu lange. Aber bevor ich bei den olympischen Winterspielen starte, müssen ungefähr drei Wunder geschehen.«

»Wie lange ist viel zu lange?«, fragte Eiza.

»Fast fünfzehn Jahre?« Meine Stimme hob sich am Ende der Aussage ungewollt. Wie konnte es sein, dass seit meinen ersten Schritten auf dem Eis schon anderthalb Jahrzehnte vergangen waren?

»Wow«, entkam es Hannah. Sie betrachtete mich, als würde sie mich gerade in einem ganz neuen Licht sehen – und ich wusste nicht, ob ich mich wirklich wohl damit fühlte. »Wenn du schon so lange dabei bist, hast du sicher auch schon einige Wettkämpfe hinter dir, oder?«

»Ja, ein paar.«

»Und ...« Hannah stockte, runzelte die Stirn. »Die Programme – denkst du dir die selbst aus?«

»Mehr oder weniger«, erwiderte ich. »Die Wettbewerbe im Einzellauf bestehen ja aus einem Kurzprogramm und einer Kür.

Für das erste Programm gibt es acht vorgegebene Elemente, um die technischen Fähigkeiten beurteilen zu können. Der zweite Auftritt ist dann die Kür – also der Teil, in dem es vor allem um das künstlerische Talent geht. Den größten Part einer Choreografie denke ich mir eigentlich selbst aus, aber meine Trainerin und ich arbeiten meistens zusammen am Feinschliff.«

Vor dieser Abmachung mit meinen Eltern ... noch bevor ich vor ein paar Jahren angefangen hatte, an Wettkämpfen teilzunehmen, wäre ich in diesem Gespräch aufgegangen. Es hatte mich immer mit unendlich viel Stolz erfüllt – meine Leidenschaft, mein Können. Jedem, der mir zuhören wollte, hatte ich davon erzählt, wie ich Pirouetten lernte, Sprünge und eine Schrittfolge nach der anderen.

Jetzt dagegen wollte ich nichts lieber, als das Thema zu wechseln. Ich dachte an das Eiskunstlaufen und spürte ein Ziehen in meinem Magen, wo all das lag, das ich nicht konnte. In die hellen, leuchtenden Farben meiner Neugier und Freude hatten sich dunkle Punkte gemischt, die ich einfach nicht mehr aus meinem Bild bekam.

»Mir fallen Pirouetten leichter als Sprünge – um deine Frage zu beantworten.« Es war einfacher, über den technischen Teil zu reden, als über alles Emotionale, was sich direkt dahinter versteckte. »Ich mag Drehungen gegen den Uhrzeigersinn nicht so gerne, weil es nicht meine natürliche Drehrichtung ist. Ich habe schon an ein paar Wettkämpfen teilgenommen und ja, nur wegen den Kleidern mache ich diesen Sport überhaupt.« Ich grinste. »Okay, der letzte Teil ist nicht hundertprozentig wahr, aber sie sind definitiv ein Faktor.«

»Es gibt sogar für die Kostüme Richtlinien, oder?«, mischte Eiza sich ein. »Bei den olympischen Spielen zumindest.«

Ich konnte gerade an mich halten, nicht zu laut aufzuseufzen. »Laut ISU sollen sie ›zurückhaltend, aber würdig und für sportliche Betätigung geeignet sein‹. Keine übertriebene Nacktheit, Männer müssen Hosen tragen, und wenn irgendwas den Regeln nicht entspricht, darf ein Punkt abgezogen werden.«

Hannah tauschte mit Eiza einen unsicheren Blick aus. »Ist das viel?«

»Schon.« Ich stockte. »Allerdings befürchte ich, dass ich ein Wochenende und eine PowerPoint-Präsentation brauche, um verständlich zu erklären, wie das neue Wertungssystem funktioniert. Es fängt mit einem Technischen Kontrolleur an und hört beim Grad der Durchführung auf, den die Preisrichter bewerten. Wodurch sich dann der Gesamtwert verändert, den ein Element an sich hat.«

»Okay«, machte Hannah langsam. »Okay, also, dein Kostüm, ja? Mit welchem trittst du auf?«

»Ausgezeichnete Frage. Ich wollte eins aus der letzten Saison anziehen, das ich noch in meinem Kleiderschrank hängen habe.« Ein nachtschwarzes Kleid mit langen Ärmeln und einem hohen Kragen, das über und über mit glänzenden Pailletten versehen war. Ich hatte es gerne getragen und mich gut darin bewegen können – meine zwei Hauptkriterien, wenn es um die Wahl des Outfits ging.

»Wäre es nicht schöner, zu jedem Wettkampf mit einem anderen Outfit anzutreten?«, wollte Hannah wissen.

»Wenn du Topläuferin bist und der Auftritt jedes Mal auf der ganzen Welt übertragen wird, vielleicht.« Ich legte mein Sandwich ab – in der ganzen Zeit, in der wir bereits in der Kantine von Lavoie & Hill saßen und mittagessen wollten, hatte ich nur einmal davon abgebissen. »Aber selbst die tragen bei den meisten Wettbewerben die gleichen Kostüme. Außer sie sind damit unzufrieden oder finden etwas Passenderes. Davon abgesehen: Um mir das leisten zu können, müsste ich einige Jahre von Nudeln mit Pesto leben.«

Hannah verzog mitfühlend das Gesicht. »Mein Hauptnahrungsmittel, seit ich studiere. Und vermutlich noch bis zu meiner Rente, wenn ich daran denke, wie viel ich für meine Kredite zurückzahlen muss.«

»Finanzierst du dein Studium selbst?«

»Ja.« Sie hielt einen Moment inne. »Nachdem mein Dad gestorben ist, musste Mom das Geld, das sie für mich und meine Schwester angespart hatten, benutzen, um uns über Wasser zu halten. Lena wollte ohnehin nie studieren und verdient jetzt als Barista ihr Geld. Und ich begrabe mich unter Schulden und hoffe, dass die Bank einfach irgendwann vergisst, dass ich ihnen Geld zurückzahlen sollte.« Sie setzte ein kleines Lächeln an das Ende der Aussage. Vermutlich wollte sie die Schwere, die in ihren Worten lag, damit ein wenig dämpfen. Es funktionierte nur begrenzt.

Ich zupfte Krümel von dem Brot meines Sandwiches und dachte darüber nach, was ich erwidern könnte. Mir war bewusst, wie viel Glück ich hatte, Eltern zu haben, die genügend Geld verdienten. Wie viel Glück ich hatte, dass ich überhaupt noch beide Eltern hatte. Ich war privilegiert genug, mein Studium einfach unterbrechen zu können, um mir einen Namen in etwas aufzubauen, das mir Freude bereitete. Ganz ohne mir Sorgen um das Geld machen zu müssen.

Meistens versuchte ich, nicht darüber nachzudenken. Ich *war* dankbar – so wenig wir uns auch gerade verstanden. Ich ließ das Eislaufen von ihnen bezahlen, weil ich genau wusste, dass ich es allein niemals würde stemmen können. Und wenn ich mich gedanklich zu lange in diesem Thema verlor, fühlte ich mich jedes Mal selbstsüchtiger, als ich es an normalen Tagen ohnehin schon tat.

»Du musst deshalb übrigens nicht so betroffen gucken«, holte Hannah mich aus meinen Gedanken zurück. *Erwischt.* Ich ließ mein Sandwich in Ruhe und schaute von meinen Händen auf in ihr offenes, lächelndes Gesicht. »Nudeln mit Pesto sind gar nicht so übel.«

»Ich wollte nicht …«

»Ich könnte eins nähen.«

Ich verstummte mitten im Satz. Hannahs Lächeln wurde etwas schwächer, während wir beide verwirrt Eiza anstarrten, als wären ihr gerade zwei Köpfe gewachsen. Es hätte mich sicher genauso aus der Bahn geworfen wie Eizas Aussage.

Sie wandte sich unter unseren Blicken auf ihrem Sitz. Schob sich die Brille in einer nervösen Angewohnheit nach oben, obwohl sie bereits perfekt saß. »Dein Kleid, meine ich. Für den Wettkampf.«

Ich blinzelte mehrere Male sprachlos. Und suchte in meinem Kopf verzweifelt nach den Worten, die gerade spurlos verschwunden waren.

»Du … du möchtest mir ein Kleid nähen?«, fragte ich ungläubig. Ich hatte mich nicht verhört, oder?

Eiza zuckte mit den Schultern. Ihre Wangen röteten sich leicht. »Ich hab mich ehrlicherweise gerade aus dem Rest eures Gesprächs ausgeklinkt, weil ich darüber nachgedacht habe, wie Designer an das Entwerfen von solchen Outfits rangehen. Falls du also gesagt hast, dass du schon was hast, ignorier mich einfach.«

Hannah seufzte verträumt. »Ein Eiza-García-Original. Oh Mann, Lucy. Das hab bisher nicht mal ich bekommen. Ich hoffe, du weißt, wie glücklich du dich schätzen darfst, dass sie dir das anbietet.«

»Ich hab schon mal ein Kleid für dich genäht«, widersprach Eiza.

»Es hatte kein Loch für meinen Kopf.«

»Du hättest es einfach reinschneiden können.«

»Rein...« Hannah starrte ihre Freundin für einen Moment sprachlos an. Dann zuckte ihr Blick zu mir. »Siehst du jetzt, wie ich hier behandelt werde?«

»Ich bin mir nicht sicher, ob ich mich in den Teil eurer Freundschaft einmischen möchte.«

»Sehr weise«, sagte Eiza. »Hannah tut gerne so, als würde ich sie zu dieser Freundschaft zwingen ...«

»Tust du ja auch!«

»... und wird nicht müde, das jedem immer wieder zu sagen.«

»Vielleicht sollte ich mir eine neue Gruppe suchen ...« Ich tat so, als würde ich meine Sachen zusammenpacken und aufstehen wollen, hielt aber inne, als beide gleichzeitig »Stopp!« riefen.

Hannah schob die Unterlippe nach vorne. Mit ihren langen rotblonden Haaren und den großen Augen wirkte sie wie die Unschuld in Person. »Bitte geh nicht. Ich verspreche, dass wir uns benehmen.«

Einige Sekunden zögerte ich noch, ehe ich mich wieder auf meinen Platz fallen ließ. Hannah sah tatsächlich ein bisschen erleichtert aus, obwohl es nur ein Scherz gewesen war. Sie rutschte mit ihrem Stuhl um den runden Tisch näher zu mir und zog ihre Tasche hinter sich her. Sie kramte kurz darin herum, beförderte eine Banane ans Tageslicht und begann sie zu schälen, während sie das vorherige Thema aufgriff, als hätte es den letzten Exkurs gar nicht gegeben.

»Okay, also, wenn Eiza dein Kleid näht, was mache ich dann? Ich möchte nicht das dritte Rad am Wagen sein.«

Ob ich ihr sagen sollte, dass das innerhalb unserer Freundschaft, wenn überhaupt, mein Part sein würde? Nicht dass ich mich bei den beiden unwillkommen fühlte – man merkte allerdings, dass sie bereits eine Vorgeschichte hatten, die länger zurückreichte als ein paar Wochen.

Das gepaart mit der Art, wie Eiza ihre Freundin ansah, ließ mich daran zweifeln, ob Hannah jemals das dritte Rad sein würde, solange sie mit Eiza zusammen war.

Meine Gedanken wollten gerade abdriften – zu dem Wunsch tief in meinem Herzen, auch jemandem so nahe zu stehen. Aber bevor ich diese Abzweigung überhaupt nehmen konnte, tauchte Jules vor meinem inneren Auge auf. Beinahe zögerlich, ein wenig verschwommen, als würde mein Unterbewusstsein sich nicht recht trauen, ihn mir zu zeigen.

Das mit ihm war noch so neu. Unberührt und leicht wie frisch gefallener Schnee – und ich verzog innerlich selbst das Gesicht, weil es so unendlich kitschig klang. Ich kannte mich so nicht. Pragmatismus war mein sicherer Hafen, Sarkasmus mein letzter Ausweg, wenn alle Emotionen über mir zusammenschlugen und ich sie nicht auseinanderknoten konnte.

Trotzdem überkam mich plötzlich das Bedürfnis, ihm zu schreiben. Einfach, um zu erfahren, wie es ihm ging. Was er gerade tat, was ihm durch den Kopf ging, ob er sich auf der Arbeit langweilte oder vor Stress nicht mal Luft holen konnte. Mein Bein kribbelte, wo mein Handy in der Hosentasche dagegendrückte.

»Morgen?«, hörte ich Eiza sagen, als ich gerade mein Handy hervorholen wollte. »Lucy, was sagst du dazu?«

Ertappt hielt ich inne. Die beiden sahen mich erwartungsvoll an, und ich fühlte mich ein wenig, als hätte jemand sämtliche Scheinwerfer auf mich gerichtet.

»Was ich ... zu morgen sage?«, versuchte ich es. Es war reine Zeitschinderei, weil ich keine Ahnung hatte, worüber sie geredet hatten, nachdem ich mental aus dem Gespräch ausgestiegen war.

»Ja, hast du Zeit?« Hannah rutschte auf ihrem Stuhl hin und her. Sie konnte wirklich nicht still sitzen.

»Ähm ... Ich weiß nicht ... Dienstag ...« So wie beide mich anstarrten, mussten sie mir eigentlich von der Nasenspitze ablesen können, dass ich keine Ahnung hatte, worum es ging. »Erklärt ihr mir noch mal, wofür ich da Zeit haben sollte?«

Hannah brach in Lachen aus. »Wow. Und ich dachte immer, meine Aufmerksamkeitsspanne wäre winzig.«

»Meine ist nicht winzig«, verteidigte ich mich. »Mein Kopf hat nur gerade lauter gesprochen als ihr.«

»Was hat er gesagt?«

»Ah ...« Kurz sah ich zu Eiza, die den Kopf fragend schief legte. Beide sahen mich so offen, so freundlich an, dass mein erster Impuls, das Thema zu wechseln, langsam verschwand.

Es fiel mir schwer, über Gefühle zu reden – über meine eigenen ganz besonders. Die Hälfte der Zeit hatte ich selbst keine Ahnung, was in mir drin los war und konnte nur mutmaßen. Ich war es so gewohnt, das alles hinter einer dicken Mauer aus Beton zu verstecken, bis es verschwand oder ich bereit war, mich damit auseinanderzusetzen ... Ich hatte keine Ahnung, wie meine Lippen Worte formen sollten, die so tief vergraben waren, dass ich sie selbst kaum fand.

Aber je länger Hannah und Eiza auf meine Antwort warteten, desto dringender wollte ich sie selbst wissen. Desto verzweifelter grub ich, um wenigstens eine kleine Ecke greifen zu können. Ich hielt sie ganz fest zwischen meinen Händen und zog so fest ich konnte.

»Habt ihr ... habt ihr schon mal jemanden kennengelernt, mit dem es sich so vertraut angefühlt hat, als würdet ihr die Person schon ewig kennen?«

»Oh ja«, sagten Hannah und Eiza wie aus einem Mund. Es war fast ein wenig süß. Ich musste nicht mal nachfragen, um zu wissen, dass sie gegenseitig diese Person füreinander waren.

»Bei dir hab ich das Gefühl übrigens auch ein bisschen«, sagte Hannah. »Nicht von Anfang an, aber mittlerweile glaube ich, du bist genauso merkwürdig wie Eiza und ich und vertuschst es nur besser.«

Ich hob eine Augenbraue an. »Hab ich anfangs gewirkt, als wäre ich nicht merkwürdig?«

»Nicht direkt«, antwortete Hannah. »Eher ein bisschen ... abweisend? Du hast mit niemandem wirklich geredet, und wenn ich dann mal mit dir gesprochen habe, war es meistens nur ganz kurz. Bei dem Ausflug warst du auch so zurückhaltend, ich war mir nicht sicher, ob es an uns lag oder es dir wirklich nicht gut ging.«

»Ein bisschen von beidem«, sagte ich ehrlich, ohne vorher darüber nachzudenken. Ich ruderte schnell zurück, als ich Hannahs verletzten Gesichtsausdruck sah. »Nicht wegen euch speziell. Ich war wirklich froh, dass ihr mich bei euch aufgenommen habt. Ich weiß, ich wiederhole mich, und vielleicht klingt es auch wie eine Ausrede, aber es ist wirklich nicht meine Stärke, mich mit neuen Leuten anzufreunden.«

»Ja, das kann ich verstehen.« Hannah zuckte mit den Schultern. »Small Talk ist das Schlimmste, was du mir antun kannst, aber komischerweise liebe ich es trotzdem, mit anderen zu reden. So schlimm ich diesen Schritt zwischen Kennenlernen und Kennen finde – irgendwie hat es sich für mich am Ende immer gelohnt.«

Hannah ließ es so leicht aussehen, einfach auszusprechen, was sie dachte. Es wirkte, als würde es zwischen ihren Gedanken und dem, was sie sagte, keinen Filter geben – auf eine gute Weise. Zu Hause war es so normal, mit allem hinter dem Berg zu halten, dass ich nie darüber nachgedacht hatte, wie es sein könnte, wenn Leute anders waren.

Mein Schweigen zog sich über mehrere Sekunden, aber ich

fand einfach keine passende Erwiderung. Keine, die wirklich ausdrückte, wie dankbar ich für das war, was sie gesagt hatte. Ich wusste nicht, was ich für einen Gesichtsausdruck machte, aber Hannah warf Eiza einen verunsicherten Blick zu, als ich nicht reagierte.

»Du musst dir das nicht zu Herzen nehmen«, sagte Eiza. »Nicht jeder kann so offen sein wie Hannah und andere direkt ansprechen.«

Hannah verzog unglücklich den Mund. »Ich spreche nicht jede Person an. Nur die Leute, die ich interessant finde.«

»Was ungefähr die Hälfte der Bevölkerung ist.«

»Ja und? Du sagst das, als wäre es etwas Schlechtes.«

»Ich finde, es ist eine ziemlich beneidenswerte Eigenschaft«, warf ich ein. »Stellt euch vor, wir wären alle gleichermaßen sozial inkompetent. Ich befürchte, dann würden wir heute nicht hier zusammensitzen.«

Hannah stieß mich mit der Schulter an. »Ich finde, wir geben uns alle ziemlich gut die Waage. Eiza ist eine sarkastische Besserwisserin, ich eine alles teilende Quasselstrippe, und du, Lucy, du bist die kühle Schönheit, die gar nicht so kühl ist, wie man am Anfang annimmt.«

»Ich ... danke?« Ich war mir nicht sicher, ob ich das wirklich als Kompliment auffassen konnte.

Eiza war es, die uns wieder zurück zum eigentlichen Thema brachte. »Also – Dienstag dann bei mir?«

»Sagt ihr mir noch, wofür wir uns treffen? Ich hab vorhin wirklich nicht aufgepasst«, sagte ich zögerlich. Stockte. »Nicht dass wir einen Grund brauchen, um uns zu treffen. Aber falls ihr einen genannt habt und ich irgendwas mitbringen sollte, außer mich selbst, wäre es gut, das zu wissen.«

Hannah rückte etwas von mir ab und rieb sich wie ein böses Genie die Hände. »Wir denken uns ein Kleid für dich aus.«

»Und schauen, ob wir im Laden alles haben, um es zu nähen«, fügte Eiza hinzu.

Ein Teil von mir wollte fragen, ob sie sich wirklich sicher waren, dass sie damit ihre Freizeit verbringen wollten. Aber Hannahs Augen glänzten und Eiza wirkte, als könnte sie es kaum erwarten, all die Ideen, die ihr durch den Kopf gingen, loszuwerden. Ich spürte, wie in mir ebenfalls Vorfreude aufstieg.

Daher nickte ich, ließ es zu, lächelte ihnen ebenfalls zu. »Wenn nach meinem Training für euch in Ordnung ist.« Beide nickten.

Das erste Mal seit weiß Gott wie langer Zeit konnte ich den nächsten Tag kaum erwarten.

19. KAPITEL

Es war Montag und die Eishalle beinahe voller, als sie es gestern gewesen war. *Gestern* ... wie merkwürdig, dass zwischen meinem letzten Betreten der Halle und jetzt erst ein Tag vergangen sein sollte. Die Nacht war mir so lang vorgekommen – eine von der Art, die wirkte, als würde sie nie ein Ende finden. Dabei war nach außen hin nicht einmal viel passiert. Es hatte sich nicht ein Abenteuer an das andere gereiht, während ich mit Jules zusammen gewesen war, im Gegenteil.

Vielleicht hatte sie auf mich so lang gewirkt, weil ich den Sonnenaufgang gerne noch weiter hinausgezögert hätte. Zu deutlich erinnerte ich mich an das flattrige Gefühl in meinem Magen und meinem Brustkorb, als ich direkt neben Jules gelegen hatte. An die Sehnsucht, ihn zu berühren, die schlimmer wurde, je näher wir uns waren. Beinahe so, als wären wir zwei unterschiedliche Pole eines Magneten, die sich anzogen. Es war unmöglich, sie auseinanderzuhalten, hatten sie eine gewisse Distanz zwischen sich erst einmal überwunden.

Mit einem Seufzen streckte ich die Beine vor mir aus. Spürte dem vertrauten Ziehen nach, das sich jedes Mal in meine Oberschenkel schlich, wenn ich nicht regelmäßig trainierte. Als würde mein Körper mir sagen wollen, dass ich mich nicht genügend anstrengte, nicht genügend Zeit investierte und zu sehr von allem ablenken ließ.

Es war das erste Mal, dass mir dieses Gefühl keine Bauchschmerzen bereitete. Normalerweise beförderte es mich in eine

Spirale aus Angst und Frustration – warum konnte mein Körper nicht das tun, was ich wollte? Wieso schaffte er die Sprünge nicht, die bei anderen so einfach, so natürlich wirkten?

Vielleicht, weil er schon vor dir weiß, dass du das alles gar nicht wirklich möchtest?

Ich hielt beim Aufwärmen inne. Meine Stirn an meine Knie gedrückt, meine Hände die Fußsohlen umfassend, versuchte ich zu hören, was dieser Gedanke in mir auslöste. Aber statt dem panisch klopfenden Herzen, das ich erwartet hatte, war da ... nichts. Genauso wenig Positives wie Negatives.

Ein raues Lachen entkam mir. In dem Moment, in dem ich endlich zuhörte, verstummte mein Körper natürlich. Ich konnte nicht anders, als mich über diese Ironie zu amüsieren.

Ich verbrachte länger als sonst mit dem Aufwärmen. Aus meiner üblichen halben Stunde wurden fünfundvierzig Minuten, bis ich mich endlich dazu aufraffte, die Eishalle zu betreten. Ich zog mir meinen zweiten Handschuh an und musste bereits auf dem Weg zur Bahn mehreren Grüppchen ausweichen, die sich heute dafür entschieden hatten, ihren Nachmittag hier zu verbringen.

Der ewige Nachteil einer offenen Eishalle: Es bestand immer die Möglichkeit, dass sich ein Bus voller Leute hierher verirrte und den gesamten Platz auf dem Eis für sich beanspruchte. Wenn die Halle speziell für den Verein reserviert war, hatte ich immer Einzel- oder Gruppentraining mit Coach Wilson. Daher blieb mir nichts anderes übrig, als die volle Halle in Kauf zu nehmen, um vorher ein paar Kürdurchgänge zu machen.

Ich ahnte, dass ich nicht die Einzige mit dieser Idee war, noch bevor ich Sofia sah. Zwischen all den Hobbyläufern und Besuchern ging sie beinahe unter. Momentan trainierte sie ebenfalls für den Wettkampf – ich erkannte die Kür, an der sie seit dem Sommer arbeitete. Sie deutete ihre Sprünge nur an, weil es zu voll war, um sie wirklich auszutesten. Aber ich wusste, dass sie ihre einzelnen Elemente schon lange gemeistert hatte.

Ich trat nur langsam aufs Eis. Ständig wich ich Leuten aus, die mich andernfalls gnadenlos umgeworfen hätten. Ich versuchte ähnlich wie Sofia eine Ecke zu finden, in der die Leute einen Bogen um mich machen würden. Es stellte sich als schwieriger heraus, als ich angenommen hatte.

Immer wieder musste ich mich mitten in der Pirouette unterbrechen, um auszuweichen. Normalerweise war die Bahn nicht ganz so voll wie heute – was auch immer die Leute hierher getrieben hatte, es sorgte nur dafür, dass mein Frustrationslevel stieg.

Natürlich war vorauszusehen, was dieses Gefühl mit meinem Training tun würde: Es zerschoss meine Konzentration völlig. Mit jedem Mal, das ich mich selbst unterbrechen musste, verlor ich mich mehr in dem Ärger, nicht einfach in einer leeren Halle für mich üben zu können.

Ich wusste genau, dass es nichts Gutes bewirken würde, ließ mich von dieser Frustration aber mit Haut und Haar verschlingen – bis mir sogar die einfachsten Sprünge misslangen. Es half auch nicht, dass sich mit voranschreitender Uhrzeit immer mehr Leute auf den Heimweg begaben. Der Schaden war angerichtet. Ich kannte mich selbst gut genug, um zu wissen, dass ich mit diesem Mindset nichts mehr hinbekommen würde. Vor allem keinen dreifachen Rittberger.

War es eine schlaue Idee, den Sprung ausgerechnet jetzt üben zu wollen? Absolut nicht.

Ließ ich mich davon abhalten?

… absolut nicht.

Ich nahm Anlauf, als endlich genügend Platz war. Drückte mich vom Eis ab … und kam mit beiden Beinen wieder auf. Ich presste die Kiefer aufeinander. Probierte es noch einmal, als könnten genügend Versuche die Wahrscheinlichkeit erhöhen, dass ich es schaffte, wenn es in Wirklichkeit nur dafür sorgte, dass meine Erschöpfung zunahm.

Irgendwann hörte ich auf, die Versuche zu zählen. Legte immer mal eine Pirouette, einen doppelten Sprung dazwischen, von dem ich wusste, dass ich ihn beherrschte. Es half, mich nicht völlig in einer Negativspirale zu verlieren.

Dabei verlor ich die Zeit immer wieder aus den Augen. Ich stoppte erst, als meine Beine sich wie Gummi anfühlten, mein Brustkorb sich unendlich schnell hob und senkte.

»Du machst das schon so viele Jahre«, erschreckte mich eine Stimme rechts von mir. Ich stoppte mitten in der Bewegung und sah Sofia direkt neben mir stehen, die Arme vor der Brust verschränkt.

»Was?«

Sie legte den Kopf schief, als könnte sie nicht einschätzen, ob ich sie tatsächlich nicht verstanden hatte oder nur so tat. »Das Training. Das Eislaufen. Du machst es schon unendlich viele Jahre – warum zögerst du immer noch bei jedem Sprung?«

Ich ballte die Hände zu Fäusten. »Ich zögere nicht.«

Sofia zog eine Augenbraue in die Höhe und betrachtete mich einige Sekunden schweigend. Ich wartete darauf, dass sie noch etwas sagte, mir noch einen Seitenhieb verpasste, aber sie tat nichts dergleichen.

Sie zuckte gleichgültig mit den Schultern. »Wenn du meinst«, war alles, was sie sagte, ehe sie mich stehen ließ und eine weitere Runde auf dem Eis lief.

Ich wollte mir ihre Worte nicht zu Herzen nehmen. Sofia hatte sie nicht aus Freundlichkeit gesagt – sie wollte mich nicht unterstützen. Genau deswegen gab es für mich keinen Grund, sie in meinem Kopf hin und her zu drehen, als könnten sie mir irgendwie helfen.

Trotzdem erwischte ich mich dabei, wie ich genau das tat. Wie ich bei meinem nächsten Sprungversuch präziser darauf achtete, wo mein Kopf kurz vor dem Absprung war. Und ich hasste es – ich hasste es, zu bemerken, dass Sofia nicht völlig falschlag. Jeder Sprung kostete mich einiges an Überwindung, und das, obwohl ich nach all den Jahren das nötige Selbstvertrauen haben sollte, um zu wissen, dass ich es schaffen konnte.

Hätte, sollte, könnte.

Ich seufzte. Rieb mir mit der Hand über das Gesicht. Sofia war nicht mehr zu sehen, und auch die restlichen Leute räumten nach und nach das Feld.

Ich folgte ihnen. Erschöpft. Geschlagen. Wütend. Vor allem über mich selbst.

Das gleiche Spiel wie an jedem anderen Tag. Und es fiel mir schwer, nicht mehr und mehr den Mut zu verlieren.

Ich bahnte mir einen Weg in die Umkleide, direkt zu meinem Spind, und kramte mein Handtuch daraus hervor, um mir das Gesicht zu trocknen. Ich runzelte die Stirn und wollte mich fast selbst auslachen, als mir Sofias Worte wieder in den Kopf schossen.

Im Eiskunstlaufen spielte nicht nur mein Körper eine große Rolle – mein Kopf, meine Entschlossenheit, mein Selbstbewusstsein waren mindestens ebenso wichtig. Ich hatte nie das Gefühl gehabt, zu sehr zu zögern. Im Gegenteil. Eher, als würde meine Frustration dafür sorgen, dass ich mit einer sturen Verbissenheit daran festhielt, es schaffen zu müssen.

Ich rieb mir über die Stirn. Wenn es danach ging, hatte Sofia eventuell nicht völlig unrecht. Ob es Zögern war oder Sturheit – beides war nicht sonderlich hilfreich, wenn es darum ging, den Kopf freizubekommen und Vertrauen in mich selbst zu haben.

Ein wenig hasste ich es, dass Sofia selbst in ihrem Versuch, fies zu sein, bemerkt hatte, was mein Problem war. Und noch viel schlimmer: dass ich trotz allem nicht wusste, wie ich das theoretische Wissen auf dem Eis umsetzen konnte.

Ich legte das Handtuch beiseite, ging schnell duschen und stand eine halbe Stunde später auf dem Parkplatz. Dort zog ich mir die Kapuze über meine feuchten Haare und strich mir einzelne Strähnen aus dem Gesicht, die an meinen Wangen klebten.

Obwohl ich die Erste war, die die Umkleide wieder verließ, verlangsamte ich meine Schritte auf dem Weg zu meinem Auto. Es war jedes Mal das Gleiche. Ich wünschte, ich könnte meine Rückkehr nach Hause so lange hinauszögern, bis meine Eltern bereits im Bett lagen. Auf diese Weise würde mir der Small Talk erspart bleiben. Genauso wie das erdrückende Gefühl, nicht genug zu sein.

Manchmal wünschte ich mir, dass es anders war. Aber der erste Schritt über diesem schmalen Abgrund machte mir mehr Angst, als ich bisher bereit gewesen war zuzugeben. Wie sollte ich die Distanz überwinden, wenn ich nicht mal einschätzen konnte, wie groß sie für meine Eltern war? Oder ob sie mir die Hand reichen würden, sollte ich es nicht allein schaffen?

Jules hatte recht gehabt, als er bei einem unserer Gespräche gemeint hatte, es wäre leichter, die Distanz zu ignorieren. Auch wenn der Gedanke, es zu ändern, mir immer häufiger in den Kopf schoss. Es war leichter, so zu tun, als würde es mir nichts ausmachen, als Gefahr zu laufen, die Einzige zu sein, die sich darüber den Kopf zerbrach. Solange nur ich wusste, wie es mir ging – solange ich alles hinter einer dicken Wand versteckte, konnte mich niemand verletzen.

Die Gedanken schnürten sich um meinen Hals. Woben sich um meinen Brustkorb und drückten, drückten, drückten, bis ich nicht mehr wusste, wie es sich anfühlte, normal zu atmen.

Das Gefühl war schon immer da, wurde es mir bewusst. Es hatte nie nicht existiert – ich hatte lediglich angefangen, mich daran zu gewöhnen, je länger es mich umklammert hielt. Und es kam mir unendlich schwer vor, eine Gewohnheit zu brechen, wenn sie sich einmal festgesetzt hatte.

Einmal Teil von mir geworden war.

Ich wusste nicht, warum ich genau in dem Moment aufsah – es hatte nicht wirklich einen Grund. Ich kannte den Weg über den Parkplatz blind, so häufig war ich ihn bereits gelaufen. Trotzdem hob ich den Blick.

Jules stand ein paar Schritte von der Treppe entfernt, zwei dampfende Becher in den Händen. Seine Haare waren leicht zerzaust, der Schal lose um seinen Hals geschlungen.

Mein Herz klopfte aufgeregter, je näher ich ihm kam. Jules' Grinsen wurde breiter, als er mich auf sich zukommen sah, und mir war klar, dass ich ein großes Problem hatte, als die Schmetterlinge daraufhin in meinem Magen Saltos flogen. Vor Schreck wusste ich nicht einmal, was ich sagen sollte. Der Wind hatte die Worte aus meinem Mund geklaut und trug sie immer weiter davon.

Ging es ihm auch so? Zögerte er mit einer Begrüßung, weil Sprache plötzlich etwas Abstraktes war, das sich nicht greifen ließ? Was dachte er, als er mich sah? Erstrahlte seine Welt in meiner Gegenwart auch in hellen, sanften Farben?

So viele Fragen, und keine einzige kam mir über die Lippen. Einige Sekunden sahen wir uns einfach nur an – bis die Eingangstür der Halle aufgestoßen wurde und die Realität in diesen Traum platzte.

Direkt vor ihm blieb ich stehen. Die Spitzen meiner Stiefel stießen gegen seine Schuhe, aber keiner von uns entschuldigte sich. Ein bisschen war es, als wären wir beide in unserer eigenen Welt gefangen.

Ich konnte nicht behaupten, den Ausweg finden zu wollen.

Jules war der Erste, der sich fing. Er ließ den Blick über mich gleiten, wandte ihn dann ab, auf einen Punkt direkt hinter mir, und schüttelte kurz den Kopf. Dann streckte er eine Hand samt Becher aus.

»Kaffee?«

Meine Finger hatten sich um den warmen Becher gelegt, ehe ich richtig darüber hatte nachdenken können. »Du hast mir einen Kaffee mitgebracht?«

»Ich habe mir einen Kaffee mitgebracht«, erklärte er schmunzelnd. »Eigentlich hatte ich nur vor, dir einen zu holen, ich habe auf der Arbeit ungefähr drei zu viel getrunken. Aber nach der kurzen Nacht war es einfach zu verlockend.«

Sein Blick löste sich von dem Punkt hinter mir, strich stattdessen über mein Gesicht und brachte meine Haut zum Kribbeln. Allerdings wurden seine Augen nicht sanfter, wie ich es erwartet hatte. Eine kleine Falte bildete sich zwischen seinen Brauen, und er kniff die Augen leicht zusammen, als würde er eine mathematische Formel lösen wollen.

Verunsichert sah ich an mir hinunter. »Was ist?«

Jules blinzelte. »Ich hab überlegt, wie ich dich küssen kann, ohne dich damit zu überfallen.«

Schmetterlinge. Schmetterlinge. Schmetterlinge.

Ich machte mir nicht die Mühe, sie einzufangen. Ließ sie einfach frei umherfliegen und sah mich kurz um. Ein Grinsen breitete sich auf meinem Gesicht aus, noch bevor ich Jules auf die Wange geküsst hatte. Innerhalb von Sekunden stand ich wieder normal vor ihm. »So?«

Die Falte zwischen Jules' Brauen war verschwunden – dafür hatte er seine Augen nun vor Überraschung aufgerissen. Seine Wangen färbten sich langsam rötlich, und er lachte. Leise. Glücklich. »Das war nicht ganz, woran ich gedacht hatte.«

»Woran hast du gedacht?« Als wäre es nicht offensichtlich.

Jules' Blick zuckte zu meinen Lippen, dann zu meinen Augen. Er hob eine Schulter an, antwortete aber nicht direkt darauf. Je länger wir uns schweigend ansahen, desto schwerer fiel es mir, mich zurückzuhalten.

Bis ich mich fragte: Warum eigentlich? Warum sollte ich mich zurückhalten? Unerwartete Freude überkam mich daraufhin. Ich legte meine freie Hand auf Jules' Schulter, sah seine Augen noch größer werden, als mein Gesicht nur noch ein paar Zentimeter von seinem entfernt war.

Das Bild verschwamm, als ich die Lider schloss und ihn küsste. Kurz nur und hauchzart. Aber es reichte aus, um die negativen Gefühle rund um das Training ein wenig von mir abschütteln zu können.

Als ich mich zurückzog, brauchte es einige Sekunden, bis Jules die Augen öffnete. Rote Wangen, zerzauste Haare, ein halb verschmitztes, halb schüchternes Grinsen auf den Lippen. Die Stille zog sich und zog sich.

»Besser?«, fragte ich, als ich sie nicht mehr aushielt.

»Besser«, war Jules' Antwort. Er blinzelte einige Male, um sich zu fangen. »Also – was tun wir heute?«

Ich grinste in meinen ersten Schluck Kaffee hinein, froh darüber, dass er meinen heimlichen Wunsch, noch nicht nach Hause gehen zu müssen, offensichtlich erhört hatte. »Bist du nicht mit einer Idee hierhergekommen?«

»Hmm, nicht wirklich. Mein Plan reicht nicht weiter als bis zum Kaffee und ... Ah, Moment.« Er streckte den Arm in meine Richtung aus, die Handfläche zum Himmel gerichtet. Ich starrte sie stumm an – und als ich nicht reagierte, wackelte er auffordernd mit den Fingern. Ich warf ihm einen verwirrten

Blick zu, aber er reagierte nur, indem er noch einmal stärker mit den Fingern wackelte.

Ich wechselte den Kaffeebecher in meine linke Hand und streckte ihm meine rechte entgegen. Meine Fingerspitzen berührten sanft seine glatte Haut. Zaghaft bewegte ich sie über seine Handlinien und schob meine Finger zwischen seine.

Jules gab einen zufriedenen Laut von sich, als unsere Hände endlich miteinander verschränkt waren. Er sah mich dabei nicht mal an. Hätte er es getan, wäre ihm sicher aufgefallen, wie glücklich mich seine Reaktion machte.

»Hat Mika heute kein Training?« Ich erinnerte mich vage daran, dass Jules erwähnt hatte, sein kleiner Bruder habe montags und samstags Training.

»Er hat sich nicht gut gefühlt, als er von der Schule nach Hause gekommen ist.«

Ich zögerte mit meiner nächsten Frage, der gestrige Tag war plötzlich wieder sehr präsent in meinen Erinnerungen. »Wegen gestern?«

Jules zuckte die Schultern, schüttelte den Kopf. »Ich weiß nicht. Vermutlich? Es kann nicht geholfen haben, Aaron betrunken zu sehen, wenn sein Vater Alkoholiker ist.« Ein zynischer Ton färbte seine Stimme.

Ich überging ihn. Ich wusste, dass er sich nicht gegen mich richtete. »Vermutlich? Hast du ihn seitdem nicht gesehen?«

Jules' Griff um meine Hand wurde für den Bruchteil einer Sekunde fester. »Ich bin mir nicht sicher, weil er zu Hause ist und ich noch keine Zeit hatte, mit ihm zu sprechen. Er hat mir vorhin geschrieben, dass er daheim ist und einen Film mit unserem Vater guckt – manchmal kommen die väterlichen Tendenzen in ihm hoch, bis ihm einfällt, dass die Sucht verlockender ist.«

Ich blieb stumm. Wartete darauf, dass er weiterredete, weil ich spürte, dass noch viel mehr unter der Oberfläche brodelte als diese eine Aussage.

»Der Umgang mit Dad ist ... anstrengend, was das angeht. Ich weiß, dass es unwahrscheinlich ist, dass er sich von heute auf morgen bessert«, begann Jules. »Aber jedes Mal, wenn er ein paar gute Tage hat, kommt in mir der Glaube hoch, es könnte tatsächlich anders werden.«

Er schüttelte den Kopf. »Jedes Mal zeigt er mir aufs Neue, dass es ein sinnloser Wunsch ist. Nach – was? – über sechs Jahren, die es nun schon so geht, sollte mir das langsam bewusst sein. Und ich *weiß* ... Ich weiß, dass es nicht völlig seine Schuld ist. Dass es eine Sucht ist und er vermutlich Hilfe bräuchte, um sich davon zu lösen. Vielleicht macht es mich zu einem schlechten Menschen, aber ich habe so viel Zeit damit verbracht, mir Sorgen um ihn zu machen, dass alles, was ich noch übrig habe, Frustration ist.«

Er stockte. Atmete schwer aus, als hätte es ihn all seine Kraft gekostet, das alles auszusprechen. »Ehrlicherweise kann ich dir nicht mal sagen, wo das gerade hergekommen ist.«

Ich hob die Hand, die den Kaffee hielt, und deutete auf seinen Brustkorb – auf die Stelle direkt über seinem Herzen. »Von da. Vermutlich ganz tief unten.«

Ein schwaches Nicken war seine Reaktion. Mit einem Mal wirkte er erschöpft. Unendlich müde – ähnlich wie ich mich fühlte, wenn ich über meine Eltern sprach.

Mein Blick glitt an ihm vorbei, zur Eingangstür der Eishalle, die sich gerade ein weiteres Mal öffnete. Zwei Mädchen kamen nach draußen, lachend und tief in ihr eigenes Gespräch versunken. Sie machten einen Bogen um Jules und mich und überquerten den Parkplatz gleich darauf mit langen Schritten.

Als ich mich Jules wieder zuwandte, hatte er den Kopf gesenkt, die Augen fast geschlossen. Er war in seinem ganz eigenen Albtraum gefangen, und ich spürte den verzweifelten Wunsch in mir aufkeimen, ihm da rauszuhelfen. Ich drückte seine Hand, mit der er sich mittlerweile an mir festhielt – als wäre ich es, die ihn noch in der Realität verankerte und davon abhielt, völlig in seinen Gedanken zu ertrinken.

»Lass uns ein Stück gehen?«, fragte ich zaghaft. Die Worte wirkten zu fröhlich für das, worüber wir gerade sprachen.

Jules nickte. Ich machte den ersten Schritt und zog ihn dabei hinter mir her. Es dauerte einen Moment, bis er seine Beine dazu überreden konnte, sich zu bewegen.

Wir verließen langsam das Gelände, auf dem sich die Eishalle befand. Bogen an der Straße nach links ab, wo Häuser von mehr und mehr Bäumen abgelöst wurden und sich zu einem Park verdichteten. Jules sagte kein Wort, und ich wurde das Gefühl nicht los, dass er wartete, bis ich etwas sagte. Vielleicht hoffte er auf einen Rat. Ein paar schlaue Aussagen, die ihn von seiner Last befreien konnten.

»Ich glaube nicht, dass es dich zu einem schlechten Menschen macht«, begann ich nach einigen Minuten, in denen wir an einem kahlen Baum nach dem anderen vorbeigelaufen waren. »Vielleicht bin ich dafür zu voreingenommen, aber es sind vollkommen andere Adjektive, die mir einfallen, um dich als Mensch zu beschreiben. Warm. Attraktiv. Empathisch. Sympathisch. Freundlich. Zuvorkommend ... Aber nicht ›schlecht‹ – schon gar nicht wegen etwas, das dir so viel genommen hat.«

Ich gab mein Bestes, etwas zu finden, das ihm Trost bot. Allerdings hatte ich die ganze Zeit das Gefühl, als würde ich nur vor mich hin stammelnd Buchstaben zu Sätzen und schließlich zu Aussagen aneinanderreihen, die keinen Sinn ergaben.

»Menschen sind nicht fehlerfrei, nur weil sie Eltern werden«, sagte ich. Ich dachte an meine eigenen Eltern. Daran, wie viel anders es wäre, hätten sie mich im Eiskunstlaufen unterstützt, statt mich davon abhalten zu wollen. »Sie machen Fehler, sie lassen uns allein, sie versuchen, selbst im Leben klarzukommen, indem sie ihren Ärger an uns auslassen, ihn mit Alkohol zum Verstummen bringen oder vor uns verstecken. Sie sind Menschen wie du und ich ... und gerade deswegen ist es in Ordnung, auch auf sie sauer zu sein.« *Oder nicht?* »Weil wir ihnen nichts schuldig sind, nur weil sie uns auf die Welt gebracht haben. Nur weil sie uns ein Dach über dem Kopf und ein paar warme Mahlzeiten geben.«

Ich verzog das Gesicht. »Was nicht heißen soll, dass ich meinen Eltern dafür nicht dankbar bin. Ich bin es – ehrlich. Aber was hilft mir ein voller Bauch, wenn mein Herz komplett leer ist?«

Gar nichts, war die Antwort, die mir sofort in den Kopf schoss. Selbst hier mit Jules war jedes Wort, das meine Gefühle beschrieb, eine Qual. Es war so schwer, sie mit ihm zu teilen, weil ich in den vergangenen Jahren immer besser darin geworden war, sie zu verstecken. Wenn selbst meine Eltern nichts davon wissen wollten, wie es mir ging – wieso sollte es jemand anders wollen? Wäre es dann nicht besser, sie für mich zu behalten und so zu tun, als würde es mir gut gehen?

Ich merkte erst langsam, wie verquer dieser Gedanke war. Wenn ich wirklich darüber nachdachte – meinen rationalen Teil anstellte und ihm die Steuerung übergab. Dann machte es nicht einmal Sinn. Warum sollten meine Eltern Vorzeigebeispiele für all die Personen in meinem Leben sein? Mir war nie bewusst gewesen, wie sehr meine eigene Wahrnehmung sich verkleinerte, nur weil ich von zwei Personen abhängig war.

»Ich bin mir fast sicher, dass mein Monolog dir nicht helfen wird«, gab ich zu. »Also ... kannst du ihn auch einfach so stehen lassen, und wenn wir Glück haben, löst er sich bald in Luft auf.«

Das schien Jules ein wenig zu mir zurückzuholen. Er blinzelte mehrere Male, neigte den Kopf, um zu mir hinunterzusehen, und runzelte fragend die Stirn. »Wieso sollte ich deinen Monolog vergessen wollen?«

Weil ich die Hälfte der Zeit selbst nicht weiß, welche Worte meinen Mund gerade verlassen haben.

Jules lachte. Kleine Atemwölkchen bildeten sich vor seinem Gesicht.

»Das hab ich laut gesagt, oder?«

»Klar und deutlich«, bestätigte er.

»Natürlich«, murmelte ich.

»Ich weiß nicht, warum du dir solche Sorgen machst, dass das, was du sagst, unsinnig sein könnte«, fuhr er fort, als hätte er mich gar nicht gehört. »Kennst du diese aufdringlichen Gedanken, von denen du weißt, dass sie nicht richtig sind, aber du kannst dich selbst nicht von ihnen lösen und denkst und denkst und denkst immer wieder drüber nach, bis du das Gefühl hast, dein Kopf platzt?«

»Ja.« Nur zu gut.

»Das ist es, was in mir vorgeht, wenn ich an meine Familie denke. Ich geh dreimal im Kreis und weiß genau, dass sich rechts von mir ein Ausgang befindet. Aber irgendwie ist er versteckt oder ich kann ihn einfach nicht sehen. Und dann sagt jemand – du – etwas, das ich eigentlich genau weiß, und plötzlich laufe ich mit der Nase direkt dagegen.«

»Und fragst dich, wie man so etwas Offensichtliches nicht bemerkt haben kann.«

»Ganz genau.«

Ein leichtes Pochen hatte sich hinter meinen Schläfen bemerkbar gemacht. Die kurze Nacht, das Praktikum, das Training und jetzt noch das Gespräch. Es erschöpfte mich auf eine Weise, die mir völlig unbekannt war. Emotional statt körperlich. Es war so ungewohnt, das alles mit jemandem zu teilen.

Wie unglaublich war es, dass Jules und ich auf so unterschiedliche Weise aufgewachsen waren und uns trotzdem die gleichen Dinge beschäftigten? Dass ich genau verstand, was ihm durch den Kopf ging, obwohl meine Erlebnisse und Erfahrungen sich nicht im Ansatz mit seinen deckten?

Erklärte das, warum ich mich so zu ihm hingezogen fühlte? Konnte man das »Warum« überhaupt erklären?

Jules führte uns beide zu einer Parkbank, die direkt am Gehweg stand. Ich setzte mich hin, und Jules nahm wenige Zentimeter neben mir Platz.

Ein paar Sekunden lang war er alles, was ich sah. So nah vor mir, dass die Welt um uns herum verschwamm. Dann wandte ich den Blick von ihm ab. Starrte stattdessen meinen Becher an, als würde ich dort alle Antworten finden, die ich brauchte. »Ich versteh es nicht«, murmelte ich leise.

Jules reagierte auf den Themenwechsel verunsichert. Ich spürte seine Augen auf mir. »Wie man Kaffee zubereitet?«

Ich löste den Blick von meinem Becher. Sah ihn an. »Was?« »Was?«

Einen Moment war es still. »Ich weiß, wie man Kaffee zubereitet.«

Jules verzog den Mund zu etwas, das einem Lächeln ähnelte, und ich bemerkte, dass es sein Versuch gewesen war, das Gespräch in eine seichtere Richtung zu lenken. »Du hast deinen Becher so fasziniert angestarrt, deswegen dachte ich, es ginge darum.«

»Ah«, machte ich. Schüttelte den Kopf. Drehte den Becher

zwischen meinen Händen hin und her. »Nein, das war nur, weil ich dich nicht anstarren wollte.«

»Mich?«

Ich nickte.

»Warum?«

Ich stöhnte und lachte gleichzeitig. Ein bisschen frustriert, ein bisschen beschämt. Nicht wegen seiner Frage, im Gegenteil. Ich war froh, dass ihn interessierte, was mir durch den Kopf ging – nur war ich mir nicht ganz sicher, wie ich es von dort hervorholte und so formulierte, dass eine andere Person es verstand. »Weil ich es nicht verstehe.«

... so, dass eine andere Person es versteht, Lu. Nicht kryptisch.

Jules reagierte genauso verwirrt, wie ich es erwartet hatte. »Okay ...«

»Du hast keine Ahnung, wovon ich rede, oder?«

Er blinzelte mehrere Male. »Kein bisschen.«

Mir entkam direkt noch einmal ein Seufzen.

»Das Gute ist«, begann er – mit einer so sanften Stimme, dass ich nicht anders konnte, als ihm in die Augen zu schauen. »Wenn du es mir erklärst, kann ich vielleicht weiterhelfen. Und wenn nicht, sind wir zumindest zusammen ahnungslos.«

Mein Herz machte einen fröhlichen Sprung, nur dank der Art, in der er »zusammen« gesagt hatte. Weil er ein Wort benutzt hatte, das so deutlich machte, was eigentlich offensichtlich sein sollte: Ich war nicht allein. Selbst wenn ich mich mit meinen Eltern nicht verstand, war da jetzt Jules. Oder Eiza. Oder Hannah. Mein Brustkorb wurde bei dem Gedanken ganz warm.

Kurz darauf stellte ich mir allerdings vor, wie ich Jules erklären sollte, was mich umtrieb. Dass ich nicht verstand, wie es ausgerechnet er hatte sein können, der meine Aufmerksamkeit auf sich gezogen hatte. Ich wusste, dass ich ihn attraktiv fand.

Ich wusste, dass ich gerne mit ihm sprach, dass seine sanfte Stimme Gefühle in mir weckte, die ich noch nie gespürt hatte. Ich wusste, dass all diese Dinge in mir passierten – nur das »Warum?« wollte sich mir nicht zeigen.

Ich schloss meine Finger fester um den Becher, wie um eine Rettungsleine, an der ich mich festhielt. »Versprich mir, dass du nicht lachst.«

»Versprochen.« Er hatte nicht mal darüber nachgedacht. Sein amüsierter Gesichtsausdruck wich einer Ernsthaftigkeit, die dafür sorgte, dass Jules mich noch mehr in seinen Bann zog. Jemand, der mit mir Spaß hatte, flirtete und lachte? Großartig. Jemand, der mit mir außerdem über das sprach, was mir auf der Seele lag? Ich wusste, dass ich an diese Art Person mein Herz verlieren konnte.

Ich nahm mir einen Moment. Sammelte die Gedanken zusammen, die ich mit ihm teilen wollte. »Ich verstehe das hier nicht«, sagte ich vorsichtig und deutete erst auf ihn, dann auf mich.

Ein verwirrtes Runzeln zierte Jules' Stirn – und ich hätte am liebsten frustriert aufgestampft. Warum fiel es mir so schwer, das auszudrücken, was ich dachte? Die Worte glitten mir jedes Mal durch die Finger, und ich schaffte es nur bei der Hälfte, sie auszusprechen.

Jules musste mir meine Gedanken am Gesicht abgelesen haben. Er griff nach meiner freien Hand, die immer noch zwischen uns schwebte. Umschloss meine Finger und drückte kurz zu. Eine stumme Geste, die mir sagte, dass es ihn nicht störte, wenn ich länger brauchte, um die richtigen Worte zu finden.

Ich drückte seine Hand ebenfalls. *Danke.* Dann stieß ich den Atem aus und versuchte es noch mal. »Was ich meine, ist … Natürlich verstehe ich es. Natürlich verstehe ich, *was* passiert. Nur nicht, wie ich damit umgehen soll.«

»Ich glaube, ich kann dir nicht ganz folgen«, erwiderte Jules.

»Erinnerst du dich, wie du am Samstag meintest, dass du Angst hast?«, fragte ich ihn anstelle einer Antwort. Ich wartete auf sein Nicken und nahm mir dann einen Moment, dann noch einen, bis sich das Gefühl so weit in mir angestaut hatte, dass es einfach aus mir herausplatzte.

»Ich auch«, sagte ich leise. »Ich hab auch Angst. Weil ich es nicht gewohnt bin, mit jemandem über alles zu reden, was mich beschäftigt. Ich hab Angst, weil es so unbekannt ist und ...« Ich stockte, als mir bewusst wurde, dass meine nächste Aussage das beschrieb, was mich tatsächlich rastlos machte. »Und weil ich mir ziemlich sicher bin, dass ich mich viel zu schnell daran gewöhnen könnte.«

»Wäre das denn so schlimm?«

»Nicht schlimm«, gab ich ehrlich zu. Ganz und gar nicht. »Aber was, wenn ich verlerne, wie ich allein klarkomme, sobald ich bemerke, wie viel einfacher es ist, meine Probleme, meine Freude, meinen Tag mit jemandem zu teilen?«

»Ja, das kommt mir bekannt vor.«

Ich wusste nicht, ob mich das beruhigte oder noch ängstlicher fühlen ließ. Ein bisschen von beidem vielleicht. »Wie gehst du damit um?«

»Ich versuche, es nicht ständig in Gedanken hin und her zu wälzen – auch wenn es trotzdem immer mal wieder aufkommt.«

»Magst du dein Geheimnis wenigstens mit mir teilen? Wie schaffst du es, *nicht* darüber nachzudenken?«

Er betrachtete mich eingehend. »Ich habe nicht wirklich eine Anleitung dafür.«

Mit einem Mal verließ mich der Mut. Natürlich nicht – das wäre auch zu einfach gewesen.

Ein Rascheln drang an meine Ohren. Dann ein Klacken, als Jules seinen Kaffeebecher auf der Bank abstellte. Er wandte mir den Oberkörper zu und verringerte damit die Distanz zwischen uns. Den Daumen seiner freien Hand legte er unter mein Kinn und hob mein Gesicht an, sodass ich seinem Blick nicht länger ausweichen konnte.

Ich wünschte, er würde mich nie wieder loslassen. Und als hätte er mich erhört, glitten seine warmen Finger an meinem Kiefer entlang, bis sie in meinem Nacken zum Liegen kamen.

Seine Berührung wirkte so vertraut und kam bei mir dennoch vollkommen unerwartet an – mein Herz stolperte vor sich hin, als es versuchte, meinen Gefühlen zu folgen.

»Ich kann dir die Angst nicht nehmen«, sagte Jules eindringlich. Er ließ mich nicht eine Sekunde aus den Augen. »Nicht, weil ich es nicht tun möchte. Ich würde sie uns beiden wegzaubern, wenn ich wüsste, wie. Aber ich weiß einfach nicht, was in der Zukunft passiert.« Ein kleines Lächeln. »Ich kann dir nur sagen, dass der Jules aus der Gegenwart an alles denkt, nur nicht daran, dich jetzt schon wieder gehen zu lassen. Dafür möchte ich viel zu viel über dich lernen.« Er dachte kurz nach. »Ich weiß noch nicht mal, was deine Lieblingsfarbe ist. Oder was du machst, wenn du gestresst bist. Wie du direkt nach dem Aufwachen aussiehst, weiß ich glücklicherweise schon, aber einmal war nun wirklich nicht genug, um jedes Detail in meinem Gedächtnis abzuspeichern. Und wie soll ich jetzt einfach gehen, wenn ich nicht mal sichergegangen bin, dass du einen guten Pizzageschmack hast?«

Ich schloss die Augen – spürte die Erleichterung, die mich ganz unerwartet durchströmte. Ich schob meine Sorgen von mir. Vielleicht nur ein paar Meter, vielleicht nur einen Schritt. Aber für den Moment weit genug, damit sie nicht länger auf mir lasteten. »Am liebsten mit Ananas«, sagte ich leise. Lächelnd.

»Siehst du?«, sagte Jules lauter. »Ananas auf Pizza ist grandios, aber was denkst du, wie viele Leute neben uns beiden so ein Meisterwerk zu schätzen wissen? Es war Schicksal, dass Mika und du diesen Unfall hattet.«

Meine Wangen mussten knallrot sein – ich war mir so sicher, dass sie glühten und Jules ganz deutlich zeigten, was in mir vorging. Wie unsinnig stark ich mich darüber freute, dass er so empfand. Ich legte den Kopf in den Nacken, sah ihn unter meinen Wimpern hindurch an. Das Licht der Sonne fiel von hinten auf ihn, tauchte ihn in einen unwirklichen Schein, der mich für einen Moment fragen ließ, ob er wirklich echt war oder nur Teil meiner Einbildung.

»Mir war nicht bewusst, dass du ein Romantiker bist.« Überraschung färbte meine Stimme.

Jules lächelte verschmitzt. »Ich bin vieles, von dem du noch nicht weißt.«

Ich stieß ein Schnauben aus und konnte mich gerade so davon abhalten, ihn gegen den Oberarm zu boxen. »Ich meine es ernst.«

»Ich auch.«

Mein Augenrollen konnte ich vor ihm nicht verbergen.

Er nahm seine Hand aus meinem Nacken, hielt sie erhoben vor seine Brust. »Sorry, sorry. Ja, ich bin Romantiker. Und stehe auch dazu. Ich würde mich immer für *The Notebook* entscheiden, wenn ich die Wahl zwischen dem Film und einem Actionstreifen hätte.«

Ich bildete mir seine Aussage nicht ein, richtig? Er hatte das gerade wirklich gesagt. »*The Notebook*?«

Er nickte begeistert. Oh. Er mochte den Film wirklich.

Ich wandte den Blick ab, suchte mit meinen Augen den Park ab, als könnte ich mich so aus diesem Gespräch rausbeamen. »Ich hab ihn noch nie geguckt«, murmelte ich.

Jules erstarrte mit einem Mal und betrachtete mich ungläubig. »Wie bitte?«

»Ich hab ihn noch nie gesehen«, wiederholte ich lauter. Und konnte in Zeitlupe dabei zuschauen, wie seine Augen sich weiteten. Er schüttelte den Kopf, einen beinahe empörten Ausdruck auf dem Gesicht. Im nächsten Moment stand er von der Bank auf und lief davon, ohne sich nach mir umzudrehen.

Ich starrte ihm sprachlos hinterher, sprang dann ebenfalls auf und eilte ihm nach. Seine Beine waren länger als meine – um ihn einzuholen, musste ich den halben Weg joggend zurücklegen und dann große Schritte machen, um mit ihm auf einer Höhe zu bleiben.

»Schmollst du gerade wirklich, weil ich den angeblich kitschigsten Film, den die Welt je gesehen hat, nicht in- und auswendig kenne?«

»Nein. Dass du nicht jeden Satz mitsprechen kannst, kann ich gerade so verkraften. Ich schmolle, weil du dieses Meisterwerk als ›kitschigen Film‹ betitelt hast. Worte können verletzen, Lucy Lu.« Er schniefte dramatisch.

Lucy Lu? »Sind wir schon bei den Kosenamen angekommen?«

»Irgendwer muss in dieser Beziehung ja den Romantik-Grinch ausgleichen, der du bist.«

»Aber mit Kosenamen?«

»Zugegeben, er ist noch nicht ausgereift. Du hast nicht wirklich etwas dagegen, oder?« Er schob die Unterlippe äußerst dramatisch nach vorne und riss seine Augen ganz weit auf. Ich war mir sicher, dass er versuchte, eine unschuldige, bittende Miene aufzusetzen, aber wenn er eins damit erreichte, dann, dass ich ein plötzliches Flashback zu Clowns auf Kindergeburtstagsfeiern hatte. Zwei Dinge, die niemals im selben Satz erwähnt werden sollten.

Aber konnte ich seine Frage verneinen? Bei jeder anderen Person vermutlich schon, aber mit Jules wissendem Blick, den ich ganz deutlich auf mir spürte, als ich den Kopf in eine andere Richtung drehte, fiel es mir schwer. Er konnte es mir sicher von der Nasenspitze ablesen.

Ich spürte sein Grinsen, selbst wenn ich es nicht sehen konnte. Jules hakte sich bei mir unter, als wäre es das Normalste der Welt, so durch den Park zu laufen, und tätschelte mir die Hand wie eine Großmutter. »Anscheinend nicht.«

»Ich werde es auf ewig leugnen, wenn du jemandem davon erzählst«, warnte ich ihn.

Daraufhin ließ er mich los und schlang seinen Arm um meine Hüfte. Mein Ellenbogen stieß mit jedem Schritt gegen seine Rippen, und da Jules etwas größer war als ich, schaukelten wir beim Gehen unschön gegeneinander, wenn er erst einen langen Schritt machte und ich kurz darauf einen kleineren.

»Weißt du. Wir könnten auch wie zwei normale Menschen laufen.«

»Definiere ›normal‹«, bat er mich. Das Grübchen, das ich in seiner linken Wange erkennen konnte, machte deutlich, dass er viel zu viel Spaß bei dieser Aktion hatte.

»Nebeneinander hergehen, mit so viel Abstand, dass ich dir nicht alle zwei Sekunden einen neuen blauen Fleck verpasse.« Mein Ellenbogen traf ihn erneut, was meine Aussage noch unterstrich.

»Hm«, machte Jules. »Klingt langweilig.«

»Klingt gewöhnlich.«

»*Eben.*«

Die Abneigung tropfte förmlich von diesem einen Wort, und mir fiel auf: Ich benutzte »normal« wie den ultimativen Zustand, auf den ich hinarbeiten sollte. Wie ein Urteil, das über mir schwebte und mir aufzeigte, womit ich aus der Reihe fiel. Es war beruhigend, beinahe schon erfrischend, zu sehen, wie Jules es wegschnippte und so tat, als würde es die Erwartungen und Anforderungen, die andere an uns stellten, überhaupt nicht geben.

Eine Weile liefen wir schweigend nebeneinanderher. Ich war so davon abgelenkt, die kahlen Bäume um uns herum zu betrachten, dass ich erst nicht bemerkte, wie auffällig still Jules nach seiner letzten Aussage geworden war. Er hatte den Arm weiterhin um meine Taille gelegt, aber lockerer, als würde er mir den Raum geben wollen, mich ganz leicht von ihm lösen zu können, sollte ich es wollen. Sein Blick wanderte umher – von den kahlen Bäumen zu den traurigen Wiesen, die durch das ewige Grau des Herbstes am stärksten zu leiden schienen.

Ich betrachtete Jules' Profil. Die markanten Wangenknochen und die leichte Krümmung seiner Nase, die mir erst jetzt auffiel. Ich sah lange Wimpern und Bartstoppeln, glatte Haut und Unebenheiten, die im Gesamtbild Jules ergaben. Dabei stolperte ich immer wieder über die Art, wie er die Augenbrauen leicht zusammengezogen hatte – so als wäre er mit dem Kopf auf einmal ganz woanders.

»Woran denkst du gerade?«

Er brauchte etwas, um aus seinen eigenen Gedanken wieder aufzutauchen. Mit einem leichten Kopfschütteln vertrieb er, woran er gerade gedacht hatte. »Mika.«

»Hast du Angst, dass es ihm nicht gut geht?«

»Nein, das ist es nicht.« Er ließ mich los, schob die Hände tief in die Taschen seiner Jacke und zog die Schultern leicht an. »Beziehungsweise: Ja, das tue ich sowieso immer. Es fällt mir einfach ein bisschen schwer, mich zu konzentrieren, wenn ich weiß, dass er nicht auf der Höhe ist. Tut mir leid.«

»Das ist nichts, wofür du dich entschuldigen musst.« Immerhin trug er die ganze Last, die mit seiner Familie einherging – nicht ich. »Gibt es etwas, das wir tun können? Möchtest du Ablenkung? Darüber reden? Das Thema wechseln?«

Er zuckte ein wenig hilflos mit den Achseln. »Ich bin mir nicht sicher, ehrlich gesagt. Wenn es nicht Mika ist, dann ist es mein Vater. Wenn nicht der, dann Aaron. Im Moment existieren zu viele Dinge, um die ich mir Sorgen mache.«

Ich zögerte. Unsicher, ob ich das Thema ansprechen wollte, wenn Jules' Kopf jetzt schon so voll war. »Hast du noch mal etwas von ihm gehört?«

»Von Aaron?«

Ich nickte.

Ein freudloses Lachen entkam ihm. »Er hat mir eine Nachricht geschickt und sich entschuldigt.« Er zog kurz sein Handy hervor und warf einen Blick darauf, ehe er es wegsteckte. »Aber auf meine Frage, ob er etwas braucht oder darüber reden möchte, hat er bis jetzt nicht reagiert, also …«

Seit gestern war Aaron immer wieder in meinem Kopf aufgetaucht. Wie er sich auf der Eisdisco verhalten hatte, war für mich beinahe besorgniserregender als sein Unfall selbst. Seine Verletzungen würden heilen, da war ich mir sicher. Was bei ihm innerlich passierte, war allerdings eine ganz andere Geschichte.

Ich hakte mich bei Jules ein. Lehnte mich im Laufen leicht gegen ihn, um ihm zu zeigen, dass ich verstand, wie es ihm ging. Wenn auch sicher nicht in dem Ausmaß wie jemand, der Aaron seit dem Kindergarten kannte.

Jules lächelte mir dankbar zu. Er beugte sich zu mir hinunter, drückte einen Kuss auf meine Schläfe, als wollte er *mich* beruhigen. Wie ironisch.

»Es wird schon alles gut«, sagte er. Ich war mir nicht sicher, ob er seinen Worten selbst glaubte. Aber für den Augenblick beschloss ich, ihm zu vertrauen.

20. KAPITEL

Wir liefen einmal quer durch den Park, ehe Jules mich zurück zu meinem Auto begleitete. Ich verschränkte unsere Finger wieder miteinander, küsste ihn auf die Wange, so wie er mich vorhin auf die Schläfe. Es fühlte sich an wie das Normalste der Welt. Kleine Berührungen hier und da, die mir im ersten Moment unglaublich leicht vorkamen.

Im zweiten Moment sorgten sie dafür, dass es in meinem Körper ganz aufgeregt summte. Ein Kribbeln machte sich tief in meinem Magen breit, und ich wusste genau, dass es von dem Wissen kam, dass jemand an mich dachte. Dass *Jules* an mich dachte.

Dieses warme Gefühl begleitete mich auf meinem Weg nach Hause. Immer wieder mischten sich alle möglichen Gedanken darunter: Die an Aaron, an Sofias Worte, an Mika und Jules und ihre Familiensituation. Diese Stimme in mir, die fragte, ob es überhaupt einen Unterschied machen würde, diesen speziellen dreifachen Sprung hinzubekommen. Oder ob ich nur noch aus purer Sturheit an diesem Wunsch festhielt.

Ich fand keine Antwort darauf – meine Emotionen waren ein heilloses Durcheinander aus Höhen und Tiefen und ganz vielen Loopings. Immerhin lenkten sie mich ausreichend ab, sodass ich keine Magenschmerzen bekam, als ich unser Haus betrat. Ich begrüßte meine Eltern, verzog mich dann in mein Zimmer und kuschelte für den Rest des Abends mit Bunny.

Als ich am nächsten Tag beim Praktikum saß, war ich die meiste Zeit nur mit einem halben Ohr anwesend, sehr zum Leidwesen von Hannah. Immer, wenn ich noch ein zweites oder drittes Mal nachhaken musste, um herauszufinden, woran genau wir gerade arbeiteten, vertiefte sich die Furche zwischen ihren Augenbrauen.

Danach trennten wir uns. Ich ging zum Training, und Hannah und Eiza gingen in die Stadt, um noch ein Geschenk für den Geburtstag von Hannahs Mom zu besorgen, während sie auf mich warteten.

Wir trafen uns zwei Stunden später, machten uns gemeinsam auf den Weg zu Eiza nach Hause – und das war auch genau der Moment, in dem Hannah nicht mehr an sich halten konnte.

»Okay, zwei Möglichkeiten«, meinte sie, als wir gerade aus dem Bus ausstiegen. »Entweder du erzählst uns, über was du die ganze Zeit nachdenkst, oder ich singe so lange Countrymusik, bis dir die Ohren abfallen.«

Ich schob meine Hände tiefer in die Manteltaschen. »Der Witz geht auf deine Kosten – ich hab nichts gegen Countrymusik.«

Falsche Antwort. Sie sah mich böse an, als wollte sie mir sagen, dass ich mit meinen ausweichenden Antworten nicht weit kommen würde.

»Es ist nur …« Ein Seufzen entkam mir. »Es ist gerade eine dieser Phasen, in denen superviel los ist. Ich würde mich gern zweiteilen, um alles anpacken zu können.«

»Ah«, machte Eiza. »Ja, das kommt mir bekannt vor. Vor allem, weil das Praktikum noch dazukommt. Ich hab das Gefühl, die Tage vergehen immer schneller. Ich wache morgens auf, und es ist schon wieder Freitag, und ich hab nichts von dem geschafft, was ich mir für die Woche vorgenommen hatte.«

»Ja, so in etwa.« Auch wenn das Praktikum nur ein Bruchteil

dessen war, was mich beschäftigte. »Mein Wettbewerb rückt auch immer näher, und seit ein Eisläufer einen schweren Unfall hatte, hängt über dem ganzen Verein so eine merkwürdige Wolke. Das steigert meine Motivation fürs Training auch nicht gerade.«

»Ich weiß gar nicht, wie du das überhaupt jeden Tag hinbekommst«, warf Hannah ein. »Das Praktikum, das Training, dich mit anderen Leuten treffen, essen, schlafen. Ich fühle mich von der Aufzählung schon unendlich erschöpft.«

Sie hatte nicht unrecht – auch wenn es mittlerweile ein Tagesablauf war, den ich gewohnt war. »Irgendwie muss es gehen.«

»Ist der Wettkampf so wichtig, dass du nicht mal eine Pause machen kannst?«

Ich setzte zu meiner Antwort an – einem deutlichen »Ja«, das mir jedoch nicht sofort über die Lippen kommen wollte. »Ich habe so lange dafür trainiert«, sagte ich stattdessen. »Es wäre schade, jetzt einfach nicht anzutreten.«

Hannah runzelte die Stirn. »Aber es gibt doch immer einen nächsten Wettbewerb.«

Ich zuckte nur ratlos mit den Schultern – ich wollte die Abmachung, die ich mit meinen Eltern getroffen hatte, nicht erklären müssen. Nicht in diesem Moment. Nicht, während es plötzlich so viele Fragezeichen rund um das Eiskunstlaufen in meinem Kopf gab.

Ich konnte genau sehen, dass Hannah mit der Reaktion nicht zufrieden war. Eiza rettete mich glücklicherweise vor weiteren Fragen. Ihre Schritte beschleunigten sich, als wir einem kleinen Mehrfamilienhaus näher kamen. Das Erdgeschoss war zu einem Geschäft ausgebaut worden – eine weiß leuchtende Tafel wies mit *Garcías Schneiderei & Brautmode* darauf hin, dass es sich um den Laden von Eizas Eltern handeln musste.

Von Weitem wirkte er recht unscheinbar, aber je näher wir

kamen, desto deutlicher konnte ich die Kleider in den Schaufenstern sehen. Cremefarbene Hochzeitskleider mit ausladenden Röcken neben zierlichen mit Spitze verzierten Vintage-Stücken. Ich konnte verstehen, weshalb Hannah von Mrs Garcías Arbeit beeindruckt war. Wenn die Kleider, die Eiza zaubern konnte, nur halb so schön waren wie die ihrer Mom – was hätte ich dafür gegeben, eines von ihnen damals beim Highschool-Abschlussball tragen zu dürfen.

Eiza stieß die Tür auf, und eine kleine Glocke verkündete mit einem hellen Läuten unser Eintreffen.

»Mama?« Sie ging um die Kasse herum, die auf einem hohen altmodischen Eichentisch im hinteren Teil des Raumes stand. Rechts und links waren die Wände voller Kleiderständer – hoch genug, damit der Saum der längsten Röcke knapp über dem Boden schwebte.

Es gab Kleider in allen Farben und Schnitten. Prinzessinnenkleider, von denen ich als kleines Mädchen geträumt hatte, Vintageröcke und -oberteile mit langen Trompetenärmeln. Kurze Kleider, lange Kleider, helle, dunkle, bunte. Mit tiefem Ausschnitt, mit hohem Kragen. Der Laden war nicht einmal sonderlich groß, und trotzdem hatte ich das Gefühl, von jeder möglichen Art mindestens ein Exemplar zu sehen.

Rechts von uns ging ein kleiner Gang ab – ich vermutete, dass er zu dem Raum führte, in dem zukünftige Bräute empfangen wurden.

Auf Eizas Rufen hin eilte eine Frau aus dem hinteren Bereich zu uns. Sie war hochgewachsen, hatte ihr langes schwarzes Haar zu einem Pferdeschwanz zusammengebunden und strahlte über das ganze Gesicht, als sie Eiza sah. Falten zeichneten sich in ihren Mundwinkeln, auf ihrer Stirn und an ihren Augen ab. Aber davon abgesehen glichen sie und Eiza sich bis hin zu dem gleichen Paar Schuhe, das beide trugen.

Eiza drückte ihrer Mom einen Kuss auf die Wange, Mrs García tätschelte ihrer Tochter kurz die Wange. Es waren kleine Gesten – und trotzdem war die Zuneigung darin nicht zu übersehen.

»Hallo, Mrs García«, begrüßte Hannah die Frau. Sie schickte ein kurzes Winken hinterher und grinste fröhlich, als Mrs García es erwiderte.

Dann wanderte der Blick von Eizas Mom zu mir. Meine Beine waren wie festgewachsen – nicht, weil es mir etwas ausmachte, unangekündigt hier bei Eiza zu Hause aufzutauchen. Sondern weil meine Erfolgsbilanz im Umgang mit Eltern eher gering war. Zumindest wenn es um meine eigenen ging.

»Mama, ich habe dir doch von Lucy erzählt. Lucy.« Ich erschrak bei meinem Namen leicht und betete, dass man es mir nicht ansehen konnte. »Das ist meine Mom. Dad müsste sich auch hier irgendwo herumtreiben. Meistens versteckt er sich zwischen den Kleidern, wenn Leute auftauchen.«

Ich rang mir ein Lächeln ab, sah aber unsicher zu Hannah, weil ich nicht einschätzen konnte, ob es ein Witz war oder Eiza es tatsächlich ernst meinte.

»Eiza, fünf Sekunden reichen nicht aus, damit Lucy den Humor eurer Familie versteht«, kam Hannah mir zu Hilfe. Vielleicht hatte sie mir die Panik vom Gesicht ablesen können oder sie war in Wellen zu ihr hinübergeschwappt.

Eiza stützte eine Hand in die Hüfte. »Es war tatsächlich kein Witz. Er steckt wirklich irgendwo zwischen den Kleidern und wartet darauf, dass Mom an ihm vorbeigeht, damit er sie erschrecken kann.« Sie zuckte mit den Schultern. »Frag nicht, ich hab aufgegeben, es verstehen zu wollen.«

Ich musste mich sehr zusammenreißen, um die Kleiderstangen nicht prüfend zu betrachten.

Glücklicherweise plante Eiza nicht, allzu viel Zeit in dem Geschäft zu verbringen. »Wir sind oben, wenn ihr was von mir braucht, ja?«

»Aber bitte braucht nichts von ihr, wir planen nämlich geheime Geheimdinge, die unter strengster Geheimhaltung geheim gehalten werden müssen«, mischte Hannah sich in das Gespräch ein.

Ich hob staunend eine Augenbraue. »Hast du gerade versucht, so viele ›geheims‹ wie möglich in einem Satz unterzubringen?«

»Es ist mein geheimes Talent.« Ihr Grinsen wurde breiter. »Wobei ich mir nicht sicher bin, ob ›geheims‹ die offizielle Mehrzahl von ›geheim‹ ist, aber darüber diskutiere ich gern später mit dir, wenn wir nicht mehr vor Eizas Mom stehen und unsere gute Freundin blamieren, indem wir uns wie zwei Kinder verhalten.«

»Es ist nicht so, als würde sie von dir etwas anderes erwarten«, warf Eiza ein und bedeutete uns dann, ihr zu folgen. Sie führte uns in den hinteren, mit einem dünnen Vorhang abgetrennten Bereich, der sich zu einem kleinen Gang öffnete. Rechts die Treppe hinauf in den ersten Stock und dort vorbei an einem großen, gemütlich eingerichteten Wohnzimmer. Eiza war gerade an der modernen Küche vorbeigegangen, als sie wie angewurzelt stehen blieb. Hannah und ich liefen beide beinahe in ihren Rücken, weil es so unerwartet kam.

Eiza schob sich in dem schmalen Flur zwischen uns durch und war kurz darauf in der Küche verschwunden. Es klimperte, Teller klapperten, Eiza quietschte vergnügt – und ich fragte mich, ob die Eiza, die ich hier in ihrem Zuhause erlebte, wirklich noch die gleiche Person war, die ich im Praktikum kennengelernt hatte.

Sekunden später tauchte sie mit einem vollen Teller vor uns

auf, ein freudiges Glitzern in den Augen. »Irgendjemand hat Conchas gekauft und vergessen, dass sie in dieser Wohnung nie lange in freier Wildbahn überleben.«

»Oh, die hatte ich ewig nicht mehr«, schwärmte Hannah und wollte sich direkt ein Stück von dem Teller schnappen. Bevor sie allerdings dazu kam, lief Eiza mit dem gesamten Teller vor uns weg. »Das größte Stück gehört mir.«

Hannah blieb kurz erstarrt stehen. Dann folgte sie Eiza mit schnellen Schritten. »Was ist aus deiner Gastfreundschaft geworden?«

»Die hört bei Essen auf«, gab Eiza zurück.

Ich hörte, wie Hannah grummelnd etwas erwiderte, und folgte den beiden in das Zimmer am Ende des Gangs. Das letzte Sonnenlicht des Tages tauchte den Raum in ein sattes Gold, das sich bis auf den Flur erstreckte. Ich musste mehrere Male blinzeln, bis sich meine Augen an die Helligkeit gewöhnt hatten.

Eizas Zimmer war ungefähr so groß wie meins. Das Bett stand ebenfalls an der gegenüberliegenden Wand, und links von der Tür befand sich ein hoher Kleiderschrank. Da hörte die Ähnlichkeit dann allerdings auch schon auf: Dort, wo bei mir Bunnys Gehege Platz fand, war bei Eiza der Schreibtisch. Eine Nähmaschine stand darauf, und direkt davor eine Schneiderbüste, die eine halb fertig genähte Bluse trug.

Rechts von mir war ein großer Spiegel, der meinen gesamten Körper zeigte, und daneben lehnten aufgerollte Stoffe an der Wand.

Ein Blick in den Raum reichte, um zu zeigen, was Eizas Leidenschaft war.

»Du hast schon mal mehr Freude dran gehabt zu teilen«, sagte Hannah und setzte sich vor den niedrigen Tisch mitten im Raum.

»Das ist nicht wahr. Ich teile gern mit dir, weil ich dann eine Ausrede habe, dir auch Essen zu klauen.«

Hannah starrte sie mit vor Empörung geöffnetem Mund an. »Ich kann nicht glauben, dass du so durchtrieben bist.«

Eizas Erwiderung war ein Schulterzucken. Sie setzte sich mit dem Teller gegenüber von Hannah auf den Boden und bedeutete mir, ebenfalls auf dem weichen, flauschigen Teppich Platz zu nehmen.

»Sind Conchas denn so gut?«, versuchte ich sie von ihrer Diskussion abzulenken. Es sorgte allerdings nur dafür, dass die Aufmerksamkeit der beiden zu mir schoss – sie sahen mich beide gleichermaßen ungläubig an.

»Du hast noch nie welche gegessen?«, fragte Eiza.

»Schnell, gib ihr den ersten«, drängte Hannah sie.

Eiza hielt mir den Teller sofort hin. Ich war so überfordert, dass ich nur beide Hände vor mir in die Luft heben konnte. »Schon gut. Nehmt ihr euch. Ich glaube, ihr wollt es wesentlich dringender als ich.«

»Komm schon, Lucy«, bat Eiza mich. »Wenn du mitisst, bekommt jede genau drei Stück, und Hannah und ich brauchen unsere jahrelange Freundschaft deswegen nicht zu zerstören.«

»Ist das nicht etwas dramatisch?«

»Wir haben nicht all die Jahre den Kontakt gehalten, nur um jetzt wegen einer Concha-Streitigkeit getrennter Wege zu gehen«, warf Hannah ein.

»Wieso bekomme ich langsam das Gefühl, mit einer Wand zu reden?«, fragte ich.

Hannah sah mich mit riesigen Augen an. »Nur du kannst uns retten, Lucy.«

Unsicher lehnte ich mich auf meinem Platz etwas zurück und betrachtete mich in dem großen Wandspiegel rechts von mir. »Ist das so was wie ein Fehler in der Matrix? Könnt ihr mich hören? Sollte ich Morpheus nach den Pillen fragen? Wie war das? Rot, um in der Matrix zu bleiben, blau, um sie zu verlassen?«

Eiza starrte mich an. »Viel Spaß beim Versuch, mit blau aus der Matrix zu fliehen.«

»Ich hab den Film *einmal* gesehen ...«

»Umso schlimmer!« Sie stieß ein Seufzen aus und konzentrierte sich dann wieder auf das eigentliche Thema. »Ich will dir nichts andrehen, wenn du wirklich keinen Hunger hast. Glaub mir, Hannah und ich essen es auch allein auf. Aber ich kann dir versprechen, dass du sie lieben würdest.« Sie deutete auf die Conchas. »Die obere Teigschicht lässt sie wie Muscheln aussehen, deshalb der Name.«

Erst jetzt, als mir der Duft des Gebäckstücks in die Nase stieg, wurde mir bewusst, wie hungrig ich war. Ich nahm eins von dem Teller, und mein Magen stieß ein unglückliches Knurren aus, als ich zu lange damit wartete, von der Concha abzubeißen. Als ich es endlich tat, konnte ich nicht anders, als zufrieden zu seufzen. Es schmeckte wie ein weicher Hefeteig. Süß, aber nicht zu süß und mit einem festen Überzug, der mich ein wenig an Keksteig erinnerte.

»Noch besser wäre es mit Kaffee«, sagte Eiza. »Aber die Gefahr, dass einer meiner Eltern in der Küche ist und sieht, dass ich alle Conchas habe mitgehen lassen, ist zu groß. Wir müssen uns hier im Zimmer verstecken, bis wir alles aufgegessen haben.«

»Das sollte nicht mehr allzu lange dauern«, sagte ich.

»Na toll«, murmelte Hannah, als sie sich auch ein Stück nahm. »Jetzt muss ich mich also ab sofort mit zwei Personen deswegen streiten.« Sie setzte sich etwas aufrechter hin, als ihr eine Idee kam. »Ihr könntet ja schon mal anfangen, über Lucys Kostüm zu reden, während ich alle Beweise vernichte.«

Es war ein schwacher Ablenkungsversuch – aber dem Leuchten in Eizas Augen nach zu urteilen, funktionierte er großartig. Sie wirkte plötzlich wie ein Kind am Weihnachtsmorgen, und die Conchas waren mit einem Mal vergessen.

»Okay, passt auf. Ich habe mir ein paar Gedanken gemacht, und wenn du Einwände hast, Lucy, wirf sie einfach dazwischen, sonst werde ich dich ohne Punkt und Komma zutexten.«

Ich grinste. Es war ungewöhnlich, Eiza so gesprächig zu erleben. Ein bisschen fühlte es sich so an, als hätten sie und Hanna für den Nachmittag die Persönlichkeiten getauscht, denn während die eine redete, zog Hannah es vor, schweigend ihr Gebäck zu genießen.

Eiza zauberte ein Skizzenbuch hervor und schob den Teller beiseite, um sich Platz zu verschaffen – so energisch, dass ich froh war, schnelle Reflexe zu haben. Andernfalls wäre er ziemlich sicher über die Kante der Tischplatte gesegelt und auf dem harten Holzboden zersprungen.

Ich reichte den Teller rüber zu Hannah, die ihn dankend annahm und vor sich abstellte. Sie hatte ein wenig Ähnlichkeit mit einem Backenhörnchen, das sich die Wangen voller Nüsse gestopft hatte.

»Ich habe mir ein paar Kostüme von Eliteläuferinnen angeschaut und danach Entwürfe skizziert.« Sie klappte ihr Heft auf, blätterte durch die Seiten, die mit lauter Outfitideen vollgestopft waren, und hielt auf einer der letzten an. Dann drehte sie es um und schob es so vor uns, dass Hannah und ich gleichzeitig einen neugierigen Blick hineinwerfen konnten.

»Die hast du dir seit gestern alle ausgedacht?«, wollte ich staunend wissen. Es waren vier Zeichnungen. Grobe Skizzen ohne Farbe – aber die brauchten sie auch gar nicht, damit mir beinahe die Augen aus dem Kopf fielen.

Eiza starrte verlegen auf ihren Skizzenblock. »Ich habe dafür eventuell vergessen, schlafen zu gehen.«

»Das ist etwas Gutes«, meinte Hannah über den Tisch hinweg zu mir. »Wenn sie so sehr in ihre Arbeit vertieft ist, dass sie alles um sich herum vergisst, ist sie am glücklichsten.«

Ein neues Puzzlestück fügte sich zu dem Bild, das ich von Eiza hatte. Eine Person, die nicht allzu viel sprach, aber vielleicht trotzdem – oder gerade deswegen – unendlich viele Ideen im Kopf hatte.

»Nichts davon ist final, weil ich keine Ahnung habe, was für eine Stimmung du einfangen wolltest«, fuhr Eiza fort. »Ich hab gelesen, dass die Designer der Weltelite es so tun, und dachte, dass es vermutlich nicht schaden kann, sich an den Profis zu orientieren.« Ein kurzes Stocken. Sie legte den Kopf schief. »Wobei ich dir vermutlich keine Swarovski-Kristalle auf das Kleid nähen werde, weil das mein Budget sprengen würde.«

»Das ist auch wirklich nicht nötig.« Ich wollte mir nicht vorstellen, was so ein Kostüm kosten würde. »Ich mag ohnehin lieber schlichtere Designs.«

Eiza setzte sich aufrecht hin. »Das heißt, du hast bereits eine Vorstellung, wie es aussehen soll? Weißt du schon, wie du dich schminken wirst? Zu was für Musik du läufst? Wie wird deine Frisur aussehen?«

»Atme«, warf Hannah dazwischen. Eiza stoppte ihre Flut an Fragen und starrte mich abwartend an.

»Ähm.« Ich rieb mir über den Nacken. »Die Musik steht schon seit einer Weile fest. Was den Rest angeht …«

Hannah grätschte neugierig dazwischen. »Welches Lied wird es denn? Mir wird gerade bewusst, dass ich keine Ahnung habe, was für einen Musikgeschmack du hast. Ich weiß nicht, ob wir weiter befreundet sein können, wenn es etwas ganz Grässliches ist.«

»Was wäre denn ›ganz grässlich‹?«

Hannah wiegte den Kopf nachdenklich hin und her. »Ausgezeichnete Frage. Mein Geschmack ist selbst so durcheinander, dass jedes Urteil einfach nur scheinheilig wäre.«

»Das Lied ist von Sam Smith – falls euch der Name was sagt.«

»OH GOTT. Ist es *Another One*? Bitte sag, dass es *Another One* ist!«

»... es ist *Another One*. Woher weißt du das?«

»Intuition«, sagte Hannah grinsend. »Außerdem ist es mein Lieblingslied von them, deswegen ist es als erstes in meinem Kopf aufgetaucht.«

»Ist *Another One* nicht ziemlich ... traurig?«, fragte Eiza. »Eine Person, die über eine Beziehung hinwegkommt, in der diese immer das Gefühl hatte, nicht genug zu sein?«

»Die Betonung liegt auf dem Hinwegkommen«, erklärte Hannah. »Weitermachen, obwohl es wehtut. Vorwärtsgehen, auch wenn die Erinnerungen einen an manchen Tagen fast erschlagen.« Sie stützte die Ellenbogen auf den Tisch. Legte das Kinn auf den Handflächen ab und sah mit einem Lächeln zu mir. »Ich finde, die Stimmung des Songs passt zu dir.«

Überraschung breitete sich in mir aus. Ich hatte mir nie großartig Gedanken über den Song gemacht. Es war eines dieser Lieder, das zufällig in meiner Playlist aufgetaucht war und mich auf Anhieb berührt hatte. Die starke und gleichzeitig irgendwie verletzliche Stimme von Sam Smith. Die Melodie, der Text. Und es freute mich mehr, als ich ausdrücken konnte, dass Hannah mich als eine Person sah, zu der diese Beschreibung passte.

Ich lächelte ihr dankbar zu. Versuchte, das zu vermitteln, was ich in meinem Herzen spürte: die Sicherheit, dass ich mit Hannah und Eiza Freundinnen gefunden hatte, die es wirklich, wirklich interessierte, wie es mir ging.

»Hmm.« Eiza tippte mit dem Radiergummi an ihrem Bleistift in einem regelmäßigen Rhythmus auf das Skizzenbuch. »Schlicht, aber trotzdem ausdrucksstark …«

»Meine Haare binde ich eigentlich immer in einem Dutt zusammen, weil alles andere beim Laufen stört«, kam ich zurück zum eigentlichen Thema. Ich griff nach meinen langen Haaren und deutete die Frisur an, die ich in einem Wettbewerb meist trug. »Ich mag es, meine Augen etwas stärker zu betonen, vielleicht auch einen auffälligeren Lippenstift. Sonst gibt es nicht wirklich viele Besonderheiten, die irgendwie helfen könnten.«

»Du sagst das, als wäre es ein Problem.« Eiza legte ihren Stift ab. »Dabei bedeutet es nur, dass ich umso mehr kreativen Spielraum habe. Du bist quasi meine ganz eigene Anziehpuppe, mit der ich machen kann, was ich möchte.«

Bei ihr klang es ein wenig nach einer Drohung. Ich schluckte. Eiza warf einen Blick in mein Gesicht und musste so viel Sorge darauf sehen, dass sie zu lachen begann. »Ich werde dich nicht nackt auftreten lassen, mach dir keinen Kopf.«

»Ich glaube, so bräuchte ich dort auch gar nicht auftauchen. Das wäre gegen ungefähr jede Richtlinie, die es gibt.«

»Stimmt.« Sie machte sich eine Notiz auf der Seite mit den Skizzen – im nächsten Moment klatschte sie schon in die Hände und erhob sich schwungvoll aus ihrem Schneidersitz. Hannah und ich sahen fragend zu ihr auf. »Ich werde dir das perfekteste Kostüm nähen, das du jemals getragen hast, und du wirst damit den besten Durchgang laufen, den du jemals gelaufen bist.« Ihre Hände stützte sie wie eine Superheldin bekräftigend in die Taille. »Vertrau mir.«

Ich saugte ihr Selbstvertrauen auf. Mit jedem dreifachen Rittberger, den ich nicht geschafft hatte, war ein Stückchen mehr davon abgebrochen – klammheimlich, sodass es mir kaum aufgefallen war. Ich merkte erst jetzt, wie sehr ich mich danach gesehnt hatte, es wiederzufinden. Jemanden in meiner Nähe zu haben, von dem ich es mir abgucken konnte, weil ich aus irgendeinem Grund vergessen hatte, wo man es in sich selbst fand.

Ich grinste breit. »Tu ich. Ich vertraue euch beiden.«

Hannah spiegelte meinen Gesichtsausdruck. Eiza wirkte zufrieden – bis zu der Sekunde, in der sie in die Hände klatschte und uns damit zurück ins Hier und Jetzt beförderte.

»Sehr schön. Wo das jetzt geklärt ist, muss ich nur noch ungefähr alle dreihundertneunundsechzig Maße von dir nehmen, damit ich anfangen kann.« Sie zauberte ein Maßband hervor – auch wenn ihr Blick eher vermuten ließ, dass es sich dabei um ein Folterinstrument handelte.

Das konnte spaßig werden.

21. KAPITEL

»Es sah anstrengender aus, als man meinen sollte.« Hannah redete im Flüsterton mit mir, während Eiza die Maße, die sie in der letzten halben Stunde genommen hatte, noch einmal durchging.

»Es waren etwa dreihundert Maße«, sagte ich. »Es sah nicht nur anstrengend aus.«

»Es waren keine zehn«, korrigierte Eiza. »Und du standest keine dreißig Minuten. Dein Training ist ziemlich sicher anstrengender.«

»Dabei rückt mir aber niemand mit einem Maßband auf die Pelle.«

Eiza verdrehte die Augen. »Stell dich nicht so an. Hannahs Maße habe ich auch schon genommen, und sie hat sich nicht so viel beschwert.« Sie warf mir ein Lächeln zu, das die scharfen Worte um einiges abschwächte.

»Und trotzdem hast du mir noch kein Ballkleid genäht.« Mit einem dramatischen Seufzen ließ Hannah sich nach hinten auf den Teppich fallen und legte den Arm über die Augen. An ihr war eine begnadete Schauspielerin verloren gegangen.

Ich tröstete sie mit einem unbeholfenen Tätscheln auf den Oberschenkel. »Gab es bei dir denn bisher einen Anlass für ein Ballkleid?«

Ruckartig setzte sie sich wieder auf. Vor Überraschung zog ich meine Hand schnell zurück. Hannah betrachtete mich einige Sekunden lang eingehend. Ein Runzeln erschien auf ihrer Stirn, sie schob die Augenbrauen unglücklich zusammen und schaute im nächsten Moment zu Eiza.

Wir bekamen allerdings nur ihren Scheitel zu sehen. Sie war so in ihre Skizzen vertieft, dass sie den letzten Teil unseres Gesprächs vermutlich nicht einmal mitbekommen hatte. Schließlich stellte Hannah die Versuche ein, die Aufmerksamkeit ihrer Freundin auf sich zu ziehen, und wandte sich mit einem Seufzen wieder mir zu.

»Es gibt jeden Tag die Möglichkeit, ein Ballkleid zu tragen. Wenn nicht bei Lavoie & Hill, wo dann?«

Ich öffnete den Mund – und schloss ihn ganz schnell wieder.

»Ah.« Hannah wackelte mit dem Zeigefinger vor meinem Gesicht hin und her. »Lass mich nicht einfach hängen. Möchtest du mir etwa widersprechen?«

Ich blinzelte einige Male. Suchte nach Worten, mit denen ich mich aus der Affäre ziehen konnte. »Ich denke ... dass es passendere Situationen gibt. Spontan kann ich mir sogar mehrere vorstellen, falls du eine Liste brauchst.«

»Aber ihre Produkte sind so verträumt und romantisch. So was stellt niemand auf die Beine, der nicht eine Ader dafür hat.« Hannah tippte einen schnellen Rhythmus auf die Tischplatte. »Ich habe gelesen, dass die beiden Inhaber schon seit Jahren verheiratet sind und das Unternehmen zusammen gegründet haben. Ich könnte mir nicht mal vorstellen, so was mit Eiza aufzubauen – wir würden uns die Köpfe einschlagen. Sie müssen sich echt gut verstehen, um damit so weit gekommen zu sein. Bestimmt sind sie eines dieser verliebten Power-Pärchen.«

Ich schwieg länger, als ich vermutlich sollte. Länger, als für meine Antwort gut gewesen wäre – und Hannah war empathisch genug, dass ihr mein Stimmungsumschwung auffiel. Sie legte den Kopf schief, und ich sah die Fragezeichen förmlich über ihr schweben.

Ich hatte keine Ahnung, wie ich ihrem fragenden Blick begegnen sollte. Es überstieg bereits meine Kompetenzen, Hannahs Aussagen mit dem Bild, das ich von meinen Eltern hatte, zusammenzuführen. Sie waren so distanziert, so kühl – alles andere als das liebevolle Pärchen, das Hannah sich vorstellte.
Oder nicht?
Die Wahrheit war: Ich hatte keine Ahnung, was meine Eltern für Personen waren. Es gab eine Zeit, in der ich ihr vielleicht sogar zugestimmt hätte. Eine Zeit voller Lachen und Wärme, Gesprächen und gemeinsamen Ausflügen. Aber die war mittlerweile so weit von der Realität entfernt, dass sie sich eher wie ein Traum anfühlte. Vielleicht hatte ich mir die guten Zeiten nur eingebildet. Etwas, das meiner Fantasie entsprungen war, weil mein Unterbewusstsein nicht glauben konnte, dass es schon immer so gewesen sein sollte.
Aber was, wenn nicht? Was, wenn hinter den distanzierten Eltern, als die ich sie kannte, Personen steckten, denen die Entfernung zwischen uns genauso wehtat wie mir? Denn das tat es – es schmerzte auf eine Weise, die ich lange nicht hatte wahrhaben wollen. Aber mit Jules. Mit Eiza. Mit Hannah. Mit all den Personen, die sich plötzlich in meinem Leben befanden und mich dazu brachten, alle möglichen, glücklichen Emotionen zu spüren, wurden auch die negativen scharfkantiger.
Weil das eine nicht ohne das andere funktioniert, Lu.
Es war eine so simple Erkenntnis. Und trotzdem überraschte sie mich mit einer Wucht, die mich sprachlos zurückließ.
»Lucy?«, drang Hannahs Stimme an mein Ohr. Fragend. Ein wenig besorgt. »Du siehst ein bisschen aus, als hättest du einen Geist gesehen. Ist alles in Ordnung?«
Ich nahm kaum wahr, wie Eiza ebenfalls aufsah und ihren Bleistift ablegte. Wie sie und Hannah einen Blick austauschten, als würde mein Schweigen ihnen Sorgen bereiten.

Der Gedanke kam – und brachte mich beinahe dazu aufzulachen. Natürlich machten sie sich Sorgen. Hannah und Eiza waren meine Freundinnen. Würden sie sich von jetzt auf gleich in Stille hüllen, würde ich mir auch Sorgen machen. Warum fiel es mir so schwer, zu glauben, dass diese Freundschaft nicht nur vorübergehend war?

Die zweite Erkenntnis heute kam etwas langsamer. Sie schlich sich heimlich an, sickerte in mein Bewusstsein. Und sie deutete in einer großen Geste auf dieses kleine Geheimnis, das ich mit mir herumtrug.

Ich hielt mich für so mutig, tapfer und selbstbewusst, weil ich mich gegen das behauptete, was meine Eltern sich von mir wünschten. Alles, was ich hatte, steckte ich in das Eiskunstlaufen. Und in der ganzen Zeit, die ich mich damit beschäftigt hatte, hatte ich das eigentliche Problem ignoriert.

Es waren nicht meine Eltern.

Es war nicht unsere Abmachung.

Das Problem war ich. Ich und meine Angst davor, mich zu öffnen. Verletzt zu werden. Als die Lucy gesehen zu werden, die ich unter all den Schichten aus vorgespieltem Selbstbewusstsein wirklich war: Eine Person, die nicht wusste, was sie vom Leben wollte. Deren Träume und Ziele sich verändert hatten, ohne dass es ihr aufgefallen war. Eine Person, die an einem Punkt stand, an dem sie nicht weiterwusste. Statt den Schritt ins Ungewisse zu wagen, verharrte ich seit Monaten auf der gleichen Stelle.

Und es war mir peinlich. Je mehr ich darüber nachdachte, desto mehr schämte ich mich dafür, alles andere als stark und mutig zu sein. Desto mehr Angst machte es mir, darüber nachzudenken, was passieren würde, sollte ich einfach für immer hier stehen bleiben.

Ich sah den bisherigen Weg vor mir. Ohne ein gebrochenes

Herz, ohne allzu große Stolpersteine, die mir im Weg lagen. Aber auch ohne Freundschaften. Ohne dieses Hochgefühl, das nur dann auftauchen konnte, wenn jemand die richtige Lucy kannte. Ohne meine Eltern.
Ohne Jules.
Aus irgendeinem Grund war es der Gedanke, der am meisten Panik in mir aufkommen ließ. Nicht unbedingt, weil er die Person war, die mir am meisten bedeutete. Vielmehr war er es, vor dem ich mich am wenigsten verstecken wollte. Ich wollte, dass er mich kannte – jede Seite von mir. Und dass er sich trotzdem für mich entschied.
Mein Herz klopfte so aufgeregt, als wäre ich einen Marathon gelaufen. Vielleicht war ich das auch – zumindest gedanklich. Ich hatte in wenigen Minuten so viele Runden in meinem Kopf gedreht, dass die Erschöpfung mich nicht überraschte.
Hannah und Eiza warteten immer noch auf eine Antwort. Ich sah die beiden an, und ein bisschen war es, als würde sich ein Nebel, der über mir gelegen hatte, klären. Ränder wirkten schärfer, Farben intensiver. Ich hatte das Gefühl, mich selbst besser zu spüren, so wenig ich diese Empfindung auch erklären konnte.
Aber vor allem war da eins: Gewissheit. Ich wollte Leute in mein Leben lassen. Ich wollte aus voller Seele lachen, stundenlang weinen und alles fühlen, was ich nur fühlen konnte. Und ich wusste genau, dass ich mich dafür öffnen musste. Dass ich anderen auch die Möglichkeit geben musste, mich kennenlernen zu können, wenn ich nicht weiter allein bleiben wollte.
Ich atmete tief durch. Dass meinen Eltern Lavoie & Hill gehörte, hatte ich die ganze Zeit für mich behalten. Vielleicht war es nur eine Kleinigkeit – aber in Anbetracht der Dinge, die mir gerade durch den Kopf gegangen waren, hatte ich plötzlich das dringende Bedürfnis, auch dieses kleine Geheimnis mit Hannah und Eiza zu teilen.

»Die beiden Personen, die Lavoie & Hill gegründet haben«, begann ich – und verzog innerlich sofort das Gesicht, weil es so gestelzt klang. So unecht und ganz anders, als ich es hatte sagen wollen. »Ich bin mir nicht sicher, ob sie wirklich noch verliebt ineinander sind. Zu Hause wirkt es nie so.« *Zumindest nicht, wenn ich dabei bin,* fügte ich in Gedanken hinzu.

Es war einige Sekunden still, und ich war mir sicher, dass sie das laute Pochen meines Herzens deutlich hören konnten. Es war nicht mal ein riesiges Geheimnis. Nichts Weltbewegendes, das große Veränderungen nach sich ziehen würde. Trotzdem fühlte es sich an, als würde ich plötzlich Teile von mir offenbaren, die ganz lange nur im Dunkeln existiert hatten.

Hannah war es – auch diesmal wieder –, die uns aus dem unangenehmen Schweigen befreite. »Deswegen weißt du so viel über Parfüms!«, rief sie und zeigte mit dem Finger auf mich. »Ich wusste es. Du hast jedes Mal, wenn eine Frage zum Unternehmen aufkam, viel zu angestrengt auf den Boden gestarrt. Ich hab gerochen, dass irgendetwas faul war.«

Eiza stützte das Kinn auf der Hand ab und hob eine Augenbraue an. »Du hattest keine Ahnung, oder?«

Hannahs Finger sank leicht, als sie Eiza einen Blick zuwarf. Kurz darauf war sie wieder Feuer und Flamme. »Ich hatte absolut keine Ahnung, aber im Nachhinein hätte ich es eventuell merkwürdig finden sollen, dass du wusstest, auf welche Marketingkampagnen Nora anspringen würde.«

»Eigentlich war das nur geraten ...«

»Warte«, unterbrach Hannah mich. »Warum machst du bei dem Programm mit, wenn deinen Eltern die Firma gehört? Könnten sie dir nicht ziemlich leicht einen Job dort besorgen?«

»Hannah«, zischte Eiza leise. Als Hannah ihr ihre Aufmerksamkeit schenkte, schüttelte sie kurz den Kopf. War mir so deutlich anzusehen, was diese harmlose Frage in mir auslöste?

Ich haderte mit mir. Ganz kurz nur, weil ich nicht wusste, wo ich überhaupt anfangen sollte, ehe ich beschloss so weit auszuholen, dass ich bei meinen ersten Schritten auf dem Eis anfing und mich langsam bis zu dem Punkt vorarbeitete, an dem ich mich jetzt befand. Ich erzählte ihnen von der Beziehung zu meinen Eltern, zu der Firma. Davon, wie sehr ich das Eislaufen liebte und wie unverständlich es für mich war, dass es ausgerechnet der Punkt war, der meinen Eltern der größte Dorn im Auge zu sein schien.

Ich erzählte ihnen von der Abmachung, von dem Wettbewerb, der aus diesem Grund so viel schwerer auf mir lastete als normal. Immer wieder flossen dabei Dinge ein, von deren Existenz ich selbst kaum gewusst hatte. Ich erzählte ihnen davon, wie sehr es mich belastete, mein Leben nicht mit meinen Eltern teilen zu können. Weil ich sie irgendwo, ganz tief in mir, natürlich liebte. Das konnte ich nicht einfach abstellen – auch dann nicht, wenn wir uns nicht verstanden.

Hannah und Eiza unterbrachen mich dabei nicht einmal. Ich überschüttete sie mit meiner Lebensgeschichte, und alles, was sie taten, war, mir aufmerksam zuzuhören. Es schien sie nicht zu irritieren, nicht zu verwirren oder merkwürdig bei ihnen aufzustoßen, dass ich das alles mit ihnen teilte. Wenn überhaupt wirkte Hannah am Ende meiner Erzählungen ein wenig erleichtert. Ihr Lächeln, das selbst Fremden gegenüber schon unendlich offen war, wurde noch ein wenig verständnis-, ein wenig liebevoller. Auch Eizas Gesichtsausdruck sprach Bände.

Sie rutschten beide um den Tisch herum, bis sie neben mir saßen. Oberschenkel an Oberschenkel, und keine von ihnen sagte etwas. Ich konnte mir auch nicht vorstellen, welche Worte es besser gemacht hätten. Stattdessen umarmten sie mich, ließen mich reden und schweigen, verzweifelt sein.

Und es tat so gut, dass sie mir einfach nur zuhörten. Hin und wieder eine Umarmung zu bekommen und dann abgelenkt zu werden, als ich endlich fertig war und mir nichts mehr einfiel, das ich sagen konnte. Ich hatte es mehr vermisst, als mir bewusst gewesen war.

Ich verabschiedete mich erst viel später. Die Sonne war längst untergegangen und hatte jeden Hauch Wärme mit sich genommen. Hannah hatte gesagt, dass sie noch ein wenig bei Eiza bleiben würde, aber sie brachten mich noch zur Bushaltestelle, als wollten sie sichergehen, dass ich auch wirklich in den Bus stieg.

Mein Auto hatte ich heute Morgen zu Hause stehen lassen und stattdessen die öffentlichen Verkehrsmittel benutzt. Ein wenig war ich froh darüber – es gab mir die Möglichkeit, den Tag noch einmal Revue passieren zu lassen. Von den Stunden beim Praktikum über das selbst geschneiderte Kostüm für den Wettbewerb, auf das ich mich mehr freute, als ich angenommen hätte. Bis hin zu dem, was ich Hannah und Eiza erzählt hatte.

Die ganze Zeit stolperte ich über eine Kleinigkeit. Sie war nicht sehr auffällig, brauchte einen zweiten Blick, bis ich sie wirklich sah. Aber als ich sie dann endlich bemerkte, fragte ich mich, wie sie mir nicht schon vorher ins Auge gefallen sein konnte – diese Veränderung, die sich auf leisen Sohlen in mein Leben geschlichen hatte. Ich konnte es drehen und wenden, wie ich wollte: Seit ich das Praktikum angefangen hatte ... Seit ich kurz zuvor über Mika gestolpert war, hatte sich so viel getan, dass es sich anfühlte, als würden dazwischen zwei Leben liegen.

Wie merkwürdig es war. Die Tatsache, dass zwei Dinge, die mir so viel Kopfzerbrechen und Wut bereitet hatten, zu denen geworden waren, für die ich am meisten Dankbarkeit verspürte. Nicht wegen der Situationen an sich. Sondern wegen dem, was aus ihnen entstanden war.

Der Bus hielt ein paar Hundert Meter von unserem Haus entfernt an. Ich sprang nach draußen, zurück in die Kälte, die es jedes Mal schaffte, dass sich mein Kopf etwas freier anfühlte. Meine Schritte waren leichter. Ich konnte mich nicht daran erinnern, wann das auf dem Weg zu mir nach Hause das letzte Mal der Fall gewesen war. Es war ein unerwartetes, schönes Gefühl.

Trotzdem wurde mein Herz etwas schwerer, als ich die Haustür aufschloss. Das Licht aus dem Wohnzimmer in den Flur fallen sah. Ich wollte mein gewohntes »Hallo« in den Raum werfen und dann nach oben verschwinden – aber irgendetwas hinderte mich daran. Sorgte dafür, dass meine Beine einen anderen Weg einschlugen.

Statt nach oben zu gehen, lief ich auf das Wohnzimmer zu. Meine Eltern saßen auf dem Sofa und wirkten dabei wie Puppen, die jemand dort platziert hatte.

Ich blieb im Türrahmen stehen und wusste für einige Sekunden gar nichts mit mir anzufangen. Dad bemerkte mich als Erster. Er schaute von der Zeitung auf, in der er, wie jeden Abend, las.

Ich wappnete mich für die Kälte. Für die abwehrende Haltung, die mich sonst immer überkam, wenn ich bei meinen Eltern war.

Und ich spürte sie auch anklopfen. Fordernd. Laut. Nur beschloss ich diesmal, ihr nicht mein volles Gehör zu schenken. Ein halbes Ohr, ja – weil ich nicht anders konnte. Es war eine Gewohnheit, die ich in nächster Zeit vermutlich nicht loswerden würde. Aber ich konnte mich aktiv dafür entscheiden, auch einem anderen Teil zuzuhören.

Dem, der sah, dass Dads Augen nicht völlig kalt waren.

Dem, dem auffiel, dass Mom sich mit einem Lächeln nach mir umsah, als sie mich ebenfalls bemerkte.

Ich war mir so unsicher – diese Kleinigkeiten konnten nicht einfach plötzlich aufgetaucht sein. Sosehr ich es mir wünschte, so funktionierte das Leben nicht. Es gab keine guten Feen, die mit einem Schwung des Zauberstabs alles besser machten. Die jedes verletzende Wort vergessen ließen.

Nur hieß das im Umkehrschluss auch, dass sie schon die ganze Zeit da gewesen sein mussten. Und dass ich sie unter all dem Ärger, all der Wut, dem Frust und der Enttäuschung nie gesehen hatte. Nie hatte sehen wollen.

Es brachte mich so sehr aus dem Konzept, dass ich Mom und Dad nicht einmal begrüßen konnte. Ich starrte sie nur stumm an, weil all die ungesagten Worte mir den Weg versperrten.

»Ist alles in Ordnung?«, fragte Mom mich nach einigen Sekunden zögernd.

»Mein Wettbewerb …« Der Satz verlor sich im Nichts. Ich räusperte mich und begann noch einmal. »Mein Wettbewerb ist am Sonntag in etwas über zwei Wochen. Am zweiundzwanzigsten November.« *Sag es. Sag es. Sei ehrlich, Lu. Verletzlich sein, ist nicht schlimm.* »Wenn ihr kommen möchtet … würde ich mich freuen.« Das Rauschen in meinen Ohren übertönte beinahe meine eigene Stimme. Sie wurde mit jedem Wort leiser, bis ich Angst hatte, dass sie sich im Raum zwischen uns verlieren würde.

Aber Moms und Dads überraschte Gesichter zeugten vom Gegenteil. Meine Augen sprangen ständig von ihnen zu einem Gegenstand im Raum und zurück zu ihnen. Ich schaffte es nicht, sie lange anzusehen. Viel zu unsicher fühlte ich mich in dieser Situation. Ein Reh, das gerade erst das Laufen lernte.

»Oh.« Mom klang mindestens so überrascht, wie ich mich fühlte.
Stille. Stille. Stille.
Dann Mom: »Wir kommen gerne und schauen dir zu.«
Wenn möglich wurde das Rauschen in meinen Ohren noch lauter. Das Pochen meines Herzens noch eindringlicher. Ein wenig vor Freude, ein wenig vor Angst. Hauptsächlich aus Ungläubigkeit.
Irgendwie brachte ich mich selbst dazu, ihnen ein Lächeln zu schenken. Ihnen eine gute Nacht zu wünschen und dann die Treppe hinaufzueilen, bis in mein Zimmer, wo Bunny mit gespitzten Ohren auf mich wartete. Ich ließ mich auf mein Bett fallen, auf dem sie hockte. Wickelte mich um sie, als wäre sie eine warme Sonne, die ich mit meinem Körper beschützen wollte.
Ich vergrub das Gesicht in meiner Decke, atmete den vertrauten Geruch meines Zimmers ein. Ich fühlte mich unendlich erschöpft von allem, was heute passiert war – und gleichzeitig merkwürdig aufgekratzt, mit meinen Eltern gesprochen zu haben. Ich war mir nur nicht sicher, ob es eine gute Art von aufgekratzt war oder die, die von unterschwelliger Panik abstammte. Ehrlich gesagt wollte ich es auch nicht unbedingt herausfinden.
Was ich dagegen sehr dringend tun wollte, war, mein Hoch mit jemandem zu teilen. Nein, nicht mit jemandem. Mit Jules. Außer ein oder zwei Nachrichten hatte ich den ganzen Tag noch nicht mit ihm gesprochen.
Mittlerweile war ich an dem Punkt, an dem ich jede halbe Stunde ungeduldig auf mein Handy guckte, weil ich hoffte, dass er mir geschrieben hatte. Und sei es auch nur ein kurzes Update, wie sein Tag war. Jedes Mal, wenn er mich fragte, was ich machte, breiteten sich tausend Schmetterlinge in meinem

Bauch aus. Mir war nie bewusst gewesen, wie glücklich mich ein paar Aufmerksamkeiten hier und da machen konnten.

Heute Morgen hatte er erzählt, dass er länger auf der Arbeit war und danach noch etwas mit Mika unternehmen würde. Es war so spät, dass er mittlerweile wieder zu Hause sein musste. Vielleicht lag er nach dem langen Tag schon im Bett und schlief tief und fest.

Ich drehte mich auf den Rücken, fischte mein Handy aus der Hosentasche und hielt es über mein Gesicht. Ich tippte unseren Chat an, scrollte durch die letzten Nachrichten, die wir ausgetauscht hatten: Guten Morgen, gute Nacht, hab einen schönen Tag. Normalerweise war ich nicht die Beste darin, Leuten regelmäßig zu antworten. Nur bei Jules wartete ich ungeduldig auf jedes Wort, das er schrieb.

> **Ich:** Schläfst du schon?

Leise lachte ich über mich selbst – mir fiel erst im Nachhinein ein, dass er vermutlich nicht darauf reagieren würde, sollte er tatsächlich schon schlafen. Sekunden später wurde er mir allerdings als online angezeigt, und kurz darauf ploppte seine Antwort bei mir auf.

> **Jules:** Fast, um ehrlich zu sein. Ich wollte mein Handy gerade weglegen.
> **Ich:** Oh. Dann schlaf gut.
> **Jules:** Sekunde, Sekunde. Du kannst nicht einfach so gehen, wenn ich mich extra aufgesetzt habe, um dir zu antworten.
> **Ich:** Aber ... du hast gerade gesagt, dass du fast am Schlafen bist.
> **Jules:** Die Situation hat sich gerade drastisch geändert.
> **Ich:** Hat sie?

Jules: Ja, natürlich. Du hast mir doch sicher nicht grundlos geschrieben.
Ich: Doch, irgendwie schon. Ich hab nur gerade an dich gedacht und wollte mit dir reden.
Jules: Sag ich doch: nicht grundlos. Außerdem haben wir den ganzen Tag noch nicht geredet. Wenn ich jetzt einfach ins Bett gehe, wer weiß, wann ich wieder die Chance dazu habe?
Ich: Vermutlich ... spätestens morgen, wenn wir beide wieder wach sind.
Jules: Morgen erst??
Ich: Hahaha
Jules: Warum bekomme ich das Gefühl, dass ich in dieser Beziehung den needy Part spiele?
Ich: Gar nicht wahr. Ich hab nur ein besseres Pokerface.
Jules: Das ist nicht ganz so beruhigend, wie es sich in deinem Kopf vielleicht angehört hat.
Ich: Es sollte gar nicht beruhigend klingen. Nur wie eine Beobachtung unserer letzten Treffen.
Jules: Willst du damit sagen, dass du mir alles, was ich währenddessen gedacht habe, vom Gesicht ablesen konntest?
Ich: Na ja ...
Jules: Oh Gott

Ich kicherte. Er war so leicht zu ärgern.

Ich: Nur ein Scherz.
Ich: Ich kann nicht ALLES von deinem Gesicht ablesen.
Jules: LUCY

Mein Lachen wurde unwillkürlich lauter. Ich konnte nur hoffen, dass meine Eltern es nicht hörten.

Ich: Tut mir leid, ich ärgere dich nur.
Jules: Der einzige Grund, weshalb ich dir das glaube, ist, weil alles andere zu viel für mein Ego wäre.
Ich: Jules?
Jules: Ja?
Ich: Mir ist gerade noch ein anderer Grund eingefallen, weshalb ich dir geschrieben habe.
Jules: Ich bin ganz Ohr.
Ich: Hast du morgen Zeit?
Ich: Um etwas zu unternehmen?
Ich: Mit mir?

Ungeduldig wartete ich auf seine Antwort. Ich erwartete nicht wirklich, dass er Nein sagte. Vielleicht, dass ein anderer Tag passender wäre – trotzdem fuhr eine ungewohnte Nervosität durch mich, als ich sah, dass er etwas schrieb.

Jules: Unter einer Bedingung.
Ich: Okay ...?
Jules: Ich darf aussuchen, was wir machen.
Ich: Erzählst du mir vorher, wofür du dich entscheidest?
Jules: Ist das ein Ja?
Ich: Natürlich ist das ein Ja.
Jules: Dann: Auf keinen Fall. Aber ich kann dir einen Tipp geben, wenn du möchtest.
Ich: Erzähl.
Jules: Es hätte auch Britney Spears werden können.

Verwirrt starrte ich seine Nachricht an.

Ich: Wie bitte?
Jules: Alles Weitere erfährst du morgen. Halb acht bei mir?

Ich: Lässt du mich jetzt wirklich einfach mit so einem Nicht-Hinweis im Regen stehen?
Jules: Das ist der Anreiz, morgen zu mir zu kommen.

Er schrieb das, als würde er selbst dafür nicht ausreichen.

Ich: Du hast merkwürdige Methoden, Leute neugierig zu machen.
Jules: Ich weiß. Aber sieh es mir nach – ich bin müde und froh, überhaupt noch ein paar gerade Sätze hinzubekommen.
Ich: Dann schlaf jetzt endlich. Ich stehe morgen um Punkt halb acht vor deiner Tür.
Jules: Ich freu mich schon. Nacht, Lucy.
Ich: Gute Nacht.

Ich legte mein Handy neben mir auf dem Kissen ab. Starrte die Decke an. Und schaffte es ganz lange nicht, das Grinsen aus meinem Gesicht zu wischen.

22. KAPITEL

Es war zehn nach halb acht, als ich schließlich an Jules' Tür klingelte. Ich strich meine Haare glatt, die die letzten zwei Stunden ziemlich unter meinem Training gelitten hatten, und wies mein Herz an, nicht jeden zweiten Schlag auszusetzen.

Ein Summen ertönte, und ich drückte die Tür auf. Lief das Treppenhaus hinauf, wo Jules bereits auf mich wartete. Eine schwarze Spange hielt ihm die Haare aus den Augen. Er trug eine lockere schwarze Hose, ein genauso dunkles, weites Hemd und ein Lächeln auf den Lippen. Kaum blieb ich vor ihm stehen, schien es sein gesamtes Gesicht einzunehmen.

Er zog den Ärmel seines Hemds bis über das Handgelenk, und ich erkannte mich in dieser unruhigen Geste selbst so sehr wieder, dass mir meine Nervosität plötzlich viel erträglicher erschien.

»Hey«, sagte ich mit einiger Verspätung.

Jules hörte auf, an seinem Hemd herumzufingern, und ließ die Hand zurück an seine Seite fallen. »Hi.«

Mehrere Sekunden vergingen.

»Es ist doch nicht ganz halb acht geworden«, wies ich ihn auf das Offensichtliche hin. *Wow, Lucy. Eins a Gesprächsführung.*

»Ich weiß«, erwiderte Jules. »Ich bin ungefähr jede zweite Minute zum Fenster gegangen, um nachzusehen, ob dein Auto auf dem Parkplatz steht.«

Ich lachte, erleichtert darüber, dass er die Stimmung mit einem Scherz auflockern wollte. Allerdings verstummte ich genauso schnell wieder, als ich bemerkte, dass er es tatsächlich ernst gemeint hatte.

Ich räusperte mich. »Oh. Tut mir leid.«

Er legte den Kopf schief. »Da kannst du doch nichts dafür.«

»Ja, ich wollte nur ... weil ich gesagt habe ...« Ich verzog das Gesicht und beendete mein Gestottere. »Können wir einfach reingehen? Ich dachte, wir hatten uns versprochen, diesen ungemütlichen Small-Talk-Teil immer zu überspringen.«

Jules betrachtete mich nachdenklich. Zu gern hätte ich gewusst, was genau ihm in dem Moment durch den Kopf ging. »Ich bin mir nicht sicher, ob ich das Versprechen genug durchdacht habe, bevor ich es dir gegeben habe.«

»Keine Rücknahmen«, warnte ich ihn. »Versprochen ist versprochen.«

»Na gut«, gab er sich geschlagen. Er machte einen Schritt beiseite, um die Tür nicht länger zu versperren, und bedeutete mir, in die Wohnung zu kommen.

Ich wollte an ihm vorbeilaufen, nur suchte sich die spontane Lucy genau diesen Moment aus, um die Zügel in die Hand zu nehmen. Ich dachte gar nicht nach, lehnte mich zu ihm und wollte Jules einen Kuss auf die Wange drücken.

Allerdings drehte er den Kopf in allerletzter Sekunde in meine Richtung. Sein Daumen kam kurz unter meinem Kinn zum Liegen. Er hob meinen Kopf ein Stück an – sah mir ganz kurz in die Augen, um sich zu vergewissern, dass das, was er tat, in Ordnung war.

Ich schloss meine Lider in einem stummen Einverständnis. Was auch immer über ihn kam: Sein Kuss fühlte sich wesentlich drängender an als die, die ich bisher gewohnt war. Nicht auf eine Weise, die mich störte. Aber sie kam so unerwartet, so überraschend, dass ich unbewusst einen Schritt zurücktrat und mit dem Rücken gegen den Türrahmen stieß.

Jules unterbrach den Kuss kurz. Ging mit einem Blick sicher, dass ich mir nicht wehgetan hatte. Dann legte er beide Hände an mein Gesicht und senkte erneut den Kopf.

Ich spürte seine Zunge über meine Unterlippe streichen, und ein Schauer zog durch meinen gesamten Körper. Ich wollte ihm näher sein, noch näher und noch näher, und merkte dabei kaum, wie ich meine Finger Halt suchend in seinen Haaren vergrub.

Als ich mich schließlich von ihm löste, atmete ich so schwer, dass es mir fast peinlich war. Meine Knie waren weich, und Jules lehnte seine Stirn gegen meine, als wollte er dieses Gefühl noch einen Moment länger hinauszögern. Sein Mund war nur ein paar Zentimeter von meinem entfernt, und ich spürte mehr, als dass ich sah, wie er die Lippen zu einem Grinsen verzog.

Schwach schlug ich ihn mit der flachen Hand auf die Schulter. »Nicht fair.«

Er küsste mich daraufhin noch einmal. »Ich habe nie behauptet, dass ich fair spiele«, murmelte er an meinen Lippen. »Ich muss jeden Vorteil ausnutzen, den ich bekomme.« Danach ließ er mich los.

Ich strich mir die Haare hinter das Ohr, die um einiges zerzauster waren als bei meiner Ankunft. »Sonst was?«

»Sonst langweilst du dich am Ende vielleicht noch bei mir.«

»Das bezweifle ich.«

Die Antwort schien ihm mehr als nur ein wenig zu gefallen. »Ehrlich? Weshalb bist du dir so sicher?«

Ich würde bestimmt nicht all die Gründe aufzählen, die mir in dem Moment durch den Kopf gingen. Lieber ließ ich mich vom Erdboden verschlucken. »Nur so ein Gefühl.«

Es war eine schlechte Ausrede, um eine richtige Antwort zu umgehen, und Jules wusste das genau. Einige Herzschläge lang war ich mir sicher, dass er noch einmal nachhaken würde – aber kurz darauf wandte er sich ab. Er ließ das Thema ruhen.

Stille breitete sich aus. Keiner von uns beiden machte sich sofort die Mühe, sie füllen zu wollen. Es war nicht nötig.

Jules steuerte auf das Sofa zu und griff nach der Fernbedienung.

»Erklärst du mir noch, was genau dein Plan für den Abend mit Britney Spears zu tun hat?«, wollte ich wissen, als er keine Anstalten machte, es von sich aus zu erklären.

»In dem Film, den ich mit dir gucken will, hat sie für die Rolle der Protagonistin vorgesprochen, sie aber nicht bekommen«, sagte er, ohne sich zu mir umzudrehen. Netflix öffnete sich auf dem Fernseher, und Jules klickte sich durch die Filme.

Ein ungutes Gefühl überkam mich. »Über welchen Film genau reden wir hier?«

Er warf mir einen Blick über die Schulter zu. »Wenn ich dir sage, dass *The Notebook* auf uns wartet, sehe ich dann nur noch eine Staubwolke von dir?« Seine Augen waren groß und bittend. In jedem Winkel seines Gesichts versteckte sich die Hoffnung, dass ich ihm entgegenkam. Dass ich mich einfach darauf einlassen würde, weil er unbedingt wollte, dass ich diesen Film mit ihm ansah.

Vermutlich würde er sogar klein beigeben, wenn ich mich noch einmal gegen den Film aussprach. Weil das einfach war, wie Jules funktionierte: Er versuchte, seine Vorlieben mit mir zu teilen, würde sie mir aber nicht aufdrängen, sollte ich völlig dagegen sein.

Und so wenig Lust ich normalerweise darauf hatte, kitschige Filme wie *The Notebook* zu sehen – so sehr wollte ich Jules besser verstehen. Ich wollte, genau wie er, kleine und große Leidenschaften mit ihm teilen. Filme, Essen, Musik, Hobbys – die ganze Palette.

Ich sah ihm dabei zu, wie er den Film auswählte, als von mir kein Widerspruch kam. Er legte die Fernbedienung ab und ging zur Küchenzeile, wo er mehrere Schubladen aufzog und alle möglichen Snacks hervorzauberte. Er legte alles auf dem Couchtisch ab, setzte sich und wartete, bis ich neben ihm Platz genommen hatte.

Statt den Film zu starten, wie ich es erwartet hatte, wandte er sich mir zu. Sah mich abwartend an. Gab mir jede Zeit, die ich brauchte, um noch etwas zu sagen – was auch immer mir durch den Kopf ging. Ich wurde das Gefühl nicht los, dass er jeden noch so unwichtigen Gedanken von mir erfahren wollte.

Dabei wusste ich nicht einmal annähernd, wie ich in Worte fassen sollte, was ich gerade dachte – geschweige denn, was ich fühlte, wenn er neben mir saß.

»*The Notebook* ist in Ordnung. Aber bitte schau mich nicht an, wenn ich anfange zu weinen, okay?«

Jules bewegte sich keinen Millimeter. Er legte den Kopf etwas schief. Betrachtete mich nachdenklich. »Warum möchtest du nicht, dass ich dich ansehe?«

Ich zuckte hilflos mit den Schultern – das war etwas, das ich selbst nicht erklären konnte. Ich fühlte mich unwohl, wenn mich jemand in solchen Situationen sah. So war es schon immer gewesen.

»Schämst du dich dafür?«

»Ich schäme mich nicht ...« Ich stockte. *Setz die Maske ab. Setz die Maske ab und sei ehrlich, Lu.* »Ich mag es nur nicht, wenn irgendjemand meine verletzlichen Momente miterlebt. Und ich verstehe nicht, wie Leute es aushalten, andere daran teilhaben zu lassen.«

Ein Runzeln erschien auf seiner Stirn. Keines, das mich verurteilte – im Gegenteil. Er schien mir genau zuzuhören. »Wenn du traurig bist ... was machst du dann normalerweise?«

Ich hob eine Schulter an. Rang nach einer Antwort, die verständlich machen würde, warum ich in solchen Situationen lieber allein war. Allerdings pochte mein Herz so schmerzhaft. Es klopfte in meinem Brustkorb, als wollte es fragen, ob ich es hörte. Und als ich ihm endlich antwortete, rief es ganz laut.

Dass es nicht allein sein wollte, wenn ich traurig war.

Dass es Angst hatte, sich Leuten so verletzlich zu zeigen – sich aber noch mehr davor fürchtete, sich nirgends anlehnen zu können, wenn ich zu schwach war, es zu tragen.

Jules schwieg. Er wartete, bis ich alles durchgearbeitet hatte, und erst als er bemerkte, dass ich langsam wieder aus meinen Gedanken zurückkehrte, rutschte er über die Couch, um den Platz zwischen uns zu verringern. Näher und näher, bis er direkt neben mir saß und ich den Kopf leicht in den Nacken legen musste, um ihm ins Gesicht zu sehen.

Mein Herz wurde mit jedem Zentimeter, den er zwischen uns überbrückte, lauter. Klopfte stärker und war schließlich so präsent, dass ich kaum etwas anderes hören konnte.

»Ich hab eine Idee, ich bin mir aber nicht sicher, ob du sie mögen wirst. Mir gefällt nur ehrlicherweise der Gedanke nicht, dass du niemanden hast, wenn es sich anfühlt, als wäre die ganze Welt gegen dich.« Die Falte zwischen seinen Augenbrauen vertiefte sich. »Wie wäre es damit: Wenn dieses Gefühl aufkommt – oder wenn du traurig bist oder wütend oder erschöpft. Völlig egal. Dann kannst du mir schreiben, mich anrufen, vor meiner Haustür oder bei meiner Arbeit auftauchen. Wir müssen nicht miteinander reden. Wir müssen uns nicht einmal im gleichen Raum befinden. Aber ... Na ja. Du musst auch nicht allein sein.«

Ein riesiger Kloß in meinem Hals nahm mir jegliche Chance, darauf zu reagieren. Daher nickte ich nur, weil ich ohnehin nicht wusste, was ich sagen sollte.

Jules lächelte sanft. Er nahm meine Hand und hielt sie zwischen seinen – wie etwas unendlich Kostbares, das er nicht wieder hergeben wollte. »Schon gut«, sagte er. »Ich weiß.«

Ich drückte seine Finger.

Einmal.

Noch einmal.

Dann noch einmal.

Danke. Danke. Danke.

Und wenn das überhaupt möglich war, wurde der Ausdruck in Jules' Augen noch weicher. Ich war mir so sicher, dass ich mich ganz einfach darin verlieren konnte, wenn ich nicht aufpasste.

»Also ... *The Notebook*?«, versuchte ich, von meiner plötzlichen Schüchternheit abzulenken.

Jules zwinkerte mir zu. Lockerte die Stimmung auf diese Weise auf, als würde er spüren, dass ich genau das gerade brauchte. »Als hättest du meine Gedanken gelesen.«

Es brauchte nicht mal die Hälfte des Films, um uns die Tränen in die Augen zu treiben. Jules war der Erste – vermutlich, weil er bereits wusste, worauf die Geschichte von Allie und Noah hinauslief. Schon nach dreißig Minuten hörte ich ihn hin und wieder leise schniefen, und wenn ich zu ihm sah, wirkten seine Augen im flackernden Licht des Fernsehers glasig. Er versuchte immer wieder, die Tränen mit den Ärmeln seines Hemds wegzuwischen, schien aber irgendwann zu bemerken, dass er sich damit nur sein Kleidungsstück ruinierte.

Er stand kurz auf, verschwand im Schlafzimmer und hielt eine Packung Taschentücher in der Hand, als er wiederkam.

Genau im richtigen Moment. Ich spürte bereits, wie meine Augen vor ungeweinten Tränen drückten. Und sosehr ich auch versuchte, es zurückzuhalten – je länger der Film lief, desto mehr verschwand auch meine Kontrolle über meine Emotionen.

Ich schnappte mir ein Taschentuch aus der Box und trocknete damit meine Augen und die Wangen. »Oh Gott. Warum tust du dir so was an?«

»Ein bisschen Herzschmerz schadet nie?« Er hob die Stimme am Ende an, als wäre er sich auf einmal selbst nicht ganz sicher, weshalb er dachte, es wäre eine gute Idee gewesen.

Ich ließ das Taschentuch sinken und starrte ihn an. Meine Augen mussten mindestens so rot sein wie seine.

»Nächstes Mal darfst du einen Film aussuchen«, versprach er.

»Ich weiß nicht, ob ich jemals wieder Filme gucken kann«, sagte ich. »Ich werde für immer in der Angst leben müssen, dass mir noch mal das Herz herausgerissen wird.«

Jules zögerte keine Sekunde mit seiner Antwort. »Das wird nicht passieren.«

Ich schmunzelte. »Wie willst du es verhindern?«

»Wenn es sein muss, gucken wir nie wieder Dramen.«

»Ich dachte, du magst sie so gerne?«

»Ja.« Er hielt kurz inne. »Aber dich mag ich lieber.«

Wie er es gesagt hatte – als wäre es das Einfachste auf der Welt und nicht etwas, das mir das Herz für einen kurzen Augenblick in die Magengegend fallen ließ.

Ich traute mich nicht, ihn richtig anzusehen. Meine Augen glitten über sein Gesicht, ohne dabei jemals auf seine zu treffen. Hätte ich mich nicht gezwungen, still zu sitzen, wäre ich auf meinem Platz auf dem Sofa hin- und hergerutscht.

Hitze schoss meinen Nacken hinauf, je länger er mich ansah. Je länger ich das Gefühl hatte, dass er jede noch so kleine Regung von mir wahrnahm – sosehr ich mich auch bemühte, sie zu überspielen.

Wenn ich mit Jules zusammen war, überkam mich jede Sekunde eine neue Emotion. Ausgelöst durch etwas, das er sagte, etwas, das er tat, oder dem einfachen Wissen, ihn bei mir zu haben. Ich machte es nicht mal bewusst, aber mir fiel auf, wie ich das, was ich mit Jules hatte, mit anderen Beziehungen verglich, in denen ich mich früher wiedergefunden hatte.

Ich konnte sie an einer Hand abzählen. Aber in keiner von ihnen hatte ich mich von Anfang an so wohlgefühlt wie in dieser. Kein einziges Mal war ich auf eine Person getroffen, die meine Aufmerksamkeit auf sich zog ... und danach nicht wieder losließ.

Ich konnte mich auch nicht erinnern, bei anderen so wenig körperlich gewesen zu sein. Irgendwann war es immer darauf hinausgelaufen. Man mochte sich, man schlief miteinander. Als wären diese zwei Punkte untrennbar miteinander verknüpft.

Mir fiel jetzt erst auf, wie unsinnig das war. Vielleicht lag es auch daran, dass einfache Berührungen von Jules bereits mehr mit mir taten, als ich bisher gekannt hatte. Küsste er mich, wurden meine Knie weich, und mein Kopf füllte sich mit einer sanften Leere. Ich konnte mir nicht vorstellen, wie es sein würde, sollten wir uns noch näher kommen.

Falls wir uns noch näher kamen.

Meine Tränen waren längst vergessen, der Film schon lange nicht mehr das, worüber ich aktiv nachdachte. Ein anderer Gedanke hatte den Raum eingenommen und verlangte lautstark nach meiner Aufmerksamkeit.

Wir hatten bisher nicht darüber geredet, und ich war davon ausgegangen, dass das in Ordnung war. Dass es nichts zu bereden gab, weil meine vorherigen Beziehungen kein Maßstab waren und ich wusste, dass Jules sich mit mir so wohlfühlte wie ich mich mit ihm. Er hatte unseren ersten Kuss und auch viele weitere danach initiiert – aber bei dem Kuss vorhin war es das erste Mal gewesen, dass ich das Gefühl bekommen hatte, er würde mehr wollen. Bisher hatte ich kaum darüber nachgedacht, aber plötzlich war die Frage, wie er darüber dachte, unendlich präsent in meinem Kopf.

»Jules?« Meine Stimme war viel zurückhaltender, als ich sie hatte klingen lassen wollen.

Er hielt den Film sofort kurz vor dem Ende an und schenkte mir seine Aufmerksamkeit. »Ja?«

Ich wandte den Blick nicht von seinem Gesicht ab – auch dann nicht, als die Worte unerwartet einfach aus mir hervorplatzten. »Willst du mit mir schlafen?«

Die Augen fielen ihm beinahe aus dem Kopf.

Verständlicherweise. Ohne das Wissen, worüber ich die letzten Minuten nachgedacht hatte, hörte sich die Frage eventuell ein wenig merkwürdig an. »Nicht *jetzt*. Ich meine ... das war es nicht, worauf ich mit der Frage hinauswollte.«

Jules starrte mich einige Sekunden sprachlos an. Dann lehnte er sich an die Armlehne des Sofas, die Beine vor seinem Körper gekreuzt, und legte den Kopf etwas schief. Seine dunkelblonden Haare fielen ihm in die Stirn, aber er beachtete sie nicht weiter. Blinzelte sie sich nur aus den Augen.

»Möchtest du mir sagen, was es dann war, das du wissen wolltest?«, fragte er. Nicht lachend. Nicht urteilend. Sondern ehrlich interessiert.

Jetzt musste ich nur noch herausfinden, wie ich einen roten Faden in meinen Gedanken zu greifen bekam, den ich ihm auch erklären konnte. »Wir kennen uns seit fast einem Monat. Nicht dass das eine lange Zeit ist. Mir ist es nur aufgefallen. Die meisten Beziehungen, die ich bisher hatte, waren einfach ... schnelllebiger?« Kurz dachte ich über meine Worte nach. »Vielleicht ist das das falsche Wort. Sie waren weniger emotional – dafür aber körperlicher.«

»Wir haben uns geküsst. Häufiger.«

»Übers Küssen hinaus.«

»Beschäftigt es dich, weil du dir mehr wünschst oder weil du dir unsicher bist, was ich denke?«

»Vor allem Letzteres.«

Er nickte verstehend. Stützte die Ellenbogen auf seinen Beinen ab und beugte sich etwas näher zu mir. Sein Blick strich über mein Gesicht, während er nachdachte – wie sanfte Berührungen, die ein leichtes Kribbeln auf der Haut erzeugten.

»Ich bin mir sicher, dass das, was ich gleich sage, unendlich verletzend klingen wird – mir will nur keine bessere Art einfallen, es zu sagen«, begann Jules. »Im Moment ... habe ich nicht das Bedürfnis, mit dir zu schlafen.« Er verzog das Gesicht. »Es klingt sogar schlimmer, als ich befürchtet hatte.«

Ich versuchte, den Stich in meinem Brustkorb zu ignorieren – so schwer es mir auch fiel. Seine Worte als das aufzunehmen, was sie waren: eine Erklärung, die sich nicht gegen mich richtete, sondern einfach unsere Situation beschreiben sollte.

Aber ich konnte Jules nichts vormachen. Er streckte die Arme aus, um nach meinen Händen zu greifen, und strich mit seinen Daumen sanft über meinen Handrücken. »Tut mir leid. Darf ich es erklären?«

Ich nickte. Wartete darauf, dass er fortfuhr, und prägte mir währenddessen die Wärme seiner Hände an meinen ein.

»Ich fühle mich zu dir hingezogen, aber ich brauche jetzt gerade nicht unbedingt mehr«, sagte er nach einem Augenblick. »Ich möchte dir nahe sein, und wenn es sich ergibt, habe ich nichts dagegen, wenn es das ist, was du wissen möchtest. Ich mag es einfach, dass wir gerade lernen, uns zu vertrauen. Ich mag es, diese ganzen Kleinigkeiten über dich zu erfahren und dabei nicht ständig von meinem Körper abgelenkt zu werden. Ergibt das Sinn?«

»Ja«, sagte ich sofort. »Ich denke schon.«

Er lächelte sanft. »Sicher?«

Ich nickte – die Erleichterung war ihm daraufhin deutlich anzusehen. »Vermisst du denn gerade etwas? Brauchst du etwas von mir?«

Ich dachte darüber nach, ob mir zwischen uns etwas fehlte. Wie schnell es in anderen Beziehungen gegangen war, wie hell und leuchtend die Feuerwerke waren – und wie wenig Zeit verging, bis sie wieder erloschen. Die Antwort stand für mich ziemlich schnell fest.

»Nein. Ich mag es so, wie es ist«, sagte ich.

Zögerte, zögerte, zögerte.

Sprach leiser.

»Und dich mag ich auch.«

Jules' Augen leuchteten auf. Er lächelte. Strahlte. Grinste über das ganze Gesicht. »Ich hatte schon Sorge, dass du mich damit ganz allein hängen lässt.«

»Und das Risiko eingehen, dass du es aus Angst nie wieder zu mir sagst?« Ich schüttelte den Kopf. »Niemals.«

Er wirkte überraschend zufrieden mit meiner Antwort. Drückte meine Hände. »Das wollte ich hören. Es geht doch nichts über ein bisschen Druck, wenn man jemandem seine Gefühle gesteht.« Er stockte kurz. »Nur um das zu verdeutlichen: Das war eine ironische Antwort, die ich nicht ernst meine.«

Ich löste meine rechte Hand aus seinem Griff und boxte ihm sanft gegen den Oberarm. »Dein Humor war schon mal witziger.«

»Von hier an wird es nur schlimmer, glaub mir.« Er legte seine Arme um mich und seufzte, als ich es ihm nachtat. Sein Mund war ganz nah an meinem Ohr. »Ich hoffe, du bist bereit für wirklich miese Dad Jokes.«

Ich lachte leise. Bemerkte fasziniert, wie er leicht erschauerte, als mein Atem über seinen Nacken strich. »Wenn sie von dir kommen, kann ich mich vielleicht dazu überreden lassen, über sie zu lachen, selbst wenn ich sie nicht witzig finde.«

Seine Umarmung wurde noch etwas fester. »Mein Ego dankt dir.«

Ich schmunzelte. Meine Hände strichen über seinen Rücken, bis sie kurz unterhalb seiner Schulterblätter zum Liegen kamen. Meinen Kopf lehnte ich an seine Schulter.

Eine Weile schwiegen wir. Und mir fiel auf, wie einfach es mit Jules war, nichts zu sagen. Einfach zu sein und für einen Moment meinen trägen Gedanken nachzuhängen, denen ich sonst so wenig Aufmerksamkeit schenkte. Jules' Finger fuhren dabei immer und immer wieder durch einzelne Strähnen meiner Haare. Hätte ich mich nicht dazu gezwungen, meine Augen offen zu halten, wäre ich ziemlich sicher innerhalb kürzester Zeit eingeschlafen.

»Hey, Lucy?«

Meine Reaktion war ein schläfriges Grummeln.

»Was würdest du zu einem Date am Sonntag sagen?«

Ich runzelte die Stirn. Löste mich von Jules. »Ist das hier keins?«

»Doch«, bestätigte er. »Aber ich dachte eher an eins mit dir, mir und Mika. In der Innenstadt haben sie eine große Eisbahn aufgebaut, und Mika hat mich gefragt, ob wir dort hingehen könnten. Ich glaube, er möchte zur Abwechslung mal wieder außerhalb des Trainings Zeit auf dem Eis verbringen. Ich ...«

Er zuckte mit den Schultern. »Na ja, ich habe gedacht, dass

du vielleicht auch Lust darauf hättest, um dich etwas abzulenken.«

Außerhalb des Trainings ... Wann hatte ich das letzte Mal einfach nur aus Spaß auf dem Eis gestanden? Die Erinnerung war unendlich verschwommen, so weit lag sie mittlerweile in der Vergangenheit.

»Keine gute Idee?«, interpretierte Jules mein Schweigen.

»Doch«, beeilte ich mich zu sagen. »Ich hab mich nur gefragt, ob ich überhaupt noch weiß, wie man sich nur aus Spaß auf dem Eis bewegt.«

Jules drückte meine Hand. »Das können wir zusammen herausfinden, wenn du möchtest.«

»Das klingt gut.« Tat es wirklich. Je mehr ich darüber nachdachte, desto mehr fragte ich mich, warum ich selbst noch nie meine Schlittschuhe genommen und woandershin gefahren war, um eiszulaufen. Im Teufelskreis des Alltags gingen solche Ideen ständig unter. »Sag Mika, dass ich mich auf unser Date freue.«

»Er wird es nicht erwarten können, ich spüre es jetzt schon.«

»Du doch hoffentlich auch?«

»Natürlich.« Er zwinkerte mir zu, ließ meine Hand dann los und setzte sich wieder so hin, dass er dem Fernseher zugewandt war. »Und wo wir das jetzt geklärt hätten, können wir uns den letzten Minuten des Films widmen. Das sind die besten, sie bringen mich immer am meisten zum Weinen.«

Ich schüttelte den Kopf. Rückte an ihn heran, um meinen Kopf auf seiner Schulter abzulegen. »Du hast eine merkwürdige Vorstellung von ›gut‹.«

Jules wartete, bis ich eine bequeme Sitzposition gefunden hatte, und legte dann seinen Arm um mich. »Damit kann ich leben.«

23. KAPITEL

Am Ende war ich es, die die ganze restliche Woche auf dieses Date hinfieberte. Wir entschieden uns dafür, uns am Sonntag ziemlich früh zu treffen. Die Wahrscheinlichkeit, dass viele Menschen unterwegs waren, war da zwar am höchsten, aber zwischen Jules' Arbeit, meinem Training und Praktikum und Mikas – interessanterweise sehr vollem – Terminplan, war es für uns alle der günstigste Tag.

Es half mir ein wenig, mich davon abzulenken, dass der Wettbewerb bereits übernächste Woche war. Jedes Mal, wenn ich beim Training hinfiel, jedes Mal, wenn eine Figur nicht so klappte, wie ich sie mir vorstellte, beruhigte mich das Wissen, dass ich in wenigen Tagen wieder Jules sehen würde.

Um neun Uhr dreißig stand ich vor dem Central Park und hielt nach Jules und Mika Ausschau. Die Eisbahn mitten im Park wurde jedes Jahr eröffnet, sobald es kalt genug war, um es rechtfertigen zu können. Das konnte alles zwischen Ende Oktober und Anfang Dezember bedeuten. Dieses Jahr waren wir mit Anfang November relativ früh dran – und ich war mir sicher, dass die Bahn trotzdem jeden Tag brechend voll sein würde. Unser Nationalsport fand nicht ohne Grund auf dem Eis statt.

Ich bemerkte Mika als Erstes. Er schlängelte sich an den Leuten vorbei, die sich um diese Uhrzeit schon im Park aufhielten, und Jules folgte ihm mit einigen Metern Abstand. Er hatte eine Tasche umgehängt, in der ich seine und Mikas

Schlittschuhe vermutete, und winkte mir zu, als er mich endlich sah.

Mein Herz freute sich über diese kleine Geste viel zu sehr.

Mika war kaum zu bremsen – er hielt sich nicht lange damit auf, mich zu begrüßen, weil er so dringend aufs Eis wollte. Er umarmte mich kurz und wippte dabei die ganze Zeit von einem Fuß auf den anderen. Jules wirkte dagegen wie der ruhigere, ausgeglichenere Pol. Nach seinem »Hi« küsste er mich kurz und ließ meinen Puls damit in ungesunde Höhen schnellen. Danach führte er seinen Bruder und mich zielstrebig zur Eisbahn.

Wir holten uns Tickets, und Mika ließ sich sofort auf den Holzweg vor der Bahn fallen, um sich die Schuhe auszuziehen. Jules reichte ihm seine Schlittschuhe und machte sich dann daran, seine eigenen anzuziehen. Ich tat es ihm nach, und Minuten später standen wir bereits auf dem Eis.

Ich hatte das Gefühl, als sollte es mir merkwürdig vorkommen. Drei Leute mit solidem Wissen übers Eislaufen, die nur zum Spaß hierhergekommen waren. Aber mir fiel noch im gleichen Moment auf, wie verdreht dieser Gedanke war. Wie sehr ich darauf gemünzt war, nur dann auf einer Bahn zu stehen, wenn es um meine sportlichen Fortschritte ging.

Mika fuhr eine Runde nach der anderen. Bahn um Bahn um Bahn um Bahn, und ich wunderte mich, dass ihm auch nach dem zehnten Mal, das er an uns vorbeifuhr, nicht langweilig wurde.

»Er stellt sich vor, er wäre ein Superheld«, sagte Jules in meine Gedanken. Er hatte wohl bemerkt, wie mein Blick seinem Bruder die ganze Zeit gefolgt war. »Er versucht, den Bösewichten zu entkommen, und dabei ist es seine geheime Spezialkraft, dass er das Eis beherrschen kann.«

Ich wollte lachen – bis mir wieder einfiel, welche Monster ich unter der dicken Eisschicht gesehen hatte, als ich das erste Mal eisgelaufen war. Es war magisch gewesen. Mir auszumalen, worüber ich hinwegfuhr und was für Geheimnisse die Welt noch vor mir versteckt hielt.

Mikas kindliche Freude war ansteckend. Genauso wie das Wissen, dass ich nicht hier war, um eine gute Choreografie hinzulegen. Als er das nächste Mal an mir vorbeifuhr, tippte ich Jules auf den Oberarm. »Du bist«, sagte ich, als ich seine Aufmerksamkeit hatte, und fuhr Mika dann so schnell hinterher, wie ich konnte.

Es dauerte mehrere Sekunden, bis Jules verstanden hatte, was ich von ihm wollte. »Das ist nicht fair!«, rief er mir hinterher. »Wieso bin ich der Fänger?«

Ich lachte laut und schloss zu Mika auf. »Lass dich von Jules nicht berühren.«

Mika sah sich über die Schulter nach seinem Bruder um und grinste breit. »Er kann es ja versuchen.« Kaum hatte er es ausgesprochen, flitzte er davon. Und selbst ich hatte Probleme dabei, mit ihm mitzuhalten. Jules musste sich ziemlich anstrengen, um einen von uns berühren zu können. Aber er machte, ohne zu murren, mit.

Wir spielten Fangen, wir lachten, wir liefen im Kreis, und für ein paar Stunden hatte ich das Gefühl, wieder zehn Jahre jünger zu sein.

»Okay«, sagte Jules irgendwann erschöpft. Er stützte die Hände auf den Oberschenkeln ab und stand leicht nach vorne gebeugt, um zu Atem zu kommen.

»Bist du schon müde?«, fragte ich mit einem Lachen in der Stimme.

»Ja«, erwiderte Jules todernst. »Ich mache zu wenig Sport, um mit einem Kind mit zu viel Energie und einer trainierten Eiskunstläuferin mitzuhalten.«

Mika und ich amüsierten uns darüber mehr, als wir vermutlich sollten.

Als Jules sich wieder erholt hatte, richtete er sich auf. »Was haltet ihr von einem Eisbecher?«

»Ein Eis? Du willst jetzt ein Eis essen? Ist es dafür nicht ein bisschen kalt?«, wunderte ich mich. Mir stand der Sinn eher nach etwas, das mich aufwärmte.

»Wir könnten eine heiße Schokolade dazu trinken«, schlug Jules vor.

Ich runzelte die Stirn. »Eis mit heißer Schokolade? Hast du das durchdacht, bevor du es vorgeschlagen hast?«

Ein schiefes Grinsen. »Offenbar nicht. Aber ich stehe zu der Idee. Ich glaube, es könnte eine tolle Kombination sein.«

»Für Magenschmerzen vielleicht.«

Jules fuhr auf mich zu und zog ganz leicht an meinem Pferdeschwanz, bevor ich seine Hand wegschieben konnte. »Sei nicht so pessimistisch. Wer weiß, es könnte das beste Erlebnis deines Lebens werden. Stell dir vor, du würdest es verpassen, nur weil du dir zu viele Sorgen darum gemacht hast, was danach passieren könnte.«

»Versuchst du gerade, mich davon zu überzeugen, indem du mir vorab schon Schuldgefühle einredest?«

»Funktioniert es?«

»Nicht wirklich«, sagte ich ehrlich und nickte dann zu Jules' kleinem Bruder, der direkt neben ihm stand. Seine Augen leuchteten regelrecht. »Aber ich weiß, wann ich überstimmt bin, also lasst uns einen Eisladen suchen.«

»Haben Eisdielen im November überhaupt geöffnet?«, mischte Mika sich ein.

Jules zögerte, plötzlich wesentlich kleinlauter. »Eventuell haben wir damit den Haken an meinem Plan entdeckt.«

Ich konnte nicht anders – ich lachte laut über seinen Gesichtsausdruck, der ehrlich enttäuscht über diese Tatsache wirkte. »Dann also nur eine heiße Schokolade?«

Grummelnd gab er seine Zustimmung. Es war fast ein bisschen süß, wie er den ganzen Weg über leise vor sich hin schmollte. Kaum hatten wir den Park jedoch verlassen und ein Café gefunden, mit dem wir alle zufrieden waren, war seine überdramatisierte Enttäuschung wie weggewischt.

Das *Miss Browns* war ein gemütlicher, modern eingerichteter Laden nur ein paar Straßen vom Central Park entfernt. Normalerweise war er sehr gut besucht, aber da wir uns eine Zeit zwischen Mittag- und Abendessen ausgesucht hatten, um hierherzukommen, waren nur einzelne Leute aufzufinden, die einen Kaffee genossen.

Wir setzten uns an einen der freien Tische, zogen einen dritten Stuhl heran, auf den Jules sich setzte, und studierten die Speisekarte, die hinter dem Tresen auf einer Tafel stand.

Ich war mit der festen Überzeugung in das Café gegangen, mir nur eine heiße Schokolade zu bestellen. Aber kaum wehte mir der Duft von Grilled Cheese Sandwiches entgegen, wurde ich schwach. Mein Magen meldete sich mit einem lautstarken Grummeln zu Wort, worüber Jules und Mika sich noch Minuten später amüsierten.

»Ich kann nichts dafür, dass ihr zwei kein Essen braucht. Jeder normale Mensch wäre nach vier Stunden auf der Eisbahn hungrig«, verteidigte ich mich, als sie wieder in einen Kicheranfall ausbrachen.

»Wir lachen nicht über dich«, erklärte Jules. Es war so offensichtlich eine Lüge, dass ich nur den Kopf schütteln konnte. »Okay, vielleicht lachen wir ein bisschen über dich, aber tu nicht so, als würdest du es an unserer Stelle nicht auch tun.«

»Über euch lachen, weil ihr Hunger habt?«, fragte ich. »Niemals. Warum sollte ich darüber lachen?«

Jules setzte zu einer Antwort an, wurde aber von der Kellnerin unterbrochen, die einen Kaffee direkt vor seiner Nase abstellte. Mika bekam einen Tee und ich meine heiße Schokolade und ein Grilled Cheese Sandwich. Die Bedienung wünschte uns einen guten Appetit und war Sekunden später schon wieder verschwunden.

Es sah wie aus dem Bilderbuch aus: gold-braunes Brot mit cremigem Käse, der an den Seiten herausquoll. Darauf befand sich eine Schicht frischer Spinat. Der Geruch von Olivenöl und Knoblauch stieg mir in die Nase – und obwohl ich nie gedacht hätte, dass das etwas ist, das mir das Wasser im Mund zusammenlaufen lassen würde, wurde ich gerade eines Besseren belehrt.

Ich nahm mir das erste Sandwich, wollte davon abbeißen und sah aus irgendeinem Grund kurz vorher noch mal auf – direkt in die neidischen Gesichter von Jules und Mika. Ich schaffte es nicht, eine neutrale Miene zu behalten; erst recht nicht, als ein Magenknurren ertönte.

Ich musste mein Sandwich noch mal zurück auf den Teller legen, weil mich plötzlich selbst ein Lachanfall schüttelte. Ich versuchte zwar, ihn mit einem Husten zu kaschieren, aber es war zwecklos.

»Niemals, hm?«, wiederholte Jules natürlich sofort meine Aussage von vorhin. »Was ist daraus geworden?«

»Eure Gesichter«, erklärte ich erstickt. »Ihr müsstet euch sehen. Ich hab ein bisschen Angst, dass ihr mich gleich über den Tisch anspringt und mir das Essen aus der Hand reißt.«

Mika sah mich aus großen unschuldigen Augen an. »Du könntest uns ja was davon abgeben?« Und weil ich es mit Brüdern zu tun hatte, die sich in manchen Sachen viel zu ähnlich waren, setzte Jules auch noch den gleichen Blick auf.

Es half nicht gerade dabei, mein Lachen unter Kontrolle zu

bekommen. »Ich weiß, wie das läuft. Erst guckt ihr mich unschuldig an, dann geb ich euch etwas ab – *aber nur einen kleinen Bissen* –, und am Ende bin ich mein Sandwich los.«

Mika warf Jules einen Blick zu, der ganz deutlich sagte: *Sie hat uns durchschaut. Was jetzt?*

Jules reagierte darauf mit einem Lachen, beruhigte seinen kleinen Bruder aber sofort, indem er sagte: »Keine Sorge. Du wirst nicht verhungern müssen.« Er schob sich von seinem Sitz und machte sich auf die Suche nach unserer Kellnerin.

Ich sah ihm amüsiert hinterher. Kaum drehte ich mich allerdings zu Mika um, wackelte mein Lächeln ein wenig. Er starrte mich auf diese leicht besorgniserregende Weise an, die nur Kinder beherrschen.

»Was ist los?«, fragte ich ihn, als er nach mehreren Sekunden immer noch nichts sagte.

»Ich dachte, dass du ganz anders bist«, sagte Mika – und brachte mich damit aus dem Konzept.

»Anders? Was meinst du?« War ich mir überhaupt sicher, dass ich die Antwort hören wollte? Kinder konnten brutal ehrlich sein.

»Immer, wenn ich früher Training hatte und du auch auf dem Eis warst, hast du so einen Gesichtsausdruck gemacht.« Statt es zu erklären, verzog er das Gesicht. Er schob die Augenbrauen zusammen, presste die Lippen aufeinander, und hätte ich nicht gewusst, dass er mir zeigen wollte, wie sein erster Eindruck von mir gewesen war, hätte ich mir vielleicht ein wenig Sorgen gemacht.

Er entspannte sein Gesicht wieder. »Aber als wir gerade auf der Bahn waren, hast du gelacht und ausgesehen, als hättest du Spaß. So siehst du beim Training nie aus.«

Ich ... ich wusste nicht mal ansatzweise, wie ich darauf reagieren sollte. Mika wirkte nicht, als würde er es erwarten – er hatte ausgesprochen, was ihm durch den Kopf gegangen war, und sah sich jetzt neugierig in dem Diner um.

Dennoch überkam mich der Wunsch, mich ihm gegenüber zu rechtfertigen. Eine Erklärung aufzutreiben, die verständlich machen würde, weshalb ich beim Training einen so verbissenen Ausdruck auf dem Gesicht trug. Ich wollte ihm sagen, dass es natürlich etwas anderes war, ob ich meine Schlittschuhe anzog, um mich zu verbessern, oder einfach zum Spaß.

Nur weigerte etwas in mir sich sehr hartnäckig dagegen, es auszusprechen. Mal ganz davon abgesehen, dass in dem Moment ohnehin Jules mit einem Avocado on Toast und zwei Grilled Cheese Sandwiches zurück an den Tisch kam. Er stellte sie in die Mitte zwischen sich und Mika und saß kaum, als Mika und er sich bereits über das Essen hermachten und in ein zufriedenes Schweigen verfielen.

Währenddessen bemühte ich mich, mir nicht zu viele Gedanken über Mikas Worte zu machen. Sicher hatte er sich nicht einmal viel dabei gedacht. Andererseits war es auch genau das, weswegen ich es nicht sofort abtun konnte. Er hatte sich nichts dabei gedacht – trotzdem war es ihm aufgefallen. Und das beschäftigte mich mehr, als mir lieb war.

Als wir das Café verließen, lief Mika einige Meter vor uns her und bestaunte alles, was er zu bestaunen fand. Die Hausfassaden, die im Licht der Straßenlaternen wesentlich gruseliger wirkten als bei Tag. Die Regenbogenflagge, die, schon seit ich denken konnte, knapp über dem vierten Stock des Air-Canada-Gebäudes wehte. Die Risse, die sich über die Jahre hinweg zwischen den Gehwegplatten gebildet hatten. Zu gern hätte ich gewusst, was er in diesen Kleinigkeiten sah.

Jules schwieg den größten Teil des Weges, den wir zurück zum Central Park liefen. Auf mich machte er nicht den

Eindruck, als würde ihn etwas beschäftigen, deswegen überraschte es mich, als er leicht meinen Ellenbogen berührte, um meine Aufmerksamkeit zu bekommen.

Ich sah zu ihm auf. »Alles okay?«

»Das wollte ich dich gerade fragen«, sagte er. »Du wirkst still. Stiller als sonst.«

»Oh.« Anscheinend war ich nicht sonderlich gut darin gewesen, zu überspielen, dass Mikas Worte immer noch durch meinen Kopf geisterten. »Ja, ich denke nur nach.«

Er verlangsamte seine Schritte ein wenig, sah sich aber nach Mika um, um sicherzugehen, dass er sich nicht zu weit von uns entfernte. »Worüber?«

Ich hob eine Schulter an. »Ich hatte Spaß heute. Ich glaube, mir ist vorhin wirklich richtig bewusst geworden, wie selten es mir während des Trainings so geht.«

Jules reagierte nicht mit Worten auf das, was ich sagte. Er ließ mir den Raum, mich selbst durch meine Gedanken zu wühlen.

»Ich hab mit dem Eiskunstlaufen angefangen, weil ich es geliebt habe, auf dem Eis zu sein.« Ich zögerte. »Das war immer meine Motivation. Und jetzt gerade frage ich mich … was passiert, wenn ich diese Aufregung, diese pure Freude beim Eislaufen nicht mehr spüre? Was bleibt von mir übrig, wenn meine größte Leidenschaft verblasst?«

Ganz lange sagte Jules nichts. Ich war mir nicht sicher, ob ich hören wollte, was er zu sagen hatte, oder einfach nur loswerden musste, was mir durch den Kopf ging. Als er schließlich etwas tiefer Luft holte, merkte ich, wie ich sie ungewollt anhielt.

»Möchtest du meine Meinung dazu hören?«, fragte er mich als Erstes. Und mir fiel auf, wie häufig er das tat. Sichergehen, dass ich wirklich hören wollte, was er zu sagen hatte. Er sprach nicht einfach drauflos, erstickte mich nicht mit seinen Ansichten – und gewissermaßen gab mir genau das letztlich die Sicherheit, dass ich mit ihm darüber sprechen wollte.

Ich nickte leicht.

»Ich glaube, die Tatsache, dass du Angst davor hast, diese Leidenschaft zu verlieren, sagt sehr viel aus«, begann er. »Es gab früher eine Band, die ich unendlich geliebt habe. Ich hab auf jeden neuen Song hingefiebert und alles stehen und liegen lassen, sobald ein neues Album rauskam. Diese Liebe hält auch bis heute noch an. Sie hat sich nur verändert. Und – ohne dir sagen zu wollen, was deine Gefühle sind – ich kann mir vorstellen, dass das vielleicht passiert. Dass du merkst, dass du dich verändert hast und erst mal wieder nach dem richtigen Weg suchen musst. Aber deswegen löst sich deine Leidenschaft für diesen Sport nicht gleich in Luft auf. Dafür ist das Eislaufen viel zu sehr ein Teil von dir.«

Ich betrachtete Jules' Profil, während er sprach. Hörte, wie sicher er sich in dieser Sache zu sein schien. Es beruhigte mich – nicht auf eine Weise, die alle Alarmglocken in meinem Kopf zum Verstummen brachte. Eher gab es mir einen neuen Denkansatz. Eine Perspektive, die in meinem Alles-oder-nichts-Denken bisher keinen Platz gefunden hatte.

»Es ist das Einzige, was ich habe«, sagte ich leise. »Das Einzige, von dem ich mir immer sicher war, dass es sich nie verändern würde.«

»Ja, ich weiß, was du meinst.«

»Sagst du das aus eigener Erfahrung?«

»Na ja, weißt du.« Er nahm sich ein paar Sekunden, um über seine nächsten Worte nachzudenken. »Ich hatte dir doch erzählt, dass ich eigentlich Tierarzt werden wollte?«

»Ja.«

»Das ist bis heute mein größter Wunsch. Meine größte Leidenschaft, wenn du es so möchtest. Daran hat sich in der ganzen Zeit, die ich denken kann, nie etwas geändert. Nur habe ich im Moment andere Prioritäten. Deswegen musste ich es erst einmal hintanstellen. Aber meine Liebe zu dem Job ist nicht weniger geworden, nur weil ich es im Augenblick nicht aktiv verfolge.« Er seufzte. Lachte ein wenig und fuhr sich durch die Haare. »Was ich mit dem Gedankenchaos sagen möchte: Eventuell passt das Eiskunstlaufen, so wie du es gerade verfolgst, irgendwann nicht mehr in dein Leben. Aber zwischen ›nicht mehr eislaufen‹ und ›jeden Tag trainieren‹ sind genügend Abstufungen, die du für dich ausprobieren kannst.«

Ich ließ mir seine Worte durch den Kopf gehen, immer und immer wieder. Mein Schweigen hielt mehrere Minuten an – und Jules schien sich mit jeder Sekunde mehr mit dem, was er gerade gesagt hatte, unwohl zu fühlen.

»Klang das zu besserwisserisch?«, fragte er mich unsicher.

Das war so weit von dem entfernt, wie ich es empfunden hatte, dass ich im ersten Moment nicht wusste, was ich erwidern sollte. »Im Gegenteil. Das klingt, als hättest du eine gesündere Herangehensweise an diese Sache als ich.«

»Du vergisst, dass ich sechs Jahre älter bin als du.« Kaum hatte er es ausgesprochen, verzog er das Gesicht, als hätte er in einen sauren Apfel gebissen. »Gott, ich klinge schon wie ein richtiger Erwachsener. Ohne deine eigenen Erfahrungen herunterreden zu wollen, wollte ich damit nur andeuten, dass es letztlich sechs Jahre mehr Zeit sind, dumme Dinge anzustellen und meine Lektionen daraus zu lernen.«

»Von den dummen Dingen musst du mir bei Gelegenheit mal erzählen«, neckte ich ihn.

Jules lächelte schief. »Nicht vor unserem zehnten Date.«

»Das wievielte ist das hier?«

»Ich weiß nicht. Zählt man nach dem dritten Date überhaupt noch mit?«

»Wie soll ich dann je wissen, wann wir beim zehnten angekommen sind?«

»Ja.« Er lachte, als er den übertrieben bösen Blick sah, den ich ihm zuwarf, und nahm meine Hand. »Es wird wohl für immer Teil meines mysteriösen und geheimnisvollen Wesens bleiben.«

Ich sagte ihm nicht, dass so gut wie nichts an ihm mysteriös oder geheimnisvoll war.

Und dass es genau das war, was ich an ihm am meisten mochte.

24. KAPITEL

»Oh. Oh Gott. Oh, Eiza. Lucy! Du siehst wunderbar aus! Fabelhaft! Großartig! Gigantisch! Umwerfend!«

Hannah lief aufgeregt um mich herum, die Hände vor der Brust zusammengeschlagen. Ihr Blick glitt an mir auf und ab – und ich fühlte mich mehr als unwohl dabei, so unter die Lupe genommen zu werden. Entgegen allen Erwartungen fand ich es schrecklich, im Rampenlicht zu stehen. Die einzige Ausnahme dazu bildeten meine Auftritte auf dem Eis. Und bei denen war es für mich auch nur deshalb in Ordnung, weil man nicht wirklich mich betrachtete und bewertete, sondern das, was ich leistete.

In meinem Kopf waren das zwei unterschiedliche Dinge. Auch wenn andere Leute das vielleicht nicht so sehen würden.

Eiza stand ein paar Meter von mir entfernt, die Arme vor der Brust verschränkt und ein Runzeln auf der Stirn. Ich konnte ihren Gesichtsausdruck nicht einmal ansatzweise lesen. Es konnte alles zwischen Stolz und Unzufriedenheit sein.

Ich drehte mich leicht nach links, sah in den Wandspiegel in Eizas Zimmer. Mit der rechten Hand hielt ich mich an meinem linken Oberarm fest. Ich konnte mir selbst nicht erklären, warum ich das Gefühl hatte, mich verstecken zu müssen – wenn ich mich in dem Kleid, das Eiza genäht hatte, doch eigentlich so unendlich selbstbewusst fühlte.

Sie hatte es mir gestern zum Praktikum mitgebracht, damit ich es in einem Probelauf auf dem Eis austesten konnte, bevor ich es zum Wettbewerb anzog. Zu dem Zeitpunkt hatte ich mir keinen richtigen Moment Ruhe genommen, um zu bestaunen, wie wunderschön es war – ich hatte vor allem darauf geachtet, ob es irgendwo einschnitt oder mich beim Laufen behinderte.

Der dünne Chiffon-Stoff des Rocks strich mit jeder Bewegung hauchzart über meine Beine. Er endete knapp über meinen Knien und war oberhalb meiner Hüfte an dem Body befestigt, den Eiza aus moosgrünem Lycra zusammengenäht hatte. Es hatte einen hohen Kragen. Der Ausschnitt endete knapp über meinem Brustbein und war mit wenigen Pailletten verziert, die in dem künstlichen Licht in Eizas Zimmer funkelten.

Sie kam ein paar Schritte auf mich zu, während Hannah weiter staunend im Kreis lief und den Mund gar nicht mehr zubekam. »Ich bin froh, dass das Mesh zu deinem Hautton passt«, sagte sie und deutete auf den Stoff, der dort meine Haut bedeckte, wo der grüne Teil des Kleides aufhörte. »Ich hatte kurz Angst, dass er zu dunkel sein würde, aber man sieht kaum, wo er aufhört und deine Haut anfängt.«

Der dünne hautfarbene Stoff reichte über meine Schultern und meine gesamten Arme hinunter, die ich nur langsam von vor meinem Körper löste. Ich konnte meinen Blick kaum von dem Spiegel abwenden. Das Kostüm, das Eiza in nicht ganz zwei Wochen gezaubert hatte, war wunderschön. Es war eines der schlichtesten, die ich je bei einem Wettbewerb getragen hatte – und trotzdem wusste ich schon jetzt, dass kein anderes jemals an dieses hier heranreichen würde.

Nicht nur, weil es handwerklich und vom Design her wirklich, wirklich gut war. Der emotionale Wert machte vermutlich einen Großteil meiner Begeisterung aus, so schwer es mir auch fiel, sie offen zu zeigen.

In den vergangenen zwei Wochen war Eiza zu einem Zombie mutiert. Anfangs war es mir nicht mal wirklich aufgefallen, aber je mehr Zeit sie in das Kleid investiert hatte, desto dunkler wurden ihre Augenringe. Ich hatte sie mehrmals gefragt, ob sie überhaupt schlief und jedes Mal nur ein schmales, erschöpftes Lächeln als Antwort erhalten. Sie wäre in Noras Unterricht mehrmals fast eingeschlafen und hatte sich nach dem Programm immer sofort verabschiedet, um zu Hause weiterzuarbeiten. Selbst Hannah hatte irgendwann besorgt gewirkt – und das, obwohl sie mir versichert hatte, dass das für Eiza ab und an ein völlig normaler Zustand war.

Ich war mir nicht ganz sicher, ob ich mich darüber freuen oder ein schlechtes Gewissen haben sollte. Auch jetzt war meine Gefühlslage noch relativ unausgeglichen. Wie sollte ich ihr das je auch nur im Ansatz zurückzahlen? Ich fühlte mich so, so ... *schön*. Dabei reichte das Wort nicht aus, um es wirklich zu beschreiben. In diesem Kleid kam ich mir so unendlich mutig und elegant vor, dass ich mich gar nicht vom Spiegel abwenden wollte.

Hannah blieb direkt neben mir stehen. Starrte das Kleid ebenfalls im Spiegel an. »Ich bin so neidisch. Ugh. Haltet mich auf, oder ich reiße dir das Kleid wie in einem schlechten Teenie-Drama vom Leib.«

»Bist du sicher, dass das nicht eher der Plot eines Romance-Films ist?«, fragte Eiza. »Ich meine, dass ich so etwas häufiger in der Sparte sehe. Ihr wisst schon. Leidenschaftliche Küsse, Kleider vom Leib reißen, ein Bett, das sanfte Ausblenden der Szene ...«

Hannah nickte. »Unrealistische Erwartungen, die in Teenagern und kleinen Hannahs geschürt werden.«

»Warum unrealistisch?«, wollte ich wissen.

Eiza hob eine Augenbraue an. War sie in den letzten Tagen offener geworden, oder hatte ich nur gelernt, ihre Körpersprache besser zu lesen? So oder so konnte ich mich nicht erinnern, wie es mir jemals in den Sinn gekommen sein konnte, sie als die Stille in der Runde zu sehen. Eiza hatte ihre ganz eigene, starke Präsenz in unserer kleinen Gruppe. Vielleicht drückte sie die nicht immer mit Worten aus, so wie Hannah es tat, aber ihre Mimik sprach Bände.

»Ungefähr alles, was ich gerade aufgezählt habe. Wann spielt in der Realität im Hintergrund romantische Musik? Meistens kommt man in den merkwürdigsten Augenblicken in Stimmung, und plötzlich hat man Sex zu Rammstein.«

Noch ein Nicken von Hannah. »Und wenn man fertig ist, läuft entweder Justin Bieber oder Avril Lavigne, und man fragt sich, wo man in seinem Leben falsch abgebogen ist, um jetzt an diesem Punkt gelandet zu sein.«

»Justin Bieber und Avril Lavigne haben auch gute Lieder«, warf Eiza ein.

»Welche, zu denen du gern Sex haben würdest?«

Eiza verzog wie auf Kommando das Gesicht. »Touché.«

»Ich kann mich nicht erinnern, jemals Musik dabei gehört zu haben.« Der Kommentar entkam mir gedankenlos, und ich stöhnte innerlich bereits drei Sekunden später. Es war, wie Benzin ins Feuer zu gießen – selten eine gute Idee.

Beide sahen mich mit dem gleichen Maß an Überraschung an. »Noch nie?«, fragte Eiza neugierig.

»Auch nicht mit Jules?«, kam es von Hannah.

Ich schüttelte den Kopf. »Wir haben noch nicht ... Es ist bisher noch nichts passiert, das nicht jugendfrei war.«

»Hm«, machte Hannah.

Hm? Die Reaktion hätte nicht unspezifischer ausfallen können. »Was heißt ›Hm‹?«

»Gar nichts, um ehrlich zu sein. Nur Hm«, erklärte Hannah. Sie fügte noch etwas hinzu, als sie sah, wie unsicher mich ihre

Antwort machte. »Ehrlich, Lu. Manche Paare haben bei ihrem ersten Treffen Sex, manche nach zwei Wochen, nach zwei Monaten, nach zwei Jahren, manche nie. Ich finde es nur interessant, zu erfahren, wie andere Pärchen funktionieren. Ich freue mich, dass du kein Problem hast, es mit uns zu teilen.«

Eiza starrte angestrengt zu Boden. Ihr schien das Thema unangenehmer zu sein als uns beiden, und als ich bemerkte, wie sie immer wieder kurz zu Hannah aufsah und ihre Wangen dann rot wurden, konnte ich mir auch vorstellen, weshalb.

»Und vielleicht spielt auch ein bisschen der Neid rein, dass du in einer Beziehung bist, während ich mein einsames Dasein friste«, fügte Hannah hinzu.

Ich hob beide Augenbrauen an. »Sind wir dir nicht genug?«

»Das wüsste ich auch gern«, murmelte Eiza.

»Also. Ich meine.« Hannah lachte, und in meinen Ohren klang es einen Hauch gekünstelt. »So gern ich euch auch habe, es gibt gewisse Bedürfnisse, die ihr mir leider nicht erfüllen könnt.« Sie mied es streng, in Eizas Richtung zu sehen. Ich wusste nicht, ob ich lachen oder weinen sollte, weil die beiden so süß und völlig unwissend waren, was die Gefühle der jeweils anderen anging.

»Vermutlich ist das auch besser so«, sagte ich vorsichtig.

Hannah stimmte mit einem Summen zu, ehe sie sich wieder von meinem Kostüm ablenken ließ. »Eiza, du hast dich wirklich selbst übertroffen. Wenn Lucy den ersten Platz belegt und in jeder Zeitung auftaucht, werden sich alle fragen, woher sie dieses wunderschöne Kleid hat. Und ehe du dichs versiehst, startet deine Karriere als Promidesignerin.«

Wenn Lucy den ersten Platz belegt ... Nicht falls. Es war nur eine Kleinigkeit, aber sie brachte mich unwillkürlich dazu zu lächeln. Hannah und Eiza hatten mich bisher nicht ein einziges Mal auf dem Eis gesehen und waren trotzdem bereits meine größten Cheerleaderinnen. Es war eine schöne Abwechslung zu dem Gefühl, jegliche Motivation immer selbst zusammenkratzen zu müssen.

»Wenn Eiza durch ihre Mode bekannt wird und ich mit dem Eiskunstlaufen – was ist dann mit dir?«

Hannah grinste mich an. »Ich werde die Freundin sein, die sich von euch aushalten lässt. So steht es für mich in den Sternen geschrieben.«

»Höchstens in deinen Träumen«, verkündete Eiza.

»Da auch.«

Eiza schüttelte den Kopf. Ich ebenfalls. Hannah sah zwischen ihr und mir hin und her – drei Sekunden später verfielen wir in einen Lachanfall, der so lange anhielt, dass ich schließlich Bauchschmerzen bekam und Mrs García nach uns sah, um herauszufinden, weshalb wir solchen Lärm machten.

Ich nahm das als mein Zeichen, das Kleid endlich gegen meine normalen Klamotten zu tauschen und mich auf den Weg zum Training zu machen. Es war das letzte Mal vor dem Wettbewerb, dass ich die Chance hatte, meinen Durchgang auf dem Eis zu üben.

Die letzten Tage hatte ich es gut unterdrücken können – die wenige Freizeit hatte ich meistens mit Hannah und Eiza, manchmal mit Jules und Mika verbracht. Irgendeine Ablenkung hatte es immer gegeben, weshalb ich mich nur selten damit hatte beschäftigen müssen, was mich morgen erwartete.

Morgen.

Ich konnte noch gar nicht glauben, dass der Wettkampf zum Greifen nah war. Es war ein surreales Gefühl. Auf eine Weise unwirklich, die ich nicht beschreiben konnte. Als würde ich durch eine Traumwelt laufen. Die Ränder der Realität flimmerten und tanzten vor meinen Augen, weil ich genau wusste, was morgen anstand – aber nicht, was danach passieren würde.

Den gesamten Weg zur Eishalle über malte ich mir die buntesten Szenarien aus. Und zu meinem eigenen Elend waren die meisten davon keine guten. Vor meinem inneren Auge sah ich mich wieder in der Uni sitzen. Gelangweilt und ohne jegliche Motivation, morgens das Bett zu verlassen. Jeder Teil von mir wusste, dass ich das nicht wollte. Die Frage war nur: Was war es dann? Und wieso lautete die Antwort plötzlich nicht mehr einfach »Eiskunstlauf«?

Ich zwang mich, nicht weiter darüber nachzudenken. Mich stattdessen im Hier und Jetzt aufzuhalten, wo ich zumindest ein paar Dinge selbst in der Hand hatte. Ich zog mir die gleichen Trainingsklamotten wie immer an. Wärmte mich dort auf, wo ich es immer tat. Und trotzdem fühlte es sich irgendwie anders an.

Coach Wilson wartete in der Halle direkt neben der Bande auf mich. Sie musterte mich einmal von Kopf bis Fuß – und schien etwas zu sehen, das sie dazu verleitete, ein Lächeln aufzusetzen.

»Bereit für den letzten Durchgang?«, fragte sie mich.

Ich rieb mir über die Arme. Nicht weil mir kalt war, sondern vor Unsicherheit, wie ich ihre Frage beantworten sollte. Als mir die Bewegung selbst auffiel, ließ ich die Hände an meine Seite fallen und ballte sie zu Fäusten. »Wenn ich es nicht schaffe...«

»Dann springst du morgen einen zweifachen Rittberger«, unterbrach sie mich sofort. Sie ließ selten zu, dass ich mich in einer negativen Spirale verlor – mir war nie bewusst gewesen, wie dankbar ich ihr dafür sein musste. »Aber hab ein bisschen Vertrauen in dich selbst. Ich werde das Gefühl nicht los, dass du davon heute etwas mehr mitgebracht hast.«

Sofort tauchte mein Spiegelbild vor mir auf. Mit dem Kleid, das Eiza für mich genäht hatte. Das so wunderschön war, dass ich es nie wieder hatte ausziehen wollen.

»Vielleicht«, stimmte ich Coach Wilson zögerlich zu. Ich wollte keine zu großen Versprechungen machen – um uns von vornherein die Enttäuschung zu nehmen, sollte es doch nicht klappen.

Wirklich, Lucy? Mit der Einstellung willst du aufs Eis gehen? Ich schüttelte den Kopf über mich selbst. Nein. Nein, wollte ich nicht. Ich wollte all das mitnehmen, was in den vergangenen Tagen und Wochen passiert war und es in jede meiner Bewegungen stecken.

Verletzlich und gleichzeitig mutig. Verletzlich und mutig. Verletzlich und mutig. Es musste kein Gegensatz sein, sosehr es im Moment auch danach klang.

Coach Wilson bekam von meinem inneren Monolog nichts mit. Ich erklärte ihr nicht, was mir durch den Kopf ging, weil es selbst für mich ein einziges Chaos aus Gedankenfetzen, Überzeugungen und antrainierten Gewohnheiten war. Wenn ich es bereits schwer fand, dieses Gefühlsdurcheinander zu verstehen – wie wollte ich es dann anderen erklären?

Ich ging mit dem Wissen aufs Eis, dass es mein letzter Versuch war. Dass Coach Wilson meine Bewegungen bis ins kleinste Detail beobachtete, wie sie es immer tat, wenn ich ein Einzeltraining mit ihr hatte. Sie bekam dann diesen ernsten Ausdruck auf ihrem Gesicht. Die Falten um ihren Mund vertieften sich, je mehr sie sich konzentrierte, und ihr war genau anzusehen, dass sie ihren Job bereits seit mehreren Jahren – wenn nicht sogar Dekaden – machte.

Ich zog meinen Pferdeschwanz fester, versuchte, die nervöse Energie, die durch meinen Körper summte, irgendwie rauszulassen. Ich lief eine Runde über das vertraute Eis, noch eine Runde, noch eine und suchte nach dem Mut, der vor kurzer Zeit noch so greifbar gewesen war.

Ich fand ihn nicht – dafür aber etwas anderes. Das Herzklopfen, als ich mich in dem Kostüm im Spiegel gesehen hatte. Das Vertrauen, das Eiza und Hannah in mich hatten. Meine Eltern, die morgen von den Zuschauerrängen aus zusehen würden. Jules, der in mir den Wunsch hervorbrachte, besser zu sein, mehr zu geben, meine Träume zu erreichen.

Es waren so simple Sachen, und trotzdem ließen sie meine Füße leichter werden. Meinen Kopf leiser, mein Herz lauter. Und, Gott, war es laut. Es schrie mir zu, wie sehr es Zeit wurde, dass ihm endlich jemand zuhörte. Dass wir beide wussten: Wenn ich es wollte, konnte ich das hier schaffen. Auch wenn alle bisherigen Erfahrungen dagegen sprachen.

Ich hörte nur darauf. In meinem Kopf existierte nur das Pochen meines Herzens. Nur das Kratzen der Kufen auf dem Eis. Und irgendwo dazwischen ich.

Verschwitzt. Mit meinen Haaren, die mir ins Gesicht flogen, als ich ein klein wenig schneller wurde,

zum Sprung ansetzte,

mich für so wenige Sekunden in der Luft befand, dass es mir unwirklich vorkam und ...

auf einem Bein landete. Nicht auf meinen Händen, nicht auf den Knien. Ich spürte das Eis nicht durch meine Kleidung. Nahm nur wahr, wie ich mein zweites Bein senkte und mit dem Restschwung aufrecht über das Eis glitt.

Träumte ich gerade? Meine Finger kniffen automatisch in die Haut meines Unterarms. Der Schmerz schoss für eine Millisekunde durch meinen Arm – bis mir bewusst wurde, was dieses Gefühl bedeutete.

Ich hatte es geschafft. Wirklich geschafft. Ich drehte mich so schnell zu Coach Wilson um, dass mir schwindelig wurde. Meine Augen riesig, meine Wangen so heiß, dass sie rot glühen mussten. Ich schaffte es nicht mal, meinen Mund zu schließen, weil ich so überfordert war.

Meine Trainerin hatte ein zufriedenes, glückliches Lächeln auf den Lippen – und ich erwiderte es mit hundertfacher Intensität. Mein Gesicht begann schon nach wenigen Sekunden, von dem breiten Grinsen zu schmerzen.

Coach Wilson winkte mich zu sich. Ich fuhr in einer Schlängellinie auf sie zu. Kostete den Moment so lange wie möglich aus.

»Hab ich es gesagt, oder habe ich es gesagt?«, waren ihre ersten Worte, als ich endlich vor ihr zum Stehen kam.

Ich lachte so laut, dass man es über die Musik hinweg hören musste. Neugierige Köpfe drehten sich zu uns um, und dieses eine Mal störte es mich nicht, im Mittelpunkt der Aufmerksamkeit zu stehen.

»Mit dem Gefühl gehst du jetzt bitte nach Hause«, fuhr Coach Wilson fort.

Verwirrt hielt ich inne. »Wie bitte?«

»Wir beenden das Training für heute.«

»Aber wir haben erst vor einer halben Stunde angefangen.« Sie konnte es nicht jetzt beenden. Nicht, wo ich es endlich geschafft hatte und darauf brannte, es noch mal und noch mal und noch mal zu tun, bis meine Beine mich nicht mehr trugen und meine Füße zu müde waren, abzuspringen.

»Wie fühlst du dich gerade, Lucy?«

»Gut.« Ich unterstrich es, indem ich meine Hände zu Fäusten ballte. »Ich fühle mich großartig.«

»Und wie hast du dich die letzten Male gefühlt, als der dreifache Rittberger nicht geklappt hat?«

Ich schwieg. Die Antwort kannten wir beide.

»Du weißt jetzt, dass du es kannst, Lucy. Nicht dass ich daran jemals gezweifelt hätte. Aber genau das ist das Gefühl, mit dem du heute vom Eis gehen solltest. Nicht diese Frustration wie in den letzten Wochen.«

Obwohl ich wusste, dass sie recht hatte, wollte ich ihr widersprechen. Was, wenn ich es morgen nicht mehr konnte? Wenn all der Mut und das Selbstvertrauen über Nacht verschwanden?

Coach Wilson deutete zum Ausgang. »Nimm dir den Tag, um dich für morgen auszuruhen. Hinterfrag das Gefühl nicht. Sei einfach glücklich, dass du es geschafft hast – und auch immer wieder schaffen kannst.«

Ich löste meine Fäuste nur widerwillig. Sah über die Schulter noch einmal aufs Eis, das sich gerade erst füllte. Ich brauchte einige Minuten, bis ich mich dazu überwinden konnte, auf sie zu hören und die Halle zu verlassen. Widerstrebend nur – aber mit dem Wissen, dass ich einen Schritt weiter war. Dass ich endlich vorwärtsgekommen war.

Ich lief zu den Umkleiden, mein Kopf irgendwo zwischen den Wolken. Wenn andere Leute dort waren, fiel es mir nicht auf. Dieses Gefühl hielt auch meinen gesamten Weg nach Hause an. Ich nahm meine Umgebung erst wieder richtig wahr, als ich zu Hause auf meinem Bett lag und mein Handy in der Hand hielt. Ich konnte gar nicht anders, als Jules sofort zu schreiben.

Ich: Wie feiern wir, dass ich die dritte Umdrehung beim Rittberger nach Monaten endlich hinbekommen habe?
Jules: Oh Gott, hast du wirklich?? Glückwunsch, Lucy! Das ist großartig.
Jules: Außerdem: Wenn morgen der Wettbewerb ansteht, dann vielleicht mit einem Glas Apfelsaft und frühem Schlafengehen.
Ich: Wie langweilig.
Jules: Wie gesund.
Ich: Bäh. Mit so was fangen wir hier gar nicht erst an.

Jules: Haha, na gut. Dann mit einer Schokomilch und einem guten Film?
Ich: Woher weißt du, dass ich Schokomilch zu Hause habe?
Jules: ... gibt es Haushalte, bei denen das anders ist?
Ich: Wenn ja, müssen dort Leute wohnen, mit denen ich wirklich nichts zu tun haben möchte.
Jules: Ich auch nicht. Aber immerhin klingt es, als könntest du dich mit der Version des Abendprogramms zufriedengeben.
Ich: Ich wäre noch zufriedener, wenn ich mit dir einen Film gucken könnte ...
Jules: Du weißt, dass du heute Nacht dann nicht genügend Schlaf bekommen würdest. Wenn wir einmal einen Filmemarathon anfangen, kann man ihn nicht einfach mittendrin unterbrechen.
Ich: Wer hat etwas von einem Marathon gesagt?
Jules: Oh
Jules: In meiner Vorstellung habe ich uns schon zwölf Stunden lang auf der Couch sitzen sehen, mit ganz viel Schokomilch und ungesundem Essen vom Lieferdienst.
Ich: Zwölf Stunden??
Jules: *Der Herr der Ringe* verdient diese Art der Wertschätzung.
Ich: Nie gesehen.
Ich: Hallo?
Ich: Jules??

Mir fiel fast mein Handy aus der Hand, als es plötzlich zu klingeln begann. Jules' Name leuchtete auf dem Display auf. Ich nahm mit einem Lachen ab.
»Wirklich? Deswegen rufst du mich an?«, fragte ich anstelle einer Begrüßung.
»Du hast *Herr der Ringe* nie gesehen?«, rief Jules in das Tele-

fon. »W-wie ... wie – WIE?« Er klang so empört, dass es mir kurz die Sprache verschlug.

»Ich hatte nie die Zeit, mich zwölf Stunden am Stück vor einen Bildschirm zu setzen und es anzugucken«, verteidigte ich mich.

»Man guckt diese Filme auch nicht einfach an, sondern zelebriert sie!« Ich hörte ihn laut aufstöhnen. »Oh Gott, ich glaube, ich muss mich hinlegen. Wie kann ich mich so in dir getäuscht haben? Erst *The Notebook* und jetzt das.«

»Du hast mir am Anfang auch nicht gesagt, dass du ein Filmnerd bist.«

»Das ist keine Verteidigung.«

»Mir war nicht bewusst, dass ich eine brauche.«

»Okay.« Er atmete tief durch, als wappnete er sich für eine lange Diskussion. »Ich nehme alles zurück. Dein Abend wird nicht entspannt, wir schalten jetzt sofort den ersten Teil von *Herr der Ringe* an und gucken ihn.«

»Ich dachte, ich soll früh schlafen gehen?«

»Jaja«, murmelte Jules, klang dabei aber schon so abgelenkt, dass ich genau wusste, er suchte auf Netflix bereits nach dem Film. Ihn jetzt davon abbringen zu wollen, ihn mit mir zu gucken, war ein Ding der Unmöglichkeit – das war mir bewusst, ohne ihn fragen zu müssen.

Ich ergab mich meinem Schicksal, sagte Jules, dass er kurz warten sollte, während ich mir eine Schokomilch aus der Küche holte. Zurück in meinem Zimmer, nahm ich mein Handy wieder auf und holte meinen Laptop ans Bett. Ich klappte ihn auf, öffnete Netflix und gab den Titel des Films in die Suchleiste ein. »Was bekomme ich, wenn ich den Film durchgeguckt habe?«

»Den Link zum zweiten Teil«, erwiderte Jules trocken. Ich gab mir große Mühe, ihn mein Lachen nicht hören zu lassen.

Der Ladekreis drehte und drehte sich in einer Endlosschleife, bis endlich der Film begann. Jules war verdächtig still an seinem Ende der Leitung. »Flüsterst du mir keine interessanten Insider-Infos zu, während wir den Film gucken?«

»Nein«, kam es sofort von ihm. »Wenn ich mit dir rede, verpasse ich die Handlung des Films.«

»Ich dachte, du kennst ihn schon?«

»Na und? Ich entdecke bei jedem Schauen neue Details.«

»Aber ... dann müssen wir doch nicht telefonieren, oder? Wenn jeder schweigend nur für sich schaut?«

Kurz war es still. »Ich vertraue dir nicht, dass du ihn weiterguckst, wenn ich nicht hin und wieder nachfrage, was bei dir passiert.«

»Du könntest mich per Chat fragen.«

»Es gibt minütlich aufgeschlüsselte Analysen im Internet zu lesen. Ich würde dir die Möglichkeit geben, den Inhalt zu erfahren, ohne zu sehen, wie grandios es umgesetzt ist.«

»Jules.« Ich machte eine ungläubige Pause, in der er mit einem »Hm?« reagierte. »Du überschätzt meine Motivation maßlos. Wann habe ich dir je den Eindruck vermittelt, dass ich mir so viel Mühe geben würde, nur um einen Film nicht sehen zu müssen und es dir zu verheimlichen?«

»Vielleicht ist das die Leiche in deinem Keller, von der du mir bisher noch nichts erzählt hast«, mutmaßte er.

»Stimmt.« Ich schnaubte. »Das ist natürlich ein schreckliches Geheimnis, das ich nicht mit dir geteilt habe.«

»Psst«, machte er. »Schau den Film.«

Ich tat ihm den Gefallen vor allem deswegen, weil er bereits klang, als würde er mir nur noch mit einem halben Ohr zuhören. Ich schob Bunny ein Stück zur Seite und machte es mir auf meinem Bett bequem.

Im Film wurden derweil die wichtigsten Charaktere vorgestellt: Frodo, Bilbo, Merry, Sam, Pippin, Gandalf. Es war spannend, keine Frage. Aber am meisten unterhielten mich die Geräusche, die Jules unbewusst machte. Sein scharfes Einatmen an den spannenden Stellen. Wie er den Soundtrack mitsummte. Er war so in die Geschichte vertieft, dass es mich nicht gewundert hätte, hätte er vergessen, dass ich ihn noch hören konnte.

Das Erstaunlichste war eigentlich, dass ich kein Problem damit hatte, ruhig auf meinem Bett zu sitzen. Nicht weil ich annahm, dass der Film unglaublich langweilig war. An den meisten Tagen freute ich mich über eine richtig gute Fantasy-Geschichte. Nur war ich kurz vor einem Wettkampf immer so nervös, dass ich kaum still sitzen konnte. Schon gar nicht über drei Stunden lang.

Mit Jules am Telefon funktionierte es erstaunlich gut. Obwohl er die ganze Zeit schwieg, beruhigten mich die kleinen Geräusche, die hin und wieder an mein Ohr drangen. Und wenn es nicht sie waren, dann das Wissen seiner bloßen Nähe – selbst wenn es sich dabei nur um seine Stimme handelte.

»Wenn du mir jetzt sagst, dass du nicht sofort den zweiten Teil schauen möchtest, fasse ich das als persönliche Beleidigung auf«, sagte er, als endlich der Abspann lief.

»Ich glaube, ich würde es vorziehen, mich erst mal fürs Bett fertig zu machen«, gab ich ehrlich zu. Es war erst neun Uhr abends, aber meine Augenlider waren so schwer, als wäre ich seit vierundzwanzig Stunden auf den Beinen.

»Oh. Sorry, ich wollte dich nicht zu lange wach halten.« Er klang ehrlich besorgt.

»Hast du nicht. Ich bin groß genug, zu sagen, wenn ich ins Bett gehen möchte«, neckte ich ihn.

»Ja, okay. Aber auch im Angesicht eines großartigen Films?«

»Auch dann.« Die Tatsache, dass es mir viel schwerer fiel, das Gespräch mit ihm zu beenden, als meinen Laptop zuzuklappen, blieb mein kleines Geheimnis.

Stille. Ich stellte mir vor, wie Jules auf seinem Fernseher die Credits durchlas. Wie er es, genauso wie ich, genoss, einfach mit mir zu schweigen.

»Du wirkst nicht so aufgeregt, wie ich es erwartet hätte«, durchbrach Jules schließlich unser Schweigen.

Als hätte mein Körper seine Worte noch vor mir verarbeitet, setzte mein Herz einen Schlag aus. Die Frage sprengte die Scheinruhe zu einem kleinen Teil wieder. »Wegen des Wettbewerbs?«

»Ja. Außer du hast noch ein anderes riesiges Ereignis anstehen, das deine Tage beherrscht, seit ich dich kennengelernt habe.«

»Nein, glücklicherweise nicht.« Ich spürte an der Ruhe, an die ich mich in den letzten Stunden geklammert hatte, vorbei und wurde sofort von meinen Sorgen begrüßt. »Ich bin so nervös, dass mir seit Tagen schlecht ist. Ich kann nichts essen, ohne Magenschmerzen zu bekommen. Wenn ich still sitze, habe ich das Gefühl, durchzudrehen, weil mein ganzer Körper so angespannt ist und mein Kopf auch keine Ruhe gibt. Ich versuche wirklich, nicht zu viel daran zu denken, aber jedes Mal, wenn mir dann doch bewusst wird, was für ein Tag morgen ist, kommt es mir vor, als würde ich träumen. Und nicht die gute Sorte, die mich morgens ausgeruht mit einem Lächeln aufwachen lässt. Sondern die, die nachts mein Herz rasen lässt.«

Von Jules kam keine Reaktion. Ich wartete gespannt darauf, was er zu sagen hatte. Vielleicht auch darauf, dass er mir einen Rat geben konnte, wie ich all diese körperlichen Empfindungen einfach stumm schalten könnte, sosehr ich auch wusste, dass das der falsche Weg war.

»Mach dir keine Sorgen«, sagte ich. »Morgen ist es vorbei.« *Egal, wie es ausgeht.*

»Hast du es je erlebt, dass sich jemand daraufhin weniger Sorgen gemacht hat?«

Ich schüttelte den Kopf, bis mir auffiel, dass er mich nicht sehen konnte. »Nicht wirklich.«

Jules seufzte leise. Ein Rascheln drang an mein Ohr, das klang, als würde er sich auf der Couch anders hinsetzen. »Ich hatte dir angeboten, dass du mit mir reden kannst, wenn du das Gefühl hast, alles wird zu viel.«

Als ich gestern Nacht schlaflos in meinem Bett gelegen hatte, hatte ich sogar darüber nachgedacht. Ich hatte mich stundenlang hin und her gewälzt, versucht, meine Magenschmerzen zu ignorieren, nur damit sie im nächsten Moment noch schlimmer wurden.

Mir entkam ein Seufzen. »Ich versuche es. Ehrlich. Aber ich bin wirklich nicht sehr gut darin, um Hilfe zu bitten.« Wie gerne hätte ich ihn vor mir gesehen, während ich das sagte. »Hab ein bisschen Geduld mit mir.«

»Du musst dich nicht gezwungen fühlen, mit mir zu reden, wenn es für dich komisch ist.« Seine Stimme klang so nah – als würde es reichen, meinen Arm auszustrecken, um ihn mit den Fingerspitzen berühren zu können.

Wer hätte gedacht, dass selbst ein paar Kilometer sich wie Lichtjahre anfühlen konnten, wenn man eine Person unbedingt sehen wollte?

»Tu ich nicht.«

»Dann mach dir keinen Kopf. Irgendwann vertraust du mir genug, um von dir aus mit mir über so etwas zu reden.«

»Du klingst sehr selbstsicher.«

»Weil ich es bin. Die Lucy, mit der ich jetzt gerade rede, ist eine völlig andere als die, die ich vor einem Monat kennengelernt habe. Genauso, wie sie in einer Woche, einem Monat, einem Jahr eine andere sein wird.«

Ob ihm bewusst war, dass das, was er sagte, mich mehr beruhigte als alles andere, was ich in den vergangenen Tagen versucht hatte? Das Wissen, dass nichts so blieb, wie es war. Dass sich alles veränderte. Ich mochte meine Routinen und meinen vorhersehbaren Alltag – es machte so vieles für mich leichter. Gleichzeitig hatte es immer einen Beigeschmack von dem Gefühl, auf der Stelle zu treten. Nicht vorwärtszukommen. Die Tatsache, dass Jules so fest daran glaubte, dass nichts davon für immer war ... Ich fand unerwarteten Trost darin.

»Und was ist mit dir?«, fragte ich nach einem Augenblick.

»Mit mir?«

»Du erzählst auch nicht so viel aus deinem Leben.«

»Weil es nichts zu erzählen gibt.«

»Das glaube ich nicht.«

»Es ist aber so. Ich habe keine Katzenbabys, auf die ich aktuell aufpassen muss, auf Arbeit läuft es gut, Mika ist, soweit ich weiß, in Ordnung, mein Vater ...« Er stockte.

»Dein Vater?«

»Ist immer noch Alkoholiker.« Er versuchte, es emotionslos klingen zu lassen, aber so gepresst, wie er plötzlich klang, war es nur ein Schauspiel, um die Stimmung nicht zu zerstören.

»Ist etwas zwischen euch vorgefallen?«

Keine Antwort. Nur das Rauschen in der Leitung, das mir verriet, dass er nicht einfach aufgelegt hatte.

»Jules?«

Er seufzte leise. Kaum hörbar. Und ich wollte nichts lieber tun, als zu ihm zu fahren und ihn in die Arme zu nehmen. »Ich bin einfach müde.«

»Möchtest du darüber reden?«

Der Laut, den er von sich gab, war nicht wirklich zustimmend, nicht wirklich ablehnend.

»Okay.« Unwillkürlich senkte ich meine Stimme etwas. »Was ist passiert?«

»Nichts.« Ein freudloses Lachen drang an mein Ohr. »Das ist es ja. Es ist nichts passiert, und trotzdem habe ich das Gefühl, vor lauter Panik nicht klar denken zu können.« Ich hörte es rascheln, dann das Knarzen des Bodens in seiner Wohnung. Vor meinen Augen sah ich ihn aufgeregt hin und her laufen. »Ich habe Mika gestern nach Hause gebracht, und alles in mir hat sich dagegen gesträubt, ihn aus meinem Auto aussteigen zu lassen. Ich wollte einfach auf das Gaspedal treten und so schnell so weit wie möglich von diesem Haus wegfahren. Es fühlt sich an, als könnte ich die ganze Zeit nicht tief genug Luft holen, wenn Mika dort ist. Und das ändert sich erst wieder, wenn ich ihn sehe.«

Meine erste Reaktion war Unsicherheit. Ich hatte keine Ahnung, was ich darauf erwidern sollte. Wie ich ihm diese Panik ein Stück weit nehmen konnte. »Er weiß, dass er dir immer Bescheid geben kann, wenn etwas nicht stimmt ...«

»Ja, ich weiß«, sagte Jules sofort. Das »Aber« blieb dabei ganz deutlich in der Luft hängen. Jules entschied sich, es nicht auszusprechen. Brauchte er auch nicht. Ich hörte es.

Aber was, wenn ich nicht schnell genug bin?

Aber was, wenn ich nicht rechtzeitig bei ihm bin?

Es waren die Ängste, von denen er mir bereits erzählt hatte. Und obwohl ich von ihnen wusste, zog sich mein Herz schmerzhaft zusammen.

Alle Worte, die ich in diesem Moment hätte sagen können, hätten leer geklungen. Gewollt optimistisch. Ich konnte sie nicht aussprechen, weil ich genau wusste, dass ich sie an seiner Stelle nicht hätte hören wollen.

»Tut mir leid«, war alles, was ich hervorbrachte.

»Dir muss gar nichts leidtun, Lucy. Du bist nicht schuld daran.«

»Ich sag es auch nicht, weil ich mich verantwortlich für das fühle, was in deiner Familie passiert«, erklärte ich sanft. »Sondern weil es mir leidtut, dass ich nichts für dich tun kann, außer zu sagen, dass es mir leidtut. Ich kann dich nicht mal umarmen, weil dieser doofe Wettkampf morgen ist.«

Jules lachte leise. Beinahe vorsichtig, als traute er sich nicht ganz, die Gefühle, die ihn mit jeder Erwähnung seines Vaters überkamen, abzulegen. »Der Wettbewerb ist nicht doof. Er kann nichts dafür.«

»Das ändert nichts an der Tatsache, dass du zu weit weg bist, als dass ich dich mit einer Umarmung ablenken könnte.«

»Heb sie dir bis morgen auf«, schlug er vor – und wirkte schon wieder ein wenig freier. Ein wenig unbesorgter, so oberflächlich diese Empfindung gerade vielleicht auch war.

»Und du willst an deinem freien Tag wirklich das Haus verlassen, um zur Eishalle zu fahren?«

»Du hast den wichtigsten Teil ausgelassen: um zur Eishalle zu fahren, mir meine Umarmung abzuholen und dir dabei zuzusehen, wie du alle aus den Socken haust.«

Ich grinste. »Danke für dein Vertrauen.«

»Immer.«

Es war nur ein Wort, aber er sagte es so voller Überzeugung, dass ich mein glückliches Lächeln in meinem Kissen ersticken musste, bevor ich etwas sagte. »Ich sollte jetzt wirklich ins Bett gehen.«

»Ja, ich auch.« Wie um seine Aussage unterstreichen zu wollen, überkam ihn genau in dem Moment ein lautes Gähnen. »Oh, sorry. Ich glaube, mein Unterbewusstsein stimmt mir zu. Ich hoffe, du kannst trotz der Aufregung ein wenig schlafen.«

In der ganzen Zeit, die ich mit ihm telefonierte, war die Nervosität in den Hintergrund gerutscht. Ich konnte es nicht beschreiben, aber ich war mir fast sicher, dass ich sofort einschlafen würde, wenn mein Kopf das Kissen berührte.

»Ich denke schon«, sagte ich zu Jules. »Der *Herr der Ringe* hat geholfen.«

»Der *Herr der Ringe* ist ja auch ein Allheilmittel.«

Ich lachte laut auf, drückte mir dann aber schnell die Hand auf den Mund, weil ich Angst hatte, dass meine Eltern mich hören könnten. »Gute Nacht, Jules.«

»Gute Nacht, Lucy.«

25. KAPITEL

Ich behielt recht: Nachdem Jules und ich aufgelegt hatten, zog ich nur noch meinen Schlafanzug an, war kaum unter die Decke gekrochen und schlief fast augenblicklich ein. Es war nicht unbedingt der tiefste, erholsamste Schlaf, den ich je gehabt hatte – aber es war mehr, als ich mir für die Nacht direkt vor einem Wettbewerb erhofft hatte.

Mein Körper weckte mich dennoch viel zu früh. Bunny musste merken, dass ich nicht mehr schlief, denn die Decke raschelte leise, als sie sich vor meinem Bauch etwas bewegte. Meistens schlief sie in ihrem Gehege, aber hin und wieder schaffte sie es nachts auf mein Bett. Das waren die Nächte, in denen ich besonders aufgewühlt war und sie irgendwie merkte, dass ich sie bei mir brauchte.

Ich streckte den Arm unter der Decke hervor, vergrub meine Hände in ihrem Fell. »Du spürst genau, wie aufgeregt ich bin, oder?« Ein Blinzeln war ihre Antwort. »Tut mir leid, dass du das die letzten Tage ertragen musstest. Ich finde es selbst schrecklich.«

Das war noch eine Untertreibung. Ich wollte die ganze Nervosität nehmen und sie aus dem Fenster werfen, um diese Ruhelosigkeit loszuwerden. Und obwohl ich diese Aufregung am meisten hasste, konnte ich nicht anders, als mich trotzdem auf den Tag zu freuen. Ich hatte den dreifachen Rittberger geschafft, und ich *wusste*, dass ich es noch einmal tun konnte. Ich spürte in jeder Faser meines Körpers, dass es nicht einmaliges

Glück war – so lange es auch gedauert hatte, an diesen Punkt zu kommen.

Und meine Eltern würden es sehen. Nicht nur sie – auch Hannah und Eiza und Jules. Sie würden alle dort sein, und ich wusste gar nicht, was ich mit dieser unerwarteten Vorfreude in mir anfangen sollte. Bisher war immer nur meine Trainerin dabei gewesen. Vielleicht noch andere Mitglieder des Vereins.

Keiner davon war nur dafür aufgetaucht, um mich anzufeuern. Ich hatte nie das Gefühl gehabt, es dringend zu brauchen. Aber das Wissen, dass es diesmal anders sein würde – dass ich Leute hatte, die darauf warteten, mich nach meinem Auftritt in die Arme zu schließen, gab mir die nötige Motivation, um aufzustehen. Die Vorfreude, all diesen Leuten, die nur für mich dorthin kamen, zeigen zu können, was ich alles geschafft hatte. Wie weit ich gekommen war.

Ich schlug meine Decke zurück, setzte mich auf und warf einen Blick auf meinen Wecker. Es war erst halb acht. Der Wettbewerb begann um dreizehn Uhr in unserer Eishalle. Ein klarer Vorteil, weil jeder aus dem Verein, der teilnahm, das Eis in- und auswendig kannte.

Es gab mir noch genügend Zeit, mich ohne jeglichen Stress vorbereiten zu können. Ich zog mir dicke Socken über die Füße und machte mich auf den Weg in die Küche. Vor Wettkämpfen war ein ausgiebiges Frühstück für mich zu einer Art Tradition geworden. Es half mir, aus meinem Zimmer zu kommen, wo ich die meiste Zeit nur nervös die Decke anstarren würde.

Mom und Dad waren bereits auf den Beinen. Ich hörte sie schon auf halbem Weg die Treppe hinunter. Der Geruch von Kaffee hing in der Luft und trieb mich dazu an, zwei Stufen auf einmal zu nehmen, um auch etwas davon abzubekommen.

Mein Herz klopfte viel zu schnell – weil ich trotz der Einladung, trotz ihrer Zusage nicht wusste, wie ich mit ihnen reden sollte. Und dennoch eine leise Freude in mir aufkeimen spürte, die Erinnerungen an eine Zeit weckte, in der wir mehr gewesen waren als Menschen, die aneinander vorbeilebten.

Sie sahen beide auf, als ich in die Küche trat. Mom lächelte mir von ihrem Platz am Tisch aus zu und konnte mir vermutlich ansehen, weshalb ich so schnell hier aufgetaucht war. Sie deutete auf die Kaffeemaschine. »Es ist noch etwas da, wenn du möchtest.«

Ich wollte »Gerne« sagen, vielleicht »Danke«. Und wenn schon das nicht, dann wenigstens ein »Guten Morgen«, um diese Kluft zu überwinden, die uns schon so lange trennte. Nur verknotete sich meine Zunge, sobald ich es versuchte, und all meine Worte verschwanden, als würden sie nach und nach aus einem Buch gelöscht werden und nur blanke Seiten hinterlassen.

Niemand sprach in der Zeit, die ich brauchte, um eine Tasse aus dem oberen Hängeschrank zu nehmen und sie mit Kaffee zu befüllen. Niemand sprach, als ich mich an den Tisch setzte, neben meinen Dad und gegenüber meiner Mom. Niemand sprach, während das Getränk langsam abkühlte und ich die ersten Schlucke trank.

»Ich hab den dreifachen Rittberger geschafft«, platzte es irgendwann aus mir heraus. Mom und Dad erstarrten überrascht – ob die Lautstärke meiner Stimme oder die Aussage selbst der Grund für ihr Erstaunen war, konnte ich nicht genau einschätzen.

Einen Moment war es still. Ich wartete ungeduldig auf ihre Antwort, während ich mich an meine Tasse klammerte.

»Oh«, begann Mom ungelenk. »Das ist doch schön. Herzlichen Glückwunsch.«

Es waren nicht die Trompeten und Fanfaren, die ich mir in meiner Traumvorstellung erhofft hatte, aber es war ein Anfang. »Ich werde ihn auch in der Choreografie heute einbauen.« *Subtil, Lucy. Sehr subtil.*

Mom schenkte mir ein Lächeln. Es wirkte etwas ungeübt, aber deswegen nicht weniger ehrlich. Sie schien sich wirklich für mich zu freuen. »Dann sollten wir wohl früh genug kommen, um uns die besten Plätze zu sichern.«

Das Grinsen nahm mein gesamtes Gesicht ein. Fast war es mir etwas peinlich. Die Tatsache, dass diese Kleinigkeit mir wie ein Sonnenstrahl an einem grauen, diesigen Tag vorkam. Ich war neunzehn, nicht sieben – und trotzdem hing meine Stimmung so häufig mit dem zusammen, was innerhalb dieser vier Wände hier los war. Wenn meine Eltern sich stritten, fühlte ich mich nicht älter als ein Kind, das sich unter der Decke verstecken wollte. Wenn ich mich mit ihnen stritt, kam in mir jedes Mal das Verlangen hoch, die Wogen glätten zu wollen und zu allem, was sie erzählten, Ja zu sagen.

Ich tauchte aus meinen Gedanken auf, als Mom einen Blick auf ihre Uhr warf. Dad tat es ihr keine Sekunde später nach, und als hätten sie es einstudiert, standen beide zur gleichen Zeit auf. Dad brachte die Tassen und Teller zum Geschirrspüler, und Mom strich sich nicht vorhandene Krümel von ihrer Bluse.

»Fahrt ihr vorher noch mal in die Firma?«, wollte ich wissen. Es war nicht ungewöhnlich, dass sie auch am Wochenende arbeiteten, aber der Gedanke, dass sie vor dem Wettbewerb noch mal zur Firma wollten, erfüllte mich mit einem Hauch Sorge.

»Ja, es sind ein paar Notfälle aufgetreten, die wir vorher noch klären wollen«, erwiderte Dad.

Sie griffen beide nach ihren Taschen. Dad warf sich das Jackett, das über der Stuhllehne hing, über den Arm und verließ mit einem kurzen »Bis nachher« die Küche. Ich überlegte, ob ich aufstehen und ihnen folgen sollte, entschied mich aber dagegen.

Mom drehte sich in der Küchentür noch einmal nach mir um. »Bis nachher.«

Ich winkte ihr zu. Sie unterhielten sich flüsternd im Eingangsbereich – es drang nur leise zu mir, und ich verstand kein Wort. Jacken raschelten, Schlüssel klapperten. Kurz darauf ging die Haustür hinter ihnen zu.

Ich starrte auf einen Punkt auf dem Tisch. Lauschte aufmerksam den Geräuschen ihrer Autos, die die Auffahrt verließen. Dann nahm ich einen großen Schluck von meinem Kaffee und stellte die leere Tasse mit einem lauten Klacken auf dem Tisch ab.

Ich war allein und mir sicher, dass die Nervosität mich auffressen würde, würde ich einfach hier sitzen bleiben und nichts dagegen unternehmen. Daher schob ich meinen Stuhl entschlossen zurück und machte mich ans Frühstück.

Einen riesigen Teller Rührei mit Brot und einen Tomatensalat später saß ich in meinem Zimmer und kämmte meine Haare zu einem straffen Dutt zusammen. Bei Wettkämpfen mochte ich es nicht, wenn ich das Gefühl hatte, meine Frisur würde sich auch nur einen Millimeter bewegen, daher lief es fast immer auf die gleiche hinaus.

Danach beschäftigte ich mich mit dem Make-up. Für Auftritte war es normal, sich kräftiger zu schminken. Mit einem Stage Make-up stellten Läuferinnen sicher, dass auch Leute, die von weiter weg zuschauten, sahen, dass man geschminkt war.

Ich genoss diese Zeit – so aufgeregt ich vor einem Wettbewerb auch war, vor meinem Spiegel zu sitzen und mich fertig zu machen gab mir immer eine gewisse Ruhe zurück. Mir war nur zu bewusst, wie viele Leute Make-up als oberflächlich abstempelten, aber was war so verkehrt daran, wenn ich es für mich selbst tat? Ich fühlte mich wohl in meiner Haut und mit Make-up. Es war nur eine Frage meiner Stimmung, wie ich mich der Welt stellen wollte.

Bunny saß neben mir auf dem Boden oder streifte in mehreren Erkundungstouren durch mein Zimmer. Hin und wieder fand sie etwas, das raschelte, und beschloss, damit so lange meine Nerven zu strapazieren, bis ich meinen Eyeliner weglegte und mich eine gute Stunde lang mit ihr beschäftigte. Ich hatte so viel Spielzeug für sie gekauft – aber letztlich entschied sie sich immer für die Papprolle des Toilettenpapiers, die ich regelmäßig austauschen musste.

Manchmal fragte ich mich, weshalb ich überhaupt Geld für Spielzeug ausgab.

»Nicht beißen«, sagte ich und schob sie sanft von mir weg. Sie starrte mich einen Moment abschätzend an, wandte sich dann ab und beschäftigte sich wieder mit sich selbst.

Ich sah das als lieb gemeinten Hinweis dafür, dass sie vorerst genug von mir hatte. Spieleinheiten mit Bunny hatten den Vorteil, dass ich währenddessen meistens an nichts anderes dachte. Mein kleines Kaninchen schaffte es immer irgendwie, mich ins Hier und Jetzt zurückzuholen, wenn ich es selbst nicht hinbekam.

Allerdings bedeutete es auch, dass eine Stunde ins Land gezogen war. Es war nicht weit bis zur Eishalle, aber die Tatsache, dass meine Tasche noch ungepackt war und ich bisher nur ein Auge geschminkt hatte, ließ mich nun doch einen Zahn zulegen.

Ich warf alles in meine Tasche, von dem ich das Gefühl hatte, es brauchen zu können: eine Wasserflasche, mein Make-up-Kit, ein paar Snacks, falls mich wider Erwarten der Hunger überkommen sollte.

Ich lief so aufgeregt durch mein Zimmer, dass ich mehrmals fast über die herumliegenden Klamotten stolperte. Die verurteilenden Blicke, die mein Kaninchen mir zuwarf, ignorierte ich dabei gekonnt.

»Mach keinen Unsinn. Lass das Haus ganz. Öffne niemandem die Tür, den du nicht kennst. Bitte keine Vampire einladen, außer es ist Ian Somerhalder.« Ich zählte die einzelnen Punkte an meinen Fingern ab und deutete dann auf sie. »Und bitte, iss meine Kabel nicht auf.«

Sie blickte mich vollkommen unbeeindruckt an, bevor sie mir den Rücken zukehrte.

»Großartig.« Ich schulterte meine Tasche, kraulte sie noch einmal kurz und verließ dann mein Zimmer. Ich lief die Treppe hinunter, in den Eingangsbereich, wo ich meine Schuhe anzog.

»Okay.« Ich atmete aus, nachdem ich mich auf den Fahrersitz meines Autos hatte fallen lassen. Versuchte, mich zu beruhigen, bevor ich losfuhr. »Auf geht's.«

Nur verschwand jegliches Gefühl von Entspannung auf der Fahrt wieder. Mit jedem Kilometer, den ich der Eishalle näher kam, wurde es schlimmer – bis jeder Atemzug sich anfühlte, als würde ich ein zu enges Korsett tragen.

Es gab nicht viele Dinge auf der Welt, die ich hasste, aber das hier war definitiv eins. Ich mochte es nicht, schwach zu sein, und wenn das Zittern meiner Hände und die Magenschmerzen mir eins vermittelten, dann, dass ich ganz und gar nicht bereit war.

Nervosität, Aufregung, aber auch Vorfreude wechselten sich in mir ab, als ich auf dem vollen Parkplatz direkt vor der Eishalle meine Runden drehte und nach einem freien Platz suchte. Ich fand einen – weit vom Eingang entfernt – und wartete nicht darauf, bis das Zittern in meinen Händen verschwunden war. Ich wusste, dass das erst passieren würde, wenn ich auf dem Eis stand.

Ich bahnte mir einen Weg durch die Menschenmenge, vorbei an den Leuten, die hier draußen auf den Beginn des Wettbewerbs warteten. Ganze Gruppen waren angereist, um ihre Kinder, Enkel, Geschwister oder Freunde anzufeuern. Normalerweise setzte ich zu dieser Zeit Scheuklappen auf. Lief an ihnen vorbei und sagte mir immer wieder, dass ich das nicht brauchte, um gut zu werden.

Heute war es anders. Ich dachte mir: Vielleicht brauchte ich es doch. Nicht, um gut zu sein oder besser zu werden. Sondern weil ich es so satt hatte, meine eigene größte Cheerleaderin zu sein. Ich brauchte es nicht, um eine gute Kür zu laufen – aber um die Freude teilen zu können, die darauf folgen würde.

Irgendein Teil des Universums musste mir gelauscht haben, denn kaum hatte ich das Gebäude betreten, fiel mir jemand von hinten um den Hals. Für eine Sekunde hatte ich Angst, an einem Erstickungstod zu sterben, bevor ich überhaupt die Chance hatte, meine Kür aufzuführen.

Hannah lachte mir ins Ohr und ließ mich kurz darauf los. »Überraschung!«

Ich rieb mir hustend den Hals und drehte mich zu ihr um. »Falls es dein Plan war, mich umzubringen, ist er fehlgeschlagen.«

»So drücke ich meine Liebe aus.« Sie stockte. Betrachtete mich genauer. »Wah, Lucy. Du siehst großartig aus!«, stieß sie hervor. »Korrektur: Du siehst immer großartig aus, aber heute ... wow. Heute ... wow.«

Ich lachte prustend. »Eloquent wie eh und je.«

»Nimm es als Kompliment. Du hast mir die Sprache verschlagen.« Hannah grinste breit. »Auch wenn ich ein bisschen traurig bin, dass du schon so gut wie fertig bist. Ich hatte mich auf ein Makeover eingestellt, das Anne Hathaway in *Plötzlich Prinzessin* neidisch machen würde.«

»Das nächste Mal werde ich dran denken, euch zu mir einzuladen.« Auch wenn ich es mochte, dieses kleine Ritual für mich selbst zu haben. Ich konnte mir nur zu gut vorstellen, dass es mit Hannah und Eiza doppelt so viel Spaß machen würde.

Apropos ... Ich wandte den Kopf nach links und rechts, aber von Eiza war nichts zu sehen. »Wo hast du Eiza gelassen?«

»Draußen. Ich bin vorgerannt, weil ich dich abpassen wollte.«

Ich gab einen verstehenden Laut von mir. »Und ... habt ihr es dabei?«

»Was für eine Frage. Natürlich haben wir es dabei.« Sie deutete mit dem Daumen über die Schulter zum Eingang. »Eiza holt es so vorsichtig aus dem Auto, dass sie sich in Zeitlupentempo bewegt.« Ein nachdenkliches Runzeln erschien auf ihrer Stirn. »Vielleicht solltest du die Frage nächstes Mal aber nicht formulieren, als würden wir uns in einer dunklen Gasse treffen und illegale Dinge tun.«

»Ich verspreche nichts«, erwiderte ich und schaute immer wieder über Hannahs Kopf hinweg zum Eingang. »Sollten wir Eiza helfen? Ihr einen Beruhigungstee bringen? Vielleicht ist seit der letzten Anprobe etwas an dem Kleid kaputtgegangen und sie traut sich deswegen nicht zu uns ...«

Hannah legte mir eine Hand auf den Arm. »Lucy, ich glaube, wenn hier jemand einen Tee braucht, dann bist du das.«

Sie hatte nicht unrecht.

»Bist du schlimm aufgeregt? Wenn du möchtest, kann ich

zum Diner ein paar Straßen weiter rennen und dir was zur Beruhigung holen.«

»Das würdest du tun?«

»Ich würde selbst für die Liebe meines Lebens nicht rennen, aber der Rest ist wahr, ja.«

Ein Lachen brach unerwartet aus mir hervor. »Danke, ich glaube, es geht auch ohne.«

Ihr »Na gut« war so leise, dass ich es kaum hörte. Meine Aufmerksamkeit war ohnehin völlig auf den Eingangsbereich gerichtet, den Eiza gerade hochgelaufen kam. Sie trug einen schwarzen Kleidersack vor sich her, als könnte er zerbrechen, wenn ihre Bewegungen ihn zu sehr schüttelten. Mit der Schulter stieß sie die Tür auf, schaute sich suchend um und kam dann zu uns geeilt.

Den Kleidersack hielt sie mir direkt ins Gesicht. »Ich fühle mich ein wenig wie deine Assistentin, die dir das Kostüm bringt.«

Sie hatte darauf bestanden, es bei sich zu behalten, um noch ein paar Änderungen vornehmen zu können. Eine Paillette mehr an dieser Stelle, eine unauffällige Naht dort. Wenn es ums Nähen ging, war Eiza Perfektionistin durch und durch – und in diesem Moment konnte ich ihr nicht dankbarer dafür sein.

»Ich lade euch beide auf ein Essen ein. Wo ihr wollt, so viel ihr wollt«, bot ich an, als ich Eiza den Kleidersack abnahm.

Hannahs Augen leuchteten auf. »Dafür, dass ich nichts gemacht habe, finde ich das mehr als zufriedenstellend.«

»Emotionaler Support ist mindestens genauso wichtig wie der Rest.«

»Ich wusste, ich hätte meine Pompoms mitbringen sollen.«

»Während du dich umziehst, können wir schon mal drüber nachdenken, wo wir essen gehen möchten«, warf Eiza ein.

»Ist das der subtile Hinweis, dass du mich loswerden willst?«

»Nein, das ist der deutliche Wink mit dem Zaunpfahl, dass du dir das Kostüm anziehen und dich fertig machen solltest, damit du den Anfang nicht verpasst.«

»Äußerlich«, merkte Hannah schnell an. »Äußerlich fertig machen, nicht emotional.«

Ich verkniff mir das Lachen. »Ich bin ziemlich gut im Multitasking – das sollte beides gleichzeitig funktionieren.«

Hannah sah tatsächlich ein bisschen besorgt aus. Eiza hingegen verdrehte nur schmunzelnd die Augen und gab mir einen kleinen Schubs in Richtung Umkleiden. »Geh schon. Ich hab meinen Schlaf nicht geopfert, damit du das Kleid zerreißt, weil du beim Anziehen unter Zeitdruck stehst.«

»Bin schon weg.« Ich drückte den Kleidersack an meine Brust und wollte mich gerade umdrehen, als Hannah mich noch einmal aufhielt. Sie umarmte mich so fest, dass mir die Luft wegblieb, und nötigte Eiza dann, das Gleiche zu tun. Ihre Umarmung war ungelenk, aber nicht weniger herzlich. Sie war nur einfach keine Person, die ihre Zuneigung so körperlich ausdrückte wie Hannah.

Ich drückte sie fest, flüsterte ihr ein »Danke« ins Ohr, das von Herzen kam, und machte mich dann auf den Weg zu den Umkleiden.

Meine Hände hörten gar nicht mehr auf zu zittern. Das Kleid überzuziehen war ein einziger Akt und dauerte wesentlich länger als normalerweise. Jegliche Anspannung wurde immer genau dann am schlimmsten, wenn kurz vor meinem Auftritt die Zeit nicht vergehen wollte. Dieser Moment, in dem es noch nicht so weit war, ein Umdrehen aber auch keinen Sinn mehr hatte und ich nichts anderes mehr tun konnte, als auf meinen Einsatz zu warten.

Ich hatte Jules nicht mehr gesehen, bevor Coach Wilson mich für ein letztes Gespräch zur Seite genommen hatte. Ich sehnte mich so sehr danach, einen Augenblick die Ruhe, die von ihm ausging, genießen zu können. Das Vertrauen, das er in mich hatte, seine Wärme zu spüren, bevor ich aufs Eis trat. Mein Herz flatterte aufgeregt, als ich daran dachte, dass er, Mom und Dad da waren und mir zusehen würden.

Ich wollte so gut laufen wie noch nie. Selbstbewusst und anmutig und verliebt in den Sport, wie ich mich mit fünf Jahren gefühlt hatte, als ich meine ersten vorsichtigen Schritte auf dem Eis gemacht hatte.

Coach Wilson sprach mir Mut zu – aber die meisten Worte rauschten an mir vorbei, ohne dass ich sie registrierte. Ich hörte, was sie sagte, nahm es aber nicht richtig wahr, weil ich in Gedanken immer und immer wieder meine Routine durchging. Jede Schrittfolge, jeden Sprung, nur um mich zu vergewissern, dass ich auch wirklich nichts vergessen würde.

Mein Auftritt war erst in der Mitte, und ich war mir nicht sicher, ob es Segen oder Fluch war. Es gab mir genügend Zeit, meine Aufregung in den Griff zu bekommen – aber leider auch die Gelegenheit, bei den Auftritten vor mir zuzusehen und mich zu fragen, wie meine Bewertung im Vergleich aussehen würde.

Als es endlich so weit war, rutschte mein Herz mir vor Angst und vor Erleichterung gleichermaßen in den Magen.

Ich trat auf das Eis. Glitt an den Zuschauerrängen vorbei und warf hier und da einen Blick nach oben, auf der Suche nach bekannten Gesichtern. Die Halle war bei Weitem nicht voll, dennoch brauchte ich einige Sekunden, bis ich Hannah und Eiza entdeckte. Beide lächelnd, als wüssten sie, dass ich in ihre Richtung schaute. Von Jules war weit und breit nichts zu sehen – und von meinen Eltern auch nicht.

Es kostete mich so viel Kraft, mir nichts anmerken zu lassen. Mein Gesicht entspannt, meine Körperhaltung nicht völlig verkrampft. Ich stellte mich in der Mitte der Eisbahn in meiner Anfangsposition auf, die Hände wie im Gebet vor der Brust verschränkt. Aber statt den Kopf zu senken, wie ich es eigentlich hätte tun sollen, starrte ich weiter auf die Reihen von Angehörigen und Familien, unter denen ich meine nicht finden konnte.

Das Lied startete leise – eine sanfte Melodie, die unter meine Haut kroch. Sich um meine Brust wand und mir die Luft zum Atmen raubte. Ich bewegte mich eine Sekunde zu spät, bemühte mich aber, meinen Rhythmus wiederzufinden.

Meine Füße, Arme, Beine kannten jede Bewegung in- und auswendig. Sie führten mich über das Eis, während sich in meinen Gedanken die nächste Figur mit der Frage abwechselte, wo meine Eltern waren. Warum ich Jules nirgends entdecken konnte.

Der dünne Chiffon-Stoff meines Rocks wehte mir um die Beine, strich über die feine Strumpfhose, die ich trug. Es war ein vertrautes Gefühl. Und trotzdem ließ es mein Herz nicht auf die Art höherschlagen, die es sonst immer tat.

Ich versuchte, positiv zu denken. Daran, was hiernach passieren würde, wenn ich einen Platz unter den ersten drei erreichte. Ich wollte meine Lippen zu einem Lächeln zwingen, aber genau da drängte sich ein anderer Gedanke in den Vordergrund.

Was ... was wird hiernach kommen, Lucy?

Ich stolperte. Fing mich, bevor ich fallen konnte. Biss die Zähne zusammen.

Wohin möchtest du, wenn du gewinnst?

Meine Konzentration war auf meinen Körper gerichtet. Jede Bewegung musste sitzen.

Und wohin, wenn du nicht gewinnst?
Ich wollte aufschreien. Mit dem Crescendo der Musik meine Stimme erheben und all den Frust, all die Wut, die Sorge, die Angst in die Welt entlassen. So lange erstickten diese Gefühle mich schon – und hier und jetzt brachen sie über mir zusammen. Ich wusste nicht, wie ich sie weiterhin festhalten sollte. Immer mehr entglitten sie meinem Griff, befreiten sich aus der verzweifelten Umklammerung, die mich nur gerade so zusammenhielt.

Ich versuchte Luft zu holen, aber es war keine da. Meine Muskeln brannten, mein Herzschlag war unnatürlich laut in meinen Ohren. Ich glitt an den Zuschauerrängen vorbei, warf wieder einen Blick nach oben, als könnte ich die Gesichter meiner Eltern in der verschwommenen Masse ausmachen, wenn ich mich nur genügend anstrengte. Ich hielt Ausschau nach Jules' warmen Augen, die die Kälte in mir lindern würden ... Aber als ich sie nirgends fand, schien es mich noch weiter in die Tiefe zu ziehen.

Schon gut, Lucy.
Alles ist gut.
Alles ist gut.
Alles ist gutallesistgutallesistgut.

Es war mein Mantra. Der hoffnungslose Versuch, mich selbst aufzufangen, bevor mir alles entglitt.

Der Tempowechsel passierte fast am Ende des Liedes, mitten in einer Schrittfolge. Der Takt wurde schneller, forderte mehr und mehr von mir, und ich spürte, wie schwer es mir fiel, ihm zu folgen. Mein Herz war zu schnell, meine Füße zu langsam, mein Kopf gefangen in einer Endlosschleife.

Meine Muskeln spannten sich noch weiter an, bereiteten sich auf den vorletzten Sprung vor. Ich stieß mich mit der linken Zacke meines Schuhs vom Eis ab, zog die Arme an den

Körper ... und merkte noch in der ersten Drehung, dass etwas nicht stimmte.

Panik schoss durch meine Glieder, ließ mich erstarren, als mir bewusst wurde, dass ich für eine zweite Drehung nicht hoch genug gesprungen war.

Der Aufprall kam Millisekunden später. Meine Hände schürften über das Eis, mit der Hüfte knallte ich auf die unnachgiebige Oberfläche. Ich schlitterte einige Zentimeter über den Boden, die Augen weit aufgerissen, weil es in so kurzer Zeit passiert war, dass ich Mühe hatte, mich zu orientieren. Ich spürte keine Schmerzen, wusste nicht, ob ich mich verletzt hatte.

Und es war mir egal.

Meine Beine, meine Arme waren aus Blei, hielten mich am Boden, obwohl alles in mir schrie aufzustehen. Ich musste weitermachen, musste den Fall von mir abschütteln, den Takt finden, die nächste Figur. Ich durfte nicht warten, nicht liegen bleiben, wenn ich beweisen wollte, dass ich gut genug war, um es zu schaffen. Um meinen Eltern zu beweisen, dass ich das Talent hatte.

Um es mir selbst zu beweisen.

Die Kälte des Eises sickerte durch mein Kostüm, unter meine Haut und bis in meine Knochen. Ich spürte sie kaum. Mein Körper war taub. Die Musik spielte weiter, eine quälende Melodie, die mich daran erinnerte, dass es nichts Schlimmeres gab, als liegen zu bleiben. Die Leute wollten Leichtigkeit sehen. Anmut. Einen Hauch Magie.

Ich rollte mich auf die Seite, um meine Beine unter mich zu bringen, stützte mich mit den Händen auf dem Eis ab. Ich überredete meine Muskeln dazu, sich anzuspannen, auf das nächste Element vorzubereiten. Aber etwas in mir weigerte sich.

Meine Hände ballten sich auf dem Eis zu Fäusten, mein Blick verschwamm. Aber erst als es heiß auf meinen Handrücken tropfte, nahm ich die Tränen in meinen Augen wahr.

Ich wünschte, *betete*, dass niemand sie sah. Dass niemand mitbekam, wie ich mitten auf dem Eis zerbrach, in Stücke zerbarst und unter der Last der letzten Wochen, Monate, Jahre in winzige Eissplitter zerfiel.

Es kam mir unendlich lang vor, aber die Musik endete innerhalb weniger Sekunden – und mit ihr meine Chance, das Ziel zu erreichen, das ich so lange für meinen Traum gehalten hatte. Die Eishalle war totenstill, kein Ton drang aus den Reihen der Besucher zu mir.

Eins.
Zwei.
Drei.
Vier ...

Ich drückte mich vom Eis hoch. Zwang mich dazu aufzustehen. Die Zacke meines rechten Schlittschuhs kratzte in der Stille der Halle über den Boden.

Zu spät, zu spät, zu spät.

Mein Brustkorb hob und senkte sich schwer, mein Blick war auf das Eis gerichtet. Ich wollte den Kopf nicht anheben. Solange ich meine Füße betrachtete, konnte ich mir einbilden, allein auf dem Eis zu sein, im Training vielleicht, mit niemandem um mich herum. Ich musste mir nicht eingestehen, dass ich schon wieder versagt hatte.

Meine Lippen teilten sich, wollten den Schrei entlassen, der mir auf den Brustkorb drückte. Aber kein Laut kam hervor. Ich fuhr auf den Ausgang an der Bande zu, nahm die Schmerzen in meiner Hüfte kaum wahr. Meine Schulter, mein Brustkorb, mein Magen – jeder Teil von mir schien unter der Last des Versagens zu wackeln.

Coach Wilson stand neben dem Ausgang. Ihr Blick glitt über meinen Körper, als wollte sie sichergehen, dass ich mir keine Verletzung zugezogen hatte. Sie reichte mir meine Kufenschoner, und ich befestigte sie wie in Trance mit zitternden Händen an meinen Schlittschuhen. Ich biss die Zähne aufeinander, als ich aufsah, richtete den Blick auf einen Punkt über ihrer Schulter. Das Mitgefühl auf ihrem Gesicht war nicht zu ertragen.

Die Stille zwischen uns war ohrenbetäubend. Ich wusste, dass sie etwas sagen wollte, aber was auch immer es war: Sie behielt es für sich. Vielleicht, weil sie sah, dass jedes Wort in diesem Moment mehr Risse offengelegt hätte. Ich ballte meine Hände zu Fäusten, bis sich meine Fingernägel in die weiche Haut meiner Handflächen bohrten.

»Alles in Ordnung?«, fragte sie stattdessen.

Ein Nicken war alles, was ich zustande brachte. Mein Hirn war eingehüllt von einem Nebel, als ich mich an ihr vorbeidrängte und zu den Umkleiden lief. Ich ging, bevor die nächste Läuferin das Eis betreten konnte – ich musste nicht zuschauen, um zu wissen, dass Sofia ein perfektes Kurzprogramm hinlegen würde.

Ich setzte mich auf die Holzbank vor meinem Spind und starrte den Fliesenboden unter meinen Füßen an. Mehrere Minuten lang. Und die ganze Zeit ging mir das Gleiche durch den Kopf: Meinen Eltern war es völlig egal, ob ich gewann oder verlor. Es spielte für sie keine Rolle. Ich brauchte ihre Ausreden nicht hören, um zu wissen, dass ihnen ihre Arbeit wichtiger war als das hier.

Mit einer ruppigen Bewegung zerrte ich den Haargummi aus meinem Dutt.

Natürlich ist es ihnen egal. Was hast du erwartet, Lucy? Dass sich diese Tatsache ändert, nur weil es dir lieb wäre?

Ein Schrei hatte sich in meiner Brust festgesetzt, und sosehr ich auch dagegen atmete, er wollte nicht verschwinden. Im nächsten Moment spürte ich, wie meine Wangen wieder heiß wurden.

Ein Teil von mir verlangte danach, dass ich mich zusammenrollte. Die Beine an die Brust zog und irgendwo versteckte, wo niemand mich finden konnte.

Ich schämte mich. Für diesen Auftritt. Diese hoffnungslose Verzweiflung, die mich die letzten Jahre über angetrieben hatte. Ich schämte mich dafür, nichts erreicht zu haben, hingefallen und nicht aufgestanden zu sein.

Das Gefühl nahm mich so ein, dass ich für ein paar Minuten völlig vergaß, dass nicht nur meine Eltern dem Wettkampf ferngeblieben waren. Ich hatte es mir nicht eingebildet, oder? Jules war wirklich nicht da gewesen. Ich war mir so sicher, dass ich seinen Blick unter Hunderten gespürt hätte – wie das allererste Mal, als wir uns gesehen hatten. Als sein Blick quer über das Eis wie eine Berührung über meinen Körper gestrichen war.

Er würde … nicht einfach nicht auftauchen, oder?

Der Teil, der gerade von Wut und Scham und Trauer zerfressen wurde, wollte dagegenstimmen. Wollte das Schlechteste in den Menschen um mich herum sehen, weil es so viel einfacher war, als ihre Herzen kennenzulernen und festzustellen, dass sie nicht im gleichen Rhythmus schlugen wie mein eigenes.

Ich drängte den Gedanken beiseite. Versuchte, rational zu denken, so schwer es mir auch fiel. Er hatte gesagt, dass er zusehen, mir die Daumen drücken würde – und welchen Grund könnte er haben, dieses Versprechen zu brechen?

Ich habe ihm versprochen, immer sofort für ihn da zu sein, wenn er mich braucht.

Jules' Worte schossen wie Blitze durch meinen Kopf. Ließen

meine nervös wippenden Beine, meine unruhigen Finger erstarren. Jules' größte Angst war es, nicht für Mika da zu sein, wenn er ihn am meisten brauchte ...
    Innerhalb weniger Sekunden hatte ich meinen Spind aufgerissen. Mein Handy lag zwischen meinen Klamotten vergraben, aber das blinkende Licht darauf ließ mein Herz noch tiefer rutschen. Eine Nachricht meiner Mom ploppte in der Zwischenzeit auf. Die einzigen Worte, die ich las, waren »schaffen es nicht« – und ich wusste, dass ich mich jetzt nicht damit auseinandersetzen wollte. Ich wischte sie weg und brauchte dann noch mehrere Anläufe, bis ich es endlich entsperrt und unseren Chat aufgerufen hatte.

    Jules: Es tut mir so leid, Lucy. Mika hat angerufen. Ich weiß nicht, was los ist, aber er klang so verängstigt.

Ich wollte weiter nach unten scrollen, aber das war alles, was er geschrieben hatte. Mit zittrigen Fingern tippte ich meine Antwort. Teils zitterten sie, weil mein Sturz mir immer noch in den Knochen saß – weil ich nicht wusste, was ich als Nächstes tun sollte, was mein nächster Schritt sein würde, wenn er mich nicht auf dem Eis vorwärtsführen würde.
    Und andererseits, weil so viel Sorge in mir steckte. Um Jules und Mika. Um diese kleine Familie, die sie waren, die ich in den wenigen Wochen tief in mein Herz geschlossen hatte. Die mir beinahe ... Nein, ganz bestimmt sogar, wichtiger war als meine Punktzahl oder eine Medaille.

    Ich: Wo bist du?

Ich hatte meine Schlittschuhe ausgezogen, bevor er mir antworten konnte. Sie landeten quer in meinem Spind, aber es kümmerte mich nicht einmal. Ich warf mir meine Jacke über, zog meine Schuhe an und kramte in jeder Tasche nach meinem Autoschlüssel, bis ich ihn in der letzten fand. Erst als ich auf dem Parkplatz war, nur wenige Schritte von meinem Auto entfernt, hob ich den Kopf an und sah Eiza wenige Meter entfernt.

Sie entdeckte mich kaum, als sie mit großen Augen auf mich zugelaufen kam. »Lucy, ist alles in Ordnung? Hast du dir wehgetan? Dein Sturz ...« Als sie meinen Blick sah, verstummte sie. »Lucy?«

Meine Faust schloss sich fester um das Handy. »Jules hat mir geschrieben ... Ich ...« Ich holte tief Luft. »Tut mir leid, Eiza. Ich weiß nicht, was los ist. Aber ich glaube, er braucht mich gerade.«

Einen Moment schwieg sie. Sah mich genauso an wie Coach Wilson zuvor, als suchte sie nach Verletzungen.

»Ich hab mir nicht wehgetan«, versuchte ich sie zu beruhigen. Auch wenn das gerade eine Emotion war, die ich ganz und gar nicht empfand. »Wirklich nicht.«

Sie sah nicht überzeugt aus, aber mein panischer Gesichtsausdruck musste Bände sprechen. Nach einigem Zögern nickte sie. »Ich sag Hannah Bescheid, dass du wegmusstest.«

»Danke«, sagte ich leise. Umarmte sie kurz und ging schnellen Schrittes zu meinem Auto.

Kaum saß ich, vibrierte mein Handy ein weiteres Mal. Es war nur eine Adresse. Keine Worte dazu, keine Erklärung. Aus irgendeinem Grund brachte das meinen Herzschlag dazu, sich zu beschleunigen. Ich schob den Schlüssel ins Zündschloss – und zögerte einen Herzschlag lang. Dachte darüber nach, auszusteigen, umzudrehen, die Eishalle wieder zu betreten. Es war nicht zu spät. Mein Kurzprogramm war vielleicht ein Fehlschlag gewesen, aber ich wusste, dass ich mit meiner Kür noch einiges herausholen konnte.

Aber ehe der Gedanke sich festsetzen konnte, drehte ich den Schlüssel um. Der Motor erwachte mit einem Brummen zum Leben – einen Moment später fuhr ich vom Parkplatz.

26. KAPITEL

Ich sah den Krankenwagen bereits aus einigen Metern Entfernung. Mein Blut gefror mir noch im gleichen Moment in den Adern.

Ich habe Angst, dass ich nicht da bin, wenn meinem Vater noch mal die Hand ausrutscht.

Durch meinen Kopf liefen die schlimmsten Katastrophenszenarien – solche, in denen ich Jules mit Tränen in den Augen vorfand. Eine eiserne Klammer legte sich um meinen Brustkorb und drückte zu, sobald ich auch nur an diese Möglichkeit dachte.

Ich parkte auf der gegenüberliegenden Straßenseite, kurz bevor mein Navi mir sagte, dass ich das Ziel erreicht hatte. Beim Aussteigen fiel mir das Polizeiauto auf, das versteckt hinter dem Krankenwagen stand. Es war leer, eine Tür stand offen – die Panik drohte mich bei diesem Anblick zu überwältigen.

Mein Navi hatte mich in eine Wohngegend geführt, zwanzig Minuten von der Eishalle entfernt. Ein helles Familienhaus reihte sich an das andere, alle mit weißen Gärten und sauberen Zäunen versehen, zu denen kein Krankenwagen und kein Polizeiauto passen wollten. Sie durchbrachen die idyllische Ruhe, die die Straße ausstrahlte.

Das alles nahm ich nur zur Hälfte wahr. Gedanklich ging ich bereits die Möglichkeiten durch, wie ich Jules finden konnte – wie ich ihm helfen konnte, falls etwas so Schlimmes passiert war. Aber je stärker ich versuchte, die Panik im Zaum zu halten, desto größer wurde sie. Desto mehr wehrte sie sich gegen meinen Griff.

Jemand stellte sich mir in den Weg, als ich näher an das Haus herantreten wollte. Ich sah das Gesicht der Person nicht einmal. Meine Sorge verzerrte alles um mich herum.

»Entschuldigen Sie, ich muss ...« Was musste ich? Dort rein. An Jules' Seite sein. Hoffen, dass mit Mika alles in Ordnung war.

»Tut mir leid. Wenn Sie bitte ein paar Schritte zurücktreten würden.«

Ich schüttelte den Kopf ohne Unterbrechung. »Sie verstehen das nicht, *ich muss wirklich* ...«

»Lucy?«

Ich brach mitten im Satz ab, als ich Mika direkt hinter der Person erkannte. Eine Sanitäterin kniete mit einem sanften Lächeln auf den Lippen vor ihm. Als sie bemerkte, dass seine Aufmerksamkeit nicht mehr ihr galt, drehte sie sich ebenfalls in meine Richtung.

Ich drängte mich an der Person, die mich eben noch davon abhalten wollte, näher an das Haus zu gehen, vorbei. Mein Blick flog über Mikas Gesicht, und ich atmete vor Erleichterung tief aus, als mir keine einzige Schramme an ihm auffiel.

Ich ging, ähnlich wie die Sanitäterin, vor Mika auf die Knie. »Hi, Mika!«

Er blinzelte mich durch seine langen Wimpern an und legte den Kopf schief, als versuchte er, meine Gedanken zu lesen.

»Sie kennen die Familie?«, wollte die Sanitäterin von mir wissen.

»Ja. Er ist der Bruder meines Freundes«, sagte ich sofort. Ich wartete das Nicken der Sanitäterin ab, ehe ich mich wieder Mika zuwandte. »Hier ist ganz schön was los, was?« Meine Stimme war bemüht ruhig. Ich fühlte mich alles andere als das.

»Es ist so laut«, war seine Antwort. Aus irgendeinem Grund musste ich bei seiner Aussage stocken. Nicht aufgrund der Worte selbst – sondern wegen seines Tonfalls. Ein bisschen zu gefühllos. Ein bisschen zu steif. Mein erster Impuls war, ihn zu fragen, ob alles in Ordnung war. Aber ein Blick auf die gesamte Umgebung reichte aus, um zu wissen, dass das fernab von allem war, was er gerade empfinden musste.

Das Stimmengewirr um uns herum, die zwei Polizistinnen, die miteinander redeten, Nachbarn, die neugierig auf ihren Verandas standen und sich murmelnd wunderten, was hier los war. Dazu kam das Blaulicht des Polizeiwagens, das sich mit jeder vergehenden Sekunde mehr in meine Netzhaut brannte.

»Ja, das stimmt.«

Er nickte nur. Stumm. Den Blick starr auf einen Punkt zwischen uns gerichtet. Und in mir breitete sich eine so große Sorge aus, dass ich mehrere Male tief durchatmete, um sie beim Sprechen nicht durchscheinen zu lassen. »Wo ist denn Jules?«

Mikas Nicken in Richtung des Krankenwagens ließ neben der Sorge noch Panik in mir hochkriechen. Ich hielt die Luft an, den erstickten Laut zurück, der in meiner Kehle saß. *Sei tapfer, Lucy. Wenigstens vor Mika.*

Ich wandte mich der Sanitäterin zu, die uns still zuhörte. »Ist es okay, wenn ich mit ihm ...« Ich beendete den Satz nicht richtig. Machte nur eine vage Handbewegung, die in die Richtung des Krankenwagens deutete.

»Ja.« Die Sanitäterin richtete sich auf und ich mich mit ihr. »Er steht unter Schock, aber rein körperlich fehlt ihm nichts.« Kurz sah sie zu Mika, die Stirn in besorgte Falten gelegt. »Aber bitte haben Sie in nächster Zeit ein Auge auf ihn. Das, was in dem Haus passiert ist, ist nichts, was ein Kind miterleben sollte.«

Ich bemerkte, wie sie versuchte, ihre Stimme neutral klingen zu lassen. Es fiel ihr sichtlich schwer – der wütende Ausdruck in ihren Augen sprach Bände. Es war so deutlich zu erkennen, was ihr durch den Kopf ging: *Wie kann man mit seinem eigenen Kind so umgehen?*

Es war die gleiche Frage, die auch in meinen Gedanken endlos umherkreiste.

Ich bedankte mich bei ihr und richtete meine Aufmerksamkeit dann wieder auf Mika. »Magst du mir zeigen, wo genau er steckt? Vielleicht können wir danach die zwei Polizistinnen fragen, ob sie dich in das Auto lassen.«

Mika reagierte nicht wirklich auf meinen Vorschlag. Er nickte nur. Drehte sich um und lief auf den Krankenwagen zu, ohne sicherzugehen, dass ich ihm überhaupt folgte.

Glücklicherweise sah ich Jules bereits, als wir den Krankenwagen zur Hälfte umrundet hatten. Er saß hinten zwischen den zwei Türen, direkt vor der Liege, auf der mein angstvernebeltes Hirn ihn sich ausgemalt hatte.

Ein großes Pflaster prangte auf seiner Stirn. Sein Auge war leicht geschwollen, eine Hand lag rechts über seinem Bauch – direkt auf den Rippen. In der freien Hand hielt er sein Handy und drehte es immer wieder hin und her.

Es kostete mich so viel Anstrengung, nicht sofort zu Jules zu rennen. So viel Kraft, meine Beine unter mir zu halten und nach diesem Tag nicht einfach zusammenzubrechen.

Mika blieb ein paar Schritte von ihm entfernt stehen. Mein Herz brach, als ich ihn zögern sah. Er betrachtete starr das Pflaster auf Jules' Stirn, und auch wenn er keine Tränen vergoss, wurde ich das Gefühl nicht los, dass er innerlich weinte und schrie.

Jules bemerkte uns wenige Sekunden später. Nur ganz kurz trafen sich unsere Blicke – im nächsten Moment setzte er sich aufrechter hin. Zwang seine Lippen zu einem Lächeln und breitete die Arme aus, während er Mika ansah. Der ging langsam auf ihn zu. Ein Schritt und noch einer, bis er bei Jules angekommen war und auf dessen Schoß kletterte. Er schlang die Arme um den Hals seines Bruders, und kurz schlich sich ein schmerzerfüllter Ausdruck auf Jules' Gesicht.

Ich versteckte meine Hände hinter meinem Körper. Die geballten Fäuste, die ich einfach nicht lockern konnte, sosehr ich auch wollte. Ich wollte ruhig wirken. Ein Anker in einem Sturm, der hier so offensichtlich durchgerauscht war – aber ich fühlte mich, als wäre ich selbst mittendrin gewesen.

Jules rückte Mika auf seinem Schoß zurecht. Dann sah er mich endlich richtig an – und was ich in seinen Augen erkannte, hätte mich nun doch beinahe in die Knie gezwungen.

Er sah aus, als wäre seine Welt zusammengebrochen. Es stand ihm so deutlich ins Gesicht geschrieben, dass ich das Gefühl hatte, seinen Schmerz selbst spüren zu können.

Ich fragte nicht sofort, was passiert war. Nicht, während Mika dabeisaß und ich nicht wusste, wie viel er mitbekommen hatte. Sein Schweigen machte mir mehr Sorgen, als mir lieb war.

Jules' Blick streifte immer wieder über mich. Er schenkte Mika all seine Aufmerksamkeit, aber gleichzeitig war es, als würde er sich nach mir umsehen. Sichergehen, dass ich in der Nähe war. Als hätte ich ihn jetzt allein lassen können.

Eine der zwei Polizistinnen, die einige Meter entfernt gestanden hatten, kam zu uns. Sie fragte Jules, ob er einen kurzen Moment Zeit habe. So, wie sie auftrat, wollte sie mit ihm unter vier Augen sprechen.

Jules schob Mika vorsichtig von seinem Schoß, versuchte aufzustehen, bevor ich ihm Hilfe anbieten konnte. Ich sah die Wut in dem verkniffenen Zug um seinen Mund aufblitzen – seine Verletzungen erinnerten ihn sicher daran, was passiert war. Kurz darauf bemühte er sich um einen neutralen Gesichtsausdruck und entfernte sich mit der Polizistin ein paar Meter von uns.

Ich versuchte, Mika in ein Gespräch über *Animal Crossing* zu verwickeln – etwas, von dem er normalerweise gern erzählte. Aber er war so still, dass es mir vorkam, als würde er mich nicht einmal hören. Seine Augen hingen an seinem großen Bruder, und auch meine Aufmerksamkeit schwankte zwischen den beiden hin und her.

Jules stand leicht vornübergebeugt, seine Körpersprache war verschlossen. Ganz anders als der Jules, der mich nach meinem Unfall mit Mika ins Krankenhaus gefahren hatte.

Ganz anders als der, der mich ins Diner eingeladen hatte.

Der mir zugehört hatte, als ich von meinen Eltern sprach – und sich selbst verletzlich gemacht hatte, indem er mir von seinen Ängsten erzählte.

Es war erst ein Monat vergangen, seit ich seinen Blick in der Eishalle das erste Mal auf mir gespürt hatte. Die Zeit war lächerlich kurz dafür, dass sie mir wie eine Unendlichkeit vorkam.

Als Jules zu uns zurückkam, sah ich, wie er etwas in seine Jackentasche steckte. Er wirkte noch müder als vor fünf Minuten, wenn das überhaupt möglich war.

Ich war so auf Jules fixiert, dass ich erst verspätet mitbekam, wie Mika schnell aufstand und zu Jules eilte. Die ganze Zeit, in der Jules sich mit der Polizistin unterhalten hatte, hatte er den Blick nicht einmal von ihm gelöst. Als wollte Mika auf diese Weise sichergehen, dass er sich nicht einfach auflöste.

Auch wenn Jules darüber mit einem unbeschwerten Gesichtsausdruck hinwegtäuschen wollte, sah ich, dass es ihm genauso auffiel. Es war fast, als könnte ich sehen, wie sich noch eine Last auf seine Schultern absenkte und ihn nach unten drückte. Seine Augen wirkten leer.

Ich folgte Mika langsam. »Jules?«, fragte ich leise und legte ihm eine Hand auf den Arm. Selbst das rüttelte ihn nicht aus dem Teufelskreis, der gerade seine Gedanken zu sein schienen.

Kurz sah ich mich nach der Polizistin um, mit der er eben gesprochen hatte. Sah mich nach Hinweisen um, worum es in dem Gespräch gegangen sein könnte. Aber natürlich schwebte keiner in der Luft und wies mich darauf hin, was gerade passiert war.

Jules griff nach meiner Hand. Nahm sie von seinem Arm und verschränkte unsere Finger miteinander.

»Jules?«, versuchte ich es noch einmal. Er öffnete den Mund, sah kurz zu Mika, der an seiner Seite stand und seine andere Hand fest umklammerte. Kein Wort schaffte es über seine Lippen. Er wirkte so hilflos. Als würden ihn im Augenblick nur noch hauchdünne Fäden notdürftig zusammenhalten.

»Wir sollten erst einmal hier weg. Ich möchte nicht, dass Mika noch länger ...« Er brach ab. Der Satz schwebte unbeendet zwischen uns in der Luft.

»Soll ich ... soll ich mitkommen?«, fragte ich unsicher. Ich würde es verstehen, wenn er erst einmal mit Mika allein sein wollte. Aber alles in mir drängte danach, bei ihm zu bleiben. Vielleicht war es egoistisch, aber ich wusste, dass ich heute Nacht keine Ruhe finden würde, wenn ich nicht bei Jules war.

Jules' Gedanken schienen einem ähnlichen Weg zu folgen. Er nickte schwach, drückte meine Hand fester, hob sie ein Stück an und senkte den Kopf, bis er meine Finger gegen seine Stirn drücken konnte. Seine Augen kniff er dabei zu. Atmete tief ein. Aus. Ein. Aus. Erst dann ließ er mich los, schenkte Mika ein Lächeln und führte ihn zum Auto.

Er sah über die Schulter immer wieder zu mir. Wollte er sichergehen, dass ich ihm auch wirklich folgte? Dass ich mich nicht urplötzlich in Rauch auflöste und verschwand? Die Verzweiflung war ihm so deutlich vom Gesicht ablesbar, dass eine Klammer sich um meinen Brustkorb legte.

Ich begleitete sie zu Jules' Wagen – und als er mich abwartend ansah, deutete ich auf mein Auto, das ein paar Meter entfernt stand. »Ich bin direkt hinter euch.«

Jules schloss seine Hände fester um das Lenkrad, nickte aber ein weiteres Mal. Die Tatsache, dass er seine Stimme nicht fand, schmerzte mehr als der Anblick seiner Verletzungen.

Ich setzte mich in mein eigenes Auto, wartete darauf, dass Jules losfuhr, und blieb die ganze Fahrt über hinter ihm. Mein Kopf bestand aus einem einzigen Rauschen. Aus tausend Fragen, die ich ihm stellen wollte – stellen musste, wenn ich nicht wollte, dass meine Fantasie mit mir durchging.

Ich hielt auf dem Parkplatz vor Jules' Wohnung. Mika musste auf der kurzen Fahrt eingeschlafen sein, denn ich sah noch, wie Jules ihn aus der Beifahrerseite hob und vorsichtig über den Parkplatz trug. Er wartete vor der Haustür auf mich, und gemeinsam gingen wir zur Wohnung hinauf.

Die Tür fiel hinter uns zu. Aus den Augenwinkeln sah ich, wie Jules kurz erschauerte, wie er die Schultern anzog und jeden Teil seines Körper anspannte, um sich aufrecht zu halten. Wenigstens für den kurzen Weg bis zum Schlafzimmer.

Ich stand einige Minuten unschlüssig in der Mitte des Raums, ehe ich beschloss, mich wenigstens hinzusetzen. Dabei behielt ich die Schlafzimmertür immer im Auge. Jules hatte sie hinter sich zwar nicht komplett zugezogen, aber zumindest so weit angelehnt, dass ich nicht mitbekam, was er in dem anderen Raum tat.

Als er wiederkam, lehnte er die Tür vorsichtig an, bewegte sich aber keinen Zentimeter von der Stelle.

Ich streckte die Hand nach ihm aus. »Komm zu mir?«

Meine Aufforderung rüttelte ihn nur langsam aus seinen Gedanken. Seine Augen wurden etwas klarer, fokussierten mich. Er kam zum Sofa, jeder Schritt schwerer als der letzte, und ich hielt die Luft an, als er vor mir stehen blieb. Seine Nerven mussten zum Zerreißen gespannt sein.

Ich legte meine Finger um sein Handgelenk, zog ihn zu mir auf die Couch und in meine Arme. Im ersten Moment legte ich sie nur vorsichtig um ihn. Unsicher, ob er die Berührung ertrug. Genau da schlang er seine um mich. Seine Fingernägel bohrten sich durch mein Shirt in meine Haut, so fest hielt er mich. Er drückte mich an sich, versteckte sein Gesicht an meiner Schulter.

»Jules ...« Sein Name war so leise, als er meinen Mund verließ. Ich wusste nicht, was ich sagen sollte. Wusste nicht, was er hören musste, damit er diese Situation besser ertrug.

Es war, als hätte sein Name ihn aus einem Albtraum geweckt. Er erschauerte in meinen Armen, vergrub sein Gesicht noch mehr an meinem Hals. Sein Brustkorb hob und senkte sich viel zu schnell ... und dann merkte ich, wie der Stoff des Shirts an meiner Schulter feucht wurde.

Mein Herz zerbrach für Jules. Weil er so offensichtlich litt und ich das Gefühl hatte, ihn kaum zusammenhalten zu können. Offenbar bemühte er sich, so leise wie möglich zu weinen. Vielleicht, weil er Mika nicht aufwecken wollte. Vielleicht, weil er nicht wollte, dass ich es hörte.

Minutenlang saßen wir so da. Meine Arme schmerzten, weil ich ihn so fest umklammert hielt – aber nicht im Traum wäre es mir eingefallen, ihn loszulassen, bevor er sich selbst von mir löste. Ich würde ihn so lange umarmen, bis er jeden Teil seiner selbst wieder zusammengesucht hatte und der Welt ins Gesicht schauen konnte.

Egal, wie lange es dauerte.

27. KAPITEL

Ich wachte auf, weil Jules sich bewegte. Sein Gewicht verschwand von meinem Brustkorb, auf dem sein Kopf die letzten Stunden über geruht hatte. Ich war mir nicht sicher, ob er tatsächlich geschlafen hatte – ich selbst war die ganze Zeit zwischen Träumen und Wachsein hin- und hergeschwankt.

Das Polster neben meinem Kopf senkte sich etwas, als Jules sich darauf abstützte. Ich öffnete die Augen, als er sich gerade aufrecht hinsetzte. Mit den Händen fuhr er sich durch die Haare und stützte die Ellenbogen dann auf den Oberschenkeln ab. Sein nachdenklicher Blick war auf keinen bestimmten Punkt gerichtet.

»Alles okay?«, fragte ich mit rauer Stimme. Ich räusperte mich mehrere Male.

Jules hob zur Antwort eine Schulter an, und ich schüttelte den Schlaf von mir ab. Natürlich war nicht alles okay.

Ich drückte mich ebenfalls in eine aufrechte Position, ein paar Zentimeter Abstand zwischen Jules und mir. Ich überlegte, was ich tun, was ich sagen konnte, um diese drückende Stille zu durchbrechen.

»Möchtest du darüber reden, was passiert ist?«, fragte ich Jules vorsichtig. Ich war mir nicht sicher, ob es der beste Weg war – noch einmal in seinen Erinnerungen zu erleben, was er erlebt hatte.

Wider Erwarten stahl sich aber eine gewisse Sanftheit in sein Gesicht. Sie glättete die Falten leicht, die sich an seinen

Augenwinkeln gebildet und seine Stirn geziert hatten. »Kannst du vielleicht ... nur zuhören?«

Ich nickte. »Ja, natürlich.«

Der harte Zug um seinen Mund verschwand ein wenig, aber er brauchte trotzdem eine ganze Weile, ehe er reagierte.

»Kurz bevor ich ins Auto steigen wollte, um zu deinem Wettbewerb zu fahren, hat Mika mich angerufen«, begann Jules leise. Seine Hände waren ganz weiß – er hatte sie zu Fäusten geballt. »Er hat geweint und gesagt, dass er sich im Bad eingesperrt hat, weil unser Vater ...« Er schüttelte den Kopf. Rieb sich mit einer Hand über die Augen. »Warum nenne ich ihn überhaupt noch so?«

Ich wollte nach seiner Hand greifen, aber er wirkte so unendlich angespannt, dass ich den Impuls unterdrückte.

»Er hat sich nie an Mika vergriffen. Nie. Aber als ich dort angekommen bin, war er so voll, dass er mich nicht mal erkannt hat und ...« Seine Stimme brach zum Ende hin. Abwesend rieb er über die Haut direkt unter seinem Auge, die blau schimmerte. Er sprach es nicht aus, aber die Verletzungen, die Jules trug, schrien mir deutlich zu, was passiert war.

»Hat er dich ...« ... geschlagen? Ich konnte es nicht aussprechen. Es blieb in meinem Hals stecken.

Jules schwieg lange – und ein kleiner Teil in mir war so egoistisch, zu hoffen, dass er es nicht sagte. Dass er mir keine Antwort gab, weil die meine schlimmsten Vorstellungen real werden lassen würde.

Aber das hier war kein Film, bei dem ich die Pause-Taste drücken konnte. Kein Buch, dass ich einfach zuschlagen musste, um es zu stoppen. Es war die Realität. Und so schmerzhaft es für mich war, sie zu hören – es musste noch viel schmerzhafter für Jules sein, sie erlebt zu haben.

Trotzdem erwischte sein Nicken mich kalt. Ich versuchte

meine Reaktion zu unterdrücken, aber der Gedanke, dass sein eigener Vater ihn geschlagen hatte – und nicht zum ersten Mal –, sorgte dafür, dass sich mir der Magen umdrehte.

»Es tut mir so leid, Jules«, flüsterte ich. Was sonst konnte ich sagen? Was außer dem blieb übrig? Jules reagierte gar nicht darauf. Es war, als würde er direkt vor meinen Augen verschwinden.

»Und Mika?«

Jules schüttelte den Kopf. Suchte nach seiner Stimme, um es mir zu erklären. »Ich hab ihm gesagt, er soll im Badezimmer bleiben, bis ich ihn holen komme. Er hat nichts gesehen, aber so wie er vorhin reagiert hat ...« Er stockte. »Ich weiß nicht, wie viel er sich aus den Geräuschen zusammengereimt hat.«

Ich dachte daran, wie Mika Jules keine Sekunde aus den Augen gelassen hatte. Er war zwar jung – aber nicht so jung, dass er nicht zumindest in Ansätzen verstehen konnte, was passiert war.

»War er es dann, der die Polizei gerufen hat?«, hakte ich nach.

»Nein, das war ich«, sagte Jules schwach. Er rieb sich beinahe unbewusst über das Pflaster an seiner Stirn. »Er war so betrunken, dass er die Treppe runtergestürzt ist, als ich mit Mika weglaufen wollte. Ich hab Mika gesagt, dass er draußen warten soll, und einen Krankenwagen gerufen. Sie haben die Polizei mitgeschickt, nachdem ich ihnen am Telefon erzählt habe, was passiert ist.«

Er erzählte es viel ruhiger, als ich erwartet hätte. Als wäre es nur eine Geschichte und nichts, was ihm selbst widerfahren war.

»Als die Polizei kam, war er wohl wieder ansprechbar«, fügte Jules noch hinzu.

»Wohl?«

»Ich hab … Ich konnte nicht bei ihm warten«, gab er zu. »Nicht mit dem Gedanken im Kopf, was passiert wäre, hätte ich Mikas Anruf nicht gehört oder wäre ein paar Minuten später aufgetaucht.« Er erschauerte – zögerte wieder mit dem Weitersprechen. Ich ließ ihm die Zeit, die er brauchte, um sich und seine Gedanken zu sammeln.

Er holte einen Zettel aus seiner Jackentasche. Hielt ihn zwischen den Händen und starrte darauf, als wäre sein Blick daran festgekettet.

Irgendwann atmete Jules tief ein – als wollte er sich für das wappnen, was er als Nächstes sagte. »Ich kann Mika nicht mehr dortlassen.«

Ich nickte, auch wenn ich mir fast sicher war, dass er es nicht sah. Er wirkte abwesend. In Gedanken völlig woanders. Er reichte mir die Broschüre und gab mir einen Moment, um über die vorderste Seite zu lesen.

Sorgerechtsgesetze in Kanada

Ich überflog die Einleitung nur grob, ehe ich wieder zu Jules aufsah. Vermutlich mit noch mehr Fragen in den Augen als vorher.

»Die Polizistin, mit der ich vorhin gesprochen habe, hat mir die Broschüre gegeben. Eine Telefonnummer vom Jugendamt auch«, erklärte Jules leise.

»Du willst das Sorgerecht für Mika beantragen.« Es war keine Frage – aber ich hatte das Gefühl, es aussprechen zu müssen, um sicherzugehen, dass ich ihn wirklich richtig verstand.

»Wie könnte ich nicht? Nach dem, was heute passiert ist?«

Er hatte recht. Was auch immer ab hier mit Jules' und Mikas Vater passieren würde – es war klar, dass Mika nicht zu ihm zurückgehen würde. Zurückgehen konnte. Und obwohl mir das mehr als bewusst war, wog diese Broschüre in meiner Hand so unendlich schwer. Weil ich wusste, was passiert war, um an diesen Punkt zu kommen. Und weil alles hiernach so verschwommen wirkte.

Ich legte sie auf den Couchtisch. Saß still neben Jules und … schwieg einfach mit ihm. Mein Blick glitt über sein Gesicht – versuchte, daran abzulesen, was in ihm vorging.

»Wie geht es dir?«, erkundigte ich mich mit leiser Stimme. Ich wollte die Frage in dem Moment zurücknehmen, in dem sie meinen Mund verließ. Was sollte er darauf antworten? Offensichtlich ging es ihm nicht gut – aber obwohl ich ihm gegenübersaß, konnte ich absolut nicht einschätzen, wie tief diese Wunde reichte, die sein Vater Jules verpasst hatte.

Die physischen konnte ich sehen. Allerdings wusste ich bei denen auch, dass sie in ein paar Wochen verschwunden sein würden. Wie es in seinem Inneren aussah, bereitete mir viel größere Magenschmerzen.

Er setzte an, mit dem Kopf zu schütteln. Entschied sich dann anders und hob unschlüssig eine Schulter an. »Mika geht es fürs Erste gut. Mein Vater ist im Krankenhaus und kann ihm nicht mehr wehtun. Das beruhigt mich.«

Ich wusste, dass sein Bruder ihm die Welt bedeutete, aber …

»Das ist keine Antwort. Wie geht es *dir*?«

Er konnte den Blickkontakt kaum aufrechterhalten. Seine Augen zuckten die ganze Zeit zwischen meinem Gesicht und der Fensterfront hinter mir hin und her. Bis er sie schließlich zusammenkniff. Den Kopf leicht senkte. Der ganze Schmerz, der sich in ihm angestaut haben musste, schien ihn zu überwältigen.

Ich konnte es genau sehen: Auf seinem Gesicht. An der Art, wie seine Schultern sich anspannten, als wollte er alles dafür tun, um nicht noch einmal zusammenzubrechen.

Es passierte fast so leise wie vorhin. Noch langsamer. Aus der Anspannung wurde Resignation – und mit ihr kam eine Welle der Trauer, die selbst Jules zu überraschen schien. Er atmete scharf ein. Ein Zittern ging durch seinen Körper. Im nächsten Moment floss eine Träne nach der anderen aus seinen Augenwinkeln. Sie liefen über seine Wangen, sein Kinn und tropften unaufhaltsam auf seine Hände. Dann senkte er den Kopf.

Der Anblick schmerzte. Ich spürte, wie meine Augen ebenfalls feucht wurden, und konnte nicht länger an meinem Platz sitzen bleiben. Die Federn des Sofas knarzten leise, als ich von meinem Sitz auf den Boden rutschte. Mich vor ihn kniete.

Ich legte eine Hand auf seinen Oberschenkel. Jules hatte seine Augen längst mit seinen Fingern bedeckt, aber es hielt die Tränen nicht davon ab, mir weiter das Herz zu brechen. Mit jedem unterdrückten Schluchzen, mit jedem Zittern löste sich ein weiterer Teil daraus und zerschellte auf dem Boden.

Ich wollte ihn in keine Umarmung drängen. Blieb einfach an seiner Seite sitzen und berührte ihn leicht. Damit er wusste, dass er nicht allein war.

Als er sich langsam beruhigte, nahm er die Hand von seinen Augen. Seine Wangen glänzten feucht, und er mied weiterhin meinen Blick. Aber er griff nach meinen Fingern und klammerte sich daran fest wie ein Ertrinkender an einer Rettungsleine.

»Es tut so weh, weil es jemand ist, dem ich eigentlich vertrauen sollte. Der alles tun sollte, um Schmerzen von mir fernzuhalten, statt mir immer wieder neue zuzufügen«, sagte er schließlich rau. Er schniefte, lachte freudlos über sich selbst. »Tut mir leid, dass du das hier gerade miterleben musst.«

Ich drückte seine Hand fest, noch bevor er ausgesprochen hatte. Wartete, wartete, wartete, bis er zu mir heruntersah. »Wir sind ein Team. Du und ich.« Ich hob unsere ineinander verschränkten Hände an. »Mit allem, was dazugehört.«

Jules' Augen glänzten, als er ebenfalls vom Sofa auf den Boden rutschte und seinen freien Arm um mich legte. Ich lehnte meinen Kopf an seine Schulter und brauchte sein »Danke« nicht hören, um zu wissen, dass er genauso froh war wie ich, dass ich hier war.

Sein Atem kitzelte mein Gesicht, als er den Kopf drehte. Nicht, um mich zu küssen, sondern einfach, weil er mir so nah wie möglich sein wollte.

Meine rechte Hand ruhte auf seiner Brust, wo ich deutlich das Vibrieren seines Herzens spürte. *Poch ... poch ... poch ...* Der regelmäßige Rhythmus beruhigte mich mehr als alles andere. Ich schloss meine Augen und versuchte, an nichts anderes zu denken als daran, dass wir beide hier waren. Dass wir atmeten, so schwer es sich auch gerade anfühlte.

»Lucy?«, durchbrach Jules meine trägen Gedanken.

»Ja?«

»Tut mir leid, dass ich es nicht zu deinem Wettkampf geschafft habe.«

Ich rückte ein Stück von ihm ab – ungläubig, dass er sich darum gerade überhaupt einen Kopf machte. »Du bist wirklich der Letzte, der sich dafür entschuldigen muss.«

»Ich weiß«, sagte er. »Ich wollte es dir trotzdem sagen. Und wenn du erzählen möchtest, wie es war, werde ich auf jeden Fall zuhören.«

Er war wirklich unglaublich. Hundert andere, dringlichere Dinge mussten ihm gerade durch den Kopf gehen – und trotzdem dachte er an mich.

Ich umarmte ihn, so fest ich konnte. »Lass uns nicht heute darüber reden.« Mir war bewusst, dass ich es tun musste und nicht für immer vor mir herschieben konnte. Aber weder wollte ich Jules heute zusätzlich meine Sorgen aufhalsen noch mich selbst damit beschäftigen, wenn mein Kopf bereits so voll war.

Es konnte warten. Es musste warten. Wenigstens für heute.

28. KAPITEL

Ich verließ Jules und Mika am nächsten Morgen nur sehr widerwillig. Jules sagte mir, dass es in Ordnung war – dass er und Mika genug zu besprechen hatten nach allem, was gestern passiert war. Ich wusste, dass er recht hatte, trotzdem gefiel es mir nicht, ihn allein zu lassen.

Alles in mir schrie danach, da zu sein, für den Fall, dass alles noch einmal über ihm zusammenbrach. Jedes Mal, wenn ich Jules ins Gesicht sah und ich die dunklen Ringe unter seinen Augen bemerkte, wollte ich ihn zurück auf die Couch verfrachten. Die Decke über unsere Köpfe ziehen und noch eine Weile so tun, als wären die blauen Flecken und Schürfwunden in seinem Gesicht nicht da. Als wäre Jules' eigener Vater nicht der Verursacher dieser Verletzungen.

Aber Jules konnte sich diesen Luxus gerade nicht gönnen. Mika war den gesamten Vormittag unendlich still gewesen und hatte sich nie weiter als ein paar Meter von Jules entfernt aufgehalten. Er hatte sich bemüht, seinen großen Bruder aufzuheitern und unbekümmert zu wirken. Aber ich wusste, dass Jules sich deswegen nur noch schlechter gefühlt hatte. Vermutlich hatte er den gleichen Gedanken wie ich: Es sollte nicht die Aufgabe eines Kindes sein, einen Erwachsenen aufzumuntern.

Ich verließ Jules' Wohnung um kurz vor zehn. Er bestand darauf, mich noch nach unten zu bringen, während Mika im Bad war. In meiner Tasche kramte ich nach den Schlüsseln, von denen ich mir sicher war, sie gestern dort hineingeworfen zu haben. Als ich sie fand, schloss ich die Autotür auf und drehte mich dann noch einmal zu Jules um. Er stand direkt hinter mir, nur ein paar Schritte entfernt, die Arme vor der Brust verschränkt.

»Schreib mir oder ruf sofort an, wenn du etwas brauchst, okay?« Ich sagte es so eindringlich wie möglich – er sollte verstehen, dass er mich zu jeder Tages- und Nachtzeit erreichen konnte, wenn etwas nicht stimmte.

Er nickte nur.

»Ich meine es ernst«, beteuerte ich. »Egal, wann. Ein Wort ... Nein, vergiss das. Ein Signal am Himmel, und ich stehe wieder hier auf dem Parkplatz.«

Das entlockte ihm ein schwaches Lächeln. Er löste die Arme und legte eine Hand auf meinen Kopf. Zerzauste mir die Haare, als wäre ich ein kleines Kind, das ihn amüsierte. Ganz kurz nur – dann wurde sein Blick sanfter. Seine Berührung liebevoller. Seine Hand fuhr meine Haare hinunter, bis sie an meiner Wange zum Liegen kam. Mit dem Daumen strich er über meinen Wangenknochen und sah mir dabei so tief in die Augen, dass ich kurz vergaß, wie man atmete.

Ich legte meine Hand auf seine. Verschränkte unsere Finger miteinander und drehte den Kopf, um ihm einen Kuss auf seine Handfläche zu drücken. »Nur ein Wort.«

Jules sagte nichts. Er verschränkte nur unsere kleinen Finger ineinander und starrte sie mehrere Sekunden an – als wollte er sich das Bild einprägen. Dann beugte er sich zu mir und küsste mich. Kurz nur, aber deswegen nicht weniger intensiv.

Als wir uns voneinander lösten, fiel es mir so schwer, in mein Auto zu steigen, dass ich für einen Augenblick in Erwägung zog, einfach nicht zu gehen. Bis ich mir selbst einen Schubs gab und die Tür aufzog. Ich ließ mich auf den Sitz fallen, startete den Motor und spürte Jules' Blick währenddessen die ganze Zeit auf mir.

Er begleitete mich auch noch, als ich vom Parkplatz fuhr. Und das Kribbeln in meinem Nacken verließ mich auch auf dem gesamten Heimweg nicht wirklich.

Je mehr Distanz ich zwischen ihn und mich legte, desto mehr klang der Notfallmodus ab, in dem ich mich seit Jules' Nachricht gestern befunden hatte. Ich ließ das erste Mal in mehreren Stunden zu, dass etwas anderes meine Gedanken erfüllte, als der Wunsch, Jules beizustehen. Und ich konnte nicht behaupten, dass mir gefiel, was alles zurück in meine Erinnerungen rutschte.

Der Wettbewerb. Meine Eltern. Der Sturz.

Ich parkte direkt vor unserem Haus. Die Hände am Lenkrad beugte ich mich in meinem Sitz nach vorn und kniff die Augen zusammen, als alles wieder auf mich einprasselte. In der ganzen Zeit, die ich mit Jules und Mika verbracht hatte, war es mir vorgekommen, als wäre alles davor nicht wirklich geschehen. Es hatte sich so ... grau angefühlt. Kein bisschen greifbar. Als wären die Lucy, die Jules in den Armen hielt, und die, die auf dem kalten Eis lag, zwei völlig unterschiedliche Personen.

Ich hatte es gerade so geschafft, mich bei Hannah und Eiza zu entschuldigen und meinen Eltern Bescheid zu geben, dass ich die Nacht nicht nach Hause kommen würde. Ansonsten hatte ich kaum einen Gedanken an das alles hier verschwendet.

Aber jetzt? Ich blickte direkt auf das Haus, in dem ich groß geworden war, und konnte nicht anders, als mir meine Eltern darin vorzustellen. Wut machte sich in mir breit. Enttäuschung.

Ich holte tief Luft. Wieder und wieder, in der Hoffnung, sie so wegatmen zu können. Es war unmöglich. Sie blieben, während ich mich dazu überredete auszusteigen. Ich schleppte mich die Stufen hinauf, meine Knochen plötzlich schwer wie Blei. Meine Füße schlurften über den Boden, und mit jedem Schritt zog meine Brust sich mehr zusammen. Es schnürte mir die Luft ab, wenn ich daran dachte, mit meinen Eltern zu reden. Alles in mir sträubte sich gegen dieses Gespräch.

Allerdings wusste ich, dass ich keine Wahl hatte. Sie waren nicht da gewesen. Sie wussten nicht, dass ich unsere Abmachung nicht hatte einhalten können. Ich war mir nicht sicher, welcher dieser Gedanken mehr schmerzte.

Ich blieb direkt vor der Haustür stehen. Mein Magen verkrampfte sich so sehr, dass ich mich mit einer Hand am Türrahmen abstützen musste, um nicht in die Knie zu gehen. Es tat so weh. Ich presste mir die flache Hand auf den Bauch, versuchte, dem Druck entgegenzuwirken.

Zwei Minuten vergingen. Drei. Es wurde nicht viel besser, aber zumindest schaffte ich es, mich wieder aufrecht hinzustellen.

Zwischen Mom, Dad und mir war so viel falsch gelaufen. So viele ungesagte Worte, so viel, das zwischen uns stand. Wie ein gutgläubiges Kind hatte ich diese Einladung zu meinem Wettbewerb für einen ersten Schritt gehalten. In meinem Kopf hatten sie auf den Zuschauerrängen gesessen – ein wenig fehl am Platz, ein wenig steif. Aber trotzdem da, weil sie, genau wie ich, wollten, dass sich etwas änderte.

Mir war nicht in den Sinn gekommen, dass es vielleicht nur mir so gehen könnte. Es war nicht so, als hätte ich einen Einblick in ihre Gedanken – als wüsste ich, was in ihnen vorging. Vielleicht hatten sie nur zugesagt, weil ich sie mit der Frage so überrumpelt hatte. Vielleicht hatten sie nie vorgehabt zu kommen.

Es half nicht, die scharfen Kanten abzurunden, an denen ich mich geschnitten hatte, als ich meine Eltern vom Eis aus nicht hatte sehen können. Eher ließ es die Wut größer werden. Wie eine Stichflamme, die in den Himmel schoss und mich antrieb.

Ich öffnete die Haustür, konnte gerade so verhindern, dass sie gegen die Wand dahinter knallte, weil ich sie mit viel zu viel Kraft aufgestoßen hatte. Ich klammerte mich an den Riemen meiner Tasche, während ich mir die Schuhe von den Füßen trat. Dad war in der Küche und bereitete sich einen Kaffee zu – der Geruch hatte sich bereits im ganzen Erdgeschoss ausgebreitet und zog mir sofort in die Nase.

Meine Füße trugen mich von ganz allein dahin. In der Tür hielt ich inne, sah für einen kurzen Moment dabei zu, wie Dad eine Tasse aus einem der oberen Schränke nahm, sich den Kaffee eingoss und sich damit zum Tisch umdrehte. Ich suchte nach Worten, um seine Aufmerksamkeit auf mich zu ziehen, meine Wut zum Ausdruck zu bringen und es gleichzeitig nicht wie den Tobsuchtsanfall eines kleinen Kindes klingen zu lassen.

Auch wenn das perfekt beschrieb, wie ich mich gerade fühlte. Ich wollte mit den Füßen aufstampfen und diese Emotionen, die so klebrig und düster waren, in die Welt hinausschreien. Ich wollte ein Drama daraus machen, damit meine Eltern endlich nicht mehr wegsehen konnten und bemerkten, wie sehr es mich belastete.

Tat ich es? Nein. Aber ich war kurz davor. Dad wurde genau in der Sekunde auf mich aufmerksam, in der ich mir sicher war, dass ich all das Ungesagte nicht mehr zurückhalten konnte. Aber statt den Mund zu öffnen und es ihm vor die Füße zu werfen, starrte ich ihn nur stumm an. Und fragte mich, wohin meine Stimme auf einmal verschwunden war.

Ein paar Herzschläge später fand ich sie wieder. Vergraben unter der Angst, zu sagen, was ich dachte.

»Ihr seid nicht da gewesen.«

Dad schien plötzlich die Luft anzuhalten. Er hatte nicht damit gerechnet, dass ich ihn darauf ansprechen würde – wie auch, wenn wir bisher so gut darin gewesen waren, diese Dinge zu ignorieren?

»Ihr seid nicht da gewesen«, wiederholte ich. Ein bisschen kräftiger, weil ich diese irrationale Sorge in mir trug, dass er mich nicht gehört haben könnte. Dabei war ihm deutlich anzusehen, dass ihn jedes Wort erreicht hatte.

Er stellte den Kaffee vorsichtig auf dem Tisch ab und ließ die Tasse nur mit einigem Zögern los – als würde er sich erst auf dieses Gespräch einlassen müssen, wenn er seine gesamte Konzentration auf mich richtete.

Die Knöchel an meiner Hand mussten bereits weiß hervortreten, so fest hielt ich den Riemen meiner Tasche umschlossen.

Dad kratzte sich einmal über die Wange. Schindete Zeit, indem er alles im Raum betrachtete ... nur nicht mich.

Ich wollte es nicht noch ein drittes Mal wiederholen müssen, würde es aber tun, wenn er sich weiterhin in Schweigen hüllte.

»Wir hatten einen Notfall in der Firma«, sagte er.

Ich konnte mich gerade so davon abhalten, laut aufzulachen. Was war das, wenn nicht die simpelste Form einer Ausrede?

»Wir waren gestern so lange dort. Deine Mom ist heute extra noch mal hingefahren, weil wir nicht alles klären konnten.«

Ich schloss die Augen, schüttelte den Kopf. Mit jedem Versuch, mir eine Erklärung zu geben, machte er es noch schlimmer.

»Tut mir leid, Lucy. Wir haben uns beide über deine Einladung gefreut.«

Ein Stechen fuhr durch meine Brust. Direkt in mein Herz. Ich wollte ihm so sehr glauben, dass es mir körperlich wehtat – nur traute ich mich nicht. Ich konnte nicht, weil ich in all der Zeit verlernt hatte, woran ich erkannte, dass jemand die Wahrheit sagte. Woher konnte ich wissen, ob es ernst gemeint oder simple, unbedachte Aussagen waren, die einen Streit abwenden sollten?

Ich konnte es nicht. Dad machte keine Anstalten, weitere Erklärungen zu geben. Er stand in dem freien Raum zwischen Tisch und Küchenzeile – ein bisschen verloren, ein bisschen weniger eindrucksvoll, als er mir sonst immer vorkam.

Wir starrten uns an. Gleichermaßen unwillig, die erste Person zu sein, die etwas sagte. So wenig ich ihn fragen wollte, ob er wirklich meinte, was er sagte, wollte er die Frage von mir gestellt bekommen.

Die Haustür ging quietschend auf. Weckte uns aus unserem Um-die-Wette-Starren, das keiner gewinnen konnte. Dank der Absätze von Moms Schuhen hörte ich jeden Schritt, den sie weiter ins Haus tat. Den Flur hinunter, vermutlich ebenfalls dem Duft folgend, der mich vor wenigen Minuten erst in die Küche geführt hatte.

»Einen Kaffee könnte ich jetzt auch brauchen ...« Moms Stimme verlor sich, als sie uns beide in der Küche stehen sah. Zögernd hielt sie einige Schritte hinter mir an. Sie wirkte erschöpft. Wenn Dad mir nicht nur Ausreden aufgetischt hatte, hatte sie in den letzten vierundzwanzig Stunden nur wenige Pausen eingelegt.

»Oh, guten Morgen«, war ihre Begrüßung an mich. Ihr Lächeln wirkte ehrlich. Ein wenig aufgesetzt vielleicht.

Du warst nicht da, du warst nicht da, duwarstnichtda.

Ich hielt mich so verzweifelt an der Wut fest, dass sie alles andere übertönte. Sie war leichter zu verstehen. Leichter zu verwenden, wenn die Alternative war, mich von Trauer und Frust überschwemmen zu lassen.

»Tut mir leid, dass wir nicht bei deinem Wettbewerb gewesen sind«, war das Nächste, was sie sagte.

Und sie sprach es so leichtfertig aus. Als wäre es nicht so schlimm, dass sie diesen Auftritt verpasst hatten, weil immer wieder einer anstehen würde.

Vielleicht hätte ich ihr zugestimmt. Unter anderen Umständen, wenn nicht unsere Abmachung im Raum stehen würde. Wenn es mich nicht so viel Überwindung gekostet hätte, sie überhaupt erst zu fragen, wenn ich mich nicht – irgendwo tief in mir – so darüber gefreut hätte, dass sie gerade zu diesem Wettbewerb, *gerade wegen der Abmachung zwischen uns*, zugesagt hatten.

Ich wollte so dringend die erwachsene Person sein, als die ich mich bisher immer ausgegeben hatte. Aber ich fand in mir nicht den Hauch von Stärke. In diesem Haus, zwischen meinen Eltern, war ich immer zuerst ihre Tochter, sosehr ich mir einen emotionalen Abstand zwischen uns auch einreden wollte.

Ich drehte mich zu meiner Mom um. Meine freie Hand an meiner Seite zur Faust geballt, um die angestaute Energie wenigstens darüber loszuwerden. Ich sah sie an, wirklich, richtig an. Das erste Mal seit Monaten senkte ich meinen Blick nicht.

»Das ist alles, was ihr für mich habt?« Mein Ton war schneidend – und traf sein Ziel. Meine Mom zuckte kaum merklich zusammen.

»Ich weiß nicht, was du von uns hören möchtest, Lucy«, mischte mein Dad sich ein. »Anders als du können wir unsere Verantwortung nicht einfach hinwerfen und hoffen, dass jemand anders unseren Lebensunterhalt bezahlt.«

Jegliche Luft entwich mir. Ich presste meine Kiefer aufeinander, um nicht laut loszuschreien. Sah meinen Dad an, der seine Worte erst in dem Moment zu realisieren begann, und dann meine Mom, die genauso geschockt wirkte wie ich.

Ich konnte es einfach nicht. Ich konnte ihnen gegenüber nicht ehrlich und verletzlich sein ... nicht, wenn es das war, das ich zu hören bekam. Mir war schmerzlich bewusst, dass es feige war, die Diskussion auf diese Weise zu umgehen. Aber nach allem, was gestern passiert war ... Mein Herz war nur grob zusammengeflickt und zerbrechlich wie Glas.

Daher war das Nächste, was aus meinem Mund drang, ein freudloses Lachen – mehr gehaucht als alles andere. Es kaschierte nur notdürftig die Wunde, die dahinter klaffte und mir die Tränen in die Augen trieb.

»Okay«, sagte ich. Nickte, nickte, nickte. »Okay. Gut zu wissen, was ihr von mir haltet.« Ich wollte mich an Mom vorbeidrängen, fliehen, verschwinden, mich in Luft auflösen.

»Lucy.« Sie stellte sich mir in den Weg, im Versuch, mich aufzuhalten. »Dein Dad hat es nicht so gemeint. Lass uns darüber reden, ja?«

»Du meinst, du willst mit mir darüber reden, wie dumm ich mir vorgekommen bin, euch gefragt zu haben, ob ihr kommen möchtet, wenn es klar war, dass das ohnehin nie passieren würde? Keine Sorge, das Gespräch kann ich abkürzen. Die Antwort ist wirklich einfach: sehr. Ich bin mir sehr dumm vorgekommen.« Mein Herz sprang mir beinahe aus der Brust.

Mom machte einen Schritt auf mich zu. »Lucy ...«

Ich schnitt ihr mit einem Kopfschütteln das Wort ab. Hinter meinen Augen drückten die Tränen so sehr – ich tat alles, was ich konnte, um sie nicht zu zeigen. Nur ein bisschen noch. Ein paar Sekunden. Sobald die Tür meines Zimmers hinter mir zufiel, konnte ich zerbrechen. »Ich will es nicht hören.«

»Ich ... wir wollten wirklich gerne kommen«, begann Mom trotzdem. »Aber die Firma ...«

»Ich weiß.« Ich traute mich nicht, sie anzusehen. Mein Körper schrie und schrie, dass ich zu schwach zum Kämpfen war. Zu schwach, um mir die Ausreden anzuhören, die so leer klangen, dass ich nicht mal so tun konnte, als würde ich sie glauben.

Für eine Millisekunde blickte ich zu meiner Mom auf. Sah, wie ihr die Sorge ins Gesicht geschrieben stand. Wie sie bemerkte, dass etwas zerbrach, genau in dem Moment, in dem ich das Gleiche spürte.

Es tat weh. Es tat so unendlich weh, dass es mir die Luft abschnitt. Aus lauter Panik trat ich die Flucht an. Es war die einzige Möglichkeit, die ich sah, um meinen Stolz, meine Gefühle ... mein Herz zu schützen.

Ich ließ sie einfach stehen. Drückte mich an Mom vorbei, verschwand so schnell aus der Küche, dass keiner der beiden eine Chance hatte, mich aufzuhalten. Ich lief in mein Schlafzimmer, wo Bunny von ihrem Gehege zu mir aufsah, in die Mitte des Raumes, und blieb dort stehen. Lauschte.

Aber niemand folgte mir.

Das war es, was meine Tränen letztlich fließen ließ. Ich wusste, was ich gesagt hatte, wusste, dass ich mit ihnen in diesem Augenblick wirklich nicht darüber reden konnte. Wollte. Und trotzdem wünschte ich mir nichts sehnlicher, als die Schritte meiner Eltern auf der Treppe zu hören. Ich wollte, dass sie mir folgten, versuchten, es geradezubiegen. Mit mir sprachen und mir eine Erklärung nach der anderen auftischten, selbst wenn sie unglaubhaft war.

Denn ja – mir war bewusst, wie viel meinen Eltern ihre Arbeit bedeutete. Schmerzlichst. Wie auch nicht, wenn das ihr ganzes Leben vereinnahmte? Für mich war es immer in Ordnung gewesen. Es machte mir nichts aus, dass sie so viel Zeit dort verbrachten. Aber immer häufiger schien in mir diese leise Stimme zu fragen: *Wenn ihre Arbeit sie so sehr einnimmt ... wo ist dann mein Platz in ihrem Leben?*

Gab es überhaupt einen? Oder hatten wir uns wirklich so weit voneinander entfernt, dass wir nur noch entfernte Bekannte waren, die zufälligerweise im gleichen Haus lebten?

Und wenn ja – wie viel Schuld trug ich daran, dass es so weit gekommen war?

Als würde das allein nicht reichen, begann sich, in der Ruhe, die mein Zimmer bot, mein Auftritt von gestern vor meinem inneren Auge abzuspielen. Ich sah mich selbst aus der Vogelperspektive, so gestochen scharf, als würde ich einen Film sehen.

Hätte es geholfen, hätte ich die Augen zugekniffen, um es nicht mit anschauen zu müssen. Jeder Fehler stach hervor. Meine Konzentration war in alle Himmelsrichtungen verteilt – und dabei ganz und gar nicht dort, wo sie hätte sein sollen. Bei mir. Meinen Schritten. Dem Sprung, für den ich so lange trainiert hatte, dass die Tage und Wochen bereits ineinander verschwommen waren.

Mein gesamter Körper spannte sich an, als ich mich fallen sah. Als müsste ich nur schnell genug reagieren, nur laut genug schreien, um die Erinnerung abzuändern.

Natürlich war das unmöglich.

Natürlich passierte nichts, außer dass ich das kalte, kalte Eis noch einmal unter meinen Händen spürte. Wie kleine Nadelstiche, die mich immer wieder daran erinnerten, was passiert war.

Ich rieb meine Hände aneinander. Versuchte, das Gefühl zu vertreiben. Mein Blick schweifte dabei abwesend durch den Raum, blieb an nichts hängen, bis …

Meine Füße bewegten sich, bevor ich mich dazu entschlossen hatte. Trugen mich zu der Wand, an der die mickrige Anzahl an Auszeichnungen hing, die ich vorweisen konnte.

Ich streckte den Arm danach aus. Umklammerte eine der Medaillen so fest, dass meine Knöchel weiß hervortraten.

Und dann riss ich sie herunter.

Ein kleines Loch blieb in der Wand zurück, dort, wo ich die Pinnnadel hineingedrückt hatte. Die Medaille fiel mit einem

Klappern zu Boden. Kurz darauf folgte die zweite. Die dritte. Bis die Wand leer war.
Leer.
Ich lachte. Weinte. Es verschwamm ineinander.
Leer war ich auch.
Ein Schluchzen löste sich aus meiner Brust.
Mein Zimmer verschwamm hinter all den Tränen, die ich einfach nicht aufhalten konnte. Ich warf die Tür zu, zuckte bei dem lauten Geräusch zusammen, als sie ins Schloss fiel. Dachte darüber nach, Jules anzurufen, zu schreiben, zu ihm zu gehen, weil ich mich mit einem Mal so einsam fühlte, dass alles um mich herum schwarz und schwer wirkte, und verwarf den Gedanken sofort wieder, als mir erneut bewusst wurde, wie viel Last er gerade zu stemmen hatte.
Es war fast ironisch: Wie viel Leid die Welt uns zufügte, obwohl wir unterschiedlicher nicht sein konnten. Eine Sache hätte ich vielleicht aushalten können. Den Sturz oder Jules oder den Streit. Aber alles gleichzeitig war zu viel. Und das Wissen, dass es Jules gerade vermutlich noch viel schlimmer ging, drückte und drückte und drückte auf meine Schultern, bis ich nicht mehr stehen konnte. Ich ließ mich kraftlos auf mein Bett fallen, das Gesicht in den Kissen versteckt, und zog mit Mühe die Decke über meinen Kopf.
Und genau da. Als die Dunkelheit mich einhüllte und ich außer ihr nichts mehr sah. Da konnte ich nicht mehr. Genau dort fiel meine Welt für einen kurzen Augenblick in sich zusammen.
Ich ließ es einfach zu.

29. KAPITEL

Keine Ahnung, wie lange ich so in meinem Bett lag. Minuten oder Stunden.
   Irgendwann hörte ich Bunny über meine Decke hüpfen. Ich spürte sie auf meinem Rücken, dann direkt an meinem Ohr. Sie setzte sich neben mich auf das Kopfkissen und harrte dort so lange aus, bis ich mich dazu aufraffen konnte, wieder aus meiner Höhle hervorzukriechen.
   Ich wünschte, ich hätte es nie tun müssen. Vermutlich wäre ich noch bis zum nächsten Morgen in dieser Position liegen geblieben. Hätte mich nicht bewegt, mir gewünscht, dass man mich vergaß, so wie ich meinen Auftritt vergessen wollte. Aber ein Klopfen brachte mich irgendwann dazu, mich aufzusetzen. Mit wirren Haaren und zerknitterter Kleidung.
   Mein Herz pochte so laut, dass ich kaum etwas anderes darüber hörte. Nur war es diesmal nicht vor Angst oder Trauer oder Schmerz – sondern vor lauter Hoffnung. Dass meine Eltern sich womöglich doch dafür entschieden hatten, noch einmal mit mir zu reden. Dass sie mir nur die Zeit hatten geben wollen, mich etwas zu beruhigen.
   Ich kämpfte mich aus meiner Decke, rutschte zur Bettkante und stolperte zu meiner Tür, die ich schon im nächsten Moment aufgerissen hatte.
   Statt meiner Eltern standen Eiza und Hannah vor mir. Einen Herzschlag lang erfüllte mich Enttäuschung, aber schon Sekunden später löste Erleichterung sie ab.

»Was macht ihr denn hier?«, fragte ich, meine Stimme ein einziges Krächzen.

Hannah verzog mitfühlend das Gesicht. »Genau im richtigen Moment eine Umarmung anbieten, würde ich sagen.« Sie kam auf mich zu, ohne auf meine Antwort zu warten, und schloss mich in ihre Arme.

»Was hattest du vor?«, fragte Eiza. »Dich allein hier einsperren und unsere Nachrichten und Anrufe ignorieren, bis wir aufgeben?«

Wie auf Kommando drückte Hannah mich fester an sich. »Ich bin sehr dickköpfig. Das würde seeehr lange dauern.«

»Ich hab einfach alle Anrufe ignoriert, die ich bekommen habe. Tut mir leid.« Seit ich nach Hause gekommen war, hatte ich immer wieder auf mein Handy geschaut, um zu sehen, ob Jules mir geschrieben oder mich angerufen hatte. Die anderen Anrufe waren mir zwar aufgefallen, aber meine Energie hatte einfach nicht gereicht, um mich ihnen zu widmen.

Hannah beschloss in dem Moment, dass die Umarmung vorerst lang genug gewesen war. Ich war mir nicht sicher, ob ich ihr zugestimmt hätte, hätte sie mich gefragt.

»Du bist einfach verschwunden, und deine Nachricht, dass es dir leidtut, war wirklich nicht sehr aufschlussreich. Weißt du, wie viele Sorgen wir uns gemacht haben?«

»Viele«, warf Eiza ein.

Hannah nickte. »Sehr viele. Wir dachten, wir finden dich vielleicht in der Eishalle, und als du dort auch nicht warst, haben wir die Leute so lange belagert, bis uns jemand deine Adresse gegeben hat.«

»Was eventuell illegal ist, wenn ich im Nachhinein so darüber nachdenke«, warf Eiza ein. »Deine Eltern waren übrigens maximal verwirrt, als wir an eurer Tür geklopft haben. Sie sahen ein wenig besorgt aus.«

Ich rieb mir über die Stirn. »Nicht wegen euch. Wir haben uns gestritten, bevor ihr aufgetaucht seid.«

»Siehst du deswegen so verweint aus?«, wollte Hannah wissen.

»Auch.«

Der Blick, den sie austauschten, war besorgter, als ich es mir gewünscht hätte. Ich wollte ihnen sagen, dass alles in Ordnung war, dass es mir gut ging, trotz der roten Augen, die ich nicht vor ihnen verstecken konnte. Aber ich war so müde. Ich war es leid, niemanden auf meiner Seite zu haben, weil ich es nicht schaffte, jemanden in mein Leben zu lassen.

Hannah stoppte diesen Teufelskreis mit einer kleinen Frage. »Willst du darüber reden?«

Ich nickte. Seufzte. »Wenn ihr etwas Zeit mitgebracht habt?«

»Wenn das das Einzige ist, was du gerade von uns brauchst...« Eiza schob uns drei in mein Zimmer und schloss die Tür hinter sich – vermutlich konnte sie nach den wenigen Worten erahnen, dass ich nicht wollte, dass meine Eltern mithörten.

Erst da wurde mir bewusst, dass sie das erste Mal in meinem Raum waren. Er war ein wenig unordentlich, etwas eng, weil Bunnys Stall so viel Platz einnahm. Ich stellte mich neben meinen Schreibtisch, um das Chaos, das ich an der Wand und auf dem Boden direkt darunter angerichtet hatte, ein wenig zu verdecken.

Nicht dass es nötig gewesen wäre. Hannah richtete ihre gesamte Aufmerksamkeit sofort auf Bunny. In dem einen Moment hatte sie noch meinen Raum auf sich wirken lassen – im nächsten kniete sie auf meinem Bett und streckte sich über die Decke aus, um Bunny ihre Hand hinzuhalten. Sie ähnelte dabei einem kleinen Kind. Eine Reaktion, die die meisten Menschen auf Kleintiere zeigten, wie mir gerade auffiel.

»Sie lässt sich gern streicheln«, sagte ich zu ihr.

Das ließ Hannah sich nicht zweimal sagen. Sie quiekte vergnügt, als ihre Finger durch Bunnys weiches Fell glitten. Dann winkte sie Eiza zu sich.

Die verschränkte die Arme vor der Brust. »Nein, lass mal. Ich möchte das arme Tier nicht auch noch verstören.«

»Ich weiß, dass du damit andeuten wolltest, dass ich sie verstören könnte, aber guck, wie sie sich freut. Ich wusste es immer. Tiere lieben mich.« Hannah sang ihre Worte mehr, als dass sie sie sprach.

»Es war nicht nur angedeutet ... Ach, egal.« Sie setzte sich vorsichtig auf die Kante meines Betts, wo sie weder Hannah noch Bunny dabei störte, Freundschaft zu schließen. »Also, der Streit mit deinen Eltern? Worum ging es?«

Meine Socken waren mit einem Mal wesentlich spannender, als Eiza ins Gesicht zu sehen. »Ich hatte sie zu meinem Auftritt eingeladen, und sie sind nicht aufgetaucht.« So weit zumindest die Kurzfassung der Geschichte.

Hannah hob Bunny vorsichtig an, kreuzte die Beine vor ihrem Körper und setzte sie in ihren Schoß, um sie weiterzustreicheln, während sie uns aufmerksam zuhörte.

»Hast du auf dem Eis deswegen so abgelenkt gewirkt?«, fragte Eiza.

Ich ließ mich auf meinen Schreibtischstuhl fallen, knibbelte mit den Fingern nervös an dem Polster, das an einigen Stellen bereits unter dem Kunstleder hervorblitzte. »Ich war mir nicht bewusst, dass es so offensichtlich gewesen ist.«

»Nicht unbedingt. Ich dachte, ich hätte es mir vielleicht eingebildet. Mir kam es so vor, als wärst du etwas ... zerstreut gewesen?«

Zerstreut. Ja. Das war ein guter Begriff für all die Dinge, die mir während meines Auftritts durch den Kopf gegangen waren. Es war ein Wunder, dass ich vor dem Sprung keinen großen Fehler gemacht hatte. In einem anderen Universum wäre ich zumindest dafür dankbar. In diesem hier hatte ich in der letzten Stunde allerdings so viel Zeit damit verbracht, meine Fehler auseinander- und unter die Lupe zu nehmen, dass alles andere nicht wirklich zu mir durchdrang.

Nein. Wenn ich ganz ehrlich mit mir war, war es nicht mal nur das.

Vielleicht war es etwas Gutes, dass ich nicht gewartet hatte, bis der Wettbewerb vorbei gewesen war. So konnte ich mir immerhin einreden, dass es eventuell jemanden gab, der noch schlechter abgeschnitten hatte.

Der Gedanke hinterließ einen bitteren Beigeschmack. Wann war ich diese Person geworden, die hoffte, dass andere schlechter abschnitten, um selbst in einem besseren Licht dazustehen? Ich erkannte mich selbst nicht wieder. Das hier ... das war nicht ich. Das war nicht die Person, die ich sein wollte. Und darüber nachzudenken, machte das Gefühl nur schlimmer. Als hätte ich mich von mir selbst losgelöst und würde eine Version von mir beobachten, die nichts mit mir zu tun hatte.

»Ich hab in letzter Zeit so viel nachgedacht. Gefühlt hat sich in dem vergangenen Monat so viel verändert, dass ich nicht mehr weiß, wo mir der Kopf steht.«

»Höchste Zeit, dass wir uns durch das Chaos boxen«, sagte Hannah. Sie schob Bunny von ihrem Schoß, krabbelte quer über mein Bett, bis sie neben Eiza saß. »Und wenn du möchtest, kannst du damit anfangen, uns zu erklären, warum es so ein Weltuntergang ist, dass der Wettbewerb schiefgelaufen ist.«

Ich setzte zu einer Antwort an, aber sie hob die Hand, bevor ich dazu kam, etwas zu sagen.

»Ich weiß, ich weiß. Die Abmachung mit deinen Eltern. Ich meine nur ... und vielleicht lehne ich mich hier viel zu weit aus dem Fenster. Aber wenn du es wirklich möchtest –

das Eiskunstlaufen, meine ich –, dann gibt es mehr als genug Wege, wie du dich an die Spitze kämpfen könntest, ohne auf die Unterstützung deiner Eltern angewiesen zu sein.«

»Sponsoren beispielsweise«, warf Eiza ein.

»Ja, genau. Oder du suchst dir einen Job. Dann hast du vielleicht weniger Zeit zum Trainieren, aber immerhin bist du unabhängig und kannst mit deinem Geld machen, was du möchtest.«

Ich nickte wieder und wieder, während sie redeten. Aus dem einfachen Grund, dass sie recht hatten. Wenn ich wirklich so weitermachen wollte wie bisher, gab es unglaublich viele Möglichkeiten – Deal hin oder her. Ich war alt genug, meine eigenen Entscheidungen zu treffen, meine eigenen Fehler zu machen und Erfahrungen zu sammeln.

Das Problem war nur ... wollte ich es überhaupt? Die letzten Monate hatte ich so sehr auf diese allerletzte Chance hingearbeitet. Sie war gekommen, ich war gestürzt – und das alles war beinahe völlig verschwunden, als ich Jules' Nachricht gelesen hatte.

Die Realisation, dass Jules mir wichtig war, war keine neue. Stocken ließ mich vielmehr die Tatsache, dass ich jemanden über das Eiskunstlaufen gestellt hatte – dass andere Dinge plötzlich viel wichtiger wirkten, als eine Medaille zu gewinnen.

Die letzten Monate über hatte ich mir nie die Zeit genommen, darüber nachzudenken. Es war das erste Mal, dass ich richtig Luft holte und den Kopf anhob. Mich umsah und fragte, ob ich nicht doch etwas ausprobieren wollte, das fernab vom Eis lag. Das erste Mal, dass ich mir wirklich eingestehen konnte, wie wenig Spaß es mir in letzter Zeit gemacht hatte, auf dem Eis zu sein – und wie lange ich diese Erkenntnis unterdrückt hatte.

Ich ließ den Gedanken das erste Mal richtig zu. Er brachte

Unsicherheit mit sich. Panik. Ungewissheit, ob es dort draußen überhaupt etwas gab, das mich so erfüllte wie das Eislaufen. Ob es überhaupt so etwas geben musste, solange ich Spaß an dem hatte, was ich tat.

»Hmm, Eiza, ich würde sagen, das ist das erste Mal, dass ich tatsächlich eine Glühbirne über dem Kopf von jemandem habe aufleuchten sehen.«

Ich musste Eiza nicht ansehen, um zu wissen, dass sie mit einem Schmunzeln auf Hannahs Aussage reagierte. »Keine Glühbirne«, sagte ich.

»Sondern?«

»Nur ein ... Gefühl. Dass ich den Kopf vielleicht doch noch nicht in den Sand stecken muss.«

Hannah hob beide Daumen an. »Das wollte ich hören.«

»Das heißt, du hast einen Plan, wie es jetzt weitergeht?«, wollte Eiza wissen.

Kurz dachte ich über ihre Frage nach. Versuchte, aus all den Gedanken, die ich gerade hatte, einen Sinn zu ziehen und sie zu einem logischen Plan zu verknüpfen, aber ... Ich schüttelte den Kopf. »Nicht mal ansatzweise.«

»Okay ... Nicht so beruhigend, wie ich gehofft hatte, aber in Ordnung.«

»Kennt ihr das, wenn ihr so viel nachdenkt, dass es sich irgendwann richtig unecht anfühlt?« Ich wartete ihr Nicken ab. »An dem Punkt bin ich gerade. Es hat sich so viel verändert, dass ich gerade nicht weiß, wo mir der Kopf steht. Jede Art von Plan, die ich für die nächsten fünf oder zehn Jahre aufgebaut hatte, befindet sich im Moment irgendwo zwischen ›wackelig‹ und ›zu Staub zerfallen‹«.

»Das klingt sehr ... dramatisch«, merkte Hannah leise an. Sie meinte es nicht böse, auch wenn ihre Wortwahl den Eindruck hätte machen können, dass sie meine Aussage kleinreden wollte. Jedoch war alles, was ich in ihren Augen fand, aufrichtige Anteilnahme. Mitgefühl. Empathie.

»So fühlt es sich auch an«, antwortete ich.

Eiza und Hannah schwiegen daraufhin eine ganze Zeit – und ich tat nichts, um das Schweigen zu durchbrechen. Alles, was mich beschäftigt hatte, war jetzt offen vor mir ausgebreitet.

Fast alles, dachte ich. Als Hannah und Eiza dazu übergingen, andere Themen anzusprechen, um mich abzulenken, schweiften meine Gedanken immer wieder zu Jules. Ich schrieb ihm eine Nachricht, fragte ihn, wie es ging, aber er reagierte nicht sofort darauf. Wie lief das Gespräch mit Mika? Brauchte er meine Hilfe, meine Unterstützung – irgendetwas? Ich sah ständig auf mein Handy, lenkte mich damit immer wieder von dem ab, über das Hannah und Eiza sprachen, bis sie schließlich bemerkten, dass ich mit dem Kopf ganz woanders war.

»Lucy?«

Ich zuckte zusammen. Sah von meinem Handy auf. »Ja?«

Hannah deutete mit einem Nicken auf mein Handy. »Eiza hat erzählt, dass du gegangen bist, weil Jules dich brauchte. Möchtest du darüber auch reden?«

Ich zögerte. Überlegte, wie viel ich mit ihnen teilen konnte, ohne Jules' Leben komplett vor ihnen auszubreiten. »Ich hab nur … in Jules' Familie sind gestern ein paar Dinge passiert. Ich war die ganze Nacht bei ihm. Heute Morgen war so weit alles okay, aber ich mache mir trotzdem Sorgen.«

»Sollen wir vielleicht gehen?«, schlug Hannah vor. »Damit du ihn anrufen oder zu ihm gehen kannst?«

»Nein. Nein, schon gut«, beruhigte ich sie sofort. »Es gibt gerade ein paar Dinge, die er klären muss, bei denen ich ihm nicht wirklich helfen kann.« Ich hob das Handy zwischen uns in die Höhe. »Aber deswegen starre ich die ganze Zeit darauf. Sorry.«

Beide schüttelten wie auf Kommando den Kopf.

»Kein Grund, sich zu entschuldigen«, sagte Eiza.

Hannah lehnte sich an Eizas Schulter. »Ich würde mein Handy keine Sekunde aus den Augen lassen, wenn ich in deiner Haut stecken würde.«

»Du hättest schon zehnmal versucht, ihn anzurufen«, warf Eiza ein. Und aus irgendeinem Grund fiel mir die Art, wie sie es sagte, merkwürdig auf. Eiza hatte immer einen leicht ironischen Unterton, wenn sie Hannah neckte. Einen sehnsüchtigen Blick in den Augen, wenn sie sie ansah.

Ich war so mit meinen eigenen Abgründen beschäftigt gewesen, dass ich alles andere heute größtenteils ausgeblendet hatte. Darunter auch die kleinen Blicke, die Hannah und Eiza sich zuwarfen. Die Berührungen, die nicht ganz so versteckt waren, wie sie es sich erhofften. Sie hatten beide den Hauch eines Lächelns auf den Lippen und leuchteten jedes Mal so auffällig, sobald sich ihre Blicke kreuzten, dass ich mich fragte, wie es mir jetzt erst auffallen konnte.

»Ihr zwei.«

Sie hoben die Köpfe fast gleichzeitig. Hannah mit riesig großen Augen, weil sie meinem Ton wohl eine gewisse Skepsis entnehmen konnte. Eiza dagegen machte sich nicht mal die Mühe, ihr immer größer werdendes Grinsen zu verbergen.

Mein Mund öffnete sich leicht. Ich deutete mit dem Zeigefinger abwechselnd auf beide, immer wieder. »*Ihr zwei.*«

Eiza vertuschte ihr Lachen mit einem Husten, und Hannah sah mittlerweile aus wie eine lebende Tomate. »Wir können das erklären«, beeilte sie sich zu sagen.

»Das hoffe ich«, meinte ich ernst. Ich runzelte die Stirn. »Wisst ihr, wie schwer es war, die ganze Zeit für mich zu behalten, dass ihr euch anseht, als hätte die jeweils andere den Mond aufgehängt?«

Eiza prustete lauthals.

Hannah blieb der Mund offen stehen. »Hab ich nicht.« Sie wandte sich an Eiza. »Hab ich nicht, oder?«

Die zuckte mit den Schultern. »Ich hätte sicher nicht bis gestern gewartet, hätte ich mitbekommen, dass du mich so anguckst.«

»Ohhh«, machte ich. »Gestern erst? Erzählt mir alles.«

»So viel gibt es da nicht wirklich zu erzählen«, sagte Eiza und wurde nun doch ein klein wenig rot. »Nach deinem Auftritt sind wir zu mir nach Hause. Wir haben geredet, und irgendwann ...« Sie brach schüchtern ab.

»Ist sie über mich hergefallen«, beendete Hannah den Satz und hob die Hände, die sie wie ein Raubtier zu Krallen geformt hatte.

»Gar nicht wahr!«, rief Eiza. »Ich hab nur gedacht, dass ich es schon so lange vor mir herschiebe, und selbst wenn ich nicht weiß, wie du reagierst, vermutlich alles besser ist, als dir für immer ...« Sie sah kurz zu mir, grinste schief. »Hinterherzusehen, als hättest du den Mond aufgehängt. Danach ist eins zum anderen gekommen, und ...«

»Sie ist über mich hergefallen«, fuhr Hannah ihr flüsternd dazwischen.

Eiza boxte sie leicht gegen die Schulter. »Hör auf damit!«

Hannah lachte laut und aus vollem Herzen. Eiza grinste sowieso die ganze Zeit. Und ich merkte, wie sich auch auf meine Lippen ein glückliches Lächeln stahl.

»Oh!« Hannah setzte sich aufrecht hin und beugte sich über das Bett zu mir. »Aber denk nicht, dass du deswegen das dritte Rad sein wirst. Nichts wird sich verändern.«

»Nichts?«, fragte Eiza mit einer angehobenen Augenbraue.

Hannah warf ihr über die Schulter einen Blick zu. »Nichts, von dem sie wissen muss, wenn sie nicht möchte.«

»Ähm.« Ich hob die Hand, um wieder ins Gespräch hineinzufinden, und wartete, bis ich die Aufmerksamkeit der beiden hatte. »Ihr könnt ruhig in meiner Nähe Händchen halten und euch küssen. Ich hab kein Problem mit öffentlichen Liebesbekundungen.«

Das ließ sich Eiza nicht zweimal sagen. Sie schlang einen Arm um Hannahs Hals und drückte ihre Freundin an die Brust. Sowohl sie als auch Hannah grinsten bis über beide Ohren.

Hannah befreite sich zur Hälfte aus Eizas Griff, um die Hand in meine Richtung auszustrecken. »Gruppenumarmung.«

Eiza tat es ihr nach – sie hielt mir ihre freie Hand hin und wartete genauso ungeduldig wie Hannah, dass ich von meinem Stuhl aufstand und zu den beiden auf das Bett kroch. Hannah drückte uns, so fest sie konnte, an sich. Eiza lachte in mein Ohr.

Ich vergaß nicht plötzlich, dass meine Eltern unten saßen und so viel Ungesagtes zwischen uns herrschte. Aber für einen ganz kurzen Augenblick war es leichter, mich auf das zu konzentrieren, was ich hier direkt vor mir hatte, als auf das, was alles fehlte.

Hannah und Eiza blieben bis spätabends bei mir. Wir verließen mein Zimmer nicht wirklich, aber das war auch nicht nötig. Hannah beschäftigte sich den größten Teil der Zeit mit Bunny, Eiza packte irgendwann, als unsere Gespräche verklungen waren, ein Buch aus, das sie in ihrer Tasche mit sich herumtrug. Und ich schrieb den größten Teil der Zeit mit Jules.

Jules: Ich hab absolut keine Ahnung, ob ich es ihm besser hätte beibringen können, aber ich glaube, er hat zumindest verstanden, dass er nicht bei seinem Vater bleiben kann.
Ich: Wäre ihm das denn lieber? Bei ihm zu bleiben?
Jules: Ganz ehrlich? Keine Ahnung. Ich glaube, Mika sieht in ihm immer noch sehr viel Gutes, auch wenn das, was gestern passiert ist, sicher viel mit ihm angestellt hat.
Jules: Ich hab das Gefühl, ich sollte mich auch auf die Suche nach einem Therapeuten machen, aber … keine Ahnung, wo ich gerade genau anfangen soll, irgendwas anzupacken.
Ich: Du musst nicht alles allein machen. Sag mir, wie ich dir helfen kann. Wir können uns hinsetzen und eine Liste mit den wichtigsten Punkten machen. Die größten Aufgaben wirken bewältigbarer, wenn sie in kleine runtergebrochen sind.
Jules: Das wäre großartig – wenn es dir nichts ausmacht, so viel Zeit dafür aufzubringen. Wäre es für dich okay, wenn wir gleich morgen damit beginnen?
Ich: Ich habe es doch angeboten. Natürlich macht es mir nichts aus.
Jules: Was würde ich ohne dich tun.
Jules: Wie geht es dir?
Ich: Ich hab Besuch von zwei Freundinnen. Wir liegen zusammen auf dem Bett, machen komplett unterschiedliche Dinge und reden dabei kaum miteinander.
Ich: Es ist wundervoll.
Jules: Das sind die besten Freundschaften.

Ich lächelte mein Handy an. Ich hatte Jules noch nicht von dem Streit mit meinen Eltern erzählt. Ihn nicht daran erinnert, dass gestern der Wettbewerb gewesen war. Einerseits, weil ich für den Moment nicht wollte, dass er sich darum auch noch

Sorgen machte – und andererseits, weil ich das Gefühl hatte, erst einmal selbst dieses Knäuel lösen zu wollen, das das Eiskunstlaufen gerade für mich war.

Ich: Ja, das sind sie.

Ich redete an dem Abend nicht noch einmal mit meinen Eltern. Nachdem ich Eiza und Hannah verabschiedet hatte, schloss ich mich in meinem Zimmer ein und tat so, als würde außerhalb meiner gemütlichen vier Wände nichts existieren. Ein wenig Zeit nur für mich zu haben half einerseits, mich endlich etwas auszuruhen … und andererseits absolut nicht. Die Decke fiel mir einfach viel zu schnell auf den Kopf. Am nächsten Morgen wachte ich gewohnt früh auf, weil mein Körper anscheinend nicht einmal nach anstrengenden Tagen wie den letzten beiden fand, dass ich es verdient hatte auszuschlafen.

Statt sofort aufzustehen und mich fertig zu machen, blieb ich im Bett liegen und kuschelte mich an Bunny. An der Uhr, die auf meinem Nachttisch stand, sah ich den Minuten dabei zu, wie sie vorbeikrochen, bis ich das Herumliegen satthatte.

Mit einem Seufzen setzte ich mich in meinem Bett auf. Es kam mir falsch vor, mich in meinem Zimmer zu verstecken – ich war nie die Art Person gewesen, die sich lange vor etwas verstecken konnte, wenn es mich tatsächlich beschäftigte. Und das tat es. Mehrere Themen wechselten sich in meinem Kopf ab: der Streit mit meinen Eltern; Jules; das Eiskunstlaufen; der Wettbewerb. Sie gaben sich immer wieder die Hand, bis ich es nicht mehr aushielt. Ich meldete mich den zweiten Tag beim Praktikum krank – weil ich wusste, dass mein Kopf keine Ruhe geben würde, bis ich alles geklärt hatte. Ich zog mich an und bereitete mich darauf vor, zur Eishalle zu fahren.

Nicht, weil ich zum Training wollte. Das, was mich bis hierhin angetrieben hatte, war dieser letzte Wettkampf gewesen. Und wenn ich ganz ehrlich zu mir war, musste ich erst wieder herausfinden, wie ich das Eiskunstlaufen lieben konnte, ohne dauernd an das zu denken, was mir unerreichbar schien.

Jeder Schritt, der mich näher zur Eishalle führte, zog ein Stechen nach sich, das meinen gesamten Körper einnahm. Mein Magen fühlte sich flau an, als ich mir meinen Mantel überzog und ins Auto stieg. Meine Hände wurden eiskalt, je mehr Kilometer ich zurücklegte. Ich drehte die Autoheizung auf die höchste Stufe und musste meine Finger dennoch immer wieder an meinem Oberschenkel warm reiben, um nicht jegliches Gefühl darin zu verlieren.

Ich fuhr diese vertraute Strecke, hielt auf dem Parkplatz, wie schon Hunderte Male zuvor. Aber statt auszusteigen, starrte ich das Gebäude vor mir nur an. Es war ein Ort – ein ganz simpler Ort. Dennoch kam es mir so vor, als müsste ich mich nur kurz auf die Suche machen und würde dort unzählige Teile meiner selbst finden. Versteckte Versionen von mir in den verwinkelten Ecken der Umkleide. Erinnerungen, vergraben unter den Schichten aus Eis, auf denen ich so oft meine Spuren hinterlassen hatte.

Es war nur ein Ort, ja, aber nirgends sonst steckte so viel Hoffnung, so viel Anstrengung, Frustration und Freude von mir wie hier. Es gab keinen zweiten Platz auf dieser Welt, der mir so viel bedeutete – und mich aus dem gleichen Grund vor Angst erstarren ließ.

Ein bisschen war es, als würde ich mich in einem Film befinden. Jemand legte die Rückblenden von mir, wie ich tagein, tagaus hierherkam, über die Gegenwart und zwang mich dazu, dabei zuzusehen, wie langsam die Freude aus meinen Augen verschwand.

Anfangs war sie pur. Unverfälscht. Aus dem Gesicht meines jüngeren Ichs leuchtete sie mir beinahe entgegen. Ich war so aufgeregt gewesen, als ich endlich richtige Stunden hatte nehmen können. Als ich mit den Einzel- und Gruppentrainings angefangen, meine erste Stunde mit Coach Wilson hinter mich gebracht hatte.

Wie im Zeitraffer spielten sich die Monate und Jahre vor meinen Augen ab. Meine Schritte wurden etwas zurückhaltender. Steifer.

Angespannter. Genauso, wie der Rest von mir. Die Freude verschwand. Wurde abgelöst durch Frustration und so viel Kritik an mir selbst, dass ich nicht länger sehen konnte, wie viel Spaß ich mal an diesem Sport gehabt hatte.

Ich wandte den Blick ab, als ich die Lucy von vor wenigen Monaten erkannte. Schüttelte den Kopf, um das Bild loszuwerden, das wirkte, als wäre es ein ganzes Leben entfernt.

Ich versuchte, all die ungemütlichen Emotionen abzuschütteln. Mich nicht von ihnen davontragen zu lassen, wie es sonst immer passierte. Deswegen dauerte es auch viel zu lang, bis ich bemerkte, dass dahinter etwas ganz anderes auf mich wartete. Ein aufgeregtes Kribbeln, ganz tief in meinem Magen versteckt. Der Wunsch, meinen Horizont zu erweitern, mehr zu lernen, mehr von der Welt zu sehen, statt immer nur die gleichen Kreise in meiner Heimat zu ziehen.

Überrascht hielt ich inne. Die Welt entdecken? Hatte ich diese Wünsche wirklich die ganze Zeit so tief in mir vergraben, dass sie mich jetzt so sehr schockierten? Aber nicht nur das. Diese leise Vorahnung, dass meine Welt nicht so klein sein musste, brachte mich letztlich dazu, endlich aus dem Auto zu steigen. Das – und die Tatsache, dass ich Coach Wilson eine Erklärung schuldete ... auch wenn ich mir nicht ganz sicher war, wie ich diese formulieren sollte.

Ich schob meine Hände so tief wie möglich in die Taschen meines Mantels und überquerte den Parkplatz viel zu schnell. Hier und da kreuzten Leute aus dem Verein meinen Weg. Ich senkte den Kopf, die Angst zu groß, dass ich ein Lachen, einen mitleidigen Blick in ihren Gesichtern finden könnte, und merkte deswegen, erst kurz bevor ich mit ihm zusammenstieß, dass jemand neben der Treppe stand.

»Aaron?«, entkam es mir, bevor ich mich stoppen konnte.

Er schien mich erst gar nicht zu hören. Seine Augen waren starr auf den Eingang gerichtet. Er war unbeweglich wie eine Statue. Und trotzdem so, als könnte ihn ein zu starker Windstoß umwehen. Seine Jacke hatte er nicht völlig zugemacht, er hatte eine Cap tief in die Stirn gezogen und wirkte so angespannt, wie ich mich fühlte.

Zwei, drei Schritte von ihm entfernt, hielt ich an. »Aaron?«

Er zuckte zusammen. Riss den Blick vom Gebäude los und drehte mir den Kopf zu. Ich bildete mir ein, zu hören, wie er erschrocken Luft holte. So als hätte er nicht damit gerechnet, hier jemandem über den Weg zu laufen.

Sein Mund öffnete sich, aber er brachte keinen Ton hervor – und ich bemerkte diesen Ausdruck in seinen Augen, der mir auch schon bei der Eisdisco aufgefallen war. Diese Unruhe, fast schon Panik, die er ausstrahlte.

Ich machte einen Schritt auf ihn zu – und er zwei zurück, als hätte ich ihn körperlich weggestoßen. Er stolperte fast über seine eigenen Füße und war alles andere als der souveräne, selbstbewusste Eiskunstläufer, als den ich ihn eigentlich kannte.

»Oh.« Es war so leise, dass ich dieses kleine Geräusch fast nicht hörte. Er zog die Schulter an, die Cap noch weiter ins Gesicht. »Sorry, ich wollte …« Seine Stimme wurde immer leiser. Verschwand zum Ende hin völlig. Er ließ den Satz unbeendet und richtete seinen Blick zu Boden. »Kannst du mir einen Gefallen tun?«

Es dauerte mehrere Sekunden, bis ich seine Frage verarbeitet hatte. Ich nickte zögernd, nicht sicher, ob mir seine nächsten Worte gefallen würden.

»Vergiss bitte, dass du mich hier gesehen hast, ja?«

Unwillkürlich runzelte ich die Stirn. Nein. Das gefiel mir wirklich nicht. »Möchtest du nicht lieber mit reinkommen? Emilia ist bestimmt da und ...« In der Sekunde, in der ich es aussprach, bemerkte ich, dass es genau das Falsche war. Aarons gesamte Körpersprache wurde noch verschlossener, noch abweisender. Noch panischer.

»Nein«, brachte er hervor. »Nein, schon gut. Ich muss jetzt sowieso gehen. Ich muss noch ... Ich habe noch ...« Er brach ab. Schwieg mehrere Sekunden lang, ehe er mir ganz kurz ins Gesicht sah. »Ich muss gehen.«

Bevor ich etwas erwidern konnte, drängte er sich an mir vorbei. Er stützte sich im Gehen auf eine Krücke und wirkte, als könnte er gar nicht schnell genug von hier wegkommen.

Ich wollte ihm nachlaufen, ihm nachrufen, aber ... Es sah aus, als versuchte er zu fliehen. Als versuchte er, schneller zu sein, als die Dämonen – welche auch immer ihn gerade verfolgten.

Ich zögerte so lange damit, ihm zu folgen, bis er aus meinem Sichtfeld verschwunden war. Das Einzige, was zurückblieb, war ein besorgtes Gefühl, das seine Worte bei mir zurückließen.

Ich nahm mein Handy aus meiner Jackentasche. Überlegte kurz, ob das hier etwas war, was ich Jules schreiben sollte – oder ob ich damit Aarons Bitte hinterging, zu vergessen, ihn hier gesehen zu haben.

Letztlich war meine Sorge größer als mein schlechtes Gewissen.

Ich: Hast du in letzter Zeit von Aaron gehört?

Jules' Antwort ließ nicht lange auf sich warten.

Jules: Von den paar Nachrichten nach der Eisdisco abgesehen? Nein, nicht wirklich. Wieso, wie kommst du gerade darauf?
Ich: Ich stehe vor der Eishalle und hab ihn hier gerade gesehen.
Jules: An der Eishalle?? Was wollte er dort?
Ich: Keine Ahnung. Er ist nicht drinnen gewesen, und als ich es vorgeschlagen hatte, ist er fast weggerannt.
Ich: Ich hatte gehofft, dass du vielleicht mehr weißt.
Jules: Nein. Kein bisschen.

Ich stellte mir vor, wie Jules mit gerunzelter Stirn auf unsere Nachrichten starrte – wie noch etwas dazukam, um das er sich im Moment sorgen musste.

Ich: Tut mir leid. Ich wollte dich damit nicht überfallen.
Jules: Nein, schon gut. Ich bin froh, dass du es mir erzählt hast.
Jules: Aber was machst du eigentlich an der Eishalle? Hast du heute Training?

Ich biss mir auf die Unterlippe. Bis vor ein paar Minuten war ich mir selbst nicht so sicher gewesen, was genau ich eigentlich hier tun wollte. Aber je länger ich das Gebäude ansah, desto deutlicher kristallisierte sich etwas in meinen Gedanken heraus.

Ich: Kein Training. Ich hab nur noch etwas zu erledigen.
Jules: Etwas Wichtiges?
Ich: Kann man so sagen. Aber keine Sorge. Ich komme danach direkt zu dir.
Jules: Alles gut, nimm dir die Zeit, die du brauchst. Wenn es länger dauert, dauert es länger.

Ohne eine weitere Nachricht von ihm abzuwarten, steckte ich das Handy wieder weg. Ich wollte das Gespräch nicht länger vor mir herschieben.

Entschlossen lief ich die Treppe hoch. Durchquerte den Eingangsbereich, bis ich das Eis und die vereinzelten Leute darauf sah. Ich ließ meinen Blick auf der Suche nach Coach Wilson durch die Halle schweifen. Sie stand rechts, am äußeren Ende der Bande, und allein dieser vertraute Anblick reichte, damit mir das Herz in die Hose rutschte. Meine Füße waren mit dem Boden verwachsen, und es fühlte sich an, als würde ich sie davon losreißen müssen, um endlich einen Schritt gehen zu können.

Noch einen und noch einen und noch einen. Bis ich direkt neben meiner Trainerin stand. Ich räusperte mich. Zog ihre Aufmerksamkeit damit auf mich. Schob die Worte an dem riesigen Kloß in meinem Hals vorbei, bevor ich es mir anders überlegen konnte.

»Coach Wilson?« Trotz allem klang ich sehr viel leiser als beabsichtigt.

Meine Trainerin blickte von ihrem Notizblock auf. Hob beide Augenbrauen an, als sie mich vor sich stehen sah – nicht fragend, sondern vielmehr so, als hätte sie erwartet, dass ich jede Sekunde hier auftauchen könnte.

»Können wir reden?«

30. KAPITEL

Das Gefühl, das mich überkam, als ich diesmal die Eishalle verließ, konnte ich gar nicht wirklich in Worte fassen. Ganz tief in meinem Magen steckte scharfkantige Panik. Eine Ziellosigkeit, die ich so nicht kannte – mit der ich auch gar nicht umzugehen wusste.

Aber als ich mich in mein Auto setzte, war da noch etwas anderes. Etwas Sanftes, das die Panik abschwächte und mich merkwürdig ruhig zurückließ. Es legte sich um all die Angst, die sich in meinem Körper ausbreiten wollte, und sorgte dafür, dass ich die Fahrt am Red River entlang ein wenig genießen konnte.

Ich hielt auf dem Parkplatz vor Jules' Wohnung und klingelte. Lief die Stufen nach oben, als er mich hereinließ, und ihm direkt in die Arme, als er die Wohnungstür öffnete.

Jules stolperte einen Schritt nach hinten, fing sich aber sofort und legte die Arme um mich. »Womit hab ich die stürmische Begrüßung verdient?«

Ich zuckte mit den Schultern. Leicht. Ich fühlte mich so leicht. »Mir war danach.«

»Du wirst von mir keine Beschwerde hören.« Er gab mir einen Kuss und ließ mich dann in die Wohnung. »Möchtest du was trinken? Essen?«

»Ein Mittagsschlaf wäre, glaube ich, angebrachter.«

Ein Runzeln erschien auf seiner Stirn. »Hast du die Nacht nicht gut schlafen können?«

Das zwar auch nicht, aber ... »Es ging. Aber kennst du das, wenn du komplett übermüdet bist, dich aber auch unglaublich aufgedreht fühlst? In der Gefühlslage befinde ich mich gerade.«

»Na gut.« Er dachte kurz nach. »Wenn du nichts dagegen hast, können wir einen Film gucken, der vor ein paar Tagen neu rausgekommen ist. Du darfst dabei auch einschlafen, wenn du möchtest.«

»Wie lieb«, sagte ich, grinste aber. Ich lief um das Sofa herum und ließ mich auf den Platz fallen, der sich mittlerweile bereits ein bisschen nach »meinem Platz« anfühlte. Mein Blick fiel dabei auf die offen stehende Schlafzimmertür. »Ist Mika nicht da?«

Jules brachte zwei Gläser und einen Orangensaft mit und stellte alles auf dem Couchtisch ab. »Er ist in der Schule. Ich hab ihn gefragt, ob er noch einen Tag zu Hause bleiben möchte, aber er hat darauf bestanden zu gehen.« Er starrte nachdenklich auf die Orangensaftpackung. »Ich glaube, er ist wesentlich mutiger als ich.«

Ich winkelte ein Bein an und wandte mich Jules zu. »Wie kommst du darauf?«

Ein Seufzen. »Ich habe für übermorgen einen Termin beim Jugendamt ausgemacht. Und seitdem durchgehend das Gefühl, als könnte ich jeden Moment vor lauter Panik umkippen.«

»Wegen dem Termin?«, hakte ich nach. »Oder wegen dem, was der Termin bedeutet?«

»Wegen beidem?« Er hob die Stimme am Ende. Verwandelte die Aussage in eine Frage. »Ich kann mir zwar ungefähr vorstellen, was auf mich zukommen wird, aber ... Die Diskrepanz zwischen Vorstellung und Realität macht mir etwas zu schaffen.«

»Glaubst du, dass sie Gründe haben könnten, deinen Sorgerechtsantrag abzulehnen?« Meine Gedanken wanderten zum

Tag des Wettkampfes zurück. Zu dem, was Jules' Vater getan hatte. »Oder dass dein Vater dagegen vorgehen wird?«

»Ich kann es mir fast nicht vorstellen. Aber vielleicht ist das auch nur Wunschdenken. Ich habe gestern einen Anruf vom Krankenhaus bekommen, dass er sich in eine Entzugsklinik hat verlegen lassen. Freiwillig«, fügte er hinzu, als könnte er vor allem den letzten Part nicht glauben. Ich konnte es ihm nicht verübeln. »Etwas in mir möchte trotz allem glauben, dass das sein Versuch ist, sich endlich zu bessern. Dem anderen Teil ist es egal. Selbst wenn, wäre es nicht so, als könnte ich einfach meine Erinnerungen löschen und so tun, als wäre nichts passiert.«

»Das verlangt auch niemand«, sagte ich.

»Ja, ich weiß.« Er strich sich die Haare aus dem Gesicht. Kniff kurz die Augen zusammen und stieß dann noch ein Seufzen aus. »In meinem Kopf schwirren einfach gerade so viele Fragezeichen umher, dass ich keine Ahnung habe, wo ich ansetzen soll.«

Ich dachte über ein paar aufmunternde Worte nach, entschied mich dann aber dazu, meine Hand auf seine zu legen. Unsere Finger miteinander zu verschränken und seine leicht zu drücken.

»Erst beim heutigen Nachmittag. Dann beim Abend. Dann morgen früh.« Ich hob eine Schulter an, weil das die einzige Antwort war, die ich auf seine Fragezeichen hatte. Die einzige, die mir half, mit meinen klarzukommen. »Und dann bei jedem kleinen Schritt, den du machst.«

Er ließ sich meine Worte kurz durch den Kopf gehen. Lächelte schief, wenn auch vielleicht noch nicht hundertprozentig überzeugt.

»Zum Beispiel können wir jetzt erst mal darüber nachdenken, ob wir etwas zu dem Film essen möchten, den du gucken willst«, schlug ich vor. »Wir könnten etwas kochen oder bestellen oder nur Snacks essen.«

Jules' Lächeln breitete sich ein wenig aus. Wurde echter. »Eine Entscheidung nach der anderen also?«

Ich nickte. »Ganz genau.«

Wir entschieden uns dafür, Essen zu bestellen. Weder Jules noch ich hatten Lust, uns Gedanken darum zu machen, was wir aus den Zutaten im Kühlschrank kochen konnten.

Wir saßen mit zwei großen Styroporschalen voller gebratenem Reis vor dem Fernseher und versuchten, für ein paar Stunden die Nebelwand zu vergessen, die momentan noch versteckte, was als Nächstes auf uns wartete.

Jules war wie gebannt von dem Film. Meine Aufmerksamkeit wanderte währenddessen zwischen ihm, meinem Essen und dem Fernseher hin und her. Es war ein unbekanntes – ein überraschend schönes Gefühl, einfach hier zu sitzen und nicht den Druck zu spüren, den das Training selbst in meiner Freizeit auf mich ausgeübt hatte.

Nachdem Jules seinen gebratenen Reis fertig gegessen hatte, nahm ich die Styroporbehälter mit in die Küche und schmiss sie weg. Danach ließ ich mich wieder neben ihn auf das Sofa fallen – gerade rechtzeitig, um noch die letzte Szene vor den Credits mitzubekommen.

»Und?«, fragte ich Jules. »Zufrieden mit deiner Filmauswahl?«

»Ich bin mir nicht sicher, ob ich irgendwas vom Inhalt behalten habe.«

»Du hast die ganze Zeit auf den Fernseher gestarrt.«

»Nein, ich habe auf den Fernseher gestarrt, wenn ich nicht gerade zu dir gesehen habe.«

»Zu mir? Weshalb?«

Er hob unschlüssig eine Schulter an. Verzog das Gesicht nachdenklich. »Ist es okay, wenn ich deine Frage mit einer Gegenfrage beantworte?«

Ich nickte.

»Vielleicht bilde ich es mir nur ein – dann ignorier es einfach. Aber schon als du vorhin zur Tür reingekommen bist, habe ich gedacht, dass du irgendwie anders wirkst.«

»Anders?«, wiederholte ich. War es mir so deutlich anzusehen?

»Ausgelassener«, beschrieb er es deutlicher. »Ich weiß nicht, wie ich es richtig in Worte fassen soll. Aber ... einen Hauch weniger angespannt? Ist irgendetwas los, über das du reden möchtest?«

Ich lehnte den Kopf an die Rückenlehne des Sofas und stieß ein leises Lachen aus. »Merkwürdig, dass du es so beschreibst. Dabei habe ich zum ersten Mal seit Jahren keine Ahnung, was ich als Nächstes tun werde.«

Jules runzelte verwirrt die Stirn. »Ist etwas passiert? Zwischen dir und deinen Eltern oder ...«

»Es ist alles gut. Es geht *mir* gut. Aber ... ich höre mit dem Vereinstraining auf.«

Jules erstarrte für eine Sekunde. Er nahm die Fernbedienung, hielt die Credits an und damit die Musik, die bis jetzt unsere Gesprächspausen gefüllt hatte. »Wegen eurer Abmachung?«

Ich schüttelte den Kopf. »Weil ich es so wollte.«

Er wirkte von dieser Information ein wenig überrumpelt. »Erklärst du mir das?«

Komischerweise fehlten mir genau in diesem Moment die Worte. Dabei war das, was passiert war, einfach zu erklären. Nur wie ich meine Emotionen dabei verständlich ausdrücken konnte, war mir noch ein Rätsel.

Ich gab mir eine Sekunde. Zwei. Drei. Um darüber nachzudenken. Dann beschloss ich, es einfach zu versuchen. »Ich hab ihn vermasselt. Den Wettbewerb.«

Jules wurde mit einem Mal wesentlich ernster. »Was ist passiert?«

»Ich war abgelenkt«, erklärte ich. »Hab nicht aufgepasst ... bin hingefallen.« Ich erzählte ihm nicht davon, wie ich es nicht geschafft hatte, wieder aufzustehen. Nicht, weil ich es ihm verheimlichen wollte, sondern vielmehr, weil ich mich für diesen einen Teil immer noch schämte. Es war einfach zu viel gewesen. Und so stark ich auch sein wollte – dort auf dem Eis war mir bewusst geworden, dass ich nur ein begrenztes Gewicht mit mir herumtragen konnte, bevor es mich erdrückte.

Jules sagte lange nichts. Ich studierte seine Hände und jede Falte in seiner Haut.

»Meine Eltern waren nicht da«, erklärte ich, als er nichts sagte. »Die Arbeit hat sie aufgehalten.«

»Und ich bin auch nicht da gewesen«, sagte er leise. »Tut mir leid, Lucy, ich ...«

Ich legte ihm eine Hand auf den Mund. »Ich hab doch gesagt, dass du dich dafür nicht entschuldigen sollst.«

Ich spürte, wie sich seine Lippen unter meiner Hand zu einem schwachen Lächeln verzogen. Er umfasste mein Handgelenk und befreite seinen Mund. »Wenn du nicht wegen ihnen entschieden hast, beim Verein aufzuhören – weshalb dann? Kannst du mich kurz durch die letzten zwei Tage führen? Ich war so mit mir selbst beschäftigt, dass ich etwas Monumentales verpasst haben muss.«

Ich versuchte es – so gut wie möglich. Ich erklärte ihm, wie dieses nagende Gefühl, dass etwas nicht stimmte, schon lange in meinem Hinterkopf herumschwirrte. Wie ich mir mit jedem Mal auf dem Eis mehr gewünscht hatte, an den Punkt zurückzufinden, an dem es mir wirklich Spaß gemacht hatte.

Und dass dieser Punkt mich immer dorthin führte, wo ich nur für mich auf dem Eis gelaufen bin. Ohne Erwartungen, mehr schaffen zu müssen. Ohne den Druck, mehr zu geben, mehr Zeit zu opfern, mehr sein zu müssen. Ich liebte das Eiskunstlaufen für die Dinge, die es mich fühlen ließ, die ich so selten woanders fand: Freiheit. Unbeschwertheit. Stärke. Nicht für Medaillen oder Punkte oder die Anerkennung meiner Eltern.

Direkt nach meinem Auftritt hatte es zu sehr wehgetan, mich damit auseinanderzusetzen, weshalb es so sehr schmerzte. Ob es daran lag, dass ich nicht erreicht hatte, was ich wollte. Oder ob ich realisiert hatte, dass das nicht länger mein Traum war.

Zwei Tage später war ich endlich bereit dafür – und mir auch ein bisschen sicherer. Mich vom Verein abzumelden tat weh. Wie ein blauer Fleck direkt auf meinem Herzen. Aber jetzt gerade fühlte es sich richtig an. Und wenn mich meine Entscheidung irgendwann zurück zum Eiskunstlaufen führen würde ... dann war das in Ordnung. Nur spürte ich gerade ganz deutlich, dass ich erst einmal loslassen musste, um herauszufinden, was ich in meinem Leben behalten wollte.

Deswegen hatte ich mit Coach Wilson gesprochen. Spontan, ja. Vielleicht ein wenig undurchdacht. Aber ich hatte mich danach nicht schlecht gefühlt. Nur erleichtert.

Von der Angst, die jeden Zentimeter meines Körpers erfasste, wenn ich an das »Was jetzt?« dachte, einmal abgesehen.

Jules hörte mir aufmerksam zu, während ich mich durch meine Gedanken und Emotionen arbeitete. Er machte es mir so leicht, über all diese Dinge zu sprechen, die mich beschäftigten, dass ich kaum bemerkte, wie ich ohne Punkt und Komma redete.

Das war eines der Dinge, die mich beruhigten: das Wissen, dass ich Jules hatte. Eiza. Hannah. Ein ganz anderes Auffangnetz als noch vor einem Monat. Vielleicht hatte ich deswegen bis zu diesem Tag gebraucht, dass ich mich traute, mich von dem zu lösen, was ich immer als meinen vorgegebenen Weg betrachtet hatte. Weil ich wusste, dass ich stolpern oder hinfallen konnte und rechts und links Personen warteten, die bereit waren, mich wieder auf die Beine zu holen.

Oder sich zu mir zu setzen, wenn ich mich einfach nur für einen Moment ausruhen musste.

Jules war während meiner Erklärungen immer näher an mich herangerückt. Er hatte einen Arm auf die Rücklehne des Sofas gelegt und strich mit dem Daumen kreisend über meinen Handrücken. Seine Stirn war gerunzelt – ein eindeutiger Hinweis darauf, dass er über alles, was ich gesagt hatte, nachdachte.

»Was heißt das?«

Ich setzte zu einer Antwort an. Öffnete den Mund sogar ... aber nichts kam hervor. Ein Kopfschütteln, ein Schulterzucken. Ungewissheit.

Jules verstand es so, wie er mich oft zu verstehen schien. Wortlos. Auf einer Ebene, die mir bisher völlig unbekannt gewesen war. »Du musst nicht darauf antworten.«

»Ich will mich nicht länger so krampfhaft am Eiskunstlaufen festhalten«, sagte ich nach einigen Minuten.

»Okay.«

»Aber ich möchte auch weiterhin nicht in das gleiche Studium zurückmüssen«, fügte ich leise hinzu.

»Darf ich dir meine Meinung dazu sagen? Nicht wegen der Entscheidung, beim Verein aufzuhören. Sondern wegen deiner Eltern?«

Ich nickte.

»Ich glaube, du solltest noch mal mit ihnen reden.«

Das war nicht das, was ich hatte hören wollen – man konnte

es mir von der Nase ablesen, denn Jules beeilte sich, eine Erklärung hinterherzuschieben.

»Nicht, um alle Wogen zu glätten oder weil du ihnen alles verzeihen solltest. Was natürlich auch in Ordnung wäre, wenn du das möchtest. Aber du musst wissen, wo du stehst. Und wie du von hier aus weitermachen kannst. Unterstützen sie dich auch, wenn du etwas völlig anderes ausprobieren möchtest? Oder nur, wenn du die Abmachung wirklich einhältst?« Seine Hände legten sich um meine Ellenbogen. Drückten sanft zu. »Das ist vermutlich nicht das, was du gerade hören wolltest. Tut mir leid, ich möchte nur nicht, dass dich das, was auch immer sie sagen werden, so unerwartet trifft, dass es dir den Boden unter den Füßen wegreißt.«

»Schon gut«, sagte ich sofort. Ich wusste, wie er es meinte, auch ohne dass er sich erklärte. »Ich hatte nur nicht erwartet, so viele ... erwachsene Dinge an einem Tag tun zu müssen.«

Jules lächelte schwach. »Dafür schlägst du dich ziemlich gut.«

»Danke«, sagte ich. Es kam aus ganzem Herzen. Die Tatsache, dass er mit mir hier saß, wenn er selbst so viel um die Ohren hatte, bedeutete mir mehr, als dieses eine Wort vermutlich ausdrücken konnte. Aber es war ein Anfang.

»Ich meine es ernst«, fuhr er fort. »Dich vom Verein abzumelden, obwohl es das ist, was du dein ganzes Leben gemacht hast, ist mutig, Lucy. Versuch nicht, es kleinzureden und sei ein bisschen stolz auf dich.« Er sah mir für seine nächsten Worte fest in die Augen. »Ich weiß, dass ich es bin.«

Mein Herz ging auf. Weil er diese Worte ohne jede Zurückhaltung sagte ... und ich genau das gerade hatte hören müssen.

Ich nickte, ein schüchternes Lächeln auf den Lippen. »Ich bin auch ziemlich stolz auf dich.«

Jules verdrehte die Augen leicht, lächelte aber. Sicher sah

ich ihn dabei an, als hätte er die Sterne vom Himmel gepflückt und in meine Hände gelegt. Er war so unerwartet in meinem Leben aufgetaucht – es kam mir völlig unwirklich vor, dass ich noch vor einem Monat meine Tage ohne ihn verbracht hatte. Gespräche wie dieses hier nicht mit ihm hatte führen können.

Ich lehnte meine Stirn an seine Brust. Schloss die Augen und wartete auf das Gefühl von Ruhe, als seine Arme sich um mich legten.

»Du bist nicht allein«, flüsterte er an meinem Ohr.

Ich drückte mich an ihn. Atmete seinen Geruch ein, spürte seinen Herzschlag durch seinen Brustkorb vibrieren. »Du auch nicht, Jules.«

Seine Umarmung wurde fester. Und ich hoffte, dass ihm diese Worte genauso viel bedeuteten wie mir.

31. KAPITEL

Ich drückte mich sehr lange davor, nach Hause zu fahren. Dass ich mich nur schwer von Jules trennen konnte, war dabei nur einer der Gründe. Vor allem wusste ich, dass er recht hatte, als er sagte, dass ich noch einmal mit meinen Eltern sprechen sollte. Nicht für sie, sondern für mich. Um dieses Chaos, nach dem sich mein Leben gerade anfühlte, wenigstens an einer Stelle aufzuräumen.

Unser Gespräch gestern war von meiner Wut und Enttäuschung geprägt gewesen – gepaart mit den Schuldgefühlen meiner Eltern. Natürlich war dabei nichts Konstruktives herausgekommen. Allerdings hatte mich das gestern auch nicht interessiert. Ich hatte einfach loswerden wollen, was sich in mir angestaut hatte. Nicht darüber reden, weshalb diese Emotionen überhaupt da waren.

Letztlich war es Jules, der mich mehr oder weniger sanft aus seiner Wohnung schob und zu meinem Auto brachte. Ich ließ es nur deshalb zu, weil ich wusste, dass er selbst etwas Zeit für sich brauchte.

Die Sorge kam, als ich von dem Parkplatz runterfuhr und Jules nicht länger im Rückspiegel sehen konnte. Als würde sein Verschwinden die Ruhe von mir reißen, in die ich mich die letzten Stunden geflüchtet hatte.

Meine Schultern waren so verkrampft, dass ich es bis in meinen Nacken und den Kopf hinauf spürte. Ich hatte absolut keine Ahnung, wie dieses Gespräch laufen würde, und genau das bereitete mir die größte Angst. Dieses absolute Unvermögen, einschätzen zu können, was gesagt werden würde. Wie ich reagierte, wie sie reagierten – und wie es von hier aus dann weiterging.

Es schien ein Thema zu sein, das sich stetig durch mein Leben zog.

Viel zu früh bog ich in unsere Straße ein und hielt direkt hinter Moms Wagen in der Einfahrt. Ich gab mir nicht die Zeit, mich in meiner Sorge zu suhlen, sondern stieß die Tür auf und stand Sekunden später im Hausflur. Das vertraute Geräusch eines leisen Gesprächs drang vom Wohnzimmer zu mir, und ich atmete mehrere Male tief durch, ehe ich mich dorthin in Bewegung setzte.

Mein Herz klopfte laut und viel zu stark in meiner Brust. Als wollte es mich dazu bewegen, umzudrehen und wegzulaufen, während ich noch die Chance hatte. Nur gab es diesmal eine Sache, die es nicht wusste – und ich dafür schon: Es war Angst, die mich dazu gebracht hatte, diese Abmachung mit meinen Eltern einzugehen. Angst, die dafür gesorgt hatte, dass ich nicht schon viel früher mit ihnen gesprochen hatte.

Und ja, so viel Gutes diese Angst oder Sorge – oder wie auch immer man es nennen wollte – auch tat. Wenn ich immer auf sie hörte, würde sich nie etwas ändern. Deswegen verfrachtete ich sie auf den Rücksitz, wo sie ihre Kommentare abgeben konnte. Solange sie nicht länger am Steuer war, war mir alles recht.

Meine Eltern verstummten, als ich das Wohnzimmer betrat. Auch das war vertraut. Als wollten sie ihre Gespräche vor mir geheim halten. Ich hatte mich nie gefragt, über was sie redeten. In meiner Vorstellung hatte es immer etwas mit ihrem Unternehmen zu tun.

In meiner Vorstellung schienen meine Eltern nicht gerade aus viel anderem zu bestehen.

Aber so, wie sie mich ansahen ... ein wenig ertappt. Ein wenig schuldig. Es ließ in mir die vage Vermutung aufkeimen, dass sie bis zu dem Moment, in dem ich aufgetaucht war, über mich gesprochen haben könnten. Ich war mir nur nicht sicher, ob das etwas Gutes war oder nicht.

»Können wir reden?«, platzte es aus mir heraus. Ich drängte die Worte nach draußen, bevor mich der Mut verließ.

Mom und Dad tauschten einen Blick aus. Setzten sich aufrechter hin, als wollten sie sich für das wappnen, was als Nächstes folgen würde.

Was ich nicht erwartete, war, dass Dad noch vor mir das Wort ergriff. »Wir wollten dich etwas Ähnliches fragen.«

Vor Überraschung blieb mir der Mund offen stehen. »Wolltet ihr?«

Mom nickte. Es wirkte zögerlich. Vorsichtig. »Wir wollten uns entschuldigen. Dafür, dass wir vorgestern nicht bei deinem Wettbewerb waren.«

Jeglicher Wind wurde mir damit aus den Segeln genommen. »Wolltet ihr?«, wiederholte ich ungläubig.

Dad schien sich in der Situation mehr und mehr unbehaglich zu fühlen. Damit ging es ihm wie mir, aber ich wischte das Gefühl beiseite.

»Wir wollten dir nicht das Gefühl geben, die Arbeit über dich gestellt zu haben«, fuhr Mom fort.

Schweigen. Schweigen. Schweigen.

»Aber das habt ihr.«

Ich realisierte erst mit einiger Verzögerung, was ich gesagt hatte. Überlegte, es zurückzunehmen, beschloss aber dann, die Worte so im Raum schweben zu lassen und darauf zu warten, dass sie etwas sagten, weil ich nicht wusste, wie ich von hier aus weitermachen sollte.

Ihre Gesichter wirkten genauso ratlos, wie ich mich fühlte.

Vielleicht war es das, was mich dazu trieb weiterzusprechen. Die Tatsache, dass sie es nicht für nötig hielten, die Zügel für dieses Gespräch in die Hand zu nehmen – genauso wenig wie sie es für nötig gehalten hatten, diesen riesigen Elefanten zwischen uns in den letzten Jahren anzusprechen.

Es war nicht nur ihre Schuld. Das war mir mehr als bewusst. Aber sie waren so lange Zeit meine Vorbilder gewesen. Ich hatte so lange gebraucht, um an den Punkt zu kommen, an dem ich jetzt gerade stand, weil ich mir viel zu viel von ihnen abgeguckt hatte. Das Schweigen. Die Stille. Die Sturheit, mit der ich ihnen begegnete. Es war so leicht, mich von ihren Stimmungen mitreißen zu lassen, wenn ich ihnen hier zu Hause nicht anders ausweichen konnte.

»Und das habt ihr auch die letzten Jahre über.«

Es tat weh, es auszusprechen. Mein Magen krampfte sich schon wieder zusammen, schrie mir zu, dass ich das hier doch eigentlich gar nicht wollte. Ich wollte in mein Zimmer fliehen und so tun, als könnten wir so weitermachen. Denn falls dieses Gespräch hier schlecht lief, würde selbst das wegfallen.

»Lucy ...« Mom stand vom Sofa auf. Sichtlich betroffen von dem, was ich gesagt hatte. Aber mehr als meinen Namen brachte sie nicht hervor.

Sie wusste, dass ich recht hatte.

»In den letzten Jahren seid ihr nicht auf einem meiner Wettbewerbe gewesen. Ich weiß, dass wir uns nicht gut verstehen und dass wir ... vermutlich niemals beste Freunde werden. Aber ... hat es euch einfach nicht interessiert? Ihr könnt es ruhig sagen, wisst ihr.« Meine Stimme zitterte zum Ende des Satzes hin immer stärker. »Ihr könnt mir sagen, wenn ihr nicht wissen wollt, was in meinem Leben passiert. Wenn ihr ... wenn ihr keine Lust auf mich habt ...«

Schnell senkte ich den Kopf. Brach mitten in meiner Aussage ab. Das hier – es war noch viel schwerer, als ich es mir vorgestellt hatte. Jeder Satz, der meinen Mund verließ, zog eine Woge an Erinnerungen nach sich. All die Male, in denen ich mir vorgekommen war, wie eine Fremde in meiner eigenen Familie. All die Gespräche, die nie stattgefunden hatten, obwohl ich sie so dringend gebraucht hätte.

Mittlerweile hatte ich Leute um mich herum, mit denen ich reden konnte. Aber diesem Gedanken folgte gleich noch ein anderer: Meine Eltern wussten nicht mal von diesen Personen. Sie hatten keine Ahnung, dass ich neue Freundinnen bei dem Praktikum in ihrer Firma kennengelernt hatte. Oder dass ich langsam dabei war, mich in jemanden zu verlieben.

Es hinterließ einen so bitteren Geschmack auf meiner Zunge, dass ich mehrmals schlucken musste, um ihn wieder loszuwerden. Fremde. Wir waren fast Fremde – und ich wusste beim besten Willen nicht, wie wir es schaffen sollten, das wieder zu ändern. In eine Routine zu fallen, die mir nicht guttat, war so viel leichter, als etwas zu tun, von dem ich wusste, dass es mir auf lange Sicht helfen würde.

Mom ließ die Hände an ihre Seite sinken. Sah zu Dad, als hoffte sie, dass er hierauf eine Antwort hatte. Aber er schaute nur genauso hilflos zurück.

»Ich hab vorhin mit Coach Wilson gesprochen«, warf ich in den Raum. Es ergab an dieser Stelle vielleicht nicht mal Sinn, aber ich wollte einfach irgendeine Reaktion von ihnen. »Ich nehme eine Auszeit vom Training.«

»Wie bitte?« Das kam von Dad. Die Überraschung in seiner Stimme lenkte meine Aufmerksamkeit auf ihn.

Ich legte fragend den Kopf schief.

»Möchtest du nicht mehr eislaufen?«, hakte er nach.

Ich stieß ein ungläubiges Lachen aus. Die Wut schoss mit

einem Mal an die Oberfläche. »Wirklich? Das ist es, was dich gerade interessiert? Dir ist nichts eingefallen, als ich gesagt habe, dass ich das Gefühl habe, hinter eurer Arbeit hintangestellt zu werden – aber kaum erzähle ich euch, dass endlich der Dorn aus euren Augen verschwunden ist, findest du deine Stimme wieder?«

»Lucy«, unterbrach Mom mich. Es war das erste Mal, dass sie so ernst klang, wenn sie mit mir sprach. »Bitte. Das ist nicht fair.«

»*Fair?*«, wiederholte ich. »Soll ich euch sagen, was nicht fair ist? Dass ich jahrelang das Gefühl hatte, nicht gut genug zu sein, weil ihr es nicht für nötig gehalten habt, mich in meinem Sport zu unterstützen. Dass ich Angst hatte zu versagen, weil es euch nur in die Karten spielen würde.«

»Wir haben dich *immer* unterstützt«, warf Dad aufgebracht dazwischen. Nicht laut, aber ... emotionaler, als ich ihn je erlebt hatte.

»Indem ihr mich ignoriert habt?«, brauste ich auf.

»Indem wir dir den Sport immer bezahlt haben.«

»Vielleicht ist mir das Geld aber scheißegal!«

Stille. Mein schwerer Atem war viel zu laut.

»Was glaubt ihr, was euer Geld wert ist, wenn ihr es nicht für nötig haltet, mich nach meinem Tag zu fragen? Und nein«, fuhr ich aufgeregt fort, ehe jemand etwas sagen konnte. »Die ›Lucy, hast du deinen Sprung schon geschafft?‹-Fragen zählen nicht dazu.«

Mom machte einen Schritt auf mich zu. »Wir wussten nicht, dass dich das alles so getroffen hat.«

Meine Arme fielen leblos an meine Seite. »Ihr habt nie gefragt.«

Ich sah, wie meine Worte langsam bei ihnen ankamen. Wie sie die Dinge verarbeiteten und sie langsam zu ihnen durchdrangen. Ich bildete mir ein, zu sehen, wie beide die letzten Jahre vor ihrem inneren Auge Revue passieren ließen – und wie beide zu dem gleichen Schluss kamen.

Sie hat recht.

Es stand ihnen ins Gesicht geschrieben. Und irgendwie ... irgendwie war es das, was am meisten wehtat. Die Tatsache, dass sie nicht einmal gesehen hatten, wie sehr mir die Kälte in diesem Haus zugesetzt hatte. Dass es völlig an ihnen vorbeigezogen war, wo ich es nie auch nur einen Tag hatte übersehen können.

Ich spürte, wie mein Herz einen Schlag aussetzte und dann in einem langsameren Tempo weiterschlug. Nicht, weil ich mich beruhigte. Sondern weil dieses kleine Organ in meiner Brust mit all den Emotionen nicht umgehen konnte. Es wusste genauso wenig wie ich, was uns jetzt noch zu sagen blieb.

Ich suchte verzweifelt nach den richtigen Worten, um diesen quälenden Druck aufzulösen, der auf meiner Brust lastete.

Ich fand keine. Mein Kopf war leer. Jeglicher Mut, den ich nach dem Gespräch mit Jules empfunden hatte, aufgebraucht. Ich war einfach nur müde.

»Es tut mir leid.«

Mein Körper spannte sich an. Ich hatte mich verhört, oder?

»Es tut mir so leid, Lucy.«

Meine Hände begannen zu zittern.

Weil es Dads Stimme war, die das sagte.

Weil sie so gequält klang.

Weil ich nicht auf ein paar kleine Worte reinfallen wollte, aber mich so sehr danach gesehnt hatte, so etwas zu hören, dass ich es trotzdem tat.

Es kostete mich alle Anstrengung, meinen Blick weiter auf den Boden zu halten.

Ich traute mich nicht, darauf einzugehen. Stattdessen verließ eine andere Wahrheit meinen Mund. »Ich möchte das Studium nicht wieder aufnehmen.«

Ein paar Herzschläge vergingen. »Warum nicht?«

Ich sah zu ihnen auf. Mein Blick wanderte von Mom zu Dad und wieder zurück. »Wie bitte?«

Sie tauschten einen Blick aus. Mom atmete tief aus und war sichtlich bemüht, ihre Gedanken zu ordnen. »Du hast uns nie erzählt, weshalb du plötzlich nicht mehr studieren möchtest.«

Ich stockte. Hatte ich nicht? Mir war körperlich und geistig so bewusst gewesen, wie schwer mir das Studium gefallen war – dabei war mir nie in den Sinn gekommen, dass man es mir nicht ganz genau ansehen konnte.

»Ich fand es schrecklich«, gab ich zu. »Es war … als hätte mir jemand alle Leichtigkeit und Freude genommen und sie stattdessen durch Zahlen und Fakten ersetzt.«

»Wir wussten nicht, dass es dir damit so schlecht geht«, sagte Mom.

»Wir wollten«, mischte Dad sich ein. Räusperte sich. »Wir wollten, dass du dir einen sichereren Weg suchst, ja. Aber nicht, dass du dabei all deine Freude verlierst.«

»Einen sichereren Weg?«

Dad nickte. »Die Wahrscheinlichkeit, im Eiskunstlaufen genügend Aufmerksamkeit zu bekommen, um davon leben zu können, ist sehr gering … habe ich gelesen.«

Wann? Wann hatten sie das gelesen? Wann hatten sie sich auch nur ein kleines bisschen über das Eiskunstlaufen informiert? Wann hatten sie darüber nachgedacht, ob der Weg, den ich eingeschlagen hatte, zu unsicher sein würde?

Und vor allem: Warum hatten wir darüber nie gesprochen? Gemeinsam. Als Familie. Warum war so viel Zeit vergangen, in der jeder für sich gelebt hat? Die Antworten darauf wirkten mit einem Mal unendlich kindisch.

»Habt ihr deswegen die Abmachung vorgeschlagen?«, wollte ich wissen. »Weil ihr dachtet, mir damit etwas Gutes zu tun?«

Sie brauchten nicht mal verbal darauf reagieren – es stand ihnen ganz genau ins Gesicht geschrieben.

Ich lachte beinahe auf. Es konnte nicht so einfach sein. »Das heißt ... was? Auf einmal interessiert sie euch nicht mehr?«

Ein schwaches Lächeln erschien auf Moms Lippen. »Das nicht. Aber vielleicht können wir uns zusammensetzen und gemeinsam darüber reden, was stattdessen ein guter nächster Schritt für dich wäre.«

Ich runzelte die Stirn. Unsicher, wie ich mit dieser Aussage umgehen sollte.

»Wir haben dich verletzt«, fuhr sie fort. »Und sosehr ich mir wünschte, wir könnten das rückgängig machen ...« Sie schüttelte den Kopf. »Vielleicht können wir versuchen, unseren Umgang wenigstens jetzt zu ändern.«

»Auch wenn das nicht auf das Studium hinausläuft?«, hakte ich nach.

Mom warf Dad einen Blick zu. Beide nickten zögerlich. Sie waren nicht glücklich damit – aber das mussten sie nicht sein. Immerhin war es mein Leben. Meine Zukunft, um die es ging.

Ich wusste beim besten Willen nicht, was ich erwidern sollte. Weil mir überdeutlich bewusst war, dass sich Dinge nicht von jetzt auf gleich änderten. Dass noch so viel Wille hinter den Worten stecken konnte, wenn keine Taten folgten. Es war ... nicht das, was ich erwartet hatte. Keines der beiden Extreme, mit denen ich gerechnet hatte, als ich das Wohnzimmer betreten hatte.

Ich zögerte, es auch nur zu denken. Als könnte ich es damit verhexen.

Aber ... es war ein Anfang.
So klein er auch sein mochte.
»Okay.« Es war alles, was ich noch übrig hatte. Alles, was ich dazu in diesem Moment sagen konnte.

Ich rieb mir mit der Hand über den Nacken, fragte mich, wie ich dieses Gespräch beenden sollte, wenn meine Gedanken so durcheinander waren.

»Am Freitag«, sagte Mom da. »Vielleicht solltest du zur Abwechslung mal aussuchen, was wir essen.«

Ich schloss für einen Moment die Augen. Spürte, wie meine Mundwinkel zuckten, weil der Vorschlag aus dem Nichts kam und mitten in dieser Unterhaltung so fehl am Platz war, dass ich nicht anders konnte.

Ich nickte, ohne mich wirklich dafür entschieden zu haben.

Ein Anfang.

Ich hielt es nicht sehr lange unten aus. Wir schwiegen uns noch eine ganze Zeit an, völlig unbeholfen bei den Versuchen, uns einander anzunähern. Mom und Dad hielten mich nicht auf, als ich mich entschuldigte und in mein Zimmer ging. Und kaum setzte ich mich auf mein Bett, begann ich, das Gespräch in meinem Kopf hin und her zu drehen. Ich wusste nicht, wie ich mich damit fühlen sollte. Glücklich, weil es vielleicht oder vielleicht auch nicht ein Schritt in die richtige Richtung war? Traurig, weil es so wenig war?

Ich wünschte, ich könnte es sagen. Ich hatte damit gerechnet, dass wir uns entweder in die Arme fielen oder so sehr zerstritten, dass mir klar wurde, dass weitere Gespräche keinen Sinn ergeben würden. Aber so? Es war eine Grauzone. Irgendwo dazwischen. Ich fühlte mich aufgewühlt, unbefriedigt, war aber gleichzeitig froh, endlich gesagt zu haben, was mir auf dem Herzen lag.

Es war eine merkwürdige Mischung.

Ich vergrub meine Finger in Bunnys Fell und tippte Jules eine lange Nachricht mit all dem, was in der vergangenen Stunde passiert war, seit ich mich von ihm verabschiedet hatte.

Jules: Wie fühlst du dich damit?
Ich: Nicht viel schlauer als vorher, um ehrlich zu sein.
Ich: Na gut, das ist eine Lüge.

Die Last auf meinen Schultern war ein winziges bisschen kleiner geworden. Nicht viel, aber doch genug, dass ich es wahrnahm.

Ich: In Filmen wirkt das viel einfacher. Man hat eine große Auseinandersetzung, und dann kommt das Happy End. Niemand zeigt jemals, dass es auch eine lange Phase dazwischen gibt, in der man völlig ziellos durch die Welt läuft und über hundert Steine stolpert.
Jules: Ja. Das Gefühl kommt mir bekannt vor.

Zu wissen, dass ich damit nicht allein war, machte es leichter. Genau das wollte ich ihm gerade schreiben, als eine Nachricht im Gruppenchat von Eiza, Hannah und mir aufleuchtete.

Hannah: Bei mir zu Hause ist Land unter, und ich bin so was von bereit, jetzt das versprochene Essen einzulösen.

Eizas Nachricht folgte nur wenig später.

Eiza: Meine Mom wütet seit zwei Stunden durch die Wohnung und regt sich über Dad auf. Er hat sich hinter der Gardine in

meinem Zimmer vor ihr versteckt. Ich tue alles, um aus dem Haus zu kommen.
Hannah: Lucy, bist du auch dabei?
Eiza: Wie sollen wir sonst das versprochene Essen einlösen? Natürlich ist sie dabei.
Hannah: Mensch, Eiza. Vielleicht hat sie ja Besseres zu tun, als sich unsere Probleme anzuhören.

Ein Grinsen breitete sich ungewollt auf meinem Gesicht aus. Noch ein weiteres kleines Gewicht löste sich in Luft auf.

Ich: Rauskommen klingt gerade himmlisch.
Ich: Wenn ihr nichts dagegen habt, dass ich meine Familienprobleme auch mit auf den Berg werfe.
Hannah: Definitiv nicht. Je mehr, desto besser. Ich such was raus, wo es Milchshakes gibt, in denen wir unsere Sorgen ertränken können.
Ich: Perfekt.

Danach wechselte ich noch einmal zu dem Chat mit Jules. Er hatte gefragt, ob wir uns noch sehen. Dass er den morgigen Tag mit Mika verbringen würde – und ob ich für einen Filmabend vorbeikommen wollte. Er machte kein Geheimnis daraus, dass er sich um mich sorgte. Mir wurde bei dem Gedanken unwillkürlich etwas wärmer.

Ich: Heute treffe ich mich noch mit zwei Freundinnen, und wir werden uns darüber auslassen, wie schrecklich die Welt zu uns ist.
Ich: Aber morgen klingt sehr gut.

Seine nächste Nachricht ließ ein paar Minuten auf sich warten. Als ich sie öffnete, sprang mir als Erstes ein Bild entgegen, das er gerade geschossen haben musste.

Jules und Mika, wie sie auf dem Sofa saßen, eine riesige Schüssel Popcorn zwischen sich. In Mikas Schoß lagen bereits so viele Krümel, dass es aussah, als versuchte er, in dem Popcorn zu baden. Seine Haare waren mit einem gelben Haargummi zurückgebunden, und er lächelte genauso schief wie sein Bruder. Zusammengekniffene Augen. Grübchen in den Wangen. Jules wirkte zwar zusätzlich noch ein wenig erschöpft – aber der Anblick beruhigte mich trotzdem sofort.

Nicht jede Veränderung war schwierig. Das ging mir dabei immer wieder durch den Kopf.

Auf das Bild folgte eine Sprachnachricht. Sie war gerade mal zwanzig Sekunden lang, und ich drückte in dem Augenblick auf Start, in dem sie fertig geladen hatte.

»Wir üben schon mal für morgen. Wenn du dann Lust auf zu viel Popcorn, ein Kind mit Zuckerschock und Mika hast, wirst du bei uns glücklich.«

»Aber nur, wenn du Schokolade mitbringst!«

»Mika, wir haben genug Schokolade für ganz Kanada gebunkert.«

»Ja, aber mehr ist immer mehr.«

Ein Seufzen von Jules.

Dann brach die Sprachnachricht ab.

Ich: Hast du dich selbst als Kind mit Zuckerschock betitelt?
Jules: Alles nur, um dir ein Lächeln ins Gesicht zu zaubern.
Jules: Also – morgen um siebzehn Uhr?
Ich: Als könnte mich irgendetwas davon abhalten.

Ich ließ mein Handy sinken. Atmete tief durch. Hannah stritt sich mit Eiza darüber, in welchem Restaurant wir uns treffen würden. Bunny schlief friedlich auf meinem Schoß. Und ein paar Kilometer entfernt war Jules, zu dem ich jederzeit fahren konnte.

Vielleicht war es offensichtlich, aber in dem Moment wurde mir etwas sehr bewusst: Auch wenn jetzt noch nicht alles gut war, würde ich irgendwann an diesem Punkt ankommen. Ich hatte wundervolle Personen in meinem Leben, die mir dabei helfen würden.

Der Anfang war nur immer am schwersten.

EPILOG

Ein Monat später ...

Meine Finger waren Eiszapfen. Rot und so kalt, dass ich sie kaum noch spürte.
Ich merkte, wie sich bei dem Gefühl ein Lächeln auf meinem Gesicht ausbreitete. Es war so vertraut, dass ich nicht anders konnte. Der Geruch der Halle, die Bewegungen meines Körpers, die schon längst in mein Muskelgedächtnis übergegangen waren. Die letzten Wochen waren so turbulent gewesen – das Eiskunstlaufen war dabei für eine Weile in den Hintergrund gerückt.
Da war das Programm in der Firma meiner Eltern, das zu Ende ging. Eiza, Hannah und ich hatten uns tagelang bei mir eingeschlossen, weil wir unser Abschlussprojekt fertigstellen mussten, nachdem wir es so lange aufgeschoben hatten.
Dann war da dieser merkwürdig wackelige Frieden mit meinen Eltern. Sie kamen häufiger auf mich zu, schienen sich mehr für mich und meinen Alltag zu interessieren. Ich war mir immer noch nicht sicher, ob es nicht vielleicht nur vorgespielt war – ob es irgendwann an den Punkt kommen würde, an dem sie genug hatten und wir wieder in alte Muster verfielen. Für den Augenblick versuchte ich, es nicht weiter zu hinterfragen und einfach hinzunehmen.
Die Suche nach meiner Berufung war auch weiterhin ohne Erfolg. In letzter Zeit kam mir immer häufiger der Gedanke,

Jules zu fragen, ob ich in der Tierarztpraxis ein Praktikum machen konnte. Und wenn es für den Anfang nur das Sortieren von Unterlagen war. Ich liebte Bunny. Ich liebte Tiere. Es war nichts, von dem ich bisher geträumt hatte, aber einen Versuch war es vielleicht wert.

Das Einzige, was den ganzen Monat über konstant gewesen war, war meine Sehnsucht nach dem Eis. Nicht nach den Wettbewerben. Nicht nach dem endlosen Training. Sondern danach, mich einfach frei darauf zu bewegen und Runde um Runde zu laufen.

Ich hatte es vermisst, meine Sportsachen anzuziehen, die Schlittschuhe festzuschnüren, mich aufzuwärmen – wie ich es schon hundertmal getan hatte.

Es war vertraut – und dennoch fühlte es sich völlig neu an.

Ohne den Druck. Ohne den ständigen Gedanken, ob ich mit den anderen mithalten konnte, gut genug war oder noch mehr geben musste, obwohl ich bereits jeden Teil meiner selbst in den Sport investiert hatte. Es war das erste Mal seit ... ich wusste nicht mal mehr, wie lange. Das erste Mal seit einer Ewigkeit, dass ich auf dem Eis stand und einfach nur für mich fuhr. Nur für mich sprang. Ich hatte kein Programm im Kopf, auch wenn ich mich manchmal dabei erwischte, wie ich versuchte, eins zusammenzustellen.

Das war es auch, was mich am meisten faszinierte: Ich war immer davon ausgegangen, dass es nichts Schöneres gab, als das eigene Hobby, die größte Leidenschaft, jeden Winkel meines Lebens ausfüllen zu lassen. Es war ein ferner Traum gewesen, das hier zu meinem Beruf zu machen.

Das zu leben, was ich liebte. Wie unendlich romantisch.

Mittlerweile war mir klar, dass Romantik nicht immer der Realität entsprach. Dass Träume mich so hoch in den Himmel heben konnten, bis alles unter meinen Füßen verschwamm.

Wenn ich ehrlich mit mir war, hatte ich das schon gewusst, als meine Eltern und ich diese Abmachung getroffen hatten. Ich hatte es nur nicht wahrhaben wollen. Für mich nahm es einen gewissen Glanz aus der Welt – der Moment, in dem ich feststellte, dass ich durchaus dazu bereit war, mich von meiner Leidenschaft auffressen zu lassen.

Meine Haare wehten mir ins Gesicht. Heute hatte ich mich dagegen entschieden, sie zusammenzubinden. Ich mochte es, wie die kalte Luft sich um meine Strähnen wand. Meine Kopfhaut kribbelte die ganze Zeit.

»Hey, Eisprinzessin.«

Mein Grinsen wurde so breit, dass meine Wangen schmerzten. Ich drehte mich um, so schnell, dass die Welt für eine Millisekunde vor meinen Augen verschwamm.

Jules stand hinter der Bande, direkt neben dem Eingang. Die Hände in den Jackentaschen vergraben, die Haare ein wildes Durcheinander. Seine geröteten Wangen sah ich von hier aus. Ich fuhr näher, näher, bis ich fast gegen die Bande stieß und erkennen konnte, wie verdreht die Kapuze seines Hoodies war.

»Hast du dich auf dem Weg hierher erst angezogen?«, neckte ich ihn. Es brachte ihn dazu, an sich runterzusehen und sein Outfit einmal sorgfältig abzutasten, bis er auf die Übeltäterin traf.

»Ich hatte ein bisschen Zeitdruck, weil ich nicht ohne etwas in meinen Händen hier auftauchen wollte«, sagte er, als er seine Kapuze zurechtrückte.

»Ohne etwas in deinen Händen?«

Er schmunzelte. »Ich hab ein paar Snacks gekauft, weil du hungrig unerträglich bist und heute noch nicht gefrühstückt hast.«

»Hm«, machte ich nachdenklich. »Auf einmal bin ich mir nicht mehr sicher, warum ich mit dir zusammen bin.«

»Weil ich dir Essen mitbringe.«

»Ah.« Ich schnippte, als hätte seine Aussage mir die Erleuchtung gegeben. »Ja, stimmt. Jetzt erinnere ich mich wieder.« Ich beugte mich über die Bande und schaute an ihm herunter. »Okay, aber wo ist das Essen?«

»Im Auto. Du kannst auf dem Weg zum Gericht essen.« Er reichte mir seine Hand und half mir, vom Eis zu kommen, ohne dass ich stolperte.

Ich hielt mich länger als nötig an ihm fest und genoss einfach das Gefühl seiner Berührung. »Hast du alle Unterlagen dabei?«

Jules stieß einen langen Atem aus. Nickte. »Ich denke schon.«

Den letzten Monat hatte er alles dafür getan, um Mika bei sich behalten zu können – was sich als unendlich kompliziert erwiesen hatte. Und das, obwohl sein Vater seit dem Vorfall am Tag meines Wettbewerbs inhaftiert war. Das endgültige gerichtliche Urteil stand zwar noch aus, aber Jules hatte erzählt, dass er dort zumindest eine Therapie machte. Er redete nicht gern über das Thema. Hin und wieder fragte ich ihn, wie es ihm damit ging, aber wenn ich merkte, dass er sich daraufhin verschloss, zwang ich ihn nicht zu einer Antwort. Ich vertraute darauf, dass er mit mir reden würde, sobald er bereit dazu war. Dass er sich Hilfe suchen würde, wenn er es nicht mehr allein schaffte.

Davon abgesehen hatte Jules tagelang vor seinem Laptop gesessen und recherchiert, was es brauchte, um das Sorgerecht für ein Kind – für seinen Bruder – zu bekommen. Die Liste war endlos lang. Angefangen damit, dass Jules in der Tierarztpraxis seine Stunden aufstockte, um mehr Geld zu verdienen. Über eine neue Wohnung, in der Mika sein eigenes Zimmer hatte. Näher an ihrem alten Zuhause, damit er weiter auf seine Schule gehen konnte.

Jules musste finanziell, emotional und geistig in der Lage

sein, für ein Kind zu sorgen – allein die Vorstellung ließ bei mir jedes Mal den Panikschweiß ausbrechen.

»Es ist eine ziemlich große Sache«, wies ich ihn auf das Offensichtliche hin. »Dein Leben könnte sich bald um hundertachtzig Grad drehen.«

Ein ersticktes Auflachen. »Danke für die aufmunternden Worte.«

»Das war noch nicht der aufmunternde Teil«, sagte ich.

Jules legte den Kopf schief. »Na gut. Wie sieht der aufmunternde Teil dann aus?« Er betrachtete mich unentwegt – als wollte er wirklich dringend hören, was ich zu sagen hatte. Als würde er hier und jetzt nicht daran denken, auch nur einen Augenblick woanders hinzuschauen.

Ich verschränkte meine Finger mit seinen. Wartete ab, bis die vertraute Wärme meinen Arm hinaufwanderte. Mich völlig ausfüllte und jeden noch so eingefrorenen Winkel in mir auftaute.

Sein Daumen rieb in kreisenden Bewegungen über meinen Handrücken. Ehe ich michs versah, hatte Jules sich zu mir nach unten gebeugt. Seine Lippen streiften hauchzart über meinen Mundwinkel. »Ich mag, wohin das führt«, flüsterte er direkt an meiner Haut.

Eine Gänsehaut breitete sich auf meinen Armen aus. »Das ist auch nicht das, worauf ich hinauswollte.«

Er richtete sich ein Stück auf – gerade so weit, dass er mir in die Augen sehen konnte. »Ist es nicht?«

Ich schüttelte den Kopf. Konnte das Lächeln nicht länger verstecken.

Sein Blick glitt kurz zu meinen Lippen, dann sah er mich wieder an. »Was dann?«

Es war etwas viel Simpleres. Etwas, das er zu mir gesagt hatte, nachdem meine Welt in kleine Teile zerbrochen war. Etwas, das mich jeden Morgen herbeisehnen ließ, weil ich wusste, dass ein aufregender Tag folgen würde. Wie auch immer der letztlich aussah. Es war nur eine Kleinigkeit – aber für mich ... für mich war sie so viel mehr wert, als ich je hätte ausdrücken können.

»Du bist nicht allein.«

Das Strahlen, das er mir daraufhin schenkte, war alles, was ich brauchte, um eins zu wissen:

Das hier war erst der Anfang unserer Geschichte.

DANKSAGUNG

Ich bin ein bisschen ungläubig. Ein bisschen sehr ungläubig, um ehrlich zu sein. Zwischen *When We Hope* und *Right Here* ist gefühlt ein halbes Jahrhundert vergangen, und ich hatte zwischendurch so viele Zweifel und Krisen, dass ich meinen Laptop mehrmals zum Fenster rauswerfen wollte. (Glücklicherweise habe ich mich immer beherrscht.)

Ihr glaubt gar nicht, wie oft ich mich gefragt habe, warum ich dachte, es wäre eine gute Idee, Bücher zu schreiben. Es ist so anstrengend! Und wird nicht magischerweise von Buch zu Buch einfacher – ich wünschte, es wäre so. Aber genau deswegen bin ich jetzt so stolz darauf, dass man *Right Here* in den Händen halten kann. Dass es eine Geschichte ist mit einem Anfang und einem Ende und ganz viel zwischendrin. Und wisst ihr, ohne wen ich das niemals geschafft hätte (Meisterin der Überleitungen)?

Lea Melcher und Lea Kaib – danke, dass ihr mir geholfen habt, aus einem Funken eine Idee und daraus Jules und Lucy entstehen zu lassen. Vermutlich würde ich mich immer noch verzweifelt fragen, wie man überhaupt ein Buch plottet, wenn ihr mir nicht eure Zeit geschenkt und mich an die Hand genommen hättet, um mir zu helfen.

Ich frage mich immer, was ich ohne meine Lektorin machen würde – aber vielleicht denke ich darüber lieber nicht nach. Steffi, ich schreibe es in jeder Danksagung, aber: All deine Anmerkungen, Ideen und Vorschläge weiß ich so sehr zu schätzen.

Ich befürchte, ich werde es niemals richtig ausdrücken können, aber in jeder Danksagung neu versuchen.

Ein ganz großes Danke auch an Silvana Schmidt. Dein Feingefühl hat *Right Here* zu einem Buch gemacht, das ich ganz stolz in die Welt entlassen kann. In der Hoffnung, dass es viele Leser:innen findet, die sich zwischen den Seiten wohlfühlen.

Stefanie Ludwig – vielen, vielen Dank für deine Hilfe bei allem, das mit dem Eiskunstlaufen zu tun hat, und dass du alle Fragen beantwortet hast, die beim Entstehen des Buches aufgekommen sind.

Und ganz am Ende, aber in meinem Herzen immer ganz vorn (hihi, die großen Gefühle habe ich mir fürs Ende aufgehoben): Simone und Fay. Ohne euch hätte ich das ganze letzte Jahr über nicht gewusst, was ich mit mir anfangen sollte. Danke für alle Gespräche, alle Filmabende, jedes Lachen und jedes aufmunternde Wort.